GOTTES PLAGEN

Robert Preis wurde 1972 in Graz geboren. Nach dem Publizistik- und Ethnologiestudium in Wien lebt er heute mit seiner Familie wieder in der Nähe seiner Heimatstadt. Er ist Journalist, Autor zahlreicher Romane und Sachbücher und Initiator des FINE CRIME-Krimifestivals™ in Graz.
www.robertpreis.com

Viele Figuren in dem Roman sind historische Persönlichkeiten, die es tatsächlich gegeben hat, einige sind jedoch auch frei erfunden. Der Autor hat sich an den tatsächlichen historischen Begebenheiten orientiert. Für die Spannung der Geschichte ist er hier und da jedoch davon abgewichen. Erklärungen dazu finden sich im Anhang.

ROBERT PREIS

GOTTES PLAGEN

HISTORISCHER ROMAN

emons:

Bibliografische Information der Deutschen Nationalbibliothek
Die Deutsche Nationalbibliothek verzeichnet diese Publikation in der Deutschen Nationalbibliografie; detaillierte bibliografische Daten sind im Internet über http://dnb.d-nb.de abrufbar.

MIX
Papier | Fördert gute Waldnutzung
FSC® C083411
FSC
www.fsc.org

Umschlaggestaltung: Leonardo Magrelli, unter Verwendung der Motive von istockphoto.com/malerapaso, wikimedia-commons/gemeinfrei
Gestaltung Innenteil: DÜDE Satz und Grafik, Odenthal
Lektorat: Jana Budde
Druck und Bindung: CPI – Clausen & Bosse, Leck
Printed in Germany 2023
ISBN 978-3-7408-1945-3
Historischer Roman
Originalausgabe

Für Leo Toifl, mit großem Dank für seine stets spannenden Geschichten aus der Geschichte

[1480 Umb uns Frauntа]g der [schie]ung sind hie zu
[Gr]a[tz gots plag drei] gewesen Haberschreckh
Türkn und [pestilentz] und yede so grosz dasz
[dem] Menschn unerhörlich ist got sey uns gndi.

Inschrift im Landplagenbild, einem Fresko an der Südseite des Grazer Doms. Es wird auch das Gottesplagenbild genannt.

Vatter vnser du do bist in den himeln geheyliget werd
dein nam. Zu kum din reich. Dein wil der werd:
als im himeln vnd in der erd. Vnser teglich brot gib vns heut.
Vnd vergib vns vnser schuld: als vnd wir vergeben
vnsern schuldigern. Vnd fúr vns nit in versuchung:
sunder erloeß vns von den vbeln Amen.

Aus der ersten gedruckten Bibelübersetzung von Johannes Mentelin, wahrscheinlich Straßburg 1466

Historische Figuren

Thomas Artula (geb. zwischen 1435 und 1440, gest. zwischen 1523 und 1529)
Besser bekannt als Thomas von Villach, Maler von Fresken und Tafelbildern. Gilt als Schöpfer des Gottesplagenbildes (auch Landplagenbild genannt) an der Außenseite des heutigen Grazer Doms.

Andreas Baumkircher (1420–1471)
Ein Söldner, der sich mehrmals für Kaiser Friedrich III. verdient gemacht hatte. Weil er um seinen ausstehenden Sold kämpfte und daraufhin mehrere Fehden gegen den Kaiser austrug, wurde er 1471 zu vermeintlichen Verhandlungen nach Graz gelockt. Er wurde zwischen den Murtoren enthauptet.

Michael Beheim (1420 bis späte 1470er Jahre)
Schriftsteller, der unter anderem auch am Kaiserhof in Wien tätig war. Berühmt sind seine Schilderungen der Belagerung von Wien (»Michael Beheim's Buch von den Wienern, 1462–1465«) und ein Gedicht über das Wüten von Vlad III. Drăculea.

Bessarion (1399/1408–1472)
Byzantinischer Herkunft, unter anderem Philosoph und Diplomat. Ab 1439 Kardinal, ab 1463 lateinischer Patriarch von Konstantinopel im Exil, der nach dem Fall der Stadt – erfolglos – für einen Kreuzzug gegen die Osmanen warb.

Johannes Capistranus (1386–1456)
Franziskanermönch, der mit Johann Hunyadi in Belgrad gegen die Türken kämpfte. Auch Giovanni da Capistrano, Ioannes Capistranus oder Johannes Kapistran genannt.

Matthias Corvinus (1443–1490)
König von Ungarn und erbitterter Gegner Friedrichs III.

Vlad III. Drăculea (1431–1476/77)
1462 bis 1474 war Vlad Gefangener von Matthias Corvinus – wahrscheinlich, damit er Corvinus nicht die Rolle als führender Kämpfer gegen die Türken streitig machen konnte. Vlad soll vom orthodoxen zum katholischen Glauben konvertiert sein und heiratete eine Cousine von Corvinus. Er übernahm das militärische Kommando über eine ungarische Streitmacht und führte Feldzüge gegen die osmanischen Truppen in Bosnien. Dabei soll er unter anderem achttausend Muslime gepfählt haben. Ihm wurde vermutlich erst nach seinem Tod der Beiname Țepeș gegeben – der »Pfähler«.

Balthasar Eckenperg (1425–1493)
Münzmeister des Kaisers, einer der reichsten Bürger in Graz. Heutige Schreibweise: Eggenberg.

Radegunde Eckenperg, geb. Seidennatter (gest. vor 1480)
Erste Frau Balthasars.

Friedrich III. (1415–1493)
Mit neun Jahren wurde er zum Herzog der Steiermark, von Kärnten und Krain, mit vierundzwanzig Herzog von Österreich, mit fünfundzwanzig römisch-deutscher König, und ab seinem siebenunddreißigsten Lebensjahr bis zu seinem Tod war er Kaiser des Heiligen Römischen Reichs. Es war die längste Herrschaft aller römisch-deutschen Kaiser. Zudem war er der letzte, der in Rom gekrönt wurde. Er hinterließ rund fünfzigtausend Urkunden, aufgrund einer stark unvollständigen Quellenlage wurde er aber lange Zeit von der Wissenschaft als »untätig« beschrieben. Er hatte wegen Fehden innerhalb des Reichs und zahlreicher äußerer Feinde mit ständigen Geldproblemen zu kämpfen, führte das Reich dennoch zur bis dahin größten Ausdehnung.

Andreas von Greißenegg (1425/26–1471)
Rechte Hand von Andreas Baumkircher, zuweilen auch sein Gegner. Er wurde ebenso wie der berühmte Söldner 1471 in Graz enthauptet, nicht zuletzt deshalb, weil er mit dessen Schwester verheiratet war.

Jan Holup (gest. 1469)
Söldnerhauptmann, der die kaiserlichen Truppen in der Schlacht von Fürstenfeld (21. Juli 1469) gegen Andreas Baumkirchers Streitmacht anführte. Er wurde schwer verwundert nach Graz gebracht, wo er noch im selben Jahr starb.

Ludwig XI. (1423–1483)
Von 1461 bis 1483 König von Frankreich. Er wurde »der Listige« genannt – oder auch »die Spinne«.

Nicolaus Machinensis (1427–1480)
Kirchlicher Würdenträger (Bischof von Modruš/Modrussa), Schriftsteller und Diplomat. Unter anderem vermittelte er zwischen Matthias Corvinus und Stjepan Tomašević, verließ nach dem Sturz des Bosnischen Königreichs das Land Richtung Italien und nahm an Seeschlachten teil.

Mehmed II. (1432–1481)
Osmanischer Herrscher, der 1453 Konstantinopel eroberte und nach einem zeitweiligen Frieden mit Venedig (ab 1478) die ersten konkreten Angriffe auf das Gebiet der heutigen Steiermark diktierte.

Cristoforo Moro (1390–1471)
Wurde 1462 zum 67. Dogen von Venedig gewählt. Er erklärte im Jahr darauf den Osmanen den Krieg, dem er selbst aber entgegen seiner Ankündigung nicht als Kreuzfahrer beiwohnte.

Christoph von Mörsberg (gest. um 1478)
Entstammte einem Adelsgeschlecht aus dem Elsass und be-

gründete die steirische Linie der Familie. Er war kaiserlicher Rat, Burggraf von Graz, Landschreiber des Herzogtums Steier und zählte als Kreditgeber des Kaisers zu den reichsten Männern im Land.

Hans Niesenberger (um 1415–1493)
Wurde in Graz geboren und als Steinmetz »Hans von Graz« genannt. Er leitete den Grazer Dombau von 1438 bis 1450 und war 1459 in Regensburg Gründungsmitglied der Steinmetzbruderschaft. Er war Mailänder Dombaumeister, Bürger von Luzern und Baumeister an der Basler Leonhardskirche. Er gilt als Baumeister für besonders schwierige Projekte – 1491 wurde er aber wegen angeblicher Baufehler entlassen.

Ishak Pascha (1444–1487)
Osmanischer General und Großwesir.

Ulrich Pesnitzer (geb. um 1415)
War lange Zeit im Gefolge Kaiser Friedrichs III. Er kämpfte 1462 gegen die aufständischen Wiener Bürger, wechselte 1469 aber die Fronten und kämpfte an der Seite Andreas Baumkirchers gegen den Kaiser. Landeshauptmann Wilhelm von Thierstein belagerte seine Burg Weitersfeld an der Mur (1472), diese Burg wurde 1475 sogar beschlagnahmt. 1476 wurde Pesnitzer aber wieder in die Gnade des Kaisers aufgenommen. Sein Sohn Ulrich wurde später berühmter Baumeister in Landshut.

Sigmund von Roggendorf (gest. um 1471)
In den 1430er Jahren ließ er sich im Herzogtum Steier nieder. Er war »Judenrichter«, gehörte dem Gremium der »Landesanwälte« an und war Landschreiber für Steier. 1461 wurde er Verweser der steirischen Landeshauptmannschaft. Während der Baumkircher-Fehde war er damit beauftragt, eine Landessteuer zur Finanzierung des Kampfes einzutreiben.

Johann Siebenhirter (gest. 1508)
Der ehemalige Küchenmeister Kaiser Friedrichs III. wurde 1469 in Rom zum ersten Hochmeister des St.-Georgs-Ritterordens ernannt, mit dem der Kaiser hoffte, eine schlagkräftige Heerschar gegen die Osmanen aufstellen zu können.

Leutold von Stubenberg (vor 1429–1466)
Steirischer Landeshauptmann.

Maria Tomašević (geb. 1447)
Helena Branković wurde im Alter von zwölf Jahren im Jahre 1459 mit Stjepan Tomašević verheiratet. Sie nahm dabei den Namen Maria an. Sie floh mit ihrem Mann vor den Türken, kurz vor dessen Hinrichtung teilten sich ihre Wege aber. Über ihren weiteren Verbleib gibt es zahlreiche Legenden, doch keine gesicherten Berichte.

Stjepan Tomašević (1438–1463)
Letzter bosnischer König. Wurde von Akindschi-Scharen auf einer später »Zarenfeld« genannten Stelle bei Jajce im Juni 1463 enthauptet.

Christoph Ungnad (vor 1429–1481)
Hauptmann von Cilli und kaiserlicher Rat.

Jakob Unrest (um 1430–1500)
Pfarrer in Sankt Martin am Techelsberg (Kärnten) und bedeutender Chronist des Spätmittelalters.

Thomas Weiß
Wahrsager im 15. Jahrhundert, der unter anderem in Salla (heutige Gemeinde Maria Lankowitz) in der Weststeiermark gelebt haben soll.

Fiktive Figuren

Bruder Dejan
Ein fanatischer Mönch der Kartause Seiz.

Eneas
Ein Kaufmann in Visegrád, der als Mittelsmann für Balthasar Eckenpergs geheime Geschäfte im Königreich Ungarn tätig ist.

Haris
Als junger Mann hat er in den Hussitenkriegen (1419–1436) mitgewirkt, doch niemand weiß noch, ob aufseiten König Wenzels oder als Verfechter der Glaubengrundsätze der Anhänger von Jan Hus. Als er Johannes das erste Mal begegnet, ist er bereits rund fünfundvierzig Jahre alt und damit ein erfahrener, aber nicht minder hitzköpfiger Haudegen. Helena und später Johannes ist er treu ergeben.

Konrad von Hartstein
Der an Aussatz erkrankte Herr über die Burg Hartstein.

Ulf von Hartstein
Nachdem Ulf seinen Vater Konrad und seinen Bruder hat ermorden lassen, wird er zum sadistischen Herrn über die (ebenfalls erfundene) Burg Hartstein in der südlichen Grenzregion des Habsburgerreichs.

Helena
Sie ist die Witwe des enthaupteten bosnischen Königs, aber etwas älter als ihr historisches Vorbild. Sie mutiert, ganz untypisch für ein mittelalterliches Frauenschicksal, zu einer tatkräftigen und selbstbestimmten Frau, wenngleich ihr das Leben harte Prüfungen auferlegt.

Johannes Kreuzer
Soweit ich weiß, hatten Balthasar und Franz Eckenperg keinen Halbbruder. Aber was weiß man schon? Johannes fungiert in dieser Geschichte jedenfalls als Angehöriger der einst reichsten Familie von Graz.

Manderdinger
Ein Koch, ein Mönch, ein Krieger. Er kann alles. Erlebte die Hussitenkriege, taucht seit Jahren immer wieder an Haris' Seite auf. Markant ist, dass er einen Kriegswagen aus den Hussitenkriegen kutschiert, der von einer alten, aber zähen Mähre namens Cherub gezogen wird.

Mesar
Der Name bedeutet auf Kroatisch »Fleischer«. Angesichts seiner anfangs widerlichen Rolle erschien mir dieser Name für Ulfs Hauptmann durchaus passend.

PROLOG

1485, Graz, Residenzstadt des Heiligen Römischen Reichs

Das große Tuch fiel wie der Vorhang eines Theaters, und zum Vorschein kam das Grauen dieser Welt.

Hässlich verstümmelte Opfer taumelten zwischen brennenden Gebäuden. Mit Fackeln, Ruten und Steinen wehrten sich Verzweifelte gegen riesenhafte Heuschrecken, haufenweise wurden Leichen verscharrt, und die Heerscharen fremdartiger Krieger steckten Dorf um Dorf in Brand und hinterließen schreckliches Leid.

Nichts wirkte tröstlich.

Nicht einmal Gottes erleuchtende Strahlen, die alles Unbill in ihrem irisierenden Licht auflösen wollten. Sie wirkten ganz im Gegenteil eher wie todbringende Blitze.

Und all die Engel an seiner Seite, sogar der Papst als Gottes Stellvertreter, sie alle starrten nur vom Himmel herab und schienen gebannt von der obszönen Brutalität, mit der ihre Botschaften von Nächstenliebe und Gottesfurcht beantwortet wurden. Denn auf Erden herrschte das reinste Chaos, welchem der Himmel nur mit fassungsloser Abscheu begegnen konnte.

Ein immerwährender Schrecken, dem etwas Endgültiges, etwas Unausweichliches anhaftete.

Deshalb diese flehenden Bitten, die über den Bildern geschriebenen Worthülsen der Menschen, die geradezu um Beistand und ein Ende allen Leids *bettelten*. Um das Ende aller Plagen.

Thomas Artula, den viele nur als Thomas von Villach kannten, stand klopfenden Herzens vor der Südseite der Grazer Ägidiuskirche und harrte betreten der Reaktionen der Schaulustigen.

Mit belegter Stimme verkündete er: »Dieses Fresko trägt den Namen Gottesplagenbild. Es schildert unser Grauen, und es fleht um göttlichen Beistand. Möge es uns beschützen und kommenden Generationen eine Warnung sein.«

Es kam ihm wie eine Ewigkeit vor, bis der bereits fast siebzigjährige Kaiser Friedrich III. schließlich ächzend auf die Knie sank und sein Haupt hinter den gefalteten Händen verbarg. Der einfache Mantel, den er sich übergeworfen hatte, war scheckig vom Staub, die schwarzrandigen Nägel seiner beringten Finger ragten unter den Ärmeln der weit ausgeschnittenen Tunika hervor. Das strähnige graue Haar fiel dem Monarchen lose auf den Hermelinkragen, seine Krone saß schief am Haupt, da er sich ständig die Wanzen von der Kopfhaut kratzen musste.

Die Mönche zu seiner Linken gehörten dem Orden der Franziskaner an, die in ihren braunen Kutten, die von mit drei Knoten versehenen Kordeln um die Hüften eng geschnürt waren, schmächtiger und einfacher aussahen als die Landstreicher vor den Stadtmauern. Es waren bleiche Männer mit Tonsuren, deren Gesichtszüge ausgemergelt und kantig wirkten.

Zur Rechten des Kaisers verharrten die Dominikanermönche mit ebenso ernsten, versteinerten Mienen. Sie trugen die traditionellen weißen Habite, über die sie schwarze Chormäntel geworfen hatten.

Weder die Mitglieder des einen noch jene des anderen Ordens hatten Anstalten gemacht, dem greisen Kaiser auf die Knie zu helfen. Seine knackenden Gelenke und sein verbittertes Antlitz sahen sie als das Mindestmaß an Leidensfähigkeit an. Auch sie versteckten ihre Häupter nun hinter den gefalteten Händen und skandierten schließlich inbrünstig und gleichsam lautstark wie der Kaiser das Paternoster.

Erst nach und nach fielen auch die Umstehenden auf die Knie und stimmten unsicher grummelnd in den Chor ein. Kaum jemand aus dem einfachen Volk war des Lateinischen mächtig, und ein vollständiges Gebet fehlerfrei aufzusagen war ohnehin niemandem möglich. Zudem waren die Leute noch immer fasziniert davon, dass der Kaiser tatsächlich unter ihnen war, denn üblicherweise hielt dieser nicht allzu viel von Volksnähe und blieb meist unsichtbar hinter den dicken Mauern seiner Burg.

Ganz hinten gingen die Schaulustigen nicht einmal in die Knie; wenigstens bekreuzigten sie sich immerfort und starrten auf die Hinterköpfe der hohen Damen und Herren.

Nach dem Paternoster räusperte Thomas Artula sich und begann mit lauter Stimme zu erklären, was das große Tuch da freigegeben hatte, was dieses verstörende Bild eigentlich darstellen sollte. Es handle sich um ein Inferno, das sich den Menschen darbiete, ein Schlachtfeld, das vom Bösen heimgesucht werde wie nichts zuvor. Und dieses Schlachtfeld sei ihre Welt, Steier, Graz, ihr aller Lebensumfeld.

Ganz oben auf dem Gemälde war die Heilige Dreifaltigkeit zu sehen, Gott, der Sohn und der Heilige Geist. Aus Gottes Herz brachen drei Blitze aus, die mit Spruchbändern versehen waren. Maria und Johannes der Täufer fingen mit einem Tuch ein weiteres Blitzbündel auf, Gnade und Erbarmen wurden erbeten. Sämtliche Engel und Erzengel hatten sich versammelt, und an der Seite des Allmächtigen harrten dessen legendenhafte Begleiter, die überirdischen Wesen Cherubim und Seraphim, der Dinge.

Der irdische Bereich des Freskos wurde vom Papst angeführt; der heilige Franziskus und der heilige Dominikus flankierten den obersten Hirten. Darunter waren die Plagen und Leiden der Menschen in wüste Bilder gegossen worden. Türken, die grausame Verstümmelungen hinterlassend durchs Land zogen, Pestkranke, die wie abscheuliche Fratzen der Verwüstung folgten, und schließlich Heuschrecken, die das letzte bisschen Hoffnung von den Feldern fraßen.

Beim Betrachten des Gemäldes bekreuzigten sich die Schaulustigen immer wieder, einige schluchzten, da die Bilder Erinnerungen wachriefen, die sie erfolgreich verdrängt hatten.

Später würden sie erzählen, auch der Kaiser, dieser gemütsarme, am Leid der Untertanen stets uninteressierte Herrscher, habe eine Träne vergossen, als er das Bild zu Gesicht bekommen habe. Man würde sich auch erzählen, dass ein Seufzen durch die Menge gegangen sei und ein Jammern und Klagen eingesetzt habe, als habe man gehofft, der Herr im Himmel würde seine

Augen nun endlich auf Graz richten, diese Stadt, die ihm ein Bild gewidmet hatte, in der Hoffnung, alle Plagen, alles Leid würde nun vertrieben sein.

Kaiser Friedrich wandte sich um und schaute kühl auf sein Volk hinab. Wolken veränderten das Tageslicht, und Friedrichs Haar hatte nun die Farbe schmutzigen Schnees angenommen, seine Augen schimmerten seltsam farblos und blass. Seine lange Nase war derart gekrümmt und das Kinn so mürrisch nach vorn gereckt, dass es niemanden verwundert hätte, hätten die beiden sich berührt.

Der greise Monarch, ein großer, dürrer Mann, stand gebeugt vor der Menge, und nun wurde es bis hinunter zum Judenviertel und auf der anderen Seite bis zur Gasse der Sporer ganz still. Sogar die Beutelschneider hielten inne, und die Stadtwachen versuchten, so leise wie möglich die Standbeine zu wechseln, um durch das Scheppern und Schaben ihrer Rüstungen niemanden zu verärgern. Alles hing nun an den Lippen des Kaisers.

Friedrich raunte: *»Deus, miserere nobis.«*

Es hatte zunächst den Anschein, als wollte er sich mit diesen Worten sogleich umdrehen und fortmarschieren, doch als würde er in diesem Moment gewahr, dass sich die Leute mehr von ihrem Herrscher erwartet hatten als eine lateinische Phrase, gab er sich einen Ruck und schickte die Übersetzung hinterher. »Gott, erbarme dich unser!«, rief er fast trotzig. »Möge dieses Werk des Thomas von Villach unsern Herrgott besänftigen. Möge es uns beschützen, und möge es kommende Generationen darüber unterrichten, wie sehr wir gelitten haben.«

Als er sich schließlich abrupt umwandte, hörten die ersten Reihen noch, wie Kaiser Friedrich »Das genügt« sagte, während er mit weiten Schritten den kleinen Platz Richtung Burg verließ.

Die Franziskaner und Dominikaner senkten ihre Häupter und ließen sich in ihren Mienen nicht anmerken, ob sie das Verhalten des Monarchen missbilligten oder sogar schätzten. Lautlos schlichen sie ihm nach.

Thomas Artula verbeugte sich tief, auch wenn er sich keinen Reim darauf machen konnte. War sein Auftraggeber nun zufrieden mit seinem Werk oder nicht?

Als die Obrigkeit den Platz verlassen und das Bild von Stadtwachen flankiert zurückgelassen hatte, strömte die Masse heran. Jeder wollte es sehen und manche auch den Künstler, den sie am Rock berührten und dabei »Gott segne Euch« murmelten.

Ganz hinten im Geschehen stand ein Mann, dessen Gesicht von einer Kapuze bedeckt war, als plötzlich eine Stimme an seiner Seite knurrte wie die eines schnarchenden Untiers: »Hast du heute das Bild des Kaisers in der Kirche gesehen? Das, das ihn als den heiligen Christophorus darstellt?«

»Was? Nein.«

»Dann wirst du heute sterben.« Und nach einer effektvollen Pause: »›De aere nigro‹.«

Der Mann schrak hoch, stieß den Fremden zur Seite und drängte sich durch die Menschenmenge. Dann lief er um sein Leben.

I

Die Flucht der letzten Königin

1

Juni 1463, Jajce im Königreich Bosnien

Im Morgenlicht schimmerte silbriger Tau auf den Bäumen der Ebene.

Nebelwolken zogen in kleinen Gruppen durch das Unterholz, das die Lichtung umgab. Es hatte in der Nacht geregnet und roch nach feuchtem Moos. Ein Morgen wie aus den alten Geschichten. Und doch lag in seinem Zauber bereits eine finstere Ahnung vom nahenden Tod.

Helena kroch neben Haris durchs Laub. Eingehüllt in braune Umhänge aus grobem Leinen, die Köpfe mit Kapuzen bedeckt, näherten sie sich dem Rücken einer Böschung.

Behutsam schob Helena einige Zweige beiseite. Die Flügel ihrer Nase bebten, ihre Unterlippe zitterte.

Ihr Begleiter war ein riesenhafter Kerl, dem zwei schwarze Zähne aus dem Mund ragten wie die Türme einer vermodernden Burg. Seine Stirn warf tiefe Falten, und die dichten Augenbrauen verdeckten die Lider, von denen eines von einer hässlichen Narbe verunstaltet war.

Die beiden blickten auf eine Lichtung hinab, die von drei Seiten von dichtem Wald umgeben war, der Fluss Vrbas grub sich vor ihnen tief ins Gelände und rauschte in Richtung Südosten. Sie lagen im dichten Unterholz des Waldrands am Ufer des Flusses, vermeintlich sicher und doch so nah.

Hinter den Wäldern im Südwesten waren die Mauern der Festung von Jajce zu sehen. Sie glaubten dort Gestalten auszumachen, die ebenso verstohlen auf die Lichtung blickten wie sie selbst. Die Banner flatterten in einer leichten Brise, zeigten sechs gelbe Lilien auf blauem Grund, diagonal unterbrochen von einer geschwungenen grauen Linie, die mit Kreuzen gespickt war.

Kreuze.

Wolkenhaufen spielten harmlos am Himmel. Wenn man sie länger betrachtete, konnten die Gebilde an Gesichter erinnern. Etwa an einen alten Mann mit weißem Rauschebart, der mahnend hinabstarrte. Ob Gott sie in diesem Augenblick tatsächlich beobachtete? Doch das Wolkengebilde verwischte seine Züge wieder und scherte sich nicht um die Tragödien, die sich auf der Erde abspielten.

Als wollte auch er das Drama nicht unterbrechen, schien sogar der Vrbas sein unablässiges Rauschen einzustellen und für eine Weile zu verstummen. Die flehenden Stimmen der Geschundenen drangen nun von der Lichtung bis an den Waldesrand. Eine Gruppe von fünf, sechs Männern wurde in die Mitte des Wiesenfeldes gedrängt. Sie stolperten über ihre eigenen Beine, schluchzten, fielen auf die Knie. Die aufgerissenen Kleider, das Blut an ihren Körpern – auf die Entfernung hin waren ihre Verletzungen bestenfalls zu erahnen.

Nun waren auch das Klirren und Scheppern der Waffen an den Gurten der Hundertschaft, die die Männer umringte, weithin hörbar. Ein auf den ersten Blick bunter Haufen, den die rot-schwarz-weißen Fahnen, die manche von ihnen trugen, einten. Sie brüllten einander Bemerkungen zu, einige deuteten auf die Gruppe der Flehenden, was wiederum andere zum Lachen brachte. Sie wirkten wie eine Räuberbande, die sich zufällig gefunden hatte. Und zufällig auf Opfer gestoßen war.

»Es sind Akindschi«, hauchte Haris. Eine Feststellung, die keiner weiteren Erklärung bedurfte. Und als hätte er damit das Schicksal der Männer auf der Lichtung besiegelt, schimmerte die Morgensonne noch einmal unbeschwert übers kniehohe Gras, als ein Säbel aufblitzte und dem ersten der Gefangenen den Hals aufriss. *Nichts* geschah hier zufällig.

Während die Stimme des Ermordeten für immer verebbte, wurde das Klagen der anderen noch herzzerreißender. Wieder ein Säbel. Und wieder Blut. Einer nach dem anderen endete als kopfloser Torso, bis nur noch ein Mann am Boden kniete und zitternd seine Arme hob. Stjepan … Helena schluckte. Sein Flehen richtete er an einen Reiter, der sein nervöses Pferd um ihn herumtrieb, als wollte er den Todgeweihten noch einmal von allen Seiten betrachten.

Das Zaumzeug klimperte. Der Reiter trug einen hohen weißen Turban, steckte in einem schwarzen Kettenhemd und in weiten blauen Hosen, die in rote Schaftstiefel mündeten. Er trug einen ebenso roten Umhang, der über die Hüften des gedrungenen Streitrosses fast bis an den Boden reichte. Ein Oberlippenbart umspielte die Mundwinkel, eine Bartinsel akzentuierte sein Kinn, und auch in seiner Hand blitzte eine gekrümmte Klinge im Sonnenlicht.

Selbst auf diese Entfernung hin war unschwer zu erkennen, dass es sich um einen Bey, den Anführer einer räuberischen Bande, die dem osmanischen Heer vorauseilte, handelte. Das gemeine Volk nannte diese marodierenden Truppen »Renner und Brenner«, weil sie genau das taten: übers Land stürmen und alles niederbrennen, Angst und Schrecken verbreiten. Aber was machten die Akindschi so weit im Norden?

Helena zitterte, schluchzte auf, und augenblicklich schnellte die Hand ihres Begleiters vor.

»Nicht«, zischte Haris. »Bitte. Keinen Laut. Nicht schreien. Wir sollten uns das nicht ansehen.«

Trotzig schlug sie die Hand aus ihrem Gesicht und warf ihm einen vernichtenden Blick zu. Sie schüttelte den Kopf und machte keine Anstalten, sich zurückzuziehen.

Stjepan wurde auf der Lichtung nun an den Haaren auf die Beine gezerrt. Seine Schmerzensschreie klangen spitz und hell und echoten durch das Tal. Das Pferd des Bey näherte sich ihm. Der Klang einer Ohrfeige schallte bis zu ihnen in den Wald. Stjepan weinte, bot Münzen und Gold. Er bot seine gesamte Festung und die Stadt Jajce mit allem, was in ihr lebte. Und schließlich zeigte er auch noch in Richtung der im Dickicht Verborgenen, in Richtung des Waldes, aus dem Helena und Haris fassungslos auf die Lichtung starrten. Er würde alles tun, wenn sie nur sein Leben verschonten.

»Dort!« rief er. »Nehmt sie. Nehmt meine Frau. Sie ist ein Schatz, der Euch reich macht. Sie sind in diese Richtung gerannt.«

Offenbar spielte er auf die weithin bekannte Gier der Akindschi an, die von Beutezügen lebten und Sklavenhandel betrieben.

»Und ich …«, rief er weiter, als würde er sich seines eigenen Wertes als Lebender entsinnen, »… ich bin doch auch kostbar. Ihr könnt mich eintauschen. Gegen viele Dörfer. Gegen viele Leben.«

Der Wind wehte den beiden heimlichen Beobachtern diesen Verrat deutlich entgegen. Doch die grobschlächtigen Akindschi verstanden anscheinend kein Wort, ansonsten hätten sie wohl reagiert und sofort einen Trupp in besagte Richtung losgeschickt. Mit ihren legendär schnellen und ausdauernden Pferden hätten sie sie rasch eingeholt.

Der Bey machte eine Handbewegung, und Stjepan wurde wieder vornüber auf die Knie gerissen. Dieser gab nun nur noch Hilferufe und Stoßgebete von sich. Sein Kopf kam auf einem Baumstumpf zum Liegen. Einer der Akindschi hielt ihn an seinem langen Haar fest, ein anderer drückte seine Knie auf den Boden, ein dritter hob seinen Säbel. Das Wimmern und Klagen war mittlerweile ein unerträglicher Singsang geworden. Wieder blitzte eine Waffe im Morgenlicht auf, und einen Herzschlag später rollte der Kopf des letzten bosnischen Königs, Stjepan Tomašević, über den Waldboden.

Drei Dinge wurden Helena in diesem Augenblick bewusst: Die Krähen, die, seit sie auf die Böschung zugekrochen waren, verstummt waren, kreischten wieder auf. Aufgeregt krächzte das nachtschwarze Federvieh durcheinander, als hätte es etwas gesehen, das es umgehend weitererzählen musste.

Die Nachricht von Stjepans Tod würde sich tatsächlich wie ein Lauffeuer im Land verbreiten. Ein Königreich war soeben untergegangen. Ein kleines, kurzweiliges Königreich.

Auch der Vrbas schien seinen Stromschnellen nun wieder freien Lauf zu lassen. Und dann registrierte Helena auch, dass in einem Waldstück auf der anderen Seite des Tals weitere Pferde aufgetaucht waren. Eine Gruppe ganz in Schwarz gerüsteter Reiter auf ebenso schwarzen Rössern war aus dem Dickicht geschritten und hatte die Hinrichtung tatenlos beobachtet. Als Stjepan die Hand in Helenas und Haris' Richtung gehoben hatte, hatten sich auch die schwarzen Reiter ihnen zugewandt, und Helena konnte dem unbändigen Drang, die Beine in die Hand zu nehmen und zu fliehen, kaum noch widerstehen.

Zuvor sah sie aber noch einmal auf den kopflosen Körper, aus dessen Hals eine Blutfontäne im Takt des immer schwächer werdenden Herzschlags schoss. Einer der Akindschi stieß ihn mit dem Fuß an, der Körper sackte auf die Seite und verschwand im hohen Gras.

Die Krieger wandten sich ab, stiegen wieder auf ihre Pferde und ritten auf Jajce zu. Helena konnte nicht erkennen, ob sie Anstalten machten, dem Verrat Stjepans Folge zu leisten und ihre Spur aufzunehmen. Aber selbst wenn sie es vorhatten, müssten sie zunächst nach Jajce zur Brücke über die Pliva, die kurz darauf in einem Wasserfall in den Vrbas mündete. Ein Umweg, der ihnen ein paar Stunden Vorsprung brachte. Vielleicht sogar einen halben Tag.

Die geheimnisvollen Männer auf den schwarzen Pferden, die von den Akindschi offenbar nicht bemerkt worden waren, ritten indes am Waldrand entlang Richtung Norden, machten einen weiten Bogen um das Tal. Sie würden sie wie die räuberische Vorhut des osmanischen Sultans erreicht haben, noch bevor die Sonne am Zenit stand – nur eben von der anderen Seite. Helena schnappte nach Luft und setzte sich rückwärts kriechend in Bewegung.

»Schnell« zischte sie Haris zu. »Wir müssen fort von hier.« Ob sie dabei Geräusche machten oder nicht, hörte sie nicht. Ihr Herz schlug ihr bis zu den Ohren. Sie vernahm nur die Stimme ihres Begleiters.

»Es tut mir leid. Es tut mir so leid.«

2

Ragusa. Dies war der Ort, den Stjepan für sie auserkoren hatte. Eine Handelsstadt, die zwar Tribut an das Osmanische Reich zahlte, dafür aber auch Schutz bieten konnte. Ein Ort, an dem die Eichenwälder bis ans Ufer der Adriatischen See reichten und der vor allem von den Einheimischen »Dubrovnik« genannt wurde, von Händlern dagegen auf Venezianisch »Ragusa«. Dort konnten Helena und ihre Gefolgschaft Zuflucht entlang des Stradun suchen, der Hauptstraße von Ragusa, die einst als Verbindung zwischen der Insel Lave und dem Festland errichtet worden war. Von hier aus konnten sie nach Ancona fliehen – jene Stadt, mit der Ragusa intensive Handelsbeziehungen pflegte. Und einmal in Ancona angekommen, würde ihnen Zeit bleiben, sich neu zu orientieren. Zeit zum Trauern. Zeit zum Nachdenken.

Doch wie sollten sie es jemals bis dorthin schaffen? Sie hatten immer noch die Mauern von Jajce im Rücken, die tiefen Wälder, durch die sich der Vrbas grub, Wälder, um die sich unzählige unheimliche Geschichten und Legenden rankten.

Helena schüttelte den Gedanken an diese Stadt, die sie zuletzt als kleines Kind gesehen hatte, ab und ließ die Pferde in wilden Galopp treiben. Doch der Pfad wurde zunehmend schmal und dornig, das Gestrüpp widerspenstig, und zuweilen wurde der Weg durch den Wald so dunkel, dass das Licht kaum ausreichte, um den Boden unter den Hufen auszumachen.

Es dauerte nicht lange, bis die Pferde nur noch müde schnaufend hintereinander durch das unendliche Grün trabten. Ob sie verfolgt wurden, und wenn ja, wie nah ihnen die Verfolger waren, konnte Helena nicht sagen. Ein flaues Gefühl in der Magengrube hielt sie davon ab, eine Rast zu befehlen.

Haris führte die Gruppe an. Er murmelte Gebete in einer fremden Sprache und blickte sich argwöhnisch um. So wie er sich benahm, rechnete er wohl damit, jeden Moment einen Pfeil aus seinen Rippen ziehen zu müssen. Deshalb trug er auch immer noch den visierlosen Helm, unter dem die Lederhaube seinen kahlen Schädel, der auf einem breiten Stiernacken ruhte, schützte. Sein Oberkörper war mit einem groben Leinenhemd bedeckt, über das er ein schweres Kettenhemd gezogen hatte. In seinem Hüftgurt steckte ein gekrümmter Säbel, und an seiner rechten Wade hatte er ein Messer befestigt. Aus einer Satteltasche ragte der Stiel eines furchterregenden Beils. Haris war ein Söldner, ein Mann, der das Kriegshandwerk zu seinem Beruf gemacht hatte und nun dem bosnischen Königshaus diente oder dem, was davon übrig war.

Blass und schweigsam folgte ihm Helenas Magd Anna, die allerdings in eine gänzlich andere Rolle gesteckt worden war und als vermeintliche Königin auf einem prächtigen Schimmel saß, der alle anderen Tiere überragte und sie nur allzu deutlich zur Zielscheibe machte. Sie schien tief in Gedanken versunken und krallte sich an die Zügel, als fürchte sie vom Pferd zu fallen, wenn sie losließe. Sommersprossen besprenkelten ihr Gesicht, und die stets rot geränderten Augen verliehen ihrem Antlitz eine andauernde Traurigkeit, so als stünde sie ständig kurz davor, zu weinen.

Mit etwas Abstand zu den beiden ritt Helena. Wie Anna hatte auch sie die Kapuze tief ins Gesicht gezogen. Es fiel ihr schwer, Haltung zu bewahren. Immer wieder musste sie sich dazu zwingen, sich im Sattel aufzurichten. Ihr Bauch wölbte sich unter dem weiten Mantel, und wenn sie aufblickte, war wohl nicht zu übersehen, dass ihre Stirn glänzte und die Wangen rötlich schimmerten. Trotz der Anstrengung, die es sie kostete, sich mit einem Kind im Bauch im Sattel zu halten, war sie darum bemüht, eine für ihre kaum achtzehn Lebensjahre seltsam wirkende Würde auszustrahlen, eine Ernsthaftigkeit, die sich auf ihren ganzen Körper übertrug, und doch wich ihr vom dunklen Haar umrahmtes Gesicht immer wieder in den Schatten ihrer Kapuze zurück, als wollte sie vor der Welt fliehen.

Hinter Helena verfiel die Stute eines gedrungenen Knaben unter einem breitkrempigen Hut, dessen Hals so kurz war, dass es den Anschein hatte, sein Kopf würde direkt aus den Schultern wachsen, stets in einen lustlosen Trott, weshalb ihr Reiter sie immer wieder antreiben musste. Er hieß Tomas, war der Stallbursche und Diener der Königin – und Annas Sohn. Er drehte seinen Oberkörper stets mit seinem Kopf, was ihn bedrohlich wirken ließ, so als sei er ständig auf der Hut und bereit zuzuschlagen. Ein mürrischer, aber wachsamer junger Mann, kaum mehr als zehn, zwölf Jahre alt.

Die vier Mitglieder der Stadtwache von Jajce, die den kleinen Tross auf Stjepans Befehl hin begleitetet hatten, bildeten das Schlusslicht der Gruppe. Sie waren allesamt kaum älter als der Stallbursche, blickten immer wieder unsicher hinter sich, und es hätte Helena nicht gewundert, wenn sie kurzerhand Reißaus genommen hätten – wäre da nicht auch Manderdinger gewesen, der unglaublich dicke Koch, der ihnen auf dem Einspänner folgte und mit seinen weit aus den Höhlen ragenden Augen glotzte wie ein misstrauischer, fratzenhafter Torwächter an der Pforte einer düsteren Kirche. An Manderdingers Seite klemmte eine Hellebarde von enormen Ausmaßen, und keiner der jungen Stadtwächter wagte es auszuprobieren, ob Manderdinger damit auch umzugehen wusste.

Sein Wagen war eine seltsame Konstruktion, die aus der Zeit der Hussitenkriege stammte. Haris nannte ihn einen fahrenden Sarg, der im Kampf zu einer Burg umfunktioniert werden konnte.

Der Hussitenwagen wurde von einem stämmigen, aber alten Pferd gezogen, einer Mähre, die den Schlachtrössern der anderen zwar im Galopp unterlegen war, mit jeder Stunde aber munterer wurde, während die stolzen Rösser immer mehr ermüdeten.

Obwohl Haris darauf gedrängt hatte, hatten sie erst gar nicht versucht, die Richtung nach Ragusa einzuschlagen. Anna, die vermeintliche Königin, hatte auf Helena gehört und – entgegen den ursprünglichen Plänen, sich Richtung Meer zu wenden oder dem Vrbas nach Norden zu folgen – das waghalsige Manöver befohlen, sich vor den Akindschi an Jajce vorbeizuschleichen, um dann linker Hand des Vrbas nach Nordwesten zu reiten.

Vorbei am großen Pliva-See quälten sie sich nun durch die schier unendlichen Wälder. Die Angst saß ihnen im Nacken wie das Schwert eines Henkers.

»Was glaubt Ihr, Haris«, raunte Helena, als sie ihr Pferd an die Seite des Kriegers gebracht hatte, »wie nah sind sie uns?«

Haris blinzelte die Schweißtropfen aus seinen Wimpern. »Ich glaube, dass wir keine Pause mehr einlegen sollten, bis uns meterdicke Wände schützen. Das waren Akindschi, Plünderer, die ausschließlich von ihrer Beute leben. Die massakrieren alle, die sie nicht zu Geld machen können, und die anderen versklaven sie. Sie brandschatzen, sind schnell wie Bora-Stürme und dienen dem osmanischen Heer als Vorhut. Wir hätten nach Ragusa reiten sollen.«

»Dazu ist es nun zu spät, und kein Gedanke daran bringt uns weiter. Ihr denkt also, dass diese Akindschi nur die Vorhut waren und die Truppen des Sultans uns ebenso auf den Fersen sind?«

»Nein, das glaube ich nicht. Akindschi sind zum Teil Übergelaufene. Manche von ihnen waren auch Untertanen …«, er machte eine Pause und wischte sich den Schweiß aus dem Gesicht, »… Untertanen des bosnischen Königs. Eines Königs, der sie ausgebeutet hat. Jetzt rächen sie sich, plündern für den Sultan und versklaven christliche Kinder, weswegen man sie mancherorts ›Sackmänner‹ nennt, und sie rauben und brennen alles nieder, was sie für die Menschen zu ›Rennern und Brennern‹ macht. Sie haben so viele Namen.«

Genervt blies Helena Luft aus ihrer Nase. »Glaubt Ihr, das wüsste ich nicht? Ich wollte keine Belehrung, ich wollte eine Einschätzung.«

Haris musterte sie von der Seite. Es war ungewöhnlich, dass ihm jemand in diesem Tonfall begegnete, und einen Moment lang überlegte er wohl, wie er darauf reagieren sollte. Dann hob er unwillig die Schultern und sagte: »Sie sind jedenfalls schneller als wir. Wenn sie sich nicht in Jajce aufhalten, um die Stadt zu plündern, sondern uns sofort gefolgt sind, brauchen wir ein Wunder. Sonst sind wir Männer bis Sonnenuntergang entweder aufgespießt oder geköpft, Tomas wird vielleicht versklavt, und ihr Frauen werdet zunächst geschlagen, dann vergewaltigt und schließlich – wenn ihr dann noch lebt – ebenso versklavt.«

Zornig richtete sich Helena auf und wandte sich dem Riesen zu. »Könnt Ihr die Wahrheit nicht in ein Kleid stecken? Müsst Ihr sie so ungeschönt hervorbringen und mir Angst machen?«

»Das wollte ich nicht.« Er spuckte einen dicken Schleimpatzen auf die von Helena abgewandte Seite. »Aber ich werde nicht fürs Schönreden bezahlt. Mein Leben ist der Kampf, und ich weiß, wann einer bevorsteht, so ist es nun einmal.« Sein vernarbtes linkes Augenlid zuckte.

3

Helena schaute sich um: Der Wald war im Lauf des Tages immer näher an den Pfad herangerückt, und es schien, als hätten sie die ganze Welt aufgeschreckt. Ohne auch nur eines von ihnen zu erblicken, hörte sie die Tiere der Wildnis aufgeregt die Flucht ergreifen oder sich zum Angriff bereit machend. Doch sie selbst machten mit den stampfenden Pferden und den scheppernden Waffen so viel Lärm, dass sie die meisten Geräusche wahrscheinlich gar nicht wahrnahm. Sie würden wohl kaum hören, wenn sich ihnen jemand näherte.

Ihr Vater hatte ihr viel von den bosnischen Wäldern erzählt, von den Legenden über Wölfe, die Menschen aufgezogen hatten, die dann fortwährend als Halbwesen durchs Gehölz gestreift waren. Oder von Bären, die jahrelang Winterruhe hielten, um dann als zornige Greise Bauernhöfe zu überfallen, Mensch und Tier töteten und dort bis ans Ende ihrer Tage lebten.

Ein Jagdvogel kreischte, das Schrecken eines Hirsches klang wie Hundegebell, Rehe sprangen wie von Sinnen durchs Blattwerk. Das alles registrierte Helena wachsam, aber es beunruhigte sie nicht weiter. Nur eines gefiel ihr nicht: das Kreischen der Krähen, die sie seit der Königsstadt begleiteten, als wollten sie ihren Fluchtweg markieren.

Als der Tross plötzlich zum Stehen kam, klang ihr das Schnaufen der Pferde und Reiter fast ohrenbetäubend laut.

Anna rief als Königin mit ängstlicher Stimme: »Haris, warum bleiben wir stehen?«

Doch statt zu antworten, hob der gewaltige Krieger nur die Hand. Er zog seinen Säbel und stieg vom Pferd. Von hinten sahen sie seinen massigen Rücken und den vor Schweiß glänzenden Nacken. Seine Schultern hoben und senkten sich unheilvoll. Was immer sich ihm in den Weg stellte, es würde sterben, wenn es sich nicht bald entfernte.

»Was ist denn los, Haris?«, wollte nun auch Helena wissen,

doch im Näherkommen erkannte sie, weshalb der Hüne abgestiegen war. Der Weg führte durch das Rinnsal eines kleinen Bachs, hinter dem er sich gabelte. Beide Pfade waren mit Blicken nicht weiter als ein paar Armlängen zu durchdringen und verschwanden sogleich wieder in der Dunkelheit des dichten Laubwalds.

»Wohin sollen wir?«, fragte Haris und sah Anna an.

Die junge Frau hob ihr Haupt, wobei ihr die Kapuze in den Nacken fiel und ihr blasses Gesicht offenbarte. Sie starrte auf ihre Hände, scheu wie ein Reh, und ihre rissigen Lippen formten sich zu einer Entgegnung, doch ihre Stimme versagte, zu sehr nagte die Flucht wohl noch an ihrem Nervenkostüm. So war es einmal mehr Helena, die an ihrer Stelle das Wort ergriff.

»Wir nehmen den linken Pfad, er scheint nach Westen zu führen, der Richtungswechsel könnte unsere Verfolger abschütteln. Gott wird uns lenken. Vielleicht bringt er uns auch noch ans Meer und zu einem Schiff, das uns dann weit fort und in Sicherheit bringt. Wir haben keine Zeit, länger darüber nachzudenken. Also los, Haris, reite.«

Der Riese blickte zwischen Anna und Helena hin und her und nickte. Ein Zucken der Mundwinkel verriet, dass ihn die Aussicht, doch noch ans Meer zu gelangen, zufrieden stimmte. Sein Pferd trabte ein paar Schritte, drehte sich, und er wollte soeben in den Sattel steigen, wobei er der Weggabelung für einen kurzen Moment den Rücken zuwandte. Sein Ross füllte das Sichtfeld seiner Begleiter so weit aus, dass sie nicht bemerkt hatten, wie sich ihm auf dem dicht umwucherten Pfad etwas genähert hatte. Der Schatten baute sich nun an seinem Rücken auf, und als Haris sich umdrehte – vielleicht weil ihn ein sechster Sinn gewarnt oder weil er doch ein verräterisches Geräusch ausgemacht hatte –, konnte er gerade noch einen Schritt zur Seite machen. Er stolperte über einen Stein, verlor das Gleichgewicht und kam auf dem Hinterteil zum Liegen. Auch sein Schlachtross erschrak. Als er die Zügel im Fallen losgelassen hatte, bäumte es sich auf und wieherte.

Die Gestalt, die ihn so sehr erschreckt hatte, war aus einem der beiden Pfade aus dem Wald gekommen. Ein Mann mit langem Haar, gekleidet in einen schwarzen Umhang, darunter trug er helles Beinkleid und ein Hemd aus grobem, schmutzig erdfarbenem Stoff, über seiner Schulter trug er einen schweren Ledersack. Der Fremde trat auf das Pferd zu und strich dem Tier über den Kopf, um es zu beruhigen.

»Ich wollte Euch nicht erschrecken, mein Herr.« Die Stimme des Fremden war keinesfalls unterwürfig, sie klang im Gegenteil recht selbstbewusst für jemanden, der soeben einen Krieger im Kettenhemd, ohne ihn auch nur zu berühren, zu Boden gestreckt hatte.

»›Mein Herr‹?« Haris lachte zornig auf, tastete nach dem Säbel, den er fallen gelassen hatte, und grunzte: »Er sagt ›mein Herr‹. Glaubt, das würde ihn retten. Aber ich hacke ihm den Kopf ab. Ob höflich oder nicht.«

In einer flüssigen Bewegung stemmte Haris sich auf die Beine und schwang seinen Säbel, dessen gekrümmte Klinge im scheidenden Tageslicht aufblitzte. Die Waffe war jenen, mit der die Akindschi am Morgen ein halbes Dutzend Männer ermordet hatten, sehr ähnlich. Helena erschrak bei dem Anblick, erinnerte sie sich doch an die verstörende Szene auf der Lichtung. An die dem Tod entgegengurgelnden Männer, die hilflos gemeuchelt worden waren, bis schließlich auch Stjepans Kopf getrennt vom Körper über die Wiese gekullert war wie eine vom Baum gefallene Kastanie. Sie blinzelte die Erinnerung fort.

Haris' Säbel surrte durch die Luft. Der Krieger knurrte dabei wie ein Hund, und Helena konnte aus ihrer Position heraus nicht sehen, was sein Gegenüber unternahm, um sich zu verteidigen. Doch Haris ließ mitten in der Bewegung seine Waffe fallen, kippte erneut um und landete furchtbar fluchend rücklings auf dem Boden.

Helena traute ihren Augen kaum. Haris war der mächtige Leibwächter der Königin, ein Mann, der sein Geschick in vielen, vielen Schlachten bewiesen hatte und dem diese Schlachten auch anzusehen waren. Eine hässliche, niemals gänzlich verheilende Wunde am Oberarm war ein Andenken an die furchtbare Niederlage gegen die Türken auf Kosovo Polje, dem Amselfeld, wo er vor fünfzehn Jahren gemeinsam mit dem ungarischen Heerführer Johann Hunyadi gekämpft hatte. Es war eine Schlacht gewesen, über die er nie gern gesprochen hatte, eine Schlacht, die vom König Ungarns provoziert worden war, die von dessen Vasallen, dem serbischen Despoten, hatte verhindert werden sollen und schließlich vom osmanischen Sultan Murad II. gewonnen worden war.

Manche sagten, Haris habe in den dreißiger Jahren als junger Mann, beinahe noch als Kind, auch in den Hussitenkriegen gekämpft, niemand wusste aber so genau, ob er aufseiten der Reformatoren, verschanzt hinter einer Wagenburg, auf heranpreschende Reiter eingestochen hatte oder ob er ganz im Gegenteil aufseiten der letztlich siegreichen königstreuen Truppen und Gegner von Jan Hus gekämpft hatte. Einerlei für welche Seite, er war dafür belohnt worden – und er hatte auch dafür bezahlt, denn irgendwann in all den Kriegswirren hatte er sein linkes Auge eingebüßt.

All diese Geschichten passten nicht dazu, dass dieser unerschrockene Krieger nun rücklings auf dem Boden lag, niedergestreckt von einem Wanderer ohne Harnisch, ohne geschützte Panzerung, von jemandem, der ganz offensichtlich von niederem Stand war, einem Bauern, Leibeigenen, womöglich sogar einem Vogelfreien, einem Geächteten.

Immerhin rückte der Fremde nun in Helenas Blickfeld. Seine Wangen waren rosig und glänzten, die Füße steckten in geschnürten Lederstiefeln, er trug schmutzige Beinlinge, am Rücken einen Ledersack, aus dem der Griff eines Schwerts ragte, wie Helena nun erkannte, und um seinen Hals baumelte ein mächtiges Kreuz aus Holz. Das wilde Haar des Mannes war zerzaust. Er konnte kaum älter sein als sie selbst. Und doch stand er da und drückte Haris seinen Wanderstab gegen die Brust, um ihn unten zu halten.

Alles war so rasch passiert, dass niemand reagieren konnte, und wieder war es Helena, die am schnellsten die Worte wiederfand und sich zu den Burschen der Stadtwache umdrehte. »Na los, worauf wartet ihr? Beschützt die Königin.«

Sofort war sie umkreist von den fahrigen Kriegern, die kaum imstande waren, unter den nervösen Bewegungen ihrer Pferde ihre Waffen zu ziehen. Einer hatte eine Armbrust, verlor aber das Gleichgewicht, fasste hastig nach den Zügeln, wobei ihm die Waffe beinahe aus der Hand glitt, sich entlud und den Pfeil in einen Ast trieb.

»Die Königin«, zischte Helena. »Ihr sollt die *Königin* beschützen, nicht mich, ihr tollpatschigen Kerle.«

Da erst verstanden die Männer und machten einen Kreis um die bemitleidenswert erscheinende Anna. Sie saß so verloren auf ihrem hohen Ross, so zerbrechlich und ängstlich, dass sie jeden Augenblick in Tränen auszubrechen schien.

Haris rollte mit den Augen und schnappte unter dem Druck des Wanderstabs nach Luft. »Lass mich. Das ist die Königin. Wenn du leben willst, hilf mir auf, und ich verspreche dir, die Prügel, die du dir einfängst, fallen milder aus, als es angemessen wäre.«

Jetzt näherte sich auch Manderdinger mit seinem klobigen Wagen, dessen klapprige Mähre mit breiten Nüstern schnaufte. Der fette Koch ließ seine Augen auf dem Fremden ruhen wie schwere Gewichte. Ganz offensichtlich hatte er vor, ihn einzuschüchtern. Seine Stimme klang wie grummelnde Gewitterwolken, als er knurrte: »Hilf ihm auf die Beine, Bengel, sonst mach ich aus deinen ein königliches Abendmahl.«

Der Mann, dessen Wanderstab immer noch auf Haris' Brustkorb ruhte, war groß, fast so groß wie der Söldner, der vor ihm lag. Er wirkte auch mindestens so kräftig wie er.

Er sah unverwandt zu Helena auf. Da war immer noch keine Scheu in ihm auszumachen, keine Unsicherheit. Und das, obwohl doch vieles dagegensprach, dass er die nächsten zehn, zwölf Atemzüge überleben würde, waren sie doch deutlich in der Überzahl.

»Eine Königin? Hier? In diesen Wäldern? Das glaube ich nicht«, rief er keck.

Helena funkelte ihn an. »Was glaubt Ihr, wer Ihr seid, um hier Fragen zu stellen? Dies ist der Königin Land. Lasst den

Leibwächter frei und weicht. Er hat Glück, dass wir keine Zeit haben, sonst würden wir seine Körperteile an die Bäume hängen.«

Der Fremde machte keine Anstalten, zu gehorchen, und drückte Haris stattdessen den Stab noch tiefer in die Rippen. Der Riese stöhnte auf, und sein Gesicht verfärbte sich ins Morgenrot.

»Bitte«, hauchte Helena nun deutlich sanfter. »Wir sind auf der Flucht.«

In diesem Moment kreischten die Krähen wieder auf, und der Fremde blickte sich argwöhnisch um. »Auf der Flucht«, wiederholte er wie zu sich selbst. »Verfolgt von Krähen.«

»Nein«, knurrte Haris jetzt. »Nicht nur von Krähen.«

Als bemerkte er ihn erst jetzt, reichte der Fremde Haris die Hand und half ihm auf. »Doch, es sind Krähen, die Euch folgen.« Er wies mit seinem Wanderstab den linken der beiden Wege entlang, jenen, den sie zuvor hatten einschlagen wollen. »Dieser Weg führt in Richtung Meer. Von dort bin ich gekommen. Der Weg wird bald breit und eben. Wer immer Euch folgt, Ihr werdet nicht schnell genug sein. Der andere führt nach Norden ins Land des ungarischen Königs Matthias Corvinus und später in jenes des Kaisers Friedrich. Ihr müsst diesen Weg nach Norden einschlagen. Weiter über die Berge und durch die Wälder bis zur Kupa. Wenn Ihr es über den Fluss schafft, seid Ihr im Heiligen Römischen Reich, dann müsstet Ihr sicher sein. So sicher jedenfalls, wie man dieser Tage sein kann, wenn man mit einer schwächlichen Eskorte reist.«

Haris hatte schnell wieder zur alten Würde gefunden, baute sich vor dem Fremden auf und umfasste das Krummschwert mit beiden Händen. »Du erteilst uns keine Ratschläge. Niemandem mehr. Denn jetzt stirbst du.«

Doch ehe Haris zum tödlichen Hieb ausholen konnte, rief Helena so deutlich, dass es alle hören konnten: »Haris, genug!« Und an den Fremden gewandt: »Bis zur Kupa sind es mindestens zwei, vielleicht drei Tagesreisen. Und was sollen wir im Habsburgerland?«

Der Fremde zuckte mit den Schultern. »Ich weiß nicht, was die Krähen von Euch wollen. Aber es scheint, als wolltet Ihr denjenigen nicht begegnen, die von den schwarzen Vögeln geleitet werden. Im Norden wärt Ihr weit von ihnen entfernt. Also würde ich sagen: Euch bleibt keine Wahl.«

»Es sind keine Krähen«, maulte Haris. »Das sind gottverdammte Türken, die uns folgen.«

Jetzt verlor der Fremde zum ersten Mal seinen ironischen Ausdruck und schaute einen Moment bestürzt in den Wald. »Wie weit sind sie hinter Euch?«

Helena wischte sich den Schweiß von der Stirn. »Wir wissen es nicht. Wir reiten seit einem halben Tag. Wenn sie unsere Spur aufgenommen haben, können sie nicht mehr weit sein.«

»Wenn es Akindschi sind, sollten wir nicht mehr weitersprechen. Tut, was Ihr wollt. Ich reite nach Norden.« Der Fremde drehte sich um und pfiff, was ein Zittern im Unterholz bewirkte.

Nicht nur Haris schwang wieder seinen Säbel, auch die Wachmänner zückten ihre Waffen.

Der Fremde beruhigte sie. »Lasst die Waffen sinken«, und im selben Moment stapfte ein munterer Zelter aus dem Unterholz hervor. Der Fremde saß auf und nickte Helena zu. »Folgt mir oder bleibt. Aber entscheidet Euch schnell.«

Unschlüssig stand Haris da und wartete darauf, dass ihm jemand sagte, was er tun sollte. Man sah ihm an, dass er den Fremden am liebsten vom Pferd gezogen und verprügelt hätte.

»Wir haben keine Wahl«, störte Helena seine Mordlust. »Wir folgen dem Mann. Aber wenn er uns belogen hat, dürft Ihr ihm den Kopf abschlagen, Haris.«

Der Fremde drehte sich um, und sein Lächeln kehrte zurück. »Ihr droht einem Mann Gottes?«

Unsicher blickte Helena auf das Kreuz an seiner Brust, doch der Mann machte eine beschwichtigende Geste.

»Ich kann mit dieser Drohung leben. Wenngleich ich kaum annehme, dass mich dieser Koloss erwischen würde, selbst wenn er mich schlafend fände. Allerdings –«

»Allerdings was?«, unterbrach Haris ihn unwirsch. Er selbst saß mittlerweile ebenfalls im Sattel.

»Allerdings muss jemand den falschen Weg nehmen, um Eure Verfolger in die Irre zu führen. Wenn unsere List gelingen soll, muss es jemand sein, der genug Lärm macht, um ihre Aufmerksamkeit auf sich zu lenken, und auch genug Spuren hinterlässt. Sie müssen ihm folgen. Mit etwas Glück gewinnen wir dadurch genug Zeit, um sie abzuschütteln.«

Helena blickte sich um und sah in die Gesichter ihrer Begleiter, die zu Boden blickten, als suchten sie dort Verstecke, in die sie kriechen konnten. Wer immer dazu auserkoren wurde, die Akindschi in die Irre zu führen, er würde das Manöver nicht überleben.

»Wenn sich allerdings niemand findet, muss es wohl die Magd der Königin sein, die sich opfert.«

Der Fremde sagte das so bestimmt, dass ihn alle verdutzt ansahen. Haris lenkte sein eigenes vor Helenas Pferd, hatte wieder seinen Säbel in der Hand, während sie sich im Sattel aufrichtete und den Fremden musterte. Anna schnappte nach Luft, wollte etwas sagen, doch ehe die Situation abermals entglitt, verbeugte sich der Fremde vor ihr.

»Verzeiht, Königin. Das ist natürlich allein Eure Entscheidung, aber entscheidet bitte schnell.« Der Mann sah sich um und betrachtete die Krähen, die sich auf die Äste einiger Bäume verteilt hatten und die debattierende Gruppe musterten wie Zuschauer auf einem Marktplatz. »Gottes Zeichen könnten nicht deutlicher sein.«

Auch Haris warf den Tieren nun einen unsicheren Blick zu und fuhr sich mit dem Handrücken über die schweißnasse Oberlippe. »*Ich* werde gehen.«

Doch da ertönte Manderdingers donnernde Stimme. »Nein, das wirst du natürlich nicht tun, du Narr!« Die Mähre setzte sich in Bewegung, und der Wagen rollte quietschend ein Stück näher. »*Ich* fahre. Ich mache sie auf mich aufmerksam, und ich kann mich verteidigen. Ich halte sie auf. Lange genug jedenfalls, um euch allen das Leben zu retten. Außerdem glaube ich nicht, dass sie mir etwas tun werden.« Er zog ein noch größeres Kreuz aus seinem Mantel, als es der Fremde um den Hals trug, und zwinkerte. »Dieses Kreuz wird selbst die wildesten Türken aufhalten.«

Helena lenkte ihr Pferd in seine Richtung. »Herr Manderdinger …«

»Keine Widerrede. Ich gehe.« Seine riesigen Augen schauten in alle möglichen Richtungen, sein Doppelkinn bebte, und die Schweißperlen rannen über seine rosa Wangen.

Helena glaubte auch die eine oder andere Träne auszumachen, doch sie wollte den Mann nicht darauf ansprechen und ihm seine Würde nehmen.

»Lebt wohl«, krächzte er. Als er bei Haris anlangte, streckte er ihm die Hand entgegen. »Gib auf dich acht.« Er wandte sich noch einmal den anderen zu. »Und auf die Königin.«

Haris schüttelte seine Hand. »Wir werden uns wiedersehen.«

»In dieser oder der nächsten Welt. Gewiss.« Und mit diesen Worten trieb Manderdinger seine Mähre an und schepperte mit seinem Wagen an der Gruppe vorbei auf den Fremden zu.

Haris rief ihm nach: »Wir sollten diesem *Mann Gottes* klimperndes Zeug um den Hals hängen und ihn in die Falle jagen, nicht einen der Unsrigen. *Er* soll gehen, nicht einer von uns.«

Der Fremde stand ungerührt da und zuckte mit den Schultern. »Glaubt mir, dann sterbt auch Ihr. Mit diesem Wagen seid Ihr zu langsam.«

Haris knurrte und konnte sichtlich kaum noch an sich halten. »Königin, ein Wort von Euch und ich zerteile diesen Kerl an Ort und Stelle. Er will uns nichts Gutes.«

Der Fremde starrte wieder auf die Krähen. »Ihr habt keine Wahl. Und mit Verlaub, auch nicht mehr viel Zeit.«

Helena lenkte ihr Pferd an seine Seite. »Nennt mir Euren Namen, ehe wir Euch folgen.«

Der Mann verbeugte sich. »Johannes, meine Dame. Ich bin Johannes, und wer seid Ihr?«

Einen Moment lang schien es, als würden alle den Atem anhalten. Als wäre etwas unzweifelhaft Unziemliches geschehen, weil er eine Dame des Königshofs ansprach.

Helenas Augenlider flatterten nervös, und Blut schoss ihr ins Gesicht. Sie wandte sich der schweigsamen Anna auf dem Pferd zu. »Das sind Königin Maria und ihre Gefolgschaft. Und ich bin Helena, der Königin Magd.«

Johannes musterte sie, und einen Moment lang war sie nicht sicher, ob er losprusten würde. Er tat nichts dergleichen, nickte nur und rief: »Also dann, *Königin*, wir sollten keine Zeit verlieren. Folgt mir.«

Wenige Augenblicke später war die Lichtung wieder leer. Die tiefen Räderspuren Manderdingers Gefährts waren nicht zu übersehen, während der finstere zweite Pfad sich unberührt in der undurchdringlichen Dunkelheit zu verlieren schien. Die Krähen hockten noch einige Zeit auf ihren Ästen, als schienen sie zufrieden mit der Darbietung und wollten die Tribünen noch nicht verlassen. Dann stiegen sie hoch, kreischten sich an und zogen ihre Kreise weit über den Baumwipfeln des Waldes.

4

Die Angst trieb sie an.

Wie sonst war es zu erklären, dass sie einem Fremden im blinden Vertrauen durch den Wald folgten?

Der Pfad war rasch so steil und unwegsam geworden, dass sie bald absteigen und die Pferde an den Zügeln führen mussten.

Anfangs hatte Helena noch auf jede Bewegung des Mannes geachtet, hatte argwöhnisch innegehalten, als sie den Sack und das Schwert an seinem Rücken bemerkt hatte, nun stellte sie zudem fest, dass er unter seinem Umhang auch einen Bogen und einen Köcher mit einem Dutzend Pfeilen mit sich trug. Er war offenbar gut bewaffnet, und sie ging davon aus, dass er mit diesen Waffen auch umgehen konnte.

Sie musste zugeben, dass sie den Fremden dafür bewunderte, wie energisch er sich den Weg freischlug, wo die Büsche zu dicht in den Pfad hineingewachsen waren. Der lange Holzstab, den er wie einen verlängerten Arm führte, diente ihm außerdem als Steighilfe über Wurzeln und Felsen, ebenso als Wegbereiter im Unterholz.

Der Fremde drehte sich mehrmals zu ihnen um, und einige Male streifte sie sein Blick, doch irgendwann gab Helena es auf, ihn so beharrlich zu mustern. Sie begann, nur noch auf sich selbst zu achten, denn es fiel ihr immer schwerer, mit den anderen Schritt zu halten.

Natürlich wusste sie, dass die Stadtwache sie nicht als Letzte in der Gruppe laufen lassen würde, doch sobald sie langsamer wurde, hatte sie ein Gefühl, als beobachte sie der Wald. Als griffen seine Äste nach ihr. Würde sie jetzt stehen bleiben oder gar zurückfallen, der Wald würde sie umschließen, ihre Spuren verwischen und sie einfach verschlucken.

Tief unten in einer Schlucht hörte Helena das Rauschen des Vrbas, dessen Verlauf sie nach Norden folgten. Fast kam ihr der Gedanke tröstlich vor, wie es wäre, auszurutschen, den Hang hinabzuschlittern und schließlich über die Felskante zu fallen, immer tiefer, bis sie aufschlagen und alles im großen schwarzen Nichts enden würde.

Sie richtete die Augen Richtung Baumwipfel und bekreuzigte sich hastig. Gedanken wie diese kamen Blasphemie gleich. Gedanken wie diese trieben ihr Angstwellen durch den Körper, denn der Heiland würde sie sehen können, würde sie anblicken und verabscheuen. Wie konnte sie nur so töricht sein und sich der Vorstellung hingeben, am Ende warte nichts als schwarzes Nichts auf sie? Natürlich würde etwas auf sie warten. Das Licht des Herren. Der Himmel. Und im Himmel würde sie auch Stjepan treffen. So war es ihr gelehrt worden, so hatten sie und alle anderen es zu glauben. Allerdings nur unter einer Bedingung – sie durfte nicht einmal daran denken, ihrem Leben selbst ein Ende zu bereiten.

Stjepan …

Bei dem Gedanken an ihn und wie er vor wenigen Stunden in ihre Richtung gezeigt und sie verraten hatte, wurde ihr beinahe übel. Er hatte sie auf ihrer Flucht in zwei Gruppen getrennt, doch nicht etwa in der Hoffnung, auf diese Weise wenigstens seine Frau zu retten. Nein, wie sie jetzt wusste, hatte er gehofft, dass die Türken sie zuerst finden und dadurch von ihm ablassen würden. Wie einfältig sie doch gewesen war. Am Ende hatte er den Feinden sogar die Königsstadt Jajce angeboten in der Hoffnung, sie dann milder zu stimmen. Helena hatte es einfach nicht glauben können und war geblieben, anstatt sofort die Flucht zu ergreifen. So war sie Zeugin seiner Niedertracht geworden. Und seines Todes.

Sie würde ihn am Himmelstor im Angesicht des Herrn ohrfeigen. Noch einmal bekreuzigte sie sich, doch diesmal huschte ein gehässiges Lächeln über ihr Gesicht.

Sie rannten eine Ewigkeit durch den dichten Wald, die Pferde eng an den Zügeln haltend. Irgendwann konnte Helena die Übelkeit nicht mehr zurückhalten. Sie blieb stehen, lehnte sich an einen Baum und übergab sich. Tomas, der Stallbursche, drehte sich besorgt zu ihr um, doch sie bedeutete ihm energisch, weiterzugehen.

Die Wächter standen unschlüssig um sie herum und blickten in alle Richtungen. Ihnen war die Angst anzusehen. Sie wollten weiter. Nur weg. Also glaubten auch sie offenbar nicht daran, dass sie der Wald beschützen würde.

Helena wischte sich die Mundwinkel trocken und nickte ihnen zu, ihr zu folgen, um so rasch wie möglich zu Tomas, Haris und der vermeintlichen Königin aufzuschließen. Und zu dem fremden Kriegermönch Johannes, der wie ein Geist aufgetaucht war.

Als sie aus dem Hohlweg kamen, tauchten die ersten windschiefen Gebäude eines düsteren Weilers auf.

Auf ein Zeichen von Haris blieb der Tross stehen.

»Grenzer«, raunte er und spuckte auf den Boden. »Verdammte Häretiker, man weiß nie, ob sie für uns oder gegen uns sind. Heute schenken sie dir Wein ein, morgen könnten sie schon mit den Akindschi ziehen.«

Mit schmalen Augen achtete er darauf, wie Johannes auf seine Worte reagierte, doch der junge Mann verzog keine Miene.

5

Auf den ersten Blick war nicht zu erkennen, wo die Tiere hausten und wo die Menschen. Hinter einem morschen Gatter wälzte sich eine magere Sau im Dreck. Ein zerrupftes Huhn rannte auf sie zu, ehe es einen Haken schlug und hinter einem schlampig geschlichteten Scheitholzhaufen verschwand. Auf dem Feld, das sich vor dem Wald ausbreitete, mühte sich ein greisenhaftes Bauernpaar ab. Die beiden warfen schwere Heuladungen mit Heugabeln auf einen Karren. Nach jedem Schwung stützte sich der Mann auf das Werkzeug und atmete durch. Seinen kahlen Kopf hatte er mit einem schmutzigen Lederlappen bedeckt, dessen Laschen über die Ohren hingen. Die Frau arbeitete ohne Unterlass in einem Rhythmus, den sie allem Anschein nach schon ihr ganzes Leben innehatte, so träge, aber auch sicher war der Fluss ihrer Bewegungen. Ihr Körper war nicht mehr der jüngste, doch er war kräftig und sehnig und die immerwährende Anstrengung offenbar gewohnt.

Die Sonne hatte ihren Zenit zwar längst überschritten, und der Tag neigte sich dem Abend zu, dennoch brannte sie immer noch erbarmungslos vom wolkenlosen Himmel, der die blasse Farbe des Vrbas hatte. Das Kopftuch der Frau wies Schweißflecken auf.

Ein Mädchen, vielleicht zehn, elf Jahre alt, trug zwei volle Eimer Wasser mit einem Joch über den Schultern vom Brunnen zum Haus. Bei jedem Schritt plätscherte etwas Wasser aus den Behältern und ließ sie innehalten, bis sich die glitzernde Oberfläche in den Kübeln wieder beruhigt hatte. Dann ging es so lange weiter, bis abermals Tropfen herausspritzten.

Der Wind stand still, als eine Krähe sich am Strohdach des Hauses niederließ und einen Schrei ausstieß, der so laut war, dass das Mädchen aufblickte. Auch der Greis auf dem Feld sah nun zu dem gefiederten Tier hinüber und neigte den Kopf, als versuchte er, den Vogelschrei zu deuten. Die Krähe war groß wie ein Kolkrabe, nur grauer und ausgezehrter, auch ihr Schnabel war etwas kleiner, und das Gefieder sah matt und struppig aus. Ihre schwarzen Augen musterten die Menschen rund um den Hof, und sie schien dabei zu grinsen – so hämisch, wie es nur hinterlistige Krähen vermochten. Aus einem Stallgebäude war das nervöse Wiehern eines Pferds zu vernehmen. Und mit einem Mal kam Bewegung in den Weiler.

Der Alte deutete den Vogel aus einer Ahnung heraus wohl als Warnung, denn er rief der Frau etwas zu, wodurch beide sogleich, so schnell sie eben konnten, übers Feld humpelten. Den Esel trieben sie vor sich her und achteten nicht darauf, dass der Karren Heuballen verlor. Die Frau ließ die Heugabel nicht aus den Händen, und der Alte schlug dem Esel immerfort mit einem Stock auf den Hintern.

Das Mädchen stieß einen spitzen Schrei aus, ließ die Eimer fallen und lief ins Haus, aus dem ihr jetzt ein untersetzter Mann mit nacktem Oberkörper und wildem Bartwuchs entgegenlief. Sein Kopf war bedeckt von gekräuseltem Haar, das seltsame Ähnlichkeit mit dem Haar auf seiner Brust hatte. Er griff nach dem erstbesten Werkzeug, das ihm unterkam – einer Holzaxt, die er mit beiden Händen hielt –, und winkte den Alten zu, sich zu beeilen. Er drehte die Axt in seinen Händen, schien fieberhaft zu überlegen, was zu tun sei, und scheuchte das Mädchen dann mit heftigen Gesten an sich vorbei hinein ins Haus.

Als sich der Tross, den der Schrei der Krähe angekündigt hatte, näherte, hatte sich die kleine Familie vor dem Tor zur windschiefen Hütte, die als Behausung diente, aufgestellt. Der Mann mit der Axt, die Frau mit der Heugabel und der Alte, der nun eine Sense in der ausgemergelten Hand hielt. Auch das Mädchen stolperte wieder aus dem Haus und schleppte mit zitternden Händen einen Rossschinder mit sich, den ihr der Mann, der vermutlich ihr Vater war, sogleich tadelnd aus der Hand nahm. Er schlug die Axt in den Türrahmen, schob das Kind neuerlich zurück ins Innere und streckte die gefährliche Stangenwaffe von sich, die Spitze auf die ungebetenen Gäste gerichtet. Mit ihrem kurzen Haken konnte sie sich in Rüstungen verkeilen und Angreifer vom Pferd zerren, der Dorn auf der einen Seite durchschlug Panzerungen, die zweischneidige armlange Klinge konnte furchtbare Verletzungen zufügen. Wenn man diese Waffe zu nutzen wusste, war sie mörderisch, sowohl für Pferd als auch für Reiter. Wenn nicht, hielt sie einen immerhin davon ab davonzurennen.

Helena und der Tross blieben stehen.

»Bitte«, sagte Johannes. »Gebt uns Wasser. Wir wollen Euch nichts tun.«

Der Alte an der Seite des Bauern sagte etwas, das Helena nicht verstand, doch es war unschwer zu erahnen, dass er keinen Millimeter weichen würde und niemandem etwas zu schenken gedachte.

»Bitte«, wiederholte Johannes. »Wir möchten nur Wasser. Dann ziehen wir weiter. Wir werden verfolgt.«

»Von wem?«, schallte die Stimme des Mädchens aus dem Haus.

»Scht«, herrschte der Mann mit der Axt zurück. Er schwitzte jetzt so sehr, dass er blinzeln musste. Seine Brusthaare funkelten im Sonnenlicht. Fieberhaft schien er zu überlegen, wie er mit der Waffe in der Hand, die er offenbar noch nie benutzt hatte, denn er hielt sie mit beiden Händen zu weit hinten, umzugehen hatte.

Doch das Mädchen dachte nicht daran, zu gehorchen. »Wer ist gefährlicher: Ihr oder Eure Verfolger?«

Johannes neigte den Kopf und schien ernsthaft über diese Frage nachzudenken. Dann fiel sein Blick auf ein Stallgebäude, das den Eindruck erweckte, als müsste es beim nächsten mittelschweren Windstoß umkippen. Wieder war von dort das nervöse Schnauben eines Pferds zu vernehmen. Die Äste eines Kastanienbaums lagen schwer auf dem mit Stroh gedeckten Dach.

»Gebt uns Wasser«, wiederholte er, »und dann nehmt das Pferd im Stall und lauft um Euer Leben.«

6

»Sie werden uns verraten«, murrte Haris und schlug mit seinem Säbel zornig Äste aus dem Weg, während sie wieder in den Wald eintauchten.

Als sie den Weiler hinter sich gelassen hatten, hatte Helena beobachtet, wie die kleine Familie an anderer Stelle im Dickicht verschwunden war. Die Alte und der Greis hatten den Esel angetrieben, das Kind hatte einen Sack und die Henne auf dem Arm getragen und der jüngere Mann das Pferd hinter sich hergezogen, ein armseliges Tier, das grau und fleckig war und in seinem Maul blutige Scharten faulender Zähne aufwies.

Helena hoffte inständig, dass sie mit ihrem Erscheinen nicht das Todesurteil für die kleine Familie gefällt hatten. Andererseits wusste sie auch, dass Haris durchaus recht haben könnte. Die einzige Überlebenschance dieser Leute war ihre wechselhafte Loyalität. Würden sie sich zum falschen Zeitpunkt als ehrbare Christen erweisen und den Akindschi ihren Dienst verweigern, konnte das ihr Todesurteil bedeuten. Würden sie sich aber kurzfristig den Akindschi anschließen, würde sie das, sobald die feindlichen Rotten wieder abziehen würden, in Konflikt mit der örtlichen katholischen Kirche und dem herrschenden Adel bringen. Sie wusste von den Geschichten der adeligen Männer, die sich ein ums andere Mal damit brüsteten, Häretiker zur Räson gebracht zu haben, ihre Buben, Mädchen und Frauen im Hafen von Ragusa nach Venedig versklavt, die Männer einfach umgebracht hatten. Das war kein Geheimnis. Alle Welt duldete es. Alle Welt sah zu. Was hätte man auch gegen die Übermacht des Adels mit seinen Rössern und den Rüstungen und Waffen tun sollen? Und wer wusste es schon, vielleicht erging es manchen in der Sklaverei sogar besser, als hier im Frondienst zu darben und niemals auf bessere Zeiten hoffen zu dürfen. Was würde also aus dieser Familie werden? Sklaven, Akindschi, Tote am Scheiterhaufen?

Vielleicht hatte Haris recht mit seinem Zorn. Sie hätten die Familie einfach töten sollen, bevor sie ihnen in den Rücken fallen konnte.

Andererseits hatte Helena in den letzten Tagen schon genug Tod miterlebt. Sie wollte nur fort und war diesem Pilger Johannes dankbar, dass er so energisch darauf gedrängt hatte, die armen Leute gehen zu lassen und weiterzuziehen.

Johannes warf ihr einen Blick zu. Seltsames hatte sich zuvor zugetragen. Als die Bauersleute das Wasser gebracht hatten – der Mann hatte dabei geweint und sie angefleht, ihnen nichts anzutun –, hatte nicht die Königin als Erste aus dem Schöpfer getrunken, sondern die Magd Helena. Offenbar musste sie um der Königin Gesundheit willen Essen und Getränke vorkosten.

Die beiden Frauen hatten einander kurz angeblickt, und Johannes hatte zu sehen geglaubt, wie die Königin Helena fast verschämt zugenickt, dann erst selbst getrunken hatte. Haris hatte Wassereimer und Schöpflöffel an seine Männer und den Stallburschen weitergereicht. Ehe Johannes an der Reihe gewesen war, hatte Haris sich bedient und den Rest seiner Schöpfkelle auf den Boden geschüttet. Johannes waren solche Gesten einerlei, und er hatte sich einfach selbst etwas aus dem Eimer geschöpft. Über den Rand seiner Kelle fiel sein Blick nun noch einmal auf Helena. Sie benahm sich nicht wie eine Magd. Und die Königin benahm sich nicht wie eine Königin.

Helena musterte den Pilger. »Woran denkt Ihr?«, wollte sie wissen.

Johannes setzte einen nachdenklichen Gesichtsausdruck auf. »Die Frau hat gefehlt. Die Mutter des Mädchens«, sagte er.

Das war ihr auch aufgefallen, und sie vermutete, dass sie gestorben war. Wahrscheinlich im Kindbett wie so viele. »Werden sie überleben?«

Er wich ihr aus und sagte: »Die Raben sind wieder da. Die Frage ist: Wie lange überleben *wir*?«

7

Die Hellebarde war das einzige Stück, das er nicht zurückgelassen hatte. Jetzt hechtete Manderdinger durch ein Gebüsch, stützte immer wieder die Hände auf die Knie und versuchte verzweifelt, seinen Atem zu beruhigen, dessen Pfeifen und Rasseln ihn meilenweit verraten musste.

Er hatte die Mähre über den holprigen Weg getrieben, solange es eben ging, doch er hatte sie letztlich zurücklassen müssen. Es konnte nur eine Frage der Zeit sein, bis ihn die kleinen, zähen Pferde der Akindschi einholen würden, also musste er sich in Sicherheit bringen. Nicht dass er Cherub nicht zugetraut hätte, noch tagelang so zu laufen, denn obwohl es nicht so aussah: Diese Stute würde ihn noch um Jahre überleben, davon war er überzeugt. Deshalb hatte er ihr auch diesen Namen gegeben, denn die Cherubim waren in den Geschichten, die man sich erzählte, so etwas wie Engel, die den Thronwagen Gottes namens Merkaba zogen.

Manderdinger hielt sich selbst natürlich keineswegs für Gott, und sein Wagen war auch nur ein quietschendes Klappergestell aus morschem Holz, aber er liebte dieses Tier, und er musste zugeben, in Zeiten wie diesen waren für einen einfachen Mann eine Menge Gefahren zu bestehen, sobald man sich aus den bewehrten Burgen und Dörfern in die Welt hinauswagte. Im Augenblick brauchte er also sogar tatsächlich so etwas wie göttliche Hilfe. Er hechtete über Wurzelwerk, ohne zu wissen, was eigentlich sein genauer Plan war. Cherub würde schon nichts passieren, er selbst brauchte aber ein Versteck. Hastig blickte er sich um.

Er befürchtete, jeden Moment einen Pfeil in den Rücken zu bekommen, waren die Akindschi doch für ihre Kunstfertigkeit, vom Pferd aus haargenau zu treffen, bekannt. Auch die vielen Geschichten von ihren mannigfaltigen Methoden, zu töten, fielen ihm ein. Er hatte einmal davon gehört, dass sie den Vater eines Jungen, den sie entführt hatten, vor dessen Augen gepeinigt hatten, indem sie ihn Handbreite um Handbreite mit Pfeilen übersäten.

Immer wieder hatte Manderdinger über die Schulter geschaut, ob er schon die ersten Schatten seiner Verfolger sehen konnte, und je tiefer er in den Wald vorgedrungen war, desto stärker war seine Gewissheit geworden, dass es kein Entrinnen gab. Solange er auf dem Weg blieb. Also war er abgestiegen, hatte sein Zugtier angetrieben weiterzulaufen und rannte nun nur mit der Hellebarde in der Hand querfeldein in den Wald.

Vielleicht würde sein Ablenkungsmanöver reichen. Vielleicht würde Gott ihm beistehen, obwohl er den Thronwagen verlassen hatte. Manderdinger kniff die Augen zusammen und murmelte ein Gebet, als er ganz in der Nähe das verräterische Knacken eines Zweiges vernahm.

Er hörte das Wispern ihrer Stimmen, wie sie sich Kommandos zuflüsterten und sich dabei so leise fortbewegten, dass ihre Silhouetten wie unnatürliche Erscheinungen von einem Baum zum nächsten huschten. Sie *mussten* seinen Atem rasseln und sein Herz klopfen hören.

Zwischen den Ästen hindurch versuchte er herauszufinden, wie viele es waren, die ihm folgten. Er bemerkte zwei Schatten, die sich näherten, und er malte sich aus, wie er es bewerkstelligen konnte, beide mit seiner Hellebarde zu erledigen. Mit etwas Glück könnte er den einen überraschen und aufspießen wie ein Schwein.

Er hatte das einmal in Belgrad gesehen, als ein halsstarriger Vogelfreier zwei Wachposten darum angebettelt hatte, ein Stück Brot zu bekommen. Es war Winter gewesen, der Kerl hatte am ganzen Leib gezittert und kaum etwas getragen, das man Gewand nennen konnte. Es war ihm anzusehen gewesen, dass er den Tod nicht fürchtete, da er schon seinen Schatten auf sich ruhen spürte. Als einer der Wachposten zugestochen und die Hellebarde in seinen Körper getrieben hatte, war es nicht der Vogelfreie, sondern der Soldat gewesen, der geschrien hatte, wahrscheinlich weil er so entsetzt ob der Wirkung seiner Waffe gewesen war. Bleich hatte er auf den Mann gestarrt, der vor ihm in die Knie ging und ungläubig auf das riesige Ding blickte, das ihm aus dem Brustkorb ragte wie einer der Drachenköpfe, die in den serbischen Mythen die Kalinov-Brücke vor dem Totenreich bewachten. Bis er endlich leblos zusammengebrochen war, hatte es eine Ewigkeit gedauert.

Manderdingers Herz schlug nun so laut, dass er den Boden unter den Füßen beben zu spüren vermeinte. Nein, die Akindschi auf diese Weise zu töten war keine Option. Ihre Schreie würden womöglich noch andere anlocken, und dann hätte er zwar im besten Fall einen Drachen getötet, würde sich aber auch selbst bald im Totenreich wiederfinden. Denn es hieße dann eins gegen eins. und er müsste auf Gott vertrauen, dass sein Gegenüber genauso große Angst vor dem Sterben hatte wie er selbst. Er atmete tief durch. Eines stand jedenfalls fest: Er würde seine Haut so teuer wie möglich verkaufen.

In diesem Moment tauchte eine dritte Gestalt auf. Sie stand plötzlich vor ihm, hatte ihm aber den Rücken zugewandt und stank ganz fürchterlich nach Pferd und Schweiß. Der Mann trug ein weißes Tuch am Kopf, und seine Lederjacke hatte keine Ärmel, sodass Manderdinger die kräftigen Arme sehen konnte. Der Akindschi hatte einen Pfeil am Bogen angelegt, duckte sich ins Geäst und fluchte vor sich hin. Er war Mazedonier, einer der unzähligen Überläufer aus den Ländern, die sich die Osmanen Jahr für Jahr untertan machten. Würde sich der Akindschi jetzt umdrehen, würde er direkt in Manderdingers Gesicht starren, und er wäre gezwungen, ihm seine Waffe in den Leib zu rammen. Wahrscheinlich würde sie sich dort ebenso verhaken wie bei der Stadtwache von Belgrad. Manderdinger wollte das nicht und kniff die Augen zusammen, weil er das Gefühl hatte, sogar das Weiß seiner Augen könnte ihn verraten. Wie lange er schon die Luft anhielt, wusste er nicht, doch lange würde er es nicht mehr schaffen. *Geh schon, verdammt. Geh weiter.* Da richtete sich der Akindschi vor ihm auf, rief den anderen etwas zu und entfernte sich wieder. Manderdinger konnte es nicht fassen: Sie hatten die Suche aufgegeben.

Minutenlang wagte er nicht, sich aus seinem Versteck zu erheben, und es waren erst die johlenden Rufe der Akindschi, die ihn aus seiner Schockstarre weckten. Er näherte sich seinem Wagen und beobachtete, was dort geschah. Drei Männer hatten ihre Satteltaschen mit den Habseligkeiten aus der Kutsche befüllt. Sie reichten einander zu Manderdingers Leid auch einen mit Weißwein gefüllten Bardak, einen Krug, der aus einer Metochi, einer kleinen Gemeinschaft aus dem kosovarischen Ort Velika Hoča, stammte, die bekannt für ihren vorzüglichen Rebensaft war. Die Osmanen verbaten den Weinanbau, umso kostbarer war dieses Getränk, von dem Manderdinger jeden Tag nur einen kleinen Schluck zu sich nahm. Er konnte kaum noch an sich halten, und hätte er es nicht besser gewusst, hätte er vermutet, er sei betrunken vor Wut.

Das Fass zum Überlaufen brachte dann aber einer der tatsächlich schon sichtlich angeheiterten Türken, als der mit seinem Kurzschwert Cherub drangsalierte und das arme Pferd zum Wiehern brachte.

Manderdinger konnte sich nicht länger zurückhalten. Brüllend rannte er auf die Akindschi zu, und noch im Lauf warf er die Hellbarde wie einen Speer, die schließlich im Leib eines völlig überraschten Akindschi stecken blieb.

Das Messer fiel dem Sterbenden aus der Hand, doch Manderdinger beachtete es gar nicht, packte die Hellebarde und bediente sich des Aufgespießten als Rammbock.

Ein zweiter der Kämpfer saß auf einem Pferd, das vor Schreck wiehernd aufstieg und stolperte. Es stürzte zur Seite. Die Spitze der Hellebarde, die Manderdinger dem ersten Akindschi, der immer noch daran zappelte, jetzt vollends durch den Leib geschoben hatte, bohrte sich in seine Brust und ließ das Tier entsetzlich aufbrüllen. In seine Schreie mischten sich die verzweifelten Rufe des Reiters, der unter dem Pferd begraben war und seine Beine nicht freibekam.

Manderdinger fiel durch die Wucht des eigenen Angriffs auf den Bauch und blickte dem Eingeklemmten ins Gesicht. Der

Mann starrte ihn an, als wäre er ein Flaschengeist. Ein Blitzen in seinen Augen verriet, dass sich ein dritter Akindschi von hinten näherte. Manderdinger rollte zur Seite, eine Messerklinge verfehlte ihn um ein Haar und schlitzte stattdessen den Hals des Pferdes auf, das jetzt nur noch röchelte und traurig schnaufte.

In einem verzweifelten Ringen rollte er mit dem dritten Angreifer auf den Boden. Der Akindschi hatte immer noch das Messer in der Hand, doch Manderdinger gelang es, sein Gewicht so einzusetzen, dass er seinen Gegner auf den Rücken drehen, ein Knie auf dessen Brust bekommen und mit dem anderen einen Arm am Boden fixieren konnte. Mit seinen Händen drückte er den Arm des Mannes, der immer noch das Messer hielt, zu Boden und hielt ihn in Schach.

Verzweifelt versuchte der Akindschi, mit den Beinen Manderdingers Hals zu umschlingen und ihn so von sich zu werfen. Doch es gelang nicht, und mit jedem Versuch wurde die Erschöpfung größer. Die beiden gaben keinen Laut von sich, nur ihr Keuchen und Grunzen verriet ihrer beider Kampf auf Leben und Tod. Manderdinger stieg das Blut in den Kopf.

Der Gegner versuchte ihn abzuwerfen. Er bäumte sich dabei jedoch so unglücklich auf, dass ein Arm unter seinem eigenen Rücken zum Liegen kam. Manderdinger verlagerte sein ganzes Gewicht auf ihn, und die Schmerzensschreie des Akindschi verrieten ihm, dass er das Richtige getan hatte. Tränen schossen dem Mann in die Augen. Er musste ihn am Bein oder am Arm verletzt haben.

Trotz des Ringens fixierte Manderdinger immer noch die Hand, in der der Angreifer das Messer hielt. Er spürte, wie die Gegenwehr langsam erschlaffte und sein eigener Überlebensgeist neuerlich erwachte. Langsam begann er dem Akindschi die Hand zu verdrehen. Als dieser bemerkte, was er vorhatte, riss er die Augen auf, murmelte etwas, was Manderdinger nicht verstand. Speichel spritzte aus seinem Mund.

Nun zeigte die Klinge des Messers auf das Herz seines Besitzers. Manderdinger presste die Finger des Akindschi fester um den Griff und legte sein Körpergewicht darauf. Der Mann unter ihm stotterte etwas, es musste ein Bitten und Flehen sein.

»Komm, lassen wir das«, sagte der Sackmann in seiner Sprache. »Hören wir auf. Gehen wir auseinander. Einfach so.« Und: »Bitte nicht.«

Die Worte verklangen, als die Klinge des Messers in seine Brust eindrang. Der Kopf des Akindschi lief rot an, er knurrte seltsam, dann atmete er aus, und nur noch das Knirschen des Gewands, durch das das Messer drang, war zu vernehmen. Nachdem die Klinge das Leder und die Rippen durchstoßen hatte, glitt sie weich durchs Herz. Ein Zittern ging durch den Mann. Er würde nie wieder ein Kind einstecken und versklaven, nie wieder vergewaltigen und töten. Nie wieder ein Pferd quälen.

Manderdinger rollte sich von dem Toten und erhob sich langsam. Sein eigener Atem war ein Pfeifen und Zischen. Sein Herz pulsierte ihm das Blut in einer Geschwindigkeit durch den Körper, die ihn schwindelig machte.

Das Fluchen des eingeklemmten Reiters war nun in ein Wimmern übergegangen und rüttelte Manderdinger auf. Blass und von Übelkeit gequält, näherte er sich dem letzten der drei. Dieser kreischte jetzt, versuchte mit aller Anstrengung, freizukommen, doch sosehr er auch drückte und schob, das Pferd, das auf ihm lag, war zu schwer. Außerdem lag er seitlich verkrümmt, musste längst von Krämpfen geplagt sein. Aus dem dreckverschmierten Gesicht blitzte Manderdinger jetzt das Weiß der Augen an. Er griff sich einen am Boden liegenden Krummsäbel, kniete sich neben sein Opfer, senkte den Kopf und betete. Ein kurzes Gebet, mehr ein Zwiegespräch in der Art von »Es tut mir leid, Herr, aber ich muss das tun«, in dem ihm eine imaginäre Stimme antwortete: »Dann bring es schnell zu Ende.«

Manderdinger öffnete die Augen, sprang von plötzlicher Energie durchdrungen auf die Beine und schlug dem Jammernden mit einem kräftigen Hieb den Kopf vom Leib.

8

Nach der *hora vesperalis* wurde es dunkel. Für das Nachtgebet waren alle zu müde.

Sie schliefen kurz und traumlos, und Helena saß bereits wieder auf dem Pferd, als die *hora prima* einsetzte. Der zweite Tag ihrer Flucht glitt wie ein zäh, aber stets gleichmäßig fließender Fluss vorüber. Der Schmerz in Helenas Rücken wurde zu einem ständigen Wummern, ihre Fersen brannten, und der Wald um sie herum blieb dicht und undurchdringlich, ließ lediglich den schmalen Pfad, auf dem sie sich bewegten, frei.

Wieder *hora tertia*, *hora sexta*, *hora nona*, *hora vesperalis* und schließlich die zweite Nacht. Das zweite Morgendämmern.

Helena beobachtete die Wolkenberge, die zwischen den Baumwipfeln hindurchlugten, und sah, wie die Sonne auftauchte. Da fragte sie sich einmal mehr, wie allmächtig der Herrgott war, dass er die Sonne jedes Mal aufs Neue auferstehen ließ. Mit der *hora vesperalis* und dem Einbrechen der Dunkelheit stürzte die große gelbe Sonnenscheibe auf der einen Seite von der Erde, und am nächsten Tag erschien eine neue Sonne just auf der anderen Seite. Das war doch ein *Wunder*, einerlei, ob die Erde nun eine Scheibe, was manche noch glaubten, oder eine Kugel war.

Die Grillen zirpten so laut über eine Lichtung, an deren Rand sich der Tross entlangbewegte, dass sie den Lärm ihrer Schritte übertönten. Gelsen quälten sie, setzten sich, angezogen vom Schweiß, auf die Haut und stachen und bissen zu. Niemand aus der kleinen Gruppe sprach, und die Angst schien greifbar.

Sie folgten einem Fremden in die Wildnis, und für diesen Leichtsinn konnte es nur diesen einen Grund geben: Panik vor dem, was hinter ihnen war, was sie verfolgte. Helena zweifelte keinen Atemzug lang daran, dass die Türken ihnen immer noch auf den Fersen waren. Die Türken oder diese furchteinflößenden Männer, die dabei zugesehen hatten, als sie Stjepan und seinem Gefolge die Köpfe abgeschlagen hatten.

Die vermeintliche Königin Anna verlor nie ein Wort darüber, aber nun wäre sie auch gar nicht fähig dazu gewesen, so sehr war sie außer Atem. Ihre roten Wangen glänzten, das hochgesteckte Haar hatte sich längst gelöst und klebte ihr im Nacken. Das Kleid war so zerfetzt und ausgefranst, dass sie wieder wie eine Gewöhnliche aussah, und vor Erschöpfung konnte sie die Augen kaum noch offen halten.

Der kleine Tomas war vielleicht der Tapferste von allen. Er klagte niemals, folgte schweigend den Anweisungen der Erwachsenen und half den Damen, wo er konnte, hielt ihnen Äste fern, damit sie sich daran nicht die Kleider aufrissen, oder sammelte am Wegrand Beeren, um sie ihnen zur Stärkung zu reichen. Nun ritt er ganz vorn an der Seite des geheimnisvollen Fremden. »Mein Herr«, hörte Helena ihn sagen, »ist es ungebührlich, wenn ich Euch eine Frage stelle?«

Johannes lächelte. »Das kommt auf die Frage an.«

Tomas zuckte mit den Schultern, einen Versuch war es ihm wohl wert. »Habt Ihr schon viele Länder gesehen?«

»Ich bin weit gereist. Es waren einige.«

»Welches war das schönste Land?«

Johannes überlegte. »Als ich das Meer zum ersten Mal sah, das war das Schönste. Und als ich es verließ und wieder an Land ging, auch.«

»Und musstet Ihr schon oft kämpfen?«

Er zögerte. »Hin und wieder, ja.«

»Habt Ihr schon einmal jemanden getötet?«

Johannes schaute den Burschen von der Seite an. »Das war mehr als eine Frage.« Er schlug dem Pferd die Fersen in die Flanken, sodass es wieder in eine schnellere Gangart verfiel. »Wir haben keine Zeit zum Plaudern.«

Helena starrte apathisch auf die Ohren ihres Reittieres. Sie fragte sich, wie lange sie das noch durchhalten konnten. Sie hätten längst die Save erreichen müssen, doch nicht einmal ein entferntes Rauschen kündigte den Fluss an.

Zwei ihrer Pferde waren bereits verendet. Sie hatten die Tiere in eine Schlucht geworfen und versuchten nun, den verbliebenen wenigstens die Last ihrer Körpergewichte, so gut es ging, zu ersparen, wenn sie sie schon nicht ausruhen lassen konnten. Deshalb saßen mittlerweile nur noch Helena und Anna auf dem Rücken der Tiere, während die anderen zu Fuß durch diesen unendlichen Wald wanderten, ohne zu wissen, wohin genau.

Wenn es stimmte, was Johannes sagte, dann musste sich die Kupa irgendwo vor ihnen und die Save irgendwo zu ihrer Rechten befinden und hinter den Flüssen das wenigstens etwas mehr Sicherheit bietende Ungarnland. Von dort sei es jedenfalls nicht mehr weit zu den Steirern und dem unmittelbaren Einflussgebiet des Kaisers Friedrich, wo sie seinen Schilderungen zufolge in Sicherheit sein würden.

Just in dem Moment, in dem Helena sich fragte, ob es möglich wäre, aufrecht sitzend zu schlafen, hob Haris die Hand und bedeutete der Gruppe, stehen zu bleiben.

»Hier« brummte er, und niemand widersprach. »Hier bleiben wir heute Nacht.«

Sie standen unter einem Felsvorsprung, der von der halben Wurzel eines mächtigen Baums überragt wurde. Hier würden sie Schutz finden und konnten so nah wie möglich aneinanderkriechen, um sich zu wärmen, denn obwohl das Jahr schon fortgeschritten war, waren die Nächte in den Wäldern immer noch sehr frisch. An ein Feuer war allerdings nicht zu denken. Die Flammen hätten sie sofort verraten.

»Wie weit werden wir noch laufen müssen?«

Johannes wusste, dass Helena mit ihm sprach, und doch erschrak er beim Klang ihrer flüsternden Stimme. Die Königin war eingeschlafen, sobald sie sich auf den nackten Erdboden fallen gelassen hatte, und lag – fast hätte er lachen müssen bei dem Gedanken daran, was sie bei Hof darüber schnattern würden – dicht an den Stallburschen gedrückt im Dunkel der kleinen Höhle. Haris und zwei der Wachen waren ebenfalls bereits in tiefe Träume gestürzt. Sie murmelten im Schlaf, während sie schnarchten und furzten. Die beiden weiteren Stadtwachen dösten etwas abseits vor sich hin und täuschten gute Wehrmänner vor.

Helenas Stimme an Johannes' Ohr klang so vertraut, als würden sie und er schon ewig unter einem Dach leben. Als wären sie allein. Im Zwielicht der untergehenden Sonne betrachtete er ihre Konturen. Unzweifelhaft musterte sie ihn ebenso, doch es war nicht zu erraten, was sie im Augenblick dachte.

»Bis wir von einem ins nächste Reich kommen«, antwortete er schließlich auf ihre Frage.

Sie richtete sich auf und zog dabei an ihrem Kleid, das immer noch vom Schweiß des Tages an ihrem Körper klebte. »Wie ist es dort?«

Johannes erstaunte die Frage. »Wie es dort ist?«, wiederholte er, um Zeit zu gewinnen. »Nun, es ist wie hier. Die Menschen sind habgierig, voller Neid und Angst.« Das war nicht ganz die schlagfertige Antwort gewesen, die er sich gewünscht hatte, aber immerhin hatte er ihre Aufmerksamkeit.

Sie schaute ihn mit großen Augen an und war offenbar überrascht über den Ernst in seiner Stimme. »Warum seid Ihr dann fortgegangen?«, fragte sie. »Habt Ihr ernsthaft angenommen, dass es irgendwo auf der Welt anders ist?«

Helena hörte Johannes schmunzeln und war zufrieden mit sich. Doch mit einem Mal hatte sie auch Angst vor seiner Antwort. Womöglich hatten sie ihn verbannt, vielleicht war er verstoßen worden, weil er ein Dieb oder Schlimmeres war.

»Ich musste fliehen.«

Sie hatte es befürchtet.

Sie schnappte nach Luft. Was, wenn er ein skrupelloser, vogelfreier Mörder war? Doch dann erinnerte sie sich daran, kein Schandmal an ihm entdeckt zu haben, kein Zeichen dafür, dass ihn eine Gesellschaft ausgestoßen hatte. Und als er zu sprechen begann, waren all ihre Zweifel weggewischt.

»Ich hielt die Enge nicht mehr aus«, sagte er. »Meine Familie hatte mir nichts zu geben, was ich begehrte. Meine Brüder und ich hatten nicht dieselbe Mutter, und auch wenn sie es mich nie spüren ließen, fühlte ich doch, dass wir nicht zusammengehörten. Ich wollte die Welt sehen, sie wollten das Geschäft ihrer Familie führen. Also habe ich mich einem Ritterzug angeschlossen und bin von meiner Heimatstadt Graz aus mitgereist und wanderte diese Strecke entlang – nur in die andere Richtung. Bis ans Meer. Und dann bis zu einer Insel namens Rhodos. Dort errichten die Rhodesier eine Festung und warten seit Jahren auf den Großangriff aus dem Reich der Osmanen.«

Am liebsten hätte sie ihn für diese Antwort umarmt. Er musste so viel erlebt haben, Geschichten für unendlich lange Abende, und vor allem: Er war kein Geächteter und auch kein Umhergeher, wie die Leute jene Menschen nannten, die von Hof zu Hof zogen und bettelten oder gestohlene Waren feilboten. Kurzum, er war offensichtlich niemand, vor dem man Angst haben musste. Jedenfalls verriet seine Antwort nichts dergleichen.

»Wie ist es in Rhodos?«, wollte sie wissen. »Gleich wie hier? Gleich wie bei den Steirern?«

Er schmunzelte wieder, doch diesmal ärgerte sie sein verschmitztes Grinsen, denn es bedeutete, dass er sich über ihre Unwissenheit lustig machte. Sie fand, diese Arroganz stand ihm nicht.

»*Auf* Rhodos«, sagte er, »umschließt Euch das Meer. Und bei den Steirern sind es die Berge. Auf Rhodos ist Großmeister Piero Raimondo Zacosta allgegenwärtig, ein Adeliger aus Aragonien, Kaiser Friedrich dagegen ist nicht immer in Graz. Er hat oft in Neustadt zu tun oder in Tirol oder anderswo. Aber in Graz sind wir sicher. Die Mauern sind dick. Und bis wir dort ankommen, passieren wir eine Menge Wehrbauten. Cilli, Marburg und viele mehr. Diese Mauern werden unsere Verfolger abschrecken.«

Er machte eine gedankenvolle Pause, und Helena stellte enttäuscht fest, dass er gähnte.

»Bis wir dort sind«, hob er zögernd an, »im Schutz meiner

Familie, wird es allerdings noch Tage dauern. Es ist ein langer, weiter Weg.«

Sie zitterte. Er hätte ihr gern etwas Schöneres sagen können. Etwas Tröstlicheres. Und er hätte nicht so unverschämt sein müssen, in ihrer Gegenwart zu gähnen.

Sie versuchte sich abzulenken, indem sie ihn fragte, warum er denn fortgegangen sei aus Rhodos, und diese Frage versetzte sein Gesicht in Spannung. Das Mondlicht offenbarte einen bitteren Ausdruck um seine Mundwinkel, und zwei tiefe Falten gruben sich zwischen seinen Augen in die Stirn.

»Seit hundertfünfzig Jahren«, sagte er, »kapern die Johanniter von Rhodos aus mohammedanische Schiffe, sie greifen sogar Städte im Osten an, aber sie wissen auch, dass der Feind sich rüstet. Es wird einen Großangriff geben, und Papst Pius II., der als Enea Silvio Piccolomini sein ganzes Leben lang ein guter Freund und Begleiter Friedrichs war, versucht angeblich ein Heer in Ancona aufzustellen. Aber er muss sich beeilen. *Alle* großen Herrscher müssen sich beeilen. Sie wiegen sich zu sehr in Sicherheit und erkennen nicht, dass es die Rhodesier sind, die die Türken binden und sie davon abhalten, mit noch größerer Macht ins Abendland zu ziehen. Aber auf Rhodos leben nur noch ein paar hundert Ordensritter und Söldner. Deshalb hat der Großmeister eine Handvoll Männer ausgesendet, um Unterstützung zu erbeten. Mein Ziel ist also Graz. Mein Ziel ist Gold für neue Söldner. Oder ein Entsatzheer für Rhodos.«

»Und Ihr glaubt wirklich, der Kaiser wird Euch mit Gold überhäuft zurückschicken?«

»Nein, das glaube ich nicht«, sagte er etwas kleinlaut. Der zynische Tonfall ihrer Antwort hatte ihn wohl getroffen. Er wirkte nun fast trotzig, als er hinzufügte: »Aber ich kann ihm berichten, was auf der Insel vor sich geht. Und ich kann ihm berichten, was ich hier im Land der bosnischen Könige erlebte. Sie kommen immer näher. Die Türken wagen sich immer weiter vor. Die Akindschi werden immer kühner, immer dreister. Er muss etwas tun. Er muss sein Volk schützen. Irgendwie.«

Johannes bemerkte erst jetzt, dass Helena näher gerückt war. Die klamme Kälte der Nacht hatte längst auch ihn gepackt, und doch musste er achtgeben, nicht der Versuchung zu erliegen, sich an den Körper dieser Frau zu schmiegen.

Nachdem sie festgestellt hatte, es gebe kein Land der bosnischen Könige mehr, schwiegen sie eine Zeit lang. Er wickelte sich tief in seinen Mantel und versuchte, sein Zittern zu beherrschen. Als Helena dann plötzlich wissen wollte, ob seine Familie wohlhabend sei, irritierte ihn weniger der rasche Themenwechsel. Vielmehr verblüffte ihn, ihren Atem auf seiner Wange zu spüren. Er konnte sich nicht erinnern, wann ihm das letzte Mal eine Frau so nahe gekommen war, aber er musste zugeben, dass es so kalt war, dass er jede körperliche Wärme willkommen hieß.

»Ja, sehr«, erwiderte er zu rasch und hätte sich für diese Antwort am liebsten die Zunge abbeißen können. Wie konnte er nur so leichtsinnig sein? Er wusste zu wenig von diesen Leuten, und wer überleben wollte, noch dazu wo er allein reiste, musste vorsichtig sein. Und misstrauisch.

Diese Frau war schuld daran. Ihre Augen, die im Mondlicht funkelten, ihr Lächeln. Sie kroch unter seine Decke, drückte ihren Körper an den seinen. Die Wärme, die von ihr ausging, war nicht nur unendlich tröstlich, sie entflammte ihn geradezu. Er spürte ihre Formen, und augenblicklich schoss ihm das Blut in die Lenden. Er wollte sich abwenden, doch die Magd klammerte sich an ihn.

»Bitte nicht«, hauchte sie, »mir ist so kalt.«

Da bemerkte er, wie sehr sie zitterte, und ließ ihre Umarmung geschehen. Langsam schwoll seine Erregung ab, und langsam senkte sich auch ihr Atem zu einem regelmäßigen Rhythmus. Sie war eingeschlafen.

Stunden später richtete Johannes sich auf, ging ein paar Schritte und ließ sich auf die Knie fallen. Lateinische Worte vor sich hin murmelnd, *»Pater noster …«*, verdrängte er die Bilder in seinem Geiste, in denen er immer und immer wieder das Gesicht dieser

Frau sah, wie er sie das erste Mal erblickte und ihre Augen aneinander haften blieben. Und wie er sie jetzt am liebsten noch länger umarmt hätte – und mehr. Er schüttelte den Kopf, begann noch einmal von vorn: *»Pater noster …«*

9

Im Morgengrauen spielte die aufgehende Sonne mit dem Tau an den Blättern. Ihre Strahlen glitzerten auf ihnen, ein sanfter Wind blies durchs Geäst und tat alles, um unschuldig zu wirken. Das Wunder eines neuen Tages. Ein hoffnungsvolles Strahlen, das die Schatten der Nacht verdrängte.

Was konnte denn die arglos aufgehende Sonne dafür, dass mit ihr der Tod über die Welt hereinbrach?

Haris fuhr aus einem traumlosen Schlaf hoch. Ein Geräusch hatte ihn geweckt. Er blinzelte. Sah einen der jungen Stadtwächter auf ihn zukriechen. Blut quoll ihm aus dem Mund. Zwei Pfeile steckten in seinem Rücken. Ein zweiter Stadtwächter lag mit zertrümmertem Schädel eine Armlänge entfernt. Vom dritten fehlte jede Spur.

Haris sprang auf die Beine und wehrte dabei einen Schwerthieb ab. Einen Augenblick später und er, der heldenhafte Krieger, wäre im Schlaf erstochen worden. Weitere gegnerische Kämpfer näherten sich. Haris wehrte sich mit aller Macht. Sein Herz klopfte ihm bis zum Hals. Klingen prallten an seinem Kettenhemd ab, und das klagende Lied von Metall auf Metall erklang. Fluchend wünschte er sich seinen Helm herbei, den er während ihrer Flucht aber irgendwo in den Wäldern verloren hatte.

Sie waren offenbar nicht schnell genug gewesen. Sie hätten diese Rast nicht machen dürfen. Er hatte es geahnt und es trotzdem vorgeschlagen.

Drei der finsteren Kerle schlugen beinahe gleichzeitig auf ihn ein, doch er wehrte ihre Hiebe ein ums andere Mal ab. Einer brach unter einem seiner Gegenschläge zusammen, ein weiterer verlor das Gleichgewicht und stolperte. Haris hatte so viele Kriege miterlebt, so viele Schlachten geschlagen, diese Horde wilder Kerle konnte nicht sein Ende sein, *durfte* es einfach nicht.

Mit der Wut im Bauch, überrumpelt worden zu sein, hieb Haris weiter auf die Gegner ein. Die Männer fielen unter seinen Schlägen wie die Strohpuppen, die er beim Schwerttraining in der Burg von Jajce regelmäßig zerstört hatte. Dann stolperte er über eine Wurzel und rutschte in eine Mulde.

Die Angreifer wurden immer zahlreicher, droschen auf Haris ein, bis sein gesamter Körper schmerzte. Und dann geschah es: Ein Surren in der Luft und ein Pfeil bohrte sich in seinen Arm. Das Geschoss drang zwischen Elle und Speiche hindurch, und dessen Spitze mit den Widerhaken ragte auf der anderen Seite hervor. Einen Wimpernschlag nur starrte Haris auf seinen Arm. Er spürte keinen Schmerz. Dann vernahm er ein weiteres Geräusch – ein seltsam unheilvolles Zischen. Zu spät, um zu reagieren.

Die Zeit schien stillzustehen, und doch hatte er keine Möglichkeit, seinem Schicksal zu entrinnen. Es blieb ihm nur noch, den letzten Augenblick auszukosten, den letzten Moment, in dem er kein Krüppel war.

Haris atmete ein. Und aus. Dann durchtrennte ein Krummsäbel Sehnen und Knochen, und sein vom Pfeil durchbohrter Arm fiel von ihm ab wie der Schwanz einer erschrockenen Eidechse.

Augenblicklich kamen ihm die Tränen, wie er seinen Arm so am Boden vor sich liegen sah, den Säbel noch in der Hand. Er starrte fassungslos auf seine Finger, die sich am Boden liegend um den Griff klammerten. Fast gleichzeitig mit der Erkenntnis, dass ihm soeben ein Körperteil abgehackt worden war, trafen ihn der Stachel eines Morgensterns an der linken Schulter und ein Langmesser im Oberschenkel. Die Männer rissen die Klingen aus ihm heraus und stachen und schlugen erneut zu. Etwas traf Haris im Gesicht. Sein Kiefer fühlte sich mit einem Mal taub an. Er spuckte Zähne aus, maßlos erzürnt darüber, wo er doch ohnehin nur noch so wenige im Maul stecken hatte.

Er wollte mit rechts zurückschlagen, doch da war ja kein Arm mehr, und so verlor er das Gleichgewicht neuerlich und stürzte.

Er blinzelte.

Das wilde Geheul um ihn herum verstummte, und er glaubte zu *hören*, dass die Morgensonne ihre Strahlen zwischen die Bäume schickte. Gerührt von dieser Schönheit, konnte er kaum Atmen. Die Welt wurde surreal, ihre Farben flossen ineinander wie in einem Gemälde, das dem Regen ausgesetzt war.

Helena starrte zunächst entsetzt auf Haris, dann auf die Männer, die über sie herfielen wie Nachtschatten. Es passte nicht zusammen, diese glitzernde, fröhliche Morgensonne und all das spritzende Blut und Geschrei. Jemand packte sie an der Schulter und zerrte an ihrem Umhang. Er fiel in Fetzen zu Boden, und auch das Kleid darunter riss und entblößte ihre Schulter. Starke Arme verdrehten ihr den Körper, drückten sie vornüber auf einen Stein. Sie versuchte sich hochzustemmen, trat nach einem Bein und schlug blindlings zu. Ihr Brüllen wurde zu einem unnatürlichen Grunzen. Alles an ihr verkrampfte sich. Doch mehr als einen jähen Schmerz in der Hand, weil sie beim Um-sich-Schlagen die scharfe Seite einer Klinge getroffen hatte, kam dabei nicht heraus.

Ihr Gegner drehte sie jetzt wieder auf den Rücken, und einen Moment lang blickte sie in das aufgeregt verzerrte Gesicht einer mageren Gestalt, unter dessen Oberlippenbart ein Mund voller schlechter Zähne grinste. Übelkeit stieg in ihr auf, der Mann stank nach Pferdemist und tagealtem Schweiß. Dann kam er noch näher und leckte ihr über die Wange. Unbeschreiblicher Ekel überwältigte sie, Tränenbäche liefen ihr aus den Augen. Es graute ihr so, dass sie ein Wimmern und Zittern nicht unterdrücken konnte.

Er grinste nur noch mehr und rief ihr etwas zu, das sie nicht verstand, und einen erschreckend heimtückischen Augenblick lang dachte sie schon, es sei etwas Versöhnliches, etwas Zärtliches gewesen.

Johannes war nur noch wenige Schritte von Helena entfernt. Drei der Verfolger stellten sich ihm entgegen, dem einen hebelte er mit seinem Stock die Beine weg, dem zweiten brach er mit einem furchtbaren Ellbogenhieb die Nase, dann zog er sein Schwert und stach es dem dritten mit Wucht von oben ins Schlüsselbein. Doch dieser Hieb war zu energisch gewesen. Das Schwert steckte fest, Johannes zerrte daran und verlor dadurch wertvolle Zeit.

Den Schlag, der ihn traf, hatte er nicht kommen sehen. Etwas donnerte auf seine Schläfe und ließ ein Dröhnen wie aus tausend Glocken zurück.

Als ließe ihn jemand fallen, ging er vor Helena auf die Knie. Er starrte sie bestürzt an und wusste nicht, was er hier tat. Wer war sie? Was waren das für Leute, die auf sie einschlugen? In wessen Körper steckte er? Aus einem unbestimmten Grund wusste er nur eines: Dieses wunderschöne Mädchen musste ihn ansehen. Er musste sie dazu bringen, *ihn* anzusehen. Nur ihn. Dann würde alles gut werden. Und immer noch das unaufhörliche Dröhnen in seinem Kopf.

Helena wusste nicht, woher sie die Gewissheit nahm, aber selbst jetzt, wo Johannes sich einer Überzahl gegenübersah, glaubte sie nicht daran, dass er zu besiegen war. Sie hatte es zum ersten Mal gespürt, als er Haris mit seinem Überraschungsangriff in die Knie gezwungen hatte: Dieser Mann war etwas Besonderes. Gestern Nacht dann, als er sich zum Gebet abgewandt hatte, hatte sie noch über ihn schmunzeln müssen. Etwas Hinreißendes ging von ihm aus. Sie fühlte sich beschützt von ihm. Zusammen mit Haris bildete er ihr Schutzschild. Mit diesem Gedanken war sie am Abend eingeschlafen und hatte sich trotz all der Ängste der Stunden und Tage zuvor endlich wieder geborgen gefühlt.

Jetzt blinzelte Johannes sie an. Entsetzen lag in seinen Augen. Er tastete nach seinem Schwert. Fand es nicht. Blut rann an seiner Schläfe hinab. Er sagte etwas, das sie in all dem Kampflärm nicht hören konnte, doch sie las an seinen Lippen ab. »Schaut mich an«, stammelte er. »Schaut mich an.« Als könnte sein Antlitz – so schön und zärtlich es ihr in diesem Moment erschien – das, was noch kommen würde, verdrängen.

Kämpft, um Gottes willen. Kämpft und beschützt mich!, wollte sie rufen, doch ihre Stimme versagte. Ein kalter Luftzug ließ sie spüren, dass ihr Kleid hochgeschlagen wurde. Sie schauderte, aber ließ Johannes nicht aus den Augen.

»Meine Königin!«, rief plötzlich Anna. »Meine Königin, es tut mir so leid.«

Helena schaute auf zu einem Pferd, das soeben im Begriff war, das Schlachtfeld zu verlassen. Ein hinter der blassen Schönheit im Sattel sitzender, umso schmutziger und banaler wirkender Grobian umklammerte die vermeintliche Königin Anna mit einer Hand, in der anderen hielt er die Zügel.

Die Fremden um sie herum schienen einen Moment irritiert, und Helena hatte Zeit, sie genauer zu betrachten. Die Schar umfasste vielleicht dreißig, vierzig Krieger, die einem auffällig großen, hageren Mann folgten, der auf einem ausgezehrten Gaul saß. Der Hagere trug bunte Lumpen am Leib, besser konnte sie es nicht beschreiben. Der hohe weiße Turban war schmutzig, das Kettenhemd spannte sich über ein graues Wams, darunter trug er ein zerrissenes Leinenhemd. Seine Beine steckten in blauen weiten Hosen, die in roten Schaftstiefeln mündeten, aus denen ein Zeh ragte. Unter anderen Umständen hätte er wie ein trauriger Niemand ausgesehen. Bestenfalls wie ein fahrender Händler oder einer dieser Menschen, die bettelnd von Dorf zu Dorf zogen.

Doch Helena hatte diesen Mann schon einmal gesehen, und zwar vor gar nicht allzu langer Zeit, und da hatte er weit mehr Macht ausgestrahlt, als seine Kleidung verraten würde. Macht über Leben und Tod.

Das war ein Bey, jener Akindschi-Anführer, der den Befehl gegeben hatte, Stjepan, dem letzten bosnischen König, den Kopf abzuschlagen. Die Todesengel hatten sie also eingeholt. Und jetzt würden sie sie töten.

Der Bey näherte sich nun dem Pferd, auf dem Anna saß, und schaute immer wieder hinunter zu Helena.

»›Königin‹?«, raunte er und blitzte die beiden an.

»Bitte tut meinem Buben nichts. Und bitte verschont die

Königin«, wiederholte Anna, die durch das Zaudern des Beys neue Hoffnung schöpfte und dabei völlig vergaß, dass sie selbst es war, die die Rolle der Königin zu spielen hatte.

»›Königin‹?«, wiederholte der Bey und machte dabei ein Gesicht, als hätte er ein kniffliges Rätsel gelöst. Er hatte das platte Antlitz einer Eule, eine flache Nase, Brauen mit wüstem Bewuchs und Augen, die in ihren Höhlen hin- und herrollten wie Murmeln. Der Bart, der entlang seiner Oberlippe wuchs, ließ ihn noch mürrischer aussehen, als er ohnehin schon wirkte.

»Was sagst du da?«, schnarrte er mit seinem scharfen mazedonischen Akzent. Anna wurde, sofern das überhaupt möglich war, noch eine Spur blasser. Vielleicht hatte aber auch nur die Morgensonne eingesehen, dass all ihr Glanz die Tragödie nicht verhindern konnte.

Sie wimmerte. Dann fiel der Blick des Beys auf Helena, die immer noch am Boden kniete. Seine Augen weiteten sich. Er bellte einen Befehl, und der Griff um Helenas Handgelenke lockerte sich.

Sie wurde auf die Beine gezerrt, und das Vogelgesicht stieg von seinem Pferd. Er landete scheppernd auf dem Waldboden, kam auf Helena zu, packte sie unsanft am Kinn und schaute ihr ins Gesicht. Trotzig hielt sie ihm stand. Sie wollte nicht, dass ihre Vergewaltiger und Mörder sahen, wie sehr sie sich fürchtete. Einen Moment lang hatte sie sogar vorgehabt, den Mörder ihres Mannes anzuspucken, doch sie ließ es bleiben, denn wer wusste schon, wozu diese Kerle noch fähig waren.

Als erahnte der Bey ihre Gedanken, lächelte er und betrachtete schamlos ihren Bauch, der sich leicht aus ihrem Kleid wölbte.

»Täuschung«, raunte er mit einer Stimme, die unangenehm hoch und kratzig war und an den Klang eines Wetzsteins beim Schärfen einer Klinge erinnerte. »*Das* ist die Königin.« Das Eulengesicht lächelte erneut und sprach weiter in ihrer Sprache. »Ich verstehe nur nicht, wozu. Dachtet Ihr etwa, wir ließen die Magd laufen und geben uns mit der falschen Königin zufrieden?«

Helena antwortete nicht.

»Dachtet Ihr etwa, der Königin würde Schlimmeres widerfahren als ihrem Gefolge?« Der Mann lachte rau. »Diese List Eures Mannes war genauso eine Torheit wie sein ganzes Leben. Niemand entkommt uns. *Niemand.* Die Welt gehört uns. Jeder Winkel.«

Sie schauderte, denn mit einem Mal wurde ihr bewusst, wie weit die Akindschi schon nach Norden vorgedrungen waren. Sie mussten bereits im vom Ungarnkönig Corvinus regierten Land sein. Glaubte sie den Worten Johannes', konnte sogar die Grenze zum Heiligen Römischen Reich nicht mehr fern sein. Ihre Gedanken überschlugen sich.

»Wisst Ihr, was die Wahrheit ist, Verehrteste?«, raunte die Eule und machte ein Zeichen mit der Hand. »Wir töten die, die wir nicht brauchen. Für die anderen erzielen wir hohe Preise. Ihr werdet die Krönung unseres Vorstoßes sein. Ihr werdet an einen Harem verscherbelt. Eine Königin. Eine *richtige* Königin ...« Sein Lachen war jetzt mehr ein Wiehern, dann senkte er seinen Arm.

Helenas Blick huschte zu Anna, die immer noch auf dem Pferd vor dem Fremden saß. Sie wollte etwas sagen. Konnte es aber nicht. Einen Augenblick danach war es zu spät dazu, und noch ehe Helena um ihr Leben bitten konnte, schnitt eine Klinge über den Hals der falschen Königin, Blut tropfte auf die Mähne des Pferdes, das nervös mit den Hufen stampfte. Die Magd fiel vom Rücken des Tiers und blieb reglos liegen.

Tomas' Stimme war nun zu hören. Helena entdeckte ihn am Waldrand stehend, an den Sattel eines Reiters gebunden. Er schrie »Mutter, Mutter!«, doch es dauerte nicht lange, bis seine Rufe von den Schlägen, die er sich einfing, erstickt wurden und sie ihn forttrieben, immer tiefer in den Wald hinein, bis er nicht mehr zu sehen war.

Die Männer starrten auf die Sterbende, ehe der Anführer sinnierte, es sei immer wieder erstaunlich, auf welch mannigfaltige Weise das Leben aus dem Körper weichen könne. Dann erhob er das Wort, sodass ihn alle hören konnten. »Wir haben jetzt die richtige Königin. Sie trägt noch dazu ein Kind im Bauch. Behandelt sie gut.«

»Und den Mönch?«, wollte einer wissen und trat nach Johannes, der noch immer gekrümmt vor Schmerzen am Boden lag.

»Ein Mönch?« Der Anführer lächelte. »Wir sollten ihm helfen, seinen Glauben sichtbarer zu machen, damit die Menschen hier erkennen, dass es nur einen Gott gibt. Was meint Ihr, Königin, sollen wir das tun? Sollen wir den Menschen zeigen, dass ihr Gott der falsche ist und sich nur in die Gehirne des Volkes frisst, ohne es zu beschützen? Er ist nur ein Zeichen, sonst nichts ... Ihr werdet sehen.«

Die Männer verstanden, grinsten erwartungsvoll und mordlustig und zerrten Johannes auf die Knie.

10

Johannes hatte den Schmerz kommen sehen, und trotzdem überraschte ihn seine Heftigkeit. Sie hatten ein Feuer gemacht und die Klinge einer Axt in die Flammen gehalten, bis sie glühte. Wehrlos auf dem Boden liegend, hörte er nur Helenas Wimmern und fühlte, wie die Zeit viel zu schnell verstrich. Sie hoben die Axt aus den Flammen, drückten seinen Kopf auf einen Stein und pressten ihm die glühende Klinge auf die Stirn. Er schrie Speichel spuckend auf, die Pein drang nun bis in die Zehenspitzen vor. Die Klinge brannte sich durch sein Haar, und er war überzeugt davon, dass sie ihm, wenn sie nicht bald von ihm abließen, den Kopf einfach durchbrennen würde.

Unter all der Qual stellte er sich die Frage, wer diese Männer waren. Sein Unterbewusstsein versuchte ihn abzulenken, ihn mit Fragen zu betäuben. Was hätte er darum gegeben, wenn es ihn einfach ohnmächtig hätte werden lassen?

Dies waren Akindschi, die unkontrollierte Vorhut eines zehntausendköpfigen Heeres, das wiederum mit so gefürchteten Kriegern wie den berittenen Timarli Sipahi oder den Janitscharen für Angst und Schrecken sorgte. Vor allem von den Janitscharen, den versklavten Christen, die zur Eliteeinheit umgepolt worden waren, wusste er genug, um sie zu fürchten.

Doch auf die Horden der Akindschi traf er zum ersten Mal, und sie hatten alle Gerüchte bestätigt. Man erzählte sich, dass sie ohne Feldabzeichen kämpften und ihren eigenen Regeln folgten. Sie durften plündern und töten, wo und wen sie wollten. Die Pfeile ihrer Reflexbögen durchschlugen Rüstungen, sie tauchten völlig überraschend auf, kannten weder Ehre noch Gnade und lebten einzig von dem, was ihre Beute hergab. Sie waren völlig unberechenbar und deshalb so gefährlich.

Sie ließen von Johannes ab, doch der flammende Schmerz blieb. Als sie die Klinge drehten und sie neuerlich auf seine Stirn pressten, streckte er seinen Rücken durch, krampfartig zuckten seine Muskeln, ehe er nicht mehr anders konnte und so lange brüllte, bis seine Stimme brach.

Seine Peiniger lachten nur und zerrten ihn auf die Beine. Das versengte Fleisch an seiner Stirn stank. Sein Kopf glühte.

»Und jetzt, mein Freund«, krächzte der Anführer, »werden wir dich kreuzigen. Vielleicht bringt dich das deinem Gott etwas näher.«

Es war Johannes unbegreiflich, woher sie so schnell die Holzpflöcke hatten. Jeder ihrer Handgriffe ergab Sinn, sie arbeiteten schnell und effektiv – als gehörte es zu ihrem Alltag, Menschen zu quälen.

Sie legten Johannes auf einen Querbalken. Jemand drückte seinen Arm mit einem Knie auf das Holz. Seine Gedanken überschlugen sich. Er rief: »Aber ihr seid doch auch Menschen und glaubt an einen Gott! Ich bin ein Diener Gottes! So lasst mich doch frei …«

Der Bey betrachtete ihn so teilnahmslos, als würde ein Hund verprügelt, und sprach ihn mit deutscher Zunge an: »Ich sehe nur einen jungen Kerl vor mir, der eine Kutte trägt und wimmert. Ich sehe das Gesicht eines Bauern, die Haare eines Bauern, die Sprache eines Bauern.« Er beugte sich tiefer zu Johannes hinab. »Und ich sehe nur einen Kerl, der lügt. Du bist kein Mann Gottes. Du bist ein Niemand. Jemand wie wir. Nur auf der falschen Seite.«

Johannes sah ihm nicht in die Augen. Sein Blick glitt hinüber zu seinem ledernen Beutel, aus dem immer noch der Köcher mit den Pfeilen ragte.

Der Bey folgte seinem Blick, erhob sich und packte den Sack. Er leerte ihn aus uns betrachtete mürrisch, was zum Vorschein kam. Essensreste, der Köcher mit den Pfeilen, ein Leinentuch, ein in Leder und eine Rinderblase gehülltes Päckchen. Der Bey hob es hoch.

»Was ist das?«, wollte er wissen, doch Johannes schwieg.

Der Akindschi öffnete es und betrachtete das Buch, das zum Vorschein kam. Es war kaum größer als seine schwieligen Handflächen, und die trockenen Fingerkuppen kratzten am feinen Papier. Der Bey betrachtete die Seiten missbilligend, er konnte die Schrift darin offenbar nicht entziffern. »Soll das deine Bibel sein, *Mönch*?« Der Hohn in seiner Stimme war nicht zu überhören.

Als Johannes immer noch nicht antwortete, ließ der Bey das Buch achtlos auf den Boden fallen.

Die Erleichterung darüber, dass er es weder zerrissen noch verbrannt hatte, war Johannes beinahe anzumerken. Doch mit dem nächsten Atemzug hämmerten neue Gedanken an seine Schädeldecke. Der Druck auf seinen Arm verstärkte sich. Sein Puls raste, und sein Atmen ging stoßweise. Das Gebet ... Wie lauteten die Worte? Sie fielen ihm nicht ein ...

Abermals verfielen seine Peiniger in wildes Gelächter. Sein Kopf schmerzte so sehr, die Wunde brannte, als stünde sie unter Flammen. Diesmal klang das Lachen der Türken fast hysterisch, so voller Vorfreude waren sie.

Er suchte nach einem Anhaltspunkt in der Umgebung. Fand das Buch. Ließ es los. Er brauchte irgendetwas, woran er sich festhalten konnte. Was ihn im Todeskampf trösten konnte. Er fand Helena. Starrte sie an wie ein Götzenbild. Zwei Akindschi hielten sie fest, gruben ihre schwieligen Finger in ihre Oberarme. Ihm fiel wieder ein, was die letzten Augenblicke offenbart hatten: Sie war eine Königin. Er lächelte. Helena war eine *Königin*. Er hatte sich in eine Königin verliebt, das konnte doch keine Sünde sein.

Eine Faust traf ihn am Kiefer, sein Kopf krachte auf den Holzbalken.

»Nicht lachen«, knarrte die Stimme eines besonders hässlichen Akindschi, der im Begriff war, ihn an den Balken zu fesseln.

Johannes konnte kaum noch einen klaren Gedanken fassen. Diese Männer würden ihn ans Kreuz nageln wie Jesus Christus. Sie hatten keinen Grund dazu, er hatte nichts Böses getan, und doch starb er den schrecklichsten aller Tode. Jeden Moment würden sie ihm die Eisenbolzen in den Unterarm jagen. Würde der neue Schmerz die Qualen in seinem Kopf lindern? Es stank immer noch nach seinem eigenen verbrannten Fleisch.

Er betete wieder, versuchte die Angst wegzudenken, flehte Gott um die Vergebung seiner Sünden an. Er schloss die Augen. Wie sollte er unter diesen Voraussetzungen ehrenvoll sterben? Er würde jammern wie ein Kind. Wie konnten Menschen einander so etwas antun?

Einige seiner Folterknechte machten sich über den Leichnam Annas her, tasteten ihren Körper ab und rissen an den Stoffen ihrer Kleidungsstücke. Es schien ihnen nichts auszumachen, an einer Toten herumzunesteln. Dann kam jemand mit einem Nagel herbei, einem rostigen Nagel, so lang wie ein Mittelfinger.

Johannes flüsterte: »Hört auf.«

»Was? Seid still, der Kerl hat etwas zu sagen – vielleicht nimmt er uns die Entscheidung ab.«

»Hört auf«, wiederholte Johannes.

Der Kerl hob das Buch auf und legte es Johannes auf den Bauch. Dann nahm er dem anderen den Nagel aus der Hand. »Jetzt kannst du beten«, sagte er und grinste, während er den Nagel an Johannes' festgebundenem Arm ansetzte.

Der Bey, der nun etwas abseits stand, murmelte jetzt etwas in seinem fremden, rauen mazedonischen Akzent – und allein der Klang der Worte trieb Johannes eine Gänsehaut über den Körper. Sein Peiniger schaute auf das Buch, das sich unter Johannes' heftigem Atem auf und ab bewegte. Dann setzte er die flache Rückseite einer Streitaxt, die er plötzlich in der Hand hielt, am Nagel an.

Johannes schloss die Augen. *»Pater noster …«*

Der Mann holte aus zum Schlag.

In diesem Augenblick öffnete der Himmel seine Schleusen.

11

Die strahlende Morgensonne verdunkelte sich, und ein unheimliches Sirren lag in der Luft.

Es regnete. Es regnete schwarze Pfeile, begleitet von einem unheilvollen Geräusch wie das Zischeln Hunderter Schlangen.

Johannes öffnete die Augen und blickte in das Gesicht eines der hässlichen Kerle, die soeben noch im Begriff gewesen waren, ihm Schauerliches anzutun. Der Mann grunzte ihn an, brachte aber kein Wort mehr hervor, da ein Pfeil seinen Hals durchbohrt hatte. Eine Blutfontäne ergoss sich auf Johannes, und der röchelnde Leib des Akindschi kippte auf ihn. Der Körper drückte ihm schwer auf die Brust, doch er spürte auch, wie weitere Pfeile den Rücken der Leiche durchlöcherten. Ringsherum fielen die Gegner wie Puppen. Die übrigen ließen alles liegen und stehen und liefen unkoordiniert auseinander.

Johannes' Stirn brannte. Er tastete mit seiner freien Hand nach dem Gürtel des Leichnams, der immer noch auf ihm lag, und zog ein Messer daraus hervor. Es kostete ihn unendliche Mühe, den Toten zur Seite zu stoßen. Danach durchschnitt er das Seil seines an den Balken gefesselten Arms und richtete sich auf.

Der Anblick, der sich ihm jetzt bot, war verstörend. Die Akindschi waren in ein wildes Gefecht verwickelt worden, denn nach dem ersten Pfeilhagel schlugen jetzt schwarze Panzerreiter auf sie ein. Auch wenn diese zahlenmäßig unterlegen schienen, war ihre Kampfkraft erschreckend. Ihre Rüstungen, die Schultern und Oberkörper bedeckten, funkelten in der Morgensonne. Der Rest ihrer Körper war in graues Leinen gehüllt. Ihre Helme hatten kein Visier, und so waren ihre finsteren Gesichter mit den dunklen Bärten zu sehen, was ihren Anblick nicht weniger beängstigend machte. Sie mähten sich mit Bihändern und Streitäxten durch die Akindschi, die nun langsam wieder ihre Fassung zu finden schienen und zu einer einigermaßen geordneten Schlachtformation übergingen.

Johannes erkannte sofort, dass die schwarzen Reiter kampferprobte und disziplinierte Männer waren, die Akindschi dagegen rangen wie ein Rudel wilder Hunde. Sie schlugen um sich, spuckten und traten und warfen sich mit einer Leidenschaft ins Gefecht, die er selten zuvor gesehen hatte.

Inmitten all des wilden Geschreis und Schlachtenlärms krabbelte Johannes auf allen vieren auf seinen Beutel zu, der immer noch dort lag, wo der Bey ihn fallen gelassen hatte. Er wickelte das Buch wieder ins Leder und stülpte die Rinderblase darüber, ehe er es zurück in den Sack schob. Er wollte auch die Pfeile und den Bogen an sich nehmen, als er aus dem Augenwinkel eine Gestalt in Leopardenfell auf sich zustürmen sah. Johannes griff nach dem Schwert, hob es an und stolperte, erschüttert vom Aufprall des heranstürmenden Akindschi, zurück. Der Mann war ihm geradewegs in die Klinge gelaufen.

Johannes rappelte sich hoch, zog die Klinge, die sich tief in die Rippen des Fremden gebohrt hatte, heraus und betrachtete dessen Todeskampf. Der Mann versuchte seine Wunde zuzudrücken. Seine Augen traten aus den Höhlen, und Blut quoll aus seinem Mund.

Johannes hängte sich den Lederbeutel über die Schulter und wandte sich ungerührt ab.

Er entdeckte Helena, die umringt von miteinander Kämpfenden am Boden kauerte. Klingen bohrten sich gefährlich nahe um sie herum in den Boden oder wirbelten durch die Luft. Johannes lief auf sie zu, stieß zwei Gegner, die aufeinander einprügelten, zur Seite, zog Helena auf die Beine und sprintete mit ihr los.

Da hielt ihn die Königin – sie war eine *Königin*, blitzte der Gedanke wieder in ihm auf – zurück.

»Haris!«, schrie sie.

Sie standen vor der Mulde, in der der Hüne lag, der eigene abgeschlagene Unterarm lag auf seinem Bauch.

»Seht doch, ihm ist nicht mehr zu helfen«, antwortete Johannes bestürzt darüber, dass sie überhaupt noch daran dachte, den Riesen mitzunehmen.

Helena blickte ihm in die Augen. »Bitte.«

In diesem Moment brandete neuerlich wildes Kampfgeschrei auf. Offenbar waren weitere Akindschi aus dem Wald dazugestoßen, die finsteren Reiter wurden zurückgedrängt.

Johannes traf eine schnelle Entscheidung. Er sprang in die Mulde, zerrte an Haris und hob ihn auf seine Schulter. Der Riese stöhnte auf, ließ seinen abgeschlagenen Arm aber nicht los. Als Johannes es aus der Mulde schaffte, folgte er Helena, die vor ihm her auf den dichten Wald zulief.

Aus den Augenwinkeln sah er, wie auch Tomas ihnen folgte. Der flinke Stallbursche hatte sich offenbar befreien können, lief jetzt mitten durch das Schlachtfeld auf sie zu. Es war ein Wunder, wie er sich zwischen den tödlichen Schlägen und Schwüngen hindurchmanövrierte. Johannes glaubte, dass er es schaffen könnte, so wieselflink, wie er sich bewegte. Doch plötzlich packte den Jungen eine Hand am Kragen und riss ihn von den Beinen. Helena schrie, der Bey lachte sie an und warf den Buben auf ein Pferd, auf dem er dann auch selbst aufsaß.

Mit einem heftigen Schlag an die Schläfe beendete er das Zappeln des Jungen und pfiff zwei seiner Schergen zu sich heran. Er warf ihnen den schlaffen Körper zu. Dann drehte sich der Bey wieder zu Johannes um, der noch ein Dutzend Schritte bis zum Waldrand hatte. Der Akindschi starrte ihn an, Johannes begriff, machte kehrt und rannte mit Haris auf den Schultern um sein Leben.

12

Es war mehr ein Instinkt gewesen, vielleicht auch nur ein Fehltritt, der Johannes einen Seitenschritt machen ließ. Keine Handbreit neben ihm schlug krachend ein Pfeil in einen Baumstamm ein. Kurz darauf surrte ein zweiter Pfeil über ihre Köpfe hinweg und landete irgendwo im Wald. Er sah Helena an, dass sie Panik hatte. Ihre Beine bewegten sich nahezu unkontrolliert, der Stoff ihres Kleids riss an Dornen und Sträuchern auf und entblößte ein Knie. Dort erkannte er eine blutende Stelle. Auch ihr Arm blutete, und einen Moment glaubte er, sie atmen zu hören. Mehr noch, sogar ihr Blinzeln schien ein ohrenbetäubendes Geräusch zu erzeugen. Die Welt um ihn herum geriet aus den Fugen, und sein Geist nahm sie verzerrt und unwirklich wahr.

So vernahm er etwa das Poltern von Hufen im weichen Waldboden als Donnern, das nahezu lautlose Zischen von Pfeilen als wildes Geheul. Das Gewicht von Haris drückte auf seine Wirbelsäule, er hatte Mühe, den Kopf überhaupt noch gerade zu halten.

Der Lederbeutel. War er noch an seinem Rücken? Im Laufen warf er einen Blick auf seine Hand, die noch immer das Schwert hielt. Sein Kopf dröhnte. Der Abdruck eines Kreuzes bohrte sich in seinen Schädel.

Johannes rannte aufs Buschwerk zu und achtete nicht mehr darauf, ob der Weg, den er einschlug, der richtige war. Er wollte nur fort von den mordenden Horden in seinem Rücken. Ein halbes Dutzend Atemzüge lang hatte er die entsetzliche Gewissheit, Helena verloren zu haben, dann tauchte sie wieder vor ihm auf. Aber warum rannte sie denn nicht?

»Lauft!«, brüllte er.

Er bekam kaum noch Luft. Jetzt konnte er deutlich fühlen, dass der Boden unter ihren Füßen bebte. Der Bey auf seinem Pferd musste dicht hinter ihnen sein. Er würde sie jeden Moment überrennen.

»Lauft«, wiederholte Johannes atemlos, doch er brachte nur noch ein tonloses Seufzen zustande.

Helena rührte sich immer noch nicht. Eine Träne rann über ihre Wange. Und als er sie erreichte, wusste er, warum. Sie standen vor einem Abgrund. Ein Schritt weiter und sie würden hundert Ellen weit in die Tiefe stürzen. Unten rauschte ein Fluss.

Johannes drehte sich um. In diesem Moment sprang das Pferd des Beys aus dem Unterholz, es stieg in die Luft, der Akindschi-Anführer spannte einen weiteren Pfeil.

»Springt!«, brüllte Johannes, packte Helena am Arm und riss sie mit sich fort in die Tiefe.

Der Lärm der Schlacht verstummte.

Im nächsten Moment drehte sich ihm der Magen um, und er wedelte mit den Armen. Die Felswand stürzte an ihm vorüber. Haris' Körper löste sich von seiner Schulter. Kurz fühlte Johannes sich befreit. Dann verlor die Welt ihren Halt. Er sah den Fluss auf sich zuspringen, dann wieder den Himmel, der sich zu einem schmalen Streifen zu verengen schien. Heute würde ihn niemand kreuzigen. Heute würde er nur zerschmettert auf einem Felsen am Ufer eine Flusses landen.

II

Die Vogelfreien

1

Manderdinger trieb Cherub mit sanften Peitschenhieben an, und doch ließ sich die Stute nicht zu mehr als einem gemächlichen Trab hinreißen. Lediglich an ihren weit aufgerissen Augen erkannte er, dass auch ihr der Schreck in den Knochen saß. Das treue Tier musste geahnt haben, dass sein Schicksal kurz davor gestanden hatte, besiegelt zu sein, als die drei Akindschi aufgetaucht waren.

Warum nur drei?, fragte Manderdinger sich indes immer wieder. Er war nun schon seit Stunden unterwegs, hatte den Ort längst weit hinter sich gelassen, an dem er den streunenden Türkenkötern den Garaus gemacht hatte, und wollte doch keinen Augenblick verweilen. Vielleicht waren die drei nur die Vorhut gewesen, und es folgten ihnen Dutzende nach. Würden sie ihn erwischen, er könnte sich gar nicht ausmalen, wozu sie in ihrem Rachedurst fähig sein würden. Andererseits, wären den drei Akindschi andere gefolgt, hätten sie ihn längst erreichen müssen.

Manderdinger war eine Zeit lang entlang der Pliva Richtung Meer gefahren, ehe er an einer Weggabelung dann wieder nach Norden abgebogen war und diesen Pfaden nun schon seit Stunden folgte. Er wusste, wie gefährlich es war, allein zu reisen. Noch dazu in dieser Gegend, in Zeiten wie diesen. Bestimmt wusste alle Welt längst, dass die Akindschi durchs Land zogen. Es gab nur die Möglichkeit, zu fliehen oder sich ihnen anzuschließen. Ein einzelner Mann mit einem Karren war da ein leichtes Ziel.

Doch Manderdinger saß auf keinem herkömmlichen Wagen, und er wurde auch nicht von einem herkömmlichen Tier gezogen. Cherub lief und lief und wurde niemals müde. Manderdinger dagegen musste sich am Kutschbock festbinden, wollte er nicht vom Wagen fallen. So schlief er ein, ließ sich vom Gerumpel seines Gefährts in einen weichen Traum geleiten und spürte, wie die kühle Nachtluft an ihm vorüberstrich. Immer weiter, immer fort. Wenn er einmal aufschreckte, griff er mit einer raschen Bewegung nach seiner Hellebarde und lauschte. Doch sosehr er sich auch Mühe gab, in den Wald hineinzuhorchen, um das Schnauben und Stampfen von Pferden oder das Rufen der Reiter auszumachen, er hörte nichts. Es gab keine Verfolger. In diesen gottverlassenen Wäldern war er gottverlassen allein. Die drei Leichen wurden irgendwo in all dem Dickicht wohl schon von Tieren angefressen.

Im Morgengrauen schaute Manderdinger sich um und betrachtete die Beutestücke, die er seinen Opfern abgenommen hatte. Die gekrümmten Klingen der beiden Säbel blitzten hervor, ein hübsches Messer mit leicht gekrümmter Klinge ebenso wie die schrecklichen Spitzen eines Morgensterns.

Einem der Türken hatte er auch die Stiefel ausgezogen, aber noch keine Zeit gehabt, sie anzuprobieren, einem anderen hatte er die Weste vom Leib zerren wollen, es aber nicht geschafft, ohne sie zu zerreißen. Danach hatte ihn die Geduld verlassen. Er war auf den Kutschbock gesprungen und hatte Cherub angefleht, zu fliegen, wie es einst die Cherubim getan hatten.

Er überlegte. Sie waren westlich an Banja Luka vorübergeritten. Ob die anderen die Save bereits erreicht hatten und weiter nach Norden geprescht waren? Er glaubte es nicht. Trotz ihres Gewaltrittes würde eine solche Reise im Dickicht dieser Wälder mindestens zwei Tage dauern.

Und er selbst? Wo konnte er sein? Das Meer war bestimmt noch weit weg. Andererseits, wenn er es bis Rijeka schaffen würde und von dort nach Triest oder Venedig und dann immer weiter nach Westen, würden ihm die Osmanen bestimmt nichts mehr anhaben können. Er dachte an die Geschichten der Seefahrer, die draußen auf dem Meer Routen nach Süden und Westen suchten, ans Frankenreich, an Burgund, die Erzählungen über Wikinger … Halt! Er musste sich Einhalt gebieten. Seine Angst bekämpfen. Er konnte nicht ans Ende der Welt fliehen, dorthin hatte er doch nie gewollt.

Vielleicht brauchten ihn Haris und die anderen gerade jetzt

mehr denn je. Wenn ihm selbst nur drei Akindschi gefolgt waren, dann mussten Dutzende hinter der Königin und ihrem kleinen Gefolge her sein. Manderdinger kniff die Augen zusammen, seine Unterlippe bebte. Dann gab er Cherub das Zeichen, wieder schneller zu werden.

Nach Stunden, in denen er dem beißenden Gestank von Rauch gefolgt war, erreichte er eine kleine Lichtung, die er nicht zu betreten wagte, ehe er sich nicht ein Bild gemacht hatte. Er sah die Baracken eines Kleinkeuschlers vor sich, windschiefe Scheunen und Unterstände und ein Wohngebäude, dessen Strohdach in einer Rauchwolke unterging. Aus den Maueröffnungen quoll ebenso Qualm, und an einer Querstange, die zum Trocknen von Lederhäuten diente, hingen kopfüber zwei Körper vom Wind angetrieben an knarzenden Seilen. Ihre Arme berührten beinahe den Boden.

Manderdinger murmelte ein Stoßgebet und trieb Cherub an, sich dem Hof zu nähern. Das Pferd wurde unruhig, da es die Leichen witterte, doch er zwang es weiter, vorbei an den verkohlten Überresten einer Greisin, die an einen Zaun gebunden war. Dahinter sah er zwei Schweine mit offenen Bäuchen auf dem Rücken liegend, einen Ochsen, dem ein Bein fehlte und der wohl elendig zugrunde gegangen war.

Als er an den beiden hängenden Leichen vorüberritt, erkannte er, dass es zwei Männer gewesen sein mussten. Man hatte ihnen Schlimmes angetan, das Innere nach außen gekehrt, und er betete für sie, dass sie vorher gestorben waren.

Der Wind wehte immer wieder den trockenen Rauch in seine Richtung. Dennoch blieb Manderdinger stehen und stieg vom Kutschbock. Er hatte schon viel Leid gesehen, viele arme Menschen, doch aus irgendeinem Grunde löste der Anblick dieser Leichen besonders schmerzliches Mitleid in ihm aus. Er konnte diese Familie nicht so hinterlassen, Christen sollten einander auch im Tod nicht missachten. Wenigstens vor wilden Tieren sollten sie geschützt werden.

Es dauerte Stunden, bis er den dreien ein Grab geschaufelt und sie hineingelegt hatte. Ein letzter Blick auf den immer noch knisternd brennenden Hof, ehe er sich auf seinen Wagen setzte und sein Pferd anwies, diesen Ort endlich zu verlassen. Doch als er aufschaute, fuhr ihm der Schreck in die Glieder, als hätte ihn jemand soeben in Eiswasser geworfen.

Vor Cherub stand ein Mädchen am Weg, das Haar hing ihm ins Gesicht, die Augen blitzten ihn zwischen den dicken Strähnen hindurch an. Das Kind hatte die Hände zu Fäusten geballt, und er rechnete schon damit, dass es wie von Sinnen auf ihn zustürmen würde wie eine der gefürchteten Furien im Wald der Legenden.

Manderdinger hatte davon gehört, von Exorzisten, die durchs Land zogen, um vom Teufel Besessene zu heilen, und er hatte sich die Opfer immer so vorgestellt wie dieses Mädchen, das nun vor ihm stand. Es legte den Kopf auf die Seite und ließ ihn nicht aus den Augen. Was, wenn es wirklich ein Dämon war, ein Schreckgespenst, das ihn als nächstes Opfer auserkoren hatte? Er griff mit der einen Hand nach dem Kreuz um seinen Hals und mit der anderen nach der Hellebarde, ehe er krächzte, die Kreatur solle aus dem Weg gehen.

»Weiche!«, rief er und hoffte, energisch genug zu klingen. »Weiche, Fliegenherr!«

Da begann das Kind zu weinen und kauerte sich auf den Boden.

Manderdinger blickte unschlüssig zwischen seiner Hellebarde und dem Mädchen hin und her. Er kam sich töricht vor. Hatte er tatsächlich vor diesem kleinen Wesen Angst gehabt, wo er doch vor ein paar Stunden noch drei mordlustige Türken getötet hatte?

Er stieg ächzend vom Kutschbock und ging zögernd auf das Kind zu. Es war völlig verstört, stotterte etwas davon, dass der Vater bald wiederkommen werde, er sei nur Beeren sammeln gegangen, und die Großeltern fütterten nur noch schnell die Schweine. Es wolle warten.

Manderdinger sah hinüber zu den drei Leichen. Der Vater und die Großeltern …

Noch während er das Kind hochhob und zum Wagen trug, war es eingeschlafen. Und als er die Lichtung verließ, in den Wald eintauchte und dort endlich wieder frische Luft atmete, weil der Wind den Rauch in die entgegengesetzte Richtung blies, murmelte die Kleine im Schlaf. Fast wünschte sich Manderdinger, dass sie nicht aufwachen würde, denn seine Nächstenliebe hatte ihn vielleicht tatsächlich einen Dämon auf seinen Wagen heben lassen. Wer wusste das schon in Zeiten wie diesen?

2

Als Helena aufwachte, war sie nackt. Sie konnte es spüren, weil ihr der Wind über die Haut strich und sie runzlig werden ließ. Der Schrecken der vergangenen Stunden kam ihr augenblicklich in den Sinn, und sie erwartete jeden Moment eine weitere Pein. Es war jetzt so weit – jemand würde ihr die Beine auseinanderreißen und sie nehmen.

Sie atmete schwer, fühlte, wie ihre Brust sich hob und senkte. Besser, sie ließ es geschehen, als sich dagegen zu wehren. Sie hatte es so oft von den gemeinen Frauen gehört, dass sie, wenn sie keinen Mann an ihrer Seite hatten, der sie beschützte, Freiwild waren. Jene, die sich gewehrt hatten, hatten oft böse Verletzungen davongetragen.

Als sie die Augen öffnete, stand Johannes über ihr. Er hatte ihre Kleider in der Hand, beugte sich hinab und legte sie neben Helena auf den Wiesenboden. Er sah erschöpft aus, aber auch verwirrt. Helena bemerkte, dass er vermied, sie anzusehen.

»Hier, ich habe sie getrocknet.«

Sie lächelte unendlich erleichtert, doch er konnte es nicht sehen.

»Könnt Ihr Euch erinnern?«, fragte er. »Wir sind gesprungen. Ich habe Euch aus dem Fluss gezogen. Ihr habt gefroren und das Bewusstsein verloren. Ich musste etwas tun.« Er sprach schnell, war nervös, und Helena deutete das als gutes Zeichen.

Sie sagte strenger, als sie wollte: »Dreht Euch sofort um.«

Und während er mit dem Rücken zu ihr stand, zog sie ihre trockenen Kleider an, das Unterhemd, den aufgerissenen Rock und den Umhang. Schuhe hatte sie keine mehr. Sie konnte jedes einzelne ihrer Glieder spüren, und doch war sie heilfroh, dass ihr offenbar nicht mehr zugestoßen war. Sie konnte sich nahezu schmerzfrei bewegen, wenngleich ihr tatsächlich die Erinnerung an das, was nach dem Fall ins Wasser passiert war, fehlte.

Sie tastete ihren Bauch ab, fühlte auch hier keinen Schmerz.

Offenbar hatte sie sich nicht verletzt, nur wenn sie daran dachte, was ihr vor dem Sprung ins Wasser beinahe passiert wäre, stellten sich ihr die Nackenhaare auf. Sie strich sich über ihre Unterarme, hätte sich am liebsten die Haut heruntergerissen, so sehr ekelte es sie vor dem Kerl, der über sie hergefallen war. Nach und nach wurde ihr bewusst, wie viel Glück sie letztendlich gehabt hatte. Sofort schämte sie sich aber für den Gedanken. Die Magd, die sie Königin Maria genannt hatte, war tot. Tomas' Schreie hallten in ihr nach. Tränen verwischten ihr Sichtfeld. Alles war nur ihretwegen geschehen.

Plötzlich stieg es ihr noch einmal heiß auf. »Wo ist Haris?«

Johannes drehte sich um, und ihr fiel auf, wie mitgenommen er wirkte. Die Wunde an seiner Stirn sah grauenvoll aus und verunstaltete sein hübsches Gesicht. Und wieder plagte sie ihr schlechtes Gewissen: Sie hatte den Fremden in eine schreckliche Lage gebracht.

»Ihr meint den großen, behaarten Kerl, der mich mit seinem Stummelarm fast erwürgt hätte?« Wenigstens hatte er seinen Sinn für Humor nicht verloren.

»Das habe ich gehört, hässlicher Johannes mit dem hässlichen Kreuz.«

»Haris?« Helena sprang auf die Beine und stürzte auf die Uferböschung zu. Haris lag dort auf dem Rücken im Schutz eines Weidenstrauchs. Sie wollte ihm um den Hals fallen und schreckte doch zurück. Er sah elend aus. Seine Augen flatterten fiebrig, seine Stirn glänzte, und sein Gesicht war so blass wie Nebel.

Er trug nur noch ein Leinenhemd, ein Ärmel des Hemds war von der Schulter weg abgetrennt. Der Stoffteil umwickelte stattdessen den Stumpf, der offenbar aufgehört hatte zu bluten.

»Ich musste die Wunde ausbrennen, um zu verhindern, dass er verblutet«, sagte Johannes leise. »Ich weiß aber nicht, ob es nicht schon zu spät dafür war …« Schuldbewusst blickte er zu Boden.

Dass er mit seiner Einschätzung recht haben könnte und seine Wundversorgung nur notdürftig war, sah Helena auch daran, dass Haris am ganzen Leib zitterte.

»Lasst mich sterben«, flüsterte der Hüne jetzt.

Johannes betastete mit einer Hand die Stirn des Riesen. Haris' Augen rollten in ihren Höhlen, er murmelte etwas Unverständliches, wahrscheinlich einen Fluch, der Johannes treffen sollte, dann schien er einzuschlafen.

Wenig später standen sie am Ufer des Flusses und starrten auf die andere Seite. Dort endete der Wald abrupt und mündete in eine felsige Wand.

»Sind wir von dort gekommen?«, fragte Helena.

»Nein, wir sind etwas abgetrieben. Es geht hier auch keine Brücke über den Fluss. Aber wir sollten dennoch bald aufbrechen und keine Zeit verlieren.«

Helena schaute hinüber zu Haris, der sich im Fieberwahn im Unterholz wälzte. Er kämpfte in Gedanken wohl immer noch gegen eine Überzahl, doch es war nur eine Frage der Zeit, bis er diesmal für immer verlieren würde.

»Wird er es schaffen?«

Johannes zuckte mit den Schultern, ließ den Wald am anderen Ufer jedoch nicht aus den Augen. »Ich habe seine Wunde gewaschen, sie mit grünem Moos ummantelt und sie in sein Hemd eingewickelt. Aber ich kann ihm nichts gegen seine Schmerzen geben. Ich habe keine Wundsalbe dabei, ich brauche Honig, Öl und Bienenwachs. Er müsste sich ausruhen, still liegen, doch wir müssen weiter. Ins nächste Dorf.«

»Woher wisst Ihr das alles?«

»Ich bin ...« Johannes stockte, griff sich an die Stirn, die von den beiden grauenhaften Furchen durchzogen war, die die Akindschi ihm mit einer angesengten Axt ins Fleisch gebrannt hatten. Ein Kreuz auf dem Kopf. »Ich habe Euch ja erzählt, dass ich Mitglied des Johanniterordens bin. Man nennt uns auch Hospitaliter. Wir verbringen viel Zeit mit Kranken.«

Helena musterte den jungen Mann. Wäre ihre Lage nicht so ernst gewesen, sie hätte jetzt geschmunzelt über den feierlichen Stolz in seiner Stimme. Oder war es etwa Verlegenheit ihr gegenüber? Huschte sein Blick nicht gerade über ihr entblößtes Knie?

»Wir müssen weiter«, sagte er schnell, so als fühlte er sich ertappt. Dann blickte er auf den schwitzenden Riesen zu seinen Füßen. »Um Haris willen.«

Helena wandte sich abermals der Felswand zu. »Aber sie werden uns nicht einfangen?«

»Nein, das werden sie nicht. Wir sind nun in einem Gebiet, das von Ungarn beherrscht wird, vielleicht sogar schon von kaiserlichen Truppen. Wer weiß das in diesen Tagen schon so genau? Ich bin mir jedenfalls sicher, dass wir soeben die Save überquert haben. Die Truppen, die uns gerettet haben, haben die Türken vielleicht sogar vollends in die Flucht schlagen können. Wir sind bald im Reich des Kaisers.«

Johannes seufzte. Helena hätte ihn umarmen können, so hilflos wirkte er manchmal.

»Was uns das Schicksal auch beschert, ich muss an den Hof des Kaisers in Graz. So schnell wie möglich. Die Türken kommen immer näher, versteht Ihr? Wenn die Akindschi erst einmal auftauchen, ist das reguläre Heer nicht mehr weit. Sie schicken ihre Horden immer voraus, um Angst und Schrecken zu verbreiten, doch der wahre Schrecken kommt dann erst. Es gibt hier kaum befestigte Wehranlagen. Wir müssen die Grazer warnen.«

»Aber wer waren diese schwarzen Männer, Johannes? Diese anderen, die uns gerettet haben?«

Er schaute sie bekümmert an. »Habt Ihr Angst vor Dämonen?«

Vor Helenas innerem Auge tauchte noch einmal die Schlacht auf und verursachte ihr ein wildes Schaudern. Die Krieger, die plötzlich aufgetaucht waren, waren im Gegensatz zu den Akindschi über und über in Eisen gehüllt. Ihre Harnische waren mit einer seltsamen Gravur versehen gewesen, der Darstellung eines Drachen, und die Schilde hatte ein weiteres Tier geziert, eines, das weniger der Sagenwelt entsprang: ein silberner Vogel unter einer grellen Sonne. Ein Rabe …

Mit einem Mal kannte sie die Antwort selbst. Dies waren Mitglieder der legendären Fekete Sereg, der Schwarzen Armee, der Elitetruppe des ungarischen Herrschers Matthias Corvinus, über die man sich unfassbare Gräueltaten erzählte. Dieses Heer bestand aus Söldnern aus aller Herren Länder, aus Böhmen und Mähren, sogar aus den deutschen Landen, dem Banat, der Walachei und Siebenbürgen. Dies waren Männer, die das Handwerk des Tötens zu ihrem Leben gemacht hatten, zu ihrem Beruf, Männer, die keine Heimat mehr hatten.

Und nun wusste Helena auch, dass diese Männer gar nicht gekommen waren, um sie zu retten. Sie waren hier, um sie zu töten. »Der Ungarnkönig Corvinus hasste Stjepan dafür, dass er aus Serbien geflohen war«, sagte Helena tonlos. »Corvinus' Vater Johann Hunyadi hat Belgrad im Jahr des Herrn 1456 gemeinsam mit der von den Predigen des Franziskanerpaters Giovanni da Capistrano aufgestachelten Bauernschaft eingenommen und Mehmed in die Flucht geschlagen. Doch es hat ihm kein Glück gebracht. Hunyadi starb kurz darauf an der Pest, einige Wochen später streckte die Krankheit auch Capistrano nieder. Hunyadis Sohn László wurde im Jahr darauf enthauptet, und für Matthias ist dieses Land seither wie ein Heiligtum. Die kampflose Flucht aus Serbien verzieh er Stjepan nie. Er hatte nie vor, uns zu retten. Er wollte uns nur töten. Alles, was an den verhassten Stjepan erinnert. Seine Frau und …«, sie fasste sich an den Bauch, »… sein Kind.«

»Und warum hat er dann nicht dabei zugesehen, wie das die Türken erledigen?«

Helenas Unterlippe zitterte. »Vielleicht wollte er es selbst tun.«

Johannes schüttelte den Kopf. »Da war noch mehr. Ich habe gesehen, wie die Akindschi kurz die Fassung verloren. Sie riefen einander den seltsamen Namen Drăculea zu. Dies waren keine normalen Mitglieder der Schwarzen Armee. Es müssen die Drachenreiter der Walachei gewesen sein, angeführt vom schlimmsten Feind der Türken. Wir haben sogar auf Rhodos von ihm gesprochen.« Johannes schaute Helena jetzt tief in die Augen. »Nicht nur die Türken sind hinter Euch her. Auch Vlad III. folgt Euch.« Dann sah er zu dem dahinrauschenden Fluss. »Die Leute nennen ihn Țepeș, den ›Pfähler‹.«

3

Schweigend vollführte Johannes seine Handgriffe und hing dabei schweren Gedanken nach. Er dachte an Rhodos und daran, wie er sich an der Seite des Marschalls der Insel bei einer Gefechtsübung verhalten hatte. Die Erinnerung holte ihn ein, und er sah sich, wie er als junger Mann von vierzehn Jahren zum Knappen ausgebildet worden war.

Er hatte die Aufgabe, gemeinsam mit einem zweiten, einem französischen Bauernsohn, dessen Vater ihn einst verkauft hatte, den Marschall zu unterstützen. Der Marschall kam auf seinem Schlachtross näher, funkelte ihn hinter dem Helm hervor an und streckte schweigend seine Hand aus. Mit einem geschickten Wurf platzierte Johannes eine sechs Ellen lange Lanze aus Fichtenholz darin. Der Marschall wendete, holte aus und donnerte die Lanze in einen Gegner aus Strohballen.

Im selben Moment ließ er sich vom Pferd fallen, zu zweit fingen sie den in Eisen gehüllten Ritter auf und halfen ihm auf das zweite der vier bereitgestellten Pferde. Johannes reichte ihm das Langschwert, doch der Ritter lehnte ab.

»Nimm du es und wehr dich!«, rief er.

Johannes hatte nicht viel Zeit, verwundert darüber zu sein. Ein zweiter Ritter war zu Fuß aufgetaucht und hieb auf ihn ein. Damit hatte er nicht gerettet. Warum sollte er auf einmal kämpfen? Er war doch bloß Knappe.

Geschickt wich Johannes aus, parierte einen weiteren Hieb und sprang mit gestrecktem Bein auf den Gegner zu. Er versetzte ihm mit dem Schuh einen Schlag gegen den Helm. Der Ritter ging in die Knie und konnte Johannes, der sich abrollte, nicht schnell genug folgen. Johannes traf ihn erneut, diesmal an der Schulter.

Der Ritter strauchelte, blieb aber auf den Beinen. Er holte aus und schlug mit dem mit Eisenplatten verstärkten Lederhandschuh zu. Der Schlag hätte Johannes' Gesicht zertrümmert, doch abermals war er flinker, duckte sich weg und kam wieder außer Reichweite des Mannes.

Es war das letzte Mal, dass Johannes sich Sorgen um seine Gesundheit machen musste. Jedenfalls an diesem Tag. Der Ritter winkte plötzlich, nahm keuchend seinen Helm vom Kopf, und prompt sah sich Johannes umringt von einem halben Dutzend unheimlicher Männer in Rüstungen. Erst jetzt bemerkte er, dass auch der französische Knappe einen Gegner bekommen hatte. Dieser Kampf war jedoch nicht zu dessen Gunsten ausgegangen, der Bursche hielt sich den Kopf und wimmerte. Eine tiefe Wunde an seiner Stirn ließ ihm das Blut wie ein Wasserfall übers Gesicht rinnen.

Nun näherte sich der Marschall Johannes. Auch er zog den Helm ab, und zum Vorschein kam das verschwitzte vollbärtige Haupt eines Gascogners. Er lächelte Johannes zu, und seine Stimme donnerte über den Burghof: »Dies, meine Freunde, ist ein künftiger Sergeantenbruder, einer, der an unserer Seite kämpfen wird.« Und an den Bauernsohn gewandt, fügte er hinzu: »Und dieser hier wird auch einmal so weit sein. Wenn er nicht vorher stirbt.«

Gelächter schallte über den Burghof, das schließlich mit konzertanten Schlägen mit den Schwertschäften auf die schlichten Schilde mit den achtspitzigen Kreuzen beendet wurde.

»Johannes, steh auf!«, rief der Marschall. »Du machst dich gut. Vielleicht wirst du eines Tages als Gonfaloniere an meiner Seite in der Schlacht das Banner der Johanniter tragen. Ich bin stolz auf dich.«

»Wie kann man nur mit einer so schweren Waffe kämpfen?«

Helena riss ihn aus den Gedanken.

Aus einem Netz aus Weidenstöcken und ihren Umhängen hatte er eine Trage gezimmert, die er nun mit bloßen Händen hinter sich herzog.

Helena trug sein Schwert, das ihr bald schwer in der Hand lag.

Johannes keuchte vor Anstrengung, zog er den Verwundeten doch schon seit Stunden durch die Wälder.

»Zwei Schwünge, atmen«, schnaufte er, »Standbeinwechsel, zwei Schwünge, atmen, Ausfallschritt, Schlag von oben, Hieb von unten, Ausfallschritt. Zu Atem kommen. Auf die Seite rollen, springen, den Gegner überraschen, ein Hieb mit dem Eisen bewehrten Ellbogen. Wenn man dann noch lebt, macht man eine Pause, zieht sich zurück, hilft seinem Kameraden, der seinerseits eine Rast benötigt. Ihr habt recht, niemand kann mit Schwert und Schild stundenlang kämpfen, ohne sich auszuruhen. Aber die Schlacht ist die Mutter von Wut und Angst, sie sind die Familie, sie begleiten dich. Man ist einer von ihnen und wird eins mit ihnen …«

Helena betrachtete ihn, während er sprach. Sie hatten das Ufer des Flusses, in den sie gesprungen waren, längst hinter sich gelassen und mussten viele Meilen weiter nördlich sein. Die Sonne hatte ihren Zenit längst überschritten.

»Hört auf«, sagte sie. »Ihr wirkt, als hättet Ihr Sehnsucht danach, Euch in die Schlacht zu stürzen. Der Kampf klingt bei Euch wie ein Gebet.«

Johannes schnaufte. »Es *ist* ein Gebet.«

In der zweiten Nacht seit ihrem Sturz in den Fluss wusste Johannes, dass ihm etwas einfallen musste, wollten sie überleben. Haris dämmerte im Fieber dahin, und Helena hörte kaum auf zu weinen. Sie machte sich Vorwürfe, da ihre List Opfer gefordert hatte. Sie trauerte um ihre Magd und um deren Sohn Tomas, den die Akindschi verschleppt hatten.

Johannes war überzeugt davon, dass sie den Buben nicht getötet hatten. Alle Welt wusste, dass sie junge Burschen mit großer Vorliebe versklavten. Im Idealfall ließ sich aus diesen Gefangenen gutes Geld machen, denn wenn sie kräftig genug waren, ließen sich daraus Janitscharen formen, die gefürchtetste Waffe des Sultans – christliche Krieger, die mit sagenumwobenem Drill zu mohammedanischen Elitekämpfern ausgebildet wurden. Im Stillen betete Johannes für den kleinen Tomas, dass er nicht auf einer Galeere landen oder als Spielgeselle eines alten Lustmolchs enden würde. *Möge er überleben, und das möglichst gut.*

Sie hatten einen weiteren, kleineren Fluss erreicht, und Johannes beugte sich über das Wasser, das im Mondlicht sein Spiegelbild zurückwarf. Er musste feststellen, dass er entsetzlich aussah. Die Wunde an seiner Stirn eiterte; die Narbe würde immerwährend sichtbar bleiben. Er war für alle Zeit gebrandmarkt.

Das Flusswasser kühlte seine Stirn. Die Blasen an Händen und Füßen waren aufgeplatzt und schmerzten.

Als er zurück zur Lagerstatt kam, die sie sich eingerichtet hatten, sah er, dass Haris schweißgebadet war, seine Lippen waren blutleer und sein Armstumpf so purpurrot wie das Festgewand des Großmeisters. Helena war blass. Er betrachtete sie besorgt.

»Wann werdet Ihr das Kind bekommen?«

»Bevor der Winter anbricht.«

Johannes nickte. Seine Hand betastete ihre Stirn. Wer von ihnen würde zuerst sterben?

Sie tranken das Wasser aus dem Fluss und nagten an dem Fisch, den er zuvor über kleinem Feuer gebraten hatte. Seit zwei Tagen waren sie keiner Menschenseele mehr begegnet, und doch nagte die Angst an ihnen, dass jeden Moment Pferde aus dem Unterholz springen könnten.

Sie waren bisher nur sehr langsam vorangekommen, alle paar Meter musste Johannes eine Pause machen, und es kam ihm vor, als würde Haris, obwohl der kaum etwas aß, immer schwerer werden. Johannes war so geschwächt von den Anstrengungen des Marsches, dass er den Fisch kaum zwischen die Zähne brachte.

»Und Ihr seid also wirklich eine Königin?«, fragte er so beiläufig wie möglich, doch es war ihm vermutlich anzusehen, dass die Frage schon lange in ihm brannte.

Helena hob eine Augenbraue, saß steif und so würdevoll wie möglich auf einem Stein. »Als ich zwölf war, hat mich mein Vater mit Stjepan verheiratet, dem Despoten von Serbien. Er wurde König, damit bin ich wohl Königin, ja.«

»War es Eure Idee oder seine, die Rollen mit Eurer Dienerin zu tauschen?«

Helena starrte auf ihre bloßen Füße, die wund getreten und verschmutzt waren. »Seine. Aber ich habe sie mitgetragen. Ich habe gedacht, dass mich das retten würde, aber dabei nicht an meine Magd gedacht. Ich habe sie auf dem Gewissen.«

Johannes beobachtete sie, während er weiter von seinem Stück Fisch abbiss. »Nein«, sagte er kauend und spürte, wie mit jedem Bissen wieder ein wenig mehr Lebenskraft durch seinen Körper strömte. »Ihr habt sie *gerettet*. Sie hätten sie sonst geschändet und dann an jemanden verkauft, der sie ebenso geschändet hätte. In ihrem Leben hätte sie nichts mehr gehabt, das ihr Zuversicht gegeben hätte.«

Den Blick, den Helena ihm daraufhin zuwarf, konnte er nicht deuten. Im ersten Moment dachte er, es läge Verachtung darin, dann Dankbarkeit.

»Aber«, sagte er, »soweit ich weiß, hieß Stjepans Frau Maria und nicht Helena. Seid Ihr also nun die Königin, oder seid Ihr es nicht?«

Überrascht hob sie den Blick. »Maria war der Name, den ich nach unserer Hochzeit angenommen hatte. Mein Mädchenname ist Helena. Das ist mein richtiger Name.«

Johannes zuckte mit den Schultern, um möglichst gleichgültig zu wirken, was Helena offenbar zornig machte.

»Ach, Ihr glaubt mir nicht? Na, ist mir gleich. Ich muss Euch auch nicht alles glauben. Zum Beispiel was Eure guten Absichten betrifft. Was hat es mit dem Buch auf sich, das Ihr bei Euch tragt? Ihr habt es in Sicherheit gebracht, noch bevor Ihr zu Eurem Schwert gegriffen habt.« Ein Schatten zog über ihr Gesicht. »Noch bevor Ihr mir und Haris geholfen habt.«

Der unscheinbare Ranzen lag auf Johannes' Schoß. »Das Buch ist für meinen Bruder«, sagte er knapp. »Es ist nicht weiter von Belang. Nur ein Geschenk.« Er warf den abgenagten Stecken ins Feuer, wischte sich die Hände an den Hosenbeinen sauber und grinste. »Helena gefällt mir besser.«

Helena durchschaute sein Ablenkungsmanöver und beschloss, bis auf Weiteres kein Wort mehr mit ihm zu wechseln.

»Und?«, hörte sie ihn noch fragen, während sie sich auf den Boden fallen ließ und die Augen schloss.

»Was, ›und‹?«

»Habt Ihr ihn geliebt? Euren Mann?«

Helena ärgerte sich über die unziemliche Frage. Was ging es ihn an? Er war doch nichts als ein Fremder. Und außerdem, wie kam er darauf, dass sie ihm intime Fragen beantworten würde, wo er ihr doch nur wenige Atemzüge davor ausgewichen war?

Dennoch konnte sie nicht umhin, an die letzten Jahre zu denken. Sie hatte wieder Mühe, ihre Tränen im Zaum zu halten, auch wenn sie diesmal vor allem dem Zorn geschuldet waren, der immer wieder aus ihr ausbrechen wollte. »Stjepans Vater hat meine Familie besiegt«, sagte sie und bemerkte selbst, wie trotzig ihre Stimme dabei klang. »Um weitere Tote zu vermeiden, kam es zu Verhandlungen, deren Ergebnis war, dass mein Vater mich an Stjepans Vater verkaufte. Zwei Monate nach unserer Hochzeit mussten wir fliehen, da Mehmeds Truppen in Smederevo einfielen. Wir eilten nach Bosnien, an den Hof von Stjepans Vater. Dann starb er, und Stjepan bat den Papst um Hilfe, doch dieser reagierte nicht. Dann bat er die Venezianer, ihm beizustehen, doch auch sie wollten davon nichts wissen. Stjepan war verzweifelt, er war ein schwacher Mann, der oft herumbrüllte und seine Untertanen herumkommandierte. Ein Mann, der mit dem Essen nach mir warf, wenn ich versuchte, ihn mit allgemeinen Themen auf andere Gedanken zu bringen. Die Osmanen fielen immer wieder ein, kamen immer näher, die Menschen entsagten ihm ihre Dienste, doch von alldem wusste ich nichts. Er hielt diese Dinge stets von mir fern. Und so war ich letztlich die Einzige, die Stjepan noch beherrschen konnte. Ich war sein letztes Königreich. Die Einzige, die vor ihm auf die Knie ging. Monatelang spielte er sich vor mir als Herrscher auf, und ich glaubte ihm. Ich glaubte an ihn. Weil er so majestätisch tat, sich immer so höfisch gab mit seiner nasalen Stimme und seinen hochmütig dreinblickenden Augen. Er war eine einzige große Lüge, dieser Mann. Dann fiel sein Kopf.« *Und dann kamt Ihr*, dachte sie, hütete sich jedoch davor, es laut auszusprechen.

Und Ihr habt mich gerettet. Doch auch Ihr lügt mich an und habt Geheimnisse.

»Dann ist dieses Kind also ein bosnischer König?«

»Oder eine bosnische Königin.« Sie strich sich über den Bauch und konnte nicht fassen, dass er immer noch da war, ganz ohne Schmerzen. Sie war beinahe vergewaltigt worden, aus großer Höhe in einen Fluss gesprungen, hatte überlebt und marschierte inzwischen tagelang durch Wälder, doch dieses Kind in ihr schien zu schlummern wie ein winterschlafender Bär.

»Allerdings gibt es kein Bosnisches Königreich mehr«, fuhr sie tonlos fort. Sie ließ ihren Tränen nun doch noch freien Lauf, ohne genau zu wissen, warum. »Versteht Ihr das? Es gibt kein Königreich. Aber ich will auch gar kein Königreich. Wo Königreiche sind, ist der Tod.«

Nein, dachte Johannes, *der Tod ist überall.*

Er umarmte sie nicht, tröstete sie nicht, warf ihr nur heimliche Blicke zu. Als ihm bewusst wurde, was er tat, dass er sie anstarrte, ihren Hals, die Linien ihres Körpers, die Knöchel ihrer langen Finger, da stand er auf, ging aus dem Licht des Feuers, warf sich auf den Boden und betete erneut ein Paternoster. Und dann noch eines.

4

Am dritten Tag ihrer Wanderung durch die unendlichen Wälder sah es so aus, als würde Haris nicht mehr lange leben. Das Fieber ließ ihn glühen und in fremden Sprachen stöhnen. Sein gesundes Auge huschte wirr umher, als versuchte es den Geistern zu folgen, die er wohl immer wieder zu sehen glaubte.

Johannes bettete den Riesen im Schatten eines Laubbaums und säuberte seine Wunde, die schwarz geworden war. Wenigstens riss sie nicht mehr auf und blutete auch nicht mehr so stark.

Helena träufelte Haris Flusswasser auf die Lippen. Ängstlich blickte sie sich um. »Sie müssen noch hier sein, die schwarzen Reiter. Sonst wäre das Fieber nicht da.«

Johannes betrachtete die Umgebung und schüttelte den Kopf. »Nein. Da ist niemand.«

»Aber warum geht dann das Fieber nicht zurück?«

Johannes urinierte in ein Ahornblatt und benetzte damit Haris' Lippen.

Helena runzelte die Stirn. »Das soll helfen?«

»Es muss.«

Johannes betete, und Helena verfiel in einen Singsang in ihrer Muttersprache, der ebenso an ein Gebet erinnerte.

»Andernfalls«, sagte Johannes und blickte auf die Baumwipfel, die sich um sie herum bewegten und sie ihrerseits zu beobachten schienen. »Andernfalls liegt es an den Bäumen, die das Fieber nicht senken wollen. Sie wispern. Sie zaubern. Sie wollen uns leiden sehen. Doch aus dem Wald kommen wir so bald nicht heraus.«

Sie waren seit dem Morgengrauen unterwegs gewesen, Drosseln und Amseln begleiteten sie mit ihrem immerwährenden Singsang durch das Land, das sich diesmal sanft an die Ufer eines Flusses schmiegte. Doch er hatte schon lange kein Auge mehr für die Schönheit der Landschaft, sondern konzentrierte sich nur noch darauf, ein Bein vor das andere zu setzen.

Erst als Helena Johannes in ihre Arme nahm, merkte er, dass er geweint hatte. Er war stehen geblieben, hatte erschöpft die Arme auf die Knie gestemmt, und mit einem Mal war es über ihn gekommen.

Viel später, als sie sich bereits wieder auf den Weg gemacht hatten, erinnerte er sich noch einmal daran, dass sie ihn umarmt hatte. Seine Gedanken waren völlig durcheinander. Was geschah hier? Durfte er das? Er hatte doch die Johanniter als seine Familie anerkannt. Er hatte sich so fest vorgenommen, Gott eines Tages die Treue zu schwören. Und dann lag er in den Armen einer Frau?

Er murmelte wieder ein stilles Gebet, zog weiter an der Last der Trage, auf der Haris im Fieber Unverständliches nuschelte, als sich ihnen eine Greisin in den Weg stellte, die wie ein Alb aus den Träumen vor ihnen aufgetaucht war, fast so, als wäre sie direkt aus dem Boden emporgestiegen.

Das musste die Strafe für seine sündhaften Gedanken sein. Er blinzelte, doch die Alte war immer noch da.

»Ich wollte das nicht, aber ich wurde überstimmt«, sagte sie mit krächzender Stimme.

Es kostete sie offenbar Mühe, laut zu sprechen, denn sie räusperte sich immerzu, und ihre Backenzähne mahlten, als hätte sie etwas zu essen im Mund.

Was sie sagte, ergab keinen Sinn, und so blickte Johannes sich misstrauisch um. Langsam setzte er die Trage ab und tastete nach seinem Schwert, das er wieder an seinem Gurt an der Hüfte trug.

»Lasst die Waffe stecken, mein Herr. Denn wenn Ihr sie zieht, seid Ihr des Todes.«

Johannes schlug die Kapuze seines schwarzen Mantels zurück. So konnte er besser hören und sehen.

»Ihr tragt trotz der Hitze einen schönen Mantel. Gebt ihn freiwillig her. Legt das Schwert ab. Zieht Euch aus. Das Gleiche erbitte ich von Eurer Begleitung. Zieht Euch aus. Dann geht nackt und lebt. Oder bleibt und sterbt in Euren Gewändern.«

Die Alte machte einen erbärmlichen Eindruck. Aus ihrem Unterkiefer ragten nur vereinzelte Zähne, die Haut in ihrem Gesicht war sonnengebräunt und zog tiefe Furchen rund um Nase und Mund. Doch etwas anderes verblüffte Johannes in diesem Moment.

»Wo sind wir? Warum sprecht Ihr diese Sprache?«

In diesem Moment kam Bewegung in den Wald. Aus dem Buschwerk traten weitere Gestalten, gekrümmte, abgerissene Kreaturen wie aus den Schauergeschichten am Lagerfeuer, die davon berichteten, dass Tote aus ihren Gräbern stiegen und die Lebenden zu Tode erschreckten.

Manche dieser lebenden Toten hatten nur Beinkleider an, manche spitze Hüte, deren Ohrenklappen bis an die Schultern reichten. Schuhe trug niemand, doch keiner von ihnen war unbewaffnet. Sie hielten Heugabeln in der Hand, Sicheln, einige auch nur Stöcke, aus denen Nägel ragten.

Sie beobachteten die beiden aus weit aufgerissenen Augen, waren wachsam und argwöhnisch, und Johannes hatte nicht den geringsten Zweifel, dass sie sich jeden Moment brüllend und blind vor Gier auf sie stürzen würden.

Sie waren einem Haufen Wegelagerer, die nichts zu verlieren hatten, in die Hände gefallen. Wahrscheinlich Vogelfreie, vom Grafen dieser Ländereien gebannte Untertanen, die sich nirgendwo mehr blicken lassen durften, in keinem Dorf, keinem Weiler, schon gar nicht in einer Stadt. Johannes, Helena und Haris würden hängen und konnten froh sein, wenn ihnen nichts Schlimmeres widerfuhr.

Johannes umfasste den Griff seines Schwerts fester, als er eine neue Stimme vernahm. Eine dunkle, tiefe, polternde.

»Fasst Euer Schwert nicht an und Ihr lebt ein langes Leben.«

Eine weitere Gestalt trat aus dem Dickicht. Da die Sonne in ihrem Rücken stand, spielte ihm die Erscheinung einen Streich, denn es wirkte einen Augenblick lang, als wäre sie von Licht umgeben wie ein Engel.

Johannes spürte den Drang, auf die Knie zu fallen, doch er beherrschte sich. Stattdessen hörte er sich laut fragen, mit wem er es zu tun habe, und als hätten sie auf ein Stichwort gewartet, traten nun überall Menschen aus dem Wald. Einige von ihnen hatten sich so nah im Verborgenen gehalten, dass Helena erschrak und sich noch dichter an Johannes drängte. Diese Leute hatten sich so versteckt, dass sie sie mit ausgestreckten Armen hätten berühren können, und sie hatten sie nicht bemerkt.

Der Mann mit der tiefen Stimme trat nun aus dem zauberhaften Licht. Dabei erkannte Johannes, dass es sich um einen Greis handelte.

Er kam mit gekrümmtem Rücken näher, hob beschwichtigend die Hände, als befürchtete er jeden Moment ein Gemetzel, und rief: »Wartet! Gebt mir einen Moment. Lasst sie mich prüfen.«

Die seltsame Bemerkung entging Johannes nicht, dennoch lenkte er seine Aufmerksamkeit auf seine Umgebung. Ein schneller Blick verriet ihm, dass die Meute, die sie umzingelte, aus etwa zwanzig, dreißig Menschen bestand – vor allem aus Alten, Frauen und Kindern, die zwar alle bewaffnet waren, mit einer raschen Attacke aber wohl in die Flucht zu schlagen gewesen wären. Johannes wünschte sich dennoch nicht zum ersten Mal eine Rüstung herbei, die ihn zum Panzerkrieger gemacht hätte. Selbst in seinem derzeitigen körperlichen Zustand hätte ihn die Rüstung nahezu unverwundbar und – was im Kampf viel wichtiger war – furchteinflößend gemacht. Wem beim Zweikampf vor Angst die Knie schlotterten, der überlebte selten lange.

Der Alte kam noch etwas näher. Er trug über einem zerrissenen Beinkleid nur ein Stück grob gewirktes Hemd, das seinen Oberkörper aber kaum bedeckte, so sehr war es mit Löchern übersät. Unter den offenen Stellen des Hemdes bemerkte Johannes hässliche Striemen, die von einem Kampf oder, wie er viel eher vermutete, von einer Bestrafung durch eine Obrigkeit herrührten.

Der Greis neigte den Kopf und musterte erst Helena, dann Johannes. »Ein Mönch und eine Frau«, sagte er gedankenverloren, wirkte mit einem Mal wie weggetreten. »Ein Schwert in der Hand und ein Kind im Bauch«, fuhr er fort. »Sommer und das Abendlicht. Der Wald und der Weg. Ein Kreuz an der Stirn und eines an der Brust. Dunkle Schatten und das Licht im Rücken. Der Weg nach Norden. Vom Meer in die Berge.«

Johannes hatte keine Ahnung, was er damit meinte. Es schien, als zählte er schlicht Tatsachen auf, als steckte in ihm eine zweite, blinde Seele, der er alles berichten musste, was er sah. Der Gedanke kam Johannes augenblicklich ketzerisch vor, und er bekreuzigte sich. Wer davon ausging, dass in einem Menschen zwei Seelen wohnen konnten, der war auch nicht davor gefeit, dass er selbst zwei Seelen besaß und also vom Teufel besessen sein musste. Johannes schwitzte, und seine Hand am Schwertknauf zitterte.

Der Blick des Fremden fiel auf die Trage, die nun am Boden lag. Haris stöhnte im Dämmerschlaf. Es war ein Wunder, dass er immer noch lebte, aber sein Gesicht war mittlerweile so fahl wie eine Mondnacht, und die eingefallenen Wangen spannten die rissigen Lippen.

»Und ein Krieger, der mit dem Tode ringt, ein Mann ohne Arm und ohne Auge, den Ihr zu retten versucht. Ein Toter, der dennoch lebt. Kurzum: Ihr seid ein seltsames Gespann«, schloss der Alte seine nicht minder seltsame Rede. Schließlich entspannten sich seine Züge, als hätte sein Monolog zu einer Entscheidung geführt. Er senkte seine Arme und blickte die drei nun aufmerksam und freundlich an. »Von Euch geht keine Gefahr aus. Ihr seid willkommen.« Und an die anderen gerichtet, sagte er: »Tut ihnen nichts. Sie sind hier, um etwas zu beginnen, nicht, um etwas zu beenden.« Dann wandte sich der Mann wieder Johannes zu. »Und sie werden uns von einer unsagbaren Gefahr berichten, nicht wahr?«

5

»Sind wir hier in Sicherheit?«, wollte Helena wissen, während sie vorsichtig über Wurzeln stieg. Sie sprach so, dass die anderen sie nicht hören konnten.

Sie waren eine Zeit lang in der Mitte ihrer sonderbaren Eskorte gegangen, bevor sie den Pfad verlassen hatten und ins Unterholz eingedrungen waren, bis sie an das Rinnsal eines nahezu ausgetrockneten Bachs gelangt waren. Dem Bachlauf waren sie eine halbe Meile gefolgt, ehe sie nun wieder durch Gebüsche schritten, die ein natürliches Tor bildeten, hinter dem sich ein finsterer Hohlweg zwischen gewaltigen Baumwurzeln und Felsen, die wie von Riesen fallen gelassen den Weg säumten, hindurchwand.

Nach einer weiteren halben Ewigkeit kamen sie endlich in einer Senke an, in deren Mitte einige hüttenähnliche Behausungen auszumachen waren, die kaum vom dichten Laubdach des Waldes zu unterscheiden waren. Ein Feuer flackerte, und es roch nach gebratenem Wild. Diese Senke war so abgelegen, dass sie nicht durch Zufall entdeckt werden konnte.

»In dieser Welt«, sagte der Alte, dessen Stimme inzwischen weitaus weniger gebieterisch klang, »ist man nirgendwo in Sicherheit, mein Kind. Ihr seid es schon gar nicht. Am ehesten seid Ihr es aber bei uns. Denn hierher will niemand. Hierher traut sich niemand.«

Damit ließ er sie stehen und folgte den anderen, die Haris' Trage mit sich führten, hinab zu den Behausungen. Johannes zuckte mit den Schultern und tat es ihnen gleich, und es ärgerte Helena, dass er annahm, sie würde ihm einfach folgen. Was sie dann aber doch tat, als sie bemerkte, dass sich die Nachhut der zerlumpten Gestalten in ihrem Rücken näherte.

Als sie später am Feuer saßen, stellte Johannes fest, dass die Nacht kühler war, als es die Jahreszeit vermuten ließ. Sie rückten unwillkürlich näher an den Feuerschein und saßen so, umgeben von rund zwei Dutzend Fremden, auf spitzen Steinen.

»Ihr werdet bei uns bleiben«, stellte der Alte fest. »Ich sehe es im Feuer. Ihr bekommt das Kind bei uns.«

Johannes blickte sich um. Im Feuerschein schienen die Gesichter zu tanzen, und er konnte unmöglich feststellen, ob ihnen die Leute nun feindlich oder wohlwollend gesinnt waren. Er räusperte sich und bedankte sich für das Angebot, lehnte es aber ab. »Auch wenn Ihr so etwas wie ein Seher zu sein scheint, wir müssen weiter. Wir haben Wichtiges zu berichten.«

Der Alte musterte ihn lange. »Ich weiß. Sie kommen. Aber ich weiß auch, dass sie noch zu große Angst haben. Dass sie einen weiteren Winter abwarten werden. Der Junge wird also hier zur Welt kommen können.«

»Der Junge?«, fragte Helena.

»Woher wisst Ihr, dass wir verfolgt werden?«

Der Alte stand auf und wirkte dabei überraschend behände. Er lächelte milde. »Ich beantworte Eure Fragen, wenn die Zeit reif ist. Jetzt müsst Ihr Euch einmal ausruhen. Und ich muss mich um Euren Freund kümmern, bevor es zu spät dazu ist. Kommt. Ich zeige Euch meine Bettstatt. Sie soll auch Eure sein.«

Er führte die beiden in einen der Unterstände, der zwar keine Seitenwände hatte, dafür aber mit Binsen und biegsamen Rindenstreifen ausgelegt war. Der immer noch fiebernde Haris lag dort bereits am Boden. Eine Kräuterfrau hockte an seiner Seite, wippte mit dem Oberkörper vor und zurück und murmelte ein unverständliches Gebet. Das Haar verdeckte ihr Gesicht, und die Hände zu Krallen geformt, sah sie so aus, als würde sie dem Krieger jeden Moment die Brust aufkratzen wollen. Im nächsten Augenblick richtete sie den Blick zur Decke und flehte herzzerreißend um Beistand. Ihr monotoner Singsang waberte über die Talsenke wie ein groteskes Schlaflied.

Johannes wusste, dass die Leute hierzulande davon ausgingen, das Fieber stamme von Fieberfrauen, von düsteren Wesen, die sich auf einen Leib stürzten und ihn schwächten. Diese Fieberhexen lebten besonders gern in Wäldern und gaben vor,

Bäume zu sein. Mit einem klammen Gefühl blickte er sich um. Er hatte doch selbst vor gar nicht allzu langer Zeit mit einem bangen Gefühl die Baumkronen beobachtet, obwohl er gedacht hatte, dass ihm die Mönche dieses heidnische Gedankengut längst ausgetrieben hatten. Ein unwohles Gefühl, eine Art uralte Ahnung, steckte immer noch in ihm.

Helena ließ sich erschöpft zu Boden gleiten. Der Alte griff in eine Schale, schmierte sich eine gelbe Masse in die Finger und griff nach Helenas Zehen.

»Das wird Euch helfen«, sagte er. »Eine Tinktur aus dem Dotter eines Hühnereis und einer Zwiebel, die in Schweinefett gebraten wird.«

Helena schloss die Augen und genoss offenbar die Hände des Alten auf ihren Füßen, denn sie schlief langsam ein.

Johannes beneidete sie. Zu gern hätte auch er geschlafen, doch ihre Umgebung verwirrte ihn immer noch und machte ihn argwöhnisch. Woher hatten sie das Ei? Woher das Schweinefett? Was war das für ein Wald? Sein Schwertgurt lag in seinem Schoß ebenso wie sein Ledersack. Er merkte nun, dass auch seine Lider schwer wurden, doch noch einmal schreckte er hoch, denn, als hätte er ihm eine Frage gestellt, wandte sich der Alte ihm noch einmal zu. Er klang so vertraulich wie ein väterlicher Freund.

»Man nennt mich Thomas Weiß. Ich stamme aus Salla im steirischen Westen, weshalb ich Eure Sprache spreche, aber ich finde, wir sollten bei dem slawischen Kauderwelsch bleiben, mit dem Ihr drei Euch unterhaltet. Was mich betrifft: Ich sehe manchmal Dinge und kann nichts dagegen tun. Ich kann das weder heraufbeschwören noch verhindern.«

»Und was habt Ihr bei uns gesehen?«

»Wie ich schon sagte: dass Ihr hierbleiben werdet, bis das Kind geboren ist. Bis der Mann genesen oder gestorben ist. Und …«

Johannes blickte auf.

»… bis Ihr mir verratet, was Euch Angst macht.«

»Und wenn ich Euch in der Nacht allesamt ermorde? Ihr seid vogelfrei, es stünde mir zu.«

»Ihr habt recht, wir sind vogelfrei. Aber wir sind viele. Wir sind Legion.«

»Und ich bin ein Mann Gottes, und Ihr seid ein Ketzer, ein Heide.«

»Ihr seid genauso wenig ein Mönch, wie ich ein Feind bin. Bleibt und Ihr werdet leben. Geht und Ihr sterbt.«

Dann hüllte Johannes der Schleier eines tiefen Schlafs ein, der ihm die Worte »Wir sind Legion« noch einmal zuwisperte. »Wir sind Legion«, das hatte der Alte so gesagt. Und Johannes erinnerte sich an eine Geschichte aus der Bibel. Als Jesus den bösen Geist, den er aus einem Besessenen vertrieben hatte, nach seinem Namen fragte, antwortete dieser, er heiße Legion, »denn wir sind viele«.

Doch anstatt sich der Gefahr, in der sie schwebten, bewusst zu werden, sank Johannes tiefer hinab in all die Ebenen seines Unterbewusstseins, die beinahe dem großen Schlaf ähnelten. Dem Tod. Traumlos und schwarz.

6

Tage später waren sie immer noch bei den Vogelfreien im Wald. Der seltsame Alte kündigte an, dass Helenas Niederkunft bevorstand, und Haris' Fieber hatte sich zwar ein wenig gesenkt, doch seine Wunde schwärte. Im Schlaf brabbelte er Verwünschungen, war er wach, sprach er sie laut aus. Er verfluchte Johannes dafür, dass er ihn am Leben gehalten hatte, kündigte an, ihn mit bloßer Hand zu erwürgen, sobald er wieder zu Kräften käme. Den Waldbewohnern warf er argwöhnische Blicke zu, sprach sie in einer fremden Sprache an, und es war unschwer zu erkennen, dass es keine Freundlichkeiten waren. Nur Helena wagte er nicht zu beschimpfen, ihr warf er lediglich fragende Blicke zu und versuchte zu ergründen, ob es ihr wohl gut ging. Sein Wachzustand währte jeweils nur kurz, immer wieder dämmerte er weg; trotz all der Salben, Trünke und Gebete mussten seine Schmerzen furchtbar sein.

Johannes hatte sich auf den Weg durch den Wald gemacht, um Lärchen-, Fichten- und Föhrenpech zu sammeln. Gemeinsam mit Leinöl, Honig und Hirschfett würde die Kräuterfrau daraus eine Salbe machen, die die Entzündung an Haris' Arm dämpfen sollte.

Aus seiner Zeit bei den Hospitalitern wusste er viel über die Wirkung von Heilpflanzen, wenngleich auf Rhodos die Pflanzenwelt eine gänzlich andere war. Sie kühlten Sonnenbrände mit Lavendelöl und nahmen Algen zu sich, um Entzündungen zu hemmen. Freilich hatte Johannes aber meist weniger erfinderische Aufgaben zu verrichten gehabt, denn wenn er etwa dem Beinschneider zur Hand gegangen war, dann meist nur, um dessen Opfer festzuhalten, während er ihnen Gliedmaßen vom Körper trennte – so lange, bis sie in Ohnmacht gefallen oder in seinen Händen gestorben waren.

Viel mehr, als die Wunde sauber zu halten und die Blutung zu stillen, lag meist nicht in ihrer, sondern in Gottes Macht. Der

Herr allein bestimmte, wer leben sollte und wer nicht. Umso verwunderlicher erschien es Johannes, mit welcher Beharrlichkeit diese einfachen Menschen, dieses ausgesetzte und von Gott ganz offensichtlich verlassene Waldvolk, den Tod bekämpfte. Die Leute ergaben sich nicht einfach ihrem Schicksal, sondern wehrten sich mit allen Mitteln. Das Überleben von Haris schien ihnen ein höheres Ziel zu sein, als stünde sein Schicksal mit ihrem in rätselhafter Verbindung.

Das alte Kräuterweib hatte eine Art Garten angelegt, in dem sie winzige Pflänzchen hochzog, und in den Tagen der Frauendreißiger, der Zeit zwischen Mariä Himmelfahrt und Mariä Geburt, durchwanderte sie selbst die Umgebung, um die geeigneten Zutaten für ihr Mittel zu finden, eine Art Zwölf-Apostel-Salbe, für die sie zwölf Ingredienzien benötigte. Da Helena aber kaum noch gehen konnte, wagte die Alte sich nicht mehr allzu weit fort und hatte Johannes ausgeschickt, um diese Zutaten zu sammeln.

Allein die Tatsache, dass er kaum noch helfen konnte, »mit seinem Latein am Ende war«, wie sie kichernd über seine Fähigkeit, zu lesen, höhnte, ließ ihn sich auf den Weg machen, wenngleich er die Vogelfreien dafür verabscheute, das Wichtigste vergessen zu haben: das Beten. Die Aussicht auf Erfolg bei Haris' schwerer Verletzung konnte doch nur gewährleistet sein, wenn man zu den Heiligen Kosmas und Damian betete. Diese Zwillingsbrüder hatten vor mehr als tausend Jahren in Syrien ganze Scharen von Kranken geheilt, ohne dafür Geld zu verlangen. Weil sie ihre Heilungserfolge mit dem Glauben an Gott begründet hatten, waren sie den Märtyrertod gestorben. Manche sagten, sie wurden wie Jesus Christus ans Kreuz geschlagen, andere meinten, sie seien gesteinigt worden. Einerlei, sie waren Schutzpatrone, die man anzubeten hatte, damit sie vom Himmel aus eingreifen konnten.

Johannes fiel auf die Knie, küsste das Holzkreuz an seiner Brust und betete für Haris und Helena. Seine eigene Wunde an der Stirn juckte höllisch, was ein Zeichen für Heilung war, ihn aber im Augenblick beim Beten störte. Ungeduldig kratzte er sich an der Stirn, öffnete die Augen und verspürte das Gefühl, dass er beobachtet wurde.

Er war nur mit einem Langmesser bewaffnet, einer Stichwaffe, die im Nahkampf dazu geeignet war, sie einem gepanzerten Gegner in die Achselhöhle oder in die Halsbeuge zu stoßen. Würde er jetzt aber von einem Bogenschützen anvisiert werden, würde er kaum überleben. Die Härchen an seinen Unterarmen stellten sich auf. Er ließ das Messer stecken, nahm seinen Weidenkorb, in dem sich Tonschalen befanden, von denen eine bereits halb mit Lärchenpech gefüllt war, und richtete sich auf.

Während er sich ahnungslos gab, huschten seine Blicke auf der Suche nach verräterischen Zeichen durch den Wald. Er näherte sich einer Buche, strich mit den Fingerkuppen über die raue Rinde und stieß ein Gebet aus. Die Vorstellung, jeden Moment einen Pfeil in den Rücken zu bekommen, ließ ihn fast panisch werden.

Er hätte losrennen und dabei ständig die Richtung wechseln können, doch er wusste nicht, wo sich sein Verfolger befand. Außerdem standen hier die Bäume etwas weiter voneinander entfernt, sodass es zwar ein Leichtes war, zwischen ihnen hindurchzurennen, aber es war auch einfach, ein Ziel mit Pfeilen zu treffen. Die Bäume gewährten einen weiten Blick durch den Wald, der erst dort endete, wo die trübe Morgenluft dampfend emporstieg. Johannes fuhr herum, als er Schritte vernahm, stellte jedoch erleichtert fest, dass es nur Rotwild war, das seine Witterung noch nicht aufgenommen hatte. Dann erblickte er seinen Beobachter und erstarrte.

Es bestand kein Zweifel, dass ihn die schwarzen Augen durchdringend anstarrten. Die Krähe musterte ihn schweigend, ehe sie einen krächzenden Ruf ausstieß. Eine zweite Krähe setzte sich neben die erste auf den Ast, und auch sie stimmte in die scheltenden Rufe ein. Die Wunde an Johannes' Stirn juckte immer stärker. Er kratzte sich den Schorf auf, Blut quoll hervor und floss als feines Rinnsal zwischen seinen Augen hindurch über den Nasenrücken.

Waren das dieselben Krähen, die ihnen vor Wochen gefolgt

waren und die nahenden Akindschi angekündigt hatten? Oder die Drachenreiter?

Das war natürlich unwahrscheinlich, und doch verstand Johannes das Auftauchen der schwarzen Vögel als Zeichen. Er hielt sich schon viel zu lange hier im Wald auf, musste weiter an den Hof des Kaisers und ihn warnen. Er musste alle Menschen warnen, denn was er gesehen hatte, war nichts, was ein Mann für sich behalten durfte. Die Türken kamen näher und mit ihnen eine dunkle Reiterschar, die ebenso nichts Gutes im Schilde führen konnte.

Er würde mit Helena sprechen. Sie konnte ja noch bleiben, und möglicherweise war er sogar wieder aus Graz zurück, noch bevor sie ihr Kind bekam. Ohne Zwischenfälle und wenn alle Gespräche so verliefen, wie er es sich vorstellte, und er vielleicht sogar einen Begleitschutz auftrieb, konnte er in vierzehn Tagen wieder bei ihr sein und sie dann mit in die Stadt nehmen.

Er nahm sich vor, sofort mit ihr zu sprechen, wandte sich um – und blieb neuerlich wie angewurzelt stehen. Vor ihm stand ein kahlköpfiger, hagerer Mann von beeindruckender Größe und musterte ihn aus einem versteinerten Antlitz, von dem keine Gefühlsregung abzulesen war.

Der Mann war trotz der sommerlichen Temperaturen in eine weiße Tunika und einem darübergeworfenen, ebenso in Weiß gehaltenen Skapulier mit Kapuze gekleidet. Der Stoff reichte ihm bis zu den bleichen Knöcheln. Offenbar handelte es sich um einen Mönch, der im Wald Holz sammelte, denn ebendieses trug er mit beiden Händen vor sich.

Johannes bekreuzigte sich instinktiv – mehr wohl deshalb, weil ihm der Schreck noch immer den Herzschlag antrieb, als aus Höflichkeit.

Der Mönch starrte ihn unverwandt an. Zweifellos musste ihn die Wunde an Johannes' Stirn schockieren, wenngleich sein Gesicht immer noch keine Deutung zuließ. Wachsgleich blitzte es im Spiel von Licht und Schatten zwischen den Bäumen.

»Ich wollte Euch nicht erschrecken«, sagte Johannes, um das unangenehme Schweigen zu beenden.

In Wahrheit versuchte er mit seiner Stimme nur, sich selbst Mut zu machen, denn er hatte immer noch Mühe, sich nicht einfach umzudrehen und panisch davonzurennen. Der Ausdruck des Mönchs war so undurchdringlich und angsteinflößend, dass Johannes' Mundwinkel unsicher lächelten, obwohl ihm gar nicht danach war.

Johannes machte einen Schritt zur Seite, die Augen des Mannes folgten ihm. Er machte einen weiteren Schritt rückwärts, musste achtgeben, nicht zu stolpern.

Die Anwesenheit des Fremden kam ihm zunehmend gespenstisch vor. Seine Kleidung schien unnatürlich hell zu leuchten, und seine Haut war blass wie der Marmor der Altäre in den Gotteshäusern. Johannes fiel auf, dass der Mann nicht nur kahlköpfig war, sondern auch weder den Schatten eines Bartes hatte noch Augenbrauen oder Wimpern. Hätten sich seine grauen Augen nicht bewegt, man hätte meinen können, die ganze Gestalt wäre aus Stein.

Als Krieger unter Mönchen hatte Johannes viel erlebt. Er hatte Dinge gesehen, die er kaum in Worte fassen konnte. Männer hatten in seiner Gegenwart wie Schweine unterm Schlachtmesser geschrien, er kannte den Geruch des Todes und den Augenblick der absoluten Pein, aber diese Erscheinung hier machte ihm tatsächlich Angst.

Langsam bewegte er sich weiter, ohne den Mann aus den Augen zu lassen, der sich weiterhin weder regte noch ein Wort sprach. Selbst auf eine Entfernung von knapp hundert Fuß wagte Johannes noch nicht, dem Mann den Rücken zuzukehren, und als er es schließlich doch tat, hatte er das Gefühl, der Fremde wäre wieder dicht hinter ihm. Mit einem letzten Blick, den er über die Schulter warf, vergewisserte er sich, dass der Mann noch an derselben Stelle stand – und tatsächlich, der Mönch verharrte zwischen den Bäumen wie eine Statue.

Johannes traute dem Trugbild nicht. Und als er davonrannte, hatte er kaum noch Kontrolle über seine zitternden Beine.

7

Das Tor zur Hölle war in den letzten Tagen so oft aufgestoßen worden wie ein im Wind klappernder Fensterladen, hinter dem Haris stets neue Schreckensbilder offenbart wurden. Einmal sah er seine reglose Hand vor sich liegen. Die Finger bewegten sich, streckten sich und erhoben sich wie Spinnenbeine. Ohne zu zögern, krabbelte die Hand auf ihn zu, und ehe sie ihn erreichte, weckten ihn seine eigenen Schreie.

Bilder wie diese sendete ihm sein fieberhafter Geist immer häufiger. Ob sie jemals wieder von ihm ablassen würden?

Jetzt öffnete sich die Tür mit einem neuen Schreckensbild. Ein Mann starrte ihn aus blitzenden, schamlos interessierten Augen an, die aus einem Gesicht leuchteten, das völlig entstellt von Pusteln und geschwollenen Stellen war. Unter dem Kinn blähte sich die Haut auf wie ein riesenhafter Regentropfen. Sie schimmerte im irisierenden Blau eines herannahenden Gewitters im Abendrot. Und wo bei den meisten Menschen wenigstens schwarze Stummeln statt gelber Zähne zu sehen waren, war bei dem Greis nur aufgerissenes Fleisch auszumachen. Das Tor zur Hölle zeigte Haris diesmal einen Mann, der bei lebendigem Leibe verfaulte.

»Er hat Angst«, stellte Thomas Weiß fest. »Er fürchtet sich vor mir. Das ist gut. Dann erkennt er mich. Dann nimmt er seine Umwelt wahr. Wie hast du das geschafft, Kreuzer?«

Kreuzer.

Johannes hob die Augenbrauen, ließ den Namen, den ihm der Alte gab, aber im Raum stehen. Auch dass ihn der Greis anredete wie einen alten Bekannten, störte ihn nicht. Auf seltsame Weise waren sie alle einander hier im Wald nähergekommen. »Ich habe ihm einen Hautlappen aus seinem Bein geschnitten, ihn über den Armstummel gelegt und dort festgenäht«, erwiderte Johannes.

Für einen Moment schien der Alte die Sprache verloren zu haben. »Du bist ein Bader?«

»Nein, ich habe nur zugesehen. Auf Rhodos haben sie mich gelehrt, Verletzte zu behandeln.«

»Auf Rhodos? Wo ist das?«

»Das ist eine Insel in der Ägäis.«

Johannes nutzte den vertrauten Moment, um Thomas Weiß auf seine unheimliche Begegnung im Wald anzusprechen. Als Antwort erhielt er merkwürdiges Kichern.

»Du musst dir keine Sorgen deshalb machen. Das war kein böser Geist, nur ein Kartäuser vom Kloster in Seiz. Wahrscheinlich einer dieser entrückten Chormönche, die wie Eremiten leben und alles verachten, was spricht, lacht und sich bewegt.« Es sei selten, dass man einen von ihnen zu Gesicht bekomme, und wenn es den Dörflern doch einmal passierte, rannten sie jedes Mal in die Kirche, um zu beten. »Sie glauben, dass ausgerechnet die Mönche Dämonen sind.« Thomas Weiß grinste breit. Nur seine Augen schienen zu verraten, dass er sich selbst nicht ganz sicher war. »Aber ob Dämonen oder nicht, die Erscheinung dieser Mönche kann einen bis in die Träume verfolgen.«

Das war genau das, was Johannes nicht hören wollte. Er spürte seinen Puls in der Halsschlagader, sein Mund wurde trocken.

Dann klopfte ihm der Alte auf die Schulter und fiel in ein dröhnendes Lachen, das seinen blau geäderten Kropf zum Zittern brachte. »Das ist nur ein Mönch«, rief er. »Ein Kartäuser. Ein Schweiger. Ein seltsamer Kauz wie wir. Nichts weiter.«

Johannes wandte sich ab, denn er hatte das Gefühl, dass Thomas Weiß mit jedem Wort, das er sprach, eine Sünde mehr beging.

»Aber ich sehe auch, dass du ihm wieder begegnen wirst, Johannes«, sagte der Seher mit plötzlichem Ernst in der Stimme. »Nimm dich in Acht vor ihm und seinesgleichen«, fuhr er fort. »Mehr kann ich nicht sagen, nur: *Nimm dich in Acht.*«

8

Tage später ging es Helena schon deutlich besser, was Johannes endlich den Mut aufbringen ließ, ihr zu sagen, was er vorhatte. Er wollte nach Norden reiten, berichten, was sie erlebt hatten, und dann wieder zurückkehren, um sie zu holen.

»Ich muss dem Kaiser Bericht erstatten. Über Rhodos und die Türkengefahr am Rande seiner Reichsgrenze. Noch nie sind Akindschi so weit vorgedrungen. Wir müssen etwas tun, uns vor einem größeren Angriff wehren. Wir müssen unsere Kinder beschützen, damit sie uns nicht später als Janitscharen aus Rache über den mangelhaften Schutz, den wir ihnen gewährt haben, meucheln. Und ich muss dem Kaiser von der Schwarzen Armee berichten, die wir gesehen haben. Dann komme ich zurück zu Euch.«

Während er sprach, hielt er Helenas Hand und konnte nicht fassen, wie weich und warm sie war, auch wenn er jeden Knochen spürte. Ihre Fingerkuppen strichen über seine Handfläche, was ihn sich beinahe auf sie stürzen ließ vor Wollust. Er schloss die Augen, sammelte sich, öffnete sie wieder und blickte in Helenas lächelndes Gesicht.

»Um was zu tun?«

Verwirrt hob er die Augenbrauen. War er so aufgeregt gewesen, dass er vergessen hatte, was sie soeben besprochen hatten?

Helena bemerkte seine Verwirrung. »Ihr habt gesagt, Ihr reitet fort und kehrt dann wieder zurück zu mir und dem Kind.«

»Ja«, sagte er unsicher.

»Um was zu tun, Johannes? Ihr müsst das nicht tun. Wir kennen uns kaum, das Kind ist nicht von Euch, und doch wollt Ihr für mich da sein. Warum?«

Er schluckte. Warum machte ihn diese Frau nur so nervös? Vom ersten Augenblick an wusste er, dass sie etwas an sich hatte, das sie fähig machte, Macht über ihn und seine Gefühle zu ergreifen.

Ehe er antworten konnte, setzten ihre Wehen ein.

9

Das Wunder im Wald begann mit der Genesung von Haris.

Der Hüne schien seine furchtbare Verstümmelung tatsächlich zu überleben, mehr noch, er schien sich schon jetzt damit abzufinden, denn obwohl er seine Schwerthand eingebüßt hatte, behauptete er kühn, er würde Johannes mit der linken zu einem Mann machen, der ohne Beine durchs Leben kriechen würde, sobald er selbst wieder auf den seinen stehe. Er werde sich stählen und hart an sich arbeiten, um einhändig ein besserer Schwertkämpfer zu werden, als er es je gewesen war. Für die Schmach, die Johannes ihm zugefügt habe, indem er ihn am Leben gehalten habe, werde er eines Tages büßen.

Johannes, der am Rand der Bettstatt gesessen hatte, stand lächelnd auf. Er klopfte Haris, der seit Tagen das erste Mal ohne Fieber zu sein schien, auf die Schulter und sagte: »Du musst mir nicht danken. Ich bin froh, dass du wieder fast der Alte bist.«

Er wertete das Aufblitzen der Zahnstummel als Haris' Art, zurückzulächeln. Dann sah er besorgt hinüber zu Helena, die seit Stunden mit den Geburtswehen kämpfte. Sie presste und schwitzte, und der Alte und das Kräuterweib taten alles, was in ihrer Macht stand, um zu helfen.

Entsetzt blickte er auf die sich quälende Helena, und als könnte ihn die Aussicht ablenken, dachte er wieder daran, dass er zurück nach Hause musste, nach Graz, so schnell wie möglich.

»Wer bist du wirklich?«

Johannes schrak auf.

Haris musterte ihn und blinzelte Schweißtropfen aus seinem gesunden Auge. »Du tauchst plötzlich auf«, fuhr er fort, »und führst uns durch die Wälder. Du rettest uns das Leben. Du versorgst unsere Wunden … Wer bist du?«

Johannes zuckte mit den Schultern. »Gott allein kennt die Wege unseres Schicksals.«

Haris verdrehte die Augen. »Ich hätte wissen müssen, dass die Erklärung irgendwo da oben im Himmel ist. Du bist halt doch ein halber Mönch.«

Wieder schrie Helena auf, und Johannes wandte ihr besorgte Blicke zu.

»Es ist nicht dein Kind«, sagte Haris.

»Warum sagst du das?«

»Damit du es nicht vergisst.«

10

Ein Schrei wie aus einer anderen Welt.

Als Helena das kleine Bündel in Händen hielt, das soeben aus ihrem Leib gezogen worden war, konnte sie die Tränen nicht zurückhalten. Einerseits spürte sie unendliche Erleichterung, dass ihr diese Last nun genommen worden war. Andererseits auch Verzweiflung, denn wie sollte sie dafür sorgen, dass dieses winzige Wesen überlebte?

Es war ein Junge, blutverschmiert mit dunklem Flaum am Kopf und einer tiefen Falte zwischen den Augen, als würde er die Welt um ihn herum schon jetzt mit großer Skepsis betrachten. Er grub sich in Helenas Brust und schlief augenblicklich ein. Sie wurde panisch, doch Johannes beruhigte sie.

»Es ist alles gut. Er schläft nur.«

Johannes. Die ganze Zeit über war er an ihrer Seite gewesen. Er hatte sie bei ihrer Flucht begleitet, hatte für sie gegen verstörende Feinde gekämpft, hatte sie getröstet und ihre Hand gehalten, während sie von den Wehen geplagt gewesen war. Er hatte die Nabelschnur zwischen ihr und ihrem Sohn durchtrennt, ihr den Schweiß aus der Stirn gewischt.

Helena ertappte sich bei dem Gedanken, dass sie sich wünschte, Johannes wäre der rechtmäßige Vater des Jungen, denn auch wenn er eines Tages Gott oder einem weltlichen Herrn seine Treue schwören würde, sie konnte spüren, dass dieser Mann wie geschaffen für sie und ihren Sohn wäre. Er war der Mann, den sie sich an ihrer Seite wünschte.

»Wie wird er heißen?« Johannes strich dem Neugeborenen liebevoll über den Kopf. Er war jetzt nah genug.

Helena blickte auf, hob ihre Hand und fuhr damit über Johannes' Wange. Fast entsetzt blickte er sie an, und sie musste lächeln.

»Danke«, sagte sie. Seine Augen ließen sie nicht los.

»Das ist kein Name.«

Sie musste lachen. »Nein, das ist es nicht. Aber Johannes ist einer.«

»Johannes?«

»Ja, er soll heißen wie du.« Wie von selbst hatte Helena ihn plötzlich so vertraut angesprochen, und sie stellte fest, dass es sich richtig anfühlte, auch wenn Johannes vor Verlegenheit kein Wort mehr hervorbrachte.

Sie wischte sich die Tränen weg. »Ich werde ihn Hanns rufen. Denn ich danke dir. Für alles.« Und dann zog sie seinen Kopf zu sich und küsste ihn. Lange und leidenschaftlich.

Als Helena die Augen öffnete, starrte Johannes sie mit offenem Mund an. Fast tat es ihr leid, ihn derart überrumpelt zu haben, doch dann griff seine Hand zärtlich in ihren Nacken und zog sie neuerlich näher. Seine Lippen waren weich, sein Atem war heiß, und seine Zunge zitterte. Es war ein seltsamer Kuss. Eine forschende, unsichere Berührung. Und doch bereute sie ihn im nächsten Moment auch wieder, denn als er von ihr abließ und sie die Augen öffnete, bemerkte sie sein Entsetzen.

»Gott wird mich strafen«, hauchte er panisch, sprang auf und lief in den Wald.

11

Sie hausten wie die Strauchdiebe unter freiem Himmel.

Johannes fragte sich, wie sie das im Herbst bewerkstelligen wollten, wenn sich der Regen tagelang übers Land ergoss. Ganz zu schweigen vom Winter, der hier besonders hart und lang anhaltend sein konnte.

Tief über einen Busch mit Walderdbeeren gebückt, bemerkte er Thomas Weiß. Der Seher hob seinen Kopf nicht, als er sich näherte, und doch sagte er laut und deutlich: »Der Wanderer kommt, um nach Rat zu fragen.«

Verblüfft blieb Johannes stehen und blickte sich um. Niemand war in ihrer Nähe.

»Du willst wissen, ob du morgen noch vor der *hora prima* unseren bescheidenen Unterschlupf verlassen darfst. Ob du uns deine schöne Helena überlassen kannst. Ob wir auf sie und das kleine Kind achtgeben werden. Und ob wir Haris, den Riesen, bei uns aufnehmen.«

Johannes fixierte verlegen seine Fußspitzen.

»Du wirst einen guten Freund sterben sehen und viele mehr. Du wirst Tod über Schlachtfelder bringen. Ein in Honig eingelegter Kopf starrt dich an. Dein Kreuz brennt im Fegefeuer. Johannes, auf dich lauern viele Gefahren.« Weiß griff in den Weidenkorb voller Beeren und stopfte sich eine Handvoll in den Mund. Roter Saft rann an seinen Mundwinkeln hinab, und er sah damit aus wie jemand, dessen Gesicht von einer eisernen Faust zertrümmert worden war. »Du wirst des Kaisers Sonnenuhr sehen und darum beten, dass sie nicht deine letzte Stunde anzeigt. Du wirst dein Paternoster zum Himmel schreien. Johannes Kreuzer, du wirst dem Tod ins Antlitz blicken und in seinem Angesicht leben. Du kannst uns verlassen, ja, aber du wirst keinen besseren Ort finden.«

Es war das zweite Mal, dass er ihn Kreuzer nannte, doch Johannes protestierte nicht. Er fand, es klang so normal und nahm seiner Narbe etwas von ihrem Schrecken. Dennoch hatte Johannes Mühe, sich zu beherrschen. Er war es nicht gewohnt, verlegen zu wirken, hatte zu viel gesehen, um sich zu fürchten. Aber dieser kleine alte Mann mit seinem zerfurchten und vom Kropf entstellten Gesicht ließ ihn wanken.

»Ja, man nennt mich Thomas Weiß, weil ich Dinge gesehen habe, die später tatsächlich eingetreten sind. Und es macht mich nicht glücklich, keineswegs tut es das. Du siehst, wo ich lebe. Im Wald als Aussätziger, Verbannter. Ich bin einer der wenigen, die den Winter nicht verteufeln, weil ich sehe, dass ich ihn überlebe. Aber ich sorge mich um die vielen anderen in unserer Gruppe, für die dieser Winter der letzte sein wird.«

»Warum bist du hierher in den Wald gekommen, so weit weg von zu Hause?«

»Ich musste fort, weil die Priester die Angst schürten. Und als ich hierherkam, wollten mich der durchlauchtigste Herr von Hartstein und seine beiden Söhne in einen ihrer Kerker sperren. Dort wollten sie aus mir all die Zukunft herausquetschen, die ich zu sehen mächtig bin. Und was ich nicht gesehen hätte, hätte ich unter dem Schmerz der Daumenschrauben und glühenden Zangen herausgebrüllt. Doch wehe, meine Vorhersagen wären nicht eingetreten, dann würden sie mir die Glieder verrenken und mich auspeitschen. Deshalb bin ich hier, Johannes Kreuzer.« Er machte eine ausladende Handbewegung. »Deshalb sind im Übrigen auch die anderen hier. Weil wir *leben* wollen. In Freiheit. Ohne Schmerz und Qual.«

»Aber ist es nicht so, dass ihr das Wild dieses Herrn von Hartstein jagt und euch allein deshalb strafbar macht?«

Thomas Weiß musterte ihn. »Ja, so ist es. Aber solange wir deshalb nicht hängen, werden wir es tun. Was bleibt uns anderes übrig? Es ist ohnehin genug für alle da.«

»Du weißt, dass dieses Argument nicht gilt. Es ist alles da für wenige und wenig für alle. So ist das nun einmal.«

Der Alte grinste, und zwischen dem Saft der roten Beeren huschte seine flinke Zunge über das marode Zahnfleisch. Der Kropf schwabbelte wie der Bauch fetter Fürsten unter seinem

Kinn. Unter der blassen Haut traten die feinen roten Adern offenbar durch den Genuss der Beeren deutlicher hervor. Plötzlich zeigte der Seher mit einem knöchrigen gekrümmten Finger auf ihn. »Meinst du, die schwarze Kutte schützt dich?«

»Sie wärmt zumindest«, erwiderte Johannes beiläufig.

»Nein«, antwortete Thomas Weiß. »Was ich meine, ist, ob du glaubst, dass sie dich vor *ihm* schützt.« Sein Finger wies nun zum Himmel.

»Wie meinst du das?«

»Du weißt genau, wie ich es meine. Wir sind alle Menschen. Manche streben nach Macht. Manche nach Anerkennung.« Der Alte hörte auf zu schmatzen. »Und manche nach Liebe.«

Johannes ließ sich nichts anmerken – jedenfalls hoffte er das. »Liebe ist mannigfaltig«, sagte er. »Die Liebe zu Gott kann sehr befreiend sein.«

Weiß rümpfte die Nase. »Hör auf damit. Du klingst wie die Pfaffen in den zugigen Kirchen. Du hast doch längst die Erfahrung gemacht, dass einen die Lust auf den Busen einer Frau schwach machen kann. Aber manche entschließen sich dazu, vor ihrem Schicksal davonzurennen.« Er kicherte und musterte ihn schelmisch. »Ohne zu wissen, dass das natürlich gar nicht möglich ist. Vor der Leidenschaft kann man nicht davonlaufen. Vor der Wollust auch nicht. Und vor der Liebe schon gar nicht. Das tun nur törichte Männer. Bist du töricht, Kreuzer?«

Johannes biss sich auf die Unterlippe und schüttelte unwillig den Kopf. Er sah keinen Sinn darin, auf die dummen Fragen des Alten zu antworten. Es ging ihn nichts an, was er fühlte und dachte. »Siehst du Helenas Schicksal auch?«, fragte er. »Werden sie und das Kind überleben?«

Die Augen des Alten verloren an Glanz, und es war ihm anzusehen, dass er mit einem Mal auch das Interesse an der Unterhaltung verloren hatte. »Das Leben werden sie nicht überleben. Den Winter vielleicht schon«, erwiderte er, ehe er sich abwandte und auf das Unterholz zusteuerte. Bevor er ins Schwarz der dichten Pflanzenwelt eintauchte, rief er noch, Johannes möge auf den Weg achten. »Und lass dir nicht zu lange Zeit, mein

Junge. Am Ende entscheiden Atemzüge über Leben und Tod. Am Ende wird die Zeit immer knapp.«

Sein kaltes Kichern war noch lange zu hören, und Johannes konnte sich keinen Reim aus seinen Worten machen, aber das war wohl die Absicht des Mannes gewesen. Das war sie immer.

12

Thomas Weiß schenkte Johannes einen Beutel für die Reise, in den er einen Tiegel mit Beinwellsalbe gepackt hatte, um die vom Gehen wunden Füße zu pflegen. Zerstampfte Nesseln sollte er in kochendem Wasser einweichen und dieses dann trinken, sobald es etwas ausgekühlt war, das würde ihn stärken. Und eine Handvoll Beeren sowie der aus Ziegenhaut gefertigte Weinschlauch sollten ihm die restliche Reise so angenehm wie möglich machen. In einer Woche sollte er sein Ziel, die Stadt Graz im Herzen der Mark, erreicht haben.

Johannes hatte Weiß noch einmal versprochen, zurückzukehren, mit Pferden und einem Gefolge, so Gott wollte, woraufhin ihn der Alte lange durchdringend angeschaut hatte. Er hatte ihn etwas abseitsgezogen, um von den anderen nicht gehört zu werden, und ihn mit ernster Miene zurechtgewiesen, keine leichtfertigen Versprechungen abzugeben, die er nicht halten können würde.

»Dein Pfad ist verschlungener, als du jetzt denkst. Von der Reise, die vor dir liegt, hängt unser aller Schicksal ab, nicht nur jenes der Vogelfreien im Wald. Verliere keine Zeit und schau nicht zurück. Das Schicksal macht mit dir, was es will, dagegen kann nicht einmal Gott etwas ausrichten. Gott ist nicht allmächtig.«

Johannes war der Mund aufgeklappt. »Das ist Blasphemie.«

Doch der Alte hatte energisch durch die Luft gewedelt. »Ach was. Das ist *Lebensweisheit*. Nun geh schon.«

Der Herbst zog längst mit rauen Winden zwischen den Bäumen hindurch und färbte den Wald wie ein goldenes Zauberreich. In seinem Rücken glaubte Johannes ein Schluchzen zu vernehmen, das Schreien eines Kindes, Helenas Wimmern, doch als er sich nach einigen Schritten umdrehte, war keine Menschenseele zu sehen. Er war allein.

Er folgte dem Rat des Alten und hielt sich am Saumweg, der an Cilli vorbeiführte. Er legte ein hohes Schritttempo vor und achtete darauf, niemandem zu begegnen. Als er das erste Mal innehielt und einen Schluck trank, hörte er ein Rascheln. Er packte den Schlauch ein, zog sein Schwert und drückte sich in ein Gebüsch. Als er kurz darauf eine Stimme hörte, drehte sich ihm der Magen um. Wie konnte das sein?

»Ich weiß, dass du da bist, Johannes. Komm heraus. Es ist, wie es ist, und nichts kann das ändern.«

Johannes trat aus dem Dickicht, steckte das Schwert zurück in die Scheide und starrte auf Helena, die sich näherte. In einem Bündel am Rücken eines Esels lag das Baby und schlief.

»Thomas Weiß hat mich auf einen Weg geführt, der diesen kreuzt. Eine Abkürzung und mit dem Esel ging es noch schneller. Und bevor du etwas sagst: Nein, du wirst mich nicht umstimmen. Ich bleibe nicht länger in dem Wald. Ich komme mit dir.«

»Und ich auch.«

Johannes fuhr herum und blickte in die großen traurigen Augen von Haris, der immer noch blass, aber doch aufrecht vor ihm stand.

III

Hartstein

1

Johannes hätte es niemals zugegeben, aber in Gegenwart der beiden fühlte er sich wohler, dennoch mieden sie die Dörfer und Siedlungen. Sogar um einzelne Höfe und Weiler machten sie einen Bogen, Johannes wollte unter allen Umständen vermeiden, noch mehr Zeit zu verlieren.

Mit Helena an seiner Seite wäre es zwar ein Leichtes gewesen, sich mit den Einheimischen zu verständigen, er selbst hätte aber aufgrund seines Akzents sofort deren Unbehagen geschürt. In Cilli hätten die Menschen zwar die Sprache der Habsburger gesprochen, eine Variante des Deutschen, Johannes' Muttersprache, dennoch wollte er sich nicht in Städten aufhalten. Er hatte eine Mission, die er zu Ende bringen musste. Er musste die Menschen in seiner Heimat warnen. Unheil bahnte sich an – und er hatte schon viel zu viel Zeit verloren, um es abzuwenden.

Johannes führte den Esel am Zaumzeug, und Helena saß auf dem Tier, das Kind fest in ihren Armen haltend. Haris ging hinter ihnen mit schlurfenden Schritten. Auch wenn inzwischen einige Tage seit seinem letzten Fieberschub vergangen waren, wussten Johannes und Helena, dass seine Wunde noch längst nicht ganz verheilt war. Manchmal beobachtete Johannes ihn dabei, wie er mit dem Armstumpf ins Leere griff. Dann bekam sein Gesicht eine rötliche Färbung, er packte mit der Linken sein Schwert und schwang es ungelenk. Es war zu bezweifeln, dass er es jemals schwingen würde wie zuvor.

Die Sommerhitze war nun endgültig kühlen Herbstbrisen gewichen, die durch die Laubwälder strichen und beinahe Meeresrauschen vortäuschten. Johannes dachte daran, was geschehen wäre, hätte Helena tatsächlich den Weg nach Ragusa eingeschlagen. Wäre sie jetzt am Meer und würde den Wellen lauschen, oder säße sie längst in Ketten auf einem türkischen Sklavenmarkt in der Erwartung, ihr Dasein bald in einem Harem fristen zu müssen, eingeölt und schön gemacht, um ihren

Körper einem Machthaber im Osmanischen Reich anzubieten? Es war bekannt, dass Ragusa Handelsabkommen mit den Osmanen geschlossen hatte, um sich Vorteile gegenüber den Händlern aus Genua und Venedig zu verschaffen. Der Sklavenmarkt gehörte seit jeher dazu, und ihnen war gleich, ob sie mit Bogumilen oder Bauersleuten handelten, Hauptsache, es brachte Geld.

Stattdessen waren er und Helena aber einander begegnet, mitten im Wald. Das konnte nicht nur pures Glück gewesen sein. Das war Gottes Werk, davon war Johannes überzeugt. Und Gottes Werk war seine Prüfung.

Er sah aus den Augenwinkeln zu Helena hinüber. Sie hatten, seit sie den Weg gemeinsam gingen, kaum miteinander gesprochen und gaben eine seltsame Gruppe ab. Die bosnische Königin, deren Kind, ein riesenhafter, einarmiger und beinahe einäugiger Söldner und ein Mönchsritter.

Johannes betrachtete die Frau, die auf dem Esel saß, wie eine Heilige. Die Linien ihres Gesichts waren hart und zart zugleich, ihre schwarzen Augen groß wie Kohlestücke und ihr Haar ebenso dunkel. Sie hatten einander geküsst, und beim Gedanken daran schlug sein Herz wieder schneller.

Er spürte, dass er im Begriff war, die Prüfung, die Gott ihm auferlegt hatte, nicht zu bestehen, zu scheitern, und doch fühlte er etwas Neues in sich. Etwas, das er bislang noch nicht kannte. Sosehr er sich in Gebete flüchtete, so mächtig drängte sich dieses neue Gefühl hervor, an nichts anderes denken zu können als an diese Frau.

Er wollte es neuerlich versuchen, wollte auch dafür beten, dass ihr Weg gut ausging, und fiel ungeachtet der Tatsache, dass sie mitten auf dem Weg waren, auf die Knie. Der Esel verharrte an seiner Seite, und Haris machte sich über ihn lustig, nutzte aber die Gelegenheit und stellte sich ins Gebüsch, um Wasser zu lassen.

Nach dem dritten Paternoster besann Johannes sich wieder seiner Mission und zwang sich zur Eile. Er richtete sich auf, und als er das Knirschen von Lederriemen, das Scheppern von

Eisen und das Wiehern der Pferde hörte, war es zu spät, um noch rechtzeitig von der schmalen Straße in die Böschung zu springen, jedenfalls mit Esel, Frau und Kind.

Der sanfte Herbstwind hatte gedreht, ihn eingelullt mit dem Rauschen der Blätter und ihm stattdessen nichts über die herannahenden Reiter verraten. Das Beten hatte ihn leichtsinnig gemacht. Einen Herzschlag lang kam er sich dümmer als der dümmste Ziegenhirte vor.

Ein halbes Dutzend bewaffneter Männer galoppierte geradewegs auf sie zu. Sie trugen weiß-grüne Banner, die einen schwarzen Panther zeigten, und dazu wehende Fahnen in Weiß und Rot. An der Spitze der Gruppe ritt ein Mann, der nur seine Arme und Schultern in Eisen gelegt hatte. Er trug weder Helm noch Harnisch und auch keinen Schutz der Beine. Sein herbstfarbenes Haar klebte ihm an der Stirn, sein Lederwams und die engen Hosen machten ihn schlank. Sein scharfkantiges Gesicht verlieh ihm einen harten, unerbittlichen Ausdruck, und noch bevor er sein Pferd zum Stillstand gebracht hatte, rief er: »Was wollt ihr hier? Wer seid ihr? Zahlt den Wegzoll oder ihr hängt auf der Stelle.«

Ehe Johannes etwas erwidern konnte, gesellte sich ein zweiter Reiter zum ersten. Dieser wirkte etwas milder, trug einen Hut mit Quaste und war in Grüntönen gekleidet. Statt der Eisenplatten über Armen und Schultern trug er ein weißes Hemd unter einem ledernen Wams, ein kurzer Mantel war mit einem Riemen an seiner Schulter befestigt und flatterte über seinen Rücken.

»Ulf, warte. Diese Leute scheinen völlig ahnungslos zu sein.« Er wandte sich an Johannes. »Ihr seid auf dem Land unseres Vaters Konrad von Hartstein, der in der Felsenburg über das gesamte Tal wacht. Wir sehen an klaren Tagen sogar bis ins Sotlatal und im Norden bis nach Ehrenhausen und den Riegel von Wildon. Wer seid ihr? Pilger? Händler?«

»Oder Vogelfreie?«, rief sein Bruder und zog sein Schwert. »Zieht euch aus, damit wir sehen können, ob ihr gebrandmarkt seid.« Er musterte Johannes angriffslustig. »Oder weigerst du dich?«

Scheppernd bildeten nun auch die anderen Reiter – ein halbes Dutzend Kerle, deren Ausrüstung reichte, um sie in Stücke zu hacken – einen Ring um sie. Die Männer lachten aufgeregt, als erwarteten sie, jeden Moment ein Schauspiel zu sehen zu bekommen.

Augenblicklich verfinsterte sich der Blick des Mannes, der Ulf genannt worden war. »Wenn ihr jetzt nicht tut, was ich sage, schlag ich euch die Köpfe ab.«

Johannes drehte sich zu Helena um und erstarrte. Ihr Blick verriet ihm, dass sie ihm etwas mitteilen wollte. Eine Warnung. Ein Flehen, nichts Falsches zu tun. Und dann erkannte er, was sie meinte. Haris war verschwunden.

Ulf musste Helenas Blick falsch gedeutet haben, denn er brüllte Johannes an. »Ich schätze, sie fleht dich an, zu tun, was ich sage, Kerl. Zieh dich aus oder dein Kopf rollt mir zu Füßen!« Mit einem surrenden Geräusch ließ er sein Schwert durch die Luft schwingen. Glänzender Stahl, der in der Sonne glitzerte, ein Langschwert, welches er mit einer Hand schwang wie ein Stück Holz, was Johannes verriet, dass dieser Edelmann nicht nur mit seiner Waffe umzugehen wusste, sondern auch kräftig wie ein Stier war.

Er schätzte seine Möglichkeiten ab. Mit etwas Glück könnte er zwei der Männer überwältigen, die Pferde verletzen und Verwirrung stiften, ehe er im Wald untertauchte. Aber wie sollte er Helena und das Kind beschützen und mit ihnen fliehen? Womöglich würden die Pfeile der Armbrüste sie noch treffen, bevor sie überhaupt den Pfad verlassen hätten.

Er konnte nicht fassen, wie leichtsinnig er gewesen war, als er niedergekniet war, um zu beten.

»Ihr seid auf unserem Land!«, tobte Ulf jetzt weiter. Er besah Helena und ihr Kind argwöhnisch, als verberge sie unter ihrem Mantel Waffen. Auch die Soldaten betrachteten sie.

Ulf lachte. »Seid ihr etwa Josef und Maria mit dem Jesuskind? Sucht ihr eine Herberge?«

Das Lachen der anderen Reiter im Ring klang scheppernd in all dem Eisen wider, in dem sie steckten.

Augenblicklich verfinsterte sich Ulfs Blick. »Wenn du jetzt sagst, du seist tatsächlich Josef und das sei Maria und dieses Balg da sei das Jesuskind, dann häng ich euch augenblicklich auf. Das Kind als Erstes.« Hasserfüllt funkelte er Johannes an. »Er antwortet nicht. Ich sehe, dass er etwas vorhat. Seid vorsichtig. Er versucht zu fliehen. Er versteht kein Wort, hat nichts und kann nichts. Womöglich ist er sogar auf dem Weg zum nächsten Markt, um den Leuten das Geld aus der Tasche zu ziehen. Bruder, vertrau mir, der Kerl muss getötet werden und dieses Weibsstück gleich mit.«

»Ja, hängen wir sie auf«, kicherte einer seiner Begleiter, und Johannes musterte ihn kurz. Sein Mund offenbarte nichts als zahnlose gähnende Leere, und die Augen standen so eng beieinander, dass sie fast wie ein einzelnes wirkten wie bei den Zyklopen, von denen man auf Rhodos so gern erzählte, um Kinder zu erschrecken.

Johannes ließ sich seine Aufregung nicht anmerken und schätzte weiterhin seine Möglichkeiten ab. Die dumm grinsenden Begleiter würden ihm wenig Probleme bereiten, auch der zornige Wortführer nicht, er wirkte zu unbesonnen. Der Ruhigere an seiner Seite bereitete Johannes fast mehr Unbehagen, denn aus ihm sprach weniger Heißblut und Überheblichkeit als aus den anderen. Ihn würde Haris aus dem Hinterhalt erledigen müssen.

Wenn er nur wüsste, wo sich der Riese versteckt hielt und ob er bereit dazu war zu kämpfen. Mit einer Hand. Was hätte er jetzt nur für sein Pferd gegeben, das ihm so treu gedient hatte?

Nach weiterem Abwiegen beschloss Johannes, es nicht darauf ankommen zu lassen, und richtete das Wort an Ulf. »Ich verstehe Euch gut, Ulf von Hartstein. Mein Name ist Johannes«, er machte eine Pause, »Johannes Kreuzer. Ich komme aus Graz, dem Sitz Kaiser Friedrichs III. Dies sind meine Frau Helena und unser Sohn. Wir müssen unter allen Umständen in die kaiserliche Residenz.«

Die berittenen Männer warfen sich unschlüssige Blicke zu. Johannes fuhr fort. »Es ist ein dringendes Anliegen, das ich vorzubringen habe, und der Kaiser wird sich glücklich schätzen, wenn Ihr mir erlaubt, meine Reise rasch fortzusetzen. Möglicherweise wird er sich sogar erkenntlich zeigen.«

Ulf kam jetzt auf seinem Ross näher. Das Leder unter seinem Armzeug knirschte. Er musterte Johannes auffallend langsam von den Zehenspitzen bis zum Kopf, ehe er losprustete.

In sein Lachen fielen auch die anderen wieder ein, nur sein Bruder lachte nicht. Der fixierte Johannes mit ernster Miene.

»Du wirst deine Worte beweisen müssen«, sagte er. Als das Lachen verebbte, hauchte er fast flüsternd: »Wir werden dich auf die Burg bringen und dort befragen. Wenn nötig, peinlich. Und wenn du gelogen hast, dann ziehen wir dir die Haut vom Körper, Stück für Stück, und lauschen deinen Schreien.«

Die anderen sahen betroffen zwischen den Brüdern hin und her.

»Hartmut, nein!«, rief Ulf. »Wir hängen ihn hier und jetzt. Wir spießen ihn, köpfen ihn, kreuzigen ihn, was auch immer, aber vor allem hier und jetzt. Es ist doch offensichtlich, dass er ein Betrüger ist.«

»Nein. Vater würde wollen, dass wir ihn vorführen. Er wird befragt.«

Zwischen den Brüdern ging etwas vor sich, das Johannes nicht zu deuten wusste. Schließlich spuckte Ulf Johannes vor die Füße und trieb sein Pferd an. Mit wenigen Schritten war es bei Helena und schnaubte den Esel an, der nur mit den Ohren wackelte und am größeren Tier stoisch vorbeisah. Ulf riss Helena die Kapuze vom Kopf und fuhr sogleich überrascht zurück, dabei riss er an den Zügeln des Pferdes, sodass es wiehernd die Vorderläufe anhob. Das Erstaunen war Ulf ins Gesicht geschrieben.

»Na, Hartmut«, rief er, »willst du die beiden jetzt immer noch Vater vorstellen? Wäre es nicht viel reizvoller, nur den Kerl aufzuknüpfen und sich seine Frau zu nehmen?«

Er ritt um den Esel herum, das Pferd schüttelte dabei nervös den Kopf. Johannes hätte ihm jetzt mühelos sein Langmesser in den Oberschenkel stoßen können, eine Verletzung, an der er vermutlich nicht gestorben wäre, die ihn aber außer Gefecht gesetzt und vielleicht für immer zum Krüppel gemacht hätte. Ulf langte zu Helena hinunter, fasste sie am Haar und ließ es durch seine schmutzigen Finger rieseln.

Er kicherte und blinzelte Johannes zu. »Willst du zusehen, wie ich deine Frau zureite, ehe du stirbst? Oder noch besser: Willst du zusehen, wie wir das alle tun?« Aufgeregtes Gelächter unter seinen Leuten.

Johannes konnte nicht anders. Er griff nach seinem Dolch, doch fast im selben Moment waren mehrere Waffen auf ihn gerichtet, zwei Männer hatten Armbrüste, einer einen Bogen. Sie würden ihn töten, bevor er auch nur sein Messer ziehen könnte.

»Genug jetzt!«, rief der, der Hartmut genannt wurde. »Es ist genug. Wie ich sagte, wir bringen sie zu Vater in die Burg.« Und an Johannes und Helena gewandt: »Ihr seid nun Gefangene meines Vaters Konrad von Hartstein. Wir sind seine Söhne Hartmut und Ulf. Wenn ihr versucht zu fliehen, reißen wir euch die Glieder vom Leib. Folgt uns.«

2

Das dröhnende Lachen hallte in den kalten Mauern wider und mündete in einen herzzerreißenden Hustenanfall. Konrad von Hartstein versuchte das Stück Gans, das er sich mit der Messerspitze in den Mund geschoben hatte, mit Wein hinunterzuspülen. Sein Kopf lief rot an, und die dunkle Farbe hob die gelben Kappen der zahlreichen Pusteln an Hals und Wangen noch hervor. Der Burgherr würgte, streckte dabei seine Zunge, die noch voller unzerkauter Essenreste war, aus dem Mund. Seine Augäpfel traten aus den Höhlen, die Bindehaut schimmerte gelblich und ließ die Iris dadurch wiesengrün erscheinen. Schweißperlen standen auf seiner Stirn. Die wenigen dünnen Haare streckten sich über die Ohren wie graue Spinnenbeinchen. Konrad von Hartstein war zudem mit kolossaler Leibesfülle ausgestattet, mit kurzen Armen, die aus einem Leinenhemd ragten, das derart schmutzig war, dass Weiß nur ein Terminus semantischer Hilflosigkeit sein konnte. Das Hemd war bekleckert und befleckt mit allerhand farblichen Abstufungen, und der Mann stank nach Schweiß und Gülle.

Seine Söhne Ulf und Hartmut schauten ungerührt zu, wie der Vater um sein Leben rang. Der Mann röchelte. Sein Kopf hatte mittlerweile die Farbe überreifer Kirschen angenommen. Für einen elend langen Moment breitete sich der Tod in der finsteren Halle aus, und hätte jemand im Raum über die entsprechenden Fähigkeiten verfügt, er hätte den Sensenmann wohl sehen können, wie er über den Efeu die Burgmauern erklomm und durch ein offenes Fenster kroch wie eine Kreatur aus den finstersten Lagerfeuererzählungen, um sich dem Sterbenden zu nähern.

Ja, Konrad von Hartstein rang mit dem Tod und starrte dabei seine beiden Söhne an, als könnte allein sein Blick etwas bewirken. Doch die beiden rührten sich weiterhin nicht.

Johannes beschloss einzuschreiten, steckte ihm zwei Finger

in den Mund, riss ihm die Kiefer auseinander und brachte ihn zum Würgen. Gerade noch rechtzeitig ließ der Würgereiz nach, und Johannes hielt Konrad von Hartstein einen winzigen Knochen vor die Augen. Zwischen seinen Fingern klebte Speichel.

Konrads Husten verebbte, und das Rot wich aus seinem Gesicht. Er saugte Luft ein wie ein fast Ertrunkener. Er rülpste, und Weindampf breitete sich aus. Dann betrachtete er den Knochen, als befände sich darin eine bislang ungeahnte Wahrheit, schien kurz gedankenverloren, bevor er Johannes mit der flachen Hand eine Ohrfeige gab. »Was fällt dir ein, mit deinen dreckigen Pfoten in meinem Maul herumzustochern?«

Johannes rieb sich die Wange. Er hatte geistesgegenwärtig reagiert und dem alten Mann das Leben gerettet, und das war nun der Dank dafür?

Schon zuvor, als sie den Wald verlassen und sich über eine Lichtung der Burg genähert hatten, hatte sich seiner ein beklemmendes Gefühl bemächtigt. Die Burg Hartstein war ein aus dem Fels ragendes Ungetüm, das von einem grauen Bergfried bestimmt wurde, der so von Efeu und Unkraut bewachsen war, dass er unbewohnt wirkte. Rundherum bröckelten die Zinnen und morschten die Holzleitern, denen bereits einige Sprossen fehlten. Hier hätte dringend ein Zimmermann oder Steinmetz Hand anlegen müssen, doch auch an Gesinde fehlte es offenbar. Nur wenige geduckte Menschen waren zwischen den finsteren Gebäuden umhergehuscht, irgendwo hatte ein Kind wie ein Burggeist geschluchzt, und vom ersten Moment an, in dem sie durch das offen stehende Eichenholztor ins Innere getreten waren, hatte Johannes das Gefühl gehabt, an einem verfluchten Ort zu sein. An einem Ort, an dem die Zeit laut und deutlich nagte. Und viel davon blieb nicht übrig.

Dies war die Stätte eines verarmten Adeligen. Ein morsches hölzernes Dach über dem Kopf, bröckelnde kalte Mauern, die zu drei Seiten in einen Felsen übergingen, der über einer Schlucht thronte. Die Burg war nur von einer Seite aus zugänglich, bestand aus Wohnturm, Bergfried, einigen Stall- und

Wirtschaftsgebäuden und einer kleinen Kapelle. Alles war aus grobem Stein gehauen, ein zugiger Ort, der von einem bissigen Wind heimgesucht wurde, der einen ständig frösteln ließ.

Als Johannes den Bergfried gemustert hatte, hatte er vermutet, dass sie auf ihrem Weg von dort oben aus gesehen worden sein mussten, und er wunderte sich einmal mehr, wie wenig aufmerksam er gewesen war. Er hatte gebetet, anstatt sich umzusehen. Sein Großmeister hätte ihn nicht nur geohrfeigt und gescholten. Unachtsamkeiten wie diese brachten einem unter Waffenbrüdern schwere Strafen ein. In diesem Fall hatte er noch dazu das Leben einer Frau aufs Spiel gesetzt, die ihn beinahe um den Verstand brachte.

»Er hat Vater in den Mund gegriffen!«, schrie Ulf, nun wieder aus seiner Lethargie erwacht. »Dafür muss er hängen.«

Konrad ließ seinen Blick zu seinem Sohn schweifen, und einen Moment lang hatte es den Anschein, ein neuerlicher Würgereiz drohte ihn zu übermannen. Sein Gesichtsausdruck konnte nicht verbergen, dass er den Erben als schwachsinnig erachtete. »Halt dein Maul!«, fegte er die Bemerkung mit einer Armbewegung von sich. »Der Mann hat seine Strafe bekommen. Er konnte nicht wissen, dass er mir nicht das Leben gerettet, sondern den Tod gestohlen hat. Nun wird er wohl selbst elend am Aussatz zugrunde gehen. Er hat mich berührt, er wird leiden.« Er hustete noch einmal, wischte sich mit dem Handrücken den Rotz aus der Nase.

Erst jetzt fiel Johannes auf, dass der Mann auch dort Pusteln hatte. Sein ganzer Körper musste übersät davon sein.

Konrad grunzte in der Stimmlage einer sich im Dreck suhlenden Sau. »Meine Söhne sind die Pest. Ich habe den Aussatz. Und welche Seuche bringt ihr mir? Etwa die Wollust?«

Seine letzten Worte schwebten im Raum wie eine Drohung, denn er bedachte Helena dabei mir gierigem Blick. Konrad von Hartstein war ein Greis, dessen Finger Vogelkrallen glichen, und sein Gesicht war mit roten Äderchen überzogen. Nur seine Augen blitzten wie die eines jungen Mannes.

Sie hatten Johannes die Waffen abgenommen, umso mehr sah

er sich gezwungen, den Raum zu mustern, um herauszufinden, was sich als Waffe eignen könnte, würde es zum Kampf kommen. Er hatte von seinen Waffenbrüdern gelernt, mit allem zu kämpfen, was seinen Arm verlängern konnte. Wenn auch fast nichts einen gekonnt gesetzten Schwerthieb parieren konnte, so reichte manchmal nur der Versuch des Widerstands, um Zeit zu gewinnen.

Konrad von Hartstein trank einen weiteren Schluck Wein, rülpste und zeigte auf Helena. »Bist du eine Hure, mein Kind?« Er sagte das mit einer seltsamen Mischung aus Mitleid und Vorwurf.

»Nein, sie ist meine Gefährtin«, presste Johannes an ihrer statt hervor, und es war deutlich zu hören, wie seine Stimme vor Zorn zitterte. Ein Zorn, der ihn selbst fast bestürzte, denn in diesem Moment begriff er, dass er für diese Frau sein Leben opfern würde. Niemand durfte sie beleidigen.

Seiner Erwiderung folgte ein weiterer Schlag auf den Kopf, der ihn fast das Gleichgewicht verlieren ließ. In seinen Ohren rauschte es. Diesmal hatte ihn einer der Wächter mit einer Faust geschlagen, die in einem Lederhandschuh steckte. Es war ein grobschlächtiger Kerl mit Vollbart und roten, von zu üppigem Wein- und Fleischgenuss aufgeblähten Backen. Johannes würde sich den Kerl merken. Bevor er aber zu einer weiteren Dummheit ansetzen konnte, spürte er Helenas Hand beruhigend an seiner Schulter.

»Nein, Herr von Hartstein«, sagte sie demütig und bedachte Johannes mit einem flehenden Blick. »Ich bin eine freie Frau an der Seite eines freien Mannes. Wir tun niemandem etwas. Wir sind keine Gefahr. Bitte lasst uns weiterziehen. Wir müssen –«

Der Greis wedelte wieder ungeduldig durch die Luft und schnitt ihr damit das Wort ab. »Schweig. Ich habe gehört, was ihr vorgebt zu sein. Kuriere des Kaisers. Und ich sage euch etwas: Wenn ihr lügt, stirbt das Kind zuerst – vor euren Augen. Dann nehme ich die Frau. Und dann hängt sie. Und dann zerreißen wir dich und verfüttern dich an die Schweine. Ich habe keine Zeit für Lügen mehr.«

Helena schnappte nach Luft. »Lasst mein Kind.«

Der Alte schaute sie kalt an. »Seit Ulrich II. von Cilli in Belgrad vor sieben Jahren von diesem Ungarnschwein Hunyadi ermordet wurde, sitze ich hier in dieser kalten, öden Burg und warte darauf, dass ich selbst vor das Himmelstor treten darf. Mein Weib ist schon tot, und immer noch sitze ich hier. Und immer noch bringen mir meine Söhne Leute wie euch, Lügner, Possenreißer und Gauner. Wenn wenigstens einmal ein Minnesänger dabei wäre, irgendetwas, das es vermeiden ließe, dass ich das Echo meiner Fürze von den Mauern widerhallen höre, das Echo meines Schmatzens, meiner Rülpser und meines gottverdammten Atmens. Also …« Er musterte Johannes' Stirn. »Erzähl mir eine Geschichte, Johannes mit dem Kreuz auf der Stirn. Wer hat dir das angetan, wer hat dir dieses Kreuz ins Gesicht gebrannt? Wenn die Geschichte gut ist, verschone ich das Kind.«

Helena wimmerte auf, doch Johannes begann zu sprechen, bevor sie etwas erwidern konnte, und erzählte, was passiert war, wobei er lediglich die Tatsache, dass Helena die Frau des ehemaligen bosnischen Königs war, nicht zur Sprache brachte. Er hatte das unbestimmte Gefühl, diese Information sei nicht für Ohren wie die seinen bestimmt.

»Türken, sagst du. Und du bist ganz sicher? Kein Zweifel möglich?«

»Ich kenne die Türken, mein Herr. Das sind Akindschi …«

»Sprich nicht so, gib ihnen keine Namen. Das sind einfache Bauern, die außer Rand und Band über die Grenzen ziehen und andere einfache Bauern niedermetzeln. Keine Gefahr also für unsereiner. Diese primitiven Horden kämen nicht einmal in die Nähe unserer Mauern. Schon allein wenn sie einen meiner bewaffneten Diener zu Gesicht bekämen, würden sie rennen und um Hilfe schreien. Sie sind Heiden, Teufelspack …«

»Mein Herr, ich glaube, Ihr unterschätzt die Türken …« Johannes wurde vom dritten Schlag binnen kurzer Zeit unterbrochen. Er spürte Blut auf seinen Lippen, und Ulf schaute ihm drohend in die Augen.

»Der nächste Schlag geht auf deine Nase, du Hund.«

»Schon gut, mein Sohn. Lass ihn reden. Er scheint richtig beeindruckt von den Türkenhorden zu sein.«

»Mein Herr«, fuhr Johannes fort, »diese Leute reiten auf schnellen Pferden, greifen sehr plötzlich an und stecken alles in Brand. Sie stiften Verwirrung und schlachten Eure Bauern ab. Wenn sie erst einmal ins Sotlatal eindringen, dann sind sie dem Kaiser nah. Es wäre ihnen ein Leichtes, nach Norden vorzudringen, über die alte römische Handelsroute kämen sie bis Ehrenhausen, nach Wildon, vielleicht sogar nach Graz.«

Der Greis lachte auf. »Nach Graz? Was redest du da? Diese Heiden kommen niemals dorthin. Das liegt ja in den Bergen.«

Johannes wusste nach diesen Worten, dass Konrad niemals in Graz gewesen war und die Stadt nur vom Hörensagen kannte. Graz lag nicht in den Bergen, sondern in einer breiten Talsenke. Die Berge, die *richtigen* Berge des Kaiserreichs, begannen sich erst einen Tagesritt weiter nördlich aus dem Boden zu schrauben.

»Sie werden aber Eure Bauern niedermetzeln«, sagte er. »Und wer zahlt Euch dann die Zehnten? Wer versorgt Euch? Ohne Eure Bauern seid Ihr tot …«

»Vater, gebt mir die Erlaubnis, diesem frechen Kerl die Zunge aus dem Mund zu reißen. Das sind Leute vom fahrenden Volk. Sie sind Räuber, Bettler. Er lügt mit jedem Wort, wir können ihm nicht trauen. Vielleicht stecken die beiden mit den Bauern sogar unter einer Decke.« Ulf trat nun näher an Johannes heran, sodass sich ihre Nasenspitzen beinahe berührten. »Vielleicht kollaboriert er sogar mit den Türken.«

Wieder lachte Konrad, und Johannes vermutete, dass das am Wein liegen musste.

»Du hast recht, man kann solchen Leuten nicht trauen. Aber vergiss nicht, der Kerl hat mir das verfluchte Leben gerettet.«

Ulf warf ihm einen erstaunten Blick zu. »Na und? Seit wann sind wir solchen Leuten etwas schuldig?«

»Schuld? Hier geht es nicht um Schuld. Du missverstehst mich, mein Sohn. Ich denke ganz anders.« Und an Johannes gewandt, fügte er hinzu: »Was sollten die Heiden in Graz? Sich abschlachten lassen? Was kümmert es mich, wenn Türkenbauern windische Bauern töten? Und was schlägst du vor? Soll ich Ulf und Hartmut mit Harnischen und Piken ausrüsten, sie mit meiner Burgwache nach Konstantinopel schicken und mich bei Mehmed über die Missetaten seiner Halunken beschweren? Soll ich vor ihm hintreten und rufen: ›Ich, Konrad von Hartstein, der ich im Namen des Kaisers das Erbe Ulrichs von Cilli angetreten habe, verlange Wiedergutmachung‹?« Wieder lief Konrads Gesicht rot an, und er musste husten. Diesmal klang es aber nicht danach, als stecke ihm ein Knochen im Hals. Es klang viel heimtückischer. Im nächsten Moment spuckte Konrad einen Patzen Blut auf den Boden.

Als er sich wieder erholt hatte, breitete er mit zittrigen Händen seine Arme aus. »Weißt du, wo wir hier sind? Im Speisesaal der Burg Hartstein, die den Grafen von Cilli gehörte, einflussreichen Fürsten, die mit den Mächtigen dieser Welt Katz und Maus gespielt haben und niemand Geringeren als den Kaiser selbst herausforderten. Sie waren verschwägert mit Erzherzog Albrecht, dem Bruder des Kaisers. König Siegmund von Böhmen war vermählt mit Barbara von Cilli. Und Ulrich von Cilli selbst war vermählt mit Katarina Branković, der Schwester von Mara Branković, die wiederum Stiefmutter von Sultan Mehmed II. ist. Verstehst du, was ich sage? Diese Mauern sind die *Welt*. Der Orient und der Okzident. In diesen Mauern geht im Geiste die Sonne zugleich auf und unter. Wir sind mit allen Königreichen dieser Welt verwandt.«

Mit seinen letzten Worten geriet Konrad in hysterisches Lachen. »Und du, ein seltsamer Kerl – angeblich ein *Mönch*? Na wenn schon … Jedenfalls du, junger Bursche, willst mir etwas über Politik sagen? Über finstere Mächte, die sich anbahnen? *Mir?*«

Johannes entdeckte einige Krummschwerter an den Wänden. Um sie zu erreichen, müsste er allerdings eine Bank darunterschieben, und selbst dann wäre nicht sicher, ob er sie mit den Fingerspitzen erwischen würde. Er bemerkte jetzt auch Banner, die goldene Halbmonde zeigten, zwischen jenen Abzeichen, die von dem erwähnten Ulrich stammten. Ein geviertelter Schild, zwei Viertel davon wurden von zwei roten Balken im weißen Feld eingenommen – das Stammwappen der Herren von Sanneck. Zwei weitere Viertel stellten jeweils drei achtstrahlige gelbe Sterne auf blauem Grund dar.

Der Greis, dem Johannes' Beobachtungen offenbar nicht entgingen, fuhr fort. »Ja, wir waren stets in beiden Lagern. Widersacher und Gefolgsleute des Kaisers, aber auch verbunden mit dessen Feinden, den Osmanen und dem Ungarnkönig Matthias Corvinus.« Sein Blick ruhte jetzt schwer wie ein Richter auf Johannes. »Das macht uns auch so unberechenbar.«

Johannes wechselte das Standbein. Er wusste nicht, was er darauf erwidern sollte, deshalb tat es Helena an seiner statt.

»Mein Herr, Johannes Kreuzer hat einen Mann geheilt, dessen Arm von den Akindschi abgetrennt wurde. Der Mann lebt. Und Johannes hat Euch vor dem Ersticken bewahrt. Er ist ein *Heiler*. Vielleicht kann er auch Euer Leiden heilen. Vielleicht ist er Eure letzte Rettung.«

Entsetzt starrte Johannes sie an. Wie konnte sie das nur sagen? Der Aussatz dieses Mannes war zu weit fortgeschritten. Niemand konnte ihm helfen, das musste sie doch sehen.

Der Greis musterte sie nun beide und senkte traurig seinen Kopf. »Junger Mann, beweise, dass deine Gefährtin nicht lügt und rette ihr damit das Leben.«

3

Sie befanden sich in einem zugigen Nebenraum des Speisezimmers. Unschlittkerzen flackerten und warfen zitternde Schatten an die grob verputzten Wände. Draußen wurde es langsam dunkel.

Helena drückte sich an Johannes, und er fühlte den sanften Atem des Babys an seinem Oberarm. Er spürte jedoch auch jenen von Ulf, der vor Wut und Anstrengung keuchte und nicht wusste, wohin mit seinem Zorn. Hartmut hielt seit einer Ewigkeit sein Schwert in der Hand, bereit zu reagieren, falls die Fremden etwas taten, das ein Eingreifen erforderlich machte. Johannes hatte aber auch das Gefühl, dass Hartmut die Waffe deshalb hielt, um seinem Bruder Einhalt zu gebieten, falls dieser die Beherrschung verlieren würde.

Zwei schmutzige Mägde drängten sich zwischen die Anwesenden und versuchten sich unsichtbar zu machen, während sie einen Bottich mit brackigem Wasser aus dem Raum trugen. Obwohl Böen durchzogen, waberten Körpergerüche vermischt mit *Ascelouch*, den Johannes auch als *Allium* oder Zwibolle kannte, um sie herum wie die Dämpfe einer Wirtshausküche.

Der alte Freiherr hatte sich in die Bettstatt gelegt, einen mit Stroh verkleideten Holzkasten, und trank aus einem Weinschlauch. Normalerweise wäre dieses Bett nicht nur für ihn allein gewesen, auch seine Söhne und ein Teil des engeren Gesindes hätten sich das Lager geteilt, der Rest hätte sich am Boden verteilt in die Winkel gekauert und versucht, im Chor der Schnarchenden Schlaf zu finden, so vermutete Johannes. Doch die Nähe von Konrad von Hartstein war nicht mehr ratsam für die anderen, das sah selbst der zornige alte Mann ein.

»Erzähl mir etwas aus der weiten Welt, Bursche. Was hast du gehört und gesehen außer diesen dummen Erzählungen über diese Akindschi-Bauern?«

Konrad von Hartstein machte den Eindruck, ein kleines Kind

zu sein, das vor dem Einschlafen noch eine Geschichte hören wollte.

Johannes verstand. Diese Leute hier lebten abseits der großen Handelsrouten und bekamen wahrscheinlich monatelang nichts mit von der Welt. Er überlegte, welche der vielen Nachrichten, die er auf seiner Reise durch Europa aufgeschnappt hatte, am meisten beeindrucken konnte, und begann. »Antonio da Noli, ein Kapitän aus Ligurien, der in Diensten der Portugiesen segelt, hat auf der Insel Santiago die Garnison Ribeira Grande gegründet und wurde zum Gouverneur ernannt. Die Portugiesen segeln immer furchtloser nach Süden, obwohl Heinrich der Seefahrer seit drei Jahren unter der Erde liegt.«

Für einen Moment schien Konrad tatsächlich seine Schmerzen zu vergessen. Er hob die Augenbrauen und musterte Johannes, der an seiner Bettkante saß. »Heinrich der Seefahrer ist tot? Stimmt das auch?«

»Jedes Wort«, erwiderte Johannes. »Und es gibt noch mehr. In Britannien soll es vor zwei Jahren eine Schlacht zwischen den Häusern York und Lancaster gegeben haben, die mehr als dreißigtausend Tote gefordert hat. Es war vereinbart worden, dass keine Gefangenen gemacht werden, daher diese hohe Zahl.«

»Eine Schlacht, das interessiert mich. Wer hat gewonnen?«

»Die Männer vom Haus Lancaster sind in der Nacht vom Schlachtfeld geflohen, viele sind in einem Fluss ertrunken, die meisten wurden erschlagen, weil sie sich auf der Flucht ihrer Helme und Rüstungen entledigt hatten. Das Gemetzel soll zwei Tage gedauert haben.«

Konrad sah ihn wie versteinert an, und Johannes deutete dies als Aufforderung weiterzusprechen. Eifer packte ihn.

»Die Republik Ragusa treibt regen Handel mit den Osmanen, eine Taktik, die vor allem den Genuesen und Venezianern, die mit den Türken in Konflikt stehen, missfällt. Auf der Insel Rhodos bauen die Johanniter die Festung aus …«

»… was ihr mit dem Gold der Templer tut.«

»Die Templer gibt es seit mehr als hundert Jahren nicht mehr.«

»Denkst du, das weiß ich nicht?«

Johannes bereute sein sorgloses Geplapper, während Konrad von Hartstein sich aufrichtete und wieder sein zornrotes Gesicht bekam.

»Denkst du, wir sitzen hier in den Bergen in einer von Cillis Burgen und wissen nicht, was auf der Welt vor sich geht?«

»Aber Ihr wolltet doch, dass ich Euch etwas erzähle.«

»*Neues*, nicht *etwas*.«

Johannes fixierte den Mann im Bett. »Gut. Dann wisst Ihr also auch, dass Ihr die Lazaruskrankheit habt?«

Konrad blinzelte. Seine Augen glänzten.

Ulf machte eine unbestimmte Bewegung auf seinen Vater zu. »Was soll das sein? Was schwatzt der Kerl da?«

»Miselsuht, du Dummkopf. Er sagt, ich habe Aussatz.« Konrad wischte sich einen Speicheltropfen von der Unterlippe und wandte sich Johannes zu. »Ich *weiß*, was ich habe, meine Söhne wollen es aber einfach nicht wahrhaben. Also sag mir, lieber *Heiler*: Wie lange habe ich noch zu leben?«

»Ihr könnt noch essen und trinken, das ist gut. Aber spürt Ihr das?« Johannes betastete seine Fersen und die Achillessehne.

Mürrisch zog Konrad sein Bein zurück und schüttelte den Kopf.

»Und in den Fingern? Spürt Ihr da etwas?«

»Ein wenig.«

»Darf ich es mir genauer ansehen?«

Die beiden Mägde kamen soeben mit frischem Wasser zur Tür herein. Etwas davon tropfte auf den Steinboden. Ulf wartete, bis der Bottich am Boden stand, dann trat er einer der Frauen so hart in den Rücken, das sie quer durch den Raum stolperte und sich stöhnend an der Wand abstützend aufrichtete.

»Verschwinde, dummes Ding«, schimpfte Ulf, und niemand kümmerte sich weiter um die Angelegenheit.

Johannes hob das Beinkleid des Burgherrn bis zum Knie an und kniff die Augen zusammen. Einerseits, damit er in dem diffusen Licht besser sehen konnte, andererseits, um seine Gesichtsmuskeln besser im Zaum zu halten, denn er wusste, dass der Alte ihn genau beobachtete. Er wollte ihm keinesfalls zeigen, wie sehr der Anblick der Wunden ihn aufwühlte, denn genau das taten sie. Die Fesseln der Füße waren voller Beulen, aus denen Eiter quoll. Die linke Wade war blau angelaufen, die rechte zeigte eine Fülle von kleineren Knoten, die bald dick anschwellen würden. Johannes hob das Beinkleid weiter, doch der Alte zog es zurück.

»Ich muss mir alles ansehen, wenn Ihr wollt, dass ich ein Urteil fällen kann.«

Seufzend ließ ihn der Greis gewähren, und Johannes stellte fest, dass die Krankheit auch hier bereits gewuchert hatte.

Der Oberkörper des Mannes sah dagegen beinahe unversehrt aus, erst ab dem Hals wurden die Knoten und Geschwülste wieder schlimmer. Sein Gesicht war deformiert, erinnerte an die grässlichen Wasserspeierfratzen der Grazer Kirchen, die Johannes als Kind immer so gefürchtet und deren Anblick er hinter vorgehaltener Hand gemieden hatte.

Als er mit seiner Untersuchung fertig war, setzte Johannes sich auf einen Schemel neben dem Bett. Er fühlte sich erschöpft, obwohl er nur wenige Minuten damit zugebracht hatte, den Körper des Burgherrn genauer zu betrachten. »Ich werde Kräuter sammeln, um die Schmerzen zu lindern, und ich werde Euren Dienern zeigen, wie man Schwämme und Umschläge macht.«

»Ich habe keine Diener mehr«, knurrte Konrad. »Niemand will in meine Nähe.«

Johannes war aufgefallen, dass alle Anwesenden zurückgetreten waren.

»Ich konnte ja meine Söhne kaum dazu überreden, mich hierzubehalten. Die Burschen würden mir am liebsten eine Warnklapper um den Hals hängen und mich in ein Lazaruskleid stecken, um mich zur Warnschau nach Graz zu schicken, damit die Mönche und der Hochadel etwas zum Grausen und Staunen haben.«

Hartmut stöhnte auf. »Was redet Ihr da, Vater? Wir würden nie –«

»Ach, sei still, bevor du dich versündigst und deinem sterbenden Alten ins Antlitz lügst«, fuhr ihn sein Vater an.

Johannes wusste, dass die Zurschaustellung von Aussätzigen tatsächlich gängige Praxis in seiner Heimat war. In Graz befand sich ein Siechenhaus in der Murvorstadt außerhalb der Stadtmauern. Die Kranken erhielten dort zwar keine Behandlung, nicht einmal etwas gegen die Schmerzen, aber immerhin eine Schlafstatt, ein Dach über dem Kopf und etwas zu essen und zu trinken. Und manchmal eben auch Besuch von Hochgeborenen, die sich am Anblick der entstellten Leiber ergötzten. Es war tatsächlich eine Freizeitbeschäftigung der feinen Gesellschaft, sich das Grauen der Welt anzuschauen, welches sie nur darin bestätigte, dass Gott für sie ein besseres Leben in besserer Stellung auserkoren hatte und sie ihm dafür dankbar sein mussten.

Johannes betrachtete den missgestalteten Körper vor sich mit nachdenklich in Falten gelegter Stirn, auf der das Kreuz wieder zu jucken begonnen hatte. Die Hoffnung darauf, dass diese Narbe eines Tages nicht mehr sichtbar sein würde, hatte er aufgegeben.

Er sagte: »Auf Rhodos konnten wir manche Menschen mit dieser Krankheit heilen, oder sagen wir: die Schmerzen so weit lindern, dass ihnen noch über Jahre hinweg ein einigermaßen angenehmes Leben möglich war.«

Konrad rollte mit den Augen. »Hoffnung ist Teufelszeug.« Als Johannes nichts erwiderte, fragte er nun tatsächlich fast so zaghaft wie ein Kind: »Wirst du es versuchen?«

»Lasst Ihr mich dann nach Graz und Frau und Kind am Leben?«

4

Der Efeu wucherte entlang der Burgmauern, und die Wassertriebe der Apfelbäume im Garten schossen dem Himmel entgegen. Es hatte tagelang geregnet, und es schien, als ob das Grün, das sie umgab, dadurch solche Kraft erhielt, dass es sie mitsamt der Burg zu erdrücken versuchte. Büsche machten Wege nahezu unpassierbar, und die hüfthohen Wiesen waren stellenweise vom Wind platt gedrückt. In der Küche schepperten die Pfannen, die eine namenlose Windische, die alle nur »die Runzlige« nannten, hin und her bugsierte. Der Brei, den sie am offenen Herdfeuer zum Brodeln brachte, verströmte seinen Duft.

Außer der Köchin und Helena war noch jenes schweigsame Mädchen im Burgareal, das zuvor von Ulf Prügel bezogen hatte, weil es Wasser verschüttet hatte. Es wurde für allerhand Arbeiten herangezogen, meist sah Helena es aber nur mit Wassereimern gehen, die es aus dem Brunnen zog. Sie hatte das Mädchen in den Tagen, seit sie die Burg betreten hatten, kein einziges Mal lächeln gesehen.

Und dann waren da noch die Männer, die sich meist um Ulf scharten und durch die Wälder streiften. Waren sie in der Burg, spielten sie Karten oder warfen ihre Streitäxte auf einen Holzpflock. Schon in den Morgenstunden verströmten sie Weindampf, und manche von ihnen schlummerten betrunken in einer Ecke, ehe die Sonne an ihrem Höhepunkt des Tages stand. Von diesen Männern ging eine latente Aggression aus, eine lüsterne Unberechenbarkeit, die Helena dazu bewog, zu vermeiden, in ihre Nähe zu gelangen.

Was ihr bei Hartmut jedoch nicht gelang. Sie hatte das Gefühl, der hochgewachsene junge Mann stellte ihr nach. Wo immer sie war, bemerkte sie seine Silhouette, wie sie soeben hinter einem Baumstamm oder einer Nische verschwand oder auftauchte. Er war stets freundlich, erkundigte sich nach ihr und ob es dem Kind gut ging, was Helena als eine seltsame Anteilnahme an ihrem Schicksal empfand, denn immerhin hielt er sie hier gegen ihren Willen fest. Sie war überzeugt davon, dass Hartmut ihr nicht traute, sie verfolgte und sie töten würde, sobald sie den Versuch machte, zu fliehen.

Johannes indes bekam sie kaum zu Gesicht. Er verbrachte die meiste Zeit an der Bettstatt des Alten. Die beiden beteten unentwegt, und wenn sie es nicht taten, stampfte Johannes Kräuter zu Brei oder ließ Grünzeug kochen, das dann seinen bitteren Duft in der zugigen Kammer und im ganzen Burghof verbreitete.

Konrad selbst hatte den anderen befohlen, auch tagsüber nicht mehr in seine Nähe zu kommen. Er wurde immer mürrischer und übellauniger, und Helena fragte sich, was geschähe, wenn er plötzlich stürbe. Hartmut und Ulf würden um sein Erbe feilschen, für Johannes, das Kind und sie selbst hätte das womöglich fatale Folgen. Immer wieder lugte sie aus den Mauerritzen hinaus auf die sie umgebende Ebene und zum Waldrand hinüber. Wo war Haris? War er ihnen gefolgt? Warum kam er nicht, um sie zu holen? Würde ihm das mit nur einem Arm gelingen?

Manchmal betäubten sie die vielen Fragen fast.

Einmal, als sie in einer Nische saß und ihr Kind stillte, bekam sie Johannes dann doch zu Gesicht. Er war soeben aus dem Gemach Konrads gekommen und ließ sich auf einer Stufe der steinernen Wendeltreppe nieder. Er zog das in Leder und Schweineblase gehüllte Buch aus seinem Mantel hervor. Das Buch … Sie hatte es fast schon vergessen und wunderte sich, dass er es nach all dem, was passiert war, immer noch bei sich hatte. Er blätterte darin, fuhr mit einem Finger Zeile um Zeile nach und schien die Worte, die dort standen, nachzuflüstern. Seine wispernde Stimme hallte durchs Treppenhaus.

»Was liest du da?«

Erschrocken fuhr Johannes hoch und starrte sie an. Das Buch war ihm aus der Hand gefallen. *»Lego librum ›De aere nigro‹«*, sagte er immer noch verlegen, und als er ihren Blick bemerkte, schüttelte er den Kopf. »Nichts.«

Helena verstand kein Latein. »Aha. Das ist also das Nichts? Ein Buch?«

Johannes schnalzte mit der Zunge.

»Jetzt hör schon auf mit der Geheimniskrämerei«, zischte sie. »Du hast ein Buch bei dir, das du durch all die Gefahren hindurch gerettet hast. Wir sind Gefangene, und du liest daraus. Ist es die Bibel? Oder noch besser: Ist es das Buch, das unseren Fluchtweg beschreibt?«

Johannes sah sie an wie ein Wunder. Sein Gesicht hellte sich auf, und er lächelte, was ihr angesichts ihrer Lage seltsam vorkam, denn es gab nichts zu lächeln. »Du hast vielleicht recht. Dieses Buch verrät uns möglicherweise, wie wir diesen Ort verlassen können.«

Sie wollte es an sich nehmen, doch er zog es zurück.

»Bitte nicht. Dieses Buch ist ein Sakrileg. Niemand darf es in der Hand halten, bis ich es seiner Bestimmung zugeführt habe ... Bitte, sei mir nicht böse«, fügte er rasch hinzu, als er bemerkte, dass er sie gekränkt hatte.

Nach einer Weile sagte Helena: »Nun sag schon. Was steht in dem Buch? Warum machst du so ein Geheimnis daraus?«

»Weil es tatsächlich ein Geheimnis birgt. Ich sagte vorhin: ›Ich lese das Buch der schwarzen Luft.‹«

»Schwarze Luft? Was ist das?«

»Das weiß ich noch nicht so genau, denn es ist ein Buch, das in mehreren Sprachen verfasst wurde, und ich beherrsche nur sehr wenige davon. Aber es ist offenbar eine architektonische Anleitung für ein unterirdisches Gangsystem.«

»Wo soll dieses Gangsystem sein? Etwa hier? Du trägst ein Buch über diese Burg mit dir herum?«

»Nein. Nicht über *diese* Burg. Über *alle* Burgen. Oder zumindest über viele. Offenbar gibt es etwas, das vielen Burgen gemein ist: unterirdische Gänge.«

»Und wohin führen die? Etwa in die Unterwelt?« Helena wartete auf ein Zeichen in seinem Gesicht, ein Abwinken oder ein Lächeln. Doch da kam nichts. Johannes sah sie nur wie versteinert an.

»Wer ist da?«, war plötzlich eine Stimme zu vernehmen, und einer der Soldaten kam mit schepperndem Waffengurt aus dem unteren Stockwerk näher.

Rasch ließ Johannes das Buch zurück in den Mantel gleiten, während Helena sich in einer Nische versteckte.

»Du bist nicht zum Faulenzen hier«, knurrte der Soldat, als er sie erreicht hatte, und rammte Johannes die Faust gegen die Brust. Es war derselbe bärtige Kerl, der ihn schon damals, als er Konrad das Leben gerettet hatte, geschlagen hatte.

Johannes wich ein paar Schritte zurück und wäre fast in Helenas Versteck gestolpert. Er hob beschwichtigend die Arme. Alles sei gut. Kein Grund, sich aufzuregen, und mit einer schnellen Bewegung verschwand er wieder in Konrads Stube.

Einen Moment verharrte der Soldat an Ort und Stelle und lauschte. Dann drehte er sich brummend um und verschwand. Helena atmete durch. Hanns hatte sich an ihrer Brustwarze zu schaffen gemacht und nuckelte daran. Sein gieriges Schmatzen war gerade noch leise genug gewesen.

Sie erhob sich und folgte dem Soldaten hinaus ins Freie, wo sie sogleich wieder Hartmut in ihrer Nähe spürte. Hartmut, der sie argwöhnisch beobachtete, der sie aber auch vor seinem Bruder beschützte. Doch an diese Gefahren dachte sie im Augenblick gar nicht. In ihren Gedanken hatte sich etwas anderes festgesetzt. Ein Fluchtplan. Johannes hatte einen Fluchtplan …

5

Es kam nur selten vor, dass Helena Johannes hinaus ins Feld begleiten durfte, wo er unter den Argusaugen ihrer Bewacher stand, die seine Beine auch noch in Ketten legten, damit er nicht davonlaufen konnte. In den Büschen sammelte er Kräuter, die er für die Tinkturen und Salben benötigte, um dem Burgherrn zumindest die Schmerzen zu lindern. Heilung, das wusste sie, war nicht möglich.

Doch selbst während dieser kurzen Ausflüge fanden sie kaum Gelegenheit, miteinander zu sprechen, denn die bewaffneten Männer hatten den Auftrag, ihnen das Reden zu verbieten. Sie waren meist zu dritt, wobei einer stets zwischen ihnen stand. Helena bemerkte nur an Johannes' Blicken, dass er ebenso Ausschau nach Haris hielt.

Es beruhigte sie, dass er an Flucht dachte, wenngleich sie sich gewünscht hätte, dass er auch ihr Blicke zugeworfen hätte, Blicke, die sich nach einem Kuss sehnten wie jenem bei den Vogelfreien im Wald. In einer anderen Welt. Zu einer anderen Zeit.

Doch an diesem Morgen stellte sich einer der Wachsoldaten etwas abseits hin, weil er Wasser lassen musste, da richtete Johannes das Wort an Helena, ohne sie anzusehen. »Heute kurz nach Einbruch der Dunkelheit gehen wir.«

Ihr Herz machte einen Satz. »Wir fliehen?«

»Wir suchen den Weg«, versuchte er, ihre Euphorie im Zaum zu halten.

»Aber wie? Ich werde ständig überwacht.«

»Du wirst mir beim Säubern von Konrad helfen.«

Sie schluckte.

»Es nützt nichts«, sagte er, als er bemerkte, dass ihr allein der Gedanke an die missgebildete Gestalt Ekel bereitete. »Es ist die einzige Möglichkeit.«

Helenas Grausen über die abendliche Tätigkeit verflüchtigte sich an diesem Tag und wich einer Vorfreude, die sie kaum verbergen konnte. Ulf und seine Kumpanen ließen sie in Ruhe, und als sie Hartmut unterbreitete, sie müsse Johannes zur Hand gehen, hatte dieser sogar Mitgefühl. Sie stieg die Treppe zum Bergfried des alten Mannes hinauf und hatte das Schlafgemach fast erreicht, als Hartmut wieder auftauchte. An seiner Seite stand die runzlige Alte aus der Küche und schaute sie schüchtern an, so als hätte ihr Herr sie soeben verprügelt.

»Was ist?«, fragte Helena. »Ich soll doch helfen, Euren Vater zu waschen.«

»Ja«, erwiderte Hartmut. »Doch dabei ist das Kind nur hinderlich. Außerdem soll es nicht erschrecken und sich schon gar nicht anstecken. Und ich will auch nicht, dass du dich ansteckst. Also wird das die Alte machen.«

Die Frau wurde nicht einmal bei ihrem Namen genannt. Helena überlegte fieberhaft. Was sollte sie tun? Johannes mit ihr allein lassen? Gemeinsam konnten sie sich wenigstens auf die Suche nach diesem geheimnisvollen Gang machen, falls es ihn überhaupt gab. Sie konnte dann an einem anderen Tag und mit dem Kind im Arm fliehen, falls sie Hanns nun nicht mitnehmen durfte. Wer wusste schon, wann sie das nächste Mal die Möglichkeit haben würde, mit Johannes allein zu sein? Sie durfte diese Gelegenheit nicht ungenutzt lassen.

Helena schaute die Alte an. Jetzt war ihre niedergeschlagene Haltung auch besser verständlich. Sie wollte nicht in die Nähe des Aussätzigen.

»Ich *muss* Johannes zur Hand gehen«, sagte Helena deshalb bestimmt. »Wir wissen am besten um die Handgriffe des anderen Bescheid. Es ist eine langwierige und gefährliche Tätigkeit. *Ich* muss es tun.«

Hartmut musterte sie, ehe er seine Zustimmung gab. »Gut. Aber das Kind bleibt bei der Alten.«

6

Niemand schöpfte Verdacht, Konrad von Hartstein schlief während der Waschzeremonie ein, und so beschlossen Helena und Johannes, den Zeitpunkt zu nutzen und die Wendeltreppe hinabzusteigen. Hinab bis in den Keller. Die Gänge waren spärlich mit Fackeln beleuchtet, und als sie die letzte erreicht hatten, nahm Johannes sie aus der Halterung und eilte weiter. Es tropfte von den feuchten Wänden, und der Steinboden wurde immer unregelmäßiger und glitschiger.

»Ich habe in dem Buch gelesen«, flüsterte Johannes, und seine Worte zischelten als vielfaches Echo zurück, »dass es in Anlagen wie diesen meist direkt unter dem Bergfried einen Zugang gibt. Einen, der in den Boden eingelassen ist, eine Treppe führt meist hinab und mündet in ein Labyrinth.«

»Und wie kommen wir aus diesem hinaus?«

»Es gibt immer einen Weg.«

Das Licht der Fackel warf groteske Schatten an die Wände, und Helena fühlte sich zunehmend unwohl. Sie waren schon sehr tief im Felsen. Weit konnte es nicht mehr sein. Da ertönte ein Geräusch unter ihren Füßen. Ein Geräusch, das verriet, dass sie auf Holzbrettern gingen.

Johannes blieb stehen und beleuchtete die Stelle. »Hier ist tatsächlich eine Luke.«

Gemeinsam zogen sie an einem im Boden eingelassenen Eisenring, doch das Tor ließ sich nicht öffnen. Da entdeckte Johannes eine Eisenstange in einer Ecke lehnend. Er benutzte sie als Hebel und hob auf diese Weise den Deckel an. Er war aus Stein und so schwer, dass sie ihn gerade so weit zur Seite schieben konnten, dass eine hölzerne Leiter sichtbar wurde. Sie führte in undurchdringliches Schwarz.

»Warte hier«, sagte Johannes. »Ich steige hinab und sehe mich um.«

Ehe Helena etwas erwidern konnte, war er mit der Fackel in

den Schacht gestiegen, und schon nach wenigen Metern wurde das Licht, das er bei sich trug, schwächer und schwächer. Bis es ganz erlosch.

Inmitten vollkommener Finsternis hockte sie auf dem Boden vor einem Loch, das sie nicht mehr sehen konnte. Sie hatte die Orientierung verloren, wusste nicht mehr, woher sie gekommen waren, und kämpfte mit Mühe gegen die aufkeimende Panik an. Ganz in der Nähe raschelte es, und ein Trippeln verriet ihr, dass Ratten durch die Finsternis huschten. Sie verdrängte den beängstigenden Gedanken, dass die unheimlichen Nager, so tief im Dunkeln verborgen und wohlgenährt durch die Essensreste der Burgbewohner, groß wie Wildkatzen werden konnten.

Helena rieb sich die Unterarme und fröstelte.

»Johannes«, wisperte sie. Doch als Antwort bekam sie nur das Echo ihrer eigenen Stimme. Ein verzerrtes Wort, das klang wie aus einem alten Märchen. Wie die Stimme einer Hexe. Ein bösartiges Zischeln.

Bitte, komm zurück, dachte sie, doch sie hütete sich davor, noch ein weiteres Wort laut auszusprechen.

7

Am nächsten Morgen beobachtete Helena im Schatten der Burgmauern stehend, wie das Burgtor mit einem klagenden Raunzen geöffnet wurde. Dahinter kam ein Mann zum Vorschein, der bleicher als sein weißer Kapuzenrock war, den er unter dem schwarzen Chorrock trug. Sein kahler Schädel spiegelte sich in den Nebelwolken, und seine Augen waren blass wie Regentropfen.

»Ordo Cartusiensis. Kartäuser«, flüsterte einer der Wachposten dem anderen zu, der daraufhin sofort in den Wohntrakt der Burg lief und seinem Herren Bescheid gab. Der Besucher war offensichtlich ein Mitglied des Einsiedlerordens westlich der Burg.

Der Mönch trat, ohne ein Wort mit den Wachen zu wechseln, aus dem Nebel und setzte sich eine schwarze Klagkappe auf. In der Hand hielt er ein schlichtes hölzernes Kreuz, das etwa eine Elle lang war, und aus seinen kaum geöffneten Lippen klang nun ein lateinisches Gebet, das die Wachen schon allein deshalb sicher nicht verstanden, weil der Mann im Flüsterton sprach. Doch selbst wenn er es geschrien hätte, des Lateinischen war außerhalb der Ordenshäuser kaum jemand mächtig. Es klang in den Ohren der Wachen wie mystische Zauberformeln, und allein der Ausdruck Ordo Cartusiensis genügte, um bei ihnen Gänsehaut zu verursachen.

Der Mönch wurde begleitet von vier singenden Schülern in ebenso schwarzen Chorröcken, die brennende Kerzen in Laternen trugen. Hinter den Schülern stapften etliche Bewohner des nahen namenlosen Dorfes einher, allesamt einen Singsang und stotternde Gebete murmelnd.

»Sie kommen zum Versehgang, um meinen Vater noch ein letztes Mal zu ehren«, klärte Hartmut die Wachen auf. Er war aus dem Wohntrakt gekommen, als der Mönch angekündigt worden war.

Nun trat auch Helena aus den Schatten der Burg. Sie trug ihr Kind bei sich und sah vermutlich blass und fahrig aus. Hartmut konnte es nicht wissen, aber in dieser Nacht war sie durch die Hölle gegangen. Johannes war stundenlang nicht aufgetaucht, und sie war an Ort und Stelle eingeschlafen. Einmal war sie aufgewacht, weil sie geglaubt hatte, das Geräusch von Schritten ausgemacht zu haben. Und dann hatte sie die bange Befürchtung gehabt, dass Johannes einen Ausgang gefunden haben und einfach ohne sie davongelaufen sein könnte.

Wie lange kannte sie den Mann inzwischen schon? Nur wegen eines flüchtigen Kusses und der Gewissheit, dass er ihr aus dem Weg ging, weil er etwas für sie empfand, konnte sie doch nicht annehmen, dass er nicht die erstbeste Gelegenheit ergreifen würde, um zu entkommen – ganz gleich, ob er sie dabei zurückließ oder nicht. Trotz solcher Gedanken war Helena wieder eingeschlummert.

Erst Stunden später hatte sie ein neuerliches Geräusch aufgeschreckt, und ein unsagbares Grauen war ihren Nacken entlanggekrochen. Etwas Schabendes, Kratzendes war auf sie zugekommen. Vielleicht eine dieser furchtbaren Ratten, die es überall in den Kellern gab. Sie hätte fast aufgeschrien, als eine Hand nach ihrem Fuß getastet hatte.

»Gott sei Dank, du bist noch da«, hatte Johannes aus dem Dunkeln vor ihr geflüstert. »Meine Fackel ging aus, und ich dachte schon, dass ich nie wieder zurückfinden würde.«

Die Erleichterung, die sie beim Klang seiner Stimme verspürt hatte, hätte sie fast zum Weinen gebracht. Sie hatte ihn zu sich gezogen, hatte seinen Atem an ihrem Hals gespürt, die Wärme seiner Haut unter ihren Lippen. Und doch hatte sie es vermieden, ihn zu küssen, hatte ihn nur so lange umarmt, bis das Herzklopfen etwas nachgelassen hatte.

Dann hatten sie sich aufgerichtet und sich Hand in Hand aus der Finsternis zurück an die Oberfläche getastet. Den Deckel, der die unterirdische Leiter bedeckt hatte, hatten sie offen gelassen, da sie befürchten mussten, durch eine unbedachte Bewegung in der Finsternis in die Tiefe zu stürzen.

Ihre Fragen, was denn nun da unten sei, hatte Johannes auf ihrem Rückweg nur dürftig beantwortet. Er sei Gänge entlanggerannt, unendlich lange Gänge, in denen man aufrecht stehen könne. Er habe das Gefühl, einer davon würde ins Freie führen, aber er habe den Weg nach draußen nicht finden können.

»Wir werden es nächste Nacht noch einmal versuchen und den Weg finden. Wir fliehen gemeinsam«, versicherte er ihr.

Helena war einen Moment lang voller Glück und Zuversicht gewesen, doch dann hatte Johannes gesagt: »Und wenn ich nicht da sein sollte, versuchst du es ohne mich, versprichst du mir das?«

Ihr Herz war augenblicklich in einen Abgrund gesunken. »Allein? Was redest du da? Warum? Wo wirst du sein?«

»Nirgendwo. Ich sag es nur. Falls ich nicht da bin. Dann fliehst du allein. Diese Stollen wurden einst von Menschen gegraben. Sie müssen irgendwohin führen. Auch das Buch berichtet davon. Es muss einen Ausweg geben.«

»Aber –«

»Versprich es mir einfach. Bitte.« Und weil er bemerkt hatte, wie entsetzt Helena gewesen war, hatte er in seinen Mantel gegriffen und das Buch daraus hervorgezogen. »Hier. Nimm es an dich und gib darauf acht. Es ist kostbar, und ich brauche es. Also sei gewiss, wir sehen einander wieder.«

»Aber ich verstehe nicht, was ich damit soll. Was hast du denn plötzlich?«

»Es ist ein Gefühl, Helena. Nur ein Gefühl. Falls wir getrennt werden, dann will ich, dass du fliehst. Aber unter allen Umständen *mit* diesem Buch. Versprich mir das, bitte.«

Sie hatte es versprochen und doch kein Wort verstanden. Warum war er mit einem Mal so eindringlich gewesen? Was hatte er befürchtet?

Helena schob ihre Gedanken an die vergangene Nacht beiseite.

»Aber niemand hat gesagt, dass der Herr von Hartstein stirbt«, sagte sie besorgt, als sie näher kam und hinter Hartmut trat.

»Nein, aber du und ich und wir alle wissen, dass es bald so weit sein wird. Es ist also auch euer Versehgang, denn dann wird sich euer Schicksal weisen.« Mit diesen Worten ließ er sie stehen und ging auf den Mönch zu.

Helena blickte ihm verwundert und bestürzt zugleich nach. Als die kleine Prozession an ihr vorüberschritt, blieb der Kartäuser stehen und schaute sie unverwandt an. Es schien, als würde er sie kennen, wenngleich Helena sich nicht erinnern konnte, ihn jemals zuvor gesehen zu haben. Und abgesehen davon, dass sie sich Gesichter gut merkte, hätte sie dieses wohl nie vergessen. Es wirkte wie aus Stein, ohne ein einziges Haar und bleich wie Marmor.

Der Mönch musterte sie mit kalten Augen, die voller Hass zu sein schienen. Dann streifte sein Blick Hanns in ihren Armen. Es kam Bewegung in den Stein, der Kartäuser verzog das Gesicht, als ekelte es ihn, dann setzte er seinen Weg zu Konrads Schlafgemach fort.

Mit klopfendem Herzen starrte Helena den Leuten nach und betete innerlich, dass Konrad von Hartstein diesen Tag und die kommende Nacht überleben würde. Denn würde er vorher sterben, wäre alles Hoffen vorbei. Hartmut hatte keinen Hehl daraus gemacht: Sobald Konrad das Zeitliche segnete, war auch ihr Leben in Gefahr.

8

Doch niemand starb an diesem Tag. Noch um die *hora vesperalis*, als der scheidende Tag seine tiefen Schatten über die Burgmauern legte, war Helena im Burghof und wog Hanns im Arm. Er hatte schlecht geschlafen, und Helena hatte die meiste Zeit damit zugebracht, das Kind zu wiegen und ruhig zu halten. Johannes hatte sie nicht zu Gesicht bekommen, wahrscheinlich, weil er bei Konrad war und ihn am Leben hielt. Dennoch fühlte sie, dass sie glücklich war, denn auch wenn sie in dieser düsteren Burg festsaßen, freute sie sich doch, Johannes' Nähe zu spüren. Dieser Mann schenkte ihr Hoffnung, und heute Nacht, wenn alles schlief, würden sie über die düstere Leiter hinabsteigen und fliehen.

Als ein Schatten aus dem Dämmerlicht trat und vor Helena auftauchte, erschrak sie. Einen Moment lang dachte sie, es sei Johannes, und ihr Herz machte vor Freude, endlich ungestört mit ihm zu sein, einen Sprung. Doch der Schatten, der sich langsam näherte, war größer als er, und die Art, wie er sich bewegte, wirkte bedrohlicher.

»Wer seid Ihr?«

Als Antwort erhielt sie ein diabolisches Kichern.

Helena drückte Hanns an ihre Brust. »Ich frage noch einmal: Wer seid Ihr? Antwortet Ihr nicht, so schreie ich um Hilfe.«

»Ach. Und was sollte dir das bringen? Die Burg gehört mir. Der Boden, auf dem du stehst, gehört mir. Die Luft, die du atmest, gehört mir. *Du* gehörst mir.«

Ulf stand jetzt vor ihr, und sie konnte im Zwielicht sein sardonisches Grinsen ausmachen. Er überragte sie um mindestens eine Kopflänge, und seine Oberarme verliehen seinem ohnehin muskulösen Oberkörper noch mehr Masse.

»Und wenn dir dein Kind lieb ist, wirst du jetzt schweigen und dich fügen.« Mit diesen Worten trat Ulf endgültig in den Lichtschein der untergehenden Sonne. Er war ihr nun so nahe, dass er nur die Hand austrecken musste, um sie zu berühren. Was er auch tat. Seine Finger glitten durch ihr offenes Haar und ließen Helena erschaudern. Sie machte einen Schritt zurück und fühlte die Brunnenmauer hinter sich.

»Gib acht, sonst fällst du noch hinein. Das wäre zu schade«, raunte Ulf und strich nun über Hanns' Kopf.

»Lasst das Kind«, zischte Helena und drehte sich weg. Dabei glitt Ulfs Hand auf ihre Brust. Er drückte zu, was ihr einen Schmerzenslaut entriss, doch seine Finger blieben, wo sie waren. Helena zitterte am ganzen Leib.

»Leg das Kind weg«, wisperte Ulf, und sie konnte sehen, wie er sie ganz offensichtlich erregt anstarrte. Sein Mund war geöffnet, und die Zähne blitzten im Abendlicht.

Helenas Herz raste. Was geschah hier? Wie sollte sie sich aus der Situation herauswinden? Hatte er denn wirklich vor, sie zu nehmen, sobald sie das Kind auf den Boden gelegt hatte?

»Lasst mich«, sagte sie schwach und ärgerte sich über den flehenden Ton in ihrer Stimme.

Sein Grinsen wurde breiter. »Dann hättest du dich mir nicht so anbiedern sollen. Jetzt, wo es dunkel wird. Du stellst mir nach. Du erregst mich. Du bist selbst schuld.«

»Was? Aber ich habe doch gar nichts gemacht.« Sie versuchte doch nur, unsichtbar für all die fremden Männer zu sein. Sie war eine Königin, eine hohe Adelige, und binnen weniger Wochen hatte sie sich mit Situationen herumschlagen müssen, die ihrer nicht würdig waren. Zuerst diese brutalen Kerle der Akindschi-Horde – Tränen stiegen ihr in die Augen – und jetzt versuchte sie auch noch dieser stinkende Kerl in seiner armseligen Burg zu vergewaltigen. Warum beschützte sie denn niemand? Stjepan, Haris, Johannes …

Helena weinte und hasste sich dafür.

»Hör auf zu flennen. Ich bin hier der Herr. Du bist niemand. Ich nehme mir nur, was mir gehört. Also zum letzten Mal: Leg das Kind weg, oder ich werfe es in den Brunnen, ehe ich dir einen neuen Balg einpflanze. Ich verspreche dir, er wird größer und stärker und schöner als dieses hier. Viel mehr von alldem.«

»Hör auf der Stelle auf!«, donnerte plötzlich eine Stimme über den Burghof.

Mit einem Seufzen fuhr Ulf herum. Hartmut stand vor ihm und schaute ihn wütend an. Er hatte sein Langmesser auf den Bruder gerichtet. »Lass sie sofort los und rühr sie nie wieder an.«

»Bruder, du richtest ein Messer auf mich?« Ulf hatte den Schreck überraschend schnell verdaut, und in seinen Worten schwang unverhohlene Ironie mit. Offenbar hatte er nicht sonderlich viel Respekt vor Hartmuts Kampfkünsten.

»Sie gehört mir.«

»Ach.« Ulf sah lächelnd zwischen Helena und Hartmut hin und her. »Dann nimm sie dir. Du siehst doch, sie will es, hier und jetzt. Eine bessere Gelegenheit bekommst du nicht, sie ist schon feucht. Ich habe alles vorbereitet.« Dann lachte er und verschwand im Zwielicht.

Helena konnte nicht glauben, dass er so schnell klein beigegeben hatte. Hartmut wirkte weniger stark als Ulf, auch weniger kampferprobt, und dennoch schien sein Bruder sich ertappt gefühlt zu haben.

Hartmut räusperte sich. »Es tut mir leid. Das war nicht rechtens. Ist alles in Ordnung?«

Helena nickte beklommen. »So weit alles in Ordnung sein kann, wenn ein Mann sich gegen deren Willen auf eine Frau stürzt.«

Einen kurzen Moment lang meinte Helena einen verwirrten Ausdruck über Hartmuts Gesicht huschen zu sehen.

»Was habt Ihr damit gemeint, dass ich Euch gehöre?«

Hartmuts Zorn war zurückgekehrt und schien sich nun auf sie zu richten. »Genau das, was ich sagte. Ich bin der Ältere. Du gehörst mir.«

»Aber …«

Doch weiter kam sie nicht. Hartmut drehte sich um und verschwand. Helena stand wieder allein vor dem Brunnen, Hanns fest an sich gedrückt. Als sie einatmete, kam es ihr so vor, als hätte sie das seit einer Ewigkeit nicht mehr getan.

9

Als wollte er eins mit dem Wald werden, stand Haris im Dickicht und musterte die Mauern, die bedrohlich vor ihm aufragten. Dann zog er sich wieder in den Wald zurück und bewegte sich dabei so vorsichtig und lautlos, wie es einem Menschen nur möglich war. Einem Menschen mit einer Hand und einer schrecklichen Narbe über einem Auge.

Haris lehnte sich an einen Baumstamm, ging in die Knie und dachte fieberhaft nach. Sein nicht vorhandener Arm pochte wie verrückt, was seit einigen Tagen das untrügliche Zeichen dafür war, dass er sich aufregte. Seine Gedanken hämmerten ihm tausenderlei Möglichkeiten ein, doch für keine konnte er sich entscheiden. Was sollte er nur tun?

Als die Reiter sie auf dem Weg entdeckt hatten, war er unbemerkt im Wald untergetaucht. Hätten Helena und Johannes eine verräterische Bewegung oder Bemerkung gemacht, hätten ihn die Fremden gesucht. Er hätte sie erschlagen, einen nach dem anderen. Wenn es nur so gekommen wäre …

Jetzt streunte er schon seit Wochen um diese Burg herum in der Hoffnung, den beiden eine Flucht ermöglichen zu können, doch die seltenen Male, wo er sie zu Gesicht bekam, waren sie stets schwer bewacht.

Und was, wenn in dieser Burg das Grauen herrschte, so wie Thomas Weiß es prophezeit hatte? Es war wie verhext, da waren sie tagelang auf der Flucht, fochten eine irrwitzige Schlacht, überlebten einen Sturz über eine Felswand und dazu die furchtbarsten Verletzungen und dann – sie waren eigentlich schon beinahe am Ziel – wurden seine Freunde in einer Burg festgehalten.

Freunde. Was für ein seltsames Wort für eine Königin und einen Fremden. Doch nach allem, was sie erlebt hatten, empfand Haris es so. Die beiden waren seine Gefährten. Und sie steckten in Schwierigkeiten, während er hier draußen im Wald mit jedem

Tag, der verging, unruhiger wurde, woran ihn die immer wilder pochende fehlende Hand erinnerte.

Ein Pfiff ließ ihn hochfahren. Keine fünfzig Schritt entfernt sah Haris die anderen in einer Senke hocken. Der alte Wahrsager mit dem Kropf und die Vogelfreien hatten sich mit Stöcken und Sensen, Hämmern und Mistgabeln ausgerüstet und waren bereit, ihr Leben zu geben. Er war zu ihnen zurückgerannt und hatte sich dabei verlaufen. Außer sich vor Verzweiflung, hatte er im Wald zu schreien begonnen, was die Vogelfreien zu ihm geführt hatte. Nachdem sie ihn ihren Zorn spüren gelassen hatten und mit Stöcken und Steinen auf ihn losgegangen waren, hatte Haris Mühe gehabt, ihnen zu erklären, was geschehen war. Doch seit sie seine Geschichte gehört hatten, waren sie wie wild entschlossene Kämpfer, gar nicht unähnlich seinen unzähligen Kampfgefährten während der letzten Jahre. Und hätte man sie in Rüstungen statt in zerrissene Lumpen gesteckt, hätte Haris sie mit fast ruhigem Gewissen ins Schlachtfeld geführt.

Doch jetzt, wo er sie noch einmal im Zwielicht betrachtete, wie sie mit ihren unzulänglichen Waffen hinter den Büschen hockten, war er mehr gerührt als stolz. Sie würden gegen Armbrüste und Schwerter der Kämpfer in der Burg nichts ausrichten können, abgesehen davon, dass die meisten der Ausgemergelten kaum in der Lage waren, sich selbst auf den Beinen zu halten. Was hatte er sich nur dabei gedacht, diese Leute mit hineinzuziehen? Sie hatten genug durchgemacht.

Seine nicht vorhandene Hand schmerzte, er hatte das Gefühl, seine Finger bewegen zu können, nur um Sekunden später fast verwundert festzustellen, dass da keine Hand mehr war. Er konnte es immer noch nicht glauben, dass ihn die Akindschi zum Krüppel geschlagen hatten. Der Stumpf glühte.

Wieder ein Pfiff aus der Senke, der ihn in seinen Gedanken störte. Genervt wandte er sich um. »Was?«

Und da bemerkte er erst das Fuhrwerk, das in der Dämmerung den Hohlweg mit quietschenden Rädern entlangrollte. Im Abendrot des scheidenden Tages sah das Gefährt noch unwirklicher aus. Die Mähre fiel ihm zuerst auf, ein dürres, traurig dreinblickendes Klappergestell von einem Pferd. Dann erst erkannte er den Mann, der eingewickelt in einen Umhang auf dem Kutschbock hockte und eine Hellebarde auf dem Schoß trug, die das Pferd an Länge fast überragte.

Konnte es sein?

Haris stöhnte auf und rannte los. Der ahnungslose Kutscher hielt direkt auf das Burgtor zu. Der Nebel. Die Dämmerung. Anders war es nicht zu erklären, dass die Burgwachen das Gefährt nicht schon längst ausgemacht hatten.

10

Manderdinger schlief halb, als er eine Bewegung aus dem nahen Wald wahrnahm. Es war zu spät, um ins Unterholz zu fliehen, deshalb richtete er sich auf, ließ die Zügel fallen und hielt auf dem wackeligen Kutschbock nur mit Hilfe der Hellebarde, die er jetzt mit beiden Händen umklammerte, das Gleichgewicht. Er würde seine Haut so teuer wie möglich verkaufen. Wer immer ihm da auflauerte, er würde kämpfen müssen.

Es ging dann allerdings alles so schnell, dass er kaum reagieren konnte. Ein Schatten sprang auf das Pferd zu, fasste ihm ins Zaumzeug und zwang das Tier zum Umkehren. Die Kutsche wendete, Manderdinger verlor das Gleichgewicht und fiel mitsamt seiner Waffe auf die Straße. Mühsam richtete er sich auf und rief dem Davoneilenden hinterher. Völlig verblüfft brachte er jedoch nicht mehr als einen unbestimmten Laut hervor. Ein Einarmiger hatte tatsächlich vor, ihm sein Tier und seinen Wagen zu stehlen.

Grimmig schwang er die Hellebarde und rannte dem Krüppel nach. Ein Arm würde bald das Geringste sein, was ihm fehlte. Er würde dem Kerl die Eingeweide im Bauch herumdrehen.

Er hatte ihn auch schon fast erreicht und schwang seine Waffe über dem Kopf – sie würde dem Dieb den Schädel und Körper samt Hals und Brust bis hinab ins Becken spalten –, als weitere Wegelagerer auftauchten. Sie sahen grauenvoll aus, Kreaturen, die kaum noch Fleisch am Körper hatten und mit rostigen, stumpfen Werkzeugen bewaffnet waren. Manderdinger schwang die Hellebarde wie ein Schwert, er würde sie alle töten, alle. Da fasste ihn jemand von hinten um den Mund und drückte zu.

»Sei still, du Idiot«, hörte er jemanden gepresst sagen. »Ein Laut und wir sind alle tot.«

Diese Stimme.

»Wirst du still sein, wenn ich dich loslasse?«

Manderdinger nickte, die Hand löste sich, und er drehte sich zu dem Fremden um. »Haris?«

»Manderdinger.«

Die beiden Männer fielen sich in die Arme, wobei Haris vor Schmerz aufstöhnte und Manderdinger jäh zurückwich.

»Was ist mit deinem Arm, um Himmels willen?«

Haris schaute grimmig an sich hinab. »Weggehackt. Doch der kleine Rittermönch hat mich gerettet. Erinnere mich daran, dass ich ihn dafür noch umbringen muss.«

Manderdinger schaute sich um. Die Zerlumpten mit den seltsamen Waffen waren näher gekommen. »Was sind das für Leute? Und wo sind die anderen?«

»Das erkläre ich dir später, jetzt müssen wir von der Straße, schnell.« Da fiel Haris' Blick erneut auf den Wagen, und verdutzt brachte er nicht mehr hervor als: »Was ist das?«

»Das ist ein kleines Mädchen. Aber wolltest du nicht von der Straße?«

11

Helena hockte im Schatten der Treppe, die hinauf zum Burgfried führte. Zitternd strich sie Hanns immer wieder über den Kopf, bis dieser sich beruhigte und in ihren Armen einschlief. Als sie in den Burghof zurückkehrte, war sie selbst immer noch außer sich. Sie musste zu Johannes, ihm berichten, was passiert war und was geschehen könnte. Offenbar war sie zum Freiwild für die Söhne des Burgherrn geworden. Sie mussten diesen Ort so schnell wie möglich verlassen. Hier waren sie nicht sicher. Es musste geschehen. Noch heute Nacht.

Sie eilte durch die Burganlage, doch nirgendwo fand sie eine Spur des Mannes, der ihr wie ein Engel seit Wochen zur Seite gestanden war. Verzweifelt öffnete sie Tür um Tür, ehe sie im Schlafgemach des Burgherrn stand. Konrad von Hartstein saß aufrecht im Bett, doch sie konnte nur seine Konturen sehen – die Bettstatt war mittlerweile mit einem Tuch umgeben, wohl um die Luft nicht zu kühl werden zu lassen oder aber, um die Leute, die eintraten, nicht zu erschrecken und ihnen Zeit zu geben, sich zu sammeln, ehe sie sich näherten.

Konrad bemerkte sie. »Mein Kind«, sagte er, »es tut mir leid. Über Häusern wie diesem liegt ein Fluch. Am 9. November 1456 wurde Graf Ulrich von Cilli vom heimtückischen Sohn des Ungarnkönigs Johann Hunyadi ermordet, nur zwei Jahre nachdem Friedrich II., Graf von Cilli und dessen Frau und Geliebte ebenfalls ermordet worden waren. Die Cillier trugen drei goldene Sterne in ihrem Wappen, die glänzten seit über hundert Jahren. Und bei seinem Begräbnis zerschlug ein Herold den Schild und rief: ›Heut Grafen von Cilli und nimmermehr!‹ Seitdem wird um die Besitztümer der Cillier gestritten, auch Kaiser Friedrich streckt von Graz aus seine Hand danach aus. Aber noch ist es nicht so weit. Die Burg wird von mir verwaltet – auch wenn ihr längst im Land des Kaisers seid. So nah an eurem Ziel.«

Helena blickte sich verzweifelt um. Konrad sprach wirres Zeug, und doch war er der Einzige, dem sie zutraute, dass er ihr helfen könnte. Er war krank, vielleicht stimmte ihn das milde und er ließ sie gehen.

Doch dann sagte er: »Und falls du deinen Freund suchst: Er wird nicht mehr kommen. Er hat beschlossen weiterzuziehen.«

Wie versteinert starrte Helena Konrad an. Das Kind in ihrem Arm war aufgewacht und begann zu quengeln. »Was redet Ihr da? Wo ist Johannes?«

»Wie ich sagte: Er ist fort. So sind Männer. Hier ist jetzt dein Zuhause.«

Sie nahm zwei Stufen auf einmal, dennoch kam es ihr unendlich weit vor, bis sie die Plattform auf der Mauer erreicht hatte, von der aus sie die Umgebung sehen konnte. Ihr Herz polterte. Sie rief Johannes' Namen. Sie verfluchte ihn. Wie hatte er das tun können? Hanns begann zu schreien. Sie war allein. Allein mit diesen Unholden, die bei nächster Gelegenheit versuchen würden, sie zu vergewaltigen.

Als das Jahr begonnen hatte, war sie eine von Palastwachen beschützte Königin gewesen. Jetzt, wo es sich dem Ende zuneigte, war sie schutzlos.

Sie weinte wieder.

IV

Graz

1

Als sie die Anhöhe erreichten, breitete sich die Welt in derart dramatischem Farbenspiel aus wie ein gewaltiges Altarbild. Weit hinter den ersten Bergen konnte Johannes im schemenhaften Rot des scheidenden Tages die flache und steil abfallende Hochebene des markanten Wildoner Bergs erkennen und noch weiter hinten am Horizont – kaum noch auszumachen und eher in seiner Erinnerung verankert denn als reales Bild – den Mons Sekkel, den Hexenberg von Graz. Um ihn rankten sich zahlreiche Legenden, dort sollten Hexen hausen, die auf Kehrbesen ritten und die Menschen der umliegenden Weiler in Angst und Schrecken versetzten. Wann immer es Hagelkörner groß wie Kirschkerne regnete oder die Kälte mit Eiszapfen hereinbrach, waren es nach Meinung des einfachen Volks diese Hexen, die das Unheil herbeigeführt hatten.

In seiner Kindheit hatte es deshalb schon immer geheißen, dass, wenn sich der Himmel über dem Mons Sekkel rabenschwarz färbte, alles Vieh in den Stall musste und die Leute sich in Sicherheit zu bringen hatten. Mistgabeln wurden dann mit den Spitzen nach oben links und rechts der Tore in den Boden gerammt, um die fliegenden Ungeheuer abzuwehren.

Diese Geschichten hatte es bereits gegeben, als sein Vater Ulrich, der in Radkersburg mit Wein gehandelt hatte, als Stadtrichter nach Graz beordert worden war, noch nie aber hatte er jemanden davon reden gehört, dass eine dieser Hexen am Morgen nach einem Sturm tatsächlich von den Gabeln aufgespießt vor der Tür gelegen hatte.

Johannes betrachtete die Landschaft und war in Gedanken versunken. Dieser Tag war seltsam verlaufen. Nachdem er zu Konrads Schlafstatt zurückgekehrt war und den Mann versorgt hatte, war plötzlich dieser Kartäuserzug aufgetaucht. Der unheimliche Mönch an dessen Spitze hatte ihn wie ein Gemälde gemustert, und sie beide hatten einander wiedererkannt. Dies war der Mönch gewesen, dem Johannes im Wald begegnet war.

Der Kartäuser hatte ihn nicht angesprochen, hatte nur unaufhörlich einen lateinischen Sprechgesang von sich gegeben, während seine wässrigen Augen ihn weiter fixiert hatten, bis Johannes sich abgewandt und das Schlafgemach des Alten verlassen hatte. Den Blick des Mönchs hatte er sogar noch in seinem Rücken gespürt, als er längst draußen gewesen war.

Kurz darauf hatte Hartmut ihn angewiesen, sein Pferd zu satteln. Die Prozession sei beendet, sein Vater noch am Leben, und wie es aussah, würde er auch die nächsten Tage, vielleicht sogar viele davon überleben. Johannes dürfe also gehen.

»Und Helena und das Kind? Ich möchte, dass sie mitkommen.«

Hartmut hatte ihm den Sattel mit Nachdruck in die Hand gedrückt. »Du gehst allein, führst deine Mission aus und kehrst dann hierher zurück, um meinen Vater weiterzubehandeln. Wir lassen die Frau und das Kind bei uns, um sicherzugehen, dass du zurückkehrst. Du kümmerst dich um Vater, danach seid ihr drei frei.«

Zum Verabschieden sei aber keine Zeit mehr. Der Tag neigte sich bereits zum Mittag, und Hartmut wollte Johannes bis zur Grenze seines Einflussgebiets begleiten.

Nun war er also fast am Ziel; ein Gewaltritt und er könnte dem Kaiser in einem Tag in der Burg von Graz Bericht erstatten. Die Ungeduld war kaum noch zu zähmen, und Johannes fragte sich einmal mehr, warum sein Weg zuletzt so voller Hürden gewesen war. Warum wurde er ständig aufgehalten, wo er doch so Wichtiges zu berichten hatte? Er musste den Kaiser warnen, sein Volk, seine Familie.

Und doch mischte sich in seine Ungeduld ein banges Gefühl, das ihn beinahe mürbemachte. Würde Helena heute seinem Rat folgen und über die Leiter in die Tiefe das Weite suchen? Er wusste, dass es dort unten einen Fluchtweg gab. Und selbst wenn sie die halbe Nacht danach suchen würde, sie würde ihn finden, da war er sich sicher.

Erleichtert über die Zuversicht, die er sich einredete, versuchte er, Hartmut noch ein wenig mehr in Sicherheit zu wiegen. Der Kerl konnte ja nicht wissen, dass sie einen Fluchtplan hatten und Hanns und Helena fliehen würden. Sie hatten zwar nie darüber nachgedacht, was zu tun war, wenn sie es wirklich schaffte und unten am Fluss am Ende der Schlucht ins Freie kam, aber er war gewiss, dass Frauen wie Helena alles schaffen konnten. Sie würde überleben. Und er würde in ein paar Tagen zurück sein und sie finden.

»Und Ihr versprecht mir«, sagte er zu Hartmut, »für Helena und das Kind zu sorgen, bis ich zurück bin?«

Er hörte, wie sich Hartmuts Pferd von hinten näherte. Der Burgherrnsohn stieg ab und landete auf dem schottrigen Boden. Sein Schwertgurt schepperte, und die Brustpanzerung schnarrte am Kettenhemd, das er sich über das dicke Wams gelegt hatte. Hartmut hatte vorgegeben, ihn bis hierher begleiten zu wollen, um ihm den Weg nach Graz zu zeigen. Außerdem wolle er verhindern, dass Johannes auf seinem Grund und Boden etwas zustoße. Die Jahre auf Rhodos und die weite Reise durch den Balkan und übers Meer hatten Johannes keineswegs naiv gemacht, aber von den beiden Brüdern schien ihm Ulf der weniger vertrauenerweckende. Hartmut traute er durchaus zu, die Wahrheit zu sprechen.

»Ich glaube ehrlich gesagt nicht«, sagte Hartmut hinter ihm mit schneidender Stimme, »dass du so ohne Weiteres die Kaiserstadt erreichen wirst. Ein einzelner Reiter ist außerhalb der Mauern einer Stadt leichte Beute. Mindestens ein Dutzend Burgen stehen zwischen hier und Graz. Und du glaubst, mein Vater ist der einzige verrückte Burgherr weit und breit?«

Ein Kribbeln im Nacken ließ Johannes aufhorchen. Wann würde Hartmut ihm sein Schwert überreichen?

»Niemanden würde es wundern, wenn du dein Ziel nicht erreichst. Niemand würde Fragen stellen. Du bist nur ein Wanderer. Ein Kauz.«

Vorsichtig blickte Johannes an seinen Zehenspitzen vorbei hinab. Er stand am Rand eines Abgrunds. Er folgte der Abrisskante und bemerkte, dass der Weg ein gutes Stück weiter rechts verlaufen wäre. Hier ging es nicht weiter. Einen Moment lang schloss er die Augen – er hätte es wissen müssen. Die Brüder hatten nie vorgehabt, ihn am Leben zu lassen. Der grobschlächtige Ulf war gefährlich, aber offenbar hatte er die Verschlagenheit Hartmuts unterschätzt.

»Gebt Ihr mir jetzt mein Schwert zurück, damit ich mich verteidigen kann wie ein Mann, oder schlagt Ihr mir ohne Federlesens den Kopf ab?«

Hartmut näherte sich mit vorsichtigen Schritten. Offenbar war er selbst vor einem Unbewaffneten auf der Hut, eine Eigenschaft, die ihn noch schwerer auszurechnen machte.

Johannes drehte sich um, fühlte die gähnende Leere in seinem Rücken und schauderte bei dem Anblick, der sich ihm darbot. Hartmut wirkte fest entschlossen, er selbst war nicht nur unbewaffnet, er hatte auch lediglich seine Kutte übergeworfen, die er diesmal nicht mit dem schwarzen, sondern mit dem roten Stoff nach außen trug. Jeder Treffer seines Gegners würde ihn augenblicklich ausschalten. Und wenn er nach hinten stürzte, würde er mit dem Kopf hart genug auf einen Felsen schlagen, dass er gleich das Bewusstsein verlöre und schon vor dem Himmelstor stünde, bevor sein Körper unten aufschlug.

»Ich habe die Schmerzen Eures Vaters gelindert, und so dankt Ihr es mir?«

Hartmut war eine unheimliche Erscheinung geworden. Seine Rüstung schimmerte im restlichen Sonnenlicht, das Visier seines Helms verdeckte sein Gesicht bis auf einen schmalen Sehschlitz, darunter konnte Johannes seinen schweren Atem hören. Sein Oberkörper war gepanzert, die Beine lediglich vom Kettenhemd bis knapp über den Knien geschützt. Er trug keinen Schild, hielt das Schwert stattdessen mit beiden Händen hoch über die rechte Schulter gestreckt und hatte offenbar vor, ihn mit einem Streich vom Kopf bis zum Rumpf aufzutrennen; ein Hieb, der ihm schreckliche Verletzungen zufügen würde, selbst wenn er ihn nur streifte.

»Glaubst du …«, sagte Hartmut, der offenbar mit der Hitze

unter seiner Rüstung zu kämpfen hatte, »… glaubst du, das Rot deiner Kutte kann das Blut verstecken, das bald aus dir hervorschießen wird?«

Johannes antwortete nicht, versuchte stattdessen mit einem Seitenschritt, dem Abgrund zu entweichen. Doch Hartmut durchschaute sein Manöver und schnitt ihm den Weg ab.

»Ich nehme nicht an, dass Ihr mir mein Schwert aushändigt, um mich ehrenvoll verteidigen zu können«, versuchte Johannes abermals, Zeit zu gewinnen.

Hartmuts Antwort war ein Angriff. Aus dem Nichts schnellte er vor, stieß einen wilden Kampfschrei aus und ließ seine Klinge niedersausen. Surrend schnitt der blank polierte Stahl durch die Luft und verfehlte Johannes nur um Haaresbreite. Johannes war gestolpert, konnte aber gerade noch das Gleichgewicht halten und entging so dem tödlichen Hieb. Hartmut, vom eigenen Angriff außer Tritt gebracht, kam zwei, drei Schritte näher, und Johannes holte aus, um mit dem Ellbogen gegen das Visier zu hämmern. Der Schmerz, der daraufhin durch seinen Arm zuckte, war so enorm, dass er aufschrie. Wenigstens konnte er den Moment nutzen, den Hartmut brauchte, um wieder aufrecht zu stehen, und sich vom Abgrund abwenden. Die Schlucht befand sich nun zu seiner Rechten.

Johannes überlegte fieberhaft. »Warum lasst Ihr mich nicht gehen? Ich kann Eurem Vater helfen und in Graz nach einer Arznei suchen. Ich kann Bader aufsuchen, meine Familie ist reich.«

»Vater ist nicht zu helfen, und du bist bald tot«, dröhnte die Stimme unter dem Helm.

Hartmut holte erneut aus, diesmal vollzog die Schwertklinge einen waagerechten Halbkreis und sauste an Johannes' Bauchdecke vorüber. In einer schnellen Abfolge legte er zwei weitere Striche nach – einen, der Johannes beinahe diagonal von der rechten Schulter bis zum linken Becken aufgeschlitzt hätte, und einen, der fast seinen Nabel zu einer klaffenden Wunde gemacht hätte. Doch jedes Mal schaffte Johannes es, im letzten Augenblick auszuweichen.

Dennoch machte er sich keine Hoffnungen. Hartmut war beweglich und gut in Form. Wenn nicht ein Wunder geschah, würde er in wenigen Atemzügen seine Gedärme aus dem Körper quellen sehen. Der Gedanke daran ließ ihn beinahe erstarren vor Angst, und er stellte sich die irrwitzige Frage, ob er seine Organe so lange in den Körper zurückschieben könnte, bis die Haut darüber wieder zuwachsen würde. So unpassend der Moment auch war, er musste lachen.

»Du lachst? Gut. Aber Vater wird sterben«, rief Hartmut. »Das Kind wird sterben. Du wirst sterben. Ulf wird sterben. Ich werde herrschen. Und ich werde mir Helena gefügig machen. Und dann werde ich das Erbe Ulrich von Cillis antreten und die alten Schwüre wiederaufleben lassen.«

Die alten Schwüre ... Helena, die er kaum kannte ... Johannes wusste, dass Hartmuts Geist verwirrt war. Alle in dieser vermodernden Burg waren verwirrt. Wenigstens hatte Hartmut den Fehler gemacht und war vom Pferd gestiegen. Wäre er auf dem Ross geblieben, wäre es ihm ein Leichtes gewesen, Johannes mit den kräftigen Vorderhufen des Tiers in den Abgrund zu stoßen.

Hartmut atmete immer schwerer, und seine Schritte wurden langsamer. Offenbar fehlte es ihm doch an Übung, und prompt fand Johannes seine in Eisen gehüllte Erscheinung viel weniger furchterregend. Er schöpfte neuen Mut.

Hartmut öffnete das Visier, und darunter kam ein schweißüberströmtes Gesicht zum Vorschein. Er blinzelte gegen die tief stehende Sonne. »Du hast nicht das Recht, über mich zu lachen. Du bist ein Niemand, und ich bin der Herr über diese Wälder, die Dörfer und die Burg.«

»Ja, Herr über einen armseligen Ort«, stichelte Johannes. »Ihr macht Euch nicht einmal die Sonne zunutze, wisst nicht, wo sie untergeht.«

Mit der freien Hand versuchte Hartmut nun, seine Augen zu beschatten.

Johannes bewegte sich schnell. Zu schnell für ihn. »Gehört die Sonne etwa nicht Euch?«, rief er.

»Schweig, du –« Hartmut hatte offenbar zu spät gemerkt, wie

der Stein auf ihn zugeflogen kam. Er knallte ihm an die Nase, und Johannes vermutete, dass sie gebrochen war.

Hartmuts Schneidezahn hing locker im Zahnfleisch. Er holte wieder aus, diesmal vollführte er den Streich von unten, machte einen Ausfallschritt und stach zu. Dann wurde der Schmerz wohl so groß, dass er sich den Helm vom Kopf riss. Johannes nutzte den Moment seiner Unachtsamkeit und stürmte zu den Pferden.

»Bleib stehen, du Feigling! Stell dich in einem ehrlichen Kampf!«

»Ehrlich?«, rief Johannes über die Schulter. »Das nennt Ihr ehrlich?« Eilig zog er sein Schwert von Hartmuts Sattel. »*Jetzt* ist der Kampf ehrlicher«, knurrte er. »Jetzt, wo ich mein Schwert wiederhabe.«

Im Laufschritt rannte er auf Hartmut zu. Er sprang, die Klinge blitzte auf, und im nächsten Moment glitt sie durch das Kettenhemd in Hartmuts linken Arm.

Den nächsten Hieb konnte dieser abwehren, doch dann traf Johannes ihn mit der Parierstange seines Schwerts hart an der Schläfe. Ein weiterer Treffer durchtrennte den Riemen von Hartmuts Schulterpanzerung.

Hartmut ging zu Boden. Er hatte sein Schwert verloren, tastete danach, konnte es nicht finden, als Johannes ihn niederrang und sein Gesicht in den Boden drückte.

»Sie werden sie töten«, stammelte Hartmut. »Wenn ich nicht zurückkomme, töten sie die Frau und das Kind. Lass mich leben, und sie leben auch.« Er schluchzte wie ein kleiner Junge. »Und wenn sie dich sehen, töten sie sie auch. Zuerst den Jungen, dann die Frau. Lass mich leben. Ich sage ihnen, du hättest dich gewehrt, aber ich hätte dich getötet. Bitte, tu mir nichts. Lauf weg und komm nicht wieder. Ich werde gut zu ihr sein.«

Johannes stand über ihm und war sich seiner Erscheinung bewusst – das Kreuz auf seiner Stirn, das Schwert in seiner Hand und hinter ihm die Sonne. »Ich trage die rote Seite meiner Kutte sichtbar«, knurrte er. »Ich trage sie wie ein Rhodesier im Krieg. Und ich trage die rote Kutte auch, wenn ich wiederkomme.

Und ich *komme* wieder. Krümmst du Helena oder dem Kind auch nur ein Haar, wirst du dir wünschen, gestorben zu sein. Ich werde in deine Träume Einzug halten, ich werde dich verfluchen.«

Um seinen Worten noch mehr Wirkung zu verleihen, betete er einen lateinischen Vers, ein Gebet, das Hartmut bestimmt nicht kannte. Zuvor, als der junge Adelige um sein Leben gefleht hatte, hatte er sich in einer schnellen Bewegung die verkrustete Narbe an seiner Stirn aufgekratzt. Nun rann Blut daraus hervor, tropfte ihm ins Gesicht, und Hartmut starrte ihn entsetzt an. Er musste an ein göttliches Zeichen glauben.

»Dein Kreuz. Es öffnet sich. Oh bitte, verschone mein Leben.«

Fast hätte Johannes aufgelacht, aber er beherrschte sich. »Lauf«, sagte er. »Lauf zurück und beschütze Helena und das Kind vor deinem irren Bruder, bis ich wiederkehre.«

Johannes schwang sich auf sein Pferd und setzte sich in die entgegengesetzte Richtung in Bewegung. Er wusste, dass Helena und der Junge in großer Gefahr waren, aber er vertraute darauf, dass die beiden längst den unterirdischen Fluchtweg genommen hatten, bis Hartmut zurück in der Burg sein würde. Und er wusste auch, dass er endlich den Kaiser warnen musste, denn es wälzten sich Gefahren auf das Reich zu, die noch viel verheerender waren als das Schicksal Einzelner. Er würde an den Hof Friedrichs reiten und alles berichten, was er wusste.

Er beugte sich tief über den Hals des Pferdes und trieb es an. In wenigen Tagen würde er wieder zurück sein.

2

Er hatte sich seine Heimreise freilich anders vorgestellt. Steier, der Boden, auf dem er seine Kindheit verbracht hatte, raste unter den Hufen seines Pferdes dahin, doch er hatte keine Zeit, die Umgebung genauer zu betrachten. Dass sie ihm überhaupt ein Pferd überlassen hatten, war bestimmt nur unter der Annahme geschehen, dass er den Kampf mit Hartmut ohnehin nicht überleben würde. Die Tatsache, dass Johannes es allein mit ihm aufgenommen hatte, zeigte, dass sie ihn völlig unterschätzt hatten. Dennoch war es ein altes Pferd, ein Gaul, der graue Haare um die Nüstern hatte und schon nach wenigen Stunden mit zitternden Flanken eine Rast benötigte. Es war fraglich, ob dieses Tier es überhaupt bis nach Graz schaffen würde.

Johannes kam langsamer voran, als er zunächst gehofft hatte. Die Nacht war längst angebrochen, als er die Ehrenhausener Festung des Schaunbergers Ulrich erreichte. Er blieb im Unterholz der Uferböschung an der Mur, stieg ab und versuchte sein Pferd ruhig zu führen, um möglichst geräuschlos zu sein.

Etwas später, die mondhelle Nacht war schon fortgeschritten, erreichte er die Brücke bei Landscha, nahe der Feste von Seggau. Diese Brücke war bis Graz die letzte über die Mur.

Er zog sein schnaufendes Pferd abermals am Zügel und hielt sich an der westlichen Seite des Flusses. Von den Wachen im Wehrbau blieb er unbemerkt. Seit gut fünfzig Jahren wurde hier kein Brückenzoll mehr verlangt, der letzte Ritter, der sie ständig bewacht hatte, war Heinrich der Landschacher gewesen, seither hatte sich niemand mehr gefunden, der seinen Lebensunterhalt mit den kärglichen Einnahmen verdienen wollte. Doch man konnte nie wissen, wer seither für sich beanspruchte, Wegzoll zu verlangen. Nicht selten hielten sich entlang solcher neuralgischer Stellen Wegelagerer auf, die einen vom Sattel holen und ausrauben konnten, was noch die harmloseste aller schlechten Möglichkeiten war.

Doch Johannes widerfuhr nichts dergleichen.

Als er einigermaßen weit entfernt war, stieg er wieder auf und ließ das Pferd vorsichtig die Auen entlangstaken. Die Mur, jener Fluss, den die Steirer vor allem zwischen Bruck und Radkersburg für den Transport von Holz, Roheisen, Eisenprodukten und Salz nutzten, war hier ein stilles Gewässer. Tagsüber herrschte an den Ufern zuweilen reges Treiben, vor allem wenn die Flößer ihre Fahrzeuge an den Zielorten zerlegten, um das Holz zu verkaufen. Größere Schiffe, die meist mit Wein und Honig befüllt waren, wurden von Pferden oder zum Schuften Verurteilten zurück nach Norden gezogen. Doch bei Dunkelheit wagten es nur wenige, außerhalb der geschützten Mauern einer Burg oder eines bewehrten Anwesens zu wandern.

Dennoch hatte Johannes nicht vor, sich noch einmal einer Behausung zu nähern. Er kannte sich hier ohnehin immer besser aus und vermochte sich auch bei Nacht zurechtzufinden. Das Mondlicht glitzerte im Fluss und versetzte ihn in schwermütige Gedanken. Hätte er vor Wochen etwas besser aufgepasst, sie wären längst hier gewesen. Prompt nagte wieder das schlechte Gewissen an ihm, und er hoffte inständig, dass es Helena und dem Kleinen gut ging. In Gedanken war Johannes bei ihnen, lief mit ihnen durch die unterirdischen Gänge der Burg und erreichte den Ausgang. Von dort hetzten sie hinaus in den Wald. Sie waren frei. Frei …

3

Das Herz pochte ihr in den Ohren, und sie folgte dem Lichtschein der Fackel. Hanns brummelte, fest an ihren Bauch geschnürt, vor sich hin, und das Buch steckte in einem Sack an ihrem Rücken. In der einen Hand hielt sie die Fackel, in der anderen eine zweite, die sie als Reserve bei sich hatte. Es konnte immerhin Stunden dauern, bis sie einen Ausgang aus dem unterirdischen Labyrinth finden würde.

In der Burg war es ein Leichtes gewesen, unbemerkt ins Treppenhaus und in die Gänge zu kommen. Alles schlief.

Doch trotz der Vorfreude, die sie verspürte, bekam sie es nun auch ein wenig mit der Angst zu tun, denn als sie die Scharniere der Gittertür quietschen hörte, fuhr ihr das Grauen der vergangenen Nacht wieder in die Knöchel. Vorsichtig setzte sie im Lehmboden einen Fuß vor den anderen und versuchte, so wenig wie möglich nach links oder rechts zu schauen. Wer wusste schon, ob nicht an einem der Kettenringe ein vergessener Häftling saß, ein von Ratten zerfressenes Stück Elend. Allerhand Bilder kreuzten ihre Gedanken, die sie schwach machen sollten und ängstlich. Es war kein Geheimnis, was in den Verliesen von Burgen geschah, und sie traute vor allem diesem Ulf alles Mögliche zu, aber sie durfte jetzt nicht an die morbide Phantasie der Henkersknechte denken. Sie musste weiter. Und so tastete sie sich im flackernden Licht der Fackel voran, bis sie endlich jenen Raum erreichte, in dem die Leiter in das Loch im Boden führte.

Die letzten Meter lief sie. Und während sie innerlich überflog, wie sie es wohl bewerkstelligen wollte, die Leiter hinabzusteigen, ohne dabei die Fackeln zu verlieren, verlangsamte sie ihre Schritte. Es war, als würden ihre Beine schneller erkannt haben, dass etwas nicht stimmte, als ihre Augen. Und dann sah Helena es im Fackellicht. Der Deckel mit dem gusseisernen Ring war wieder zugeschoben worden. Jemand war seit gestern Nacht hier gewesen.

»Ich hatte also recht«, krächzte in diesem Augenblick eine Stimme aus der Finsternis. »Du würdest heute fliehen wollen.«

Erschrocken fuhr Helena zurück und ließ die Fackel fallen. Die Flammen loderten am Boden und gaben die schemenhafte Erscheinung im Schatten frei.

Ulf trat hervor und hielt die Eisenstange in der Hand, mit Hilfe derer sie am Vorabend den Deckel hochgehoben hatten. »Aber ich wundere mich. Weißt du nicht, dass diese Leiter ins Böse führt? Da unten ist nichts als der Abgrund unserer Seelen. Kein Ausgang. Nur die gähnende Leere des Nichts.«

»Bitte, lasst mich gehen«, wisperte Helena und hörte ihre Worte dutzendfach im Echo.

»Nein.« Ulf schüttelte den Kopf. »Du gehst nirgendwohin.«

In ihrer Panik fasste Helena einen Entschluss. Sie drehte sich um und rannte, so schnell sie konnte. Ihr Plan war ihr innerhalb eines Wimpernschlags eingefallen, und er klang so hoffnungsvoll, dass sie alle Kraft in ihre Beine legte. Sie wollte zurücklaufen, den Moment der Überraschung nutzen, den verdutzt dreinblickenden Ulf hinter sich lassen und es bis zum quietschenden Gittertor schaffen. Dieses würde sie dann verriegeln und einen anderen Weg aus dieser Hölle suchen. Der Teufel sollte hier unten verrecken. Bis sie seine Schreie oben hören konnten, wäre sie längst über alle Berge.

Doch noch bevor sie das Tor erreicht hatte, wurden ihr mit einem höllischen Schmerz die Beine unter dem Leib weggezogen.

Im Fallen schützte sie ihr Kind, und sie schrammte mit Schulter und Kopf am Steinboden entlang. Weitere Fackeln tauchten auf. Ulf war nicht allein gewesen. Im Schein der Lichter sah Helena die furchterregenden Männer. In ihren Händen hielten sie Stangen und Knüppel. Sie umringten sie. Und dann, ohne dass jemand ein Zeichen dafür gegeben hatte, begannen sie, auf sie einzuprügeln.

4

Wenn Johannes seine Mission nicht ausführte, dann war es einerlei, ob es Helena im Augenblick gut ging oder nicht. Dann würden sie alle sterben, davon war er überzeugt.

Er trieb sein Pferd einmal mehr zur Eile an, einen Gaul, der einst vielleicht ein fähiges Schlachtross gewesen, mittlerweile aber in die Jahre gekommen war. Das Tier war schon seit Stunden mit weit aufgerissenen, geblähten Nüstern und Schaum im Maul gerannt, doch nun ließ es sich nicht einmal mehr in einen Trab treiben. Es schnaubte, verfiel in einen unsteten Gang, ganz gleich, wie sehr Johannes die Fersen in seine Seiten rammte. Er fluchte, wollte nicht wahrhaben, dass ihn so kurz vor dem Ziel das Glück abhandenkam, als der Hengst zu torkeln begann.

Hastig sprang Johannes ab, führte ihn an das Ufer der Mur und merkte dabei erst, wie müde er selbst war. Seine Hüften schmerzten, und die Schultern brannten. Würde der Gaul an dieser Stelle verenden, hätte er immer noch einen Tagesmarsch vor sich, zumal er ohne Pferd noch achtsamer sein musste. Er wollte nicht im letzten Moment irgendwelchen Strolchen in die Hände laufen. In Zeiten wie diesen, in denen unentwegt irgendwo eine Fehde ausgefochten wurde, konnte man auf keiner Straße sicher sein.

Er sattelte das Pferd ab, strich ihm beruhigend über den Kopf und legte sich selbst im Uferdickicht ins hohe Gras. Er beschloss, nur kurz die Augen zu schließen und dem Tier eine Rast zu gönnen. Mit der Morgendämmerung wollte er aufsitzen und weiterreiten.

Doch als er Stunden später erwachte, wusste er sofort, dass etwas nicht stimmte. Die Sonne stand viel zu hoch am Himmel.

Er hatte völlig verschlafen, sprang auf, wusch sich das Gesicht und betrachtete sein Spiegelbild im Flusswasser. Er sah einen gealterten Mann vor sich, dem der Bart in Stoppeln an

Kinn und Wangen wuchs. Sein Haar war lang geworden, reichte ihm bereits bis zu den Schultern, und seine Wangen waren so eingefallen, dass die Backenknochen hervortraten wie bei den orientalischen Händlern, die auf Rhodos im Mandraki-Hafen ihre Waren von den Schiffen luden. Johannes blinzelte. Alles war so unwirklich weit weg, und die Erinnerungen an Rhodos waren so blass wie sein Gesicht im Morgengrauen.

Doch noch etwas war seltsam. Die Stille.

Er riss sich von seinem Spiegelbild los und fuhr herum. Unweit seines Lagers lag das Pferd.

Mit aufgeblähten Nüstern schien es alles an Leben einzusaugen, was das Schicksal noch für es übrig hatte. Und das war nicht viel. Das Tier verendete vor Johannes' Augen, wieherte noch einmal kraftlos, als wollte es ihn für seine Hast anklagen, dann ging ein Zittern durch seinen Körper, ehe es erschlaffte.

Johannes stand betrübt da. Er war schuld am Tod des Tieres. Er hatte es zu weit getrieben und nicht darauf geachtet, ihm Pausen zu gönnen. Wahrscheinlich hatte der Hengst seit Jahren keine weiten Ausritte gemacht. Jetzt am Stück mehr als zwölf Meilen zurückzulegen war sein Todesurteil gewesen.

Johannes blieb also nichts anderes übrig, als den Sattel zu schultern und sich zu Fuß auf den Weg zu machen. Das Tier ließ er einfach liegen. Er hatte keine Zeit dafür, es auszuweiden und sich ein Stück Pferdefleisch zu braten. Er musste zum Kaiser, musste sie alle retten, Helena, die Menschen, das Reich.

Anders als in der verregneten Gegend um die Burg Hartstein litt die Region rund um die Handelsstraße südlich von Graz offenbar seit Wochen an Trockenheit. Die Dürre nagte an den Feldern links und rechts des Weges, ein kalter Wind peitschte ihm entgegen. Wenigstens stellte sich nun, da er sich der Stadt näherte, auch die Gewissheit ein, nicht mehr allein zu sein, denn hier lagen die Höfe und Weiler und kleinen Dörfer in Sichtweite zueinander.

Den schweren Sattel war er schon bei Wildon losgeworden und hatte ihn in einem Moarhof, in dem ein Verwalter des Anwesens eines Grundherrn lebte und den Pachtzins der umliegenden Bauernhöfe einforderte, gegen eine Mahlzeit mit Brot, Wein und Schmalz eingetauscht. Sogar etwas Proviant hatte ihm der überaus gastfreundliche, zum Ministerialen aufgestiegene Bauer mitgegeben. Johannes ließ sich aber nicht lange Zeit und erreichte bald den kaiserlichen Wald. Diese unüberschaubare Ansammlung von Bäumen war noch vor ein paar Jahrzehnten »des Herzogen Wald« genannt worden, nach Kaiser Friedrichs Vater Herzog Ernst dem Eisernen. Als Friedrich im Jahre 1452 in Rom zum Kaiser gekrönt worden war – eine Reise, die er damals noch mit seinem Berater Bischof Piccolomini angetreten war, jenem Piccolomini, der sechs Jahre später selbst als Pius II. zum Papst gewählt worden war –, da erfuhr auch der Wald eine Krönung und wurde fortan ehrfurchtsvoll von den Steirern »Kaiserliches Khart« genannt. Ein mystischer Ort, den man nicht betrat, wenn man nicht musste.

Im Schlangenloch Wurmschach achtete Johannes mehr denn je auf den Weg, denn er hatte keine Lust, von einem dieser ekelhaften Biester gebissen zu werden und dann an Wundstarrkrampf und Fieber in irgendeiner Böschung zu krepieren. Es war vor Jahren so gewesen und auch in allen Ländern, die er bereist hatte: Wenn ein Mensch am Straßenrand dahinsiechte, blieb niemand stehen, um ihm zu helfen. Viel zu groß war die Angst vor einem Hinterhalt oder – noch schlimmer –, sich mit einer unheilbaren Krankheit anzustecken.

Als Johannes die Schmerzensschreie hörte, blickte er sich deshalb zunächst nur argwöhnisch um und zog sein Schwert.

5

Das Geräusch des durch die Luft surrenden Stahls gab ihm Sicherheit. Er schlug seinen Mantel und die Kapuze zurück, um mehr Bewegungsfreiheit zu haben. Ein Kettenhemd wäre ihm im Augenblick zwar noch lieber gewesen, aber wahrscheinlich wäre er ohnehin zu erschöpft gewesen, um sich mit diesem zusätzlichen Gewicht einem Kampf zu stellen. Sein Lederbeutel hing ihm schwer genug am Körper, und der Riemen reizte seine Haut am Hals. Das Kreuz auf seiner Stirn juckte, was für ihn nach einigen Wochen mit dieser Wunde fast schon zur Gewohnheit geworden war. Er ging den Schreien mit erhobenem Schwert, das er mit beiden Händen hielt, entgegen. Seine Schritte knirschten auf dem Weg, und er fluchte innerlich, weil er es, sosehr er sich auch bemühte, einfach nie zustande brachte, lautlos zu sein.

Als sich der Weg um eine Böschung schlang, stand Johannes plötzlich vor einem am Boden liegenden Mann. Dieser hielt ein Langmesser in einer Hand, konnte die andere offenbar aber nicht bewegen und auch nicht aufstehen. Ein Blick genügte, um zu wissen, warum. Im Knöchel klaffte eine tiefe Wunde, ganz in der Nähe lief das Pferd, das seinen Reiter wohl abgeworfen hatte, aufgeregt im Kreis und hob und senkte wild sein Haupt. Es schlug mit den Hufen aus. Ein weiterer Blick verriet, was das Pferd so unruhig machte.

Johannes stellte sich breitbeinig auf und zeigte seinem Gegner die linke Schulter, machte sich so schmal wie möglich. Als der Wolf ihn witterte, zogen sich seine Lefzen zurück und entblößten ein furchterregendes Gebiss.

Hastig schaute Johannes sich um. Wo ein Wolf war, musste auch das Rudel sein, und dieses Rudel griff meist mit tödlicher Raffinesse von den Flanken an. Es würde ihn einkreisen und gleichzeitig von mehreren Seiten attackieren.

»Er ist allein«, stöhnte der am Boden liegende Mann.

Johannes hatte keine Zeit, festzustellen, ob er gebissen worden war.

»Das Scheißviech ist allein. Aber es ist gefährlich. Passt auf.«

Nur einen winzigen Moment hatte Johannes seine Augen auf den Verwundeten gerichtet, da schoss der Wolf schon auf ihn zu. Er knurrte, Johannes machte einen Seitenschritt, und dann geschah etwas Seltsames. Die Zeit stand still, seine Bewegungen waren verzerrt, denn während der Wolf im Sprung fast innehielt, bewegte sich sein eigener Arm blitzschnell. Er vollführte mit dem Schwert einen horizontalen Streich, spürte, wie die Klinge ins Fleisch des Wolfes drang und an dessen Seite eine lange Wunde hinterließ, aus der eine Blutfontäne quoll. Dann endete der seltsame Bewusstseinszustand, und Johannes stolperte über einen Stein. Er landete auf dem Gesäß, sprang sofort wieder auf und schlug dem erneut herannahenden Tier gerade noch mit dem Schwertgriff auf die Schnauze. Der Wolf heulte auf, schnappte aber sogleich zu und erwischte Johannes am Handgelenk.

Der Schmerz war entsetzlich. Er ließ das Schwert los. Boxte mit der freien Hand auf den Leib des Tieres ein und erntete dafür ein herzzerreißendes Heulen. Die Wunde des Wolfes musste ihm unendliche Qualen bereiten. Seine Augen versprühten Hass, er biss fester zu, verzweifelt brüllte Johannes auf, bis der Druck der Zähne mit einem Mal nachließ und das Tier erschlaffte. Der Wolf blinzelte noch, sah ihm mit heraushängender Zunge in die Augen, und Johannes hatte das merkwürdige Gefühl, es läge darin eine versöhnliche Anerkennung. Der Wolf starb nach hartem Kampf. Fast schien es, als hätte ihn das zufrieden gemacht.

Johannes ging in die Knie und betete. Der Verwundete robbte auf ihn zu und legte ihm eine Hand auf die Schulter. Beide Männer keuchten und stöhnten. Dann sprach ihm der Fremde seinen Dank aus. Johannes nickte nur.

Der Fremde war offenbar ein Adeliger, was unschwer an seiner Kleidung zu erkennen war. Das Hemd hing ihm zerrissen über die lederne Reithose, der Mantel war voller Blut. Ein Hut mit breiter Krempe lag im Dreck. Alles feine Stoffe, bunt und aufwendig genäht.

Der Mann war ein kräftiger Kerl mit dunklem Bart und buschigen Augenbrauen. Sein Haar war zwar etwas schütter, aber er machte einen jugendlichen, starken Eindruck – bis auf den Umstand, dass er sich den Knöchel hielt und dabei das Gesicht vor Schmerz verzerrte.

»Ich bin wegen diesem elenden Vieh vom Pferd gestürzt, und dann hat es mich angegriffen. Einsame Wölfe sind die gefährlichsten.«

Da pflichtete Johannes ihm bei.

Der Fremde riss sich ein Stück Stoff vom Ärmel und band es Johannes um die offene Wunde an seinem Handgelenk. »Wird es gehen?«

»Danke. Ja, wird es.«

»Ich habe zu danken. Ich verdanke Euch mein Leben. Und glaubt mir, das habe ich noch nicht oft zu jemandem sagen müssen.«

Die beiden saßen immer noch am Boden, als sich die Staubwolke zweier sich nähernder Reiter auf sie zuwälzte.

6

Johannes hatte weder die Kraft noch den Willen, sich in den Büschen entlang des Weges zu verstecken, doch der Mann beruhigte ihn. Sie hätten nichts zu befürchten, dies seien seine Leute.

Johannes hatte sein Schwert mittlerweile wieder in die Scheide gesteckt. Er richtete sich auf und reichte dem Fremden eine Schweineblase, gefüllt mit Wasser, und bot ihm einen Kanten Brot aus seinem Tragebeutel an. Das Wasser nahm der Mann an, das Brot jedoch nicht.

Die Reiter kamen näher und ließen ihre Pferde dankenswerterweise nicht in vollem Galopp laufen, sodass sich die Staubwolke in Grenzen hielt. Zwei Männer zu Pferd, aufgrund der Größe und Konstitution ihrer Tiere und der Art, wie sie sich kleideten, schätzte Johannes, dass es sich ebenfalls um Adelige oder wenigstens um Mitglieder des Hofstaats handeln musste; Burgherren aus der Umgebung, vielleicht waren sie auch im Dienst der kaiserlichen Jagd unterwegs.

Der eine zog sein Schwert, der andere langte geschickt nach der Armbrust und zielte auf Johannes.

»Bist du wohlauf, mein Herr? Hat er dir etwas getan?«

Da richtete sich der Fremde, gestützt von Johannes, stöhnend auf. Er zeigte mit dem Kinn auf den Wolfskadaver hinter sich. »Runter mit den Waffen. *Das* ist der Übeltäter. Der Mann, den ihr ins Visier nehmt, ist mein Lebensretter.«

Der Armbrustschütze richtete sich interessiert im Sattel auf und musterte anerkennend den Wolf. »Ein großes Vieh. Und du sagtest, das sei dein Lebensretter? Ich hätte nicht erwartet, dass jemandem diese Ehre einmal zuteilwird. Vor allem nicht jemandem, der nicht mindestens einen Kopf größer ist als du. Aber der Mann, der größer ist als du, muss ohnehin erst geboren werden.« Er lachte über seine eigenen Worte, und der zweite Reiter stimmte ein.

»Ja, ich dachte auch immer, der Baumkircher sei unverwundbar. Diese Geschichte wird seinen Mythos in den Wirtshäusern beenden.«

»Ein Wort von euch Schandmäulern und ich knüpfe euch gemeinsam an einem Seil auf.« Doch auch der Mann an Johannes' Seite musste grinsen.

Die beiden Reiter holten das Pferd, das sich mittlerweile beruhigt hatte, indes stellte sich der Verletzte bei Johannes vor. Er sei Andreas Baumkircher, Herr von Schlaining und Besitzer vieler Ländereien.

»Und ständig im Raufen mit dem Kaiser, damit er auch zu seinem versprochenen Gold kommt.« Der Armbrustschütze lachte.

»Ja, damit ich Aasgeier wie euch auszahlen kann«, maulte Baumkircher gut gelaunt.

Johannes half ihm aufs Pferd, einen Schimmel, dessen Kopf mächtig wie der eines Bären war.

»Der mit der Armbrust ist Jörg von Saurau, Herr der Burg Premstätten. Er wird Euch ein Pferd besorgen. Nicht wahr, Ritter Jörg?«

Saurau verstand und versprach, das schönste und schnellste aus seinem Stall bringen zu lassen. Dann werde er Johannes gern auch in seinen vom Kaiser errichteten Palas führen, Baumkirchers Lebensretter seien an seinem Hof stets willkommen.

Der andere Reiter war kleiner, gedrungener und ganz in Grün und Braun wie ein Jäger gekleidet. Sein Pferd war unruhig, stampfte mit den Vorderläufen und versuchte immer wieder auszubrechen. Der Mann hielt die Zügel straffer und fluchte. »Sogar einem Wildfremden bindet er seinen großen Kampf gegen die Ungarn und den unendlichen Dank des Kaisers, der ihm die Errichtung von Turm und Palas in Oberpremstätten erlaubt hat, unter die Nase. Das ist jetzt wie lange her?«

»Siebzehn Jahre«, antwortete Baumkircher.

»In der Tat, siebzehn Jahre«, sinnierte Saurau. »Und dieser missmutige Herr, der mir das Schlachtenglück nicht gönnt, ist Andreas Rindscheit vom Gjaidhof in Dobl.«

Rindscheit verneigte sich leicht im Sattel vor Johannes.

»Und Ihr habt offenbar das Leben des Kaisers wichtigsten Heerführers gerettet. Er hat Seine Majestät vor dem unseligen Ulrich von Eyczing in Wiener Neustadt beschützt und stand gegen Albrecht von Österreich ebenfalls an des Kaisers Seite. Sein Gewaltritt nach Prag, um Hilfe von Georg von Podiebrad zu erbitten, wird in die Geschichte eingehen. Deshalb wurde er auch zum Hauptmann von Korneuburg ernannt. Vor Euch steht also ein Held.«

Baumkircher griff wieder schmerzverzerrt nach seinem Knöchel. »Lasst Euch nicht von diesen Tratschweibern beschwatzen. Außerdem fühle ich mich im Augenblick nicht so wie ein Kriegsheld.«

Johannes wusste nicht, was er von dieser seltsamen Männerrunde halten sollte, und doch fühlte er sich in ihrer Gegenwart sicherer. Wenn das tatsächlich jener Andreas Baumkircher, der Freiherr von Schlaining war, den im Herzogtum jeder als Kriegsheld kannte, dann hatte er nichts zu befürchten. Im Gegenteil, dann hatte er ganz unverhofft einen einflussreichen Freund auf den letzten Meilen zum Kaiser.

Baumkircher musterte ihn. »Wenn ich das blasse Kreuz an dem Mantel dieses Wanderers betrachte, kommt mir beinahe der Verdacht, er könne sich gut selbst verteidigen. Ein Johanniter hier bei uns? Auf Pilgerreise in den Norden? Den Jakobsweg habt Ihr jedenfalls nicht genommen, denn Ihr tragt keine Muschel am Hut. Ihr tragt überhaupt keinen Hut, nur diese Pelerine.«

»Nein, kein Hut. Kein Jakobsweg. Ich bin auf dem Heimweg nach Graz«, gab Johannes zurück. »Und fast angekommen, wenn auch nicht ganz ohne Hindernisse.« Er schob seine Kapuze, die er sich zuvor über den Kopf gezogen hatte, wieder zurück, was nun den vollen Blick auf seine verkrustete Stirn freigab und den dreien staunende Laute entweichen ließ.

»Das, mein Freund, macht Euch allerdings unverkennbar zu einem Mann Gottes.« Saurau grinste, und Rindscheit stimmte ein. Nur Baumkircher äußerte sich dazu nicht.

»Sollen wir Euch begleiten, Pilger? Auf Euch achtgeben?

Man weiß nie, es gibt so nah bei Graz zwar kaum noch Wegelagerer, aber hier streunen immer wieder Söldner auf der Suche nach Arbeit herum. Die können einen armen Kerl wie Euch ganz schön bedrängen. Drei Schwerter an Eurer Seite könnten also nützlich sein.«

»Ritter für einen Ritter?«

»Wenn Ihr es so nennen wollt. Wir waren auf der Suche nach Wulfing von Qualsdorf. Habt Ihr einen alten Mann gesehen, einen Greis mit weißem Haar?«

Johannes schüttelte den Kopf.

»Ihm ist der Gaul durchgegangen, und wir hoffen nun, dass ihn das Luder nicht abgeworfen hat und er in irgendeinem Gebüsch dem Tod ins Auge blickt, so wie ich es getan habe.«

Von Wulfing sprach fortan niemand mehr, und wie selbstverständlich gruppierten sich die Reiter um Johannes und begleiteten ihn ein Stück des Weges.

Die meiste Zeit sprachen Saurau und Rindscheit miteinander, Baumkircher musterte Johannes indes argwöhnisch.

»Ihr sagt, Ihr kommt von weit her. Das heißt, Ihr bringt Nachrichten«, sagte er schließlich. »Sagt, Pilger, ist es gute oder schlechte Kunde?«

Johannes dachte kurz nach. Das war davon abhängig, wie der Kaiser reagieren und ob er die richtigen Schlüsse daraus ziehen würde.

»Ich verstehe, dass Ihr uns als Kurier nicht einweihen könnt. Aber sagt nur so viel: Sind wir davon betroffen? Ist das Land betroffen?«

Saurau mischte sich ein. »Ach, Baumkircher, lass ihn. Wir bringen ihn nach Graz, und wenn es wichtig ist, werden wir es erfahren.«

»Eine Frage noch«, murrte Baumkircher. »Wen kennt Ihr in der Stadt? Wer sind Eure Vertrauensleute?«

Johannes überlegte eine Weile, ehe er antwortete, entschied sich schließlich aber für die Wahrheit. »Ich kenne Balthasar Eckenperg.«

Die anderen schwiegen daraufhin, und er glaubte über Baumkirchers Gesicht einen Schatten wandern zu sehen.

»Was ist?«

»Es sieht Eckenperg ähnlich, Euch in so ärmlichen Gewändern durch die Welt ziehen zu lassen und selbst zu den Reichsten zu zählen. Das Geld, das der Kaiser uns schuldet, bekommen wir von ihm. Dabei wird seine Münze immer weniger wert. Vielleicht ist er deshalb fort.«

»Fort? Wo ist er denn?« Johannes wurde schwer ums Herz, denn er hatte damit gerechnet, in seines Bruders Haus unterzukommen. Für Schenken oder sonstige Unterkünfte hatte er kein Geld dabei.

»Keine Ahnung. Einfach fort.«

In Veltchirchen stand die Sonne am höchsten Punkt, und Johannes fasste neuen Mut. Er würde die kaiserliche Burg im Herzen von Graz noch am selben Tag erreichen. Er würde dann auch endlich wieder die Ausbauten rund um die dem heiligen Ägidius gewidmete Hofkirche zu sehen bekommen und die Stadt betreten. Vor dem Burgtor würde er seine Bitte vorbringen, die Warnungen aussprechen und danach die Stadtwohnung seines Bruders Balthasar aufsuchen. Ein Teil dessen Gesindes oder sogar seine Gemahlin Radegunde musste ja noch dort sein, und vielleicht war Balthasar selbst doch gar nicht allzu weit weg, möglicherweise nur in seinem Castrum am östlichen Ausläufer des Plabutsch, eines lang gezogenen Bergzuges, der die Stadt im Westen umgab.

Als Dankbarkeit für seinen Kurierdienst würde Kaiser Friedrich ihm sogleich eine Eskorte mit auf den Weg geben, berittene Krieger oder Knechte mit Degen und Piken. Er würde die Königin retten. *Seine* Königin Helena.

Noch vor ein paar Tagen wäre Johannes für diesen Gedanken auf die Knie gegangen, um zitternd zu beten. Doch das hatte er sich abgewöhnt, es war manchmal sicherer, im Stillen zu beten. So bekreuzigte er sich nur.

»Sagt, Pilger«, hob Baumkircher wieder an. Es schien ihm

keine Ruhe zu lassen, dass Johannes ein Geheimnis barg. »Ist es eine Krankheit, die Ihr gesehen habt?«

Die anderen beiden lachten. »So lass ihn doch.«

Da riss Baumkircher an den Zügeln seines Pferdes und brüllte. »Und was, wenn seine Kunde eine schlechte Nachricht ist? Eine Nachricht, die uns wieder zu den Waffen zwingt oder Tausende dahinrafft? Wer soll das zahlen? Friedrich vielleicht? Ich will wissen, ob ich wieder jedem Gulden hinterherrennen muss. Ich will wissen, was der Eckenperg im Schilde führt.«

Saurau funkelte Johannes an. »Hat er recht? Werdet Ihr schlechte Kunde bringen?«

»Nein«, gab Johannes zu verstehen. »Ich kann diese Frage nicht beantworten. Die Bewertung obliegt allein dem Kaiser.«

Die drei warfen einander vielsagende Blicke zu, und Johannes glaubte auch eine Spur Hochachtung darin zu sehen.

Sie erreichten die Grazer Vorstadt am rechten Ufer der Mur wenige Stunden später. Hier entschied Saurau, den Pilger zu verlassen.

»Wir müssen noch einmal versuchen, Wulfing zu finden. Ihr könnt den Weg zur Kaiserburg nicht verfehlen. Immer der Nase nach, durch die Murvorstadt, vorbei am Siechenhaus, dann über die gedeckte Brücke zum Hauptwachplatz und sodann geradeaus über die Gasse der Sporer.«

»Ich weiß«, sagte Johannes. Natürlich wusste er, schon sein Vater hatte 1425 einen Garten im Gries, einem Vorort außerhalb des Grazer Burgfrieds, gekauft. Johannes war in Graz aufgewachsen. Er kannte jede Ecke dieser Stadt – auch wenn er viele Jahre nicht mehr hier gewesen war.

»Wir müssen tatsächlich zurück. Der Tag neigt sich. Die anderen kommen noch mit zu mir zu meinem Palas. Wie gesagt, die Einladung, uns zu begleiten, steht. Ich liebe Geschichten von Kreuzzügen und Schlachtfeldern.«

Johannes lächelte versonnen. Ihm tat Saurau leid, denn er wirkte unendlich gelangweilt. »Ich danke Euch, aber ich muss in die Stadt«, erwiderte er und blickte seinen wundersamen

Begleitern nach, die ihm erneut das Versprechen gaben, ihm aus Dankbarkeit für die Rettung Baumkirchers ein Pferd zu besorgen.

Sie ritten nach Süden davon, und nur Baumkircher drehte sich noch einmal über die Schulter zu ihm um. »Wie ist Euer Name, Pilger?«

»Johannes«, gab er zurück und überlegte kurz. »Johannes Kreuzer.«

»Passt auf in Graz, Johannes Kreuzer. Mir war die Stadt nie geheuer. Sie kommt mir vor wie ein riesengroßes Grab, und ich hoffe nur, dass sie eines Tages nicht mein Grab sein wird. Ich würde es vorziehen, draußen im Feld zu sterben. Im Kampf. Und nehmt Euch in Acht vor dem Eckenperger. Wenn Ihr ihn seht, richtet ihm aus, er solle es nicht noch einmal wagen, des Kaisers Schulden mit Schinderlingen zu bezahlen.«

Johannes hob dankend die Hand, auch wenn er Baumkirchers Bemerkung nicht verstand.

Dann wandte er sich der Silhouette der Mauer und der Kirchtürme zu, die dahinter aufragten. Gerade einmal fünfzehntausend Menschen tummelten sich in den Gassen, die Weiler drum herum schmiegten sich in die von Äckern und Waldgruppen gesäumte Landschaft und schlummerten in dem auslaufenden Tag.

In ihrer aller Mitte thronte der Uhrturm auf dem Schloßberg, ein kahler Felsen, abweisend und düster. Die Grazer mochten den Berg nicht. Kein Wunder, wurden dort oben doch die Menschen in finstere Verliese geworfen. Man erzählte sich die wüstesten Schauergeschichten über diesen Ort, in denen die Opfer in den Kasematten vergessen wurden, sich selbst das Fleisch vom Körper nagten und irgendwann als gebrochene, bleiche und blutleere Kreaturen zurück in die Welt gestoßen wurden, in der sie am Wegesrand verendeten wie Vieh. Johannes hatte das dunkle Gefühl, er würde von dort oben beobachtet.

7

Die Luft war schneidend kalt und roch nach verdorrtem Fleisch und menschlichen Exkrementen, als Johannes durch die matschigen Straßen der Vorstadt von Graz stieg. Es musste hier vor Kurzem geregnet haben, was ihn nicht weiter wunderte, denn während der Süden der Mark oft mit Trockenheit zu kämpfen hatte, stand in der Stadt nicht selten das Wasser bis zu den Knöcheln. Die Straßen waren auch diesmal kaum passierbar. Pferde sanken bis zu den Fesseln im Morast ein, und Kutschenräder schmatzten durch den Dreck.

Johannes überlegte, ob er sich die Schuhe ausziehen sollte, um sie nicht kaputt zu machen, beschloss dann aber, es nicht zu tun und stattdessen einen Hürdenlauf zu wagen, immer auf der Suche nach einer trockenen Stelle oder einer Holzlatte, auf die er springen konnte.

Er kam am Siechenhaus vorüber, wo ihn ein Jammern und Greinen durch die offenen Mauerstellen begleitete, und er duckte sich vor den Huren weg, die ihm Obszönitäten nachriefen, sich die Brüste entblößten und lachten wie meckernde Ziegen.

Die gedeckte hölzerne Brücke von der Murvorstadt Richtung Hauptwachplatz war die einzige zwischen Frohnleiten im Norden und Landscha im Süden, die über die Mur führte. Wollte man den Fluss dazwischen überqueren, musste man sich der Fährleute bedienen, die einen für einen Silberling auf die andere Seite brachten.

Die Brücke in Graz zu passieren war kein Problem, da er weder ein Fuhrwerk mit sich führte noch ein Pferd und mit seiner mönchischen Erscheinung ohnehin einen überaus friedfertigen Eindruck machte. Er wurde nicht einmal sonderlich beachtet, bis ein stoppelbärtiges Männlein in zerlumpten Kleidern ihm ein Bildnis entgegenstreckte, das kaum größer als seine Handfläche war. Zweifellos hatte es dieses irgendwo gestohlen und hoffte, dafür nun eine Münze zu bekommen. Das Bild zeigte den Tod als breitschultriges Skelett, das sich eine Trommel über die Schulter gehängt hat. Die grinsende Fratze nahm eine Frau bei der Hand und forderte sie offensichtlich zum Tanz auf. Ein schauerlicher Totentanz. Johannes presste die Lippen aufeinander, und einen Moment lang trafen sich die Blicke der beiden. Der Händler stierte ihn an, und seine Stimme kratzte im so typisch steirischen Idiom wie ein zerrissenes Stück Leinen. Johannes hatte diese Sprache vermisst, nicht aber das, was der Lumpenträger zu sagen hatte.

»Hat der Pilgermann vielleicht Angst vorm Sterben?« Das Männlein packte ihn mit seinen nagellosen Stummelfingern am Unterarm. »Ich sag dir was. Du stirbst heut noch.«

Johannes riss sich los und gab dem Mann einen Stoß, sodass dieser rücklings auf dem Boden landete. Er blieb nicht lang genug stehen, um zu sehen, ob sich der Kerl ernsthaft verletzt hatte, vernahm in seinem Rücken nur dessen zornige Worte: »Heut noch stirbst, hörst? Heut noch, du Sau!«

Johannes hatte die Brücke kaum überquert, als er sich in einem Gedränge wiederfand. Die Leute schienen aufgeregt, scharten sich um einen Mann, den sie an einem Seil, das sie ihm um den Hals gelegt hatten, hinter sich herzerrten. Sie stießen ihn ans Ufer der Mur, wo sie ihn mit vereinten Kräften in einen eisernen Korb schoben, der an einer Stange befestigt war. Der Mann wehrte sich, schlug und kratzte um sich, doch die Zahl an starken Händen war schließlich zu groß für ihn. Völlig erschöpft landete er im Käfig, dessen Öffnung zugeschlagen und verriegelt wurde.

Am Oberteil des Gefängnisses war eine Öse angebracht, durch die eine lange Stange geschoben worden war, vier kräftige Burschen hoben diese hoch, legten sie auf eine Vorrichtung auf einem Stein. Die Konstruktion funktionierte wie ein Hebel, der Korb hing in der Luft, die Stange wurde gedreht, und unter den Schreien des Mannes schwebte er alsbald über der Mur. Der Mann rüttelte verzweifelt an den Käfigstangen. Dann senkte sich der Korb ins Wasser hinab.

Der Gefangene blickte panisch auf seine Füße, die bereits vom Flusswasser umspült wurden, er schrie jetzt nach seiner Frau und flehte um Erbarmen.

Johannes wandte sich einem der Schaulustigen zu, die lachten und johlten, und wollte wissen, was dem Mann denn vorgeworfen wurde. Er erntete dafür einen ungeduldigen Blick. Wie konnte jemand Fragen stellen, ausgerechnet jetzt, wo es spannend wurde?

»Das is ein Bäcker. Ein Bäcker, der kleines Brot gemacht und uns alle betrogen hat …«

Johannes nickte. Er hatte schon von dieser Strafe gehört, war bei einer Vollstreckung des Bäckerschupfens jedoch noch nie anwesend gewesen. Vor ein paar Jahren waren in Wien gleich zwölf Bäcker auf diese Art zum Tode verurteilt worden, die angeblichen Betrüger hatten sich aber in letzter Not mit hunderteinundsechzig Pfennigen freikaufen können – eine Summe, für die man dieser Tage zwar nicht mehr als ein Paar guter Stiefel, doch beinahe fünfzig warme Mahlzeiten in einem Wirtshaus oder neunundvierzig Hühner bekommen hätte.

Der Bäcker zitterte nun am ganzen Körper. Seine Lage war ernst, denn in keinem der Anwesenden löste er auch nur den Anflug von Mitleid aus. Im Gegenteil, die Leute warteten nur auf ein Schauspiel, das ihren Zorn befriedigte.

»Geschieht ihm recht!«, rief einer. »Ersaufen soll er!«, ein anderer. Jemand grölte: »Is eh ein Gottesurteil. Wenn du nichts getan hast, überlebst es.« Wieder lachten die Umstehenden. Nein, Barmherzigkeit war wirklich niemandem anzusehen.

Der Stadtrichter drehte nun eine Sanduhr und stellte sie auf den Boden. Er sagte, die Hälfte eines Viertelglases würde genügen, dann könne man den Bäcker wieder hochziehen. Würde er dann noch leben, sei es Gottes Wille. Wenn nicht, habe selbst Gott die Sünden dieses Kerls satt.

Johannes pochte das Herz bis in die Schläfen, niemals konnte der Mann das überleben. Irgendwann würde er die Luft nicht mehr anhalten können, dann gierig einatmen und stattdessen Wasser in seine Lunge lassen.

Mittlerweile war das Geschrei des Bäckers in ein herzzerreißendes Wimmern übergegangen. Johannes bemerkte, dass auch dessen Familie in der Menge stand. Seine Frau weinte und hielt ein kleines Kind im Arm, das brüllte und seine Hand nach dem Vater im Korb ausstreckte. Dann senkte sich der Käfig langsam weiter, und ebenso langsam verebbte der Jubel der Menge. Als ihm das Wasser der Mur schon bis zum Hals reichte, streckte der Bäcker seinen Kopf durch die Verstrebungen des Korbs, saugte gierig ein letztes Mal nach Luft, ehe sich das Wasser um ihn schloss.

Die Menge verstummte.

Nur das Kind schrie, und die Frau schluchzte auf. Johannes hörte den Schlag einer Kirchenglocke. Die Zeit schien stillzustehen, und er starrte auf das Wasser der Mur, die nun arglos über jener Stelle plätscherte, an der sie zuvor den Korb hinuntergelassen hatten.

»Hast du etwa Mitleid mit ihm?«, hakte einer, der neben Johannes stand, argwöhnisch nach. Offenbar hatte er ihn beobachtet und festgestellt, dass Johannes nicht wohl bei diesem Schauspiel war.

Er winkte schweigend ab und machte ein paar Schritte weg von dem Mann.

Nach einer halben Ewigkeit wurde der Käfig wieder hochgezogen, und sogleich ertönte das Husten und Prusten des Bäckers. Er hatte kaum Luft geschnappt, als sich der Käfig wieder senkte.

Johannes blickte auf das Viertelglas, es hatte sich kaum gefüllt.

Beim nächsten Mal, als sich der Käfig hob, lag der Bäcker am Boden. Er spie Flusswasser aus und hustete. Diesmal gab man ihm einige Zeit, um sich zu erholen. Aus der Menge flogen Steine in Richtung des Käfigs. Einer traf den Bäcker an der Schulter und ließ ihn aufschreien. Dann senkte sich der Käfig erneut.

Johannes schloss die Augen und betete im Stillen um den Mann. Ganz gleich, was er getan hatte, er beschloss, dass der

Tod nicht die Strafe dafür sein konnte. Als sich der Käfig wieder hob und senkte, sah Johannes nicht hin. Er glaubte fest daran, dass der Herrgott den Bäcker verschonen würde.

Plötzlich rief jemand: »Das Viertelglas ist halb voll!«, und sogleich hoben die Männer den Korb aus dem Wasser. Der Bäcker lag am Grund des Käfigs, ein Arm baumelte zwischen den Stangen hindurch ins Freie. Er rührte sich nicht.

Wieder flog ein Stein, doch der Scharfrichter polterte, jeder, der einen weiteren Stein werfe, müsse selbst in den Käfig. Nach und nach verließen einige der Umstehenden den Ort der Bestrafung. Sie waren mürrisch, denn sie hatten wohl erwartet, dass der Stadtrichter ein besseres Theater bieten würde. Es war nicht unüblich, dass man die Opfer des Bäckerschupfens viel länger leiden ließ, den Korb immer wieder aus dem Wasser zog, um ihn dann sekundenlang zu senken.

Sie zogen den Leblosen aus dem Käfig und ließen ihn im Matsch des Ufers liegen. Seine Frau drängte sich mit dem Kind im Arm zu ihm. Sie wimmerte herzergreifend. Johannes packte sie an der Schulter und zerrte sie weg von ihrem Mann. Und ehe sie wusste, was geschah, hatte er sich über den Leichnam gebeugt und begann, gegen dessen Brust zu pressen.

Die Menge schloss sich um Johannes, der Stadtrichter baute sich vor ihm auf und wollte wissen, was er da tue. Das sei Leichenfledderei, und er solle augenblicklich damit aufhören, wenn er nicht wolle, dass ihm hier und jetzt das Leben genommen werde.

Doch Johannes stoppte erst, als sich die blassen Augen des Bäckers auf ihn richteten und sogleich allen Glanz verloren. Er hatte den Kampf verloren. Der Bäcker war tot.

Da wurde es wieder still um ihn herum, und die Frau ging weinend in die Knie, das Kind an ihrer Seite blickte verstört auf den durchtränkten Leichnam seines Vaters.

Johannes blickte die Frau an, sagte, dass es ihm leidtue, aber sie beachtete ihn gar nicht. Wimmernd kauerte sie noch am Leichnam, als Johannes das Murufer verließ. Sie würde nichts anderes tun können, als auf der Straße zu betteln und schließlich

Zuflucht im Siechenhaus zu suchen. Dort würden sie auf kurz oder lang Krankheit und Tod ereilen. Spätestens im nächsten Winter würden die Frau und das Kind des Bäckers tot sein, dessen war Johannes gewiss.

»Heute kommt der Tod, hab ich's doch gesagt.«

Johannes fuhr herum und blickte dem stoppelbärtigen Männlein ins Gesicht, das ihm zuvor das Bildchen hatte verkaufen wollen.

Er streckte es ihm erneut entgegen, den Tod, der den Tanz mit der Frau suchte. »Der Nächste bist du.«

8

Johannes rannte durch die Straße der Sporer in Richtung Osten hinauf, während er mit jedem Schritt mehr das Gefühl hatte, die Zeit riesle ihm durch die Finger davon wie dem Bäcker zuvor in der Mur. Er musste zum Kaiser und ihm so schnell wie möglich schildern, was er erlebt hatte. Friedrich musste reagieren, etwas unternehmen, eine schlagkräftige Truppe aufstellen. Eine ganze Armee …

Völlig außer Atem hielt er inne. Was bildete er sich ein? Glaubte er wirklich, dass ihn der Kaiser ernst nehmen würde? Ihn, einen abgerissenen Mönchsritter, der quer durch die Welt reiste, um wirres Zeug von Akindschi und schwarzen Reitern zu faseln? Welcher Herrscher würde ihm glauben?

Außerdem kannte er Friedrich nur aus Erzählungen. Man sagte sich, der Monarch sei ein skeptischer Mensch und könne herablassend sein, wenn er nicht mit seinesgleichen spreche. Und wer war schon seinesgleichen auf dieser Welt? Nahezu niemand stand auf der Ebene eines Kaisers des Heiligen Römischen Reichs, und Johannes war nicht einmal von adeliger Geburt, er war nicht einmal echter Ritter oder trug einen anderen würdevollen Titel. Was hatte er sich also dabei gedacht?

Johannes stützte die Hände auf die Knie, rang nach Atem und nach Mut. Er konnte Helena jetzt nicht im Stich lassen. Sie war hoffentlich aus dieser finsteren Burg geflohen und versuchte jetzt irgendwo im Wald, zu überleben. Er musste zu ihr zurück. Er drehte sich um die eigene Achse und betrachtete den Himmel über ihm. Was sollte er nur tun?

Vor sich sah er auf einer kleinen Anhöhe die Burg, ein Areal nordwestlich der Ägidiuskirche, das Friedrich schon im Jahr 1433 erworben hatte und fünf Jahre später als kleine Wehranlage vom »Meister von Graz«, dem Steinmetz Hans Niesenberger, neu erbauen lassen hatte. Der Wohntrakt war durch einen gedeckten Gang mit der Kirche verbunden, nordöstlich davon befand sich der Friedrichsburg genannte Burgfried. Entlang der Innenseite der Stadtmauer verlief ein Pfad, der die Burg mit dem felsigen Schloßberg verband. Das alles hatte ihm sein Bruder Balthasar erzählt, der sich für solche Dinge interessierte. *Halbbruder*, wie Johannes sich ermahnte. *Abwesender* Halbbruder.

Dass er in den Herrschaftssitz des Kaisers des Heiligen Römischen Reichs nicht einfach so hineinspazieren konnte, war ihm klar. Hätte er Zweifel daran gehegt, hätten die gekreuzten Hellebarden der beiden schweigsamen Wachen vor dem Burgtor sie nun endgültig ausgeräumt. Ein dritter Wächter, mit spitzem Wams und buntem Hemd darunter, kam aus dem Wachhäuschen und baute sich vor Johannes auf. Er hakte seinen Daumen im Waffengurt ein und machte einen überheblichen Eindruck. In seinem Mundwinkel steckte ein Essensrest, offenbar hatte Johannes ihn beim Abendmahl gestört. Nichtsdestotrotz nahm er allen Mut zusammen und schilderte, wer er sei und dass es sich um äußerste Dringlichkeit handle. Er müsse zum Kaiser, auf schnellstem Weg, denn es gehe um nichts weniger als die Sicherheit des gesamten Reiches.

»Ihr sagt, Ihr seid ein Eckenperger? Bruder des Balthasar Eckenperg?« Der Wachmann hob die Brauen.

»Ja, ich bin Balthasars Bruder.« Es konnte nicht schaden, das Verwandtschaftsverhältnis etwas anders darzustellen. Das machte Eindruck, und so wiederholte er: »Ich bin der Bruder von des Kaisers Münzmeister.«

Augenblicklich befiel ihn ein schlechtes Gewissen. Er bediente sich des Namens seines Halbbruders, um selbst besser dazustehen, und es war keine Frage, dass Balthasar dies missbilligen würde. Als Johannes damals die Stadt verlassen hatte, um mit den Rittern der Johanniter fortzuziehen, schien Balthasar eher erleichtert darüber gewesen zu sein, den Bastard der Familie loszuwerden. Denn Johannes war nichts anderes als das. Er war der uneheliche Sohn seines vor fünfzehn Jahren verstorbenen Vaters Ulrich und einer Dienstmagd. Bis heute war es ihm ein Rätsel, warum Barbara Giebinger, Ulrichs Frau, ihn als Bastard die ersten drei Jahre seines Lebens aufgezogen hatte, als wäre er ihr eigenes Kind. Dann war auch sie gestorben, und Balthasar und Hans, die beiden legitimen Nachkommen Ulrichs, waren gemeinsam mit Johannes aufgewachsen.

Von Hans wusste Johannes, dass er zurück nach Radkersburg gegangen war, um das Weingut der Familie zu betreiben. An ihn konnte er sich kaum erinnern, hatte stets wenig Kontakt mit ihm gehabt. Von Balthasar war aber bekannt, dass er mehr wollte. Er wollte reich werden, ein Grazer Bürger sein und ganz hinauf an die Schöße der Mächtigen gelangen.

Johannes zählte die Glockenschläge und konnte nicht glauben, wie lange man ihn schon warten ließ. Der Wächter hatte sich umgedreht, nachdem er sein Anliegen hervorgebracht hatte, und war im Burgareal verschwunden.

Irgendwann bekam Johannes das Gefühl, sich die Beine in den Bauch zu stehen, also setzte er sich an den Straßenrand, den Burgwachen zu Füßen. Er beobachtete die Leute, die vorübergingen, und stellte fest, dass das geschäftige Treiben wohl mit der Anwesenheit des Kaisers zu tun haben musste. Dieser verbrachte viel Zeit im Reich, weit im Westen im Elsass oder in den Tiroler Bergen, in Neustadt oder in Wien. Dass er gerade in Graz war, war ein Glück für Johannes.

Tief in Gedanken versunken, hatte er nicht gehört, wie sich die Männergruppe in seinem Rücken genähert hatte. Eine in seine Lenden gestupste Stiefelspitze ließ ihn hochfahren. Der Wächter stand vor ihm, die Hände in die Hüften gestemmt.

»Dein Schwert«, forderte er mit sächsischem Akzent. Viele der von Friedrich angeheuerten Söldner stammten aus deutschen Fürstentümern.

Johannes händigte es ihm ohne Argwohn aus, schließlich konnte er dem Kaiser nicht mit einer Waffe gegenübertreten, das leuchtete ihm ein. Sogleich umringten ihn ein paar Wachen, und auf diese Weise eskortiert, folgte er dem Hauptmann in den Innenhof. Dort jedoch schlugen sie nicht den Weg in die herrschaftliche Burg ein, sondern schritten durch ein Seitentor hinaus und Richtung Schloßberg hinauf. Der Kaiser wollte ihn also an einem besonderen Ort treffen, wahrscheinlich abseits der anderen, vielleicht auch, weil er von dort oben einen weiten Blick übers Land haben wollte. Der Ort war gut gewählt, immerhin hatte Johannes vor, den Monarchen zu warnen. Sie konnten von dort nach Süden blicken, über den Wildoner Berg hinaus auf die untersteirischen Hügel, dorthin, wo sich die Türken formierten.

Johannes wollte seine Eskorte befragen, wohin genau sie ihn führten, doch er rang nach Luft, da der Weg immer steiler wurde.

Oben angekommen, stand der Hauptmann wieder vor ihm. Johannes blickte sich erwartungsvoll um. Er war verwirrt. Warum gingen sie nicht weiter? »Wo ist Seine Majestät, der Kaiser?«, fragte er hoffnungsvoll.

Als Antwort erhielt er einen Faustschlag in die Magengrube. Er ging zu Boden und krümmte sich. Und während er versuchte, den unerwarteten Schmerz wegzuatmen, durchzuckte ein weiterer brennender Schlag seinen Rücken.

Dies sei die angemessene Begrüßung für all jene, die hier landeten, erklärte der Hauptmann. »Willkommen in den Kasematten. Willkommen in einer anderen Welt. Jetzt bist du niemand. Und wage es niemals mehr, den Kaiser sprechen zu wollen. Hast du gehört? Niemals mehr.«

Johannes wurde von kräftigen Händen an den Oberarmen auf die Beine gezerrt und über einen steinigen Hof geschleppt. Dort rissen ihm die Wachen die Schuhe und die Kutte vom Leib. Einer der Männer musterte ihn lange mit nachdenklichem Blick, und Johannes klammerte sich daran wie an ein Rettungsseil.

»Ihr … Ihr scheint mir vernünftig zu sein. Ich habe niemandem etwas getan. Lasst mich gehen. Bitte.«

Währenddessen öffnete sich ein kleines Tor hinter ihm. Sie zogen ihn hinein in eine modrige Finsternis. Johannes konnte unter seinen Zehenspitzen rutschige, feuchte Steintreppen fühlen, und eine klamme Kälte legte sich auf ihn wie ein aus einem Fluss gezogenes Tuch. Die Luft hier unten war nicht so stickig wie vor dem Siechenhaus, die an den Dunst eines Güllefasses erinnerte, dafür kroch einem die Kälte augenblicklich in die Knochen. Der Lichtschein, der durch das Tor in den Innenraum fiel, reichte nicht aus, um ihn auszufüllen. An den Rändern seines Sichtfelds verliefen sich die kalten Steinmauern in der Dunkelheit, rannen hinfort, als wäre dies das Ende der Welt.

Ein Schlüssel klimperte, und hinter einer weiteren, mit Eisen beschlagenen Eichenholztür vernahm Johannes ein klägliches Jammern und Stöhnen. Sein Herz polterte, und Panik stieg in ihm auf. Er strampelte, doch die Arme, die ihn hielten, waren zu kräftig, und der Schmerz in der Magengrube war immer noch groß genug, um ihn zu schwächen.

»Nein«, stammelte er, und vor seinem inneren Auge bauten sich die schrecklichen Bilder von Folterkammern und einem Arsenal von Werkzeugen auf, mittels derer den Menschen Qualen zugefügt wurden. Warum auch immer sie es auf ihn abgesehen hatten, Johannes konnte den Alptraum nicht fassen.

»Ich muss zum Kaiser«, flehte er. »Bitte. Hier liegt ein Missverständnis vor. Es ist wirklich dringend.«

Er wurde weitere abgeschliffene Steinstufen hinabgezerrt und fand sich in einem zugigen Gewölbe wieder, das nur von Schießscharten ähnlichen Löchern in der Wand, zehn Ellen über dem rutschigen Lehmboden, beleuchtet wurde. Soweit er sehen konnte, befanden sich in dem Gewölbe Käfige, kleine Zwinger, in denen sich die Menschen kaum aufrichten konnten. Und ja, auch wenn er es im ersten Moment nicht glauben konnte, dass sich die Gerippe überhaupt noch bewegten, da waren *Menschen* in diesen Käfigen.

Eine hässliche Fratze mit vereinzelten Strähnen am Kopf brüllte aus einem zahnlosen Mund und streckte ihnen eine knöchrige Hand zwischen den Gitterstäben entgegen, als sie vorübergingen. Die Hand endete in Fingerspitzen, die in blutige Stummel ausliefen. Die Fratze wich erst zurück, als einer der rohen Wärter sie mit einem Stoß seines Holzstocks zurückdrängte.

»Friss deine Finger, du Hund«, spuckte der Wärter aus und ließ Johannes gerade so lange aus den Augen, dass dieser den Kopf heben konnte, um ihn von der Seite zu betrachten. Er erschrak. Die Wachen vom Burgtor waren fort, und auch der Hauptmann war nirgendwo mehr zu sehen. Stattdessen blickte er auf das Profil eines Wärters, der dem kläglichen Insassen so ähnlich sah, dass es kaum zu glauben war. Wie aus dem Gesicht geschnitten, dieselben eingefallenen Wangen, der zahnlose Mund, das schüttere Haar, die abgemagerten Beinchen und Ärmchen. Johannes überlegte, er müsste sich nur auf den Wärter legen, und ihm würde die Luft wegbleiben. Einen Moment dachte er über diese Möglichkeit nach, dann streckte ihn ein fürchterlicher Hieb zu Boden.

»Was schaust?«, brüllte der Wärter.

Der Stoß in die Seite hatte Johannes so unvermittelt getroffen, dass er die Pein kaum glauben konnte. Das Gesicht des Mannes tauchte jetzt dicht vor ihm auf. Er wollte etwas sagen. Ein Flehen. Ein Bitten. Dann entfernte sich das Gesicht, und ein Schuh tauchte auf. Nur kurz. Der Absatz traf ihn im Gesicht. Johannes wusste das. Und war dankbar. Denn der Schuh hatte ihn in ein helles Reich befördert. Blitze zuckten. Er hatte das Gefühl, in einem Berg aus weichem Moos zu strampeln, und bemerkte zu spät, dass es die Säfte eines menschlichen Körpers sein mussten, in denen er sich wälzte.

Der Schmerz kehrte allzu bald wieder und war kaum zu lokalisieren. Johannes schrie auf. Und als er das eine noch heil gebliebene Auge öffnete, sah er, dass er sich in einem der Käfige befand. Er war verschlossen. Die Wärter waren fort. Es war bitterkalt. Die Kette, deren Glieder so schwer waren, dass er seine Arme kaum heben konnte, war kurz und an der Wand verankert, sodass es ihm nicht möglich war, sich gänzlich auf den Boden zu legen. So wartete er in einer unbequemen halb sitzenden Position darauf, dass seine Qualen endlich ein Ende hatten. Sie mussten doch vergehen. Irgendwann.

Das Männchen mit den abgebissenen Fingern wippte indes in einer Ecke hockend vor und zurück. Johannes konnte in dem Zwielicht nicht erkennen, ob es auch angekettet war oder sich frei bewegen durfte. Es starrte ihn an.

»Ich ess dich«, krächzte es. »Ich ess dich. Sonst isst du mich.«

9

Irgendwo fielen Wassertropfen in eine Pfütze. Das Geräusch machte ihn wahnsinnig. Es hallte in seinen Ohren wie die Detonationen von Kanonen. Er versuchte, bewusst wegzuhören, und hörte deshalb nur noch genauer hin. Das Tropfen erinnerte ihn an Schritte. Schritte sich nähernder Stiefel. Jeder Schritt verkürzte die Zeit bis zu deren Ankunft.

Johannes hatte aber keine Zeit.

Sie kommen. Sie werden Helena angreifen und ihr etwas antun. Sie werden das Reich angreifen und allen etwas antun. Auch Graz. Und dem Kaiser.

Er rief: »Um Gottes willen, lasst mich hinaus! Sie greifen an«, doch er wusste selbst, dass ihn niemand hören konnte. Seine Stimme war nur noch ein schwaches Husten, das bald in einen Anfall akuter Atemnot mündete.

Seine Gelenke an Armen und Beinen waren längst wund gescheuert und eiterten. Sein Rücken schmerzte so sehr, dass er befürchten musste, sich dauerhafte Verletzungen zugezogen zu haben. Die Feuchtigkeit des Lehmbodens hatte seine Beine taub werden lassen, und es war ihm unmöglich zu sagen, wie lange er schon in seinem Käfig dahinvegetierte. Es konnten drei Stunden vergangen sein oder auch drei Tage, vielleicht sogar Wochen.

Ein unheimliches Pfeifen weckte ihn. Er blinzelte in die Dunkelheit, die ihn umgab. Dann verstummte das Pfeifen wieder. Er vernahm, wie jemand stöhnte, ein anderer murmelte unverständliches Zeug. Da erkannte er, dass ihn sein eigener pfeifender Atem aus einem lethargischen Halbschlaf geweckt haben musste.

Trotz seiner Agonie musste er lächeln. Er hatte sich selbst geweckt. Das war witzig. Doch mit einem Mal riss er die Augen auf. Etwas hatte ihn berührt. Da war etwas in seinem Gesicht. Eine Hand hatte sein Gesicht gestreift.

Es hatte sich angefühlt wie die Finger Helenas. Doch wie konnte es sein, dass sie ihn hier in dieser Hölle besuchte? Hatte sie es etwa nicht nur aus der Burg geschafft, sondern auch durch die Wälder, vorbei an den Burgen und Wegelagerern bis zu ihm nach Graz? Seine Kette rasselte, weil er verzweifelt versuchte, sich ein wenig aufzurichten. Er wollte nicht, dass sie ihn so sah. Er hatte seine Hose beschmutzt, und sie trocknete nur langsam. Der Gestank, der von ihm ausging, war ihm unendlich unangenehm. Fast wünschte er sich, dass sie Helena wieder fortbrächten. Sie mussten ihm Gelegenheit geben, sich zu waschen und frisch zu machen. So konnte er ihr nicht gegenübertreten.

Doch dann ließ ihn eine Stimme nah an seinem Ohr erstarren.

»Jemand will, dass du isst.«

Johannes fühlte einen Brei auf seinen rissigen Lippen. Schluckte ihn gierig hinunter. Die lauwarme Masse tropfte ihm aufs Kinn. Er wollte sich mit der Hand säubern, doch die Kette reichte nicht weit genug. Er streckte seine Zunge heraus, wollte nichts verschwenden, doch er schmeckte nichts. Helena war auch nicht mehr da.

Da begann er zu wimmern wie ein Kind. Er hatte solchen Hunger, das Essen klebte ihm am Kinn, und er konnte es nicht erreichen.

Das Männchen in der Ecke kicherte.

Johannes blinzelte und erkannte, dass gar niemand in seinem Käfig war außer er selbst, der die Zunge herausstreckte und nur dachte, er würde essen.

»Helena, Helena«, äffte ihn das Männchen mit den abgebissenen Fingern nach, das im Nachbarkäfig hockte und ihn musterte. »Vergiss die Hure. Du bist tot. Du bist *mein* Futter.«

Er verlor den Verstand.

V

Das Spektakel des Leids

1

»Und du glaubst wirklich, dass euch die Herren von Hartstein hier im Wald nicht finden werden?«

Thomas Weiß, der Wahrsager, betrachtete die Baumwipfel. »Und wenn«, sagte er, »machen wir uns unsichtbar und werden eins mit den Bäumen.«

Haris rollte mit den Augen. Er konnte mit den Phrasen des Alten wenig anfangen. Immer sprach er in Bildern, die zu deuten Tage kosten konnte. Er hegte ohnehin den Verdacht, dass sie gar keine Bedeutung hatten, dass der Alte nur deshalb so verschwurbelt sprach, um davon abzulenken, dass er im Grunde genauso wenig Antworten hatte wie alle anderen Menschen auch.

Sie lagen von Moos und Zweigen bedeckt im Unterholz und froren.

»Ihr werdet hier sterben. Den Winter überlebt ihr nicht«, sagte Manderdinger, während er sich die Erde von seiner Kleidung klopfte und eine Decke um das Mädchen schlug. Er richtete sich mit knackenden Gliedern auf und stemmte die Arme in die Hüften: »Und deshalb werden wir ins Dorf reiten. Sie können jemanden wie mich dort gut gebrauchen. Ich kann kochen, ich kann die Kranken versorgen, ich kann gut zuhören, wenn es sein muss, singe ich sogar …«

»Und Ihr könnt vor allem essen und trinken. Sie werden nicht auf jemanden warten, den sie durchfüttern müssen«, sagte der Alte.

Wenn Haris nicht gewusst hätte, dass er die Gutmütigkeit in Person war, hätte er in der Stimme des Alten sogar etwas Ärger ausmachen können.

»Sei's drum«, sagte Haris. »Wir können uns hier nicht länger den Hintern durchfrieren und auf die Burg starren, bis Helena sich blicken lässt. Wir müssen etwas tun. Ich werde mit dem Herrn Manderdinger ins Dorf reiten. Vielleicht können wir dort jemanden für unsere Sache gewinnen. Passt ihr so lange auf das Mädchen auf?«

Das Mädchen. Haris konnte immer noch nicht fassen, dass Manderdinger ein so weiches Herz hatte, dass er sich des kleinen Görs angenommen hatte. Was dachte er sich nur dabei, noch ein Maul zu stopfen? Und dabei konnte sie nicht einmal eine Waffe schwingen.

»Nein«, sagte Manderdinger bestimmt. »Das Mädchen kommt mit.«

Da blieb Haris der Mund offen, doch sein alter Freund achtete nicht darauf und sprach stattdessen zu den anderen.

»Uns beide kennt man in den Dörfern nicht, und weil wir ein Mädchen bei uns haben, werden sie weniger argwöhnisch sein. Wir werden unsere Dienste anbieten und euch dann versorgen. Wir versprechen es.«

Viel mehr Worte wurden nicht getauscht.

Das Kräuterweib kam auf Haris zu und malte ihm mit Erde ein Kreuz auf die Stirn. »Gott sei mit dir«, sagte sie.

Haris, der in seinem Leben bereits sowohl gegen als auch mit vielen Göttern gekämpft hatte, erwiderte nichts.

Wenig später saß er mit Manderdinger und dem Mädchen auf dem Kutschbock und ließ den nebelverhangenen Wald hinter sich. Die Vogelfreien, die ihnen Unterschlupf gewährt hatten, verschwanden im Nebel wie Geister.

»Und verrätst du mir wenigstens den Namen der Göre?«

»Theresa«, gab Manderdinger zurück. Und nach einer Weile fügte er hinzu: »Sie hat niemanden mehr. Die verdammten Bastarde …« Und weil er dabei auf Haris' Armstummel schaute, nickte dieser nur.

»Ja, verdammte Bastarde.«

2

»Wo ist sein Kopf?«

Ulfs Stimme hallte durch den Burghof wie ein Hammer, der auf einen Amboss knallte. Hartmut machte einen bemitleidenswerten Eindruck. Er kniete im Schotterboden, das Kinn vor Erschöpfung an die Brust gelegt, die Arme kraftlos herabhängend, von den Fingern tropfte Blut.

»Sag mir nicht, er hat dich besiegt, Bruder. Sag mir nicht, du hast ihn laufen lassen.«

Ulf zog Kreise um seinen Bruder, brüllte ihm ins Ohr, entfernte sich wieder. Sein Haar klebte ihm im Gesicht, und eine Hand lag schwer auf seinem Schwertgriff. Es hatte den Anschein, als könnte er kaum an sich halten, um seinen Bruder nicht zu töten.

Als Hartmut nicht antwortete, wandte Ulf sich seinen Männern zu, die im Schatten des Tors warteten und offenbar nicht wussten, was sie tun sollten. »Mesar, schaff ihn in den Stall und pflege seine Wunden.«

Der Angesprochene war ein gedrungener Waffenknecht mit rotem Vollbart. Er trug eine Streitaxt am Waffengurt, und in einer Scheide am Rücken steckte ein Bihänder, ein Schwert, so groß und schwer, dass es nur mit beiden Händen geführt werden konnte. Doch das war nicht alles, denn Mesar sah furchterregend entstellt aus. Man erzählte sich, dass er sein halbes Gesicht bei einer Schlacht durch einen Axthieb eingebüßt hatte. Es war allen ein Rätsel, wie der Mann das überlebt haben konnte. Mesar wich selten von Ulfs Seite, weshalb man ihn in der Burg hinter vorgehaltener Hand auch »Ulfs Schatten« nannte.

Mesar nickte seinem Herrn kurz zu, griff unter Hartmuts Achseln und zog den Verwundeten, der seine Beine kaum noch aufsetzen konnte, in den Stall.

»Ihr anderen«, rief Ulf seinen Männern zu, »reitet aus und

sucht den Mönchsritter. Wenn er in der Nähe ist, schlagt ihm den Kopf ab. Aber kehrt vor Einbruch der Dunkelheit zurück.«

Im Stall stöhnte Hartmut unter den Schmerzen. Mesar hatte ihm bereits den Waffenrock abgenommen und säuberte eine offene Wunde mit einem schmutzigen Schwamm, den er zuvor in einen Wassertrog getaucht hatte. Ulf kam herein und befahl Mesar, damit aufzuhören. Er betrachtete seinen Bruder mit versteinerter Miene.

»Warum bist du zurückgekehrt?«, knurrte er. Er kam näher und hockte sich an Hartmuts Seite. »Du weißt, was jetzt geschehen muss.«

Hartmuts Augen huschten verwirrt durch den Raum. Er hatte offenbar große Schmerzen und Mühe, sich auf die Worte seines Bruders zu konzentrieren.

»Mein Herr, er fiebert«, stellte Mesar fest.

»Er wird also nicht mehr lange leben und wie mein Vater bald das Zeitliche segnen«, erwiderte Ulf. »Tritt zur Seite.« Ulf zog das Messer, das in seinem Stiefelgurt steckte. »Ich werde ihn erlösen.«

Mesar wollte etwas sagen, aber er hütete sich davor, sich den Anweisungen seines Herrn zu widersetzen. Er fand Hartmuts Blick, der ihn flehend ansah, doch er wandte sich rasch ab.

Hartmuts Stimme keuchte in die schwüle Stille des Stalls. »Bruder, lass wenigstens die Frau und das Kind gehen«, stöhnte er.

Ulf kam seinem Gesicht sehr nahe und lächelte. »Vater liegt im Sterben. Und jetzt du. Wenn ihr fort seid, bekomme ich die Frau und die Burg. Ich bin Burgherr. Ich. Bin. Burgherr. Und mache, was ich will.«

Hartmut brachte nur noch ein Wort hervor, ehe Mesar wie erstarrt auf seine Beine blickte, die zuckten, als wollten sie davonrennen. Das Heu, auf dem der älteste Sohn von Konrad von Hartstein lag, färbte sich rot. Als Ulf sich erhob, ließ er das Messer in Hartmuts Brust stecken. Beide betrachteten den

Sterbenden noch ein paar Atemzüge lang, dann zog Ulf das Messer aus dem Leib und wischte es an dessen Wams sauber.

Mesar stand immer noch wie versteinert da. Er war soeben Zeuge eines Brudermords gewesen, und in seinem Kopf dröhnte und pochte es. Hartmuts letztes Wort erschien ihm wie ein schrecklicher Hinweis auf das, was kommen würde. Er hatte »Fluch« gesagt, mehr nicht. Nur dieses eine Wort, dann war das Messer in ihn eingedrungen und hatte ihm das Leben genommen.

Mesar wusste, dass er zum Zuschauen verbannt war. Er konnte nicht gegen seinen Herrn aufbegehren.

Ulf regierte jetzt auf der Burg.

»Mein Bruder hatte schon immer eine Schwäche für die Weiber«, sagte Ulf beiläufig. Er klang so, als hätte er bereits vergessen, was geschehen war. »Hartmut machte sich Sorgen um sie bis zu seinem Tod. Und er hat ausgesprochen, was ich begehre«, sagte Ulf grimmig. »Hol sie jetzt her. Bring mir Helena und den Balg.« Er schaute auf. »Und erledige meinen Vater, das *Monster*.«

3

Die Silhouette hinter dem übers Bett gespannten Netz bewegte sich kaum noch. Konrad von Hartsteins Röcheln hallte von den kahlen Wänden wider wie das Rasseln der Ketten der Dämonen, die nur darauf warteten, aus dem Totenreich zu kriechen. Alle hatten sie Angst vor Konrad in diesen Gemäuern, selbst jetzt noch, als er längst im Sterben lag.

Helena war in den letzten Tagen neben Johannes die Einzige gewesen, die sich vorwagte, um ihn zu pflegen, ihm seine Salben zu reichen und ihm das Leben so angenehm wie möglich zu machen. Seine beiden Söhne hatten sich längst von ihm abgewandt.

Es war der einzige Raum im ganzen Burgareal, in dem sie sich sicher vor Ulf gefühlt hatte. Hierher würde er nicht mehr kommen, seine Angst vor dem Aussatz war zu groß. Hier würde er ihr nichts tun.

Helena lag auf dem Steinboden und konnte sich nicht bewegen. Sie öffnete ein Auge und machte hinter ihren Tränen ein schemenhaftes Gesicht aus. Es war die Magd, das Mädchen, das Ulf einst verprügelt hatte, weil es etwas Wasser verschüttet hatte.

Die Magd hatte Hanns im Arm und wiegte das Kind. »Frau«, sagte die Magd. »… in Sicherheit.«

Helena verstand die Bedeutung ihrer Worte erst nach ein paar Augenblicken, und sie konnte fühlen, wie ihr ein Stein vom Herzen fiel. Sie war in Sicherheit. Was auch immer geschehen war, nachdem sie von den Männern verprügelt worden war. Offenbar hatte man sie an einen sicheren Ort gebracht. Sie versuchte zu sprechen, doch ihr Kiefer schmerzte so sehr, dass sie nur ein »Danke« herausbrachte.

Die Magd nickte ihr zu. »… bei den Mönchen …«, hörte Helena sie sagen. Sie konnte sich kaum auf ihre Worte konzentrieren. Dann stand die Magd auf und entfernte sich mit Hanns zu einem hellen Rechteck, offenbar ein Fenster. Als sich die Magd umdrehte, hielt sie Hanns nicht mehr in Händen. Das Kind war fort.

Die Dankbarkeit schlug augenblicklich in Panik um. Wo war ihr Kind? Sie wollte aufspringen, doch Schmerzwellen fielen aus allen möglichen Stellen ihres Körpers über sie her.

Konrad bekam von alldem nichts mit, er schlief mit offenem Mund und röchelte ein furchterregendes Schnarchen unter dem schmutzigen Laken hervor.

»Hanns«, stöhnte Helena, doch die Magd schüttelte den Kopf. Es war ihr anzusehen, wie sehr sie sich fürchtete, hier in diesem Raum zu sein. Sie legte ihr eine kühlende Hand auf die Stirn, und wenn Helena gekonnt hätte, hätte sie diese Hand genommen und sie zu Brei gedrückt. Wo hatte diese verdammte Diebin ihr Kind hingebracht?

»... in Sicherheit ... Mönche«, hörte sie die Magd wieder sagen. Hanns sei in Sicherheit. Dann sprang die Frau auf und wehte aus dem Zimmer wie ein Traumgespinst.

Tausend Fragen schossen Helena durch den Kopf. *Warum kann ich mich nicht bewegen? Wo ist Hanns? Was geschieht mit mir?*

In diesem Moment erschien abermals jemand an ihrer Seite. Ein mächtiger Schatten baute sich auf, ein Kerl, so breit wie eine Truhe. Den Körper unter Plattenpanzern geschützt und Schweißperlen auf der hohen Stirn, musterte er sie mit einem Blick, den sie nicht zu deuten wagte.

Ihr wurde übel.

4

Mesar stand neben der Fensteröffnung und bemerkte die im Wald verschwindende Gestalt mit dem Kind im Arm. Er seufzte. Alles würde ein schlimmes Ende nehmen. Dann langte er nach dem zu einem Seil geschnürten Netz und zog es hoch. Er knüpfte die Tuchstücke auseinander und flocht sie ums Bett wie zuvor.

Konrad von Hartstein öffnete, plötzlich wach geworden, die blassen Augen, und als Mesar seinen Blick bemerkte, seufzte er noch einmal.

»Hartmut ist tot, mein Herr. Ulf wird herrschen.«

Konrads Unterlippe zitterte. »Hartmut«, sagte er mit schwacher Stimme. Der Mann war kaum zu verstehen, so sehr waren die Lippen angeschwollen von all den Beulen und Pusteln, die ihm die Krankheit schon beschert hatte. Eine Träne lief aus einem glasigen Auge und tropfte auf das Lacken.

Als er fertig war, hakte Mesar die Daumen in den Gürtel und stellte sich breitbeinig neben das Bett des Burgherrn. »Es tut mir leid.«

Das Monster. Mesar stand da und wusste nicht, was er tun sollte. Ulf schien ihm das größere Monster in dieser Burg, doch Konrad schaute ihn aus einem schrecklich entstellten Gesicht an. Die Tränen des Alten berührten ihn zutiefst, und einen Augenblick lang zweifelte Mesar daran, den Befehl ausführen zu können.

Bis Konrad ihn flehend anblickte. »Rette dein Leben. Rette das Leben dieser Frau. Erlöse mich.«

Mesar war Waffenknecht im Dienst seines Herrn. Kein Richter. Kein Priester. Ihm stand es nicht zu, über Gut und Böse zu entscheiden. Er zog dem Alten also das Kissen unter dem Kopf weg und drückte es auf sein Gesicht.

Wenige Atemzüge später verwünschte er sich dafür. Es war selbst bei einem vom Aussatz geschwächten alten Mann keine

Leichtigkeit, auf diese Weise den Erstickungstod herbeizuführen. Konrad lag einige Zeit da, ehe er sich zu wehren begann. Sein Körper spannte sich und krümmte sich wie eine Bogensehne, die Arme begannen auf ihn einzuschlagen, die Finger kratzten über das Eisen seiner Armschützer und versuchten auch Mesars Gesicht zu treffen, was ihnen aber nicht gelang.

Mesar drückte immer kräftiger zu, beobachtete, wie die Beine des Alten wie wild auf die Bettstatt hämmerten, sich in seiner Decke verwickelten und schließlich in ein unkontrolliertes Zucken übergingen. Dann ließen auch die Arme von ihm ab, und alles Leben wich aus dem Burgherrn.

Mesar nahm das Kissen von Konrads Kopf und blickte in eine Fratze, der der Rotz über die Wange lief und die Augen aus den Höhlen getreten waren. Er musste dem Mann auch den Kiefer gebrochen oder wenigstens ausgerenkt haben, denn er hing seitlich hinab. Aber das Erschreckendste war: Konrad von Hartstein sah nicht tot aus, eher wie ein … Ungeheuer, das jeden Moment wieder um sich schlagen könnte.

Er ließ den Polster fallen. Dann wandte er sich Helena zu.

Mesars Schritte knirschten im Kies des Burghofs nicht nur unter dem Gewicht seines eigenen Körpers. In seinen Armen trug er Helena, die mit zerfetztem Kleid, hängendem Kopf und baumelnden Armen wie eine Leiche aussah. Sie war entstellt, nur noch eines ihrer Augen war sichtbar, das zweite zugeschwollen, von einer Beule umhüllt, die selbst die Nasenspitze zu überragen schien. Teile ihres Haars über dem linken Ohr waren ausgerissen, die Schultern schillerten in Abendrottönen.

Mesar ließ die Frau vor Ulf auf den Boden fallen, wobei er darauf bedacht war, ihren Kopf zu schützen.

Ulf stieß sie mit der Schuhspitze an. »Ist sie tot?«

Mesar machte eine verneinende Geste.

»Wo ist das Kind?«

Mesar schilderte, dass er keines vorgefunden hatte. Von der Gestalt, die mit dem Kind im Wald untergetaucht war, erzählte er nichts.

Ulfs Gesicht verfärbte sich. Er trat noch einmal nach Helena. »Wo ist dieser Hundsfott? Sprich oder sollen wir dich noch einmal verprügeln? Wir können das gut, und ich verspreche dir, dass du nicht sterben wirst, auch wenn du es dir noch so sehr wünschst.«

Er packte Helena am Kleid, riss sie zu sich heran und schüttelte sie. Seine rechte Hand umfasste einen Stein und hing drohend in der Luft. Ein einziger wuchtiger Schlag konnte sie für alle Zeit entstellen. »Wo?«, tobte Ulf und holte zum Schlag aus.

In diesem Moment öffnete sich das Burgtor quietschend, und eine blasse Gestalt, gefolgt von einem Dutzend Dorfbewohnern, erschien davor.

Ulf ließ Helena achtlos in den Staub fallen und richtete sich auf. »Pater Dejan.«

Der blasse, kahlköpfige Kartäuser kam mit langen Schritten näher und funkelte Ulf an. »Ein Bote hat mir berichtet, was vorgefallen ist. Was, glaubt Ihr wohl, können wir aus der Frau noch herausbekommen, wenn Ihr sie tötet?«, knurrte Dejan überraschend mutig.

»Ein Bote?« Ulf funkelte Mesar an und ballte die Fäuste wie ein trotziges Kind, dem man etwas weggenommen hatte. Er wischte sich eine an der Stirn klebende Haarsträhne zur Seite. »Ihr seid in meiner Burg und erteilt mir Rügen?«

Dejan erwiderte seinen Blick mit eiserner Entschlossenheit. »Wenn nur die Hälfte von dem stimmt, was mir berichtet wurde, dann ist dieser Ort verflucht. Dann seid Ihr es auch. Dann ist vor allem sie verflucht.« Sein knochiger Zeigefinger schnellte vor und zeigte auf die am Boden kauernde Helena. »Es ist Sache Gottes, was hier geschah. Und als Angelegenheit des Herrn sind wir zuständig dafür. Wir nehmen diese Frau jetzt mit. Wir werden sie befragen.«

Fassungslos bemerkte Ulf, wie immer mehr Dörfler in den Burghof strömten. Er selbst hätte es mit zehn von ihnen aufnehmen können, Mesar auch, aber mehr Kämpfer hatte Ulf im Augenblick nicht. Die anderen hatte er ja auf die Suche nach Johannes fortgeschickt. Nur ein paar wenige Knechte und Mägde waren noch in der Burg. Der Mönch hatte ihn überrumpelt.

Dejan wies seine Begleiter an, Helena in ihre Obhut zu nehmen. »Und gebt mir das Buch.«

»Welches Buch?«

»Das Buch, das in ihrer Tasche war. Ich weiß, dass Ihr es nicht lesen könnt.«

»Was gebt Ihr dafür?«, feilschte Ulf.

»Euer Seelenheil. Nur der Teufel handelt mit der Kirche. Seid Ihr der Teufel?«

Mesar sog die Luft ein.

5

Helena konnte ihr Glück kaum fassen, als sie die weißen Mauern des Klosters vor sich am Waldrand aufleuchten sah. Hier musste sie sicher sein, denn dies musste der Ort sein, den die Magd ihr angekündigt hatte. »Mönche«, hatte sie gesagt. Hier musste auch Hanns sein. Die Mönche würden sie und ihr Kind beschützen.

Schon als sie Ulfs Burg verlassen hatten, hatte ihr Herz einen Freudensprung gemacht, und trotz der quälenden Schmerzen hatte sich ein Lächeln auf ihrem Gesicht abgezeichnet. Sie hatten sie auf einen Karren gelegt, vor den ein Esel gespannt war, und das Anwesen mit eiligen Schritten verlassen.

Kurz darauf bereute Helena ihre Freude bereits. Die Straße war so holprig, dass der Karren immer wieder über Steine polterte und sie durchrüttelte. Es wäre selbst für einen Gesunden eine ungemütliche Reise gewesen, in Helenas Zustand war sie jedoch fatal. Sie stöhnte unter den Schmerzen, die ihr jeder Stoß verlieh. Mühsam drehte sie sich auf den Bauch und versuchte sich hochzustemmen.

»Ich bin eine Königin«, murmelte sie. »Hört Ihr? Eine bosnische Königin, die vor den Türken flieht.«

Dann fiel sie wieder in einen tiefen Schlummer. Als sie daraus erwachte, bemerkte sie einen der Dörfler, die an ihrer Seite liefen. Sie erntete von ihm einen vernichtenden Blick.

Ihr fiel ein, dass sie unter keinen Umständen davon sprechen durfte, dass sie einst eine Königin gewesen war. Die Königswürde hatte nur den Tod gebracht, und mit einem Mal fragte sie sich mit einem beklemmenden Gefühl, ob sie es nicht schon wieder getan hatte. Ihre Sinne waren völlig durcheinander. Wo waren Johannes und Hanns? Sie wusste es nicht mehr, fiel wieder in Ohnmacht und wachte erst auf, als sie das Kloster erreicht hatten und der Wagen endlich anhielt.

Das gräuliche Totenkopfgesicht jenes Mannes, den Ulf zuvor Pater Dejan gerufen hatte, tauchte vor ihr auf. In seinen Augen lag keine Emotion, er schien sie zu betrachten wie ein Stück Vieh. Dennoch ließ sie sich dazu verleiten, ihm ein »Danke« entgegenzuhauchen. Auch wenn er eine furchterregend abweisende Erscheinung hatte, sie hatte dem Mann zu verdanken, dass sie noch lebte.

Da zitterten seine Mundwinkel und hoben sich so weit, dass seine gelben Backenzähne sichtbar wurden. »Danke nicht mir, danke *Gott*, mein Kind. Denn nun wirst du uns die Wahrheit erzählen. Glaube mir. Das wirst du.«

6

Eilfertige, grobe Hände hatten sie in ein nach Schweinemist stinkendes Leinentuch gesteckt und es mit einer Kordel um die Hüften zugeschnürt. Danach schabte ein stumpfes Messer über ihre Kopfhaut, und hinter ihren Tränen bemerkte Helena, wie ihr schwarzes Haar in Büscheln auf den Boden fiel. Ihren kahlen Kopf steckten sie in einen Pferdetrog. Das Wasser war so kalt, dass es schmerzte. Als sie ihren Kopf wieder herauszogen, nannten sie ihn »sauber«.

Während Helena nach Luft schnappte, fühlte sie sich zumindest in dem Sinne wie neugeboren, dass sie zuvor hatte befürchten müssen, in dem Eiswasser zu ertrinken.

Sie brachten sie in einem fensterlosen, kahlen Raum unter, in dem in einer Ecke nur ein Haufen Stroh verteilt worden war. Das sollte offenbar ihre Bettstatt sein. Manchmal brachte ihr ein Mönch ein heißes Gebräu, das widerlich schmeckte, ihr aber nach und nach Kraft zu geben schien. Ihre Schmerzen gerieten zu einem steten Wummern, das kaum zu lokalisieren war, ihr ganzer Körper fühlte sich geschunden und elend an.

Eine Woche war inzwischen vergangen, seit sie hier im Kloster untergebracht worden war. Zu den alten Schmerzen hatten sich längst neue gesellt, denn schon bald hatte sie einsehen müssen, vom Regen in die Traufe geführt worden zu sein.

Sosehr sie auch darum bettelte, ihr Kind sehen zu dürfen, sie bekam Hanns nie zu Gesicht. Sie wimmerte, schrie, doch die herzlosen Seelen starrten sie nur mit blutleeren Lippen an und schienen durch sie hindurchzublicken.

Und schließlich kam Helena sich selbst so vor: wie eine leere Hülle, ein Körper, dem man die Seele entrissen hatte.

»Woher hast du dieses Buch?«, wiederholte die Stimme, die wie eine quietschende Tür klang. Der Mann sah sie aus einem blassen Gesicht an, in dem die Augen schimmerten, als lägen sie tief unter Wasser. Seine Wangen waren aufgebläht, rötlich leuchtend wie pralle Äpfel, und bildeten Schatten um die Backenknochen, sein Unterkiefer mahlte.

Ein Feuer prasselte im Kamin, dennoch fühlte sich das Zimmer Pater Brunos, des Priors der Kartause von Seiz, klamm und kalt an.

Bruno war ein stets lächelnder Mann, der nach Knoblauch roch. Nun saß er vor Helena auf einem Schemel, knetete seine roten, kurzen Finger und wippte mit den Beinen.

»Wir sind hier seit Ottokar III. und feiern in zwei Jahren unser dreihundertjähriges Bestehen.« Die Worte des Priors brachten Helenas Ohren zum Klingeln. »Ottokar, seine Frau und sein Kind sind hier bei uns begraben, und seit damals ist viel geschehen. Wir haben viel gesehen. Aber noch nie suchte eine *Königin* bei uns Unterschlupf. Eine *Königin* mit einem seltsamen Buch.« Wieder betonte er das Wort wie die Pointe eines schlechten Scherzes.

»Ich bin keine Königin«, erwiderte Helena verärgert darüber, dass ihr das im Delirium herausgerutscht war. »Es gibt keine bosnischen Könige mehr«, fügte sie leise hinzu.

Prior Bruno lächelte immer noch, und sie glaubte, er würde auch lächeln, wenn man ihm ein Messer in die Hand drücken würde, um jemanden zu ermorden. Der Prior wirkte insgesamt wie ein Mensch, der kein Hehl daraus machte, zwei Seelen in sich zu bergen, wobei die sichtbare, freundliche eindeutig die falsche war. Unter der Fassade musste sich mehr verbergen.

»Du behauptest also, die Frau Stjepans zu sein?«

Ihr drehte sich der Magen um. Sie musste im Dämmerzustand gebrabbelt haben und belauscht worden sein.

»Maria, die vor den Türken flieht«, für Prior Bruno fort. »Weißt du eigentlich, dass es schon Geschichten über dich gibt? Manche sagen, du seist in Ragusa untergetaucht. Als Hafenhure, die sich den Kaufleuten feilbietet.« Die Zungenspitze des Priors fuhr über seine Unterlippe. »Andere meinen, du seist nach Venedig geflohen. Direkt in die Arme eines reichen Beamten, der dich den eitlen Gecken, die dort um den Dogen wuseln, vorführt. Ich kenne auch tragische Geschichten, die davon erzählen, dass du letztlich doch erwischt worden seist und auf dem Sklavenmarkt von Konstantinopel zu einem hohen Preis in irgendeinen Harem der Heiden verscherbelt wurdest. Und doch bist du nun hier und behauptest, ebendiese Königin zu sein. Hier bei mir in Seiz. Ts, ts …«

Helena starrte auf ihre Fußspitzen. Sie war unglaublich töricht gewesen. Dieser Mann wog die Worte ab und fällte dann Urteile, die endgültig sein konnten. Wer wusste, welche Schlüsse er aus ihrem fiebrigen Gemurmel zog …

»Ich habe aber auch gehört, dass Marias Leiche gefunden worden sei«, fuhr er fort. »Und sie muss es gewesen sein, denn sie trug die Kleider einer Königin und sah aus wie sie. Nun ja, wenn man davon absieht, dass sie entstellt von ihren Verletzungen war und tagelang im Dreck eines Schlachtfelds gelegen hat. Man hat ihr die Kehle aufgeschnitten und ein Pferd auf sie trampeln lassen.«

Helenas Blick verschleierte sich wieder. Die Last der Schuld, die sie spürte, kehrte zurück und drohte sie zu erdrücken. Dass sie die Rollen mit ihrer Magd getauscht hatte, hatte den Tod der jungen Frau bedeutet und auch ihr selbst seither kein Glück gebracht.

»Ich frage mich also«, fuhr Prior Bruno fort, »wenn sie die Königin war, wer bist dann du?«

Helena wischte sich die Tränen aus den Augen und versuchte einen trotzigen Blick aufzusetzen.

»Und ich frage mich, mein Kind: Woher hast du dieses Buch?« Er wedelte damit vor ihr herum. Dann schlug er es auf, blätterte darin und machte ein missbilligendes Gesicht. »›De aere nigro‹.« Sein Doppelkinn waberte unter seinem Kopfschütteln. »Weißt du überhaupt, was das heißt? Hast du eine Ahnung, was du da mit dir herumträgst, mein Kind? Mein armes, verwirrtes Kind?«

Helena konnte nicht sagen, was ihr mehr Unbehagen bereitete: seine Stimme, das Geheimnis um dieses Buch oder die Tatsache, dass er sie als »mein Kind« bezeichnete. Etwas Bedrohliches ging davon aus, so als würde er sein Bedauern darüber ausdrücken, sie bald züchtigen zu müssen.

Augenblicklich begann sie zu zittern. Der kalte Raum, der harte Steinboden und die vielen Verletzungen, die nur langsam verheilten, hatten ihren Körper geschwächt. Sie fühlte sich außerstande, sich einer Konfrontation mit einem Geistlichen auszusetzen, und hatte Mühe, Worte zu finden, um sich zu verteidigen.

»Bitte, lasst mich mein Kind sehen«, brachte sie mühsam hervor, doch sie bekam keine Antwort.

Stattdessen schrillte die Stimme des Priors so unangenehm laut und hell wie ein über Stein kratzendes Axtblatt. »Woher hast du dieses Buch, Weib? Hast du es gestohlen? Von wem?«

»Nein, nicht gestohlen«, gab sie schnell zurück und bereute ihre Antwort sogleich.

Prior Bruno hob belustigt eine Augenbraue. Er leckte sich wieder über die Unterlippe und hinterließ dort feine Bläschen. Im Takt eines ihr unbekannten Lieds tippte er auf den Buchumschlag. Seine Fingernägel waren so weit abgekaut, dass die Kuppen rosa schimmerten.

Helena empfand unglaublichen Ekel vor diesem Mann. Aber da war noch mehr. Eine Belustigung, die aus seinen Augen blitzte, eine beängstigende Belustigung. Dieser Kerl ergötzte sich an ihrer Furcht.

Sie schauderte. Ihre Knie schlotterten.

»Och, das Kind zittert ja«, sang der Prior mit zugespitzten Lippen, ließ sie dabei aber keine Sekunde aus den Augen. »Wie das Kind süß bibbert«, wisperte er erneut, und Helena hatte mit einem Mal die Gewissheit, es mit einem Verrückten zu tun zu haben. Er kicherte. Wischte sich einen Speicheltropfen aus dem Mundwinkel. Im nächsten Moment lief sein Schädel wieder rot an, und er brüllte: »Sprich, Weib!«

Helena wankte. Sie schluchzte.

In diesem Moment drangen vom Gang her sich nähernde energische Schritte bis zu ihnen vor. Jemand lief über die Holztreppe empor, dann über den balkonartigen Vorbau bis zur

Pforte des Zimmers, in dem sie sich befanden. Zwei heftige Schläge an der Tür.

Prior Bruno musterte Helena noch einmal abschätzig, schnalzte dann verärgert mit der Zunge, machte einen Schritt von ihr fort und rief: »Pater Dejan, komm herein.«

Als sich die Tür öffnete, huschte ein verblüffter Ausdruck über das hagere Gesicht des neuen Besuchers. »Woher …?«

»Ich bitte dich. Ich kenne dich, ich kenne euch alle.« Der Prior wirkte nun wieder amüsiert. Er genoss offenbar seine eigene Schlauheit, die zuweilen als hellseherische Fähigkeit gedeutet wurde, nur weil er seine Mitbrüder schon am Klang ihrer Schritte erkannte.

»Pater Bruno«, hob der Mönch an, »Ihr wisst, dass die Bruderschaft das nicht dulden kann. Diese Frau bringt uns in Gefahr.«

Der Prior legte ein sardonisches Grinsen auf. »Aber *sie* ist es doch«, säuselte er, »die in Gefahr ist. Wenn wir sie nicht beschützen, wird Ulf sie schänden und hängen und wer weiß was sonst noch mit ihr anstellen.«

Pater Dejan wagte kaum, den Blick zu heben. »Pater Bruno. Ich bitte Euch. Auf ein Wort. Draußen. Ohne sie.« Sein Blick huschte kaum merklich zu Helena herüber.

Sie erinnerte sich mit einem Mal an Johannes' Schilderung. Dies musste der Mönch sein, dem er im Wald begegnet war, ein hagerer, viel zu großer Mann mit einem totenkopfähnlichen Gesicht, blutleer und mit faulenden Zähnen. Ausgerechnet dieser Mönch, Dejan, hatte sie aus den Klauen des Monsters Ulf gerettet, und Helena wusste nicht, ob sie ihm dafür danken oder ihn verfluchen sollte. In den letzten Tagen war ihr die seelische Qual in dem Kloster schlimmer vorgekommen als alle körperlichen Strafen zuvor.

Der Prior erhob sich, schenkte Helena einen gönnerhaften Blick und bat sie, ihn zu entschuldigen.

Im Kreuzgang gingen Bruno und Dejan mit gesenkten Köpfen, ehe Dejan schließlich das Schweigen brach und mit gepresster

Stimme begann, seinen Überlegungen freien Lauf zu lassen. »Ihr kennt die Gerüchte um diese Frau, die im Wald auftauchte und bei den Vogelfreien lebte. Man sagt, sie verzaubert die Männer. Niemand weiß, woher sie kommt.«

Der Prior schmunzelte. »Sie behauptet, eine Königin zu sein.«

»Und Ihr wisst auch, mein Prior, in welcher Zeit wir leben. Die Nigromantie greift um sich, Johannes Hartlieb hat das alles geschildert.« Dejan sprach »Das Buch aller verbotenen Künste« an, welches der Gelehrte Hartlieb nach dessen Studium in Wien verfasst hatte. Das Buch war im Jahr 1456 herausgekommen und erschütterte nicht nur die Glaubensgemeinschaften, Berichte daraus waren in aller Munde und ließen vom einfachen Händler bis zum Kaiser das hastige Kreuzzeichen zu einer ständigen Routine werden. Von magischen Salben, die von Hexen hergestellt wurden, war in dem Buch ebenso die Rede wie von magischen Reisen, Verwandlungen in Tiergestalten und halsbrecherischen Ritten auf Besen. Hartlieb löste mit der *ars nigromantiae*, der Schwarzen Kunst, eine kollektive Furcht aus.

»Natürlich kenne ich Hartliebs Geschichten«, versetzte der Prior schroff. »Und bevor du mich weiterhin belehrst, ich habe auch den ›Formicarius‹ des Johannes Nider gelesen, obwohl der ein Dominikaner war. Nider hat vom Ameisenstaat berichtet und davon, dass jeder Mensch seine Rolle wie im Ameisenhaufen zu erfüllen habe.«

»Ja, und unsere Aufgabe ist es, dafür zu sorgen, dass alle im Haufen auf dem rechten Weg bleiben«, gab Dejan hitzig zurück. »Prior, versteht Ihr nicht? Dieser Frau wird nachgesagt, dem Wald selbst entsprungen zu sein. Wie ein Geist. Und dann bekam sie auch noch ein Kind. Sie wird uns heimsuchen. Es wird nicht mehr lange dauern, bis die Ernte ausfällt.«

»Ich weiß«, versetzte der Prior. »Und sie ist im Besitz von ›De aere nigro‹, dem Buch der schwarzen Luft.«

»Dem *was*?«

»Diese Schrift berichtet von Gängen unter unseren Gotteshäusern und den alten Burgen. Sie beinhaltet Pläne und Beschreibungen dieser Gänge und verherrlicht sie als Orte des alten Wissens. Es ist ein dummes Werk. Ohne Essenz. Aber es ist gefährlich. Und blasphemisch, weil es behauptet, dass es ein Geheimnis gebe, das nicht einmal unsere Kirche kenne. Oder sagen wir, das sie gekannt habe, es aber in Vergessenheit geraten sei.«

»Wie dem auch sei«, sagte Dejan einen Hauch zu ungeduldig. »Die Frau ist schwach wie alle Frauen.«

Prior Bruno warf ihm einen kurzen Blick zu. »Natürlich ist sie das«, erwiderte er schließlich. »Wie könnte es anders sein? Sie ist eine *Frau*, leichtgläubig, schwach bei Verstand und körperlich fragil.«

»Aber ich sage auch, sie ist ein Produkt des *mille artifex*, des Tausendkünstlers, des größten Scharlatans von allen – des Teufels selbst.«

Prior Bruno blieb bestürzt stehen. »Bruder Dejan, gehst du mit deinen Anschuldigungen nicht ein wenig zu weit?«

»So? Dann sollten wir das prüfen. Mit einem Exorzismus.«

»Nein, zunächst sollten wir mit ihr *reden*. Das sollte genügen, um herauszufinden, ob du recht hast und in ihr wirklich der Teufel steckt.«

Pater Dejan musterte den Prior mit einem argwöhnischen Ausdruck im Gesicht. »Findet Ihr sie schön, mein Prior?«

Prior Bruno klappte der Mund auf. »Was fällt dir ein?«

»Sie *ist* schön, Bruder. Wir haben sie geschoren, und sie ist am ganzen Körper verletzt – doch sie ist immer noch so schön anzuschauen. Ist das nicht Beweis genug? Sie vermag sogar, uns Mönchen schön zu erscheinen. Das *ist* doch Teufelswerk, seht Ihr das nicht?«

Prior Bruno zog die Mundwinkel ein und schürzte die Lippen, ehe er geräuschvoll Luft durch die Nase ausblies. Er wusste, was Nider für die schlimmste Lust von allen hielt – die fleischliche Lust. Und sofort schlug sein Herz schneller, wenn er an die Möglichkeit dachte, dass ihm die Frau des Nachts als dämonischer Succubus den Samen rauben könnte, um diesen einer anderen Frau einzusetzen. Das Kind, das aus einer solchen Tat entstehen würde, wäre ein Wechselbalg, ein nicht minder dämonisches Wesen. Nicht auszudenken, wenn er, der Prior von Seiz, Samenspender eines solchen Wechselbalgs wäre.

»Also gut«, gab Prior Bruno sich geschlagen, »finden wir es heraus. Finden wir heraus, ob diese angebliche Königin nichts weiter als ein betrügerischer Dämon ist. Und finden wir heraus, von wem sie dieses Buch hat und wo die anderen Bücher sind. Denn wo eines ist, müssen mehrere sein.«

7

Die Pferde sanken im Dreck der Straße bis über die Hufe ein, und auf ihren Sätteln saßen, in schmutzige Rüstungen gezwängt, grimmige Gesellen.

Sie führten ihre Rösser zwischen Scheunen und Holzhütten hindurch, die mit Öffnungen versehen waren, aus denen sich dünne Rauchfahnen in den grauen Tag züngelten. Die Schilfdächer ließen die Gebäude wie geduckte Verstecke wirken. Schweine jagten grunzend ein ausgemergeltes Huhn, und in der Ferne kläffte ein Hund.

Die Reiter, ein Dutzend an der Zahl, näherten sich dem Marktplatz des winzigen Dorfes, einer offenen Stelle, in deren Mitte ein Pfahl steckte. Davor kauerte eine Frau auf den Knien, ihr geschundener Körper war nach vorn gebeugt. Die Hände hatte man ihr auf den Rücken gebunden und am Pfahl fixiert. Speichel tropfte ihr aus dem Mund.

Es hatte erst vor Kurzem aufgehört zu regnen, und vom Boden stieg Dampf auf, als würde er brennen. Der Frau gegenüber hatten die Dorfbewohner eine Reihe von Brettern aufgelegt, sodass der Prior, der auf einem Schemel saß, seine Schuhe nicht beschmutzen musste. Prior Bruno hob sein Kinn und sagte mit nasaler und Barmherzigkeit vortäuschender Stimme: »Steh auf, mein Kind.«

Sie rührte sich nicht, schien ihn auch gar nicht gehört zu haben. Stattdessen war sie weiter nach vorn gesunken, ihre Arme streckten sich unter ihrem Gewicht.

»Du sollst dich erheben, Hexe!«, brüllte Pater Dejan nun, und einer der Dorfbewohner, der der Frau am nächsten stand, hieb mit einem Stock auf ihren Rücken.

Helena stöhnte und erhob sich mit zitternden Beinen. Ihr Kleid fiel vollends von ihr ab, gerissen an den Trägern und aufgezerrt von den zahllosen Schlägen. Man hatte ihr den Stoff zuvor nur notdürftig auf den Leib gelegt. So stand sie nun nackt inmitten der gaffenden Dorfbewohner, die offenbar mit Neugierde feststellten, dass sie Blutergüsse am ganzen Körper hatte. Ein Raunen ging durch die Menge, doch es war kein Mitgefühl darin zu spüren, sondern eher die Nervosität, einer Ausgeburt des Teufels so nah zu sein. Ein Stein flog in weitem Bogen auf sie zu und traf Helena am Kopf.

»Au«, rief Helena und schämte sich sogleich dafür. Sie hatte schon ganz andere Schmerzen aushalten müssen, sie hatten ihr das Haupt rasiert, sie entblößt, ihr wehgetan, und dennoch hatte sie den absurden Gedanken, sich ihre Würde nicht nehmen lassen zu wollen, indem sie die widerlichen Torturen mit ihren Schmerzenslauten unterstrich.

Der Prior hob eine Hand und gebot der Menge Einhalt. In diesem Augenblick erreichte die Gruppe zu Pferd den Dorfplatz.

Ulf, der Schinder, wie ihn die Bewohner dieses Landstrichs nur unter vorgehaltener Hand nannten, landete mit einem lauten »Platsch« im Dreck, als er absaß. Doch das schien ihm nichts auszumachen.

Er warf einem seiner Begleiter die Zügel zu, nestelte an seinen mit Eisenplatten verstärkten Lederhandschuhen herum und rückte sein Schwert, das an einem Gurt um seine Hüfte befestigt war, zurecht. Eine unnötige Geste, die aber auch noch den Letzten, der an seiner Kampfbereitschaft Zweifel hegte, in die Schranken gewiesen hätte.

Er würdigte den Prior keines Blickes, sondern ging geradewegs auf Helena zu.

Grinsend hob er ihr Kinn an. Ihr linkes Auge war immer noch geschwollen, und die Lippen waren aufgeplatzt. Aus dem einen Auge funkelte sie ihn an.

Ulf machte drei klackende Laute. »Immer noch voller Zorn? Immer noch nicht gebrochen? So viel Temperament ...«

Helena sagte etwas, doch keines ihrer Worte war zu verstehen.

Ulfs Grinsen wurde breiter. »Ich hätte schon früher hier sein können, aber ich dachte mir, du solltest Zeit zum Nachdenken haben. Wie ich sehe, haben auch die Mönche dich nicht gebrochen. Du schaust immer noch trotzig drein. Ich mag das.«

Er packte sie am Hals und näherte sich ihr so weit, dass seine Nasenspitze die ihre fast berührte. »Mir ist dieses Buch völlig gleich. Und der, der den Boten gespielt und den Pfaffen erzählt hat, dass wir dich auf der Flucht erwischt haben, hängt bereits vor dem Burgtor. Ich will nur eines: dass du meine verdammte Sklavin wirst. Meine Hure. Und wenn du nicht gehorchst, lasse ich dich wieder hierherbringen. Vielleicht fällt mir aber auch Schlimmeres ein. *Königin.*«

Als er wieder von ihr abließ, wollte Helena etwas erwidern, aber weder das gelang ihr, noch hatte sie die Kraft zu weinen.

Ulf wandte sich nun zum ersten Mal lautstark Prior Bruno zu, der ihn irritiert anstarrte und ob seines erfolglosen Versuchs, Ulfs Worte aufzuschnappen, beleidigt wirkte.

»Wenn Ihr erlaubt, verehrter Prior, ich nehme diese traurige Gestalt in meine Obhut. In meiner Burg werde ich sie lehren, gehorsam zu sein, sie wird dafür büßen, was auch immer sie getan hat. Ich werde für eine gerechte Strafe sorgen.«

Der Prior hob die Augenbrauen, funkelte Ulf zornig an, und dennoch brachte er das Kunststück zuwege, dabei zu lächeln. »Nun, verehrter *Herr.*« Dieses Wort betonte er lange. »Die Sache stellt sich wohl doch etwas komplizierter dar …«

Pater Dejan ergänzte, indem er den Prior mit scharfem Ton unterbrach: »… denn diese Frau ist eine Hexe. Und Hexen kann man nicht einfach freilassen. Sie muss gestehen. Und dann wird sie bestraft. Und verbrannt.«

Ulf machte einen Schritt auf die beiden Mönche zu, denen nicht entging, dass seine rechte Hand dabei wieder auf dem Schwertknauf ruhte. Die Pferde seiner Waffenbrüder schnaubten im Hintergrund, und die Dorfbewohner beobachteten angespannt, was der Nachmittag noch bringen würde.

Auch Dejan entging offenbar nicht, dass sich die Stimmung verändert hatte. Dennoch blieb er beharrlich. »Dieses Weib macht Salben im Wald. Es verhext gleichsam Männer wie Frauen. Und es hat einen Dämon geboren, der ihr nur von einem Incubus entsprungen sein kann.«

»Einem was?«

»Ein Nachtalb. Und falls Ihr davon auch noch nie gehört habt: Das ist ein Wesen, das sich auf die Frauen legt und ihnen Kinder einpflanzt«, dozierte Dejan herablassend. »Ein Dämon, ein schreckliches Wesen. Dieses Weib trug einen Wechselbalg in sich.«

Ulf blähte die Backen und machte ein gespielt überraschtes Gesicht. »Seid Ihr da ganz sicher? Ich sah nur eine harmlose Frau mit einem Kind. Und einem Buch in der Tasche, welches Ihr wohl an Euch genommen habt. Seid Ihr denn damit nicht zufrieden?«

»Seht Ihr etwa den Mann, der seinen Samen zu diesem Kind gegeben hat?«

Ulf hatte nun das Podest erreicht, auf dem sich die Mönche befanden. Mit zwei Schritten stand er vor Dejan. »Und wenn ich Euch sage, dass *ich* der Vater bin?«

Dejans Mund klappte auf, und ein kollektives Luftholen der Menge wirkte wie ein Rauschen im Herbstwald. Dejan machte einen Schritt zurück, bekreuzigte sich und warf dem Prior einen hilflosen Blick zu. »Bruder Bruno, ich …«

Die Mimik des Priors war wie versteinert. »Dejan, beruhige dich. Ulf macht Scherze, über die keiner lacht. Was erlaubt er sich? Incubi und Succubi sind nichts, was wir negieren dürfen. Im ›Formicarius‹ des Johannes Nider steht, dass sie Nachkommen zeugen können, und wenn dem so ist und wir es hier mit einem solchen Fall zu tun haben, dann Gnade uns Gott …«

»Formi… was? Seit dieser Gutmann Bücher druckt, dreht die Welt durch. Ich sehe nur, was ich sehe, und das ist eine Frau, die übel zugerichtet an einem Marterpfahl hängt.«

»Gutenberg, er heißt Johannes Gutenberg, nicht Gutmann, du Banause«, presste Pater Dejan kaum hörbar zwischen den Zähnen hervor.

Ulf fixierte ihn wütend. »Ihr gebt die Frau augenblicklich frei …«

»Sonst was?«

8

Nach all dem Leid der letzten Stunden hätte Helena am liebsten aufgeschrien und geweint. Als sie sie von dem Pfahl losschnitten, konnte sie sich nicht mehr aus eigener Kraft halten und sank in die Arme eines von Ulfs Begleitern. Seine Hände steckten in Handschuhen, dennoch empfand sie seine Berührung an ihrer Brust entwürdigender als ihre gesamte Nacktheit vor aller Augen.

Der Mann hob sie hoch, betrachtete sie schamlos und gierig und trug sie grinsend quer über den Platz. Ulf, der mittlerweile wieder auf seinem Pferd saß, packte sie an den Armen und zog sie vor sich in den Sattel. Immer noch splitternackt, umschlang Ulf sie mit seinen Armen, eine Hand hielt den Zügel, die andere ihren Bauch. Einen Moment schien er unschlüssig, bevor er schließlich einem seiner Begleiter den Umhang abnahm und Helena damit bedeckte.

Kurz darauf kehrten sie dem Dorf den Rücken zu, der Prior und sein Pater befanden sich immer noch auf ihrem Podest, und auch die Dorfbewohner hatten sich nicht von der Stelle gerührt. Niemand sagte etwas, und so begleitete sie das unheilvolle Schweigen, bis sie aus dem Dorf waren.

Ulfs Lippen berührten fast Helenas Ohr, als er sprach. »Sie werden in der Kartause von Seiz eine neue Kapelle bekommen, die zugleich Gruft unserer Familie sein wird. Außerdem habe ich versprochen, einen Gesandten zum Maler Thomas von Villach zu schicken, damit der diese Kapelle zum schönsten Ort des Klosters macht. Ich habe ihn außerdem gebeten, ein Stück vom Kreuz Christi mitzubringen oder einen Fetzen seiner Apostel, mir ist es gleich. Hauptsache, die Pfaffen bekommen ihre Reliquie. Und überdies bete ich das Paternoster, ein oder zwei Dutzend Mal, ich habe es schon wieder vergessen. Alles das nur für dich, meine Königinnen-Hure. Nur für dich. Ich weiß, du kannst mir im Augenblick nicht danken. Aber wenn du wieder bei Kräften sein wirst und deine schreckliche Glatze wieder von Haaren bedeckt ist, möchte ich, dass du mir deinen Dank zeigst. Tag für Tag, Stunde um Stunde.« Er schlang den Arm fester um ihren Bauch und drückte seine Lenden in ihr Kreuz. »Hast du mich verstanden? Du wirst mir *danken.*«

Manderdinger und Haris duckten sich verzweifelt in ihre Kapuzen. Sie hatten sich unter die Dorfbewohner gemischt und konnten sich nur mit Mühe zurückhalten. Es war unmöglich gewesen, Helena beizustehen. Die Mönche hätten die Dorfbewohner aufgescheucht, sie zu meucheln, und als Ulf mit seinen Waffenknechten aufgetaucht war, war ohnehin nicht mehr an Gegenwehr zu denken gewesen. Es waren einfach zu viele. Sie wären einen zwar ehrenvollen, aber für Helena keineswegs hilfreichen Tod gestorben.

Dennoch konnte Haris sich kaum noch beherrschen. »Es muss doch etwas geben, was wir tun können«, zischte er.

In diesem Moment fielen die ersten Schneeflocken. Silbern tanzten sie um ihre Gesichter und breiteten sich über dem Wald aus, dessen herbstliche Farbenpracht sich still und ergeben in ein winterliches Schimmern verwandelte.

Manderdinger schloss die Augen und lächelte. Als er die Augen wieder öffnete, blinzelte er den Flocken entgegen. »Du wirst sehen. Es ist bald so weit.«

VI

Venedig

1

1464

Venedig, die Serenissima Repubblica di San Marco, die Durchlauchtigste Republik des Heiligen Markus, leuchtete aphrodisierend im Morgenlicht. Doch nicht einmal die fröhlichen Rufe der im Canal Grande stakenden Gondolieri in ihren bunten Gondeln vermochten seine Laune zu heben.

Balthasar erhob sich langsam von seinem Betstuhl in der Kirche San Giacomo di Rialto, deren gewaltige Uhr am Eingangsportal eines der jüngsten Errungenschaften der Stadt war, und begab sich hinaus, um dem Pagen, der ihn abgeholt hatte, auf die hölzerne Brücke zum Rialto zu folgen. Sie war der einzige Übergang über den Canal Grande, und Balthasar war trotz der gewöhnungsbedürftigen Brisen vom Fischmarkt her glücklich darüber, wenigstens in ihrer Nähe zu wohnen. Nicht nur weil sich hier das Geschäftszentrum Venedigs befand, sondern weil er keine Lust hatte, den Kanal auf den bedenklich schaukelnden Booten zu überqueren.

Vor etwas mehr als hundert Jahren hatte der Doge die Anweisung gegeben, diese bunten Gondeln bauen zu lassen, um wenigstens den reichen Venezianern mehr Bewegungsfreiheit zwischen den Kanälen zu bieten. Diese spezielle Bootsform, die aus den acht Holzarten Ulme, Mahagoni, Birke, Eiche, Linde, Kirsche, Walnuss und Lärche bestand, war nirgendwo sonst auf der Welt zu bewundern und somit Teil des Zaubers geworden, der die Lagunenstadt seit jeher zum Sehnsuchtsort für Abenteurer und Geschäftsleute machte. Balthasar Eckenperg hatte dennoch schlechte Laune.

»Mein Herr«, vernahm er die Stimme des Pagen hinter sich. »Der Doge erwartet Euch. Wir müssen uns beeilen.«

Und weil sie den Schritt über die Brücke erhöhten, geriet Balthasar jetzt auch noch ins Schwitzen.

Aus den hölzernen Läden, die die Brücke säumten, funkelten die Werke der Gold- und Silberschmiede, es roch nach exotischen Kräutern, die endlich auch den Fischgestank des Marktes übertünchten, und fast wäre Balthasar beim Anblick eines vollkommen schwarzen Menschen gestolpert. Er hatte schon Zeichnungen von dunklen Menschen gesehen, war aber noch nie einem begegnet. Man sagte sich, dass solch ein Leibeigener fünfzig Dukaten kosten würde, eine ansehnliche, aber nicht unleistbare Summe. Dieser hier, ein stolzer, breitschultriger Kerl, war in die bunten Kleider seines Herrn gezwängt worden, der sich mit seiner Erscheinung brüstete. Wie überhaupt der Venezianer per se ein Angeber und Geizhals war, fand Balthasar mürrisch. Die reichen, stets in Schwarz gekleideten Patrizier der Stadt schickten ihre Töchter sogar ins Kloster, um sich die Mitgift zu ersparen. Und es war ein offenes Geheimnis, dass sich die Tore des Klosters Santa Maria della Celestia Freiern öffneten, damit sich Männer gegen Geld mit den armen Töchtern der Reichen vergnügen konnten.

Die Venezianer bildeten sich immens viel ein auf ihre Geschäftstüchtigkeit, ihre Macht und auf ihre brodelnde, bebende Stadt.

Mit einem Mal wurde Balthasar bewusst, wie viele Menschen sich auf der Brücke tummelten. Hier, im Zentrum des persischen Handelshofs, der sich ebenso in Rialto befand, waren auch viele dunkelhäutige, wenngleich nicht ganz so schwarze Menschen wie der Leibeigene von zuvor unterwegs. Und Balthasar fielen die Schauergeschichten von der Hochzeit des Marchese di Ferrara ein, die man sich hier gern erzählte. Damals, im Jahr 1444, hatten so viele Schaulustige das Hochzeitspaar sehen wollen, dass die Brücke eingestürzt war. Fast jeder in der Stadt kannte jemanden, der bei diesem Unglück ums Leben gekommen war. Er hoffte inständig, dass die neue Brücke stabiler war.

Als sie schließlich durch die engen Gassen von San Marco liefen, wurde Balthasar ein weiterer Nachteil dieses Ortes bewusst. Venedig, die sumpfige Lagune, die sich anschickte, zwischen den Flüssen Piave und Adige eine Weltmacht zu werden, konnte eine unerträgliche Schwüle aussenden. Er vermutete, weil die Venezianer mit diesem Umstand viel besser zurande kamen als ihre Besucher, benahmen sie sich gleich um eine weitere Nuance selbstherrlicher. Noch mehr hasste er nur das Oberhaupt dieser Stadt, Cristoforo Moro, den Dogen. Nicht weil er ihn kannte. Das tat er ja gar nicht. Sondern weil er ihn, den Münzmeister Kaiser Friedrichs III., wochenlang hatte warten lassen, bis er ihm endlich einen Pagen schickte. Und jetzt mussten sie rennen, und er war schweißgebadet.

Balthasar verstand den Dogen nicht, denn gerade Leute wie er mussten hier im Augenblick doch höchst willkommen sein. Im Handelsimperium war man immer schon am Geld der anderen interessiert gewesen. Seit Kaiser Konstantin trotz der Hilfe der Truppen des genuesischen Hauptmanns Giovanni Giustiniani Longo 1453 Konstantinopel an die Osmanen verloren hatte, aber mehr denn je. Mehmeds Heer und der Einsatz einer bis dahin nie gesehenen gewaltigen Kanone aus Ungarn hatten dem Widerstand der Stadt und damit Ostroms ein Ende bereitet. Doch nicht Venedig trieb nun Handel mit den Osmanen, es war Ragusa, dieses dahergelaufene Stück Land am Rande des unbedeutenden Bosnischen Königreichs, das sich den Happen schnappte und die Heiden umgarnte.

Dem Dogen von Venedig musste es deshalb wohl gelegen kommen, dass Balthasar Eckenperg vor dem Mob in Graz hatte fliehen müssen.

Wie passend, dass ihm Kaiser Friedrich zuvor noch einen Wink gegeben hatte und er sechzigtausend Goldgulden mit sich zerrend in Richtung Adriaküste hatte entkommen können.

Der Doge müsste den Münzmeister des Heiligen Römischen Reichs doch wie seinesgleichen hofieren und ihn sich fühlen lassen, als herrsche auch er über die Welt. Ganz verkehrt war der Gedanke ja nicht, schließlich machte Balthasar Geschäfte mit den Herrschern aller möglichen Reiche, da konnte einem das Plätschern der Gondoliere wie das Klimpern von Gold erscheinen.

Erst als Balthasar den Markusplatz erreichte, im Schatten seiner kühlenden Arkaden auf den Palast des Dogen zuschritt und eine Meeresbrise ihn kühlte, hellte sich seine schlechte Stimmung ein wenig auf. Immerhin befand er sich nicht gerade am schlimmsten Ort der Welt und hätte ja auch bei seiner Flucht hierher Wegelagerern in die Hände fallen können.

Als er dann endlich den Dogenpalast betrat, begrüßte ihn Cristoforo Moro mit seiner lächerlichen goldenen Mütze, gehüllt in einen mit Gold- und Silberfäden gewirkten Damastmantel, in roten Socken und roten Schuhen, und ein wuchtiger goldener Siegelring am Ringfinger seiner rechten Hand ließ ihn endgültig eitel und hochmütig wirken. Schmale Lippen und eine Hakennase verliehen ihm das Aussehen einer alten Krähe, die es auf die Schwachstellen der anderen abgesehen hatte, als wären die ihr einziges Vergnügen. Balthasar musste achtgeben, dass Moro keine Gelegenheit fand, zuzuhacken. Das wenig einnehmende Äußere des Dogen bestärkte sich dadurch, dass er auf einem Auge blind war und Balthasar kaum bis zur Schulter reichte, und doch hütete er sich davor, diesen Mann zu unterschätzen. Er war schließlich einer der reichsten Menschen in einer der reichsten Städte der Welt.

Der Doge erwartete ihn im Arco Foscari, einem Bogengewölbe, das zur Scala dei Giganti führte, in der Moro einst zum Dogen inthronisiert worden war. Da und dort standen noch Gerüste, die eine neue Fassade verhüllten, doch Balthasar kam nicht umhin, die schillernde, üppige Baukunst zu bewundern.

Unter anderen Umständen hätte Balthasar sein Urteil längst gefällt und den Dogen ebenso als eitlen Gecken wie alle anderen Venezianer identifiziert. Doch die Sachlage erwies sich im Augenblick etwas differenzierter, denn Moros Stirn war nicht zu Unrecht in tiefe Falten gelegt. Er brauchte Balthasars Geld ganz offensichtlich mehr als je zuvor.

Vor Moro befand sich ein Pult, auf dem ein Langschwert lag, eine Waffe, mit der Balthasar an sich nichts anfangen konnte. Das Stechen und Schlagen war nicht sein Metier, er bevorzugte mächtigere Waffen. Geld zum Beispiel. Und da Balthasar einen Blick dafür hatte, war ihm sofort klar, dass es sich bei diesem Exemplar um eine ganz besonders kostbare Waffe handelte.

Ohne sich mit einer Begrüßung des Exilanten aufzuhalten, begann Moro. »Dieses Langschwert wurde von Papst Pius II., Ihr kennt ihn gewiss, geweiht. Es ist aus Silber, mit Gold und Juwelen verziert. Ein Einzelstück, gefertigt von den besten Juwelieren und Waffenschmieden des Vatikans. Doch sosehr diese Waffe auch glänzt, im Lichte der Aufgabe, die dahintersteht, trübt sich ihr Glanz. *Türkische Truppen haben unsere griechische Festung Argos besetzt, Kardinal Bessarion will uns zum Glaubenskrieg überreden, zur Koalition gegen die Osmanen.* Doch die Frage ist nicht, ob wir das *wollen*. Die Frage ist viel mehr, ob wir das *können*.«

»Ihr meint«, schob Balthasar eine Bemerkung hinzu, ohne den Blick von dem Schwert abwenden zu können, »ob Ihr Euch das leisten könnt.«

Jetzt umspielte eine einem Lächeln nicht unähnliche Regung Cristoforo Moros Mundwinkel. »Venezianer lieben Kaufleute wie Euch, denn sie verstehen schnell und reden nicht um den heißen Brei herum.«

Balthasar zog in einer Gleichgültigkeit ausdrückenden Geste die Schultern hoch. »Es ist doch immer so: Für den Handel muss man auch Kapital in die Sicherheit des Warenverkehrs investieren.«

»Euer Schaden wird es nicht sein, Eckenperg. Wir sprechen morgen weiter.« Er legte ein samtenes schwarzes Tuch über das Schwert. »Und: Ihr dürft weiterhin in der Stadt bleiben.« Der Doge wandte sich ab und schien plötzlich gefangen von einer der nach frischer Farbe riechenden Wandmalereien. »Jedenfalls solange wir verhandeln. Genießt die Stadt, denn noch fehlt es uns an Künstlern, die ihre Schönheit zu bannen wissen. Bis dahin sind wir also im Augenblick gefangen und müssen uns auf unsere Erinnerungen verlassen. Kunst, wisst Ihr, Kunst ist alles. Krieg zerstört nur. Er ist nur schön auf diesem Schwert.«

Balthasar verneigte sich etwas ratlos und nicht minder verärgert. Er verließ den Arco Foscari im Innenhof des Dogenpalasts, fassungslos über die herablassende Kürze der Audienz. Seit Wochen wartete er nun. Der Doge hatte ihm kaum mehr als ein halbes Dutzend Botschaften gewährt. Stets verbargen sich hinter seinen Worthülsen kryptische Bemerkungen und undurchsichtige Andeutungen. Und jetzt, wo Balthasar ihn endlich zu Gesicht bekam: wieder nur ein Zugeständnis, dass er hier im Exil geduldet werde. Mehr noch: Vom Wohlwollen des Dogen hing im Augenblick sogar sein Leben ab.

Auf dem Markusplatz erwartete ihn der Page mit aufgeregter Miene und von einem Bein aufs andere zappelnd.

»Was ist nun schon wieder?«

»Nachricht von daheim, mein Herr.«

***

Der berittene Bote, der die Botschaft überbracht hatte, war längst nicht mehr im Haus. Wahrscheinlich besoff er sich gerade in irgendeiner Spelunke in San Polo, oder aber er schlief bereits tief und fest nach der anstrengenden mehrtägigen Reise.

Nachdem Balthasar die Nachricht zum wiederholten Male gelesen hatte, blickte er wieder aus dem Fenster auf den großen Kanal hinaus. Er hing schweren Gedanken nach.

Der Page stand unschlüssig im Schatten des Zimmers, ehe Balthasar ihn ansprach.

»Such diesen Boten. Er soll so schnell wie möglich wieder zurückreiten.«

»Mein Herr, darf ich fragen, ob Ihr wieder in die Heimat dürft?«

Balthasar schaute seinen Diener gedankenverloren an.

»Braucht Euch der Kaiser wieder?«

»Nein, nicht der Kaiser«, sagte Balthasar mürrisch. »Viel schlimmer. Und jetzt verschwinde und hör auf, mich mit Fragen zu löchern. Für eine Abreise ist es noch zu früh.«

Dann stellte er sich ans Schreibpult, tauchte die Feder ins Tintenfass und schrieb: »Eure durchlauchtigste Majestät …«

2

Balthasar Eckenperg, geboren 1425 als Sohn des angesehenen Grazer Bürgers Ulrich Eckenperg, war seit Jahren Münzmeister der Prägestätte Graz, er arbeitete als selbstständiger Unternehmer und Pächter und machte damit reichlich Gewinn, solange die Produktionskosten für eine Silbermünze niedriger waren als der Wert der Münze selbst. Die Gewinnspanne hing dabei von der Pachtgebühr des Kaisers ab. Doch gerade diese Gebühr wurde von Mal zu Mal höher, und so war es irgendwann nicht mehr anders gegangen, als den Feingehalt und das Stückgewicht der Münzen zu reduzieren. Daher enthielten Eckenpergs Münzen immer weniger Silber und immer mehr Kupfer, was zur grotesken Situation führte, dass jene, die mit seinen Münzen zahlten, immer weniger dafür bekamen.

Sogar im benachbarten Kärnten hatten diese minderwertigen Silberlinge Aufsehen erregt, und Pfarrer Jakob Unrest aus St. Martin am Techelsberg hatte diese Münzen in aufgebrachten Schriften als »Schinderlinge« beschrieben, die ein gewisser »Egckhperg aus Graz« herstelle.

Die Affäre hatte sich ausgeweitet, immer mehr Menschen hatten sich beschwert und Münzen nach den alten Geprägen, die noch das richtige Gesamtgewicht hatten, gefordert. Um hundertachtzig Pfennig konnte man sich mit diesen Schinderlingen bald nicht einmal ein Paar Schuhe kaufen, sogar die alten Böhmischen Groschen oder Pfennige waren mehr wert.

Kaiser Friedrich III. war unter Druck geraten, der Staat war bankrottgegangen, Balthasar hatte fliehen müssen.

Während Balthasars Exils in Venedig war der Kaiser genötigt gewesen, zu reagieren, und hatte Löhne und Preise per Erlass festgeschrieben: Fortan durfte ein Paar Stiefel nicht mehr als fünfzig Pfennige kosten, ein Pfund Rindfleisch nur zweieinhalb, und der Tageslohn für Maurer und Zimmerer lag bei achtzehn Pfennigen, ein Steinträger erhielt dagegen acht.

Balthasar wusste das alles, ließ sich von seinen Verbindungsleuten stets unterrichten, und er lotete auch aus, was ihn eine Rückkehr in die Heimat kosten würde – das Leben oder nur ein paar Kisten voller Münzen. Aber vor allem überlegte er, was es ihn kosten würde, wenn er Venedig zu rasch verließ, jetzt, wo er mit Moro langsam ins Geschäft kam.

3

Die Schreie unterbrachen Johannes' Gedanken immer wieder und ließen ihn zusammenzucken. Das Leben hatte ihn in jenen Kerker gespült, von dem jeder wusste, dass es aus ihm kein Entrinnen gab. Das erzählten sie doch schon den kleinen Kindern in Graz – aus diesem Verlies komme niemand mehr heraus. Wer hier landete, der war verloren.

Er erinnerte sich daran, wie er als kleiner Bub oft fasziniert auf diesen Felsen mitten in der Stadt gestarrt hatte. Oben auf den Türmen standen die Wächter, die mit stolzgeschwellter Brust und elend langen Piken die Brüstung entlangschritten. Manchmal schaute einer von ihnen herunter und rief: »Schleich dich!«, an anderen Tagen winkten sie ihm zu. Er stellte sich vor, dass es unglaublich aufregend sein musste, eine Festung zu bewachen.

Einmal drangen furchtbare Schreie vom Berg herab. Jedes Mal, wenn er den Stock auf den nackten Rücken knallen hörte, folgte ein weiterer Schrei des Mannes, und Johannes fragte sich, wie lange ein Mensch das aushalten konnte. Die Hiebe rissen einem doch die Haut vom Leib. Er fragte seinen Vater Ulrich danach, doch der scheuchte ihn nur aus dem Zimmer. Er müsse rechnen, habe keine Zeit für dämliche Fragen. Er solle sich schleichen.

Schleichen, das sagten die Grazer ganz häufig und meinten damit, dass man fortgehen solle, und das noch möglichst leise und unauffällig, so fehl am Platz sei man.

Wie gerne Johannes das nun, wo er die Perspektive gewechselt hatte, getan hätte … sich still und heimlich davonschleichen wie einst aus der Stube des Vaters. Doch anstatt von draußen auf den Berg zu starren, saß er jetzt *in* dem Berg. Tief drinnen in einem der Käfige.

Er zitterte, fieberte und hungerte.

Licht fiel kaum durch die schmalen Fensterritzen, die unerreichbar waren. Der Stein, auf dem er saß, war feucht und glitschig von seinen eigenen Ausscheidungen, aber unter der Hornhaut seiner aufgerissenen Fußsohlen spürte er auch die Kötel der Ratten. Oder die Ratten selbst, die immer frecher wurden und sich näher heranwagten. Wann würde es so weit sein, und die erste dieser Bestien würde ihn beißen?

Es stank, und eisige Böen zogen von Zelle zu Zelle. Einmal fragte er einen der Wärter, ob es draußen schon schneie, doch er erhielt als Antwort nur ein »Halt's Maul«.

Tage vergingen. Wochen vergingen. Wahrscheinlich auch Monate. Er wusste es längst nicht mehr. Mit den körperlichen Qualen stiegen auch die seelischen. Nichts deutete darauf hin, dass man ihn freizulassen gedachte. Und niemand sagte ihm, warum er überhaupt in den Kerker hatte müssen.

Über die Kälte hinweg hatte er gar nicht bemerkt, dass die Schreie des Ausgepeitschten aufgehört hatten. Eine Holztür schwang auf, und zwei Wachen, krummbeinige, buckelige Kerle, schleiften den Insassen zurück in seine Zelle. Er hatte Stockschläge bekommen, zwanzig an der Zahl, so wie alle paar Wochen.

Die Wachen sperrten den Käfig ab und verließen die Höhle. Der Geschlagene rührte sich nicht, und Johannes beobachtete ihn mit seltsamem Interesse. Die Stockschläge verursachten nicht nur hässliche Striemen, sie ließen die Haut auch aufplatzen und die Wirbelsäulenknorpel und ein paar Rippen zum Vorschein kommen.

Johannes näherte sich dem Opfer der Schläge, so weit er konnte, und wisperte ihm zu. »Steh auf. Bleib nicht liegen. Die Muskeln werden steif. Der Schmerz wird dich lähmen. Du wirst sterben. Halte dich warm. Irgendwie.«

Keine Reaktion. Er hatte gehört, was der Mann getan hatte. Er hatte für seine Frau und seinen kleinen Sohn Essen gestohlen. Äpfel vom Markt, einmal Brot vom Bäcker und einmal – das war der Moment gewesen, in dem sie ihn erwischt hatten – eine Münze. Die hatte er aber ausgerechnet einem kleinen Mädchen aus dem Beutel geschnitten. Das Mädchen hatte geschrien. Und ehe er verschwinden konnte, hatten sie ihn geschnappt, und er hatte feststellen müssen, dass er das Mädchen eines Wohlhabenden bestohlen hatte. Und wer die Reichen bestiehlt und selbst kein Reicher ist, der musste das bitter bereuen. Das war das gottgegebene Gesetz.

»Die haben noch gelacht über mich«, hatte der Mann vor ein paar Tagen gesagt, als ihn die Prügel noch nicht mundtot gemacht hatte. »Die haben noch gelacht, weil es sich nur um einen fast wertlosen Schinderling gehandelt hat. Nun sterbe ich also für einen Schinderling.«

Der Mann rührte sich immer noch nicht.

»Steh auf«, zischte Johannes ihm zu. *Schinderling.* Das Wort ging ihm nicht mehr aus dem Kopf. Jemand verteilte also minderwertiges Geld.

4

Der Doge oder Serenissimo Principe, durchlauchter Prinz, wie er sich von seinen Landsleuten gern nennen ließ, hatte Balthasar schließlich noch einmal empfangen, und auch wenn es mittlerweile Winter geworden war, so war letztlich alles gut ausgegangen. Christoforo Moro kam mit ihm ins Geschäft. Mit Balthasars Geld finanzierte er seinen ohnehin nur widerwillig durchgeführten Kreuzzug, Balthasar erhielt dafür die Versicherung, Handel treiben zu dürfen. Einen Vorgeschmack bekam er mit einer Wagenladung Wein aus Dalmatien, aus dem unter osmanischer Herrschaft stehenden Griechenland und aus Venetien, abgefüllt in den kostbaren Behältnissen der Glasbläser aus Murano.

Mit Kaiser Friedrichs Freibrief, dass ihm in der Heimat nichts geschehen würde, hatte Balthasar sich also mehr oder weniger zufrieden mit seiner Ehefrau Radegunde aufs Festland eingeschifft und erreichte Graz mit schmerzendem Kreuz und steifen Knien nach tagelanger Reise mit der Kutsche. Er hatte das Reisen immer schon gehasst.

Doch anstatt sich lange mit Jammern aufzuhalten, kümmerte er sich sogleich ums Geschäft. Die neuen Münzen hießen Kreuzer. Sie waren Legierungen aus Silber und Kupfer, und sechzig Kreuzer entsprachen etwa einem Goldgulden. Die Zeit der Schinderlinge war Geschichte. Alles war wieder gut.

Nahe dem ersten Sack der Stadt Graz stank die Kotmur, ein kanalartiger Zufluss der Mur, unter den Fäkalien, die die Bewohner in Tonnen sammelten und ins Gewässer schütteten. Und obwohl Balthasar einige Monate im venezianischen Exil verbracht hatte, und das noch dazu im Rialto, wo sie jeden Morgen ihre Fische feilboten, was auch nicht gerade die besten olfaktorischen Noten verbreitete, sehnte er sich nach einem Leben im luftigen Castrum weit draußen am Fuße des Plabutsch, der Bau machte jedoch noch immer zu wenig Fortschritte, um zu einer dauerhaften Residenz zu werden.

In seiner Abwesenheit war kaum etwas weitergegangen, was bedeutete, dass er sich auch darum kümmern musste. Die neue Heimat für seine Familie, inmitten von Äckern und Weilern und Waldflecken, fort aus dem Schatten des Gefängnisfelsens und fort aus dem Schatten des Kaisers, das war im Augenblick alles, was Balthasar sich wünschte.

Der Tag seiner Rückkehr ging schon fast wieder zur Neige, als ihn sein Page an eine Angelegenheit erinnerte, die er schon beinahe wieder vergessen hatte. Er würde sie tags darauf erledigen.

***

Die Waffenknechte der Burg formierten sich im Innenhof. Beim Anblick der in Eisen stehenden Männer konnte er gar nicht anders, als Herzrasen zu bekommen. Die Rüstungen blitzten sauber, und die Waffen spiegelten sich im Licht der Mittagssonne. Der Kaiser war wieder da, sein Münzmeister auch, kein Wunder also, dass in der Sporgasse die Leute aufgeregt zusammenliefen, als Balthasar mit seiner Eskorte zur Burg hinaufschritt. Würden sie ihn hinrichten? An den Pranger stellen?

Balthasar wusste, dass nichts von alldem geschehen würde, auch wenn er dem Pöbel fast ein wenig Abwechslung gegönnt hätte. Er hatte auf seinen Reisen durchs alte Karantanien, die jetzigen Herzogtümer Krain und Kärnten bis in die Weststeiermark, mit eigenen Augen gesehen, wie armselig die Menschen auf dem Land lebten. Er konnte nicht verstehen, wie dumm sie waren und in der Einöde ihr Dasein fristeten, wenngleich er natürlich wusste, dass das auch an Leuten wie ihm lag, die sie ausbeuteten, um das Reich als Ganzes zu stützen und zu festigen. Gott hatte es so gewollt, Gott machte die Regeln, nicht er. Nein, er würde dem Pöbel heute keine Abwechslung bescheren.

Ihre Schritte echoten durch die hohen Hallen, hier drinnen war es noch einmal deutlich kühler. In Venedig schwebte die laue Meeresluft zwischen die Häuserzeilen, in Wien und Neustadt ging immerfort der Wind, aber hier, im steirischen Regierungszentrum des Kaisers, blieb die Luft oft tagelang unbeweglich und trieb den Leuten im Sommer schon den Schweiß aus den Poren, wenn sie sich nur von den Schemeln erhoben. Im Winter aber ließ einen die Kälte manchmal regelrecht erstarren.

Balthasar zwang sich, trotz der vor Kälte schmerzenden Glieder aufrecht zu gehen, das Kinn vorgereckt, die Augen starr geradeaus. Kein Zwinkern, kein Mundzucken, kein fahriges Mit-den-Fingern-übers-Gesicht-Wischen. Es war schwer, einem Eckenperger gegenüberzustehen, ohne sich klein und minder zu fühlen. Und doch gab es eine Person in der Stadt, die ihn in die Knie zwang. Wortwörtlich. Die Flügeltüren zum Thronsaal öffneten sich. »Eure Majestät …«

VII

Der Kurier des Kaisers

1

Wenn Johannes etwas von seinem Vater gelernt hatte, dann, dass er den Rücken gerade halten solle – ganz gleich, was geschehe. So schwierig das unter manchen Umständen auch war, er bemühte sich redlich, unter den spitzen Klingen, den Schlägen und Tritten aufrecht zu bleiben. Sie hatten ihn aus einem Dämmerschlaf geweckt, seine Ketten von der Wand gelöst und trieben ihn nun durch die feuchten Gänge, vorbei an den finsteren Verliesen und Käfigen, vor sich her. Sein Herz raste. Würden sie ihn nun auch mit Stockhieben drangsalieren? Würden sie ihn quälen, foltern oder einfach aufhängen vor aller Leute Augen?

Auch nach Wochen in den Kasematten wusste er nicht, was ihm vorgeworfen wurde.

»Ein Irrtum«, murmelte er, während sie ihn vor sich hertrieben. Alles sei ein Irrtum, und er habe eine Sache zu berichten, die keinen Aufschub dulde. Sie alle würden es bereuen. Bitterlich bereuen. Er wusste, dass er wie jemand klang, der den Verstand verloren hatte, und doch konnte er nicht anders. »Sie kommen!«, rief er.

Da traf ihn ein harter Faustschlag in die Nieren. Johannes schrie auf und ging zu Boden.

Einer der Wärter stand plötzlich über ihm. »Halt dein Maul. Du wirst heute hängen oder leben. Das hängt davon ab, ob du meinen Rat beherzigst oder nicht. Und ich sage: *Halt dein Maul.*«

Den Rest des Weges legten sie tatsächlich schweigend zurück, doch nicht etwa weil Johannes sich hatte einschüchtern lassen, sondern weil der Schlag ihm solche Schmerzen bereitete, dass er kein Wort mehr hervorbrachte. Bis sich eine Tür abzeichnete und ihn gleißendes Licht blendete.

Johannes ließ es zu, dass ihm die Stofffetzen an seinem Körper heruntergerissen wurden und ihm ein Eimer kalten Wassers über den Kopf geschüttet wurde. Er fragte sich, ob es üblich war, die Leute zu waschen, bevor man sie folterte oder hinrichtete. Noch feucht, stülpten sie ihm ein Hemd über den Kopf, das ihm bis zu den Knien reichte. Er blinzelte und betrachtete das nahezu strahlende Weiß, das ihn jetzt bedeckte. Fast hätte er bei dem Anblick geweint. Aber er hatte keine Zeit dafür, denn schon packten ihn erneut starke Hände an den Armen und zerrten ihn mit sich fort. Diese Männer waren kräftiger, gingen schneller, und mit jedem Schritt machten ihre Rüstungen scheppernde Geräusche. Es klang, als würden Köchinnen in einer Küche hantieren, und Johannes musste an die lustigen Abzeichen der Janitscharen denken, jener türkischer Einheiten, die zu großen Teilen aus geraubten christlichen Jünglingen bestanden. Die Knaben wurden in den Acemi-oğlan-Schulen ausgebildet und zum Islam bekehrt. Sie lebten nur für den Krieg, waren Sklaven und wurden lediglich mit Essen bezahlt. Deshalb waren ihre Rangabzeichen auch durch gekreuzte Kochlöffel gekennzeichnet. Vier Kochlöffel waren ein Aschdschi-Baschi, ein Oberkoch. In der Schlacht trugen sie Suppenkessel als Standarten.

Johannes musste grinsen, als er daran dachte, wie er als Johanniter einmal einem Suppenkessel-Janitscharen begegnet war. Er war so verdutzt gewesen, dass er sekundenlang mit offenem Mund auf dem Schlachtfeld gestanden hatte. Die Kriege, die Schlachten, die Zweikämpfe, das alles hatte sich tief in ihn eingegraben.

Sie durchmaßen lange überdachte Gänge, sprangen über einige Stufen und erreichten schließlich einen hohen, weiten Saal, der von Fenstern, fast so groß wie jene in der Ägidiuskirche, gesäumt war. Zwischen den Öffnungen hingen gewaltige Wandteppiche, ein hölzernes Wappen, welches ein Drachentier zeigte, das aus allen Körperöffnungen brannte und unheimlich aussah. Flaggen hingen reglos an langen Stangen, Borten und Quasten zierten die Fensterrahmen.

Der Raum war ansonsten nahezu leer. Auf einem Podest befand sich lediglich ein Stuhl mit hoher Lehne, davor stand ein langer Eichentisch, auf dem sich allerhand Schalen und Teller befanden, die aber kaum mit Essen beladen waren. Da und dort ein Kanten Brot, ein Stück Käse, zwei verschrumpelte Äpfel. Das Mahl sah erbärmlich aus, und doch erschien es Johannes im Augenblick wie ein Festessen. Ihm lief das Wasser im Mund zusammen.

Im Hintergrund huschte eine Gestalt aus dem Raum und verschwand. Vor dem Tisch schien ihn jemand zu erwarten, die Waffenknechte, die Johannes hierhergeführt hatten, entfernten sich an die Ränder des Saals, sodass es Johannes beinahe schien, als wären er und der Mann, der ihn erwartete, allein.

Johannes kam langsam näher und spürte, wie ihn sein Gegenüber abschätzig musterte.

»Du bist also wirklich jener stolzer Junge, der einst in die Welt auszog, um Ruhm und Ehre zu erlangen?«

Johannes durchfuhr ein Zittern. Die Stimme seines Halbbruders kam ihm unwirklich vor. Als schwebte er in einer schemenhaften Erinnerung, die ihm im Augenblick gar nicht willkommen war. Er konnte kaum an sich halten, um sich nicht gleich auf die Essenreste auf dem Tisch zu stürzen.

»Du bist also jener Kerl, der sich einst Sohn meines Vaters nennen durfte? Jener Mann, der heute Schande über seine Familie bringt?«

Johannes blickte auf. »Ich bringe keine Schande. Nur eine Warnung, die ich an den Kaiser aussprechen wollte.«

Balthasar hielt ihn zurück, drückte seine Lippen dicht an sein Ohr und zischte: »Ein Wort noch und du landest wieder im Verlies. Und hör auf, auf das Essen zu starren. Wir waschen dich. Machen dich gesund. Du kannst bald essen, so viel du willst. Dann kannst du vor den Kaiser treten.«

»Aber –«

»Johannes.« Balthasar nahm Johannes' Gesicht in die Hände. »Ich bin wegen dir zurück aus dem Exil. Der Kaiser braucht Geld. Der Kaiser hat andere Sorgen als deine. Wenn er das Geld hat, hört er dich an. Bis dahin sei bitte still und warte. Andernfalls sind wir beide tot.«

Johannes blickte in den Schatten hinter dem Thron und auf die dunkle Tür. Dort hinten irgendwo musste sich der Kaiser befinden. Das Ziel seiner langen Reise. Sehnsüchtig starrte er auf das spärliche Essen auf dem Tisch.

»Denk nicht einmal daran. Der ganze Hof isst nicht vor Mittag«, flüsterte Balthasar. »Unter diesem Kaiser hungern die Menschen im Kerker genauso wie die, die draußen sind.«

Johannes wandte sich ab. Was wusste sein Bruder, der Eckenperger, schon vom Kerker?

2

Johannes zuckte vor Schmerzen, als ihm eine der Mägde Balthasars mit einem Schwamm über den zerschundenen Rücken fuhr.

»Was hast du? Bist du in Gedanken immer noch im Kerker? Du solltest das ablegen. Jetzt ist die Zeit gekommen, neugeboren zu werden.«

Johannes schloss die Augen und blies genervt durch die Nase. Seit sie ihn aus dem Palast zu Balthasars Stadthaus geführt hatten, hatte sich sein Bruder nicht mehr blicken lassen. Immer wieder schrubbten sie seinen Körper, immer wieder fiel er in einen Dämmerschlaf, und wenn er wach war, konnte er sich nicht daran erinnern, wie er hierhergekommen war. Immer wieder schreckte er hoch und vermeinte, den Dürren zu sehen, der sich ihm näherte und vorhatte, an ihm zu nagen.

Der Dürre. Johannes dachte daran, wie er eines Tages aus seiner Zelle gezerrt worden war. Es hatte dafür nur eines halbherzigen Rucks eines der Wärter bedurft. Johannes hatte das Gesicht des Dürren im Halbdunkel gesehen. Es hatte noch im Tod gegrinst, schien ihn zu verhöhnen und daran zu erinnern, dass er selbst eines Tages aus der Zelle geworfen werden würde.

Johannes wusste, dass in Wahrheit schon einige Tage seit seiner Entlassung aus dem Kerker vergangen waren, doch er fühlte sich immer noch elend. Die Schmerzen, das Schwächegefühl und der allgegenwärtige Dürre. Im Augenblick lehnte er am Fenster und funkelte ihn streitlustig an.

»Du tust so, als gäb's mich nicht, nicht wahr? Du hast Angst davor, dass sie dich für verrückt halten.« Er lachte, und Johannes schloss die Augen. Diese Stimme, er ertrug sie nicht mehr. Vom Anblick ganz zu schweigen.

»Hör auf«, zischte Johannes, und die Magd machte erschrocken einen Satz zurück.

Der Dürre lachte auf, und Johannes entschuldigte sich fahrig bei der Frau.

In diesem Moment sprang die Tür auf, und Balthasar flutete den Raum mit seiner Masse an bunten Tüchern, die er um den Körper trug, und seiner flötenden Stimme.

»Bruder!«, rief er lachend. »Du siehst schrecklich aus.«

Johannes schrak auf und erwiderte die Feststellung mit einem vernichtenden Blick. »Wo warst du denn so lange? Ich habe dringende Botschaft für den Kaiser, und du lässt dir monatelang lang Zeit, mich aus dem Kerker zu holen, und jetzt werde ich auch noch tagelang geschrubbt und gemästet.«

Balthasar machte eine ungeduldige Handbewegung, und die Magd lief eilig aus dem Raum. Als sie die Tür hinter sich schloss, machte er schmale Augen. »Gegenfrage«, zischte er angriffslustig. »Wo ist das Buch?«

Wenig später saßen die beiden in einem anderen Raum. Johannes konnte sich wieder nicht erinnern, wie er hierhergekommen war, wer ihn getrocknet und angezogen hatte. Doch er wusste, dass er Balthasar von seinen Reisen und Erlebnissen erzählt hatte. Von Rhodos, der Begegnung mit den Akindschi und der seltsamen Reisegruppe, die er zu retten versucht hatte. Wenigstens ließ sich die Erscheinung des Dürren nicht blicken, solange er mit seinem Halbbruder sprach.

Balthasar schürte das Feuer in seinem Haus im ersten Sack von Graz, das sich noch vor dem Sitz der Reiner Mönche am Stadttor mit dem dazugehörigen Torturm befand, und reichte Johannes einen Becher mit Wein. »Trink das. Der Tropfen unseres Bruders Hans aus Radkersburg wird dir schmecken, er hat den sauren Wein mit Gewürzen und etwas Zucker wunderbar schmackhaft gemacht. Aber hör mir jetzt gut zu. Der Kaiser selbst war es, der mir die Erlaubnis erteilte, ja eigentlich den *Befehl*, aus den schwarzen Münzen, den minderwertigen Pfennigen, Silberkreuzer mit einem geringen Silberwert zu prägen. Diese Münzen nannten die Leute bald ›Schinderlinge‹, weil sich schnell herausstellte, dass sie kaum etwas wert waren.« Er zuckte mit den Schultern, als wäre es ihm gleichgültig.

»Aber warum sollte er das tun?«

»Du hast keine Ahnung, wie sehr Friedrich in Schwierigkeiten ist. Er war jung, als er Kaiser wurde, und alle Welt fragt sich immer noch, warum ihn die deutschen Kurfürsten überhaupt auf den Thron gesetzt haben. Der Mann löst die Probleme im Reich nicht, und weil er angeblich bis zu Mittag schläft, nennen sie ihn überall ›des Heiligen Römischen Reichs Erzschlafmütze‹, kannst du dir das vorstellen? Dabei sind die Geschichten nicht wahr. Friedrich arbeitet ununterbrochen, lässt jeden Tag Dutzende Dokumente verfassen und sinnt ständig über Möglichkeiten nach, sein Reich abzusichern. Er arbeitet in seinem Schlafgemach, das ist die Wahrheit. Außerdem hatte er zwei Mündel – Sigmund und Ladislaus –, die Tirol und Ungarn zurückhaben wollten. Der Ungar Johann Hunyadi griff die Steiermark an, die eigenen Untertanen stürmten Neustadt, und nur durch Andreas Baumkircher, den du, wie ich gehört habe, ja schon kennengelernt hast, überlebten Friedrich und seine Frau Eleonore. Dann wurde der Graf von Cilli ermordet, der Kaiser bekam dessen siebzig Herrschaften, die Ungarn wählten eigene Könige, die Böhmen auch, überall Krieg, überall zu bezahlende Söldnerheere wie ebenjenes von Baumkircher. Der Kaiser brauchte Unsummen. Und Leute wie ich besorgten sie ihm. Und weil er sie nicht mehr zurückzahlen konnte, bot er mir zuerst den Münzmeistertitel an und schließlich das Recht, minderwertiges Geld zu machen. Das ist alles.«

»Das ist alles … Damit du andere betrügen kannst und dir das Geld so zurückholst.«

Balthasar zuckte abermals mit den Schultern. Eine Geste, die zu seiner Marotte geworden zu sein schien. »Einerlei. Es war des Kaisers Wille und damit Gottes Wille. Und wenn ich das Geld nicht von ihm bekomme, bekomme ich es so.«

Johannes verkniff sich eine Bemerkung, denn Balthasar sprach bereits weiter.

»Ich weiß, was du denkst. Aber so macht es Friedrich immer. Das ist die Realität. Auch wenn sie dir nicht gefällt. Spiel mit oder verliere. Und das bringt mich gleich zum nächsten Punkt: dem verdammten Buch. Wo ist es?«

Johannes blickte auf. »Du weißt von dem Buch?«

Balthasar wischte ungeduldig durch die Luft. »Natürlich weiß ich davon.«

»Aber … das verstehe ich nicht. Woher …?«

»Hör zu, es ist jetzt keine Zeit für lange Erklärungen. Ich habe dich aus dieser Hölle im Berg geholt. Du schuldest mir etwas. Ich erkläre dir alles später, aber jetzt erzähl mir von dem verdammten Buch.«

Johannes massierte sich die Schläfen. Er fühlte sich unendlich erschöpft. Dennoch schilderte er in knappen Worten, was geschehen war. Balthasars Erregung schien sich mit jedem seiner Worte zu steigern.

»Du willst damit sagen, dass es nicht hier in Graz ist, sondern dort unten bei den Cilliern? In irgendeiner Burg. Bei irgendeiner Frau.«

»Nicht irgendeiner …«

»Es ist *gleich*, hörst du?«, herrschte Balthasar ihn an. Er hatte sichtlich Mühe, seine Stimme im Zaum zu halten. »Alles, was ich will, ist dieses Buch. Und es ist wichtig, dass es nicht in falsche Hände gerät, denn sonst landen wir am Scheiterhaufen.«

»Aber was ist denn so Besonderes daran? Es ist in verschiedenen Sprachen geschrieben, zeigt Zeichnungen, die kaum zu deuten sind …«

Balthasar schaute seinen Bruder eindringlich an. »Wie lange warst du jetzt fort? Sieben Jahre, acht Jahre? In dieser Zeit hat der Großmeister doch immer wieder Leute ausgeschickt, erfahrene, kampferprobte Ritter …«

»Ja, weil sie neue Ritter und Geld rekrutieren sollten, um den Orden zu stärken.«

»Hm«, brummte Balthasar. »Hast du dir schon einmal Gedanken darüber gemacht, dass du nicht der Einzige bist, den er mit einem Buch auf die Reise geschickt hat?«

»Was meinst du?«

Balthasar legte ein Holzscheit nach und beobachtete, wie die Glut in ein neues Feuer überging. »Als Mehmed 1453 Konstantinopel eroberte, ging auch der letzte Rest der berühmten

Bibliothek in Flammen auf. Schon tausend Jahre vorher war sie ausgebrannt, und rund hundertzwanzigtausend Schriften wurden vernichtet, dann kamen die Kreuzzüge, vor allem der vierte im Jahr 1202. Ein kläglicher Rest der Bibliothek hat noch bestanden bis vor ein paar Jahren. Man sagt, der Genueser Giustiniani selbst habe das Feuer gelegt, und man erzählt sich auch, dass Mehmed seine Leute in die Flammen geschickt hat, um die letzten Schriftrollen zu retten. Wie lebendige Fackeln seien die Männer durch die Gassen gerannt, schreiend und tobend, aber Schriftrolle um Schriftrolle, Buch um Buch wurden gerettet. Und dann sagt man sich, dass ihr, der Orden der Johanniter, die Ritter mit dem roten Umhang, nur deshalb immer noch auf Rhodos kämpft. Quasi in Sichtweite. Weil ihr euch diese Bücher schnappen wollt. Buch für Buch.«

»Und du meinst, dann schickt der Großmeister Leute wie mich um die halbe Welt, um diese Bücher in Sicherheit zu bringen?«

Balthasar schürzte die Lippen. »Das ist die noble Variante. Die andere wäre, zu behaupten, er tut es, um an Geld zu gelangen.«

Johannes massierte sich das Gesicht. Sein Kopf schmerzte, die Strapazen der letzten Wochen und all die Informationen, die jetzt auf ihn einprasselten, waren zu viel. »Aber noch einmal, was ist so Besonderes an diesen Büchern?«

Balthasar grinste. »Faszinierend. Euer Großmeister hat euch wirklich nichts erzählt? Dabei weiß es doch alle Welt …«

»Was denn, Herrgott, so sag es doch endlich.«

Balthasar blies hörbar Luft aus, ein langer Seufzer. »Also gut. Hör zu. Diese Bücher der antiken Bibliothek stammen aus einem besonderen Gebäudeteil, den man lange Zeit für nicht existent hielt. Man gab den Büchern in diesen Katakomben viele Namen: verbotene Bücher, Hexer- und Zaubererschriften, Schriften der dunklen Worte. Faktum ist, dass sämtliche Schriften in diesem verborgenen Raum etwas mit geheimem Wissen zu tun haben, mit Dingen, die nicht für jedermanns Augen bestimmt sind. Mehmed versteckte diese Schriften, und ihr, die Rhodesier, stöbert sie auf, bringt sie an euch. Ihr rekrutiert junge Helfer. Bildet sie aus. Und im Gegenzug werden diese Neulinge nach einigen Jahren auf die Reise geschickt, um eins der Bücher als Bezahlung zu ihren Familien zu bringen.«

Johannes klappte der Mund auf. »Willst du damit etwa sagen, ihr habt mich zum Austausch für ein Buch fortgeschickt? Mein Leben für ein Buch?«

Balthasar beugte sich vor und hatte sichtlich Mühe, sich zu beherrschen. »Das ist nicht irgendein Buch, verstehst du das nicht?«

»Aber das sind doch blasphemische Werke, Ketzerschriften. Warum verbrennen wir sie nicht?«

Balthasar schnalzte mit der Zunge. »Ich habe es dir doch schon gesagt: weil sie Geld bringen. Alles, was verboten ist, was selten ist und geheimnisvoll, bringt Geld. Und der Orden braucht Geld. Jeder Kaiser braucht Geld. Die ganze Welt braucht es. Geld regiert.« Er kam näher und legte eine Hand auf Johannes' Schulter. »Ich war in Venedig, mein Bruder, ich habe es gesehen und weiß, wovon ich spreche. *Geld regiert*«, wiederholte er eindringlich und fügte nach einer Weile nasal hinzu: »Und der tiefe Glaube an den Allmächtigen natürlich.«

Johannes sah Balthasar lange in die Augen. Er fühlte sich plötzlich unendlich müde, und er spürte auch, wie schwach ihn die letzte Zeit gemacht hatte. Sein Körper schmerzte, und auch sein Geist musste Schäden davongetragen haben. Immer wieder glaubte er, ein Schlürfen und Seufzen zu hören, wie er es immer wieder aus den ihn umgebenden Käfigen vernommen hatte. Er atmete tief ein und fasste sich wieder. »Ich sage es ganz offen: Ich traue dir zu, mich auf eine lebensgefährliche jahrelange Mission zu schicken, um eines Tages zu Geld zu kommen. Aber hat Vater auch davon gewusst?«

Es dauerte eine Weile, bis Balthasar auf die Frage reagierte. Zuerst erwiderte er den Blick seines Halbbruders nur, dann formten seine Lippen ein dünnes Lächeln. Er nickte. »Natürlich hat er das.«

»Ihr habt mich wirklich in dem Glauben mit den Mönchen

gehen lassen, ich würde es gegen euren Willen tun? Aus freien Stücken? Doch in Wahrheit war alles abgekartet. Ihr wolltet eines dieser Bücher, ihr habt mich dafür gegeben.«

Balthasar nickte. »Sieben Jahre deiner Dienste waren dafür erforderlich. Sieben Jahre Krieg gegen das Böse, das war der Preis. Daran siehst du doch, wie kostbar diese Bücher sind.«

Johannes stand auf und verließ den Raum, ohne ein weiteres Wort. Er war so außer sich, dass es ihm gleich war, dass ihm der Dürre als Trugbild aus dem Kerker auf Schritt und Tritt folgte.

3

Später am Abend begrüßte Balthasar Johannes fröhlich über den gedeckten Tisch hinwegrufend.

Als Johannes die Flügeltür hinter sich schloss und die Speisen sah, wankte er. Ein ganzes gebratenes Huhn dampfte und verströmte einen Duft, der ihn fast verrückt werden ließ. Maiskolben, Brot, ein Korb voller Äpfel und einige Krüge Wein sorgten dafür, dass die Tischplatte kaum freie Fläche bot. Es war für zwei gedeckt. Balthasar hatte ihn also erwartet.

Doch bevor Johannes sich setzte, wollte er die Fragen klären, die ihn marterten. »Was genau wirst du mit diesem Buch machen?«

Balthasar winkte ihn mit dem Zeigefinger näher, und als Johannes nah genug war, presste sein Bruder einen geflüsterten Fluch zwischen seinen Zähnen hervor.

»Ich sagte doch: Allein schon darüber zu reden ist gefährlich. Also sprich gefälligst leiser. Ich will das Buch, dann werde ich es so schnell wie möglich loswerden. Das ist alles.«

»Es beinhaltet Pläne von unterirdischen Gängen, geheimnisvollen Wegen unter unseren Burgen. Und ich habe so einen Gang tatsächlich gefunden. Es scheint um verloren gegangenes Wissen zu gehen.«

Balthasar rollte mit den Augen. »Tut es das nicht immer?« Mit einem Blick vergewisserte er sich, dass sie allein im Raum waren. »Diese Gänge … Warst du in einem von ihnen?«

Johannes überlegte, ob er die Wahrheit sagen sollte, und entscheid sich schließlich dafür. Er berichtete von seiner Suche nach einem Fluchtweg aus der Burg.

Ein Schatten zog über Balthasars Gesicht. »Du sagst, dort war ein Stein, den ihr wegschieben konntet, und darunter befand sich eine Leiter?«

»Ja.«

Da sprang Balthasar auf und klatschte in die Hände. »Los,

los!«, rief er mit plötzlicher Euphorie. »Wir sollten keine Zeit verlieren. Ich will dieses Werk, also sieh zu, dass du zu Kräften kommst, und iss.«

»Willst du dich etwa auf Schatzsuche machen und jede Burg in der Umgebung nach unterirdischen Gängen absuchen?«

»Was? Nein, natürlich nicht. Du hast es immer noch nicht verstanden, nicht wahr? Mich interessieren diese Gänge nicht. Ich will das Buch verkaufen. Das ist alles. Und weil es so skurril ist, werde ich schnell einen Käufer dafür finden und einen guten Preis erzielen.« Mit einem Mal wirkte Balthasars Gesicht wie eingefroren, und er starrte auf einen unbestimmten Punkt im Raum. »Aber ich muss zugeben, dass die Vorstellung, unter unseren Burgen befände sich ein geheimnisvolles Gangsystem, zumindest faszinierend ist.«

***

Einige Tage später – Johannes spürte langsam wieder, dass er zu Kräften kam, und auch seine Schmerzen hatten nachgelassen – gingen die beiden durch die Herrengasse Richtung Rüstkammer. Sie nahmen eine Seitengasse, in der es nach Pferdekot stank, und folgten dem Klang von Hammer und Amboss. Als sie ein hölzernes Tor erreichten, das offen stand, blickten sie in eine Dunkelheit im Inneren des Gebäudes, die nur von einem flackernden Feuer erhellt wurde. Ein gewaltiger Kerl saß auf einem Schemel und versuchte mit dicken Fingern, Lederriemen durch Ösen zu schieben. Soweit Johannes feststellen konnte, fertigte er soeben einen Harnisch an. Johannes wollte schon eintreten, als eine weitere Gestalt aus dem Zwielicht auftauchte und sich ihm in den Weg stellte.

»Es tut mir leid, mein Herr. Kein Unbefugter betritt eine Rüstkammer in Graz.«

Verwundert machte Johannes einen Schritt zurück. »Aber wir bezahlen doch für die Waffen.«

»Das tun alle. Aber niemand darf hinein. Das ist Gesetz.«

Und weil sich Johannes von der Präsenz des Mannes einschüchtern ließ, beäugte ihn dieser noch einmal gelassen. Nun trat Balthasar vor, wies den Mann mit dem Zeigefinger an, näher zu kommen, und während er einige Worte in sein Ohr sprach, reichte er ihm ein kleines Bündel, das er aus seiner Jackentasche hervorgezogen hatte. Als er sich wieder zu voller Größe aufrichtete, schnippte der Zeugwart mit den Fingern, als käme ihm gerade eine Idee, und verschwand im Haus. Nicht ohne diesmal das Tor von innen zu schließen.

Johannes, der immer noch nicht fassen konnte, von einem einfachen Mann stehen gelassen worden zu sein, wippte mit den Füßen auf und ab, dann ging er vor dem Tor hin und her und betrachtete den schmalen Streifen Himmel über ihm, der zwischen den Hausdächern zu sehen war.

»Du lässt dich abspeisen? Nach allem, was du erlebt hast?«, meckerte der Dürre, der an der Wand kauerte.

Johannes ignorierte ihn.

Da kroch der Dürre auf allen vieren auf ihn zu und brüllte: »Schwächling!«

Johannes entwich ein kurzer Schreckenslaut, und er machte einen Satz zurück.

Balthasar beobachtete ihn argwöhnisch. »Was hast du?«

»Nichts«, versetzte Johannes. »Alles gut, ich hatte nur einen … Gedanken.«

»Einen Gedanken«, äffte ihn der Dürre nach.

»Ja, einen Gedanken«, blaffte Johannes.

Diesmal sagte Balthasar nichts. Er tat so, als habe er nichts bemerkt.

Als die Tür vom Zeugwart wieder aufgerissen wurde, schreckten beide auf.

Der Mann war mit einem Handkarren voller Eisen zurückgekehrt, doch er hatte kein gutes Auge bewiesen. Die armierten Lederhandschuhe passten Johannes zwar, Harnisch und Kettenhemd waren aber zu groß. Den Helm beulte der Zeugwart noch mit einem Hammer zurecht. Das ellenlange Schwert blitzte wie das Langmesser, dennoch war Johannes nicht zufrieden.

»Wie gedenkt er, dass ich das tragen soll? Das ist doch alles viel zu weit.«

Da mischte sich Balthasar ein und stand dem ratlos dreinblickenden Zeugwart bei. »Bruder, das alles wird dir passen. Wenn du wieder der bist, der du vorher warst.«

»Was soll das heißen? Ich bin der, der ich war. Außerdem kannst du das gar nicht beurteilen, du hast mich das letzte Mal vor Jahren gesehen. Ich habe mich verändert.«

»Aber man muss kein Hellseher sein, um zu sehen, dass du zuletzt gelitten hast. Du wirst in den nächsten Wochen wieder Gewicht zulegen, das ist ganz normal nach der Tortur, die du überstehen musstest.«

Auf dem Heimweg erzählten sie einander alles. Balthasar berichtete vom Sachsen, den er unter den Knechten bei der Burg für sich lauschen ließ. Jener Hauptmann, der Johannes das Schwert abgenommen hatte, war also letztlich jener Mann gewesen, der veranlasst hatte, Balthasar in Venedig über seinen Bruder zu informieren.

In Venedig war Balthasar jedoch in langwierigen Verhandlungen wegen der Finanzierung eines weiteren Kreuzzuges gewesen, und auch Friedrich hatte ihn nicht eher zurückgelassen, bis sich die Situation mit den Schinderlingen geklärt hatte. Wenigstens hatte der Sachse sich ab und zu um Johannes kümmern können, damit es ihm nicht so schlecht erging wie den anderen Zelleninsassen.

Als er das hörte, schnappte Johannes nach Luft. »Während wir hier reden, ist Helena in dieser Burg gefangen. Im besten Fall konnte sie fliehen, aber auch dann braucht sie meine Hilfe.«

»Soso«, machte Balthasar, und seine Augen blitzten auf.

»Was?«

»So heißt sie also. Helena. Du hast dich also in eine Frau verliebt. Als Mönch.«

»Fast-Mönch.«

»Hast du?« Balthasar klopfte ihm auf die Schulter. »Ha, wusst ich's doch, dass die Kirche kein Ort für einen Eckenperger ist.«

Woraufhin sich beide bekreuzigten und danach so herzhaft lachen mussten, dass sich einige Passanten zu ihnen umdrehten.

»Und du?«, fragte Johannes. »Hast du den Kreuzzug finanziert? Wirst du die Venezianer unterstützen?«

»Ich habe sie unterstützt. Doch ob er stattfinden wird, ist fraglich. Der Doge ist ein Zauderer.«

»Aber wäre das nicht eine Katastrophe? Dann hättest du dein Geld umsonst investiert …«

»Hm, ganz so ist es nicht. Ich ahnte, dass Bessarion es nicht schaffen würde, eine Streitmacht aufzustellen, kann nun aber sagen, dass es an mir nicht gelegen hat. Das Scheitern wird anderen zur Last gelegt, und meine Loyalität wird sich herumsprechen. Sie wird uns letztlich mehr Reichtümer bringen, als wir ausgegeben haben.«

Johannes machte ein säuerliches Gesicht. »Du bist immer noch der berechnende Bruder, vor dem ich einst geflohen bin.«

Wieder lachte Balthasar laut und herzlich. »Ich fürchte, sogar noch eine schlimmere Version davon.«

Und während die Diener hinter ihnen den Karren mit dem Eisenzeug zogen, machten die beiden immer größere Schritte, durchmaßen die Gassen der Stadt und wussten, dass die einfachen Leute ihre Blicke scheu auf ihre Zehenspitzen richteten, wenn sie vorüberschritten. In wenigen Tagen vom Gefangenen zum geachteten Bürger, das brachte Johannes zum Nachdenken, und doch hütete er sich diesmal davor, seinen Bruder zurechtzuweisen und auf die Ungerechtigkeit dieser Welt hinzuweisen. Das Schicksal konnte zynisch sein.

4

Tage später war es so weit.

Kaiser Friedrich III. schob sein stoppelbärtiges Kinn und seine Unterlippe vor. Das ungekämmte blonde Haar fiel ihm in Strähnen über die schmalen Schultern. Die Haut war blass, die Augen grün und matt. Er trug über dem engen Beinkleid, das in ausgetretenen schmutzig grauen Stiefeln steckte, ein weißes, aber zerknittertes Hemd, das so weit aufgeknöpft war, dass seine Brusthaare zu sehen waren, darüber einen Mantel in Farben, die sich je nach Lichteinfall der Fenster änderten. Sein Gesicht war geprägt von einer Nase, die sich spitz und forsch in die Welt reckte und dabei wirkte, als wollte sie Breschen in die Umgebung schlagen.

Insgesamt war der Kaiser wahrlich keine Schönheit. Und doch war Johannes völlig perplex über das Aufeinandertreffen, das er so herbeigesehnt hatte, denn es geschah ganz ohne Pomp. Ein Rauschen der nicht mehr sauberen und etwas miefenden Robe und da stand er vor ihm, der Herrscher des Heiligen Römischen Reichs, eines Landes, das vom Rhein bis zur böhmischen Grenze und von den Ufern der Sotla bis hinauf nach Preußen reichte. Dieses Reich, das aus losen Staatenverbänden bestand, hatte seinen Ursprung im Jahr 992 nach Christus. Es wurden innerhalb seiner Grenzen mindestens sechs Sprachen gesprochen, und jeder wusste, dass Friedrich III. seinen Fürsten und Grafen gegenüber oft völlig machtlos war, da er ständig unter Geldnot litt. Keine Frage, dass in den Legenden etwa seinem Namensvetter Friedrich I. Barbarossa viel mehr Ehrerbietung zuteilwurde. Selbst sein Vater Ernst, der nur Herzog war, ging jetzt schon als »der Eiserne« in die Geschichte ein.

Und dieser Mann, dieser griesgrämige, stille Kaiser, dem man nachsagte, dass er die Menschen nicht leiden konnte und nur hellhörig wurde, wenn man ihm von der großen weiten Welt berichtete, war nach Meinung des Volkes nur eines: unvorstellbar lange an der Macht. Friedrich regierte nun bereits seit vielen Jahren und schaffte es immer noch irgendwie, am Leben zu bleiben. Insofern und allein aufgrund der Tatsache, dass man einem Kaiser nicht alle Tage gegenüberstand, fiel Johannes wie von selbst auf die Knie.

Friedrich musterte ihn, lauschte aber offenbar auch den Ausführungen eines Höflings, der mit seinem in kräftigem Rot gehaltenen Beinkleid und dem schwarzen Wams viel festlicher aussah als der Kaiser selbst und ihm ständig ins Ohr flüsterte. Anscheinend wusste er viel über Johannes zu berichten, denn das Getuschel erfüllte eine ganze Weile den Saal.

Des Kaisers Miene blieb dabei ungerührt. Wie versteinert lauschte er den Worten seines Kammerdieners, ehe er mit den Augen rollte, »Jaja« sagte und den Mann schließlich ungeduldig gestikulierend aus dem Raum wies.

Auf den Wink eines weiteren Höflings hin durfte Johannes einige Schritte näher kommen, um sich abermals hinzuknien. Er war fast ganz in Schwarz gekleidet, eine Tradition, die die tiefgläubigen Habsburger pflegten, wenngleich Friedrich vermutlich gar keine Zeit für solche Beobachtungen hatte. Auf die Etikette achteten eher die vielen willfährigen Bediensteten rund um den Herrscher, um ihren eigenen Status zu heben.

Der Kaiser machte einen zerstreuten Eindruck, und für einen Moment hatte es sogar den Anschein, als hätte er bereits völlig vergessen, dass jemand vor ihm kniete.

»Er soll aufstehen«, sagte Friedrich mürrisch. »Was will Er denn von Uns?«

Johannes wusste, dass der Kaiser kaum jemanden akzeptierte, der nicht annähernd seinen Rang hatte. Nachdem einem Kaiser aber naturgemäß kaum jemand an Ranghöhe das Wasser reichen konnte, gab es nur wenige Menschen, die jemals so etwas wie ein Gespräch mit ihm geführt hatten. Balthasar war einer derer, die sich dessen rühmen durften, denn Friedrich richtete stets viele Wünsche an ihn als Münzmeister. Johannes musste zugeben, dass er sich deshalb einige Vorteile beim Aufeinandertreffen erhofft hatte, immerhin war er Balthasars Halbbruder. Doch da hatte er sich offensichtlich getäuscht. So antwortete er ebenso ohne Umschweife mit lauter Stimme: »Ich bin hier, um Eure Majestät zu warnen.«

Endlich, er hatte gesagt, weswegen er vor Monaten gekommen war.

Einige Höflinge schauten auf. Die Waffenknechte hielten sich bereit, ihre Schwerter zu ziehen.

Friedrich hob eine Hand, um ihnen Einhalt zu gebieten, und musterte Johannes kalt. »Wovor will Er einen Kaiser warnen?«

Johannes schilderte, was er erlebt hatte. Er erzählte von den Osmanen, die näher rückten, den fliehenden Resten des bosnischen Königshauses, dem Burgherren in Hartstein. Von seinem Aufenthalt im Kerker von Graz berichtete er allerdings nicht, denn er wollte keineswegs, dass der Kaiser aus seinen Ausführungen einen Vorwurf heraushörte. Und dass Helena die letzte bosnische Königin war, blieb auch unerwähnt. Aber er wies darauf hin, dass er sich um eine Frau und deren Kind kümmern musste. Dass der Kaiser eine Streitmacht aufstellen müsse, um sie zu retten und den Akindschi Einhalt zu gebieten. Und er sagte, dass die Schwarze Armee der Ungarn vor der Grenze stehe, er habe sogar das Drachensymbol auf ihren Rüstungen gesehen, ein Zeichen dafür, dass die Gerüchte stimmten, die bis nach Rhodos vorgedrungen waren. Gerüchte, wonach der gefürchtete Orden der Woiwoden mit dem ebenso gefürchteten finsteren Heer gemeinsame Sache machte.

Johannes berichtete in kurzen, aber eindringlichen Worten, und er war überzeugt davon, dass der Kaiser sofort aufsitzen lassen und Kämpfer losschicken würde.

Stattdessen war es genau so, wie Balthasar befürchtet hatte. Der Kaiser stand auf und beachtete Johannes nicht weiter. Tief über eine Karte gebeugt, beriet er sich mit zwei Männern, die aus den Schatten näher gekommen waren, ohne dass Johannes bemerkt hätte, dass der Kaiser ihnen ein Zeichen gegeben hatte. Der eine war ein ganz in Schwarz gehüllter Greis mit einem Hut mit breiter Krempe und einer schwarz gefärbten Pfauenfeder. Der andere ein Franziskanermönch in grober brauner Kutte, die lediglich mit einem Strick an der Taille befestigt war.

Friedrich würdigte Johannes eine Zeit lang keines Blickes.

Als Johannes sich beinahe schon wieder verabschieden wollte, richtete der Monarch aber doch forsch das Wort an ihn. Seine Frage traf ihn wie ein Schwerthieb. »Ist Er tapfer oder töricht?«

Der Kaiser wartete eine Antwort gar nicht erst ab, sondern begann eine Geschichte zu erzählen, deren Sinn Johannes nicht zuordnen konnte. Friedrich sprach nun so leise, dass er seine Worte kaum vernahm. Und er schaute ihn dabei weiterhin kein einziges Mal wirklich an. »Beheim berichtete Uns in der Neustadt von einem Buch, das er schreibt. Darin schreibt er ›von ainem wutrich, der hiess Trakle waida von der Walachei‹, so drückte er sich aus. Der päpstliche Legat Jakob hatte ihn zu diesen Versen inspiriert, eine Geschichte, die Uns zugegebenermaßen nicht mehr loslässt. Sie handelt von jenem Vlad Drăculea, dessen Drachenorden Er erwähnte – dem Sohn eines unbedeutenden walachischen Fürsten aus einem ebenso unbedeutenden Adelsgeschlecht an einem unbedeutenden Flecken auf dieser Welt. Gemeinsam mit seinem Halbbruder Radu wuchs Drăculea am Hof Sultan Mehmeds II. als Geisel auf, wurde später als türkischer Vasallenfürst wiedereingesetzt, wandte sich dann aber gegen die Osmanen und schlug sie mit Grausamkeit zurück. Im Winter 61 schickte er Mehmed zum Beispiel Säcke voller Köpfe, Nasen und Ohren seiner besiegten Türken, und kurz darauf drang er in der von den Leuten seither als ›Nacht des Schreckens‹ bezeichneten Schlacht bis ans Zelt von Mehmed vor. Beheim schildert auch Drăculeas Festmahl unter den gepfählten Leichen bei der Belagerung von Kronstadt. Kurzum, eine Aneinanderreihung von Schaurigkeiten, die selbst in Zeiten wie diesen ihresgleichen sucht.«

Johannes wusste nicht, warum der Kaiser ihm in einem Anflug seltenen Redeschwalls diese Geschichte erzählte. Er wollte vielmehr darüber reden, dass sich offenbar ebendieser Drachenfürst an den Grenzen seines Reichs herumtrieb und – dem nicht genug – sich auch die Reiter der Osmanen näherten. Die Feinde näherten sich den Toren, und die Untertanen standen ihnen wehr- und schutzlos gegenüber. Der Kaiser musste reagieren, denn die Landbevölkerung sah unvorstellbaren Grausamkeiten entgegen, und niemand schützte sie davor. Es brauchte Soldaten. Es brauchte Mauern. Jetzt.

»Mein Kaiser …«

»Ist Er tapfer oder töricht? Wir werden es –«, wiederholte der Kaiser seine Frage, doch diesmal schrie er sie.

»Das, Eure Majestät, obliegt allein Eurem Urteil«, unterbrach Johannes ihn mit brüchiger Stimme. Er konnte spüren, wie sogar die Leute in den Vorräumen zum Prunksaal die Luft anhielten. Er wurde rot bis unter den Haaransatz und senkte beschämt den Kopf.

Friedrichs Mundwinkel zuckten. Er brauchte einen Moment, um sich zu einem Schmunzeln zu entscheiden, das allerdings gekünstelt schien. »Natürlich tut es das.«

Der Franziskaner an Friedrichs Seite reagierte jedoch weniger amüsiert. Er blickte sichtlich fassungslos auf, und auch der Gelehrte im affektierten Hut wandte sich Johannes mit größtem Interesse zu.

»Er unterbricht Seine Majestät, den Kaiser?«, sagte er erstaunt. »Das gibt Peitschenhiebe. Mindestens.«

Friedrich schnalzte mit der Zunge, als müsste er kleine Kinder zur Vernunft bringen. »Bitte lasst Uns das zu Ende besprechen und hört auf mit den Drohungen. Wir haben nicht ewig Zeit. Er wird ins Corvinus-Land reiten und Uns Bericht erstatten über diesen Woiwoden, ob er Uns gefährlich werden kann oder lediglich eine Gefahr für den Ungarn darstellt. Beheim hat die Geschichte von Wiener Mönchen erfahren. Wir wollen sie aber aus erster Hand. Corvinus gewährt Unseren Leuten im Moment freies Geleit. Wir schicken einen Gesandten, um mit Drăculea zu reden. Und Wir denken, dieser junge Mann ist untadelig. Er weiß zu reisen. Und er ist mit einer faszinierenden Mischung aus Mut und Dummheit beschlagen.«

»Eine Reise direkt ins Teufelsland?«, sagte der affektierte Hutträger mehr zu sich selbst.

Der Franziskaner bekreuzigte sich und blitzte Johannes mit einem beinahe diabolischen Lächeln an. »Möge der Herr ihn beschützen.«

»Genug!«, polterte Friedrich, und wandte sich nun endlich einmal direkt Johannes zu. »Dein Bericht soll darüber entscheiden, ob Wir ein gutes Wort bei König Matthias und beim nächsten Reichstag für Drăculea einlegen oder nicht. Schließlich könnte Uns ein verrückter Türkenkämpfer nützlich sein, würden Wir Uns doch eigene Truppen im Kampf gegen die Osmanen ersparen.«

Johannes wusste nicht, was er darauf antworten sollte. Der Kaiser schien laut nachzudenken und band ihn, einen Mann, der noch vor Kurzem im Verlies des Schloßbergs gewesen war, in seine Überlegungen ein.

»Er sagte«, fuhr der Kaiser fort, »die schwarzen Reiter stünden an der Grenze Unseres Reiches. Er behauptet auch, dieser unbedeutende Türkenschlächter sei eine Gefahr für Uns und Unsere Untertanen, weil er mit den schwarzen Reitern zieht. Dann reise Er nach Visegrád und berichte Uns, was Er sieht. Man sagt nämlich, Drăculea sitze dort in einer Burg fest. Gefangen vom Rabenkönig Corvinus. Wenn dem so ist, kann Seine Geschichte wohl nicht ganz der Wahrheit entsprechen. Oder es ist etwas im Gange, von dem Uns bisher nichts bekannt ist. Aber Er soll achtgeben, der Osten ist ein grausames Land mit grausamen Fürsten. Halte Er die Augen offen und berichte Uns: Wer ist dieser Vlad Drăculea? Soll er gefangen bleiben oder nicht?«

»Aber …«, stammelte Johannes, »… die Hilfe für die Bauern, die Türken vor den Grenzen … Eure Majestät, Helena ist in Hartstein in den Händen eines Schurken. Ich war schon so lange fort, wer weiß, was er ihr angetan hat? Ich muss sie beschützen …«

Der Kaiser machte eine unbestimmte Handbewegung in Richtung der Schatten des Saals und nickte, Hände packten

Johannes an den Schultern und zerrten ihn zum Ausgang des Saals.

Die Stimme des Kaisers wehte noch einmal durch den Raum. »Und berichte Uns, ob es stimmt, dass alle ihn Țepeș nennen. Vlad Țepeș, den ›Pfähler‹.«

Die Flügeltüren sprangen auf, Johannes wurde hindurchgeschoben, sie flogen wieder zu. Und ehe er sich losreißen und zurückstürmen konnte, baute sich eine gewaltige Erscheinung vor ihm auf. Der Mann war beinahe einen Kopf größer als Johannes, trug einen wilden Bart und schulterlanges Haar. An seiner Schläfe trat eine Ader hervor, doch seine Augen blickten freundlich.

»Ihr?«

»Ja, ich bin es«, sagte Andreas Baumkircher, der Söldnerführer. »Und ich habe die Ehre, meines Kaisers Botschafter, meinen Weggefährten Andreas von Greißenegg, vorzustellen, dem einige Burgen im Westen von Graz gehören.«

Johannes schenkte Baumkirchers Begleiter ein gehetztes Nicken.

»Ich bewundere Euren Mut, Seine Majestät den Kaiser auf die drohende Türkengefahr anzusprechen. Sollte es zu Kämpfen kommen, stehe ich an Eurer Seite.«

Ratlos blickte Johannes von einem zum anderen. »Meine Herren«, stöhnte er, »ich muss zu einem verrückten Schlächter ins Ungarnreich und kann nicht gegen die Türken ziehen.«

Baumkircher lachte. »Also, was wäre Euch angesichts der Dichte Eurer Aufträge lieber: Sollen wir Euch begleiten und Händchen halten oder ganz ritterlich Eure Frau retten?«

»*Meine* Frau?«

Baumkircher machte einen Schritt zurück und musterte Johannes von oben bis unten. »Ja, so nennt man das, wenn ein Mann sein Leben aufs Spiel setzt, um eine Frau zu retten. Wobei – in Eurem Fall ist das eine spezielle Situation, schließlich müsstet Ihr Euch endlich entscheiden: Gott oder – wie nanntet Ihr sie? – Helena.«

5

Im Innenhof der Burg erwartete Johannes eine Handvoll edler Bürger, die er daran erkannte, dass sie breite Ketten trugen und breitkrempige Hüte. In seiner Kindheit hatte ihn sein Vater Ulrich manchmal zu den Treffen mit den hohen Herren mitgenommen. Er hatte zwar kein Wort von dem, was sie sagten, verstanden, denn stets war es um so kryptische Dinge wie Anleihen und Zinsen gegangen, aber Johannes hatte sich die Gesichter und die Namen dazu eingeprägt, und so wusste er, wer nun vor ihm stand: Wilhelm, Graf von Thiernstein, Sprössling eines alten Adelsgeschlechts, das aus der Westschweiz stammte und von dem man wusste, dass er Landeshauptmann werden wollte, war ebenso darunter wie Leutold von Stubenberg, der derzeit amtierender Landeshauptmann war. Außerdem erkannte er Christoph von Mörsberg, Kämmerer der Erbländer, Burggraf von Graz und Landschreiber des Herzogtums Steier. Er galt als einer der reichsten Steirer und war einer der ständigen Geldgeber Friedrichs III. Die drei besprachen sich gerade intensiv mit Pankraz Rindscheit und Sigmund von Roggendorf, ebenfalls zwei wohlhabende Männer im Reich.

Balthasar trat in schwarzer Weste und engem grauen Beinkleid auf Johannes zu. Er war insgesamt am einfachsten, aber auch am edelsten von allen gekleidet und blickte Johannes nun mit ernsten Augen an. »Kein Wort mehr, Bruder. Komm mit mir. Dann erkläre ich dir alles.«

Sie liefen aus dem Burgareal, vorbei an der Ägidiuskirche und durch die Gasse der Sporer hinunter Richtung Hauptwachpatz und erstem Sack. Balthasar ging so schnell, dass Johannes kaum Schritt halten konnte.

»Du sagst, du hast das Buch dieser Frau gegeben«, begann Balthasar. »Baumkircher wird die Sache klären. Damit ist dir gedient und mir.«

Johannes starrte ihn mit offenem Mund an.

»Ist das nicht auch in deinem Sinne?«

»Schon, aber –«

»Ist es in deinem Sinne, frage ich?«

»Ja.«

»Gut, denn du wirst in der Zwischenzeit nach Visegrád gehen. Dort wird dich ein Kaufmann erwarten. Er wird mit dir ein Geschäft mit dem Ungarnkönig anbahnen. Ich möchte, dass du ihm dieses Buch schmackhaft machst. Und ich will, dass er König Matthias daran erinnert, dass ich ihm außerdem auch Geld leihen kann. Eine große Summe. Sobald du der Meinung bist, die Botschaften seien angekommen, kehrst du zurück.«

»Das ist jetzt nicht dein Ernst, oder?«

»Todernst. Die Dinge sind kompliziert. Wir brauchen Baumkircher, Baumkircher will Geld. Damit er es bekommt, brauchen wir die Ungarn. Um die zu bekommen, brauche ich dich. Und dich bekomme ich mit Hilfe von Baumkircher. Alles dreht sich, verstehst du?«

Auch in Johannes Kopf drehte sich alles. »Aber ich verstehe immer noch nicht, was genau ich tun soll.«

»Vertrau mir, Bruder, sei einfach da. Sag, wer du bist. Und sprich aus, was ich dir mitgeteilt habe. Das wird genügen, du wirst sehen.«

Sie erreichten die Kanzlei der Eckenperger nach wenigen Schritten.

»Du reitest noch heute. Aber zuvor …«, Balthasar öffnete die Flügeltür in seinen Speisesaal, »… zuvor werden wir essen wie die Könige.«

Und bei dem Anblick, der sich ihnen nun bot, blieb Johannes tatsächlich der Mund offen stehen. Es war angerichtet, ein Festmahl, das die Bretter auf dem Esstisch bog.

Zeit war ein seltsamer Begriff. Kaum zu fassen. Kaum zu deuten. Freute man sich auf etwas, verging sie langsamer. Glaubte man sie zu haben, war sie weg. Und so saßen Johannes und Balthasar wenig später auch schon bei Tisch und blickten auf ein Schlachtfeld.

Balthasar rülpste, und Johannes strich sich über den Bauch. Er konnte immer noch nicht fassen, dass er vor wenigen Tagen noch in einem Verlies am Schloßberg gehockt hatte.

»Sag, Bruder, wie ist das Ganze mit den Schinderlingen überhaupt aufgeflogen? Es passt gar nicht zu dir, dass du fliehen musstest. Normalerweise kommt dir niemand auf die Schliche.«

Balthasar grinste. »Danke, Bruder. Aber manchmal habe auch ich kein Glück. Es war dieser gottverdammte Pfarrer Jakob Unrest, der sein Maul nicht halten konnte, weil ich meine Grazer Münzen nicht nur in Graz und Laibach, sondern auch in St. Veit in Kärnten geprägt habe. Seine betuliche Schrift hat sich rasch verbreitet und kursiert seitdem im Land.« Er stopfte sich eine Apfelspalte in den Mund, und in das Mahlen seiner Zähne hinein sprach er weiter. »Ich habe es offenbar zu weit getrieben. Die Münzen bestanden wie gesagt fast nur noch aus Kupfer, sie schimmerten fuchsig.« Er zuckte mit den Schultern. »Ich hätte es geschickter anstellen sollen.« Balthasar blies verächtlich Luft aus der Nase und klopfte mit seinem Zeigefinger auf die Tischplatte. »Aber sie haben alle mitgemacht, verstehst du? Baumkircher, Ulrich von Grafeneck, Jan Witowetz, Sigmund von Weißpriach, alle.« Er lehnte sich zurück und hob die Arme. »Aber was hätten wir auch tun sollen? Der Kaiser bezahlte uns nicht mehr. Wir mussten betrügen, Friedrich zwang uns förmlich dazu, und er konnte dann auch nicht anders, als sich ein Bauernopfer zu suchen. Und das war ich. Aber er warnte mich vorher liebenswürdigerweise, da hatte ich die Gelegenheit ergriffen und bin nach Venedig. Und dann tauchtest du auf.«

»Und das hat dein Herz so sehr erweicht, dass du umgehend alles stehen und liegen gelassen hast, um deinen Bruder zu sehen.«

Balthasar schürzte die Lippen.

»Oh, du musst nichts sagen. Ich weiß, dass du nur wegen des Buchs zurückgekommen bist.«

»Ach, komm schon. Du weißt ja jetzt, wie sehr Geld die Welt regiert. Und das Buch *bringt* Geld. Aber ich bin natürlich auch wegen dir hier, Bruderherz. Ich bin vielleicht ein Münzfälscher von des Kaisers Gnaden, aber einen toten Bruder will ich mir nicht anhängen lassen. Meine gefahrlose Rückkehr kostete mich außerdem ein Vermögen und eine Messstiftung in Mariazell. Dafür hat der Kaiser mittels einer Urkunde kundgetan, dass ich und Radegunde sowie all unsere Erben von Entschädigungsansprüchen verschont bleiben werden. Wir sind wieder geduldet.« Er atmete durch. »Und du bist wieder frei.«

Doch dann erstarb Balthasars Lächeln. Ein Schatten war über sein Gesicht gehuscht, und Johannes ahnte, dass sein Bruder noch etwas auf dem Herzen hatte. Nichts Gutes, wie es schien.

»Was ist?«

Balthasar stand auf, umrundete den Tisch und kam auf Johannes zu. Mit einer Hand stützte er sich an dessen Schulter ab und näherte sich ihm. Er roch nach Wein, und von der Nähe war zu erkennen, dass seine Augen rot gerändert waren.

»Gib auf dich acht, Bruder. Der Mann, den du besuchst, ist ein Dämon.«

6

Als Johannes über die Sporgasse ritt und später weiter über die Ries einen Pfad entlang, den sie Ungarnstraße nannten, weil er ebendorthin führte, stapfte sein Pferd schwer durch den Morast. Er ritt ein breites Schlachtross mit einer Mähne, die es ständig schüttelte. Er fühlte nicht nur die Last des Kettenhemds, das ihm immer noch etwas zu weit war. Unter seinem schwarzen Mantel mit dem verblichenen roten Kreuz, das sie ihm gewaschen und in der Sonne getrocknet aus dem Kerker wiedergebracht hatten, spürte er die Passierscheine, Briefe des Kaisers, die ihn weit ins Reich Hunyadis bis nach Buda und Pest bringen sollten. Wenn ihn nicht zuvor irgendwelche Strauchdiebe vom Pferd holen und massakrieren würden.

Der Kaiser, Balthasar, sogar Baumkircher konnten Johannes gestohlen bleiben, obwohl Baumkircher ihm mit einem prächtigen Schlachtross tatsächlich das versprochene Geschenk gemacht hatte. Sie hatten ihn erniedrigt, ihm Hoffnungen gemacht und ihn dann doch nur hintergangen und zum Spielball ihrer Pläne gemacht.

Mürrisch und schweren Gedanken nachhängend, ritt er an der Seite eines Jungen, den Balthasar ihm als Begleitung mit auf den Weg gegeben hatte. Der Kerl trug den Namen Ludwig, er nannte ihn aber Ludo, seinen Spielkameraden, denn was sonst hatte es zu bedeuten, wenn man ihm ein halbes Kind, schmächtig und von blasser Haut, zur Seite stellte? Ludo konnte ihm weder richtig aufs Pferd helfen noch eine Lanze tragen. Er taugte bestenfalls als Schatten, und auch das nur, solange Johannes sein Ross nicht in den Trab trieb.

Mehr Begleitschutz hatte Balthasar ihm jedoch nicht mitgeben wollen, denn das errege nur Aufmerksamkeit, hatte er mit listigen Augen gemeint. Es würde sich herumsprechen wie ein Lauffeuer, wenn eine berittene Eskorte aufs Ungarnland zugaloppiere. Die Leute seien schon genug aufgescheucht, das ganze Land nervös, weil sich Johannes' Geschichte längst herumgesprochen habe. Von Türken sei die Rede. Von wegen »die Rede«. Es war genau so: Die Türken kamen, und der Kaiser und all seine Edelleute schauten weg.

Johannes blickte ein letztes Mal von der Ries hinab und sah über die Leonhardkapelle hinweg auf den Schloßberg. Er wusste selbst, dass er es schaffen und in wenigen Wochen wieder hier sein würde. Er war von Rhodos nach Graz gelangt, er würde nun auch nach Visegrád kommen und wieder zurück. Das war er Helena schuldig, die sich monatelang hatte durchschlagen müssen. Er sprach leise ein Gebet.

»Und du glaubst, das wird dir etwas nützen?«, fragte plötzlich eine Stimme.

Johannes blickte hinab und sah den Dürren an seiner Seite stehen.

»Glaubst du etwa tatsächlich, dass sie noch lebt, deine Helena? Nach so langer Zeit? Ihr Leichnam liegt sicher erfroren irgendwo im Wald. Mach dir keine Hoffnungen …«

Johannes starrte den Dürren an, wollte etwas erwidern, besann sich aber eines Besseren, stieß nur einen unartikulierten Laut aus, wendete sein Pferd und gab ihm die Sporen.

Ludo, der auf einem winzigen Pferd ritt, das einem Esel glich, hatte Mühe, Schritt zu halten, und fiel schließlich zurück. Genau das hatte Johannes auch bezweckt. Er wollte allein reiten, keine Gespräche führen, einfach schweigend die Landschaft an ihm vorüberziehen lassen.

Was, wenn die Erscheinung des Dürren recht hatte? Was, wenn Helena längst tot war?

»Habe ich Euch verärgert, mein Herr?«, vernahm er Ludo wieder neben sich. Überrascht musste Johannes feststellen, dass der Kleine auf dem Eselpferd schwer abzuhängen war.

Von den Flanken des Mons Sekkel, dieses seltsamen heiligen Bergs mit dem flachen Plateau, das schon die Römer als Tempelstätte genutzt hatten, wehte ein kalter Wind heran.

Johannes zog seinen Umhang enger um den Hals und warf seinem Begleiter einen geringschätzigen Blick zu. »Nimm dich nicht zu wichtig. So leicht wirst du mich nicht verärgern können.« Die sichtliche Erleichterung des Jungen amüsierte ihn dann aber doch und weckte sein Interesse. »Sag, wie kommt es, dass man dich mir als Begleitung mitgab? Wie kommt es, dass man dich von zu Hause fortschickt?«

Der Junge zuckte mit den Schultern. »Ich bin des Andreas Baumkirchers Mündel. Ich gab meinem Herrn zu verstehen, dass ich mehr will, als Ställe ausmisten. Ich möchte die Welt sehen.«

»Die Welt sehen …«

»Ja, das will ich«, gab Ludo frech zurück.

»Und du meinst, das Ungarnland ist die Welt?«

»Es ist zumindest ein Anfang.«

»Wie weit bist du denn bisher gekommen?«

»Bis nach Gerersdorf bei Güssing, dort befindet sich eine kleinere Herrschaft meines Herrn. Und in Schlaining leben wir, dort will mein Herr eine Stadt errichten. Und eines Tages möchte er auch ein Bergwerk haben.«

Johannes erinnerte sich an die Geschichte des berühmtesten Söldnerführers im Land. Baumkirchers Familie stammte ursprünglich aus Tirol, hatte ihren Stammsitz dann in Wippach in der Krain gefunden, und Baumkircher selbst war schon als kleiner Junge an den Hof des Kaisers gebracht worden. Dort hatte er sich als Krieger einen Ruf erkämpft, der kaum zu übertreffen war, und für seine Heldentaten war er im Lauf seines Lebens belohnt worden. Unter anderem mit der Herrschaft in Schlaining, wo er eine Burg hatte bauen lassen, die ob ihrer gewaltigen Befestigungsanlage weithin bekannt war.

»Gut.« Johannes fasste einen Entschluss. »Bis dahin reitest du also voran. Danach geht es für uns beide in Neuland. Immer der Nase nach.«

Diese Aussicht auf ein Abenteuer machte auch Johannes selbst merkwürdig zufrieden. Der Wortwechsel mit seinem Knappen, oder was auch immer Ludo darstellen sollte, lenkte ihn von seinen Halluzinationen ab. Er machte ihn zuversichtlich. Und Zuversicht brauchte er, denn vor ihnen lag ein langer Weg.

7

Keine sechs deutsche Meilen nördlich von Pest thronte Plindenburg, wie man Visegrád in seiner Heimat nannte, am Ufer der Donau auf einem Felsen. Sie betraten das untere Schloss und passierten gewaltige steinerne Häuser, die auf Terrassen angelegt waren. Lästige Fliegen marterten sie und ihre Pferde, der Anstieg zur Oberen Burg brachte sie ins Schwitzen. Die Ankunft der beiden Fremden ließ so manchen Handwerker innehalten.

Die Hufe der Rösser klackerten über die steinigen Straßen und hallten von den Mauern wider, und als sie durch das obere Burgtor schritten, hatten sie den Königspalast erreicht, den Reichsmittelpunkt des sagenumwobenen einstigen Ungarnkönigs Karoly Robert, der sich schon vor rund hundertfünfzig Jahren gegen die Habsburger gewandt hatte.

Im Ostflügel des Palasts befanden sich Wohnungen, der Abortturm musste also am anderen Ende der Anlage sein. In der Mitte des von Arkadengängen umgebenen Hofes befand sich ein mächtiger Brunnen, von dem aus die Wehrgänge, die Türme und Zinnen einsehbar waren. Vor einem der Stallgebäude befand sich ein kleiner Gemüsegarten, aus einem offenen Fenster wehte ihnen der verführerische Duft eines geschmorten Wildschweinbratens in die Nase, und um eine Wassertränke herum standen einige Soldaten und tranken aus Tonkrügen.

Die gesamte Anlage verströmte einen wohnlichen Charakter und ließ dennoch keinen Zweifel daran, dass sie jederzeit zu verteidigen war. Kein Wunder, dass Matthias Corvinus und seine Frau Beatrix von Aragonien Visegrád als Sommerresidenz gewählt hatten.

Johannes sprang von seinem Pferd und wäre beinahe vor Schmerz in die Knie gegangen. Der lange Ritt mit all der Anspannung, dem schlechten Gewissen, das er Helena gegenüber hatte, und dem unsicheren Ausgang des merkwürdigen Treffens verursachten ihm geradezu körperliches Unbehagen. Er warf dem kleinen Ludo die Zügel zu, die dieser gerade so zu fassen bekam.

»Kümmere dich um das Pferd. Dann besorg dir was zu essen und halte dich bereit. Wir könnten bald schon wieder aufbrechen.«

Mit dieser Bemerkung wandte Johannes sich den Torwachen zu, die sich argwöhnisch genähert hatten und auch Ludo den Weg versperrten. Johannes reichte ihnen die Papiere, die er von seinem Kaiser mit auf den Weg bekommen hatte. Einer der Wächter verschwand mit den Dokumenten, und während die anderen schweigend warteten und Johannes und Ludo musterten, dachte Johannes daran, wie es nun weitergehen sollte.

Er war den ganzen langen Ritt überzeugt davon gewesen, nicht lange in diesen Gemäuern zu bleiben. Er wollte dem Gefangenen nur einen kurzen Besuch abstatten, gerade so lange, dass alle bezeugen konnten, dass er bei ihm gewesen war. Er hatte jedenfalls nicht vor, sich auf dieses Monster allzu sehr einzulassen. Bis zu diesem Zeitpunkt war Johannes nicht einmal sicher, ob er »den Pfähler« überhaupt eines Blickes würdigen sollte. Vielleicht beherrschte er den bösen Blick, jene fatale Fähigkeit, die man bisweilen dem fahrenden Volk nachsagte, jenen Menschen, die meist aus dem Osten kamen. Und er *war* ja auch im Osten.

Als seine Papiere bestätigt wurden – Johannes war sich sicher, dass der Wärter sie einem Mönch gezeigt hatte, denn er selbst war des Lesens wie die meisten Menschen vermutlich nicht mächtig –, ließen ihn die Wachen mit knappen Gesten passieren. Einer sagte in gebrochenem Deutsch, der Hauptmann würde ihn bald willkommen heißen, bis dahin durften sie sich um die Pferde kümmern und sich am Brunnen stärken.

Johannes nahm sich den Eimer, der beim Brunnen stand, und steckte seinen Kopf ins Wasser. Die Kälte ließ ihn hochfahren und wieder bei klarerem Verstand sein. Er blinzelte und stellte fest, dass Ludo immer noch dort stand, wo er ihn verlassen hatte.

»Was ist?«, rief er ihm zu. Doch dann verstand er. Der Hof, in dem sie sich befanden, war plötzlich menschenleer.

8

Johannes drehte sich um die eigene Achse, und ihn überkam jenes Unbehagen, das all die Schauermärchen in ihm ausgelöst hatten, die ihnen in den Wirtshäusern auf dem Weg hierher erzählt worden waren. Was, wenn die Geschichten einen wahren Kern hatten und er im Begriff war, dem Leibhaftigen gegenüberzutreten?

Er umfasste den Schwertgriff und prüfte aus wachen Augen, ob sich etwas in den Schatten ringsherum regte. Doch da war nichts. Keiner beobachtete ihn. Die Wachen waren fort, auch keine Handwerker oder Bedienstete, wie sie sonst in Burgen wie dieser anzutreffen waren, konnte er ausmachen. In der Nähe flatterte ein Vogel, doch auch ihn bekam er nicht zu Gesicht. Nur ein leises, immer wiederkehrendes Geräusch ließ ihn aufhorchen. Es kam vom Aborttturm, vor dem sich eine kleine Holzhütte befand.

Johannes wies Ludo an, sich ruhig zu verhalten, näherte sich vorsichtig der Hütte und machte schließlich im starken Kontrast zu den scharfe Schatten werfenden Sonnenstrahlen eine Gestalt aus, die an einem Tisch saß. Offenbar falzte der Mann Papierblätter, legte sie auf einen Stapel, nahm sich das nächste Blatt und falzte es wieder.

Johannes wurde nervös. Etwas stimmte hier nicht. Er hielt das Schwert nun mit beiden Händen leicht nach rechts ausgerichtet, bereit, sich zu verteidigen. Er war nicht den langen Weg geritten, um in einen Hinterhalt zu geraten.

»Sag mir, Handwerker«, rief er, »wo sind alle hin? Es waren gerade noch Wachen hier. Hier wird ein Fürst gefangen gehalten. Wo ist er?« Während er sprach, ließ er seinen Blick über die Gemäuer schweifen.

Der Mann im Schatten wischte sich eine fettige Haarsträhne aus dem eingefallenen Gesicht. Seine spitze Nase ragte daraus hervor wie der Schnabel eines Raubvogels, und seine Augen funkelten ihn schwarz und unheilvoll an. »Sie sind alle hier, du siehst sie nur nicht.«

»Nein, hier ist niemand.«

Der Mann musterte ihn noch eine Weile, machte dann eine Geste, die ausdrückte, dass er keine weiteren Erklärungen abgeben wollte, und widmete sich wieder seiner Arbeit.

Johannes machte einen Schritt auf ihn zu. »Was drehst du dich weg? Spricht man so mit einem Gast? Sag mir, wo ist der gefangene Fürst? Ist er fort?«

Die schwarzen Augen wandten sich ihm wieder zu. »Ich sagte doch, du siehst nur nicht. Und du hast keine Manieren, Fremder.«

»Du wagst es …?« Johannes drohte die Nerven zu verlieren. Das Gefühl, alles gerate aus dem Ruder, wurde immer stärker, und er fühlte sich wie am Beginn einer Schlacht. Sein Herz rumpelte im Brustkorb. Er machte einen weiteren Schritt auf den Buchbinder zu und hatte ihn fast erreicht, um ihn zu schlagen, da dröhnte eine Stimme hinter ihm.

»Seid Ihr in offizieller Mission hier oder als ein gedungener Mörder? Sprecht jetzt, und überlegt Euch Eure Antwort gut, denn sie entscheidet, ob Ihr lebt oder sterbt.«

Johannes drehte sich langsam um und sah sich einer Handvoll Armbrüsten und Hellebarden gegenüber, die allesamt auf ihn gerichtet waren. In der Mitte der im Halbkreis postierten Gruppe stand ein groß gewachsener, fast schlaksig wirkender Mann, der breitbeinig in schwarzen Stiefeln steckte und sein Haupt mit einer Pelzhaube bedeckt hatte.

Johannes steckte das Schwert zurück in die Scheide, nickte dem Mann zu und sprach: »Ich bin in offizieller Mission im Auftrag Seiner Majestät des Kaisers Friedrich hier.«

Der Mann hob die Brauen. »Und ich bin der Hauptmann der Burgwache –«

»Wenn Ihr erlaubt«, unterbrach Johannes ihn. »Ich habe Euren Männern zuvor einen Brief Seiner Majestät überreicht, und …« Er zögerte kurz und überlegte, ob er alle Trümpfe auf einmal ausspielen sollte. Da die Armbrustschützen ihre Waffen immer noch nicht senkten, händigte er dem Hauptmann eine weitere versiegelte Briefrolle aus. »Und ich habe ein Schreiben an Seine Majestät König Matthias.« Er räusperte sich. »Vertraulich.«

Die Brauen des Hauptmanns hoben sich noch weiter an. Schließlich gab er ein Handzeichen, und die Armbrüste senkten sich, allerdings machte niemand Anstalten, das Schreiben, das Johannes ihnen hinhielt, entgegenzunehmen.

»Was wollt Ihr hier? Seid Ihr nur Kurier?«

»Nein. Ich will den gefangenen Fürsten sehen. Den walachischen Geist, dem ihr angeblich das Handwerk gelegt habt. Er soll hier gefangen gehalten werden, und das will ich mit eigenen Augen sehen.«

Diesmal war es das gackernde Lachen des Buchbinders, das ihn unterbrach.

»Wenn Ihr den Fürsten der Walachei meint«, sagte der Hauptmann in das Lachen hinein, »den Mann, der Türken gepfählt hat und dem sonst noch unzählige Gräueltaten zugerechnet werden – Ihr habt ihn gefunden. Braucht Ihr Begleitschutz?«

Verblüfft schaute Johannes zwischen dem Buchbinder und dem Hauptmann hin und her. »Nein«, erwiderte er.

Das Lachen des Buchbinders wurde lauter.

Der Hauptmann schüttelte den Kopf und betrachtete Johannes misstrauisch. Dann sagte er: »Wir kümmern uns um Euren Stallburschen und das Pferd. Wenn Ihr fertig seid, kommt in die Halle, dort wartet eine warme Mahlzeit auf Euch. Wir können am Feuer dann den Rest besprechen.«

Den Rest? Doch Johannes bekam keine Gelegenheit, weitere Worte zu wechseln. Der Hauptmann hatte sich schon umgedreht und stapfte mit seiner Kompanie davon. Das Lachen des Buchbinders ebbte langsam ab und glitt in eine unheilvolle Stille aus.

Johannes stellten sich die Nackenhaare auf. »Ihr?«

Der Buchbinder legte das Stück Papier zur Seite und wandte sich Johannes zu. »Was will Friedrich von mir? Anstatt eines Heeres, das er mir hätte vor Jahren schicken sollen, entsendet er jetzt einen einzelnen Mann? Noch dazu einen, der mich nicht einmal erkennt?«

Johannes wandte sich um. Sein Herz klopfte. Konnte es sein?

»Ja, es kann sein«, schien der Buchbinder seine Überlegung zu erraten. »Ich bin der, den sie den Pfähler nennen, Vlad Țepeș, der Fürst der Walachei und allem Anschein nach das Ziel Eurer Reise.«

»Aber wo sind die Ketten? Wo sind die Wachen?«

Einen Augenblick verfingen sich die schwarzen Raubtieraugen in seinem Gesicht, und Johannes hatte das Gefühl, der Fürst lese jeden einzelnen Gedanken. Dann erklang wieder das unangenehme Lachen.

»Ketten? Ich brauche keine Ketten, junger Mann. Ich bewege mich frei in dieser Burg. Sie müssen mich nicht einmal bewachen. Ich führe ein ruhiges Leben. Ein friedliches. Es besteht kein Grund, mich anzuketten. Ich laufe nicht davon, ehe man es mir erlaubt.«

Er stand auf und kam näher. Johannes fielen die kräftigen Arme des Mannes auf, sein spitzes Kinn lief in einen kurzen Hals aus, der auf breiten Schultern ruhte. Er bewegte sich geschmeidig, stand mit leicht angewinkelten Knien, ging leise. Er erinnerte Johannes an die türkischen Krieger, denen er mit den Rhodesiern begegnet war. Vor allem die Janitscharen waren es, deren Körper schon von Weitem verrieten, dass sie zu kämpfen wussten. Auch dieser Mann, davon war Johannes überzeugt, würde im Kampf nicht so leicht zu bezwingen sein.

»Ich bin hier, um Euch zu studieren, Vlad. Der Kaiser will sich ein Bild von Euch machen.«

»Studieren will er mich? Er will wissen, ob ich es wert bin, ein gutes Wort bei seinem Feindkönig einzulegen?«

»Friedrich und Corvinus leben derzeit in Frieden miteinander.«

»Friedrich und Corvinus? Ihr lehnt Euch weit hinaus, wenn Ihr sie ohne fürstliche Anrede nennt. Und hier König Matthias als ›Corvinus‹ zu bezeichnen ist ebenfalls kühn. Das könnte Euch den Kopf kosten.«

Vlad Drăculea kam näher und trat damit ins Sonnenlicht. Johannes konnte nicht sagen, warum, aber es überraschte ihn, denn einen Augenblick lang hatte er vermutet, der Gefangene könne sich nur im Schatten aufhalten.

»Friedrich und Matthias«, sinnierte der Mann nun vor sich hin und betrachtete seine Hände, »ihre Freundschaft ist nur geheuchelt. Sie hassen sich abgrundtief. Das wisst Ihr sicherlich genauso gut wie ich. Aber jetzt geht, bitte. Geht zum Hauptmann, wascht Euch, esst etwas, fühlt Euch wie zu Hause. Ich bin müde. Wir reden an einem anderen Tag. Wir haben Zeit. Viel Zeit.«

»Aber –«

»Ich habe Euch nicht hierherbringen lassen, damit Ihr mir widersprecht. Tut, was ich sage, geht jetzt.«

»Aber –«

Doch Vlad Drăculea drehte sich bereits um und ließ Johannes mit offenem Mund zurück. Der Buchbinder verschwand im Inneren der Hütte, eine Holztür schlug zu, die Wände zitterten, dann war kein Laut mehr zu hören. Johannes war am Ziel seiner Reise und wusste nicht, wie es nun weitergehen sollte. Was hatte Vlad Drăculea damit gemeint, er habe ihn »hierherbringen lassen«?

VIII

Helenas Rache

1

Die Welt war geschrumpft und endete bei den dicken Mauern, die sie vor sich sah. Ulf hatte ihr in den letzten Wochen nicht einmal erlaubt hinaufzusteigen, um über die Zinnen hinwegschauen zu können. Wahrscheinlich befürchtete er, dass Helena sich einfach zu Tode stürzen würde. Und wahrscheinlich hatte er damit sogar recht, denn mit jedem weiteren Monat schwand ihre Hoffnung. Den kleinen Hanns würde sie nie mehr wiedersehen. Kein Johannes. Kein Haris. Niemand war gekommen, um sie aus dieser Burg zu retten, vor dem Tyrannen Ulf.

Sie schlurfte mit kleinen, kraftlosen Schritten über den Innenhof. Die Henkel der beiden Wassereimer gruben sich tief in ihre Handflächen, um ihren Hals hing ein Seil, das sie hinter sich herzog wie eine Scherpe. Dicke Schwielen an ihrem Kehlkopf zeugten davon, dass nicht selten jemand an ihr zerrte und zog, die Lippen waren aufgeplatzt und die Augen ausgetrocknet. Geweint hatte sie seit Wochen nicht mehr. Als wäre alles leer in ihr. Leer und ausgedörrt, so fühlte sie sich.

»Weib!«, rollte eine unheilvolle Stimme über den Burghof. »Wo bleibt das Wasser?«

Helena hörte Schritte hinter sich über den Kiesboden scharren, wagte aber nicht, sich umzudrehen. Im nächsten Moment riss sie ein unsäglicher Schmerz aus ihrer Trance. Der Riemen an ihrem Hals würgte sie, ihre Zunge schoss aus dem Mund, und sie spürte, wie ihre Lippen anschwollen.

»Ich sagte, bring mir das Wasser. Und wo rennst du damit hin?«

Helena war völlig verwirrt, hatte sich tatsächlich im Weg geirrt.

Vor ihr bäumte sich »Ulfs Schatten« auf, der so schrecklich anzusehende Mesar. Sie zitterte, konnte dem Kerl kaum ins Antlitz blicken.

Er zerrte sie an den Haaren mit sich. »Und wehe, du verschüttest jetzt etwas.«

In den Schatten der Burg lachten die anderen Soldaten viehisch.

»Heute wirst du gewaschen, und dann bekommst du etwas eingepflanzt, das dich wieder lebendiger macht. Du wirst sehen, Ulf ist gut darin.«

Wieder das schauderhafte Lachen.

Mesar stieß Helena in den Turm, die Treppen hoch, und als sie allein waren, ließ er sie los. Er keuchte, als hätte ihm ihr Fliegengewicht ernsthaft zu schaffen gemacht: »Es tut mir leid«, sagte er, und Helena schnappte nach Luft.

»Musstest du so grob sein?«

Mesar war der sonderbarste unter Ulfs Lakaien. Er sah am furchterregendsten aus, und sie zweifelte auch keinen Atemzug daran, dass er nicht auch zu Furchterregendem fähig war, aber seit einiger Zeit benahm er sich ihr gegenüber merkwürdig zurückhaltend.

»Ich muss den Schein wahren, sonst schöpfen die anderen Verdacht«, zischte er und murmelte eine Entschuldigung. Unbeholfen tupfte er mit einem schmutzigen Tuch an ihrem Hals herum und versuchte das Seil etwas zu lösen.

»Aber warum?«, wagte sie sich vor. »Warum tust du das?«

Da wurde sein Gesicht wieder zur Maske. »Weil ich kein Frauenschänder sein will.« Er packte sie wieder grob am Arm. »Und ich will, dass du das weißt.«

Helena war völlig perplex von dem Gefühlsausbruch des Scheusals und konnte nichts weiter tun, als mit ihm zu gehen, bis sie schließlich in einem Raum stand, in dem sich ein Bottich befand, aus dem es dampfte.

Ulfs halb nackter Körper ragte aus dem Trog. »Pass auf, dass sie nicht auf die glühenden Kohlen steigt«, rief er vergnügt, wie sie ihn selten hörte.

Rund um den Bottich waren glühende Kohlen gelegt worden, die das Wasser warm halten sollten. Mesar nahm Helena die Wassereimer ab, schüttete sie in den Bottich und wartete auf weitere Anweisungen.

Ulf betrachtete Helena von oben bis unten.

»Zieh sie aus«, sagte er dann, und Helena durchfuhr ein eiskalter Schauder.

Als Mesar an ihren Stoffen nestelte, zitterte sie so sehr, dass ihre Zähne klapperten. Sie konnte Mesars Atem an ihrem Hals spüren. Und seine Stimme, die so leise hauchte, dass nur sie sie hören konnte.

»Es tut mir leid …«

Das Kleid glitt zu Boden, und Helena stand nackt vor Ulfs Bottich. In all den Wochen des elend langen Winters hatte Ulf sie kein einziges Mal angerührt. So seltsam es war, dieser lüsterne Strolch ließ ihr tatsächlich Zeit, ihre Wunden zu heilen. Doch die Schonfrist schien nun, als es Frühling wurde, zu Ende zu sein. Ulf starrte ihr unverhohlen auf die Brüste. Sie wünschte, dass ihr Haar wieder so lang wie früher wäre, damit es sie bedecken konnte. Nur mit Mühe unterdrückte sie ein Schluchzen.

»Jetzt komm schon.«

Mesar stieß sie sanft nach vorn und knurrte: »Geh schon.«

Helena drohten die Beine zu versagen, als sie sich näherte. Sie musste mit einem weiten Satz über die Kohlen springen, um in das dampfende Wasser zu gelangen, und hasste sich dafür, dass sie es wohltuend fand. Dennoch zitterte sie. Und als Ulf sie berührte, konnte sie auch ein Wimmern nicht unterdrücken, und da hasste sie sich noch mehr. Er grinste. Es gefiel ihm, wenn sie litt. Er musste sich mächtig fühlen. Er hatte sie erniedrigt. Er hatte ihr Leben gerettet, und jetzt hielt er sie als Sklavin seiner Lust fest. Sie durfte nicht weinen. *Nicht weinen.*

Seine Lippen glitten über ihre Schultern, und es ekelte sie so sehr, dass sie kaum noch atmen konnte. Ihr Herzschlag klang in ihren Ohren, als stünde sie im Glockenturm eines Doms. Sie war Königin gewesen. Sie hatte sich todesmutig in die Fluten eines Flusses gestürzt. Sie war nicht schwach. Sie war stark.

Da öffnete sie die Augen, während Ulf an ihrem Körper hinabglitt. Sie erblickte seinen Waffengurt, den er sorglos über den Rand des Bottichs gehängt hatte. Sie langte danach. Ergriff das Langmesser, drückte Ulfs Kopf dabei tiefer, bis er fast untertauchte, um ihre Scham zu erreichen, und dann holte sie aus. Das Messer würde ihm zwischen die Schulterblätter fahren und ein Loch ins Herz reißen. So groß und klaffend, dass er nicht einmal einen Gedanken daran verschwenden konnte, sich jemals wieder aufzurichten. Er würde mitten in seiner Begierde sterben.

Voller Vorfreude erhob Helena sich und stach zu. Doch sie verlor das Gleichgewicht, rutschte auf dem Bottichboden aus und schlug mit dem Kopf hart an den Rand.

Ulf war über ihr und tauchte sie unter, zog sie aber kurz darauf wieder aus dem Wasser. Sein stoppelbärtiges Gesicht war jetzt eine Fratze zwischen Lust und Zorn. »Hast du gedacht, du könntest mich so leicht umbringen?«

Er tauchte sie wieder unter und zog sie hoch. Sie hatte Wasser geschluckt und würgte.

»Ich werde dir zeigen, was ein langsamer Tod ist.«

Wieder tauchte er sie unter. Diesmal deutlich länger. Helena schlug nach ihm. Kratzte ihn. Das Wasser platschte aus dem Bottich, schlug wilde Wellen. Als Ulf sie noch einmal herauszog, schnappte sie verzweifelt nach Luft. Sie hörte ihn kaum noch. Ihr Herz raste. Sie spuckte Wasser aus.

»Jetzt wird sich dein Körper mit Wasser füllen.«

Abermals stieß er sie in den Bottich. Seine Arme drückten sie auf den Boden. Helena sah sein Gesicht immer verschwommener in den Wellen. Ihr Blickfeld wurde schmaler. Zog sich von den Rändern her zusammen. Alles wurde mit einem Mal friedlich. Bis Ulf jäh an ihr riss und sie mit einem ungeheuren Ruck aus dem Wasser zerrte, aus dem Bottich warf und sie unsanft am Rand der Kohlen auf dem Steinboden zum Liegen kam.

Sie hustete. Spie Wasser aus der Lunge. Hustete noch entsetzlicher. Und erst als sich der Husten legte und auch das Stechen in ihrer Brust etwas verebbte, wunderte sie sich, warum niemand bei ihr war, um sie zu schlagen, zu treten oder zu erstechen.

Sie richtete sich langsam auf und stellte fest, dass gar niemand mehr in dem Raum war. Kein Mesar. Kein Ulf. Sie bemerkte die Pfützen, die Ulfs Füße hinterlassen hatten. Er musste aus dem Bottich gesprungen und aus dem Zimmer gerannt sein. In diesem Moment vernahm sie das Klirren und Scheppern von Waffen, das aus dem Burghof klang. Sie lief ans Fenster und traute ihren Augen nicht. Dort unten kämpften ein Mann mit nur einem Arm und eine Horde Lumpen tragender Frauen und Männer gegen Ulfs überrumpelte Waffenknechte.

Haris war gekommen. Der gute, gute Haris. Und er hätte sich keinen besseren Moment dafür aussuchen können.

2

Haris kämpfte mit dem Mut der Verzweiflung. Es war das erste Mal, dass er seinen neuen Schwertarm unter Beweis stellen konnte, und er musste grimmig feststellen, dass er als Krieger weniger als die Hälfte wert war ohne seinen rechten Arm. Seinen besseren Arm.

Einzig sein heftiger Kampfrausch, die Wucht seines Angriffs und das Überraschungsmoment verschafften ihm Vorteile. Und diese reichten, um binnen weniger Atemzüge zwei von Ulfs Leuten zur Strecke zu bringen. Der eine wand sich hinter ihm noch immer unter den Schmerzen, die ihm ein Axthieb versetzt hatte, der andere rührte sich nicht mehr und lag bäuchlings im Dreck.

Manderdinger hielt seinerseits einen weiteren Angreifer mit seiner Hellebarde in Schach, deren Spitzen und Schneiden mehrmals gefährlich nahe am Gesicht seines Gegners vorbeischrammten. Eine Handvoll weiterer Kämpfer aus dem Wald an ihrer Seite schnaufte schwer, und es machte ihnen sichtlich zu schaffen, dass die Holzäxte und Mistgabeln in ihren Händen immer schwerer wurden. Sie waren den Umgang mit Waffen trotz der vielen Tage der Übung mit Haris und Manderdinger nicht gewohnt.

Soweit Haris sie in der Hitze des Gefechts zählen konnte, war die Anzahl seiner Vogelfreien bereits halbiert gewesen, als sie den Burghof erreicht hatten. Gespaltene Köpfe, offene Wunden an allen möglichen Körperteilen und entsetzliche Schreie waren die Bilder und Geräusche ihres Todeskampfes gewesen. Thomas Weiß verbiss sich gerade in den Hals eines Gegners, während die Kräuterfrau mit einem Stein auf dessen Brustkorb drosch.

So lange hatte Haris auf diesen Moment gewartet, so lange seine »Truppe« daraufhin geschult, doch spätestens, als ein splitternackter Ulf und ein besonders grässliches Exemplar seiner gepanzerten Waffenknechte aus dem Turm auftauchten, wusste er, dass es um sie geschehen war.

Der junge Burgherr brüllte, sie sollen augenblicklich aufhören. Er griff nach dem Schwert eines Toten und lief auf Haris zu. Drei-, viermal hieb er auf Haris ein, der mit entsetzt aufgerissenen Augen versuchte, seine Schläge zu parieren.

»Ich. Sagte. Aufhören«, brüllte Ulf, während er aber selbst keine Anstalten machte, den Kampf zu beenden.

Haris verlor das Gleichgewicht, ging in die Knie und hörte, wie die Schwertklinge Ulfs an seinem linken Ohr vorübersurrte. Nur ein Auge, nur ein Arm und doppelt so alt wie sein Gegner – wie sollte Haris diesen Zweikampf überleben?

Er brüllte auf wie ein Berserker, die Krieger der Wikinger, von denen sie sich früher manchmal an den Lagerfeuern erzählt hatten, um sich Mut zu machen. Mit dem Knauf schlug er Ulf an die Schläfe, der daraufhin zurückwankte. Haris sprang auf und setzte zwei, drei knallharte Schläge an, die der junge Herr von Hartstein parierte. Ein richtiger Treffer und das Beil würde ihm den halben Körper spalten wie einen Holzscheit.

Doch Haris machte einen entscheidenden Fehler. Er holte aus und bemerkte zu spät, dass er es mit dem falschen Arm machte. Mit dem, der ihm fehlte. Er taumelte. Verlor das Gleichgewicht. Seine Nase fühlte sich an, als würde sie bersten. Ein Zahn verdrehte sich im Zahnfleisch. Ein bissiger Schmerz im Oberschenkel.

Seine Streitaxt. Wo war seine Axt, verdammt? Haris griff nach einem Stein am Boden, warf ihn blindlings auf seinen Gegner. Doch er traf nicht.

Was nun kommen sollte, war seit Jahren abzusehen gewesen. Ein Tod auf dem Schlachtfeld. Aber doch nicht so. Nicht als Krüppel. Nicht, ohne Helena zu retten. Bitte nicht so …

Und während er in Erwartung eines letzten Hiebs die Augen schloss, dröhnte ringsherum der Schlachtlärm zu einem letzten großen Requiem auf. Wie ein himmlischer Chor.

Ein Chor voller brüllender Engel.

3

Sie hörten hinter sich die Schritte in hundertfachem Echo.

Haris öffnete die Augen und erblickte vor sich einen Vogelfreien, aus dessen Kopf das Blut spritzte. Offenbar hatte sich der Mann vor ihn hingeworfen, um sich für ihn zu opfern.

Haris nutzte den Moment. Sprang auf. Packte seine Axt und drosch dessen scharfe Kante einem der Schergen Ulfs auf den Schädel. Das schreckliche Gurgeln des Sterbenden lähmte ihn einen Moment. Es dauerte eine Weile, bis Haris bemerkte, dass Ulf und dessen Schatten abgedrängt worden waren.

Der Tyrann kämpfte mit einem Hünen Seite an Seite. In Ulfs Augen blitzte die blanke Wut, und doch musste er angesichts der Überzahl an Feinden Schritt um Schritt zurückweichen.

Da erblickte Haris Helena. Sie stand mitten im Burghof. Nur in ein Tuch gehüllt, griff sie in einer stillen, beinahe gemächlichen Bewegung nach einer Axt und suchte sich einen Gegner. Es war ihr anzusehen, dass sie darauf aus war, den Tod zu finden. Sie wankte. Stolperte über einen am Boden liegenden Körper und hob die Waffe mit beiden Händen an, sodass ihr Tuch vom Körper zu rutschen drohte.

Da stürzte Haris auf sie zu und riss sie mit sich fort.

Sie liefen gemeinsam mit einer Handvoll Geächteter, unter denen sich auch der Wahrsager Thomas Weiß und die alte Kräuterfrau befanden, eine Steinmauer entlang, deren bewehrte Brüstung den Blick über die Wälder im Süden freigab. Am nächsten Turm angekommen, hetzten sie eine Wendeltreppe hinab, gelangten in einen weiteren Burginnenhof und rannten auf das offen stehende Tor zu. Dahinter war der Weg in den Wald sichtbar, den zu erreichen beinahe unmöglich schien. Doch sie hatten es fast geschafft. Fast.

Ein Armbrustbolzen surrte und bohrte sich direkt vor Haris' Beinen in den hölzernen Deckel einer Truhe.

»Steht still! Ihr habt keine Möglichkeit zu entkommen«,

vernahmen sie Ulfs Stimme, die durch das Burgareal hallte. Und dann sahen sie ihn, Ulf von Hartstein, blutverschmiert mit diabolischem Blick und sich schwer hebender, nackter Brust.

Haris schob Helena hinter sich, hob seine Axt und ließ deren Klinge lässig auf der Schulter ruhen. »Mein Herr«, rief er, »Ihr seid zwar nicht mein *Herr*, aber Ihr werdet bestimmt gern so genannt. Lasst uns gehen und Ihr bleibt am Leben.«

Ulf lachte. »Was redest du da, Krüppel? Einerlei. Es reicht. Tötet sie. Tötet sie alle.«

Seine Schergen setzten die Waffen an.

»Haaalt!«, brüllte in diesem Moment eine neue Stimme und löste sofort völlige Stille aus. Alle Blicke richteten sich in Richtung Burgtor.

Ulfs Armbrust verharrte in der Luft, wie zu Eis erstarrt. Verwirrt blickte er sich um und sah sich plötzlich von mächtigen Schlachtrössern umringt, die in den Hof schritten. Gut zwanzig, dreißig gepanzerte Reiter drängten ihre gewaltigen Tiere in den Burghof und trieben die Kämpfenden auseinander. Die Hufe eines Pferdes stapften auf einem Toten herum, ein anderes schlug aus und traf Ulfs riesenhaften Mitstreiter beinahe am Kopf. Der Mann stürzte, rappelte sich auf, doch ehe er stand, waren bereits zwei Lanzen auf ihn gerichtet.

»Was geht hier vor?«, forderte ein in eine prächtige silbern schimmernde Rüstung gekleideter Reiter zu wissen.

Ulf, der verlegen seine Hand senkte, um sein Gemächt zu verdecken, antwortete trotzig: »Diese Männer haben versucht, meine Burg zu stürmen. Das sind Vogelfreie, dreckige Bauern, sie haben den Tod verdient. Und wer seid Ihr?«

Der Ritter auf dem weißen Pferd ging nicht auf seine Frage ein. Unter dem heruntergeklappten Visier blickte er sich vorsichtig um, öffnete es schließlich, und zum Vorschein kam ein bärtiges Gesicht, das noch grimmiger und missmutiger dreinschaute, als es der grimmige Haris jemals vermocht hätte.

»Ich bin der Baumkircher. Andreas Baumkircher, des Kaisers rechte Hand. Wo ist die Frau, die Helena genannt wird?«

4

Haris und Manderdinger flankierten Helena, die in eine schlichte Tunika gehüllt und barfüßig vor dem legendären Freiherrn von Schlaining, dem Helden der Schlacht um Wien, stand. Vor etwas mehr als einem Jahr hatte dieser Baumkircher angeblich in einem dreitägigen Gewaltritt Hilfe vom böhmischen König Podiebrad gebracht, nachdem des Kaisers Bruder Albrecht die Wiener Bürger gegen Friedrich aufgehetzt hatte. Danach sollte Baumkircher auch noch beinahe allein das Tor zur Wiener Burg verteidigt haben. Man erzählte sich, dass der berühmte Chronist Michael Beheim die Ereignisse miterlebt habe und an einer Schilderung der Ereignisse schreibe.

Als dann auch noch Albrecht gestorben war, kannten die Legenden um Baumkircher keine Grenzen mehr. Er stieg in den Geschichten des Volkes zum größten Feldherrn des erstarkten Reichs empor. Und ausgerechnet dieser Baumkircher sollte nun hier in Hartstein vor ihnen stehen?

Helena musterte den Mann. Er war tatsächlich unglaublich groß und breit wie ein aus Eichenholz gezimmerter Schrank. Baumkircher hatte seinen Helm abgelegt, und darunter kamen seine vom Schweiß verklebten Locken, die über den Ohren bereits angegraut waren, zum Vorschein. Auch seine mit Eisenplatten verstärkten Lederhandschuhe hatte er ausgezogen, ansonsten präsentierte er sich aber weiterhin in voller Kriegsrüstung.

Er trank mit großen Schlucken aus einem Wasserschlauch, wischte sich einige Tropfen aus dem wild wuchernden Vollbart und blitzte Helena aus hellwachen Augen an, doch sie hatte keineswegs vor, die Lider schüchtern zu senken, wie es wahrscheinlich die meisten im Angesicht des Kriegsveteranen getan hätten. Immer noch schmerzte ihr Hals, und auch Rücken und Schultern sendeten Schmerzwellen aus, doch Helena wollte nicht länger schwach und wehrlos erscheinen. Nicht einmal vor einem so legendären Hünen.

Dennoch wusste sie, wie viel Glück sie alle gehabt hatten. »Ich bin Euch unendlich dankbar, mein Herr«, sagte sie deshalb in slawischer Sprache.

Baumkircher ließ den Dank abprallen, und einen Moment dachte Helena, er habe sie gar nicht gehört. Oder gar nicht verstanden. Es war zwar allgemein bekannt, dass Baumkircher im Herzogtum Krain geboren worden war, also nicht weit von hier, doch er hatte seine Kindheit und Jugend am Hofe Kaiser Friedrichs verbracht und war seit mehr als zehn Jahren vor allem in der Gegend um Burg Schlaining zu Hause, wo er vom Kaiser das Recht erhalten hatte, eine Stadt zu gründen und Münzen zu prägen. Durchaus möglich also, dass er ihre Sprache gar nicht mehr richtig verstand.

Baumkircher wandte sich ab und betrachtete den am Boden knieenden Ulf von Hartstein, der aus einer Kopfwunde blutete. Er trug mittlerweile ein Hemd, das ihm bis zu den Knien reichte. Mesar und die anderen befanden sich etwas abseits, sie waren gefesselt und wurden mit gezogenen Waffen bewacht.

Als sich Baumkircher wieder Helena zuwandte, klang er beinahe zerknirscht. »Der Grund, warum wir so spät kamen«, sagte er dann doch in ihrer Sprache, »ist eine lange Geschichte. Johannes wurde in den Kerker geworfen, weil sein Bruder schlechtes Geld hergestellt hatte. Erst als dieser aus Venedig zurückgekehrt war und sich mit dem Kaiser geeinigt hatte, ließen sie Johannes frei. Erst dann hatte dieser Gelegenheit, seine Botschaft dem Kaiser zu übermitteln.« Er räusperte sich. »Erst nach einem langen Winter im Verlies. Und dann, ich bitte um Vergebung, hielten mich dringende Geschäfte in Schlaining auf. Deshalb komme ich erst jetzt hierher.«

Helena klappte der Mund auf. Sie hatte gar nicht richtig zugehört, seit Baumkircher Johannes' Namen erwähnt hatte. »Johannes? Ihr kennt Johannes?« Sie machte einen Schritt auf Baumkircher zu, der ihre plötzliche Aufregung mit einem Lächeln quittierte.

»Ja«, erwiderte er. »Aber reden wir später darüber. Was machen wir hier? Wie klären wir diese Sache?«

Haris spuckte auf den Boden. »Wir knüpfen die Mistkerle auf.«

Die Unterbrechung missbilligend, wandte sich Baumkircher an Haris, doch ehe er antworten konnte, ergriff Ulf das Wort.

»Das ist *meine* Burg«, rief er weinerlich. »Ulrich von Cilli hat sie uns vermacht. Mein Vater hat hier regiert. Jetzt regiere ich. *Sie* sind die, die aufgeknüpft werden müssen. Die Vogelfreien. Die Bauern. Sie haben sich gegen mich erhoben. Und damit gegen die Krone. Diese Frau ist eine Hexe. Seht nur, wie sie einen frech anstarrt. Sie sollte auf die Knie fallen.«

Baumkircher blickte ernst. Wenn jemand das Wort »Hexe« in den Mund nahm, war Vorsicht geboten. Er wusste, dass die Menschen rasch das sahen, was andere in Worte zu kleiden vermochten.

»So wie ich das sehe«, unterbrach er Ulf deshalb schnell, »wurde hier eine Frau schändlich behandelt. Eine Frau, die durch Johannes Kreuzer und mich, Andreas Baumkircher, in der Gunst des Kaisers steht. Und so wie ich das sehe, ist der Kaiser hier Herr über das Land und damit über jede Burg, die sich auf seinem Land befindet. Wart Ihr jemals bei Hofe, um Euch als Burgherr vorzustellen?«

»Nein!«, rief Ulf. »Mein Vater starb und mein Bruder auch. Ich hatte noch nicht die Gelegenheit …«

»Soso, da hatte er noch nicht die Gelegenheit. Mein Vorschlag lautet«, Baumkircher wandte sich Helena zu, »Ihr sollt entscheiden. Ihr dürft Recht sprechen. Und der vermeintliche Burgherr hat zu schweigen. Denn es ist der Wunsch des Kaisers, dass ich hier nach meinem Gutdünken entscheide. Und so wie ich das sehe, sollte diese Burg eine neue Herrin bekommen. Eine Herrin, die zu ihrem Recht kommen soll. Also … richtet.«

Alle Augen waren auf Helena gerichtet. Ihre Wunden schmerzten immer noch. Ulf knurrte etwas, bis er durch einen Schlag auf den Kopf zum Schweigen gebracht wurde.

Helena blickte sich um, betrachtete die Mauern, die monatelang ihr Gefängnis gewesen waren, und wog ihre Möglichkeiten ab. Haris und Manderdinger nickten ihr aufmunternd zu.

»Wenn Ihr erlaubt, mein Herr«, sagte sie schließlich. »Ich möchte mein Kind zurück. Danach bestimme ich über das Schicksal dieser Männer. Nur einem Mann stelle ich es jetzt schon frei, wählen zu dürfen. Mesar – du kannst wählen zwischen einem Tod als Krieger mit dem Schwert, einem Leben im Wald als Vogelfreier oder du bleibst hier. An unserer Seite.«

Haris stöhnte auf. »Aber Herrin, das könnt Ihr doch nicht machen … Dieser Mann ist einer von Ulfs schlimmsten Weggefährten. Ein Schlächter. Ein –«

»Oh, Haris, bitte seid mir nicht böse, wenn ich das sage, aber was seid dann Ihr? Seid Ihr nicht ebenso ein Krieger, der an der Seite seines Herrn kämpft, der ihn bezahlt? Mesar ist ebenso ein Krieger wie Ihr. Aber er hat noch eine Eigenschaft, die Ihr mit ihm teilt. Er ist ein Ehrenmann, ritterlich. Er wird mir zur Seite stehen. Ich weiß, was ich tue. Also«, sie wandte sich nun direkt an Mesar, »wie entscheidet er sich?«

5

Die Pferde schnauften, und ihre Fesseln verschwammen im Bodennebel, als wären die Tiere Geistwesen aus alten Geschichten. Ihre Reiter waren in dicke Mäntel gehüllt, unter denen das Eisen, das ihre Körper großteils umgab, schepperte. Sie schwiegen während des langen Ritts durchs Zwielicht eines schummrigen Tages und ließen die Umgebung nicht aus den Augen. Gefahr konnte in diesen Teilen des Landes stets in allen Richtungen lauern. Nur Helena ritt, den Blick stets nach vorne gerichtet, aufrecht und ohne Furcht. Sie war fest entschlossen, ihr Leben nun selbst in die Hand zu nehmen.

Als vor ihnen die Umrisse der Kartause von Seiz aufragten, klarten Helenas Gesichtszüge sich voller Vorfreude auf. Bald würde sie ihr Kind wieder in den Armen halten. Alles würde dann gut werden.

Doch sobald sie diesen Gedanken gehabt hatte, fühlte sie einen unbestimmten Zweifel auflodern. Ihr hoffnungsvoller Frohmut passte nicht zur bedrückenden Umgebung. Etwas stimmte hier nicht.

Sie zügelte ihr Pferd, und auch die Ritter an ihrer Seite hielten inne. Nervös schnaubten die Rösser. Mit einem singenden Geräusch, dessen Misston ihr einen Schauder über den Rücken trieb, zogen die Männer ihre Schwerter.

Das Tor zur Kartause stand offen, ein Flügel hing schief in den Scharnieren. Der beißende Gestank verkohlten Fleisches drang zu ihnen.

In einem Stallgebäude im Innenhof des Klosters zeugten Rauchfahnen noch von glimmenden Glutnestern. Die Leichen dreier Mönche lagen zu einer sich grotesk umarmenden Gruppe vereint vor dem Wirtschaftsgebäude. Ein Speer hatte sie alle drei aufgespießt.

Helena sprang vom Pferd. Sie schrie nach ihrem Kind. Die

Reiter ließen ihre Pferde einen Kreis um sie bilden, einige hatten jetzt Armbrüste angelegt, andere klappten die Visiere ihrer Helme zum Schutz der Gesichter herunter. Ihr schwerer Atem darunter war zu hören.

Dann schwärmten sie aus, stießen mit den Schwertspitzen Leichen an, rollten glosende Mehlsäcke zur Seite und inspizierten so den weitläufigen Hof des Klosters.

Helenas Rufe schallten über das Gelände. Wären Feinde in der Nähe gewesen, sie hätten sie längst gehört. Helena daran zu hindern wäre aber ein Ding der Unmöglichkeit gewesen, das wussten die Männer vermutlich. Eine verzweifelte Frau, die ihr Kind suchte, würde selbst einem gerüsteten Ritter die Haut vom Leib kratzen, wenn der sie maßregelte.

Irgendwann gingen Helenas Rufe in ein ahnungsvolles Wimmern über, das sie auf die Knie fallen ließ. Kraftlos sanken ihre Arme. Vor wenigen Momenten war sie noch so hoffnungsfroh gewesen, und jetzt brach eine Welt zusammen.

Als sich eine Gestalt aus den rauchenden Gebäuden schälte und auf sie zutorkelte, hoben sich die Waffen in seine Richtung.

Ein hagerer Mönch fiel vor Helena auf die Knie. Er schlug die Hände vor dem Gesicht zusammen, jammerte und stammelte in unzusammenhängenden Sätzen, und erst als sie auf ihn zustürzte, verfiel er in starres Schweigen.

Sie erkannte den Mann sofort, denn diese bösartige Fratze, das skeletthafte Wesen und seine schiere abartige Größe machten ihn weithin sichtbar. Dies war Pater Dejan, jener Geistliche, der sie aus den Fängen Ulfs gerettet hatte, nur um sie dann selbst zu quälen. Ein Fanatiker, dem dieses sonderbare Buch der schwarzen Luft offenbar nicht genug war, er wollte mehr davon. Als hinge sein Seelenheil davon ab. Und weil sie nicht mehr preisgegeben hatte, auch gar nicht mehr *wusste*, hatte er sie foltern lassen und sie der Menge und schließlich wieder Ulf ausgeliefert.

»Du«, kreischte Helena und packte ihn an seiner Kutte, »wo ist mein Kind? Wo hast du meinen Hanns hingezerrt? Du Ungeheuer. Du Bestie.«

Die Männer Baumkirchers hielten sie zunächst nicht davor zurück, den Mann zu schlagen. Immer wieder knallten ihre Fäuste gegen das Gesicht des Kartäusers und ließen seine Lippen aufplatzen und sein Auge sich verfärben.

Helena war nicht mehr fähig, einen klaren Satz zu formulieren, zwischen zusammengepressten Zähnen schlug sie immer und immer wieder auf ihn ein. Schließlich zogen die Ritter sie doch von dem Mönch und baten sie um Einhalt. Dies sei ein Mann Gottes, sich an ihm zu vergreifen könne sie den Kopf kosten.

Doch Dejan wirkte im Gegensatz zu ihrem letzten Aufeinandertreffen keineswegs boshaft und gnadenlos. Er machte einen völlig zerknirschten Eindruck.

»Lasst die Frau«, sagte er leise. »Sie hat recht. Ich habe gesündigt. Wir alle haben es. Sonst wären die Teufel nicht über uns hergefallen.«

»Welche Teufel?«, brüllte Helena, die ihren Tränen nun freien Lauf ließ. »Wo ist mein Kind? Wo ist mein Kind, du Schwein? Wo ist es? Sag es, sag es doch endlich!«

Pater Dejan schluchzte, brachte kaum ein Wort hervor und zeigte nur auf das in den Angeln hängende Tor. »Sie sind da!«, rief der Mönch und riss die Arme hoch. »Rettet euch. Um Gottes willen, rettet euch, sie sind überall. Sie sind überall.«

Zwei der Baumkircher-Söldner preschten unverrichteter Dinge zum Eingangstor, um es zu sichern. Sie schauten sich argwöhnisch um. Die anderen rückten enger zusammen und musterten die Umgebung. Nur Helena war gleich, was um sie herum vorging. Sie zerrte an seiner Kutte.

»Dejan. Wo ist mein Kind? Von welchen Teufeln sprichst du?«

»Du kennst sie doch«, blitzte er sie an. »Du kennst sie doch alle. Sie sind mit dir im Bunde.«

Es ging so schnell, dass selbst Helena überrascht war. Sie hatte Dejan eine schallende Ohrfeige verpasst, die ihn von den Beinen riss. Zitternd rappelte er sich auf und rieb sich die Wange.

»Wen?«, fauchte sie. »Wen kenne ich?«

»Die Türken«, hauchte Dejan. »Die Türken waren hier. Und sie werden wiederkommen. Das weißt du doch, das weißt du doch …«

6

Es war schon zu spät, um den Ritt zurück zur Burg Hartstein anzutreten, also beschlossen sie, ein Feuer zu machen und die Nacht in den schützenden Mauern des Klosters zu verbringen. Als genügend Wachen aufgestellt waren, kauerten Helena und die anderen mit Pater Dejan um das Feuer herum und lauschten seinem stockenden Bericht.

»Es war um die *hora nona*, als sie aus dem Nichts auftauchten. Die Sonne glühte, und anfangs konnte ich es gar nicht glauben. Da traten Schatten aus dem Wald, und schon fielen die ersten Männer und Frauen auf den Feldern. Sie wurden einfach aufgespießt und abgeschlachtet, von Pferden zertrampelt und umgehauen. Es ging so schnell. Wie eine Schar Vögel zogen die Reiter übers Feld auf die Kartause zu. Es waren Akindschi, die alles niedertrampelten, und auch Asaben, die zwischen ihnen herrannten und jeden, den sie ermordeten, auf der Stelle ausraubten.

Es war gespenstisch, denn sie gaben keinen Laut von sich, waren absolut geräuschlos. Dann kamen die Brandpfeile. Alles loderte. Und erst als sie im Kloster waren und sich ihnen niemand mehr in den Weg stellen konnte, begannen sie zu schreien und heulen wie ein Rudel Wölfe. Sie sind keine Menschen. Das sind Dämonen.«

Das Lagerfeuer knisterte, niemand wagte es, den Mönch zu unterbrechen.

»Ich hatte solche Angst. Angst um meine Mitbrüder. Aber vor allem Angst um unsere Bücher.«

Helena horchte auf und musterte Dejan.

»Unsere Bibliothek ist unser Schatz«, fuhr er rasch fort. »Wenn sie nur die Bücher in Ruhe ließen. Wir liefen also in andere Richtungen, versuchten die Eindringlinge von unseren Schriften abzulenken. Ich sprang in einen unserer Zufluchtsgänge und verschloss ihn hinter mir. Kurz bevor die Luke fiel, sah ich Bruder Sixtus mit deinem Kind im Arm auf eine andere Luke zulaufen. Er wurde getroffen. Der Asabe, ein bunt gekleideter Mann mit Bartspitzen, die ihm weit bis unters Kinn ragten, und einem Gesicht, so lang und spitz und schmutzig wie das eines Maulwurfs, nahm das Kind an sich. Er betrachtete es. Aber ich glaube nicht, dass er es getötet hat. Er nahm es mit. Mehr weiß ich nicht.«

»Und woher wissen wir, dass nicht du es warst, der diesem Bruder Sixtus den Zutritt zu einem der schützenden Gänge verwehrt hatte?«, wollte einer der Männer wissen.

Dejan bekreuzigte sich. »Weil ich im Haus des Herren, in meiner Kartause, nicht lügen würde.«

Helena blitzte ihn an und glaubte ihm kein Wort. In ihr war kaum noch Platz für andere Gefühle als Wut und Zorn, auch wenn sich eine tiefe Traurigkeit in ihr breitgemacht hatte und drohte alles zu vernichten. Ihr Kind, ihr kleiner Hanns, war also bei den Asaben, den Grenzbauern des Osmanischen Reichs, die als Räuber und Mörder weithin bekannt waren und denen man die schlimmsten Dinge nachsagte. Der Bub war wahrscheinlich längst tot, gebraten und verspeist, so entsetzlich verroht, wie die Asaben waren. Sie durften sich nehmen, was ihnen in die Hände fiel. Auch kleine Kinder. Niemand bestrafte sie dafür.

»Wo ist das Buch jetzt?«, fragte Helena.

Dejans Gesicht schien im Schein der Flammen zu lodern. Doch es war mehr darin zu lesen, und für einen Moment hatte es den Anschein, als brannte das Feuer in seinem Gesicht selbst. »Diese Dämonen haben es verbrannt.«

In diesem Augenblick wusste Helena, dass sie ein anderer Mensch geworden war. Und sie wusste auch, dass das kein gutes Zeichen war.

7

Im Morgengrauen überließen sie Pater Dejan dem Schicksal und verließen das Kloster ohne ihn. Er hockte auf einem Stein, gebeugt wie ein alter Mann.

Als die berittene Gruppe das Tor zum Kloster passierte, richtete er sich langsam auf und folgte ihnen, um es notdürftig zu schließen. Dann schlürfte er mit behäbigen Schritten zu einer Luke, die zu einem der Kellergeschosse führte. Er kletterte hinab und schob einige Holzscheite zur Seite. Dahinter offenbarte sich eine Tür, die er öffnete. Eine weitere Treppe führte zurück an die Oberfläche und mündete in einen Raum, der keine Fenster aufwies. Dejan entzündete eine Fackel, und bei dem Anblick, den ihm der flackernde Lichtschein darbot, entkam ihm ein Seufzen. Bücher und Schriftrollen türmten sich bis an die Decke und verströmten einen modrigen Geruch.

Dejan hustete, stellte sich ans Pult und setzte fort, an einem dort ausgebreiteten Schriftstück zu lesen. Sein Kopf näherte sich dem Stück Papier, er hielt eine Kerze dicht an seinem Gesicht, seine Nase berührte schon fast die Buchstaben, bis ein finsteres Knurren, das von Dejan selbst ausging, die Farce beendete.

Er nahm Buch, Tinte und Feder an sich und ging damit durch den Gang zurück. Er musste ans Sonnenlicht, denn sein Augenlicht war zu schwach geworden für das Lesen bei Kerzenschein. Er stieg die Treppe hoch, öffnete die Luke, kletterte hinaus, schloss sie und spürte einen Stich zwischen seinen Schulterblättern.

»Ein Lügner bleibt ein Lügner, ob er es auf geweihter Erde tut oder nicht«, raunte Helena.

Als Dejan sich umdrehte, war er umringt von den Rössern der Baumkircher-Horde, die ihn grimmig musterte.

8

Als Helena nach einem Tagesritt wieder zurück in die Burg Hartstein kam, hatte sich das Bild geändert. Baumkircher hatte die Burg säubern lassen. Ulf und seine Männer wurden in Käfigen gehalten, die Ställe waren geputzt und die Pferde versorgt worden. Aus dem Küchentrakt wehte ihnen der Geruch frisch zubereiteter Speisen entgegen.

Helena öffnete das Tor zur Speisehalle, und augenblicklich verstummte das Gemurmel im Saal.

Baumkircher erhob sich und begrüßte sie. In seinem Gesicht spiegelte sich ihre Trauer. Er erkannte sofort, dass die Suche nach ihrem Kind nicht von Erfolg gekrönt war. »Es tut mir leid.«

»Es ist nicht Eure Schuld«, versetzte Helena, die nicht auf sein Mitgefühl einging. Mit versteinerter Miene nahm sie an seiner Seite Platz und bedeutete den anderen mit einem Wink, dass sie mit ihrem Mahl fortfahren sollten. Sofort hob der Lärm im Speisesaal wieder an.

Baumkircher zugewandt, sagte sie: »Habt Ihr Johannes' Warnung vernommen?«

»Welche Warnung?«

»Dass die Türkengefahr droht. Sie kommen immer näher. Ihre Vorhut hat mich verfolgt. Und nun hat sie die Kartause von Seiz gestürmt. Johannes wollte doch zum Kaiser, um ihn zu warnen. Ich dachte, Ihr wüsstet davon. Ich dachte, Ihr seid die Vorhut eines christlichen Heeres.«

Baumkircher schien belustigt. Von einem Heer wisse er nichts. Und wenn er sich an das gemächliche Treiben bei seiner Abreise in Graz zurückerinnere, könne er sich auch nicht vorstellen, dass eine Rekrutierung bevorstehe. Nichts habe darauf hingedeutet; keine Befehle brüllenden Hauptleute, keine Tag und Nacht arbeitenden Schmiede oder Sporer und schon gar keine Reihen junger Männer, die angeheuert wurden.

»Ich weiß von nichts«, wiederholte Baumkircher. »Und Johannes ist weit fort. Der Kaiser hat ihn auf die Ungarnstraße geschickt. Als Kurier nach Visegrád.«

Helena starrte ihn mit offenem Mund an. »Visegrád? Wo liegt das?«

»Für einen Kurier, der in höchster Eile reitet und seine Pferde alle paar Meile tauschen kann, sind es bei bestem Wetter vielleicht vier Tagesreisen von Graz. Johannes wird etwas länger gebraucht haben. Es liegt an der Donau, etwas nördlich von Buda im Reich des Königs Matthias Corvinus.«

Helena drehte einen Becher Wein in ihrer Hand und starrte versonnen in die Flüssigkeit. Sie konnte sich nicht daran erinnern, dass ihr jemand Wein serviert hatte. Sie sprach laut wie zu sich selbst: »Die Türken haben mein Kind. Johannes ist weit weg. Wir müssen also diese Burg sichern. Wir müssen uns wappnen.«

Einer von Baumkirchers Männern sprang auf. »Mein Herr«, rief er, »das Frauenzimmer hat hier nichts verloren. Wir müssen uns nicht von einer Frau sagen lassen, was wir tun sollen und was nicht.«

Ehe Baumkircher etwas erwidern konnte, war Helena mit zwei, drei großen Schritten bei dem Mann. Ihre Stimme vibrierte und war etwas zu hell, doch nicht minder bedrohlich. Und als ihr Zeigefinger auf die Brust des Mannes zielte, unterstrich sie damit jedes ihrer Worte. »Ihr sitzt an meinem Tisch. Ihr seid in meinem Haus. Ein Wort noch von Euch und Euer Kopf rollt durch meine Halle. Wollt Ihr also weiterhin das Wort gegen mich erheben?«

Nach einer Schrecksekunde erntete sie empörte Ausrufe, einige griffen sogar zu den Waffen, und es hatte einen Augenblick den Anschein, als liefe Helena Gefahr, von den aufgebrachten Kriegern erschlagen zu werden, als Baumkirchers Stimme durch den Saal donnerte wie ein Erdbeben.

»Ruhe, Männer! Seid endlich still. Diese Frau hat recht. Johannes wurde vom Kaiser nicht erhört. Früher oder später wird er es aber, und dann wird er unsere Hilfe wieder benötigen.

Spart eure Kraft. Helena, heißt das, Ihr habt eine Entscheidung getroffen? Bleibt Ihr hier in der Burg?«

Sie nickte. »Wenn das auch dem Wunsch des kaiserlichen Heerführers entspricht, will ich das gerne tun.«

Baumkircher nickte. »Es entspricht. Ihr seid bis auf Weiteres die neue Herrin dieser Burg. Ich werde diese Entscheidung mit Stubenberg, dem Landeshauptmann, besprechen und beizeiten offiziell machen. Was soll in der Zwischenzeit mit Ulf und seinen Leuten geschehen?«

»Zunächst bitte ich meinen lieben Manderdinger, sich zwei Leute zu nehmen und mit seinem Wagen zurück zur Kartause zu reiten. Offenbar gibt es eine Bibliothek, die nicht von den Türken geplündert oder vernichtet wurde. Ich denke, wir sollten die Bücher hierherbringen.« Dann wandte sie sich an Ulf, der in einem Käfig etwas abseits der Tafel hockte. Ihre Stimme klang hart und ohne Anteilnahme. »Ulf ist zu bannen und als Vogelfreier in die Wälder zu schicken. Die Menschen, die unter ihm litten, sollen sich einen Spaß daraus machen, ihn zu jagen. Seine Männer müssen allesamt hängen. Die Vogelfreien aus dem Wald sind ab sofort meine Frauen und Männer. Sie dürfen hier bei mir leben, und ihnen darf kein Leid angetan werden.«

Nachdem sie gesprochen hatte, wurde es still im Saal. Selbst die abgebrühtesten Krieger wussten nicht, was sie darauf sagen sollten.

Baumkircher war der Erste, der die Worte wiederfand. »Ihr meint, wir sollen Ulf von Hartstein seinem Schicksal überlassen? Dass er womöglich von hergelaufenen Bauern totgeprügelt wird? Ihr wisst, dass er von hoher Geburt ist. Er hat sich einen ehrenwerten Tod verdient.«

»Er ist nicht höher geboren als jedes andere menschliche Wesen. Glaubt mir, ich weiß, wovon ich spreche. Und er soll nicht nur von Bauern totgeprügelt werden, noch lieber wäre mir, Bauers*frauen* würden das tun.«

»Nein!«, brüllte Ulf, seine Fingerknöchel wurden weiß, so fest krallte er sich an das Gitter seines Käfigs.

Viele im Saal schreckten hoch, denn sie hatten ganz vergessen, dass er und seine Häscher ebenfalls im Raum waren.

»Sie ist eine Hexe. Hört ihr? Eine *Hexe*!«

Nun stimmten auch einige von Baumkirchers Männern in seine empörten Rufe ein.

»Eine Hexe hätte dich jetzt auf der Stelle getötet«, schrillte Helenas Stimme und hatte Kraft genug, sämtliche Anwesenden zum Schweigen zu bringen.

Nur Ulf wimmerte: »Sie droht mir, hört ihr? Sie droht mir.«

Helena wandte sich Baumkircher zu. »Schickt ihn fort. Er hat Zeit bis zur Dämmerung, danach soll sein Tod ohne Folgen für denjenigen oder diejenige bleiben, die ihn verursacht.«

Einige Männer blickten hinaus und bemerkten, dass die Sonne ihren höchsten Stand längst erreicht hatte. Ulf würde nicht mehr viel Zeit bleiben, um im Schutz des Waldes unterzutauchen.

Ungerührt öffnete Baumkircher Ulfs Käfig. »Du wirst laufen müssen.«

Zitternd trat Ulf auf den Burghof hinaus, gefolgt von den Männern, die ihr Mahl augenblicklich unterbrochen hatten. Es war unschwer zu erkennen, dass die anfängliche Empörung in eine gierige Lust nach einem Schauspiel gewechselt war. Vielleicht machte sich der eine oder andere sogar schon für eine Treibjagd bereit. Ulfs Schädel an der Lanzenspitze war mit Sicherheit eine Trophäe, über die man sich trefflich noch tagelang unterhalten konnte.

Einmal noch wandte Ulf sich Helena zu, und es sah so aus, als wollte er sie um Gnade anflehen, doch er verkniff sich diesmal sein Wimmern. Das Tor ging auf, und er trat in die Strahlenblitze aussendende Sonne hinaus.

Da ließ Helena den Blick noch einmal durch den Burghof schweifen, etwas hatte plötzlich ihre Aufmerksamkeit. »Wartet«, rief sie. »Ich habe eine bessere Strafe für ihn.«

9

Alles Zetern hatte nichts genützt. Sie schliffen Ulf zwischen sich her und stießen ihn in die vom Fackelschein gespenstisch tanzende Schattenwelt. Als sie den Stein erreicht hatten, der den unterirdischen Gang markierte, bildeten die Männer einen Kreis um Ulf, der erschöpft am Boden kauerte.

Helena trat vor und erwiderte Ulfs hasserfüllten Blick. »Dieser Gang führt in die Freiheit. Manche Bücher berichten aber auch davon, dass solche Gänge Wege in die Hölle sind. Du wirst deine Erfahrung machen. Schiebt den Stein zur Seite.«

Zwei kräftige Kerle öffneten das Tor zur Unterwelt, gähnende Schwärze schrie ihnen förmlich entgegen.

Helena sagte bitter: »*Niger aer*, schwarze Luft.«

»Bitte«, flehte Ulf jetzt doch. »Lasst mich einfach gehen. Schickt mich nicht in die Dunkelheit.«

Helena nickte einem der Soldaten zu, der ihr sogleich etwas überreichte. Ihre Finger umschlossen kaltes Eisen, dann drehte sie sich um. In der Hand hielt sie eine jener Eisenstangen, mit der sie selbst von Ulfs Schergen verprügelt worden war. Ihre Augen fixierten den Tyrannen. Ulf ging auf die Knie und hob die Hände über den Kopf, während er wie ein Kleinkind wimmerte. Doch Helena holte nicht zum Schlag aus. Sie musterte ihn nur. Bis sie die Waffe weiterreichte und verkündete: »So, jetzt ist er bereit, in die schwarze Luft hinabzugehen.«

Ulf wehrte sich, und doch war er innerhalb weniger Augenblicke bereits bis zur Hüfte in der Finsternis verschwunden. Die Männer begannen, den Stein über ihn hinwegzuschieben, sodass er gezwungen war, die Leiter weiter hinabzusteigen.

»Gebt mir wenigstens eine Fackel. Nur ein bisschen Licht.«

Doch als Antwort erntete er nur unheilvolles Schweigen. Als der Stein die Öffnung vollends verschloss, waren seine Schreie noch eine Zeit lang zu hören und hinterließen selbst bei Helena ein beklemmendes Gefühl.

»Und was«, sagte Baumkircher, »wenn es einen Ausgang gibt und er ihn findet?«

»Es hat sich nichts geändert. Dann darf ihn jeder Mann und jede Frau erschlagen.« Helena wartete einen Moment, ehe sie fortfuhr: »Aber er wird keinen Ausgang finden. Die schwarze Luft ist vollkommen.«

***

In den folgenden Tagen patrouillierten Baumkirchers Landknechte um die Burg, doch von Ulf war keine Spur. Auch beim Stein hatte Baumkircher Wächter postiert, obwohl es völlig unmöglich für einen einzelnen Mann war, diesen Stein von unten auf die Seite zu drücken. Die Wächter berichteten, dass die Schreie aus dem Inneren der schwarzen Luft irgendwann verstummt waren.

Überall wurde außerdem nach Hanns gesucht. Frauen und Männer wurden ausgeschickt, doch es gab keinen Anhaltspunkt. Niemand sprach es aus, aber es wurde allgemein vermutet, dass das Kind längst tot war.

Als die ersten kühlen Tage einen frühen Herbst ankündigten, verließen Baumkircher und seine Männer die Burg. Sie ritten den Weg, den sie gekommen waren, in Richtung der kaiserlichen Residenz in Graz in der Hoffnung, die Stadt noch vor den einsetzenden Herbstregen zu erreichen.

Baumkircher hatte Helena eine Handvoll Männer zurückgelassen, mit Manderdinger, Haris und Mesar standen ihr weitere drei erfahrene Kämpfer zur Seite. Alles rechnete damit, dass sie die Burg den Winter über in Schuss halten würden und die möglichen Angriffe der türkischen Scharen im nächsten Frühjahr so lange abwehren würden, bis Johannes mit weiteren Männern zurückgekehrt war. So hatte sie es Baumkircher auch versprochen.

Doch niemand ahnte, dass Helena ganz andere Pläne hatte.

IX

Im Kopf des Walachen

1

Ludo war während der letzten Wochen ein treuer Gefährte geworden und hatte sich als junger Mann mit der wunderbaren Fähigkeit, lange und tiefgründige Gespräche führen zu können, erwiesen. Der Junge kümmerte sich um die Pferde und das Essen, und wenn er nach langen Spaziergängen in die Burg zurückkehrte, waren Bettstatt und ein paar Happen stets gerichtet.

Sie starrten vor dem Einschlafen manchmal in den nächtlichen Himmel, und Johannes' Gedanken kreisten stets um seinen sonderbaren Aufenthalt. Oft vergingen die Tage in lähmender Langsamkeit, und er hatte das Gefühl, dass seine Beine unter seinem Körper davonlaufen wollten. Drăculea entzog sich ihm, und niemand in der Burg erbarmte sich seiner, um ihm zu helfen, die Angelegenheiten, wegen derer er hier war, schneller zu erledigen.

Einmal hörte er erst nach Tagen davon, dass der Häftling gar nicht in der Burg sei, sondern von König Matthias nach Pest beordert worden war. Johannes erfuhr, dass immer wieder Treffen mit Matthias' Cousine arrangiert wurden, denn diese sollte Drăculea eines Tages ehelichen.

Viel mehr marterte ihn aber, dass es im Grunde in seiner Hand lag, zu entscheiden, ob Friedrich ein Wort für oder gegen Drăculea einlegen sollte. Wer war dieser Woiwode wirklich? Wie viel Macht besaß er tatsächlich? Und vor allem: Warum fiel es Johannes so schwer, einfach aufzubrechen und dem Kaiser Meldung zu machen? Er konnte doch berichten, was er wollte, und dass der Walache gefährlich war, das wusste er ohnehin schon längst. Die ganze Zeit über stellte er sich Fragen wie diese, und er war längst überzeugt davon, einem seltsamen Zauber des Woiwoden erlegen zu sein, bis die Nächte tatsächlich frisch wurden und der Herbst hereinbrach.

Einmal erwischten sie mit den ungarischen Wachen zu viel Wein und krochen auf allen vieren kichernd auf ihr Lager zu.

Johannes ließ sich von Ludo halb zur Bettstatt schleppen und wunderte sich, wie schwach sein Gefährte war.

»Ich frage mich«, lallte er, »wann du zu Kräften kommst, Knabe.«

»Also ich bin nicht stark genug, um meinen Herrn zu tragen, wenn er selbst nicht mehr fähig ist, zu gehen?«

Johannes hob den Zeigefinger und zielte damit auf Ludo. »Pass auf, was du sagst, mein Freund.« Dann ließ er einen beachtlichen Furz hören und brach daraufhin in schallendes Gelächter aus, das in einen Hustenanfall mündete.

Ludo schien es nicht komisch zu finden, schüttelte verächtlich den Kopf und drehte sich zur Seite.

Manchmal, dachte Johannes, benahm sich der Kerl wie ein Mädchen. Das war wieder ein komischer Gedanke, doch sein Schmunzeln war im nächsten Moment in ein Schnarchen übergangen. Der tiefe Schlaf nach einem zu tiefen Blick ins Weinglas war der schönste. Bleiern und schwer und augenblicklich.

Am nächsten Morgen weckte ihn ein unbestimmtes Geräusch. Er schwitzte, hustete wieder und richtete sich trotz quälender Kopfschmerzen auf. Da war noch etwas, das ihn geweckt hatte. Er spürte es am ganzen Körper, als Kribbeln im Nacken, als Druck zwischen den Schulterblättern.

Ludo schlief neben ihm in eine Decke gerollt und sah dabei ungemein friedlich aus. Einmal mehr grübelte Johannes darüber, was Baumkircher sich dabei gedacht hatte, ihm so einen jungen Kerl mit auf diese gefährliche Reise zu schicken. Ludo sah aus, als hätte er erst vor vierzehn Tagen zum ersten Mal seine Burg verlassen.

Augenblicklich fühlte Johannes sich wieder unendlich einsam und hilflos einer Mission ausgesetzt, von der er nicht einmal wusste, worin genau sie bestand. Nach dem ersten Aufeinandertreffen mit Drăculea war es Johannes nicht mehr gelungen, den Mann in ein Gespräch zu verwickeln. Der Gefangene wich ihm aus, sobald er sich näherte, die meiste Zeit ließ er sich überhaupt nicht blicken, und wenn Johannes an die Tür seiner Hütte schlug, wurde er alsbald von einem Wächter gebeten, damit aufzuhören. Drăculea genieße das Vorrecht, selbst zu entscheiden, wann er mit wem zu sprechen beliebe.

So blieb Johannes nichts anderes übrig, als die Tage mit Warten zuzubringen, wenngleich er sich darüber wunderte, dass ein Gefangener überhaupt Vorrechte genoss. Er erinnerte sich an seine eigene Zeit im Gefängnis von Graz und unterdrückte das Gefühl der Panik, das ihn befiel, sobald er an die Ketten und die feuchte Kälte dachte. Der Hustenreiz erinnerte ihn außerdem daran, was ihm als Andenken an jene Zeit im Käfig im Berg geblieben war – ein fortwährendes Stechen in der Lunge, das nicht verklang.

»Das ist alles?«, höhnte plötzlich eine Stimme. »Bist du dir sicher, dass dir sonst nichts geblieben ist?« Der Dürre war wieder aus dem Nichts aufgetaucht und hockte nun vor ihm. Er kaute an seinen Fingern, und das ekelhafte Schmatzen war kaum zu ertragen. »Was ist? Hat es dir die Sprache verschlagen? Redest du nicht mehr mit mir?«

Johannes schloss die Augen, um sich zu erholen. Es ging ihm von Woche zu Woche besser. Der Dürre erschien immer seltener, und wenn, dann versuchte er ihn einfach zu ignorieren.

»Ist alles in Ordnung mit Euch?« Ludo stand vor ihm, und es war nicht das erste Mal in den letzten Wochen, dass Johannes das Gefühl hatte, seine Gegenwart tue ihm gut.

Der Dürre war fort.

Johannes lächelte. »Ja. Alles in Ordnung.«

Dennoch wurde ihm der Aufenthalt in Visegrád immer unerträglicher. Er dachte immerzu an Helena, wie es ihr wohl erging. Und an seinen Halbbruder und die Leute von Graz. Der Kaiser hatte ihm nicht zugehört, hatte seinen Warnungen keinen Glauben geschenkt, jedenfalls nicht in dem Maße, in dem er es sich gewünscht hätte. Kaiser Friedrich wusste von Johannes' Jahren auf der Insel, dass die Osmanen ihre Streifscharen und Vorhuttruppen das Land niemals ohne Grund verheeren ließen. Auf die Akindschi folgten stets die Janitscharen und danach Pest und Cholera. Sein Land war dem Verderben ausgesetzt, wenn der Kaiser sich nicht bald anschickte, seine Grenzen zu sichern. Doch statt auf ihn zu hören, ihn vielleicht sogar mit einer Aufgabe zur Sicherung der Grenzen zu betrauen, hatte er ihn hierhergeschickt. In den äußersten Osten, ins Ungarnland, um einen unbedeutenden Gefangenen kennenzulernen.

Da war es wieder, das Kribbeln im Nacken, und mit einem Mal wusste Johannes, woher es stammte. Jemand beobachtete ihn, er konnte den Blick körperlich spüren.

Und tatsächlich: Johannes nahm im Zwielicht seiner Bettstatt den Schatten eines Mannes wahr. Er musterte ihn offenbar schon seit geraumer Zeit wie ein Bildnis. Als sich ihre Blicke trafen, kicherte der Schatten, als wüsste er etwas über ihn, ein Geheimnis, ein amüsantes Detail.

»Du sollst mich studieren und denkst dabei an zu Hause. Manchmal verhältst du dich auch seltsam, als wäre jemand in der Nähe, den nur du sehen kannst. Du sollst deinem Kaiser Bericht erstatten und weißt dennoch nichts von mir. Du säufst und schläfst und führst Gespräche mit deinem Knappen wie mit deinem Weib. Aber weißt du, was mich wirklich fasziniert, Rittermönch?«

Drăculea hatte die Beine vor sich überkreuzt und saß ihm gegenüber auf der Erde. Sonnenaufgangslicht fiel flackernd wie Kerzenschein über die Burgmauern, während am Himmel Wolkenformationen unnatürlich schnell dahinrasten. Drăculeas Gesicht formte sich deshalb mitunter zu dämonischen Fratzen.

Johannes tat so gleichgültig wie möglich, auch wenn ihn die Gegenwart das walachischen Fürsten verunsicherte. Er wischte sich den Schlaf aus den Augen. Wer wusste, wie lange der Gefangene bereits so dasaß. Und wer wusste, ob die Lichtspiele in seinem Gesicht nicht doch mehr waren als optische Täuschungen. Sie waren weit im Osten, weiter, als Johannes jemals gewesen war, und jeder wusste, dass es in diesem Teil der Welt von seltsamen Wesen nur so wimmelte. Der Osten brachte Wildes hervor, barbarische Reitervölker und Legenden von Geistwesen, die im Mondlicht ihr Unwesen trieben.

»Du weißt nichts von mir, Rittermönch.«

»Dann erzähl mir mehr von dir.«

Drăculeas Grinsen gefror, und seine Augen schienen von einem eisigen Glanz überzogen, als erstarrten sie schneller, als ein Mann blinzeln konnte. »Du willst Geistergeschichten hören, Geschichten von Dämonen und Untieren?«

Johannes runzelte die Stirn. »Mir würde schon genügen zu erfahren, wer du wirklich bist.«

Drăculea forschte in seinem Gesicht, und etwas schien ihn daran abermals zu amüsieren.

»Was?«

»Du hast Angst«, sagte der Woiwode.

Johannes' Herz polterte. Warum wachte Ludo nicht auf? Wo waren die Wachen?

Drăculea saß in entspannter Haltung vor ihm, dennoch machte er sich keine Illusionen darüber, dass er sein Schwert rechtzeitig erreichen könnte, sollte der Gefangene sich plötzlich auf ihn stürzen. Und vom zarten Ludo durfte er sich im Notfall auch nicht allzu viel Hilfe erwarten. Also versuchte er es mit der Wahrheit.

»Wovor sollte ich Angst haben? Dass du aufspringst und mich tötest? Mich pfählst? Mich in Scheiben schneidest, die die Wachen dann verspeisen müssen, während ich ihnen dabei zusehe? Dass du mich aufschlitzt bis zur Brust?«

Drăculea blickte ihn amüsiert an. »Du hast eine rege Phantasie, das muss man dir lassen. Aber du weißt schon, dass du dir damit selbst noch mehr Angst machst.«

»Möglich. Aber was hättest du davon? Was du auch vorhast zu tun, welche Grausamkeit du auch immer in Erwägung ziehst, du entkommst hier niemals.«

Drăculeas Zähne blitzten auf, als er laut loslachte. »Ja, mein Freund, das ist mir bewusst. Jedenfalls nicht, solange ich es nicht befehle. Auf jeden Fall bin ich beeindruckt, du kennst ja doch einige Geschichten über mich. Es ist beruhigend, dass Friedrich mir nicht einen absoluten Hohlkopf geschickt hat. Das mit dem Aufschlitzen machte ich aber übrigens nur bei einer Hure, die behauptet hatte, ein Kind von mir in sich zu tragen. Ich habe bewiesen, dass dem nicht so ist.«

Johannes erwiderte nichts.

»Soll ich dir sagen, wovor du wirklich Angst haben solltest, Johannes, Mann mit dem Kreuz auf der Stirn, der Kutte der Johanniter und mit dem Herzen bei einer Frau?«

»Woher weißt du …?«

»Schweig. Man sieht mehr in den Augen der Menschen, als man glaubt, wenn man nur genau hinsieht. Du, mein Freund, solltest Angst davor haben, dass ich in deinen Kopf komme. Dass ich in deine Träume eindringe. Dass du dem Teufel ins Antlitz blickst.«

»Ich habe viele Teufel gesehen.«

»Ach, tatsächlich?«, erwiderte Drăculea aufgeräumt und stand auf. »Hast du das?« Er wandte sich um und ging.

»Du gehst einfach so?«

Drăculea lächelte diesmal nicht. »Später erzählst du mir von dir. Vielleicht erfährst du dann etwas über mich. Aber jetzt weck deinen Knappen und kümmere dich um ihn. Aber komm ihm nicht zu nahe. Dies ist ein Gefängnis, kein Ort der Unzucht.«

Kichernd verschwand Drăculea im Schatten der Burgmauern. Johannes bildete sich ein, dass sein Auftritt ein Knistern in der Luft hinterlassen hatte. Als würde das abgebrannte Holz eines Lagerfeuers noch vor sich glosen.

2

»Er redet selten mit jemandem. Meist hockt er nur über seinen Büchern. Er macht sie oder liest welche. Oder er wandert an der Mauer entlang und starrt hinaus aufs Land. Ganz selten nimmt er einen Stock und drischt damit auf den einzigen Baum ein, der hier im Burghof steht, die arme alte Linde. Ihr könnt es also als Erfolg werten, dass er überhaupt mit Euch spricht. Dass er Euch überhaupt *bemerkt* hat.«

Der Hauptmann der Torwache war ein hagerer, großer Mann, dessen braunes Gesicht von einer Vielzahl an tiefen Furchen durchzogen war. Seine Bartenden ragten übers Kinn hinaus, und auch aus Nasenflügeln und Ohren wucherten die Haare. Seinen Kopf hatte er kahl rasiert wie ein Aussätziger, was aber kaum jemand zu Gesicht bekam, da er selbst an Sonntagen eine lederne Mütze trug. Er machte keinen sonderlich sympathischen Eindruck, wirkte überheblich, und doch war er stets beeindruckend gekleidet. Sein Kettenhemd hatte er mit einem Umhang aus Hasenfellen bedeckt, und sobald er längere Zeit in den kühlen Schatten der Burg verbrachte, zog er sich Lederhandschuhe über. Seine übertrieben anmutende Kälteempfindlichkeit habe sich erst eingestellt, als der fürstliche Gefangene hierhergebracht worden sei. Der Hauptmann meinte grinsend, sein Körper reagiere auf die Gefühlskälte dieses Mannes. Sein Grinsen war dabei stets maskenhaft, so als zwinge er sein Gesicht, eine andauernde Bitterkeit zu übertünchen.

»Schon als sie Drăculea hierhergebracht haben«, schilderte der Hauptmann, »würdigte er uns keines Blickes. Es scheint, dass er von Anfang an völlig negierte, dass er sich in unserer Gewalt befindet. Er gebärdet sich so, als sei es sein freier Wille, hier zu sein.«

Johannes hatte den Hauptmann beim Austreten an der Burgmauer getroffen, während die Sonne vollends aufging, den Blick auf die Bauten von Visegrád freigab und Krähenschwärme über die Dächer zogen.

»Warum ist er überhaupt hier?«, wollte Johannes wissen.

Der Hauptmann rückte näher an ihn heran und blies sich die Kälte aus den Fingern, während Johannes seinerseits feststellte, dass es ein durchaus angenehmer Tag werden würde.

»Das wisst Ihr nicht? König Matthias wollte die Fürsten an seine Seite bringen und ohne Drăculea gegen die Türken ziehen. Ein Sieg gegen Mehmeds Truppen würde ihn für alle Zeit zur Legende machen. Er wäre der Retter der Christenheit. Ein leuchtender Stern in einer dunklen Zeit. Unantastbar. Und wer weiß, vielleicht würden die westlichen Fürsten eines Tages sogar einsehen, dass er, der König der Ungarn, auch der bessere Kaiser gewesen wäre. Denn von eurem Friedrich hört man ja kaum etwas.«

»Ihr meint, es geht hier nur um eine Intrige? Darum, wer den Ruhm einheimst?«

»Geht es nicht nimmer darum? Um Macht? Um Gier? Sie sind doch alle gleich, die da oben. Wir hier unten vielleicht auch. Jedenfalls weiß Drăculea, dass er nicht das schlechteste Los gezogen hat. Matthias hat ihn lediglich von der Bühne geholt, als Vorwand wird ein Brief ins Treffen geführt, den Drăculea angeblich an den Sultan geschickt und darin um Vergebung gebeten haben soll. Außerdem soll er ihm angeboten haben, gemeinsame Sache gegen Ungarn zu machen.« Er gab sich ein schiefes Lächeln. »Nicht einmal die dümmsten von uns Einfachen glauben so einen Pferdemist. Drăculea *bittet* niemanden. König Matthias ist aber auch viel zu schlau, um ihn einfach umbringen zu lassen.«

»Aber würde das das Problem nicht schnell lösen? Ein Toter kann keinen Schaden anrichten.«

Der Hauptmann betrachtete Johannes eine Zeit lang von der Seite. »Ihr wisst wirklich nicht viel über dieses Land.«

»Deshalb bin ich hier. Um zu lernen.«

»Das glaubt Ihr.« Johannes' fragendem Blick wich der Hauptmann aus und fuhr mit seiner Erläuterung fort. »Drăculea weiß ganz genau, dass ihm nichts geschehen wird. Er ist ein Mann, der selbst den Türken die Arschbacken zufrieren lässt vor lauter Angst. Mehmed fürchtet niemanden so sehr wie diesen walachischen Fürsten, den die Türken Kaziklu Bey nennen, den Pfähler-Fürsten. König Matthias versucht es zwar noch ohne ihn, doch wenn es ihm nicht bald gelingt, die Oberhand zu behalten, wird er Drăculea wieder freilassen müssen, er ist sein Dämon in der Hinterhand. Und wir alle wissen, dass der Furor, der durch ihn entfacht wird, selbst die Janitscharen vor Angst wie Kinder plärren lassen wird.«

»Und woher ist der ungarische König so sicher, dass Drăculea nach der Zeit in Gefangenschaft nicht doch seine eigenen Ziele verfolgen wird?«

Die Seitenblicke des Hauptmanns wurden immer geringschätziger, und es war schon an seiner Stimmlage zu bemerken, dass er langsam das Interesse an der Konversation verlor. »Ganz einfach, weil Drăculea eine der Cousinen von Matthias heiraten wird.«

Johannes räusperte sich und versuchte das Thema zu wechseln. »Wie ist Eure Meinung dazu? Sollte man Drăculea freilassen?«

Fast bestürzt schnappte der Hauptmann nach Luft. »Meine Meinung ist nicht von Belang.«

Johannes wusste, dass damit das Gespräch beendet war.

Der Hauptmann wandte sich zum Gehen, entschloss sich dann aber, Johannes noch etwas zuzuraunen. »Untersteht Euch, auch nur daran zu denken, diese Bestie freizulassen. Vergesst nicht, dass er die Macht hatte, Euch hierherzulotsen. Jedenfalls behauptet er das. Man erzählt sich, sein Ränkespiel reiche weit über die Grenzen hinaus.«

Als der Hauptmann schließlich ging, ließ er Johannes damit sprachlos zurück.

3

»Mein Bruder ist Balthasar Eckenperg, der Münzpräger des Kaisers. Ich verbrachte Jahre bei den Johannitern und komme nun im Auftrag des Kaisers.«

»Moment, Moment, so schnell kommst du mir nicht davon. Ich habe Zeit, weißt du, unendlich viel Zeit. Erzähl mir von dir. Von Graz. Eine schöne Stadt?«

Drăculeas plötzlich so vertrauliche Anrede war Johannes nicht entgangen, aber er ließ es geschehen, da er unter keinen Umständen weitere Zeit verlieren wollte.

»Eine sehr schöne Stadt. Links der Mur kauern die Menschen hinter den Mauern, aber rechts davon fliegen die Pferde über die Felder. Die Murvorstadt ist ein flaches Land, das in einen Bergrücken mündet. Einzelne Weiler und Höfe bewirtschaften es, und die Menschen sind fröhlich. Wir bauen Wein an und Korn. Der Fluss ist breit und tief und voller Fische. Es gibt keinen Krieg im Land. Zuweilen werden Fehden ausgetragen, manchmal erschlägt ein Bauer einen Landstreicher, sogar die von vielen so gehassten Juden hat der Kaiser aus Graz verjagt, zumindest zeitweilig. Meist existiert also nur jenes Leid, welches das Leben für uns alle irgendwann bereithält.«

»Und du bist dennoch freiwillig fortgegangen?«

»Ich wollte mehr sehen. Ich wollte sehen, was hinter den Bergen liegt, ich wollte das Meer riechen, und ich wollte dorthin, wo die Menschen anders aussehen.«

»Die Berichte der Marktschreier waren dir zu wenig?«

»Sie kommen bei uns nicht von allzu weit her.«

»Bist du auch deshalb hier? Weil du die Welt sehen willst?«

»Nein, hier bin ich nicht aus freien Stücken. Ich wäre lieber anderswo.«

»Bei einer Frau.«

»Ich bin Johanniter.«

»Aber du denkst an eine Frau. Immerzu.«

Johannes kratzte sich an der Narbe an seiner Stirn. »Jetzt sprichst du.«

»Nein. Erzähl mir erst von dieser Frau. Ist sie schön? Ist sie klug? Kann sie etwa lesen?«

»Du sprichst jetzt, oder diesmal bin ich es, der das Gespräch beendet.«

Drăculea warf ein weiteres Holzscheit ins Feuer. Der Trotz in Johannes' Stimme schien ihn zu amüsieren.

»Gut. Du willst sie also hören. Die Geschichte vom kleinen Jungen, den sie mit seinem Bruder zu den Osmanen verschleppten. Nachdem sie seinen älteren Bruder Mircea gefoltert und ermordet hatten. Nachdem sie auch seinen Vater gefoltert und ermordet hatten. Dann hat der Junge dabei zugesehen, wie der kleine Bruder zum Schoßhündchen des großen Sultans wurde. Zum Bettgesellen. Und irgendwann schickte der Sultan den Buben los, um in seinem Namen wieder über die Walachei zu herrschen. Doch der Bub herrschte nicht im Namen des Sultans. Er kämpfte für sich und seine Rache. Natürlich waren die Heerscharen der Osmanen bei Weitem überlegen, deshalb war es wichtig, Angst und Schrecken zu verbreiten. Wirkliche Angst und wirklichen Schrecken. Und der Junge, der nun längst ein Mann geworden war, bediente sich einer Methode, die einst die Türken selbst anwandten: Er spießte seine Opfer auf und ließ sie zu Tausenden an Pfählen baumeln. Das Entsetzen breitete sich aus. Die Angst vor diesem Schicksal lähmte auch die härtesten Türkenkrieger. Und er lähmte all die Fürsten und Günstlinge der Fürsten, die es missbilligten, dass wieder einer aus dem Hause Dracul das Zepter übernahm, einer vom Drachenorden. Weißt du eigentlich, das Dracul in unserer Sprache nicht nur Drache bedeutet, sondern auch Teufel?«

»Ich wette, das macht dich noch stolzer.«

Drăculea starrte ihnen einen Moment an, ehe er in sein typisches gackerndes Lachen fiel. »In der Tat, das tut es, Rittermönch.«

»Aber wie, und bitte sei jetzt nicht zornig, wie kann man

so vermessen sein, tatsächlich zu glauben, die Osmanen zu besiegen?«

Drăculea lachte nicht mehr, aber sein Gesicht war eine grinsende Fratze. »›Vermessen‹ sagst du … Weil wir nur ein wildes, kleines Volk sind? Dann will ich dir noch mehr erzählen: Einmal hätte der Junge von einst den Sultan sogar fast in seinem eigenen Zelt überrascht, umgeben von seinem Heer. Wäre nicht sein verweichlichter Bruder gewesen, der seine Pläne vereitelte, gäbe es heute keinen Sultan mehr. Doch dann wendete sich das Glück, und dem Buben, der ein Mann geworden war, blieb nichts übrig, als sich dem Ungarnkönig zuzuwenden. Dessen Hilfe bestand aber nicht aus Streitkräften oder Geld, nein, er half mit einer Festung, in die der junge Mann gesteckt wurde. Und hier sind wir nun. In der Festung, die mich daran hindert, meine Schrecken zu verbreiten. Doch es wird nicht allzu lange dauern, und die Ungarn werden erkennen, dass sie diesen Kampf nicht allein gewinnen können. Dass sie dafür jemanden brauchen, der fähiger ist. Der Angst verbreiten kann.«

Eine Zeit lang schwiegen sie. Johannes hatte das Gefühl, das Gesagte erst verarbeiten zu müssen. Dann holte er Luft.

»Du denkst, du kommst jemals wieder frei?«

Drăculea horchte auf. »Und du hältst mich für einen Dämon?«

»Ja.«

»Und du hast Angst?«

Johannes erwiderte nichts, beobachtete stattdessen, wie Drăculeas Bartspitzen unter seinem Schmunzeln zitterten.

Johannes ging der Satz des Hauptmanns nicht mehr aus dem Kopf, mit dem er ihr Gespräch am Vormittag beendet hatte. *Untersteht Euch, auch nur daran zu denken, diese Bestie freizulassen.*

»Warum bin ich hier?«, hauchte er, und Drăculea blickte wachsam auf.

»Ach, der junge Mann hat endlich verstanden, die richtigen Fragen zu stellen. Ich beantworte sie dir: *weil ich es will.*«

Johannes' Herz klopfte. Genau das hatte ihm der Hauptmann

zugeflüstert. Dass es Drăculeas *Wunsch* gewesen war. Johannes war nicht des Kaisers oder seines Bruders willen hier, sondern weil der Dämon es so wollte. Und auch wenn das natürlich nur ein Hirngespinst war und nichts weiter als die verdrehte Denkweise eines Verrückten, kam Johannes nicht umhin, an die dunklen Magien zu denken, die im Osten so viele Menschen beherrschen sollten. »Aber warum?«, fragte er. »Warum willst du, dass ich zu dir komme?«

»Das Buch der schwarzen Luft. Berichte mir davon.«

Überrascht klappte Johannes der Mund auf. »›De aere nigro‹ …«

Drăculea nickte.

»Aber woher weißt du …?« Da kam Johannes ein Gedanke, und er riss die Augen auf. »Mein Bruder. Wollte er dir etwa das Buch verkaufen?«

Ungeduldig wischte der walachische Fürst durch die Luft, sodass Johannes den Eindruck gewann, die richtige Schlussfolgerung gezogen zu haben.

»Stell nicht schon wieder falsche Fragen. Ich habe mit deinem Bruder nichts zu schaffen. Aber ich weiß, was ihr auf Rhodos macht. Und ich weiß, dass ihr junge Leute mit geheimnisvollen Büchern aussendet. Und ich weiß von deinem Buch. Gib also lieber richtige Antworten.«

»Und wenn ich nichts darüber sagen will?«

»Dann pfähle ich deine Frau und lasse dich dabei zusehen. Und danach pfähle ich dich.«

4

»Das hat er gesagt? Dass er deine Frau pfählt?«

Eneas, der Kaufmann, ließ sich nicht davon abhalten zu arbeiten. Johannes hatte tagelang nach ihm Ausschau gehalten, bis er den Juden endlich vor den Toren der Burg vor seinem Wagen angetroffen hatte und mit ihm ins Gespräch gekommen war. Eneas hatte vor, einige Tage in Visegrád zuzubringen, und Johannes freute sich darüber, mit jemandem außerhalb der Burg sprechen zu können.

Balthasar hatte ihm Eneas' Aussehen geschildert, dass der bei keiner Unterhaltung seine Arbeit unterbreche und dass er ihm vertrauen könne. Wie sich jetzt herausstellte, hatten diese spärlichen Angaben vollkommen gereicht. Eneas war ein Mann von beeindruckender Größe. Alles war an ihm beeindruckend: sein Bart, der sich in Spiralen bis zu seinem Nabel zwirbelte, sein Bauch, der sich bis zu seinen Knien zu wölben schien, und seine Hände, die groß wie Schilde waren. So wuchtig sein Äußeres war, so angenehm tönte seine Stimme, und aus den Augen leuchtete eine Freundlichkeit, die Johannes noch selten untergekommen war.

Als Johannes sich als Balthasars Bruder vorgestellt hatte, hatte Eneas gelächelt und leise erwidert, dass Eckenpergs Neuigkeiten stets gute Geschäfte mit sich brächten.

»Ja«, hatte Johannes eilig eingeworfen. »Und es soll auch nicht König Corvinus' Schaden sein.«

Eneas hatte nun doch kurz innegehalten und die Backen gebläht. »Du kommst schnell zur Sache, das gefällt mir. Aber du solltet lieber vorsichtig sein, wem du was erzählt.«

»Ich vertraue dir.«

»Aber du kennt mich doch gar nicht.«

»Gut genug.«

Während der anschließenden Unterhaltung hatte Eneas seinen Wagen mit Jutesäcken bepackt, aber nicht zugelassen, dass

Johannes ihm dabei half. Johannes hatte ihm schließlich zwar nichts Genaues über das Buch erzählt, aber doch so viel, dass Eneas sich zufrieden gab.

»Welche Frau eigentlich? Du bist Mönch«, sagte Eneas nun. Als er bemerkte, wie Johannes rot bis unter den Haaransatz wurde, lachte er dröhnend. »So geht es den Leuten oft, wenn sie sich mit mir unterhalten. Sie plappern einfach drauflos, schütten mir ihr Herz aus, ohne dass es ihnen auffällt. Vor allem wenn sie fremd in diesem Land sind, scheint es, dass sie froh sind, sich jemandem anzuvertrauen. Aber sei gewiss: Deine Worte sind bei mir in guten Ohren.« Er lachte erneut über seinen Wortwitz. »Mich geht das gar nichts an, mein Freund. Du kannst tun, was du willst. Ich werde ohnehin nie verstehen, wie ein Mann ein Keuschheitsgelübde ablegen kann. Was hat Gott denn davon, dass seine Priester fromm sind?«

Entrüstet fuhr Johannes auf. »Du sprichst wie ein Häretiker. Gott kann sich ihrer uneingeschränkten Liebe sicher sein. Neben dieser Liebe hat sonst niemand Platz.«

Einen Moment hielt Eneas dabei inne, die Säcke auf seinen Rücken und von dort auf den Karren zu hieven. Er stemmte die Arme in die Hüften und kam unvermittelt auf Johannes zu. Seine Stimme war diesmal gepresst, um zu vermeiden, dass er von anderen gehört wurde. »Jetzt hör mir einmal genau zu. Wir können uns hier necken und so tun, als ob. Aber stell mich nie wieder lauthals vor anderen als Gotteslästerer oder Ketzer hin. Du weißt nie, was das bei all den Neidern auslöst. Denk daran, dass auch du ein Geschäft mit zwei Seiten eines Krieges eingegangen bist. Und ich meine jetzt nicht Gott und die Frauen …«

Johannes wusste ganz genau, worauf Eneas anspielte, schließlich hatte er selbst ihm zuvor auch Balthasars Brief bezüglich der Geschäfte mit Corvinus überreicht.

Ja, so grotesk es sich anhörte, war es gewesen. Kaiser Friedrich hatte ihn nach Visegrád geschickt, um ihm Bericht über einen berüchtigten Gefangenen zu erstatten.

Johannes war aber auch im Auftrag seines Bruders in Visegrád, um ganz nebenbei über den Kaufmann Eneas als Mittelsmann mit den Behörden des Königs Matthias Corvinus Kontakt aufzunehmen. Balthasar hatte nicht vor, nur des Kaisers Münzpräger zu sein, er wollte sich in alle Richtungen absichern. Genauso wie er mit dem Dogen von Venedig Geschäfte gemacht hatte, fädelte er also auch mit des Kaisers Feind Corvinus ein geheimes Bündnis ein. Und Johannes war sein Bote.

Und dann, als wäre nicht alles ohnehin schon kompliziert genug, sprach Drăculea Johannes auf das Buch der schwarzen Luft an. Doch woher wusste er davon? Und welche Rolle spielte Johannes in dem Spiel, das er nicht kannte?

Er hatte gar nicht gemerkt, dass Eneas schon wieder auf seinem Pferd saß, bereit, in die Stadt zu reiten. »Ich werde sehen, ob ich einen Käufer für das Buch finden kann. Vielleicht sogar König Matthias selbst. Ich werde aber auch versuchen, das Interesse des päpstlichen Legaten Nicolaus Machinensis zu wecken. Ein eitler Kerl, in dessen Gegenwart Vorsicht geboten ist. Er spinnt stets seine eigenen Intrigen. Aber er ist gierig – vor allem auf Geheimnisse. Gut möglich, dass er also genau der Richtige für das Buch ist. Du erkennst ihn an seinen Pusteln im Gesicht, dem schwammigen Äußeren und seinem idiotischen Hut. Bis dahin nimm dich aber in Acht. Drăculea ist mehr als nur eine Legende. Er ist eine Berühmtheit. In der Kirche Maria am Gestade in Wien haben die Passauer Bischöfe erst kürzlich ein Altarbild von ihm enthüllt. Ein *Altarbild*, stell dir das vor. Der Mann gilt schon zu Lebzeiten als der Inbegriff des Bösen. Denk daran, deine Reise könnte ein jähes Ende nehmen, denn Drăculea sagt nichts ohne Grund. Das ist die eine Weisheit, die die Menschen in dieser Gegend verbreiten.«

»Und die andere?«

»Kommt von mir und bestätigt die Warnung der Leute: Unterschätze nie die Macht eines Dämons.«

5

»Ich frage dich: Was hast du auf deinen Reisen gesehen?«, sagte Drăculea. »Hast du gesehen, dass die Türken zu besiegen waren? Oder hast du nur Menschen gesehen, die vor Angst schlotterten und davonrannten?«

»Die Ritter von Rhodos kämpfen, sie laufen nie davon.«

»Jaja, Heldenfloskeln. Auch die Helden von Rhodos werden eines Tages verlieren. Und wenn sie verlieren, dann wird Mehmed nicht nur seine Akindschi losschicken, sondern mit seinen richtigen Streitkräften hierherkommen. Nach Ungarn. Nach Bosnien. Und in dein kleines harmloses Steirerland, in dem dein zögerlicher Kaiser hockt. Dann wird sich Mehmed Graz holen, und er wird Wien bekommen. Schließlich wird er hinauf in den Norden ziehen. Zu den Heimathäusern der niederträchtigen sächsischen Kaufleute, die Flugschriften über mich verbreiten, weil ich ihnen ihre Geschäfte in Siebenbürgen zerstört habe. Diese Märchenerzähler haben mich bis weit über die Grenzen hinaus diffamiert. Aber ich sage dir: Während die Ungarn uns in dieser Burg festhalten und dein Kaiser dabei zusieht, holt sich Mehmed die Welt. Stück für Stück, Menschlein für Menschlein.« Drăculeas lange, dünne Finger blätterten vorsichtig in dem Buch, das vor ihm auf dem Pult lag, und prüften es auf seine Qualität.

»Ich bin in dieser Burg kein Gefangener«, stellte Johannes fest, und es klang fast beleidigt.

Drăculea blickte nicht einmal auf, während er weitersprach. »Ich war der Einzige, der Mehmed aufgehalten hat. Der Einzige, der es immer noch könnte.«

Johannes hielt es kaum noch in der Nähe dieses Mannes aus. Von Tag zu Tag wirkte er großspuriger. Oft las er eine halbe Ewigkeit in einem seiner Bücher und gab auf keine Frage eine Antwort. Sosehr sich Johannes auch bemerkbar machte, Drăculea ignorierte ihn einfach. Mit jeder weiteren Stunde wuchs in Johannes die Gewissheit, dass Drăculea nur mit ihm sprach, wenn er es wollte, und damit übermittelte er ihm eine klare Botschaft: Alles geschah nach seinem Willen. Alles war geplant. Alles war ihm untertan. Johannes war das Geplänkel zunehmend leid.

Pikiert warf er ihm deshalb nun Wortbrocken vor die Füße. »Ach ja, du bist der Einzige, der den Türken Einhalt zu gebieten vermag? Warum bist du dann hier? Schwäche? Schicksal? Was hatte Corvinus wirklich gegen dich in der Hand? Geld? Waffen?«

Es dauerte eine Weile, bis Drăculea reagierte. Er nestelte an seinem Buch herum, bis er nickte, als hätte er ernsthaft darüber nachgedacht, ob er weitersprechen sollte. »Es war der Winterfeldzug 1462. Ich wollte kämpfen, doch alle, das Volk, die Soldaten und die Herrscher, waren müde. Plötzlich tauchten diese Briefe auf – einer an Mehmed, einer an Stefan, den Moldaufürsten. Sie enthielten verräterische Zeilen, denn darin stand, dass ich angeblich vorhatte, das Land auszuliefern. Ganz Ungarn, den König selbst sogar, an Mehmed. Als hätte ich die Macht dazu. Doch die Menschen glaubten es. Sie glauben immer, was sie wollen. Die Kaufleute der Sachsenstädte hatten mich also, wo sie mich immer schon haben wollten: auf der falschen Seite, fernab des Volkes.«

»Aber dann hätten sie dich köpfen müssen. Das ist Verrat.«

Drăculea blitzte ihn an. »Siehst du mich? Ich bin hier. Sagt das nicht alles? Sie haben mich am Törzburger Pass gefangen genommen und halten mich seither stets in der Nähe von König Matthias. Es fehlt mir an nichts außer meiner Freiheit. Wenn der König schillernde Gäste hat, lässt er mich vorführen. Dazu legen sie mich in Eisen, und ich mache ein grimmiges Gesicht zum Theater. Die Damen seufzen dann, weil sie mich in ihr Bett wünschen, und die Männer werden blass, weil sie Angst haben, ich könnte ihnen mit bloßen Fäusten das Herz aus dem Leib reißen. Sie kennen die Geschichten meiner Taten oder das, was daraus gesponnen wurde. Ich bin wie ein Tanzbär am Hof des Königs, eine gezähmte Bestie.« Er schmunzelte. »Und weißt du, was das Beste sein wird? Sie wollen, dass ich Katholik werde. Dass ich vom orthodoxen Glauben übertrete. Sie glauben ernsthaft, dass mich das verändert. Dass sie sich dann sicherer fühlen dürfen. Als ob die Konfession bessere Menschen aus uns machen würde.«

»Ich habe aber vernommen, dass dies Bedingung eines Vertrags zwischen dir und Corvinus ist. Außerdem soll es zu einem Ehebündnis kommen.«

»Ach, das hast du *vernommen*. Von dem banalen Kerl, der sich Hauptmann nennt und diese Burg bewacht, etwa? Nun gut, dann sollst du es nun eben auch aus erster Hand erfahren: Ich denke noch darüber nach. Solange sie mich nicht in den Salomon-Turm sperren, habe ich Zeit. Ich studiere den Himmel, und ich studiere die Welt um mich herum. Und ich studiere meine Besucher.«

Johannes rückte sich auf dem Schemel zurecht. Er mochte es nicht, wenn Drăculeas Blick allzu lange auf ihm ruhte. Von ihm direkt angesehen zu werden kam ihm immer so vor, als stünde er im Angesicht eines Richters.

»Alle haben Angst vor deiner Grausamkeit. Sogar Mehmed soll sie fürchten. In Wien kursiert ein Flugblatt, die ›Histori von dem posen Dracol‹. Mir wurde zugetragen, dass der Wiener Gelehrte Thomas Ebendorfer in seiner ›Chronica regum Romanorum‹, der Kaiserchronik, ebenfalls von dir schreibt. Es gibt Wiegendrucke, die vom ›wilden wütrich Dracole-weyde‹ berichten. Sag mir, stimmen die Geschichten von den Tausenden Gepfählten?«

Drăculea schaute ihm direkt in die Augen und ließ das Buch lautstark zuklappen. »So berühmt machen mich die ängstlichen Geister? Ekelt es dich davor? Graut es dir? Allein die Vorstellung, jemandem einen Pfahl in den Anus zu schieben, beschert den meisten Menschen Übelkeit, nicht wahr? Und dann erst die Möglichkeit, das bei Dutzenden, Hunderten, Tausenden zu tun … Stell dir vor, welches Grauen dieser Anblick verbreitet. Es wird über alle Zeiten über alle Länder hinweg für Entsetzen sorgen, und genau das soll es bewirken. Auch Mehmed soll entsetzt sein. Er *soll* sehen, dass sein Drang nach Macht pure Gewalt entfesselt. Er *soll* schwitzend in seinem verdammten Zelt aufwachen und von Alpträumen geplagt sein. Und glaub mir, es an Grausamkeit mit dem Sultan aufzunehmen ist eine Herausforderung. Aber was kümmert dich das Leid der Niederen eigentlich? Was kümmert dich das Klagelied der Armen und Bauern? Du bist das Kind eines Bürgers, eines Geldmachers. Du bist des Kaisers Kurier. Jung und bis auf dein hässliches Kreuz auf der Stirn durchaus schön anzuschauen.«

Verlegen wandte Johannes sich ab und bemerkte deshalb zu spät, dass Drăculea sich genähert hatte. Als er dessen Finger an seiner Stirn spürte, erstarrte er zu Eis. Sie waren kalt wie gefrorener Schnee, als sie an seiner Narbe entlangfuhren.

»Ich weiß, was die Leute sagen«, raunte Drăculea, und seine Stimme klang dabei wie das Knistern des Walds im Wind. »Sie sagen, ich bezahle mit den Einnahmen meiner gebundenen Bücher Leute dafür, dass sie mir Mäuse und anderes Getier bringen, das ich dann pfähle. Eins nach dem anderen soll ich die Viecher aufspießen.«

Seine Stimme schmerzte Johannes. Sie war so unerträglich wie eine über einen Stein geschliffene Schwertklinge. Die Kälte des Fingers an seiner Stirn schmerzte nun ebenso.

»Haben sie dir auch davon erzählt, dass ich mir junge Männer kommen lasse, um mich mit ihnen zu vergnügen?«

Johannes sprang auf, doch Drăculea hielt ihn fest.

»Du gehst, wenn ich es dir erlaube«, knurrte er, und seine Kraft verblüffte Johannes. Dennoch riss er sich los und stürmte aus der Hütte. Er kam jedoch nicht weit, denn vor ihm bauten sich zwei der Wachen auf. Zwei Schritte dahinter stand der Hauptmann und schaute ihn aus traurigen Augen an. Da vernahm Johannes Drăculeas Stimme in seinem Rücken.

»Du wirst in dieser Hütte bleiben und Zeile für Zeile aus dem Buch der schwarzen Luft aus deinem Gedächtnis quetschen. Ich will, dass du schreibst, jeden Tag, jede Nacht. Nach draußen darfst du, wenn *ich* es erlaube. Und jetzt komm zurück, ehe ich mich vergesse und dich am nächsten Zaunpfahl aufspießen lasse, du Spion deines Kaisers. Und hör endlich damit auf, in diesem Land König Matthias ›Corvinus‹ zu nennen.«

Als Johannes später am Pult stand und auf das leere Buch vor sich starrte, spürte er immer noch die eisigen Finger an seiner Stirn, und er hatte das Gefühl, als bohrten sie sich durch den Schädelknochen in das Innere seines Kopfes. Johannes bekreuzigte sich, wisperte ein Gebet und war gewiss: Er war Gefangener des Teufels selbst.

6

»Mein Herr, Ihr seht blass aus.«

Ludo reichte ihm einen Schwamm aus dem Waschzuber, doch Johannes formte die Hände zu einer Schale und klatschte sich das kalte Wasser ins Gesicht. Der Schock hatte die gewünschte Wirkung und vertrieb die grauen Nebel seiner Träume, die ihn die ganze Nacht über geplagt hatten. Immer wieder war Drăculea darin aufgetaucht, und zwischendurch war Johannes mit einem unbestimmten Schmerz im Hintern aufgewacht, so als hätte jemand versucht, ihm diesen schrecklichen Pfahl hineinzutreiben. Aber da war niemand gewesen, und schwitzend war er erst in den Morgenstunden erneut eingeschlafen.

»Habt Ihr schon wieder geträumt?«

Seit Wochen träumte Johannes schlecht, seit Wochen schrieb er an diesem Buch, das Drăculea ihm auf das Pult gelegt hatte. Er schrieb wie der Teufel, saugte sich die Erinnerungen aus seinem Gedächtnis und schrieb sie Wort für Wort nieder. Auch bei den Skizzen und Zeichnungen gab er sein Bestes, auch wenn das Gekritzel und Gestammel mitunter in keiner Weise an das Buch der schwarzen Luft erinnerte, welches er vor gar nicht allzu langer Zeit selbst in Händen gehalten hatte. Aber er wollte es versuchen, so als spürte er, dass sein Auftraggeber jeden Misston, jedes falsche Wort sofort entlarven würde.

»Hör auf«, fuhr er Ludo an. »Hör auf, mir Fragen zu stellen.«

Und als hätte er ihn geohrfeigt, huschte der Junge betreten davon.

Johannes blickte ihm nach, beherrschte sich aber und vermied es, ihm eine Entschuldigung nachzurufen. Ihm war nicht entgangen, wie sich der Knappe immer mehr zurückzog und stiller wurde. In seine Jutefetzen gehüllt, beschäftigte er sich meist mit den Pferden und ging Johannes zunehmend aus dem Weg. Es musste für ihn ebenso unerträglich sein wie für ihn, hier monatelang festzusitzen.

Johannes zog sich an, was schnell ging, da er sich nur in seine schwarze Kutte warf und sie mit einem Strick um die Hüfte zuband. Sein Bart juckte, die Haare fielen ihm wirr auf die Schultern und verdeckten sogar das eingebrannte Kreuz auf seiner Stirn. Er fühlte sich elend, und als er in die Sonne hinaustrat, musste er blinzeln, so sehr blendete sie ihn.

Die Strahlen fielen schräg, grelles Licht, schneidender Wind und ein Atem, der Wolken bildete – alles untrügliche Zeichen dafür, dass das Jahr fortgeschritten war. Und doch hatte er jegliches Zeitgefühl verloren, er schrieb Tag und Nacht an diesem Buch, kramte in seinen Erinnerungen wie in einer alten Truhe und massierte sich den Kopf, als könne er dort in irgendeiner Windung noch etwas finden.

»Du schnarchst wie ein fauler Mönch«, vernahm er eine Stimme und erschrak. Im gleißenden Sonnenlicht erkannte Johannes zunächst nur die Silhouette einer schlanken Gestalt, die sich breitbeinig vor ihm aufbaute, und erst durch mehrmaliges Blinzeln stellte er fest, dass es Drăculea war, der vor ihm stand. Der Fürst selbst.

»Was machst du hier? Ich sagte doch, du schreibst. Nichts anderes. Jeden Tag. Du schreibst.«

»Aber das tue ich doch. Ich brauche nur ab und zu etwas Zeit für mich. Es ist nicht leicht, in einem Gefängnis zu schreiben.«

Drăculea breitete die Arme aus und sah sich um. »Das nennst du Gefängnis? Du warst doch selbst in einem, willst du deinen Käfig wirklich damit vergleichen?«

In den unzähligen Gesprächen, die sie geführt hatten, musste Johannes ihm davon erzählt haben. Die Tage wurden manchmal unendlich lang, sie sprachen viel. Oft fiel Johannes schon allein deshalb abends sterbensmüde in sein Lager.

»Man sagt«, fuhr Drăculea fort, »dass der französische König Ludwig XI., der erst seit ein paar Jahren regiert, Gefängnisse errichtet hat, die aus Metallplatten bestehen, und ein Mann nur gebückt darin stehen lassen. Auch hinlegen können sich die Gefangenen nicht – so klein sind diese Käfige. Das hätte auch der Rabenkönig, wie du ihn nennst, mit mir machen können.

Oder ich mit dir. Ich hätte dich in Eisen legen können, oder wenn ich ganz sicher sein wollte, dass du mir nicht in die Quere kommst, dich blenden lassen. Auch da ist Ludwig ein Vorbild, denn er soll die Augen seiner Gegner regelmäßig mit heißem Wasser begießen oder, wenn das nicht reicht, sie ganz banal mit den Pfeilen seiner Bogenschützen auskratzen lassen. Aber nein, mein Freund, ich bin hier, bewege mich frei, übe mich in der Kunst des Buchbinders und schaue gütig von den Mauern auf die grausame Welt hinab. Und ich habe einen Spielkameraden. Dich.«

Johannes machte eine beleidigte Miene. »Ich bin nicht den weiten Weg hierhergekommen, um zu spielen. Und ich bin nicht dein Freund.« Johannes blinzelte erneut und hatte wieder einmal Drăculeas Beweglichkeit unterschätzt.

Der Mann stand plötzlich vor ihm, beinahe Nasenspitze an Nasenspitze. Sie waren annähernd gleich groß, Drăculea, der nur ein paar Jahre älter war als er, jedoch der Stärkere von ihnen beiden, schätzte Johannes. Sein kurzer Stiernacken und die breiten Schultern zeichneten ihn als bulligen Kämpfer aus. Dennoch handelte Johannes reflexartig, stieß Drăculea von sich und setzte dem nach hinten Stolpernden nach. Er verpasste ihm einen Schlag ins Gesicht, der aber schlecht ausgeführt war, weshalb er Drăculeas Kinn nur streifte. Der Hieb war wohl dennoch schmerzhaft gewesen, denn der walachische Fürst jaulte auf wie ein geprügelter Hund. Im nächsten Moment spürte Johannes eine Schmerzwelle durch seinen Körper ziehen. Er sah, wie Drăculea sich langsam bewegte, und konnte dennoch nicht reagieren. In einem Moment steckte Drăculeas Faust in Johannes' Magengrube, im nächsten fuhr dessen Ellbogen in seine linke Backe. Es war schließlich der Handballen, der an seine Stirn schlug, der ihn kurzfristig außer Gefecht setzte.

Noch im Fallen dachte Johannes darüber nach, wie es sein konnte, dass sein Gegner drei Schläge ausführte, ohne dass er auch nur einen davon hatte abwehren können.

Er schlug hart auf dem Boden auf und fühlte sich wie betäubt. Der Woiwode stand im Sonnenlicht und ermöglichte

Johannes nun endlich auch freie Sicht, und so bemerkte er die heraneilenden Wachen, die allesamt ihre Schwerter gezogen hatten.

»Herr!«, riefen sie Johannes zu. »Was ist geschehen? Hat der Gefangene Euch etwas getan?«

Johannes schüttelte den Kopf. Er war zornig und gekränkt. »Nein«, maulte er, »es ist alles gut. Ich bin nur gestolpert.«

Da lachte Drăculea donnernd, und Johannes bemerkte, wie seine Augen boshaft leuchteten. »Du irrst dich, mein Freund. Sie haben *mich* gefragt. Du bist der Gefangene.«

Johannes richtete sich langsam auf. Er war fassungslos, nicht nur in seinem Stolz gekränkt, sondern auch zutiefst verunsichert. »Ihr gehorcht einem Schlächter, das kann doch nicht Euer Ernst sein.«

Aus dem Augenwinkel nahm Johannes nur noch ein kurzes Nicken Drăculeas wahr, und schon stürzten sich zwei der Wachsoldaten auf ihn. Ihre Schläge trieben ihn zurück auf die Erde, und während er in das versteinerte Gesicht des Hauptmanns blickte, verschwamm die Welt in Schmerz und Qual.

7

»Dein Bruder spielt ein gefährliches Spiel.« Die Stimme, die zu ihm sprach, war knorrig wie ein herannahendes Gewitter.

Johannes lag in seiner Bettstatt und konnte sich nicht rühren. Er fühlte immer noch den Staub in Mund und Augen, viel schlimmer war jedoch, dass er seine Beine nicht rühren konnte und jeder seiner Atemzüge schmerzhaft war.

»Und du auch. Du handelst mit dem Rabenkönig, kommst im Auftrag des Habsburgerkaisers und bist doch nur ein Handlanger des Drachenfürsten.«

Johannes hatte beschlossen, nicht zu reden, solange er sich nicht ans Zwielicht gewöhnt hatte. Er hatte ohnedies keine Vorstellung davon, wie es sich anfühlen würde, den Mund zu öffnen.

Der Mann, der in seinem Lager auf und ab ging und damit seine Robe zum Knistern brachte, verströmte seltsam verwirrende Gerüche. Einmal waberte eine Welle Minze zu ihm herüber, dann wieder der Gestank tagealter Essensreste zwischen den Zähnen.

»Gib mir die Münzen«, forderte ihn der Mann auf.

Als Johannes nicht reagierte, raschelte die Robe neuerlich. Johannes blinzelte, brachte nur ein Stöhnen zustande.

»Na gut. Ich komme wieder, wenn du sprechen kannst. Bis dahin tu, was dir Drăculea sagt. Entfache keinesfalls noch einmal seinen Zorn. Du siehst ja, was dann geschieht.«

Mit diesen Worten war die seltsame Erscheinung verschwunden.

Tage später stand sie jedoch abermals in seiner Kammer, und diesmal empfing ihn Johannes am Bettrand sitzend. Die Schmerzen waren schlimmer geworden, erleichtert hatte er aber in der Zwischenzeit festgestellt, dass sein Körper heilte, und soweit er das beurteilen konnte, würde er auch keine bleibenden Schäden erleiden. Nicht einmal einer seiner Zähne wackelte.

»Ich sage es noch einmal: Berichte mir von Drăculea.«

Mit der Zeit konnten Johannes' Augen mehr erkennen, und sie sahen ein pausbäckiges Gesicht, aufgeschwemmt von zu viel Wein und Gänseleber. Es wurde von roten Pusteln wie Sommersprossen besprenkelt, die Haut unterm Kinn zitterte bei jedem Wort. Weiße Finger zappelten in der Luft wie die Euter toter Schweine, und der Schemel unter dem Hintern des Mannes knarzte gefährlich unter dessen Gewicht. Ein breitkrempiger schwarzer Hut saß keck, leicht schief, auf seinem kahl rasierten Kopf, und eine goldene Kette, beinahe so dickgliedrig wie die Eisenglieder im Gefängnisberg von Graz, hing um seinen Hals. Seine wurstigen Finger spielten mit einem Siegelring, dessen Saphir im Morgenlicht glitzerte.

Kein Zweifel, Eneas' Beschreibung nach war das der päpstliche Gesandte am ungarischen Hof, Nicolaus Machinensis.

»Ich bin die Stimme des Papstes. Ich weiß, das ist ziemlich viel für einen einfachen Rittermönch. Aber nun berichte mir. Ist Vlad III. Drăculea der richtige Mann, um das christliche Kreuzzugsheer gegen die Osmanen anzuführen? Ist er ein redlicher Mann oder das Monster, als das ihn König Matthias und die sächsischen Kaufleute mit ihren Flugblättern und Schriften hingestellt haben?«

Das Treffen mit Machinensis hatte offenbar tatsächlich Eneas eingefädelt, und es schien nur deshalb gelungen, weil König Corvinus an diesem Tag seine Cousine in die Burg gelassen hatte, damit sie sich mit Drăculea unterhalten konnte. Es war nicht üblich, den Damen die Möglichkeit zu geben, ihren zukünftigen Ehemann besser kennenzulernen, aber Johannes hatte nicht vor, die Gepflogenheiten am ungarischen Hof zu hinterfragen. Machinensis, der die Dame in ihrem Gefolge begleitet hatte, war anzusehen, dass er kein Mann großer Geduld war. Außerdem hatte der Gottesmann etwas an sich, das es Johannes unmöglich machte, zu widersprechen. So gehorchte er und berichtete ihm von Drăculea.

Machinensis nickte dabei in einem fort, wobei er ein Gesicht wie im Beichtstuhl machte, würdevoll, aber keinen Zweifel daran lassend, dass die Last der Worte schwer auf seinen Schultern lag. »Genug davon«, unterbrach er ihn plötzlich. Er senkte seine Stimme und sah ihn direkt an. »Und jetzt erzähl mir von dem Buch.«

Johannes hatte nicht viel Zeit, um beeindruckt von Machinensis' Fähigkeit zu sein, das Thema zu wechseln, und so berichtete er von dem Buch. Auch davon, dass Drăculea ihm befohlen hatte, es niederzuschreiben, was den Legaten zunehmend bestürzt wirken ließ.

»Ich erwarte von dir, dass du umgehend damit aufhörst, dieses Buch zu schreiben.«

»Aber er zwingt mich …«

Machinensis' Augen loderten geradezu. »Ich sagte, du hörst damit auf, oder das Fegefeuer wartet auf dich. Und jetzt geh. Berichte Balthasar, dass ich Interesse an dem Buch habe. Ein Geschäft bahnt sich an, aber nur – hörst du? – nur dann, wenn du keine Abschrift davon machst.«

Johannes nickte verwirrt. Er hatte keine Ahnung, wie er diesem Wunsch, diesem *Befehl* des päpstlichen Gesandten, nachkommen sollte.

Machinensis erhob sich ächzend. Dabei richtete er noch eine seltsame Frage an Johannes. »Wie geht es Königin Maria?«

Johannes' irritierter Ausdruck war keineswegs gespielt, denn im ersten Augenblick wusste er tatsächlich nicht, von welcher Königin der päpstliche Legat sprach.

Machinensis seufzte, als sei er der Erklärungen müde. »Ich war Berater zwischen Corvinus und Stjepan Tomašević, Marias Ehemann. Ich konnte zwischen den beiden starrköpfigen Kerlen nicht vermitteln. Corvinus war beleidigt, weil die Bosnier ihn im Stich ließen und nach Jajce, ihre Königsstadt, flohen. Und so war es nur eine Frage der Zeit, bis Stjepans Kopf an die Türken ging. Von Marias Schicksal ist allerdings wenig bekannt. Es gibt Gerüchte, dass sie an einen türkischen Harem ausgeliefert wurde. Andere Berichte erzählen davon, dass sie Richtung Norden geflohen sei.«

Erst jetzt fiel es Johannes wie Schuppen von den Augen.

Dieser Mann fragte nach Helena, der einstigen Königin Maria von Bosnien.

»Ich weiß, dass du die Königin kennst, derlei Informationen sind mein Geschäft. Und ich weiß auch, was du tust. Du bist mitunter Krieger, oft Vasall und manchmal der Überbringer geheimer Schriften. Ich weiß nun auch, dass du für Drăculea schreibst. Ein ketzerisches Werk, das sich in deinen Kopf gebrannt hat. Und manchmal steckst du für deine Sünden offenbar auch gehörige Prügel ein. Ich warne dich also hiermit: Entweder ein König wird dich enthaupten, oder die Kirche wird dich auf dem Scheiterhaufen brennen lassen. Hör auf, für Drăculea zu schreiben, und berichte Balthasar, dass ich dieses Buch will. Und«, er schenkte Johannes ein ebenso gütiges wie offensichtlich falsches Lächeln, »gib auf dich acht.«

Johannes machte ein bestürztes Gesicht, und Machinensis sah ihn belustigt an.

»Wisst Ihr«, sagte Johannes, »ich bin nicht freiwillig hier. Meine eigentliche Mission gilt den Grenzen des Kaiserreichs. Aber es scheint so zu sein, dass Friedrich keinen Gedanken daran verschwendet, die Menschen dort zu schützen. Sein Volk an den Grenzen fürchtet die Angriffe der Akindschi, doch weder der Kaiser noch mein Bruder scheinen großes Interesse am Schutz der Untertanen zu haben. Und wie steht es um Euch?«

Machinensis legte den Kopf schief und drehte den Ring an seinem kleinen Finger, ohne hinzusehen. »Ist es das?«, sagte er. »Dort, irgendwo an diesen Grenzen des Reichs, lebt sie also, die Königin?«

Johannes musste nicht lügen, um zu antworten. Jedenfalls nicht beim ersten Teil seiner Antwort. »Ich weiß nicht, wo sich diese Maria aufhält. Ich weiß nur, dass es keine bosnische Königin mehr gibt.«

Er konnte kaum noch verbergen, wie viel Unbehagen es ihm bereitete, dass dieser päpstliche Legat, den er vor wenigen Augenblicken erst zum zweiten Mal zu Gesicht bekommen hatte, so viel über ihn und sein Leben wusste.

»Nun denn, dann verrate ich dir noch etwas«, sagte der Legat.

»Es gibt keine Rettung durch den Kaiser. Und ich sage dir auch, warum: Ihm fehlen schlichtweg die Mittel. Er hat kein Geld, um sich ein Heer zu leisten, und er ist viel zu sehr damit beschäftigt, all die Akten und Dokumente zu lesen, die er in Auftrag gegeben hat, und obendrein noch eine Unzahl von Kleinkriegen in seinem Reich zu führen. Sagen dir die Namen Pankraz von Szent Miklos, Graf von Leippa oder Georg Scheck von Wald und Aggstein etwas? Nicht? Das sind jene Bandenführer, die in unmittelbarer Nähe des kaiserlichen Throns Kleinkriege führen und wie Fürsten über ihre Landstriche gebieten. Sie kontrollieren den Handel, nehmen den Bauern das letzte Hemd und rauben und morden ungehindert im Reich Friedrichs. Wie soll er sich da mit türkischen Wegelagerern beschäftigen? Mit Gerüchten von heidnischen Horden, die er niemals zu Gesicht bekommen hat und wohl auch nie zu Gesicht bekommen wird?«

»Aber ich habe sie gesehen …«

»Wenn du Soldaten brauchst, brauchst du Geld, und nur dein Bruder verfügt über diese Mittel. Also hör auf, mit deinem Geschwätz den Kaiser zu behelligen. Er kann dir nicht helfen.«

»Und wenn sich die eigenen Untertanen gegen ihn erheben?«

»Dann werde ich ihm berichten, dass du mir als Erstes von dieser Möglichkeit erzählt hast. Dann bist du entweder ein Hellseher und somit Ketzer oder ein Volksverräter. In beiden Fällen landest du auf dem Scheiterhaufen. Dieses Thema hatten wir schon. Deshalb rate ich dir, pass auf, wem du was sagst, denn glaube mir, in diesen Zeiten ist das Misstrauen allgegenwärtig. Deshalb sei an dieser Stelle gewarnt. Geh lieber zurück nach Graz, ehe es zu spät ist.« Der Legat richtete sich auf und wollte schon gehen, als ihm noch etwas einfiel. »Und bring deinen Knappen heil zurück zu seinem Herrn.«

8

Sie saßen im Schatten eines Stallgebäudes. Etwas abseits von ihnen hatten sich vier Wachen auf den Boden gehockt. Sie ließen sie nicht aus den Augen, waren aber außer Hörweite.

»Stell mir die Frage, die dir am meisten auf den Lippen brennt.«

Der freundschaftliche Tonfall Drăculeas, der mit keiner Regung daran erinnerte, dass er ihn noch vor wenigen Tagen verprügelt hatte, verwirrte Johannes längst nicht mehr. In den vergangenen Monaten hatte ihm dieser Mensch so viele Rätsel aufgegeben, dass er nicht mehr darüber nachdenken wollte.

Johannes hatte etwas Staub in die Hände gefasst und ließ ihn durch die Finger rieseln. Die Schmerzen der Hiebe waren fast vollständig verklungen. Die Schmach der schnellen Niederlage auch. »Wie ist sie, Corvinus' Cousine?«

»Du meinst, ob sie hübsch ist? Nein.«

Sie lachten beide.

»Aber sie ist Teil des Geschäfts«, fuhr Drăculea fort. »Wenn ich Katholik werde und sie heirate, stehen die Chancen nicht schlecht, dass ich dieser Burg bald den Rücken kehre. War das deine Frage?«

Johannes dachte kurz nach. »Ich frage mich auch, warum die Welt ringsherum in Grausamkeit und Barbarei versinkt. Wozu all das Gemetzel? Die Menschen tun sich Schreckliches an. Warum? Hast du darauf eine Antwort?«

Drăculea musterte ihn interessiert, als suchte er in Johannes' Gesicht den Anflug von Zynismus. Doch er musste feststellen, dass die Frage ernst gemeint war. »Ausgerechnet mich fragst du nach dem Grund für all die Grausamkeit auf der Welt?« Er lachte ungläubig. Weil Johannes die Frage aber ernsthaft gestellt hatte, räusperte sich der Walache. »Gut. Also ich denke«, sagte er, »dass du nicht viel verstanden hast. Die Welt ist im Umbruch, siehst du das nicht? Stefan der Große, Matthias Corvinus, Mehmed und ich – wir haben etwas gemeinsam. Wir herrschen, wie es zuvor niemand getan hat. Wir lehren die Schafe zu gehorchen, denn nur wenn sie das tun, können die Länder wachsen. Nur dann gibt es den Wohlstand, den alle so sehr herbeisehnen. Die Welt ist noch lange nicht fertig. Der Mensch in ihr hat sich noch nicht gefunden. Wir haben unsere Grenzen nicht ausgelotet, wir haben nicht gelernt, dem anderen ausreichend zu trotzen – viel zu oft sind Länder nur kurzfristige Konstrukte, die im Sog der Geschichte untergehen. Solange die Mächtigen nicht lernen, ihre Untertanen zu bändigen, sie skrupellos in ihre Schranken zu weisen und für die richtigen Symbole kämpfen zu lassen, so lange ändert sich nichts. Einem Adeligen, der das Kind eines Bauern zu Tode prügelt, seine Frau schändet und am Ende dann endlich den Bauern selbst zersägt, dem darf nichts geschehen, denn er hat rechtens gehandelt. Man muss das *Große* sehen. Das Ganze. Denn hätte er es nicht getan, dann würden sich alle Bauern auflehnen und am Ende mit ihrer törichten Aufwiegelei das ganze Land in Schutt und Asche legen. Aber was weißt du schon? Du ziehst durchs Land und lässt dich von den herzzerreißenden Geschichten der Mägde und Knechte zerstreuen. Du bist ein Dieb, ein Bote, ein Wanderer. Aber sag mir: Gibt es irgendwen auf der Welt, der weniger grausam ist als ich? Denk darüber nach. Bin ich wirklich der, für den mich alle halten? Oder bin ich nicht vielmehr ihr Spiegelbild?«

Drăculea war aufgestanden und gab nun eine mächtige Erscheinung ab. Seine breiten Schultern füllten den Raum aus, als wäre er gewachsen, und seine Augen funkelten drohend. »Sag mir, Johannes mit dem Kreuz auf der Stirn, sind wir Christen barmherziger als die Mohammedaner? Sind die Ostchristen grausamer als die Westchristen? Wir verbrennen, vierteilen, spießen, hängen, köpfen und foltern. Nicht nur ich, *alle* machen das. Aber warum? Ich sage es dir: weil es die göttliche Ordnung so will.«

Interessiert blickte Johannes auf. »Aber dieses Spiel ist gefährlich«, sagte er mit belegter Stimme. »Ihr reizt die Bauern, ihr reizt die Untertanen. Ihr werdet es hier genauso zu spüren bekommen wie eines Tages Friedrich, weil er die Bauern an seinen Grenzen im Stich lässt und sie von Mehmeds Streitkräften ein ums andere Jahr heimsuchen lässt.«

Jetzt hob Drăculea sichtlich erstaunt die Augenbrauen und zwirbelte an seinem Bart. »Was du da sagst, überrascht mich. Es ist an Kühnheit kaum zu überbieten, und an jedem anderen Tag würde ich dafür einen Pfahl durch deinen Körper treiben lassen. Glaub mir, ich würde das tun. Und König Matthias würde dir die Augen ausstechen lassen und Friedrich dir den Kopf abschlagen. Wie töricht kann ein Mann sein, so etwas zu sagen? Was du da machst, ist Anstiftung zum Hochverrat, du wiegelst das Volk auf, du bist fast schlimmer als dieser Jan Hus. Freilich mit dem Unterschied«, er kicherte, »dass dir keiner zuhört, weil du ja mein Spielkamerad bist. Im Übrigen verstehe ich dich auch nicht: Wo ist dein Problem, verliebter Mönchsritter? Sei froh, dass Gott dich als solchen zur Welt geschickt hat und nicht als Sklave oder Bettler ohne Beine.«

»Gott schickt alle gleich zur Welt.«

»Ach, tut er das?«

Drăculea setzte sich wieder auf den Boden und kreuzte die Beine vor seinem Körper. »Es ist an der Zeit, Johannes Kreuzer. Ich will dein Buch. Ich bin des Redens müde. Bring es mir und geh.«

»Warum sagst du das?«

»Weil es so ist. Reite heim, berichte dem Kaiser, dass ich freizulassen bin, bevor Mehmeds Truppen uns alle überrennen. Sorge dich nicht um das Volk. Das Volk wächst immer nach. Nimm dir die Frau. Nimm dir das Land. Und bete zu Gott, dass sich deine Warmherzigkeit nicht für dich zum Schlechten wendet. Viele Menschen sind böse. Ich bin es nicht. Ich bin nur ein Kind meiner Zeit.«

Johannes ließ diese letzte Bemerkung einige Augenblicke lang sickern. Er verstand sie nicht ganz. Andererseits rotierten auch seine Gedanken. Es war mittlerweile Winter geworden, das Laub war längst abgefallen, und der erste Schnee fiel still in dicken Flocken. Der Gedanke, sich mit Ludo durch wildes

Schneetreiben kämpfen zu müssen, gefiel ihm nicht. Einerlei, Johannes hatte sich auf diesen Tag vorbereitet. Seit vielen Monaten. Dennoch hatte er wieder das Gefühl gegen einen seltsamen Zauber ankämpfen zu müssen.

»Du bist zu feige. Das machst du nicht«, hörte er die Stimme. Es war der Dürre, der plötzlich neben ihm stand und ihn angrinste. »Zu feige.«

Johannes nickte energisch und hoffte, dass es so aussah, als hätte er mit sich gerungen und nun eine Entscheidung getroffen. In Wahrheit hatte ihm der Schreck über das Erscheinen des Dürren fast die Schuhe ausgezogen. Er stemmte die Hände in die Hüften und sagte: »Das Buch liegt bereits in deiner Stube auf dem Pult.«

Drăculea wandte sich ab und blickte hinüber zu seiner Hütte.

Eine Weile sprachen sie nichts, und Johannes kaute an seiner Unterlippe. Der Dürre beobachtete sie beide. Johannes wäre lieber fortgelaufen, doch er wollte nicht unhöflich erscheinen.

»Gut, dann kannst du gehen«, sagte Drăculea. »Aber zuvor stelle ich dir *meine* alles entscheidende Frage.«

Johannes blickte auf.

»Was hast du Machinensis, dem päpstlichen Gesandten, erzählt? Bin ich würdig, das Heer anzuführen?«

Fieberhaft polterten die Gedanken in Johannes' Kopf. Was sollte er sagen, was durfte er sagen, was *musste* er sagen? Wie viel wusste der Pfähler bereits?

»Denn wenn nicht, werden du und deine Liebsten erfahren, ob die Geschichten über mich der Wahrheit entsprechen …«

Schon vor diesem Treffen waren die Pferde gepackt gewesen, und Ludo hatte mit ihnen unterm Tor gewartet.

Schneidender Wind ließ die Kälte noch einmal eine Spur unerträglicher werden, und Johannes griff nach einer der Fackeln, die jetzt schon an der Burgmauer loderten. Vor Drăculeas Hütte ließ er das Päckchen, das er in der anderen Hand hielt, zu Boden gleiten und entzündete es mit der Fackel, dann machte er kehrt und beeilte sich, zu den Pferden zu gelangen.

Noch ehe er sie erreicht hatte, vernahm er in seinem Rücken die Schreie des walachischen Fürsten. Er musste eine Zeit lang gebraucht haben, um zu erkennen, dass er getäuscht worden war. Johannes hatte die Bücher vertauscht, auf dem Pult lag ein leeres Werk, die Abschrift, an der Johannes seit Monaten geschrieben hatte, lag jetzt im Sand und wurde zum Opfer des Feuers.

Erst als er den Rauch gerochen hatte und vor die Tür getreten war, musste in Drăculea die Erkenntnis gereift sein, dass er hintergangen worden war. Er starrte auf die Flammen und suchte mit schmalen Augenschlitzen nach dem Mönch.

»Schließt das Tor!«, brüllte er, doch Ludo und Johannes hatten es soeben passiert. »Schießt!«, hallte Drăculeas Stimme über den Burghof. »Tötet diesen verdammten Kerl!« Doch die Waffenknechte taten nichts dergleichen. Sie schlossen das Tor hinter Johannes und erstickten damit auch die Schreie Drăculeas.

Johannes wusste, warum: Drăculeas Macht reichte nur bis zur Mauer dieser Burg und nicht darüber hinaus.

Während sie durch die Stadt auf den zügigen Hügel im Westen zuritten, hallte es in Johannes nach. *Ich bin nur ein Kind meiner Zeit.* Das passte nicht zum Dämon, den er soeben betrogen hatte. *Du und deine Liebsten werden erfahren, ob die Geschichten über mich der Wahrheit entsprechen.* Dieser Satz schon eher.

In Wahrheit, das realisierte Johannes erst jetzt, hatte König Matthias Corvinus sich mit der Inhaftierung Drăculeas eines Verrückten entledigt. Eines Verrückten, der sich auch in den Kopf Corvinus' eingenistet haben musste, denn er wagte nicht, ihn einfach umzubringen. Als könnte der Drachenfürst dem Rabenkönig dann immer noch schaden.

Fragen über Fragen hasteten durch Johannes' Gehirnwindungen. Und so fand er sich längst außerhalb der Stadtmauern von Visegrád, als er sich noch einmal umdrehte und den Salomon-Turm der Burg sah. Dort, zwischen den Zinnen, wurde er einer Gestalt gewahr, und er war sicher, dass ihn Drăculea beobachtete. Auf Schritt und Tritt. Er war bei ihm. Immerzu.

9

1465, auf dem Weg von Visegrád nach Graz

Ludo hockte am Ufer der Güns. Die Mauern der einstigen Templerburg Leuca leuchteten blass durch den Wald. Nicht mehr weit, vielleicht wegen des Schneetreibens drei, vier Tagesritte, dann würden sie in Graz sein.

Johannes betrachtete Ludo und stellte einmal mehr fest, wie zart er war. Die Worte Machinensis waren ihm nicht mehr aus dem Kopf gegangen, den ganzen Ritt bis hierher hatte er versucht, den Knappen mit Blicken abzutasten. Die Bemerkung des Legaten hatte etwas in ihm ausgelöst, hatte seinen Blick verschärft. Mit einem Mal kam ihm Ludo sonderbar vor. Warum sollte ein hoher geistlicher Würdenträger von seinem Knappen sprechen?

Als Johannes in der plätschernden Güns sein Spiegelbild betrachtete – ein ausgezehrtes, stoppelbärtiges Wesen starrte ihm entgegen, dessen Augen in tiefen Höhlen lagen und schwarz umrandet als Zeichen schlafloser Nächte waren –, fasste er einen Entschluss. »Wir müssen uns waschen!«, rief er Ludo zu.

Ludo drehte sich überrascht um. »Jetzt? Aber wir sind doch schon fast wieder zu Hause. Das können wir doch daheim machen, in einem Waschzuber mit warmem Wasser. Der Fluss ist eisig kalt.«

Johannes hatte diese Reaktion erwartet. Erst jetzt fiel ihm ein, dass es Ludo, wann immer es in den letzten Monaten um die Hygiene gegangen war, so eingerichtet hatte, dass er dabei allein war. Johannes hatte seinen Knappen niemals nackt gesehen, nicht einmal mit nacktem Oberkörper. Und jetzt ging er sogar so weit, ihm zu widersprechen.

»Du tust, was ich sage. Du stinkst. Wasch dich.«

Beleidigt stapfte Ludo von einem Bein aufs andere. Johannes band die Pferde fest und begann sich auszuziehen. Er achtete nicht darauf, dass Ludo ihn anstarrte, ahnte aber, dass dieser seine Kleider nicht anrühren würde.

»Du wäscht dich jetzt, oder du bekommst eine Tracht Prügel.«

Da begann Ludo tatsächlich an seinen Kleidern herumzunesteln, öffnete den Gurt an seiner Hüfte und streifte die Tunika über den Kopf. Auch die Schuhe zog er aus und das Beinkleid. Das Unterhemd reichte ihm gerade bis über die Hüften. Seine Haut leuchtete blass und rosa im Winterlicht. Es war Jänner, und die Luft war kalt.

Johannes stand bereits nackt da.

Ludo bewegte sich zitternd auf die Güns zu.

»Halt!«, donnerte Johannes' Stimme ihm nach. »Zieh all deine Kleider aus, oder willst du, dass sie nass werden?«

Doch Ludo achtete nicht auf ihn, sondern sprang mitsamt dem Hemd ins Wasser.

Der Fluss musste eiskalt sein, und doch schien es, als fühlte Ludo sich wohl darin. Offenbar hatte Johannes recht gehabt, und Ludo hatte die reinigende Wirkung dringend benötigt. Plötzlich drehte Ludo sich um und bemerkte, dass sich Johannes immer noch am Ufer befand. Er trug wieder ein Beinkleid und hockte im Gras, den Blick keine Sekunde von dem Knappen abgewandt.

»Was ist?«, rief Ludo. Etwas an seinem Herrn musste ihm sonderbar erscheinen.

Johannes warf ein Steinchen in den Fluss und zuckte mit den Schultern. »Erst, wenn mir mein Knappe erklärt, warum er mich zum Narren hält.«

Ludo biss sich auf die Unterlippe.

»Erst, wenn mir mein Knappe beichtet, dass er in Wahrheit nur vorgibt, ein *Knappe* zu sein. Dass er in Wahrheit eine Lügnerin und Betrügerin ist. Ein *Mädchen*. Eine junge Frau. Und niemals das Recht gehabt hätte, an meiner Seite nach Ungarn zu reiten.« Johannes stand auf. »Jetzt komm schon heraus, ich kann schon deine Knochen hören, so sehr zitterst du vor Kälte. Ich will nicht, dass du dir den Tod holst, aber die Strafe hast du verdient. Ganz gleich, ob Mann oder Frau, wer seinen Herrn betrügt, muss bestraft werden.«

Ludo zitterte tatsächlich so sehr, dass seine Zähne hörbar klapperten. Er war sich nicht sicher, ob wegen der Kälte oder weil er Angst davor hatte, was nun passieren würde.

»Komm heraus, sage ich.«

»Nein!«, rief Ludo trotzig zurück.

»Das ist ein *Befehl.*«

»Ich komme aber nicht!«

Johannes hüpfte vor Zorn von einem Bein aufs andere.

Da dröhnte schallendes Gelächter durchs Unterholz, und Johannes fuhr herum.

Der Disput hatte ihn alle Vorsicht vergessen lassen, denn als ein Dutzend Pferde aus dem Wald traten, erkannte er sofort, dass sein eigenes zu weit entfernt war, um es zu erreichen. Das Schwert lag mitsamt dem Schwertgurt in der Scheide im Gras. Die Fremden, die schwer bewaffnet waren, hätten ihn niedergetrampelt, bevor er sich in Position hätte bringen können. Es war nicht das erste Mal in seinem Leben, dass er unvorsichtig gewesen war. Er sah zu dem Mädchen, das vorgab, ein Junge zu sein, und stieß ein Stoßgebet aus, das ihm nichts passieren würde.

10

»Es tut mir leid, Euch unterbrechen zu müssen.« Einer der Fremden lachte unter seinem glitzernden Helm. »Aber es war nicht länger zu ertragen. ›Komm heraus.‹ – ›Nein.‹ – ›Komm heraus.‹ – ›Nein.‹ Ihr erinnert mich an ein zankendes Ehepaar.«

Diese Stimme …

Panzerreiter trabten auf Johannes zu. Ihre Überlegenheit war so offensichtlich, dass sie nicht einmal ihre Waffen blankzogen. Es würde reichen, wenn einer von ihnen seinem Pferd die Sporen gab und Johannes einfach niederrannte oder ihm einen Hieb mit dem Stiefel verpasste.

Die Tiere schwitzten, und die Männer in ihren Rüstungen mussten es wohl auch tun. Dampf stieg aus den Nüstern ihrer Pferde.

Vor einem Dutzend Schlachtrösser zu stehen war einschüchternd genug. Johannes wäre in die Güns gesprungen, wenn er nicht überzeugt davon gewesen wäre, dass ihn ein Armbrustbolzentreffer zwischen die Schulterblätter nicht einmal einen Fuß ins Wasser hätte setzen lassen.

»Oder seid Ihr etwa ein Paar? Haben wir Euch beim närrischen Zanken erwischt?«

Johannes runzelte die Stirn. Die Gewissheit, diesen Mann zu kennen, ließ ihn schließlich einen Versuch wagen: »Seid Ihr es wirklich? Der Baumkircher?«

Da ließ der erste Reiter sein Pferd ein paar Schritte auf Johannes zutraben und öffnete sein Visier.

»Wer sonst?«, sagte der Mann freundlich. »Jeder andere hätte Euch doch längst aufgeschlitzt. Seid Ihr als Kurier des Kaisers etwa so leichtsinnig geworden?«

Johannes lachte verlegen auf, lief auf Baumkircher zu und erwartete, dass dieser von seinem Pferd springen würde, um ihm ebenbürtig die Hand zu reichen, doch nichts dergleichen geschah. Im Gegenteil, Baumkirchers Pferd machte jetzt einen

Schritt zur Seite, und stattdessen traten andere hervor. Lanzen senkten sich, und die Helmvisiere der Reiter blieben geschlossen.

Baumkircher klang plötzlich reserviert. »Es tut mir leid, Johannes Kreuzer, aber unter den gegebenen Umständen sind wir nicht mehr auf derselben Seite.«

»Habt Ihr es nicht gehört, Kreuzer?«, ertönte jetzt die Stimme eines weiteren Panzerreiters. Johannes erkannte Scheck von Wald, von dem auch Machinensis gesprochen hatte. Schecks grauer Bart lugte unterm Helm hervor. Der Mann galt als kaisertreuer Kämpfer, denn schon sein Vater war Rat in Österreich gewesen, als Friedrich III. 1442 in Aachen offiziell zum König gekrönt worden war. Der Sohn wurde allerdings auch »Schreck vom Wald« oder »Schreckenwald« genannt, denn in seiner Burg Aggstein in der Wachau pflegte er eine sadistische Sitte. Gefangenen zeigte er stets sein »Rosengärtlein« – so nannte Schreckenwald einen kleinen Felsvorsprung, der den Opfern nur zwei Möglichkeiten ließ: Entweder sie verhungerten dort, oder sie stürzten sich in den Tod.

Stets am Hof Friedrichs herumscharwenzelnd, mit Augen, die immerfort abschätzig dreinblickten, und Mundwinkeln, die auf einen missmutigen und unzufriedenen Charakter hindeuteten, kannte Johannes ihn schon von Kindheitstagen an. Scheck von Wald hatte immerhin die Gabe, schon auf den allerersten Blick abstoßend zu wirken. Dass ausgerechnet er jetzt als Raubritter zu Baumkirchers Schergen zählte, tat Johannes besonders weh.

»Was soll das?« Johannes war alarmiert.

»Wir reiten jetzt für Corvinus«, sagte Baumkircher. »Kaiser Friedrich ist ein vergesslicher alter Mann geworden. Er erkennt seine treuen Verbündeten nicht und vergisst, wer ihm das Leben mehrfach gerettet hat. Er weigert sich, unseren Sold auszuzahlen. Er düpiert seine treuen Kämpfer. Was bleibt uns also anderes übrig, als den Fehdebrief zu senden?«

»Aber …« Johannes war fassungslos. Hörten denn die Kriege nie auf? »Was sagt der Kaiser dazu? Macht er Euch denn wirklich kein Gegenangebot?«

Johannes dachte daran, dass keine Zeit für Scharmützel blieb, für interne Querelen und Zankereien. Ein viel mächtigerer Feind bedrohte doch die Grenzen des Reichs.

Ein weiterer Panzerreiter lachte. »Womit denn? Der Alte weiß nicht einmal, in welcher Währung er uns bezahlen soll. Statt Grazer Silberkreuzer, Venezianischen Dukaten oder Berner Münzen wird er womöglich versuchen, uns mit den Schinderlingen deines Bruders abzuspeisen.«

Baumkircher machte ein trauriges Gesicht. »Friedrich weiß es noch nicht. Aber er wird es bald erfahren. Uns bleibt keine Wahl. Auch ich muss meine Leute bezahlen, denn so wie ich wollen sie ihre Dienste nicht umsonst anbieten. Friedrich speist uns schon zu lange mit Titeln ab. Doch was nutzen uns erfundene Floskeln und Ehrbezeugungen, wenn wir unseren Leuten nichts zum Beißen geben können?«

Johannes schüttelte den Kopf. Er war so kurz vor dem Ziel gewesen. Eine halbe Ewigkeit hatte er im Kerker verbracht, dann wieder Monate in Visegrád, und nun, ein paar Tage bevor er dem Kaiser Meldung machen konnte, um dann endlich zurück zu Helena reiten zu dürfen, brach eine Revolte aus. Ein Krieg unter Waffenbrüdern.

»Das Land wird bluten. Die Bauern werden die Leidtragenden sein«, sagte er mit belegter Stimme. »Habt Ihr daran schon einmal gedacht? Dass wir uns selbst nur schwächen und ausbeuten?«

Eine Weile sagte niemand etwas.

Also fuhr Johannes Hoffnung schöpfend fort. »Man erzählt sich, dass Ihr, Baumkircher, den Kaiser zweimal gerettet habt. Zuerst im Jahr 52, als Böhmen und Ungarn vor Wiener Neustadt standen. Ihr habt das Tor geschlossen und verteidigt. Und dann, erst vor drei Jahren, als Ihr in einem wilden Dreitagesritt Hilfe aus Prag geholt habt und Georg von Podiebrads Truppen den Kaiser retteten. Man sagt sich, Kaiser Friedrich war so am Ende, dass er sogar Ratten und Mäuse essen musste, und die erbärmlichen Feinde hatten bereits die Kanonen auf des Kaisers Frau Eleonore gerichtet.«

»Woll Ihr mir etwa ins Gewissen reden? Ihr erzählt nichts Neues. Ich kenne die Geschichten, denn ich war dabei. Ich war immer dabei, wenn es darum ging, des Kaisers Haut zu retten. Aber nun ist Schluss. Wir holen uns, was uns gebührt.«

»Und seid Ihr nicht auch wie mein Bruder Balthasar einer jener Männer, die diese Schinderlinge unters Volk gebracht haben? Ihr beschwert Euch, dass der Kaiser Euch damit bezahlen will, wo es doch Euer eigenes minderwertiges Geld ist.«

Schreckenwalds Pferd bäumte sich auf, und er brüllte: »Ich schlag diesem Bengel den Kopf ab! Hier und jetzt. Er wird mein erstes kaiserliches Opfer sein.«

Doch Baumkircher griff ihm in die Zügel. »Nein. Lass ihn. Er hat meine Tochter bis hierhergebracht. Er wird noch mehr für uns tun.«

Ungläubig drehte Johannes sich im Kreis. Pferdeköpfe und behelmte Ritter starrten ihn an, und plötzlich stand Ludo an seiner Seite. Ihr Hemd klebte nass an ihrer Haut, dennoch war kaum zu bemerken, dass sie ein Mädchen war. Das kurze Haar und der trotzige Blick verschleierten die beginnenden Ansätze von Weiblichkeit an ihrem Körper.

»Ludo? Was soll das heißen? Was geht hier vor?«

Ludo machte ein betretenes Gesicht. Das Mädchen hatte sich inzwischen zwar wieder angezogen, aber man sah ihr an, dass sie noch fror.

»Ludo …«, sagte Johannes.

»Ich heiße nicht Ludo«, erwiderte sie. »Mein richtiger Name ist Martha.«

Johannes schwitzte – aus Angst und vor Verzweiflung und weil ihm sein Kopf schwirrte. Er fühlte sich nicht nur hintergangen, er schämte sich auch über alle Maßen. »Was soll das heißen: ›Tochter‹?«

Wieder rollte Baumkirchers schallendes Gelächter über das Feld. »Er hat es tatsächlich nicht herausgefunden. Das hätte ich nie gedacht. Martha, du bist ein Teufelsweib.« Seine Augen verfinsterten sich. »Oder sollte ich ihn dafür erst recht verprügeln? Er hat meine Tochter für einen Buben gehalten.«

Johannes sah ihn entsetzt an, doch Baumkircher lachte erneut.

»Grämt Euch nicht. Es war die einzige Möglichkeit, Martha aus dem Spiel zu halten. Ich wollte sie fern von all den Streitereien halten, denn die Gerüchte verdichteten sich, dass Friedrich meine Tochter entführen lassen wollte. Also gab ich sie in Eure Obhut. Besser eine gefährliche Reise als wie ein Kaninchen in der Falle hocken.«

Er stieg ab und kam näher. Seine Rüstung schepperte, und als er vor Johannes stand, erschien er fast noch eindrucksvoller als auf dem Pferd. Der Mann war wirklich ein Riese und von so kräftiger Statur, dass er den Eindruck machte, einen Menschen mit einem Hieb entzweihauen zu können. Johannes entging auch nicht, dass Baumkirchers rechte Hand wie beiläufig auf dem Schwertknauf ruhte.

»Der Streit mit Friedrich währt bereits lange«, sagte Baumkircher. »Im Grunde hat er schon begonnen, bevor Ihr nach Visegrád gegangen seid. Ich musste meine Familie in Sicherheit bringen. Ein Weg war, Martha mit Euch zu schicken. Niemand wusste davon.«

»Es tut mir leid, Johannes.« Martha stand mit gesenktem Kopf vor ihm. In diesem Augenblick fragte Johannes sich, wie er so blind hatte sein können. Wie hatte er es nur übersehen können? Die ganze Zeit über war ein Mädchen an seiner Seite geritten. Eine junge Frau, die ihr Haar zu struppigen Borsten geschnitten hatte und die eigentlich, wie er jetzt feststellte, ein hübsches Gesicht hatte.

»Ihr wart so in Eure Ziele verstrickt, so sehr mit Euch selbst beschäftigt, dass Ihr es ganz einfach nicht bemerkt habt«, sagte sie leise. »Manchmal dachte ich, Ihr würdet mich nicht erkennen, selbst wenn ich es Euch sagen würde. Und glaubt mir, ich habe mir so gewünscht, dass Ihr mich wirklich seht.«

Johannes war unfähig, etwas zu erwidern, und starrte sie nur weiterhin aus großen Augen an. »Du heißt Martha?«, brachte er schließlich hervor.

Schreckenwald schnalzte mit der Zunge. »Der Junge *ist*

schwer von Begriff. Oder malt er sich gerade aus, wie er es mit deiner Tochter treibt?«

Da schlug Baumkirchers Faust auf den Hals seines Pferdes, und Schreckenwald hatte Mühe, es still zu halten. Er fluchte, konnte ein Kichern aber nicht verbergen.

»Johannes«, polterte Baumkircher jetzt. »Martha ist meine Tochter. Mein Ein und Alles. Glaubt mir, ich hätte sie Euch nicht anvertraut, wenn ich nicht gewusst hätte, dass sie bei Euch in guten Händen ist.«

»Aber Ihr kennt mich doch gar nicht.«

Baumkircher blickte ihn lange an. »Gut genug, um zu wissen, dass ihr an Eurer Seite nichts geschehen würde. Ich danke Euch, dass Ihr mein Vertrauen nicht enttäuscht habt, und stehe erneut in Eurer Schuld. Aber ich habe noch eine Bitte: Die kaiserlichen Räte haben die Absagebriefe in der Neustadt schon bekommen und werden den Kaiser bereits informiert haben. Jetzt bitte ich Euch, dass auch Ihr dem Kaiser unseren Fehdebrief überreicht. Aber zuvor muss ich Euch von Helena erzählen …«

X

Die Fehde

1

Im November war Kaiser Friedrich III. zur Pilgerfahrt nach Rom aufgebrochen, um ein Versprechen einzulösen, welches er dem Herrn Jahre zuvor gegeben hatte, als sein Bruder Albrecht VI. vor den Toren Wiens gestanden und ihn mit starken Heeren bedrängt hatte. Es war einmal mehr Andreas Baumkircher gewesen, der ihn damals mit seinen Haudegen aus der misslichen Lage befreit hatte.

Versprechen vor Gott waren für den Kaiser keine Lippenbekenntnisse, sie einzulösen dauerte manchmal jedoch Jahre, zumal einerseits ein Kaiser nicht einfach so von heute auf morgen aufbrechen konnte, um sein Land monatelang zu verlassen, und andererseits solche Reisen vorbereitet werden mussten. Denn zwar hatte Friedrich diesmal keineswegs so große Vorhaben wie bei seiner ersten Romreise im Jahr 1452, als er sich zum Kaiser krönen lassen und Eleonore von Portugal geheiratet hatte. Dennoch war auch diese Pilgerfahrt von Bedeutung gewesen, immerhin hatte er in der Lateranbasilika von Rom den St.-Georgs-Orden gegründet, einen Ritterorden, dem sein braver Küchenmeister Johann Siebenhirter als erster Hochmeister vorstehen sollte. Siebenhirter war ein Adeliger, der sich um die wirtschaftlichen Belange am Kaiserhof verdient gemacht hatte und sich fortan um den Ausbau der Befestigung des Klosters Millstatt kümmern sollte, des Sitzes des neu gegründeten Ritterordens, dessen Aufgabe es war, sich den Türken zur Wehr zu setzen.

All das erfuhr Johannes, als er in Graz eintraf, während der Kaiser sich noch auf seiner mehrwöchigen Heimreise befand.

In dieser Zeit plagten Johannes auch das schlechte Gewissen und die Angst davor, dass Helena wieder etwas zugestoßen war. Er wollte so schnell wie möglich nach Hartstein zurückkehren, doch sein Bruder Balthasar hielt ihn davon ab. Abgesehen davon, dass Johannes zunächst ohnehin seine Erlebnisse mit ihm austauschen musste, war er angehalten, seinen Bericht über Drăculea zu verschriftlichen. Außerdem war der Winter ungewöhnlich zäh, machte Reisen nahezu unmöglich, und schließlich wollte auch Kaiser Friedrich sofort persönlich unterrichtet werden.

Nun war es also März geworden, und Johannes war von der Ungeduld und der Sorge geplagt, dass er seinerseits sein Helena gegebenes Versprechen, zurückzukehren, immer noch nicht einlösen konnte. Er war blass und fahrig. Dass Kaiser Friedrich ihn nun mit seinem durchdringenden Raubvogelblick fixierte und dabei das Kinn in seiner für ihn so typischen Weise nach vorne streckte und bis in die dunkelsten Winkel seiner Gedanken zu sehen schien, tat sein Übriges zu seiner labilen Gemütsverfassung.

Johannes dachte an die Zeit, die verstrichen war, und daran, was Baumkircher ihm über Helena erzählt hatte. Dass sie gefoltert worden war, ihr Kind verloren hatte und nun allein in Hartstein herrschte und dort eine wehrhafte Einrichtung aufzubauen gedachte, ein Bollwerk gegen die Akindschi-Horden. Doch Baumkircher hatte ihm noch mehr über sie erzählt. Von Ulf etwa, dessen unbestimmter Verbleib Johannes Unbehagen bescherte, denn eine perverse Grausamkeit ging von diesem Mann aus. Solche Männer mussten gerichtet werden. Und Baumkircher berichtete ihm von Helenas Veränderung. Von ihren »Ausflügen« – doch daran wollte Johannes jetzt im Angesicht des Kaisers lieber nicht denken.

»Ja«, unterbrach Friedrich seine Gedanken, und sein Echo hallte herrisch durch den kalten Thronsaal der Grazer Burg. »Wir haben letztlich auf die Stimme gehört, die uns davor warnte, dass der Feind sich nähere. Eine Stimme, von der Wir lange nicht wussten, ob sie einem törichten oder mutigen Mann gehörte, Er weiß, von wem Wir sprechen?«

Johannes' Wangen wurden warm, nicht zuletzt deshalb, weil seine Gedanken selbst im Angesicht des Kaisers zu Helena abgeglitten waren. Nun zeigte er wieder Präsenz und verneigte sich ehrfürchtig. Er hatte nicht erwartet, dass Friedrich sich an seine Warnungen erinnerte. Mehr noch, der Kaiser ließ sogar durchblicken, dass sie ihn dazu bewogen hatten, etwas zu unternehmen.

»Und Wir sind geneigt«, fuhr der Monarch ungewöhnlich aufgeräumt und ihn immer noch aufmerksam ins Auge fassend fort, »Ihn über etwas in Kenntnis zu setzen. Aber zunächst berichte Er Uns aus Visegrád.« Er machte eine unbestimmte Geste mit der Hand, ein Wedeln weißer, langgliedriger Finger, die von blauen Adern überzogen waren, die tiefe Furchen bildeten, die an knorrige Bäume denken ließ.

Johannes wusste nicht, wo er anfangen sollte. Immer wieder erinnerte er sich an die Warnungen seines Bruders, der ihm seit Tagen in den Ohren gelegen hatte, wie er sich richtig am Hof des Kaisers zu verhalten habe. Immerhin war Johannes auch in Balthasars Auftrag unterwegs gewesen, etwas, das Friedrich natürlich keinesfalls wissen durfte. Und Friedrich durfte auch nicht wissen, dass Martha, Baumkirchers Tochter, mit ihm geritten war. Überhaupt durfte der Kaiser vieles nicht erfahren.

Doch der im Reden so versierte Balthasar konnte Johannes jetzt nicht helfen. Man hatte ihn draußen vor dem Tor zurückgehalten – der Kaiser wolle mit seinem Kurier unter vier Augen sprechen. *Vier Augen*, wenn man davon absah, dass der Thronsaal der Grazer Burg gut gefüllt mit Wachen, Priestern und Dienern war.

»Ich habe meinen ausführlichen Bericht über Vlad Drăculea, wie es Eure Majestät wünschten, in Worte gefasst und sie niedergeschrieben. Und –«

Friedrich machte ein Gesicht, das keinen Zweifel daran ließ, dass seine Geduld bald enden würde. Prompt fiel Johannes' Blick auf eine Karte, die ausgebreitet auf dem mächtigen Eichentisch lag und offenbar Schiffsrouten markierte.

Friedrich schien in Gedanken schon beim nächsten Thema zu sein. »Sprich, Kreuzer, in kurzen Worten, und erzähle Uns vom Pfähler, rasch.«

»Nun …« Johannes suchte nach den richtigen Formulierungen. Er berichtete von Visegrád und der Art der Haft, in der sich Drăculea befand. Als schließlich Drăculeas Wesen zur Sprache kam, stockte Johannes kurz. Er wusste, dass das, was er nun sagen würde, womöglich über die Zukunft dieses Mannes entscheiden würde.

»Er soll endlich sprechen«, herrschte ihn der Kaiser an.

»Ich befürchte«, hob Johannes an, »die Gerüchte stimmen. Dieser Mann ist gefährlich. König Corvinus hat ihn einsperren lassen, weil er offenbar befürchtete, dass ihm durch Drăculea der Ruhm abhandenkommen könnte, Bollwerk gegen die Türken zu sein. Und ich denke, er könnte damit nicht unrecht haben. Drăculea ist unberechenbar. Er spielt in der Burg weiterhin sein Spiel der Macht, kommandiert die Menschen, die ihn bewachen sollen. Sollte er freikommen, könnte er nicht nur für die Türken zur Gefahr werden, sondern auch für uns. Für die Christenheit. Er ist grausam und ohne Ehre.«

Friedrich musterte ihn. »Corvinus wird ganz selbstverständlich gegen Unsere Intention sein. Er wird das Gegenteil von dem wollen, was Wir anstreben. Wir werden also nichts tun. Weder für noch gegen Drăculea intervenieren. Stimmt Er zu?«

Johannes überlegte fieberhaft, was er antworten sollte. Dass ihm der Kaiser strategische Fragen stellte, darauf war er nicht vorbereitet, denn schließlich war Friedrich bekannt dafür, seinen eigenen Willen durchzusetzen. Andererseits hatte der Kaiser ihm gerade zu verstehen gegeben, dass er durchaus auf sein Wort hörte.

Johannes blieb dennoch vorsichtig. »Das wäre eine Möglichkeit, Eure Majestät. Zweifellos eine – verzeiht mir den Ausdruck – *gerissene* Möglichkeit.«

»›Gerissen‹«, wiederholte Friedrich und fixierte Johannes neuerlich mit einem bedrohlichen Blick. »Gerissen sind Strauchdiebe, Raubritter, Vogelfreie … Der Kurier bezeichnet Uns also auch als *gerissen*?«

Johannes' Herz klopfte wild. »Nein, nicht Eure Majestät. Die *Idee* ist gerissen. Gerissen im Sinne von ›weise mit Taktik‹.«

Friedrich hob die Augenbrauen und tat dann etwas, das wohl

fast alle im Saal bestürzte. Er verfiel in lautes Lachen. »Kreuzer. Das ist großartig. ›Weise mit Taktik‹. Und es bestärkt Uns in einem Vorhaben, das Wir Ihm mitteilen möchten.«

Doch als das Lachen des Kaisers verebbte und er im Begriff war, eine Schriftrolle an sich zu nehmen, unterbrach Johannes ihn eifrig. »Verehrte Majestät. Ich muss Euch noch eine Mitteilung machen«, sagte er schnell.

Friedrich blickte auf, Johannes zog den kleinen versiegelten Brief aus seiner Manteltasche und hoffte, die Aufmerksamkeit des Monarchen noch einmal zu bekommen, bevor dieser ihm mit der Schriftrolle womöglich einen weiteren Auftrag zuschanzen würde.

»Auf meiner Heimreise«, begann Johannes, »begegnete ich einer Abordnung von Adeligen. Sie hatten mich überrascht. Ich konnte nicht fliehen. Es war Baumkircher.«

Der Kaiser legte die Schriftrolle beiseite und schaute Johannes aufmerksam an. »Unsere Boten haben Uns während unserer Heimreise aus Rom die Kunde überbracht, dass dieser gierige Kerl gegen Uns ins Feld ziehen wolle. Wir haben noch in Kärnten Truppen aufgestellt und das steirische Landesaufgebot einberufen. Die Schwerter sind gezogen, die Rösser stampfen mit den Hufen. Was will Er Uns also mit seiner kleinen Geschichte vom Baumkircher mitteilen? Er hat ihn gesehen. Na und? Ist Er etwa auf seiner Seite?«

Demütig senkte Johannes sein Haupt. Er hatte gemerkt, wie schnell die Stimmung im Saal umgeschwenkt war, und ein leises Scheppern verriet ihm, dass die Wachen an den schattigen Rändern des Zwielichts alarmiert waren.

»Nein, Eure Majestät«, sagte er. »Natürlich nicht.«

Friedrich starrte auf das Dokument in Johannes' Hand. »Was ist das?«

Johannes verneigte sich und reichte dem Kaiser den Brief.

Dieser brach das Siegel Baumkirchers. Mit einem Mal wurde sein Gesicht weiß, und die Augen wurden schmal. »Er weiß, was das ist?«

»Ja, Eure Majestät«, sagte Johannes leise. »Ein Fehdebrief.«

Ein Murmeln ging durch den Saal.

»Gewiss. Wie viele dieser Fetzen Papier will der Kerl denn noch schicken? Wie oft will er Uns noch drohen?«

Das Tuscheln der Anwesenden echote von den Wänden wie das Zischeln Dutzender Schlangen.

»Ruhe!«, brüllte Friedrich, und die Stille stellte sich augenblicklich ein. Johannes war überzeugt davon, dass sie auch die Räume vor den Toren des Thronsaals erreichte, dass sie in der gesamten Burg für atemloses Schweigen sorgte. Es war so dermaßen ungewöhnlich, dass Friedrich, dieser mürrische, in sich gekehrte Herrscher, laut wurde, dass nichts mehr wagte, Geräusche zu machen. Nicht einmal die Vögel im Burghof.

»Was das kosten wird …«, knurrte Friedrich. »Als ob sich die Kriecher in Unserer unmittelbaren Nähe nicht schon genug an Unseren Kassen bedienten. Tausende Gulden kamen Uns schon abhanden, sogar Unser Diamant.«

Weil Johannes ihn wegen seiner Reaktion so bestürzt ansah, brachte Friedrich sogar seine eingefallenen Wangen durch sein Nicken zum Zittern, während sein Gesicht wieder allzu schnell Farbe gewann. »Ja, das ist so. Sie greifen nach Unserem Geld. Und sie sind so dreist und töricht, dass sie nicht bedenken, dass Wir alles aufschreiben. Diese kleinen Diebe werden ein anderes Mal zur Rechenschaft gezogen, doch was Baumkircher und seine Söldnerbande betrifft: Das sind die wahren Verbrecher. Die, die Uns bewusst Schaden zufügen, indem sie ihre Waffen gegen Uns richten, wo sie doch genau wissen müssten, dass Wir es Uns nicht *leisten* können, Geld zu verschwenden. Eine Fehde, verdammt, weiß Er, was das kostet?«

Johannes wollte nur noch aus dem Saal. »Eure Majestät?«

»Nein, weiß Er nicht. Natürlich nicht. Er hat den Fehdebrief überreicht, und so frage ich Ihn jetzt geradeheraus: Auf wessen Seite steht Er?«

Johannes schnappte überrascht nach Luft. »Ihr könnt auf meine Loyalität zählen.« Es war mehr ein Reflex gewesen, die richtige Antwort geben zu wollen. Zum Nachdenken war ohnehin keine Zeit gewesen. Dass er im Augenblick wohl die richtigen Worte gefunden hatte, bestätigte ihm das neuerliche Nicken des Kaisers.

»Wir wollten Ihm heute die freudige Mitteilung unterbreiten, dass Wir Ihn zum Ritter des Georgordens machen werden. Die Freude fehlt nun. Die Ankündigung bleibt. Nimmt Er an?«

Völlig vor den Kopf gestoßen, wankte Johannes.

Friedrich hob eine Braue und schlug den wieder eingerollten Fehdebrief in die offene andere Hand. »Was ist, nimmt Er an?«

Johannes verneigte sich und konnte seine Antwort selbst nicht hören, so sehr pochte ihm sein Herz in den Ohren.

»Gut. Dann seid Ihr nun Unser Kämpfer gegen Baumkircher. Der offizielle Ritterschlag wird in Bälde erfolgen. Und jetzt könnt Ihr gehen. Die Audienz ist beendet.«

Johannes erhob sich und wusste weder, was die letzten Worte bedeuteten, noch, wie er sich zu verhalten hatte.

Friedrich wischte durch die Luft, wie er es so oft tat, wenn er ungeduldig wurde und zerstreut wirkte. »Fort«, sagte er unwirsch, »macht Euch bereit zum Kampf.«

Johannes hörte schon, wie sich ihm die Wachen von hinten näherten, um ihn hinauszugeleiten. Er war als Kurier gekommen und verließ die Burg als Ritter. Und als der Feind seines Freundes.

2

Und wieder zogen Monate ins Land, während derer Johannes sich Helena keine Meile näherte. Vom Kaiser war ihm befohlen worden, sich zur Verfügung zu halten, und so lebte er im Trott jener Krieger, wie es sie zuhauf in diesen Zeiten gab. Wäre er nicht der Spross einer reichen Familie gewesen, würde er wie viele andere durchs Land ziehen; wie ein streunender Hund, stehlend und mordend.

Eines Tages stand er vor der Rüstkammer von Graz und sah dabei zu, wie der Zeugwart die Harnische auf ein halbes Dutzend Karren verteilte. Hunderte blecherne Schutzplatten für Arme, Beine und den Oberkörper. Helme kullerten zu einem unförmigen Haufen geschichtet über die Wagenböden. Zwei Helfer schleppten zu einem Bündel gebundene Piken. Beile, Schwerter und Langmesser wurden von Rossstirnen begraben.

Johannes' Gesicht zuckte unter dem Lärm, den der Zeugwart und seine Männer beim Beladen der Karren verursachten. Am liebsten wäre er auf sein Pferd gestiegen und hätte die Stadt verlassen. Er wünschte sich einen weiteren Auftrag seines Bruders herbei, ihm von irgendwoher auf der Welt ein Buch oder ein anderes seltenes Dokument zu beschaffen. Bloß irgendetwas, das weit weg von jenem Ort war, für den dieses Kriegswerkzeug bestimmt war.

Doch der Befehl des Kaisers war eindeutig gewesen: Er sollte Jan Holup und seine Söldnertruppe begleiten und eine Rotte der regulären Grazer Truppen anführen, zwanzig Männer, die schon jetzt aussahen wie Vieh, das zur Schlachtbank geführt wurde. Ausgezehrte Kerle, denen die Zähne fehlten und deren Narben manchen sogar jegliche Mimik unmöglich machten. Mit ihnen und Hunderten anderen sollte Andreas Baumkircher ein für alle Mal in die Schranken gewiesen werden.

Das Land war in den letzten Monaten aus den Fugen geraten. Während im Süden der Hauptmann von Cilli das Eindringen der türkischen Streitkräfte vermeldete und durch verzweifelt gekritzelte Depeschen um Hilfe bat, trieben die Söldnerheere Andreas Baumkirchers und Hanns von Stubenbergs ihr Unwesen. Handstreichartig hatten sie schon im Februar Fürstenfeld eingenommen, es folgten Hartberg, Feldbach, Marburg, Windischfeistritz und Gonobitz.

Auch der Name Rindscheit fiel, und Johannes erinnerte sich an den Mann, der an Baumkirchers Seite gewesen war, als er ihn vor dem Wolf gerettet hatte. Dessen Burg in Dobl sei von Baumkirchers Leuten überrannt worden. Die Welt stand kopf. Freunde gegen Freunde, Loyalitäten änderten sich, wie der Wind sich drehte. Der Adelsbund lehnte sich gegen den Kaiser auf, der einfach nicht das nötige Geld aufbrachte, um die Söldnerheere zu bezahlen. Und anstatt einen Abwehrwall gegen das Osmanische Reich zu errichten und von Friedberg bis Radkersburg und weiter bis Wildon Richtung Westen und hinauf zu den Bergkämmen wenigstens kleine hölzerne Wehrbauten zu errichten, so wie es Johannes vom Byzantinischen Reich gehört hatte, bekriegten sich die Söldnertruppen des Adels und des Kaisers gegenseitig.

Es war zum Verzweifeln. Die Bauern klagten über bittere Not, die Felder wurden unter den Hufen der Schlachtrösser zertrampelt, Frauen mussten stets auf der Hut sein und sich in den Wäldern verstecken. Immer wieder fanden sich Menschen, die nichts mit alldem zu tun hatten, erschlagen am Wegesrand.

Noch einmal versuchte Johannes es bei Holup, dem ausgezehrt wirkenden böhmischen Söldnerführer. Der Mann war nicht groß und sah fast schmächtig auf seinem hohen Ross aus, doch alle wussten, dass er ein geradezu magischer Kämpfer war, ein Anführer mit einem unglaublich lauten Organ und einer Zähigkeit und Entschlossenheit, die kaum jemand auf das Schlachtfeld bringen konnte. Man sagte sich, er könne selbst jene noch fürs Töten begeistern, die selbst schon halb tot seien.

»Wir führen den falschen Krieg«, sagte Johannes vorsichtig, als er sein Pferd an die Seite Holups gebracht hatte.

Dieser musterte ihn, aus seinen Gedanken aufgeschreckt,

blasiert. »Ach, tun wir das? Und wer seid Ihr, dass Ihr das beurteilen könnt? Ein einfacher Krieger? Ein Bote? Ein besitzloser Ritter alter Schule?«

»Ich –«

»Ich kenne Eure Geschichte, mein Freund. Und ich lege auch Wert auf die Feststellung, dass ich Euch nicht in meinem Heer haben wollte. Ihr seid ein Baumkircher-Freund. Ein Gegner der kaiserlichen Ideen. Ihr wollt am liebsten bei diesen Windischen sein und faselt etwas von der großen Gefahr aus dem Osten. Aber, mein Freund, ich öffne Euch jetzt die Augen: Der Feind ist im eigenen Land. Und wenn wir Baumkircher und diese habgierigen Adelskrätzen nicht in die Schranken weisen, dann wird es bald kein Kaiserreich mehr geben. Also schert Euch jetzt zurück ins Glied, ehe ich Euch hängen lasse.«

»Hängen? Was erlaubt Ihr –«

»Ja, ich weiß, dass Euer Bruder einen Großteil dieses Heeres finanziert. Aber glaubt mir: Gebt mir einen Grund, und ich zögere nicht. Also zaudert Ihr, oder seid Ihr mein Mann?«

Johannes, der verblüfft feststellte, dass es in Gegenwart von Holup geradezu unmöglich war, einen Satz zu vollenden, ohne von ihm unterbrochen zu werden, schätzte seine Möglichkeiten schnell ab. Eine falsche Antwort und er traute dem Mann zu, dass er ihn am nächsten Baum aufhängen ließ. Bis Balthasar davon Wind bekäme, hätte ihm der Pöbel schon die Kleider vom Leib gerissen und die Gliedmaßen abgeschnitten, um sich davon irgendeine Art von Magie zu erhoffen.

Johannes nickte also und bekräftigte. »Meine Loyalität steht außer Frage, ich bin der Mann des Kaisers, und …«

Doch Holup hatte bereits sein Pferd gewendet und ritt zu einem weiteren Wagen, um den Fortgang der Arbeiten zu inspizieren.

Einige Zeit später zogen rund tausend Mann aus Graz über den Hühnerberg in Richtung Südosten. Die Sonne brannte vom Himmel, und der Duft frischer Frühlingsblumen wehte zu ihnen herüber. Doch der Menschenzug, den er betören wollte, hustete und räusperte sich nur und hatte keinen Sinn für Frühlingsgefühle.

Während Holups sechshundert geharnischte Reiter vorantrabten, lief die kaiserliche Fußstreitmacht an der Seite von Johannes her. Mürrisch stellte er fest, dass sie nichts anderes waren als ein zusammengewürfelter Haufen von Bauerssöhnen, Handwerkergesellen und Tagelöhnern, die für ein paar Grazer Pfennige in den Krieg zogen, ohne jemals zuvor einer Schlacht beigewohnt zu haben. *Helena*, dachte er. *Ich will zu dir, doch das Leben lässt mich nicht.*

Die Nacht über marschierten die Männer aus Graz, und am nächsten Tag zogen sie sich unter lautem Scheppern die Rüstungen an. Sie schlüpften in die schlecht sitzenden Harnische, prüften gegenseitig, ob die Helme einigermaßen gut am Kopf saßen, und schwangen ihre Piken und Schwerter ungelenk, wie Stadtleute ihre Dreschflegel und Sensen geschwungen hätten.

Und schon setzte das ein, was Johannes nur allzu gut kannte – das Herzrasen zu Beginn einer Schlacht.

Von seinem Ross aus sah er die Mauern der Stadt Fürstenfeld, die Rauchschwaden, die übers Feld zogen und von den über Nacht brennenden und nun erlöschenden Feuerstellen ausgingen. Johannes schloss die Augen, reckte sein Gesicht einem sanften Wind entgegen und stellte fest, dass es viel zu warm zum Kämpfen werden würde. Der Tag würde die Körper zum Glühen bringen und die weniger an harte Arbeit gewohnten Männer unter seinem Kommando rasch an die Grenzen ihrer körperlichen Möglichkeiten bringen. Schon allein ein Lauf über zweihundert Fuß mit Brustharnisch, Bein- und Armschutz sowie einer Streitaxt in der Hand konnten einen Mann in die Knie zwingen. Was würde erst geschehen, wenn sich ihnen die erfahrenen Söldner Baumkirchers entgegenstellten?

Johannes konnte nicht verstehen, was Holup schrie, doch er hörte auch gar nicht zu. Es war offensichtlich, dass er seinen Männern Mut zusprach, an ihre Tapferkeit appellierte und sie daran erinnerte, dass sie heute Helden werden könnten. Das taten sie immer, die Feldherren. Immer dieselbe Litanei. Und am Ende waren da nur Blut und Geschrei.

Als Johannes die Augen öffnete, war die böhmische Vorhut Holups bereits in wildem Galopp auf die Feinde losgestürmt. Sie hatten Baumkirchers mährische Streitkräfte vor den Stadttoren von Fürstenfeld gestellt. Holup war gefürchtet, und er wusste selbst, welchen Eindruck seine gepanzerte Reiterei machte. Die konnte im wilden Heranreiten brüllen wie am Spieß, ihre Schwerter schwingen, Armbrüste und Feuerwaffen abschießen und dabei allen möglichen Hindernissen ausweichen. Es waren erfahrene Krieger, die hier auf die Baumkircher-Truppe losgingen und auf ebenso erfahrene Söldner aus Mähren trafen.

Das war die Crux.

Hier auf dem steirischen Schlachtfeld trafen sich Böhmen und Mähren, bezahlte Krieger, *Nachbarn*, die für Sold quer durch Europa getingelt waren und sich anheuern ließen, um die Kriege ihrer Geldgeber auszutragen. Großartige Kämpfer, die ihr Blut für Fehden und Kleinkriege ließen. Oft auch ihr Leben.

»Wenigstens schlagen sie sich als Erste gegenseitig die Schädel ein«, murmelte Johannes, der in den Gesichtern seiner Grazer sah, dass sie kurz davor waren davonzurennen. »Wer davonläuft, wird von mir erschlagen!«, brüllte er vorsichtshalber und war im nächsten Moment fast gerührt von den Buben und Männern, die um ihn herumstanden, sich auf ihre Unterlippen bissen und die Tränen aus den Augen blinzelten. Sobald Holups Söldner den ersten Angriff ausgetragen hatten, würden sie eingreifen müssen. Und der Augenblick kam früher als gedacht. Die Zeit, zu sterben, nahte rasend schnell.

Feldhauptmann Jan Holup ritt an vorderster Front und drosch einen nach dem anderen Gegner aus dem Sattel.

Nun setzten sich Johannes und seine Hauptstreitmacht in Bewegung. Es war der Plan gewesen, dass Holups Söldner für ein derartiges Gemetzel sorgten, dass die Fußsoldaten nur noch aufräumen mussten. Ein simpler Plan, der aufzugehen schien. Johannes' Grazer trafen nur auf versprengte und verwirrte Gegner, die sie rasch ausschalteten. Brüllend vor Angst, schlugen die Fußsoldaten auf vom Pferd gefallene Männer ein oder spießten die Rösser zu Tode. Was für eine unwürdige Schlacht.

Doch plötzlich nahm Johannes eine Bewegung an den Flanken seiner Männer wahr. Pferdeschädel lugten aus einem Waldstück zu ihrer Linken, und schnell stellte er fest, dass auch zu ihrer Rechten Reiter aus dem Wald aufgetaucht waren. Sie saßen auf kleinen Pferden, trugen Pelzkappen und Fellkragen über ihren Rüstungen, und ihre Säbel waren fast so krumm wie jene, die er bei den Türken gesehen hatte. Johannes kannte diese Truppen, und eisige Kälte fuhr an seinen Armen empor.

»Mährische Söldner!«, schrie er. »Um Himmels willen, deckt die Flanken!«

Die Pikeniere stürmten nach vorn und bildeten eine Reihe, die Gewehr- und Armbrustschützen dahinter. Nun preschten die Mähren aus dem Gestrüpp hervor, und das Trommeln der Hufe erschütterte das Schlachtfeld.

»Niemand weicht!«, schrie Johannes hysterisch und hätte am liebsten selbst nichts anderes getan, als zu fliehen. Er betrachtete seine zur Verteidigungslinie aufgestellten Kämpfer. Gebete stammelnd und vor lauter Angst wild zitternd, wimmerten sie dem Angriff entgegen. Johannes spürte den bleiernen Geschmack einer aufkommenden Übelkeit.

Die linke Flanke wurde schneller von dem Angriff der Mähren erwischt. Die Pferde preschten geradewegs auf die Piken zu und schrien aufgespießt auf. Blutfontänen ergossen sich über die Kämpfer, und augenblicklich setzte ein wildes Stechen und Hieben ein.

Jetzt hatten die Mähren auch die rechte Flanke erwischt. Die ersten Pferde sprangen über die Abwehrlinie hinweg, und Johannes schlug einen Söldner vom Ross, einen weiteren trampelte er mit seinem eigenen Pferd nieder. Er griff nach einem Luntenschlossgewehr, welches ein junger Bursche nicht imstande war, ruhig zu halten. Eine wüste Explosion an seinem

Ohr, und das Pferd, auf dem ein Krieger mit über dem Kopf wirbelnder Klinge auf ihn zugeritten kam, preschte nun ohne Reiter an ihm vorüber.

Johannes warf die Büchse beiseite, denn er hatte keine Zeit, sie neu zu laden. Er griff wieder nach seinem Säbel und versuchte, so gut es ging, die Angreifer abzuwehren.

Es wurden immer mehr.

Johannes' Pferd konnte sich kaum noch bewegen, überall rundherum waren Leiber mit wildem Geschrei dabei, sich gegenseitig ein Ende zu machen. Dicht aneinandergedrängt blieb kaum Platz, die Hände zum Schlagen zu heben, ein wüstes Gedränge und Gestoße. Da und dort fielen Männer einfach um, weil sie keine Kraft mehr hatten.

Johannes blickte über die Köpfe hinweg und stellte fest, dass Holups Reiter vorüberrannten. Die Haudegen verließen das Schlachtfeld und ließen sie zurück.

»Rückzug!«, plärrte Johannes, so laut er konnte. »Hört auf! Lauft! Rückzug!«

Ein Grazer Fußsoldat, schwer verwundet, aber immer noch nicht willens, sein Leben herzugeben, wehrte sich gegen drei Söldner. Johannes ritt einen von ihnen nieder, hieb dem anderen einen Arm ab, der dritte rannte davon. Da zog er den schwer Verwundeten zu sich aufs Pferd, gab seinem Ross die Sporen und ritt davon.

Hunderte taten es ihm nach und rannten, was das Zeug hielt. Erst eine Meile entfernt hielten sie inne und stürzten um Atem ringend zu Boden. Da hatte Johannes den Verletzten bereits helfenden Händen auf den Karren überantwortet, sein Pferd gewendet und zerrte schließlich den nächsten humpelnden Krieger vom Schlachtfeld auf sein Ross.

Wie viele Menschenleben er auf diese Weise gerettet hatte, wusste nicht einmal er selbst. Doch als der Tag sich anschickte, in den Abend überzugehen, und Johannes sich wieder dem Tross der Fliehenden angeschlossen hatte, fiel er völlig erschöpft auf dem Pferd sitzend in einen unruhigen Dämmerschlaf.

Das verheerende Ausmaß der Schlacht konnte aber auch sein heldenhafter Einsatz nicht mildern. Am Hühnerberg lebten von den ursprünglichen Kämpfern nur noch die Hälfte und in Graz auch von dieser Hälfte nicht mehr alle. Jan Holup blutete aus einer Bauchwunde und zahlreichen Schnittverletzungen. Als er in der Stadt ankam, wurde er halb tot vom Pferd gezogen. Johannes ritt direkt in die Stallung der Burg, sackte vom Ross und schlief augenblicklich ein.

Schemenhaft nahm er nur noch wahr, wie die Nüstern seines treuen Tieres über sein Gesicht fuhren. Im Traum sah er wieder all die Bilder der Schlacht, die zerquetschten Köpfe, die verbeulten Rüstungen, die schrecklichen Szenen eines schrecklichen Kampfes. Baumkircher hatte gewonnen, die Fehde, die mit der Überstellung des Fehdebriefes begonnen hatte, war noch lange nicht zu Ende. Nur Gott wusste, was ihnen jetzt blühte.

3

Tatsächlich hatte die Schlacht verheerende Folgen für das Land. Holup erholte sich von seinen Verletzungen nicht mehr. Er starb in Graz. Die Truppen des Schlossherrn von Mattighofen setzten die Belagerung des Markts Wildon, der von Baumkirchers Truppen eingenommen worden war, jedoch fort.

Fürstenfeld war verwüstet worden, und auch zahlreiche Zivilpersonen waren der Schlacht zum Opfer gefallen. Hunderte Gefangene waren auf beiden Seiten gemacht worden, unzählige wurden verstümmelt, gefoltert und gequält, für die Adeligen unter ihnen wurde Lösegelder bezahlt.

Da war so viel Leid und so viel Irrsinn, die sich über das Land ausgebreitet hatten, dass sich niemand mehr um die Leichen auf den Feldern kümmern konnte.

Johannes, der versuchte, von alldem unbemerkt nach Süden zu reiten, sah unzählige Kadaver am Wegesrand liegen. Häuser brannten in den Dörfern, und Kirchenglocken läuteten. In einem Dorf kurz vor Marburg sah er einen Haufen Menschenleiber brennen. Rundherum standen betende und wimmernde Frauen. Sie hoben ihre Arme klagend gen Himmel, und andere husteten so erbärmlich, dass sie dabei vor Erschöpfung in die Knie gingen.

Johannes machte einen Bogen um sie, denn etwas sagte ihm, dass die Nähe zu den Leichen und den Menschen, die um sie klagten, gefährlich war.

Als er dann endlich die Mauern der Kartause von Seiz im Dämmerlicht vor sich aufragen sah, kamen ihm die Tränen. Er hatte die Burg Hartstein fast leer vorgefunden und deshalb beschlossen, dem Kloster einen Besuch abzustatten. Hinter diesen Mauern würde er die Geborgenheit finden, die er so lange gesucht hatte. Nach all dem Reisen, nach all dem Schlachten brauchte er Zeit, um zu beten. Um Gott um Rat zu bitten, um ein Zeichen. Mit banger Ungeduld näherte er sich.

Sein Pferd schnaubte, und Johannes wollte schon absteigen, um an die Pforte zu klopfen, als die Holztür sich knarrend wie durch Zauberhand von selbst öffnete.

Eine hagere Gestalt stellte sich ihm in den Weg und hielt eine Laterne vor seinen Kopf. Johannes erkannte sein Gesicht; wie konnte es auch anders sein? Es hatte ihm vor langer Zeit im Wald einen gehörigen Schrecken eingejagt. Er bemerkte, wie sich nun auch die Züge des Mannes verhärteten. Offenbar erkannte er ihn ebenfalls, was Johannes erstaunte, zumal sie sich bislang nur für einen seltsamen, aber offenbar denkwürdigen Moment im Wald begegnet waren.

»Ihr seid es? Hier?«

»Ich komme zu Gott«, sagte Johannes – Worte, die er so gar nicht hatte sagen wollen, die ihm in diesem Moment aber aus dem Herzen fielen. »Und wer seid Ihr?«

Der Blick des Mannes im Torbogen blieb unverändert. »Man nennt mich Pater Dejan. Und ich habe viel von Euch gehört. Gerüchte verbreiten sich bekanntlich schnell. Nach allem, was man von Euch hört, seid Ihr ein Mann Gottes gewesen. Doch man erzählt sich auch viele andere Dinge. Ihr tragt häretische Werke mit Euch. Ihr habt Frau und Kind. Beim Teufel selbst sollt Ihr zu Gast gewesen sein. Euer Ruf eilt Euch weit voraus.«

»Solche Dinge erzählt man sich über mich?«, wunderte sich Johannes. Er schlug die Augen nieder. »Ich habe nie etwas Unredliches getan. Aber ich könnte verstehen, wenn Ihr mir den Zutritt verwehrt.«

Der Mönch musterte Johannes. »Ihr wart nicht in der Burg?«

»Nein«, antwortete Johannes.

Ein dünnes, kaum sichtbares Lächeln umspielte Pater Dejans Lippen. »Ihr seid also geradewegs zu Gott geritten? Um um Vergebung Eurer Sünden zu bitten?«

Johannes nickte.

»So tretet ein.«

Das Tor zum Kartäuserkloster öffnete sich noch ein Stück weiter und offenbarte einen Innenhof, in dem sich Menschen um ein Lagerfeuer geschart hatten.

Johannes stieg ab, betrat das Klostergelände und näherte sich den wärmenden Feuern, bis er versteinert innehielt. Denn diese Feuer brannten heller als normale Lagerfeuer. Heller und höher. Er bemerkte eine unbestimmte Bewegung zwischen den Flammen. Ein unnatürliches Heben und Senken, ein Aufplatzen und Spritzen. Im Feuer brannten die Leiber von Menschen.

Entsetzt wandte Johannes sich um. In diesem Moment schloss sich das Tor des Klosters hinter ihm mit einem dumpfen Rumpeln.

4

»Ihr hättet nicht herkommen sollen. Was wollt Ihr hier nach so langer Zeit?«

Johannes blickte sich um. In dem Hof waren nur geduckte Menschen zu sehen, die sich langsam fortbewegten, schwache, gebrechliche Gestelle, die fast so viel Grausen bescherten wie der Berg Leichen, den sie verbrannten.

Es war fast dunkel, und der Feuerschein warf unruhige Schatten auf die Lebenden und die Toten.

»Sucht Ihr etwa nach dem Buch? Diesem vermaledeiten Buch? Das hat die Burgherrin von Hartstein an sich genommen. Wohlgemerkt, wider das Gesetz. Sie hat es gestohlen, und eines Tages werde ich es zurückfordern.«

Pater Dejan hatte sich verändert. Er war immer noch jene unheimliche groß gewachsene Erscheinung, der Johannes damals im Wald begegnet war, aber er schien ergraut zu sein. Abgemagert. Gebrochen.

»Ihr werdet hier nichts mehr finden außer den Tod.« Dejan kam näher.

»Wer seid Ihr? Warum habt Ihr das Tor verriegelt?«

Johannes' Pferd schnaubte nervös und zog an seinen Zügeln. Einen Moment lang war Johannes versucht, wieder aufzusteigen, aber von Dejan konnte keine Gefahr ausgehen. Der Mann war nicht bewaffnet, und vor seinen Blicken fürchtete er sich schon lange nicht mehr, dazu hatte er zu viel Leid auf den Schlachtfeldern erlebt.

»Seid Ihr hier, weil in der Burg niemand anzutreffen war?«, fragte Dejan jetzt. Er machte seltsam schlürfende Schritte. »Das wundert mich nicht. Eure Helena, die neue Herrin dieser Burg, ist selten anzutreffen. Wisst Ihr, sie ist in meinen Augen nicht viel besser als diese türkischen Streifscharen. Sie zieht durchs Land, wagt sich bis weit ins Türkenreich und mordet dort die einfachen Menschen nieder. Manchmal wird auch erzählt, sie führe Gefangene an Stricken um den Hals hinter ihren Pferden her. Alles in allem, befürchte ich, hat die Zeit aus ihr eine grausame Herrin gemacht.«

»Nicht die Zeit, *Ihr* wart das«, sagte Johannes trotzig. Er fragte sich, ob die Geschichte stimmte, die man ihm erzählt hatte. Denn die Bediensteten, die er zuvor in der Burg Hartstein angetroffen hatte, hatten ihm Ähnliches erzählt. Die Herrin sei nicht hier. Sie sei auf der Jagd. Auf der Jagd nach Türken.

Und was Dejan nicht wusste: Sie hatten ihm auch erzählt, was vorgefallen war. Von den Qualen, die Helena hatte erleiden müssen. Durch Ulf. Und durch die Mönche in Seiz. Da war es um Johannes geschehen gewesen. Seine Gedanken rasten. Alles war seine Schuld gewesen. Hätte er Helena doch nie verlassen …

Dejan kam nun nahe genug, dass Johannes ihn im Schein des Feuers sehr genau sehen konnte, und diesmal wich er entsetzt zurück. Dejan war nicht nur abgemagert und gealtert. Sein Gesicht war auch seltsam verformt. Er hatte die *Krankheit*.

»Bleibt, wo Ihr seid. Keinen Schritt weiter.«

Der Mönch schnaufte verächtlich, dann rief er mit sich überschlagender Stimme: »Sie hat all unsere Bücher an sich genommen, ist das nicht genug? Jetzt ist sie selbst eine Mörderin, alles hier ist nur noch Tod. Und bald seid auch Ihr es, Teufel im Mönchsgewand.« Da stürmte Dejan plötzlich auf ihn zu.

Johannes hätte nicht für möglich gehalten, dass der Mönch sich noch so schnell fortbewegen konnte. Dejan griff mit langen Armen nach seinem Hals, doch Johannes duckte sich weg und rollte an ihm vorbei. Dejan griff ins Leere und stolperte.

Jetzt sprang Johannes auf sein Pferd, spürte Dejans krallenartige Hände an seinem Knöchel und stieß ihn mit einem groben Stiefeltritt von sich fort. Er ritt auf das Tor zu, hob den Riegel an und öffnete es.

Diesmal machte Dejan keinen Versuch, ihm zu folgen. Mit blutender Nase stand er schwer atmend vor dem Scheiterhaufen aus brennenden Leibern. »Ich verfluche Euch und dieses Weib. Habt Ihr gehört? Ich wünsche Euch die Pestilenz auf den Leib und alles Leid dieser Welt.«

5

Es war finster, als Johannes Burg Hartstein wieder erreichte. Nach so langer Zeit wieder ausgerechnet hierher zu kommen, löste in ihm ein beklemmendes Gefühl aus. Dieser Ort hatte nichts Tröstliches für ihn. Hierher waren sie entführt worden, dieser Ort hatte sie voneinander getrennt.

Das Tor wurde von einer stillen Magd geöffnet, und Johannes ging, sein Pferd am Zügel führend, hindurch.

Offenbar war in der Burg schon alles am Schlafen, also sagte er zu der Frau, sie solle sich ebenfalls wieder niederlegen. Er werde das Pferd selbst versorgen. Doch die Magd schüttelte den Kopf, griff nach den Zügeln und hielt stattdessen seine Hand fest.

»Was …?«

Erst jetzt erkannte er Helena, und in der schluchzenden Umarmung gingen sie beide auf die Knie, weinten vor Glück und Sorge und hockten zu Füßen des Pferdes, das sich ihnen schnuppernd näherte.

Die Tür zum Saal öffnete sich, und der Lärm des Innenraums wurde in den Burghof gespült. Haris kam torkelnd heraus, rülpste herzhaft und war im Begriff, seine Hose herunterzulassen, um Wasser zu lassen, als er die beiden bemerkte.

Die folgenden Minuten waren von Umarmungen und Lachen geprägt. Johannes wurde in den Saal gezerrt, ihm wurde ein Becher Wein in die Hand gedrückt, und er musste jedes Detail seiner Reisen berichten. Er endete mit dem sonderbaren Erlebnis in der Kartause von Seiz und mit der Frage: »Also, was ist wahr an der Geschichte, dass ihr auf der Jagd seid?«

Tiefes Schweigen folgte.

»Oh.« Johannes setzte sich. »Dann nehme ich an, alles ist wahr.«

»Nun«, setzte Helena an, »ich befürchte, das meiste wird der Wahrheit entsprechen.«

XI

Die Jagd

1

Als Baumkircher die Burg wieder Richtung Norden verlassen hatte, hatte Helena die Tage mit stundenlangen Gängen entlang der Burgmauern verbracht. Noch viele Tage hatte sie verlangt, dass der Stein im Keller rund um die Uhr bewacht werden müsse, und auch die Wachen am Burgtor waren verschärft worden.

Bis sie eines Tages Haris zu sich gerufen und ihn aufgefordert hatte, die zehn besten Reiter und Kämpfer auszusuchen. Haris' Nachfrage hatte sie mit den Worten beantwortet: »Weil die Zeit des Wartens und Hoffens zu Ende ist und die Zeit des Jagens und der Vergeltung beginnt.«

»Genau so sagte sie es«, rief Haris, und es war unschwer herauszuhören, wie stolz er auf Helena war.

Der erste »Ausflug«, wie sie es in der Burg nannten, hatte fast eine Woche gedauert. Von den zehn Männern hatte Helena acht wieder mitgebracht. Allerdings hatten sie fünfzehn neue Pferde dabeigehabt und eines davon so schwer mit Waffen bepackt, dass es ausgesehen hatte wie ein Saumweg-Esel.

»Wir sind von Dorf zu Dorf, waren weit im Bosnischen Reich, einmal wahrscheinlich sogar in Serbien. Wir haben den Spieß umgedreht und jagten Akindschi.«

Insgesamt waren es unzählige »Ausflüge« gewesen, kleinere Streifzüge und längere Wanderungen, die allesamt nur denselben Zweck gehabt hatten.

»Du wolltest Hanns wiederfinden«, sagte Johannes.

Alles verstummte.

»Aber du hast ihn nicht gefunden, habe ich recht?«

Helena starrte auf ihren Becher.

»Wie viele Männer habt ihr insgesamt verloren?«

»Ich weiß es nicht«, sagte Haris leise.

»So viele? Männer, die wir jetzt dringend bräuchten. Deren Kinder sie jetzt bräuchten.« Johannes war unendlich müde.

Der Wein hatte noch sein Übriges getan, um ihn zu schwächen. Aber er spürte auch, dass er gereizt war. »War es das wirklich wert?«

Er war so lange fort gewesen, und das Wiedersehen war so schön gewesen, doch der Abend verlief in eine völlig falsche Richtung.

Helena richtete sich auf. »Ich suche mein Kind, ich denke, das *ist* es wert.«

Johannes öffnete den Mund, doch er kam nicht dazu, noch etwas zu sagen.

Manderdinger klatschte in die Hände und rief: »So, genug für heute, wir legen uns jetzt alle schlafen. Morgen ist auch noch ein Tag. Wir sind müde.«

Der Saal leerte sich, und nur Helena und Johannes blieben zurück.

»Es tut mir leid«, sagte Johannes. »Ich hätte dich niemals allein lassen dürfen.«

»Wer weiß …« Helena schluckte unter ihren Tränen. »Vielleicht wären wir dann jetzt beide tot.«

Am anderen Ende des Saals begann jemand, leidenschaftlich zu schnarchen.

2

Christoph von Ungnad war außer sich, und Johannes konnte es ihm nicht verdenken. Der Hauptmann von Cilli war in den Morgenstunden mit zwei Begleitern in die Burg gekommen und klagte den Anwesenden sein Leid. Er hatte am 11. Juni einen Brief an Seine Kaiserliche Hoheit nach Graz gesandt, nun war es Juli, und er hatte immer noch keine Antwort erhalten. »Dabei ist es in der Depesche nicht etwa um eine Geldforderung gegangen oder die Bitte, mehr Steuern eintreiben zu dürfen«, ärgerte er sich. »Es ist lediglich eine Warnung gewesen.«

Eine Warnung, die Johannes bereits vor Jahren ausgesprochen hatte und die nun dringender denn ja war: Die Berichte, dass türkische Streifscharen im Land ihr Unwesen trieben, häuften sich, Ungnad hatte jedoch kaum Söldner, die er zur Verteidigung einsetzen konnte.

»Deshalb bitte ich Euch, mir einige Männer zur Verfügung zu stellen. Die Türken werden immer mehr und immer dreister.« Ungnad schilderte, dass sie über die Kupa, einen Nebenfluss der Save, bis nach Krain vorgedrungen waren und dort Angst und Schrecken unter den wehrlosen Bauern verbreiteten und keinen Zweifel daran ließen, dass sie bald immer weiter nach Norden vordringen würden – vielleicht sogar bis hinauf ins ehemalige Karantanien, bis hinein ins enge Lavanttal, die Heimat Ungnads.

Der Hauptmann konnte nicht ruhig sitzen, stapfte stattdessen durch den Saal, der mittlerweile wieder gesäubert war. »Diese verdammten Grazer schicken uns keine Soldaten. Die Rüstkammer ist voll mit Waffen, doch der Kaiser sammelt lieber Raritäten. Ich habe gehört, seine neueste Errungenschaft ist ein Quadrant eines Schiffs unter der Flagge von Heinrich dem Seefahrer. Angeblich soll er mit Sklavenblut bespritzt sein, weshalb Friedrich ihn in eine Glaskuppel stellen ließ, damit das Blut gut erhalten bleibt. Unser Kaiser verbringt seine verdammte Zeit mit Sinnieren und Nachdenken, doch wenn Eile oberstes Gebot ist, verrenkt er sich lieber für Reisegeschichten den Kopf und die Knie beim Beten.«

»Mein lieber Hauptmann«, schmunzelte Johannes. »Vergesst nicht, wo Ihr Euch befindet. Wir stehen alle immer noch unter seinem Einflussbereich. Nach solchen Wutausbrüchen sind andere schon im Kerker gelandet.«

»Ich weiß, ich kenne Euer Schicksal.«

»Oh, das hatte nichts mit einem Wutausbruch zu tun ...« Johannes' Lachen erstarb. »Denkt lieber nach, was wir tun können. Euch muss klar sein, dass wir keine Männer abstellen können, es fehlt uns selbst an allen Ecken und Enden.«

»Wir können uns nur verschanzen, alles Volk in die Burgen bringen und darauf hoffen, dass das Wetter umschlägt und die Türken vertreibt. Und ich kann Euch gar nicht sagen, wie sehr ich das hasse, dieses Hoffen auf das Wetter. Im Herbst beten die Leute, der Winter möge bald hart und unerbittlich eintreten, damit die Türken nicht kommen, und im Frühling hofft alles auf Unwetter, sintflutartigen Regen und Hagelstürme, die die Akindschi zerschmettern. Aber wir selbst können diesen Horden nie etwas entgegensetzen. Das ist erbärmlich.«

Johannes beugte sich über eine Karte, die er zuvor auf dem Eichentisch ausgebreitet hatte. Sie zeigte die Linien der Kupa, der Sann, der Save, der Mur und der Sotla und dazwischen die Burgen und Klöster und Dörfer. Graz lag nicht allzu weit entfernt.

»Sie werden weiterhin den Weg über Krain versuchen«, sagte Johannes. »Man sagt, ein gewisser Beglerbeg Ishak Pasha führe die Horde an. Er wird immer weiter nach Norden vordringen. Ich habe die Vermutung, dass er bis hinauf ins Murtal will, um Graz dann aus dem Norden anzugreifen.«

»Warum sollte er den Umweg nehmen? Kennt Ihr den Beglerbeg etwa?«

»Nein, aber ich weiß nach all den Jahren, was jemand wie er vorhat. Sie werden immer dreister, dringen von Jahr zu Jahr weiter in den Norden vor. Und der Weg dorthin führt nicht über Ungarn und Corvinus, sondern über die Krain und Kärnten. Sie werden das alte Karantanien erstürmen und den Kaiser in Graz von Norden und Westen her angreifen. Und weil ihre Reiter schneller sind als unsere Pfeile, werden sie uns eiskalt erwischen.«

Der Hauptmann beobachtete ihn mit augenscheinlicher Hochachtung. »Euer taktisches Geschick ist bemerkenswert. Ihr solltet die kaiserlichen Truppen verstärken.«

»Ich *bin* des Kaisers Mann. Aber er hört nicht auf mich. Stattdessen schickt er mich auf Missionen oder in den Kerker.«

»Und zieht Ihr nie die Möglichkeit in Betracht, die Türken mit den eigenen Waffen zu schlagen?«

Sie hatten beide nicht gehört, wie Helena in den Raum gekommen war. Hauptmann von Ungnad und sie tauschten Höflichkeiten aus.

Er sagte: »Ich habe von Euren mutigen Vorstößen gehört.«

»Ja, mutig waren sie. Aber ich räume ein, dass es vielleicht auch andere Wege gibt, als Gleiches mit Gleichem zu vergelten«, fügte sie hinzu. Helena und Johannes wechselten einen Blick.

»Ich hoffe, Ihr meint damit nicht die Karren voller Bücher, die Ihr im Burghof stehen habt. Mit Büchern werden wir keine Schlacht gewinnen.«

Helena lächelte tiefgründig und schaute dabei immer noch Johannes an. »Wer weiß?«

Ungnad räusperte sich. »Nun, allzu viel Zeit, das herauszufinden, bleibt uns nicht. Man sagt, Friedrich sei auf dem Weg zum Reichstag in Regensburg. Dort wird er die Fürsten wieder einmal um Unterstützung für den Kampf gegen das Osmanische Reich bitten. Aber es wird dauern, bis er sie überzeugt hat, und noch länger wird es dauern, bis die Truppen dann ausgerüstet und auf dem Weg zu uns sind. Ich glaube kaum, dass sich das heuer noch ausgeht. Und dieses Jahr wird der *Herr der Herren* Beglerbeg Ishak Pasha deshalb ausnützen, um weit ins Reich vorzudringen.« Tiefe Falten zogen sich über Ungnads Stirn. »Tausende Menschen werden sterben oder verschleppt werden. Habt Ihr keine Idee, die über ein paar Bücher hinausgeht? Könnt Ihr Baumkircher nicht dazu überreden, doch zu kooperieren und dem Kaiser Truppen zur Seite zu stellen, anstatt ihn immerfort zu bekriegen?«

»Baumkircher? Ihr habt vergessen, dass ich ihm selbst im Kampf gegenübergestanden habe.«

»Aber Ihr habt auch einmal Seite an Seite gekämpft.«

»Ja, das ist wohl wahr. Gegen einen Wolf.« Johannes schenkte sich Wasser aus einem Krug ein und trank. »Aber auch Baumkircher wird nicht helfen können. Er kann seinen Truppen keinen Sold mehr auszahlen, weil der Kaiser ihm seinerseits den Sold schuldet. Alles, was ihm bleibt, sind Plünderungen, um seine Krieger bei Laune zu halten.«

»So verheeren die eigenen Leute unser Land, während der Feind vor den Toren steht. Wir sind uneins, befehden uns, anstatt uns zu vereinigen. Wir hassen einander, bekriegen und bespitzeln uns und versäumen es auf diese Weise, eine vernünftige Verteidigung aufzubauen. Die Akindschi werden uns überrennen. Alles wird brennen. Vielleicht sogar Graz selbst.« Der Hauptmann blickte finster drein, und Johannes konnte die düstere Wolke seiner Gedanken fast sehen.

»Ihr sprecht aus, was ich seit Jahren befürchte. Deshalb empfehle ich, dass wir uns selbst helfen.«

»Aber wie denn? Wir haben keine Söldner ...«

»Aber wir haben die Bauern und das Volk in den Dörfern«, erwiderte Helena. »Wir werden ihnen beibringen, sich selbst zu helfen. Wir lehren den Bauern den Kampf.«

Der Hauptmann schnalzte mit der Zunge und machte keinen Hehl daraus, was er von dieser Idee hielt. »Wenn wir die Bauern bewaffnen, haben wir den Adel gegen uns. Sie werden uns hängen«, stellte er in den Raum.

»Oder mit Ruhm überschütten, weil wir ihnen die heidnischen Horden vom Leib gehalten haben.«

»Werdet Ihr dann endlich die Lesehallen verlassen und wieder zum Schwert greifen?«

Johannes war in tiefe Gedanken versunken. Diesmal schaute er Helena lange an. »Ich habe mich entschlossen, auf die Jagd zu gehen.«

3

Rauchsäulen zogen dünne Fäden von den Wäldern in den Himmel und ließen vermuten, dass die Welt von dort oben festgehalten wurde. Als stünde jemand zwischen den Wolken und zöge an diesen Fäden, um sie zu lenken – die Welt und ihre Menschen.

Und doch war von Gott in den letzten Wochen wenig zu sehen gewesen. Als Johannes und Helena wieder Burg Hartstein erreichten, saßen sie müde im Sattel. Hinter ihnen keuchte eine Handvoll Männer, der es kaum besser ging. Johannes' roter Kriegsumhang wies ihn als den aus, der er war, weshalb die Torwache nicht lange nachfragte und das Gitter hochzog. Aufgeregt trabten die Pferde in den Innenhof der düsteren Burg.

Haris und Manderdinger flankierten Helena und beobachteten, wie Johannes und seine Reiter abstiegen und die Zügel den Knappen überreichten, die sich sofort um Tiere und Waffen kümmerten. Einige Frauen kamen näher und sanken wimmernd auf die Knie, als sie sahen, dass nicht alle Männer zurückgekehrt waren. Die glücklicheren fielen ihren Liebsten in die Arme.

Als eine Magd ihn fragend anschaute, schüttelte Johannes den Kopf. »Keine Spur von Hanns, nein.«

Helena stapfte auf den Boden und kämpfte offenbar wütend mit den Tränen.

»Aber ich bin sicher, dass wir ihn finden können. Er wurde von Akindschi gestohlen, das sind einfache Bauern, die meist gar nicht weit von der Grenze entfernt leben.«

Helenas Stimme war ausdruckslos, als sie Johannes bat, nicht weiterzureden. »Warum sollen einfache Bauern ein kleines Kind stehlen und es am Leben halten? Nein, Hanns ist tot, und ich will nicht, dass du weiter darüber sprichst.«

»Aber ich –«

»Hast du es nicht gehört? Ich will nicht …« Mit diesen Worten brachte Helena ihr Pferd in den Stall.

Haris und Manderdinger tauchten neben Johannes auf und klopften ihm beschwichtigend auf die Schulter.

»Gib ihr Zeit, sie wird darüber hinwegkommen«, sagte Haris.

»Zeit? Aber wir haben keine. Die Akindschi sind überall, und sie sind schnell. Wir sind ihnen meist in den Rücken gefallen, haben versucht, sie, so gut es geht, zu dezimieren, aber sie tauchen ständig aufs Neue auf. Sie sind mittlerweile zu Tausenden im Land. Sie verwüsten in rasender Geschwindigkeit Dörfer. Den Leuten bleibt kaum die Möglichkeit, sich aus den brennenden Hütten zu retten. Zwei Klöster, vierundzwanzig Pfarrkirchen, fünf Märkte und zweihundert Dörfer wurden niedergebrannt, mehr als dreitausend Menschen verschleppt oder ermordet. Allein in diesem Jahr.«

Johannes betrachtete die sie umgebenden Mauern. Im Innenhof der Burg herrschte eine unheilvolle Stille. Die Leute kauerten in den Schatten der Gebäude und gingen schweigsam ihren Tätigkeiten nach. Es schien, als würde jeder ahnen, dass das Unheil nahte.

»Wie sicher sind wir hier in der Burg noch?« Helena stand wieder vor ihm.

Johannes schaute sie lange an, während er seine Antwort abwägte.

Sie sagte: »Du weißt, dass ich hier nicht fortgehen werde. Ich kann die Menschen nicht im Stich lassen.«

»Aber in Graz wären wir sicher. Wir könnten viele mitnehmen. Haris, Manderdinger, dein Gefolge.«

»Und was geschieht dann mit den Menschen, die ihr abfällig die Windischen nennt? Das einfache Volk?«

»Ich versuche, Waffen für sie aufzutreiben, und ich werde meinen Bruder bitten, mir Soldaten zur Verfügung zu stellen. Ich habe einen Plan.«

Helena atmete hörbar aus, was verriet, was sie von Johannes Plänen hielt. Eine halbe Ewigkeit lang hatte sie auf seine Rückkehr gewartet. Als sie dachte, er hätte sie längst vergessen oder läge tot in irgendeinem Straßengraben, war er wiederaufgetaucht. Er trug den Umhang mit der roten Seite nach außen und schaute ernst aus einem gealterten Gesicht. Sie hatte ihm erzählt, wie oft sie den Moment herbeigesehnt hatte, in dem sie sich wiedersehen würden, so viele Gebete hatte sie gesprochen, er möge nur leben, irgendwie trotz all der Gefahren, die Zeiten wie diese bereithielten, überleben. Dann hatte er plötzlich vor ihr gestanden. Hatte sie in den Arm genommen und sich doch gleich wieder abgewandt. Sie wirkten beide gehetzt. Unruhig. Als ob sie das ständige Kriegführen in einen Zustand andauernden Fiebers versetzt hätte.

»Verrätst du mir deinen Plan?«, fragte Helena schließlich.

»Nur bei einem Becher Wein.«

Das Feuer prasselte, und sie erinnerten sich daran, wie sie das erste Mal hier angekommen waren und Konrad von Hartstein fast an seinem Essen erstickt wäre.

Johannes senkte den Kopf. »Ich hätte damals kämpfen sollen, dann wäre so vieles nicht passiert.«

Er und Helena saßen etwas abseits von den anderen. Sie hatten gegessen und getrunken, und einige der Männer schliefen bereits auf der Bank.

Helena nahm Johannes' Hand in die ihre. »Das ist genau diese Art von Gedanken, die ich an dir nicht mag, denn sie beweisen mir, dass ich zu Recht vor Sorge umkomme, wenn du nicht da bist. Hör auf, solche Dummheiten zu machen, lass dich nicht immer auf Dinge ein, die du nicht bewältigen kannst.«

Johannes verzog das Gesicht. »Das sagt die Richtige.«

Er war auf eine Mittelmeerinsel geschickt worden, hatte den Balkan durchquert, war im Kerker und im Reich der Ungarn im Angesicht des Pfählers gewesen. Und sie? Hatte auf der Flucht vor den Türken ihren Mann verloren, war entführt, gefoltert und ihres Kindes beraubt worden und seither auf der Jagd nach Akindschi.

»Wir sind ein seltsames Paar«, sagte er.

Helena nickte. »Aber hättest du dich damals gegen Ulf und

Hartmut gewehrt, wären wir längst tot. Alles kam, wie es kommen musste.«

Johannes starrte jetzt auf ihre Hand, die seine umfasste. Sie hatte schmale, zierliche Finger, die sich aber kräftig anfühlten. »Sorgst du dich wirklich um mich?«

Sie hob die Augenbrauen. »Natürlich sorge ich mich.«

»Ist es vielleicht mehr als das?«

Sie entzog ihm ihre Hand. »Es ist *große* Sorge, ja, wenn es das ist, was du meinst.«

Er lächelte. »Schon gut. Ich habe verstanden.«

»Nein, hast du nicht«, zischte sie erregt. »Du bist ein Rittermönch mit einem Gelübde, und ich bin eine Witwe. Du hast deinen Gott, und ich wäre nichts, wenn ich nicht so treue Gefolgsleute hätte. Ich habe keine Rechte mehr. Also ja, es ist mehr als große Sorge. Ich hoffe jedes Mal, dich lebend wiederzusehen. Und ich hoffe jedes Mal, dass du diese Kutte abgelegt hast.«

Johannes bekreuzigte sich. »Ich bete für dich. Und für uns, jeden Tag. Ich suche nach einer Lösung. Nach einem Ausweg. Und es wird einen geben, aber dazu brauche ich die Gunst des Kaisers.«

Helenas Augen verrieten, dass sie kurz davor war, in Tränen auszubrechen, und sie sich dafür hasste. Als sie sie mit dem Handrücken fortwischte, tat sie das energisch und fast zornig. Wie gerne hätte sie vermutlich selbstsichere Worte aus seinem Mund gehört. Auf die Gunst anderer zu hoffen hatte sie längst aufgegeben.

Helena räusperte sich und drückte die Emotionen beiseite. »Dein Plan?«

Johannes schilderte ihr, was er vorhatte. »Er sieht so aus: Ich bringe die Bücher aus Seiz zu meinem Bruder. Auch jenes, das sein eigentliches Interesse weckt, das Buch der schwarzen Luft. Diese Fracht hat einen so unschätzbaren Wert, dass er mir im Gegenzug Unterstützung gewähren wird. Unterstützung für deine Gefolgschaft. Wir werden mit den Waffen aus Graz die Türken abwehren und uns so die Gunst des Kaisers sichern.

Und ich werde ihn bitten, mir seinen Segen zu geben, dich zu meiner Frau zu nehmen. Aber ich habe eine Bedingung …«

»Welche?«

»Sag mir, wann dir bewusst war, dass du mich liebst.«

»Tue ich das etwa?«

Er kniff sie in den Oberarm.

»Au. Mach das nie wieder.«

Er tat es wieder.

Sie hob ihre Hand, um ihn zu ohrfeigen, doch er fing ihren Arm ab und zog sie näher an sich heran. Sich hier in der Öffentlichkeit zu küssen wäre nicht nur wider der guten Sitten gewesen, sondern auch höchst gefährlich. Sie waren nicht verheiratet, und er trug das Kreuz des Herrn nicht nur auf seiner Stirn, sondern auch auf der Brust.

Er sagte: »Ich habe es vom ersten Moment an geahnt.«

»Was hast du geahnt?«

»Dass du die Königin bist.«

»Ach, und deshalb machst du mir den Hof?«

Er wurde rot. »Nein, nicht deshalb …«

Sie kamen einander näher.

»Ich habe Gott vom ersten Augenblick an um Vergebung gebeten. Vom ersten Augenblick an …« Johannes konnte ihren Herzschlag fühlen, so nah waren sie sich nun. Er hielt ihren Arm immer noch, und ein Ziehen in seinen Lenden verriet ihm, dass er kurz davor war, seinen Verstand zu verlieren. Er bemerkte, wie sich ihre Brüste hoben und senkten und dass ihre Wangen gerötet waren, und er sah, dass sich ihre Lippen leicht öffneten und die Spitze ihrer Zunge offenbarten. Er hauchte: »Vom ersten Augenblick …«

Dann, kurz bevor er seinen Verstand wie eine Mönchskutte ablegen konnte, stoppte ihn ein Räuspern, und die knarzige Stimme eines Haudegens ließ alle körperliche Erregung zerrinnen wie tauendes Eis.

»Johannes Kreuzer«, schnarrte Haris. »Wollt Ihr nicht bei uns am Tisch sitzen und trinken und uns von Euren Schlachten erzählen?«

Verlegen ließ Johannes Helena los und stand auf. Das Lächeln der Leute entging ihm nicht, aber er tat, als würde er es nicht bemerken. Er würde Helena an diesem Abend nicht mehr so nahekommen, aber er würde diesen Moment von vorhin noch eine halbe Ewigkeit lang im Gedächtnis behalten.

4

Der Winter setzte schon früh ein und verzauberte die Wälder in Märchenlandschaften. Hauptmann Ungnad würde recht behalten, niemand würde bei meterhohen Schneemassen Beutezüge machen, auch die Türken nicht. So blieben sie in der Burg und wärmten sich am Feuer. Es war ohnehin genug zu tun, um die Mauern instand zu halten und die Wege ringsherum zu bewehren.

Johannes verbrachte nach wie vor unzählige Tage damit, immer wieder Bücher vom Karren zu nehmen und sie zu studieren. Er machte Manderdingers Karren für eine längere Reise flott – die Bücher sollten so bald wie möglich nach Graz.

Es waren unzählige Handschriften darunter, deren Schriftzeichen er nur bewundern, aber nicht verstehen konnte. Rechnungsbücher, die tabellarisch schilderten, wie das Kloster von Seiz wirtschaftete, einige Dokumente, die Grundstücksbesitztümer regelten, aber auch wunderbar verzierte Blockbücher – Bücher, deren Bilder mittels ausgeschnittener Holzblöcke gedruckt worden waren und deren Texte mit der Hand eingefügt wurden. Besonders fasziniert war Johannes von Büchern über Chiromantie, die Handlesekunst. Er verlor sich aber auch im stundenlangen Stöbern in Inkunabeln des Alten und Neuen Testaments. Und immer wieder griff er natürlich zu jenem in eine Viehblase gehüllten Buch, das er quer über den halben Kontinent getragen hatte – das Buch der schwarzen Luft.

Einmal betrachtete er den Lehmboden unter sich und versuchte sich vorzustellen, wie dicht verzweigt das Gangsystem unterhalb der Burg sein musste. Er stellte einmal mehr fest, dass diese Gänge überhaupt keinen Sinn ergaben, vor allem nicht, dass ein Buch, das aus dem Orient stammte, geheimnisvolle Rätsel enthielt, die von dieser unbedeutenden Burg an der Grenze des Reichs berichteten. Er erinnerte sich daran, was er selbst dort unten erlebt hatte, als er vergeblich einen Ausgang gesucht hatte, und er musste feststellen, dass die Anordnung der Gänge in der Burg nicht mit jener übereinstimmte, die in dem Buch beschrieben war.

Mit der Zeit wurde die Lektüre deshalb immer uninteressanter, und Johannes steckte das Buch zu den anderen auf dem Wagen.

Jeder Wintertag, der verging, nährte in ihm die bange Erwartung des Frühlings, der für neue Überfälle der Türken sorgen würde. Sie waren in den letzten Monaten vor dem Winter immer dreister geworden und immer näher an die Burg herangekommen. Es war nur eine Frage der Zeit, bis die skrupellosen Reiterscharen heranpreschen würden.

Und doch hielt in diesen Tagen ein ganz anderes Grausen Einzug, und dieses Grausen verursachte niemand anderes als Helena selbst. Johannes fand, dass sie sich verändert hatte, schon bevor er zurückgekehrt war. Ihre treuesten Gefolgsleute wie Haris oder Manderdinger hatten ihm gestanden, dass sie gehofft hatten, sie würde sich ändern, sobald Johannes wieder zurück sein würde, doch dem war nicht so gewesen. Helena machte auf Johannes einen zunehmend verbitterten und harten Eindruck, was auch die Linien ihrer Lippen und die Kanten ihrer Wangen widerspiegelten. Und als sie schließlich die Leute dazu antrieb, in jenes Loch hinabzusteigen, in das sie den grausamen Ulf hatte steigen lassen, stellte Johannes bestürzt fest, dass ihre Unruhe beinahe ihre gesamte Gefolgschaft gegen sie aufbrachte.

»Wir müssen in die Gänge und uns einen Weg freischaufeln. Wenn wir ihn finden, haben wir einen geheimen Fluchtweg im Fall eines Überfalls«, forderte sie eines Tages.

»Aber die Leute fürchten den Tod«, gab Johannes vorsichtig zu bedenken. Und leise fügte er hinzu: »Und sie fürchten sich vor Ulf, der ihnen als Gespenst begegnen könnte.«

»Du merkst selbst, wie dumm das klingt, oder? Ulf ist vor Monaten dorthin verbannt worden. Vielleicht findet man eines Tages seine Gebeine. Aber er ist kein *Gespenst*. Er tut niemandem mehr etwas.«

Johannes versuchte ihr in die Augen zu sehen, doch sie wandte sich ab, was ihm klarmachte, dass es keinen Sinn hatte, mit ihr zu diskutieren. Er erklärte sich schließlich bereit, selbst mit den Knechten hinab ins Dunkel zu steigen, um ihnen Mut zu machen.

In der vom flackernden Fackelschein nur spärlich erhellten Finsternis half er den Männern schließlich, ein Loch in eine Wand zu graben, von der sie annahmen, sie würde ins Freie führen. Tag für Tag schlugen sie Gestein und Erde aus der Unterwelt – ein Unterfangen, das ihm ebenso sinnlos wie zermürbend erschien. Eimer für Eimer schafften sie hoch, um mit der Erde aus den Tiefen der Höhlen vor der Burgmauer einen weiteren Wall zu errichten, auf dem im Frühjahr ein Palisadenzaun mit einem äußeren Burgtor gebaut werden sollte.

Johannes betrachtete dieses Vorhaben mit zunehmender Skepsis und dachte an die Stunden, die er selbst schon einmal dort unten verbracht hatte. Irgendetwas war damals in den unterirdischen Gängen anders gewesen, und es hatte nicht nur damit zu tun, dass es finster gewesen war. Nur konnte er nicht recht bestimmen, was es war. Und er dachte wieder an das Buch. Die schwarze Luft. Und daran, dass niemand eine Spur von Ulf von Hartstein fand. Der Geächtete blieb auch nach Tagen und Wochen dort unten in den finsteren Gängen verschwunden. Seine Gebeine fanden sie nicht.

Sosehr Johannes sich um ihr aller Seelenheil sorgte, er widersprach Helena nicht, denn es hatte ihn schon große Mühe gekostet, sie davon abzuhalten, ihr Kind allein mitten im Feindesland suchen zu gehen.

Anfangs hatte er ihr zugetraut, dass sie in der Nacht aufstehen, sich ein Pferd satteln und bis nach Konstantinopel reiten würde in ihrem Wahn, das kleine Bündel jemals wiederzusehen. Er konnte sich die Trauer, der diese Frau ausgesetzt war, kaum vorstellen, aber es dauerte Wochen, bis er selbst wieder schlafen konnte, ohne sich um Helena zu Sorgen.

Er verbrachte so viel Zeit wie möglich mit ihr. Erst jetzt

in ihrer Nähe wurde ihm bewusst, wie sehr er sie vermisst hatte, und doch stellte er beschämt fest, dass er dachte, dass sie seiner Hilfe bedurfte, dass sie schutzlos war und kein eigenes Leben führen konnte. Doch wenn er sie betrachtete, wie sie ihre Knechte und Mägde zur Arbeit antrieb und sogar den Waffenknechten und Haris selbst Befehle erteilte, wie die Burg instand zu halten sei, kam er sich dämlich vor. Diese Frau hatte Schreckliches durchgestanden, war erniedrigt und gefoltert worden und hatte Mann und Kind verloren; dennoch war ihr anzusehen, dass sie alles andere als hilf- und wehrlos war. Ein Trotz ging von ihr aus, der ihm Respekt abrang, und darüber hinaus schien es ihr bestimmt zu sein, Dinge in Bewegung zu setzen, anstatt tatenlos zuzusehen. Helena handelte wie eine Königin.

Dass Johannes, der mysteriöse Mönchsritter, der des Kaisers Kurier gewesen und sogar in einer Schlacht gekämpft hatte, eine Sonderstellung für Helena einnahm, war schnell klar, und für die Bewohner der Burg und ihrer Umgebung wurde es offenbar zur Normalität, dass die beiden stets Seite an Seite anzutreffen waren. Es war ein offenes Geheimnis, dass sie ein Paar waren, wenngleich beide wussten, dass sie auf diese Weise nicht lange würden zusammenleben können.

Im Februar keimte in Johannes der Entschluss, dass es Zeit wäre, aufzubrechen, sobald der Winter endlich Anzeichen gab, seine klammen Klauen zu lockern. Er musste mit seinem Bruder und dem Kaiser reden und um deren Segen bitten.

Der Bücherwagen war von Manderdinger mit einer Besonderheit ausgestattet worden: Um durch sein beträchtliches Gewicht nicht im tiefen Schnee einzusinken, hatte er mit Eisen beschlagene Kufen unter den Rädern angebracht. Dennoch war es nötig, acht Pferde vorzuspannen, um das monströse Gefährt zu bewegen. Die Bücher, allesamt geschützt durch Planen und Decken, türmten sich zu einem seltsamen Gebilde, und allen war bewusst, dass eine Fracht dieser Art so schnell wie möglich ihr Ziel erreichen musste. Die Eile und der Aufwand, mit der sie transportiert wurde, machte sie begehrlich für Diebe aller Art.

Als aber der Winter neuerlich mit solcher Bitterkeit hereinbrach, dass selbst die Pferde unter der Kälte zitterten, schien ihm das wie ein Zeichen Gottes. Also betete er ein ums andere Mal, das Wetter möge umschlagen und der Herrgott sich gnädig zeigen, damit sie schnell nach Graz reisen konnten. Schnell genug, um den Bruder und den Kaiser nicht schon offensichtlich vor vollendete Tatsachen zu stellen, denn Johannes wusste, dass Helena ein Kind von ihm erwartete. Wahrscheinlich wusste es auch die halbe Burg schon allein deshalb, weil Helena auffällig weitere Kleider als sonst trug. Doch niemand ließ es sich anmerken.

Er würde Balthasar besänftigen, hatte er ihm doch schon so viele Dienste erwiesen, war für ihn nach Rhodos gegangen, ins Ungarnland, er hatte für ihn in fernen Ländern gekämpft, den Heiden immer und immer wieder die Stirn geboten, und jetzt wollte er sich ritterlich zeigen und sein Herz einer Frau schenken. Wenn er nur dürfte. Wenn der Herrgott es ihm nur erlaubte.

Und dann, von einem Atemzug auf den anderen, brach ein Sonnenstrahl durch den aschgrauen Himmel, Schneeflocken stoben auf, und der Klang eines Vogels echote durch die Gemäuer der Burg. Was anderes als ein Zeichen Gottes konnte das sein?

Johannes sprang auf, strahlte, murmelte einen Dank und trieb den Reisetrupp an, sich zu sammeln. Es konnte losgehen. Die Fahrt nach Graz konnte beginnen. Je eher sie aufbrachen, desto eher waren sie zurück, um den Akindschi zu trotzen.

Mit Johannes und Helena reisten auch Haris sowie fünf weitere Waffenknechte. Das Tor zur Burg öffnete sich, eine Böe erfasste sie, und draußen offenbarte sich ein in Weiß getauchter Weg, der sich im glitzernden Grau eines Waldes verlor. Johannes duckte sich tiefer in den Kragen seines Mantels und zog die Pelzkappe ins Gesicht. Als Helena an seiner Seite auftauchte, hielt sie ein grau-weiß geschecktes Pferd am Zügel, ein schlankes Tier, das den Eindruck machte, nur darauf zu warten, endlich losgaloppieren zu dürfen.

»Du hast recht«, rief Helena vergnügt. »Wir sollten mit deinem Bruder reden. Und mit dem Kaiser. Mit der ganzen Welt. Wir beide sollten das tun.«

Einen Moment lag sah Johannes ihr tief in die Augen, dann umarmten sie sich. Von dieser stillen Berührung ging eine so warmherzige Atmosphäre aus, dass in der Burg alles den Atem anzuhalten schien.

Er flüsterte ihr ins Ohr. »Bernhard.«

Mit fragendem Blick wich Helena ein Stück von ihm.

Er nickte und lächelte. »Bernhard, stark wie ein Bär und tapfer und kühn.«

Manderdinger kam auf sie zu. »Ich werde auf diesen hässlichen Bauklotz hier und die Leute achtgeben. Aber Ihr müsst uns versprechen, Euch zu beeilen und Euch nicht wie Turteltauben zu benehmen.«

Mit gespielter Empörung wandte Helena sich um. »Was erlaubt Er sich?«

Doch Manderdinger zwinkerte ihr nur zu und verbeugte sich mit übertriebener Geste. »Ihr habt jedes Glück der Welt verdient, Herrin. Aber bitte gebt auf Euch acht.« Er klatschte auf die Holzbretter des schwer beladenen Anhängers. »Und auf meinen Wagen.«

Johannes klopfte Manderdinger freundschaftlich auf die Schulter, doch dieser erwiderte das mit einem kurzen Aufblitzen seiner kleinen Augen.

»Ich hoffe, die Papierfetzen sind den Aufwand wert.«

»Das sind sie«, erwiderte Helena an seiner statt, küsste Manderdinger auf die Stirn und schwang sich aufs Pferd. »Wir kommen mit Rüstungen und Waffen zurück«, rief sie den Umstehenden zu und erntete dafür Jubel und Applaus.

Johannes folgte ihr mit einem seltsamen Gefühl in der Magengrube. Hoffentlich konnte er alle Hoffnungen, die er geschürt hatte, auch erfüllen.

Als sie die Burg endgültig hinter sich ließen, verdrängte der eisige Wind jedoch all seine Bedenken schnell wieder. Seine Augen tränten unter den Böen, und fasziniert stellte er fest, welchen Zauber der Winter verströmte. Der Klang der Hufe wurde vom Schnee verschluckt, und die Kufen zogen sich zischelnd ihre Bahn durch das endlose Weiß.

»Was auch immer uns erwartet«, sagte Helena, »es ist gut, sich zu bewegen und nicht darauf zu warten, was das Schicksal mit einem vorhat.«

Für Johannes klangen ihre Worte wie Weisheiten, und wie so oft während der letzten Monate schickte er ihr bewundernde Blicke hinterher. Trotz all ihrer Schicksalsschläge wirkte Helena nicht wie ein zerbrechliches und vom Leben gebrochenes Wesen, sondern mehr denn je wie jemand, der sich Herausforderungen jedweder Art stellte. In gewisser Weise wirkte sie ritterlich.

Manderdinger blickte dem Wagen nach, bis er im Wald verschwand. Manchmal hatte er das Gefühl, er könnte Dinge erahnen. Dinge, die passieren würden. Doch er wollte niemanden beunruhigen.

Dann schloss sich das Tor zur Burg mit einem kalten Ächzen, und es schien, als würde der Winter augenblicklich seine ewigen Eiskrallen über die Mauern legen.

5

Der Winter verlor auch im Februar nicht an Kraft und brachte noch mehr Schnee. Zunächst trieb er den Kindern ein Lachen ins Gesicht. Mit den Tagen erstarrte ihr Lachen jedoch zu einem im Tod verzerrten Antlitz.

Die Kälte vereiste die Blicke. Wer sich im Freien aufhielt, war ihr ausgeliefert und durfte auf keine Menschlichkeit mehr hoffen. Vor den Toren der Burg Hartstein erfror ein Ehepaar eng umschlungen. Für Mitleid war nicht die rechte Zeit, denn das Leben hing für alle gleichermaßen am seidenen Faden, der dünner war als die Rauchschwaden, die von den Lagerfeuern in den grauen, farblosen Himmel aufstiegen.

Innerhalb der Burg wurden die Öfen und Herde rund um die Uhr beheizt. Waffenknechte polierten ihre Klingen mehr als Fingerübung, um nicht zu frieren, als aus einer praktischen Notwendigkeit heraus. Und das Vieh wurde in die Wohn- und Schlafräume gelassen, damit es nicht erfror und gleichsam Wärme für die Menschen spendete. Alles rückte in der Not zusammen, kauerte sich Leib an Leib und klammerte sich ans Leben.

Es hatte wieder zu schneien begonnen, und Manderdinger musste die Arbeit am Wall einstellen lassen. Es reichte, dass die Wachposten am Tor schwarze Fingerkuppen vom Frost bekamen, wenn sie sich zu weit vom Feuer entfernten.

Mit dem Schnee senkte sich auch eine gespenstische Ruhe über die Burg, und Manderdinger hatte das Gefühl, etwas werde bald geschehen. Etwas, das allen die Ruhe nehmen würde.

Und zwei Tage nachdem Helena, Johannes und der Bücherwagen die Burg verlassen hatten, war es so weit: Die Wachposten riefen ihn zum Tor. Etwas an der Art, wie sie ihn riefen, ließ Manderdinger alarmiert sein. Entgegen seiner Gewohnheit schnallte er sich einen Schwertgurt um, steckte die Waffe in die Scheide und griff nach einem Spieß. Dann lief er hoch zum Wachturm und folgte dem ausgestreckten Arm eines der Wächter.

Er sah hinunter aufs schneebedeckte Feld, das den Weg zum Wald nur noch erahnen ließ. Auch der unfertige Wall war kaum auszumachen. Doch eine Gestalt, die dort im Schnee als dunkler Fleck stand und zu ihnen emporblickte, störte das unberührte Weiß.

Bei ihrem Anblick erstarrte Manderdinger.

6

Helena befürchtete zwar, dass sie zum falschen Zeitpunkt aufgebrochen waren, aber sie wusste auch, dass diese Reise wichtig war. Diese Bücher waren ein Pfand, etwas, das ihnen Balthasar Eckenperg nicht vergessen würde, und das kam ihnen wiederum beim Kaiser zugute. Wenn alles gut ging, waren sie und Johannes in einem Monat ein Paar.

Obendrein hatten sie in Graz die Möglichkeit, etwas von Andreas Baumkircher zu erfahren. Die jüngsten Nachrichten waren keine schlechten gewesen. Es hieß, er und der Kaiser seien wieder versöhnt und die Söldner besänftigt. Das Hin und Her der Fronten hatte Helena zwar noch nie ganz verstanden, für sie war es reine Zeitverschwendung, und doch tat sich einmal mehr eine Möglichkeit auf, dass der Habsburger Herrscher sein Augenmerk nun endlich vollkommen auf die Sicherung seiner Grenze im Süden legte.

Die Bäume sahen aus wie aus Märchen auferstandene Riesen. Der Schnee hing schwer in ihren Ästen, und das patzig gefrorene Wasser verklebte sich an den Kanten der Kufen.

Der Tross kam langsamer voran als erhofft. Immer wieder mussten sie stehen bleiben und den Pferden eine Rast gönnen. Außerdem fiel schon in den ersten Tagen so viel Schnee, dass sie die Bücher regelmäßig davon befreien mussten. Johannes verwendete Helenas Meinung nach übertriebene Sorgfalt darauf und wies stets darauf hin, dass Feuchtigkeit das Schlimmste sei, was Büchern widerfahren konnte. Aus den Augenwinkeln beobachtete sie in diesem Moment auch Haris, wie er geringschätzig den Kopf schüttelte, während Johannes einmal mehr die Plane über den Büchern mit bloßen Händen vom frischen Neuschnee befreite.

Helena selbst fand es unglaublich bemerkenswert, dass ein Mann, der auf Schlachtfeldern gekämpft hatte und den Kerker im Grazer Schloßberg überlebt hatte, sich so hingebungsvoll um

Bücher kümmern konnte. Sie lächelte, als Johannes wieder auf sein Pferd stieg, und dachte, er würde sich auch hingebungsvoll um sie und ihr Kind kümmern.

Die Tage waren zwar länger geworden, sie gingen dennoch rasch zur Neige. Die Dunkelheit senkte sich schnell und lautlos über sie und zwang die Gruppe um ein Lagerfeuer, das ihre durchgefrorenen Gliedmaßen nur langsam auftaute.

In der Nacht wechselten sich die Waffenknechte als Wachposten ab, die anderen lagen eng beieinander und ums Feuer gruppiert, um sich so warm wie möglich zu halten.

Johannes fand in diesen Nächten kaum Schlaf, war am Morgen noch abgeschlagener als zuvor und blinzelte in den dämmernden Tag.

Die dritte dieser klammen Nächte endete damit, dass er mit von der Kälte bleischweren Gliedern nach seinem Schwert griff, es zog und sich in Erwartung eines Angriffs breitbeinig aufstellte.

Er ließ Haris und die anderen ausschwärmen, doch niemand war zu sehen. Außer der Mann, der zuletzt Wache geschoben hatte. Er saß an einen Baum gelehnt. In seinem Körper steckte eine Axt. Vermutlich hatte seinem Mörder entweder die Zeit gefehlt, um die Axt wieder herauszuziehen, oder aber er hatte sie ganz bewusst zur Abschreckung stecken lassen. Um kein Missverständnis aufkommen zu lassen. Sie waren nicht allein.

Schweigend beeilte sich die Gruppe, die Pferde zu satteln, das Gespann marschbereit zu machen und den Lagerplatz zu verlassen.

7

Was sie tagsüber zu Gesicht bekamen, war kaum geeignet, ihre Laune zu heben. Sie kamen an Weilern vorüber, die ausgebrannt waren. Die verkohlten Überreste von Männern, Frauen und Kindern lagen über Bauernhöfe verstreut, da und dort stiegen Rauchsäulen über den Baumwipfeln auf.

Die Kriege hatten das Land mitgenommen. Die Auseinandersetzungen mit den Söldnern waren nicht nur reine Geldsache gewesen. Wenn der Kaiser nicht bezahlen konnte, holten sich die gekauften Mörder ihre Löhne eben selbst ab – direkt bei den Bürgern der Dörfer und Städte.

»Weiß der Kaiser von all dem Leid?«, fragte Helena mit belegter Stimme.

Johannes seufzte. »Ich denke, er weiß es. Aber solange er sein Reich nicht in den Griff bekommt, ist er machtlos.«

Er erinnerte sich an die Worte Drăculeas, der ihm von der Schwarzen Armee König Corvinus' erzählt hatte; ein Heer von nahezu zwanzigtausend Kriegern, Männer, die allzeit bereit waren, zu kämpfen, stets gut gerüstet, kein mühsam ausgerufenes Landesaufgebot, keine in Rüsthäusern dürftig ausgestatteten Fronkämpfer am Schlachtfeld, sondern geübte Krieger, diszipliniert und geeint.

Es musste doch eine Möglichkeit geben, dass auch Friedrich ein solches Heer aufstellte. Vielleicht ließ sich das mit Balthasars Hilfe bewerkstelligen, vielleicht konnte er ihn dabei unterstützen.

Die Tiere schnauften schwer, obwohl es sich dabei um kräftige Noriker handelte, eine Pferderasse, die vor Jahrhunderten in den Alpen entstanden war, besonders für die harte Feldarbeit geeignet war und schwere Lasten ziehen konnte. Mehr noch als die Tiere benötigte aber der Wagen selbst regelmäßige Pausen. Immer wieder mussten kleinere Reparaturen vorgenommen werden.

Haris' Flüche gingen in Dunstwolken vor seinem Mund auf, und die Männer ächzten unter der Anstrengung dieser Reise. Argwöhnisch beobachteten sie die Umgebung, und Johannes haderte nicht zum ersten Mal damit, wohl zu wenig Begleitschutz mit auf die Reise genommen zu haben.

Der zweite Angriff kam kurz vor der Abenddämmerung. Ein einzelner Pfeil, der einen Waffenknecht am Oberschenkel traf.

Sie hatten zu spät gesehen, aus welcher Richtung geschossen wurde, dennoch preschte Johannes aufs Gebüsch zu, noch ehe einer der anderen sich orientieren konnte.

Sein Schlachtross trampelte durchs Unterholz, und er brüllte vor Zorn und Verzweiflung unartikulierte Laute in den Wald. Doch von einem Angreifer war weit und breit keine Spur.

Als er zurückkehrte, lag der Getroffene im Schnee. Haris war bei ihm und stützte seinen Kopf, während Helena und einer der Knechte das Bein abbanden, um die Blutung zu stillen.

Sie beschlossen, dass in dieser Nacht zwei Männer Wache halten sollten. Als Haris einnickte, übernahm auch Helena ein paar Stunden die Wacht.

Am nächsten Morgen war der zweite Waffenknecht tot. Die Decke klebte am Leichnam, dessen Glieder bereits ganz steif waren.

Wieder packten die Überlebenden ihre Sachen und verließen schweigend und so schnell wie möglich die Lagerstätte. Es hatte den Anschein, als wären die Toten als mahnende Zeichen zu verstehen. Sie sollten so rasch wie möglich umkehren, wollten sie nicht alle sterben. Dennoch ritten sie weiter.

Einige Zeit später prallte der Schlitten gegen einen Stein. Eine Kufe verbog sich und verkeilte sich in einer dicken Baumwurzel. Der Wagen kippte. Haris schaffte es im letzten Moment, vom Kutschbock zu springen, und landete unversehrt im weichen Weiß. Als er aufblickte stand der Wagen schief in einer Schneewehe. Einige Bücher lagen verstreut herum und sahen aus wie spitze Steinplatten.

Die Noriker wieherten erschrocken und verzweifelt. Johannes war bereits abgesprungen, machte die Tiere los und wies die Waffenknechte an, ihm dabei zu helfen, sie zu beruhigen.

Helena kam Haris zu Hilfe. Der Schnee fiel jetzt dichter. Und weil trotz der Notsituation, in der sie sich befanden, kaum jemand sprach, alles still und mit dennoch hastigen Bewegungen vonstattenging, fand auch Haris bald wieder zu Kräften. Mit vereinten Kräften richteten sie den Wagen auf, und bevor eine weitere Nacht heranbrechen konnte, hatte Haris eine Idee.

8

Diesmal entschieden sich die Schatten, nicht länger im Verborgenen zu bleiben. Haris beobachtete, wie sie sich aus dem Schutz der Bäume erhoben und auf das beleuchtete Nachtlager zustürmten. Zu verlockend war die Tatsache, dass keine Wachposten mehr aufgestellt waren. Die Fremden hackten auf die vor dem Feuer in Decken eingerollten restlichen sechs Überlebenden ein. Doch als die Schatten mit ihrem mörderischen Meucheln fertig waren, blickten sie erschrocken hoch. Statt auf menschliche Opfer blickten sie auf Decken, die Äste umhüllten. Eine List. Eine Falle.

Das war der Moment, in dem sich Haris mit einem irrwitzigen Brüllen hinter der Wagenwand erhob und das Zeichen gab. Pfeile und Armbrustbolzen schossen los. Drei der Fremden gingen sofort zu Boden, zwei weitere rannten auf den Wagen zu und schafften nicht einmal ein halbes Dutzend Schritte. Dann sprangen, von den Flanken kommend, zwei schreiende Bewaffnete auf die Eindringlinge zu, hieben auf sie ein wie Berserker, und binnen weniger Augenblicke offenbarte der Schein des Lagerfeuers mehr als zehn Körper, die sich am Boden unter Schmerzen wanden oder sich nicht mehr rührten. Der Rest floh in die Nacht und würde nicht mehr wiederkommen.

»Was waren das für Leute?« Helena zitterte an Haris' Seite, als sie die Bücher wieder auf dem Wagen fixierten und die Pferde anschirrten.

»Strauchdiebe, Wegelagerer oder Krieger, die keinen Sold mehr bekommen und jetzt marodierend durchs Land streifen. Dieses Land bringt immer mehr Gefahren mit sich, all die Fehden und Kleinkriege sind längst unüberschaubar geworden. Wir dürfen jedenfalls ab sofort keine längere Rast mehr einlegen und müssen auch im Dunkeln reiten, mit Fackeln und der Hoffnung auf genügend Mondlicht, um den Weg zu finden.«

Kurz darauf war der Tross wieder unterwegs. Diesmal saß Haris mit Helena auf dem Kutschbock. Der einarmige Krieger sah seine Herrin besorgt an.

»Habt keine Angst«, sagte er.

Doch da war sie bereits an seiner Seite eingeschlafen. Was hätte er jetzt darum gegeben, seinen Arm um sie legen und sie festhalten zu können. Stattdessen spürte er nur einen dumpfen Schmerz an seinem Armstummel.

9

Das gespenstische Flackern ihrer Lichter vereinte sich mit einem fahlen Morgenlicht. Tief in ihre Decken gehüllt, erreichten sie eine Lichtung und freuten sich über die Sonne, die in ihrem Rücken aufging. Johannes wusste innerlich, dass sie es geschafft hatten. Bei Tageslicht würden die Wegelagerer nicht so leicht angreifen, und auch die dichten Wälder lagen hinter ihnen, denn den kaiserlichen Wald würden sie nur streifen.

Sie hatten einander auf dem Kutschbock abgewechselt. Dick in Felle gepackt, saßen nun Johannes und Helena Seite an Seite und hielten einander unter den Decken die Hände. Ihre Finger fühlten sich warm an, und Helena zischte, er solle jetzt auf keinen Fall ein Gebet anstimmen, dann wüssten die Männer sofort darüber Bescheid.

»Sie wissen es doch längst.«

»Was?«

»Alles.«

Nach fast einer Woche, die sie benötigt hatten, um die schneebedeckten Pässe und Furten zu durchqueren, erblickten sie nun endlich den Kegel von Wildon. Die Burg ragte bedrohlich in das diffuse Licht des kalten Spätwintertages, Rauchschwaden stiegen von den Weilern und Hütten ringsherum auf, und eine gepanzerte Truppe Reiter stellte sich ihnen in den Weg.

Es waren Soldaten in Diensten von Andreas von Greißenegg, einem weststeirischen Adeligen, dem die Burgen Hauenstein und Obervoitsberg sowie die Herrschaft Lankowitz gehörten. Es war bekannt, dass er unzufrieden mit Kaiser Friedrichs Regentschaft war, da dieser sich der drohenden Türkengefahr nicht bewusst zu sein schien, und Johannes erinnerte sich auch daran, dass es von Greißenegg gewesen war, der seinen Beistand im Kampf gegen die Türken versprochen hatte, nachdem er beim Kaiser vorgesprochen hatte. Auch wenn Greißenegg den obersteirischen Landsturm gegen Baumkirchers Heer anführte, wohl weil der Druck des Kaisers zwischenzeitlich zu groß geworden war, galt er als treuer Weggefährte des streitbaren Ritters.

Johannes wunderte sich darüber, dass Greißeneggs Truppen so weit südlich anzutreffen waren, kam jedoch nicht dazu, nachzufragen, denn die gepanzerten Reiter wollten wissen, was sie im Wagen mit sich führten. Johannes sagte es ihnen.

»Bücher«, rief einer der Söldner. »Was willst du mit Büchern? In Zeiten wie diesen braucht man Waffen, keine Bücher.«

Sie erfuhren, dass Baumkircher und der Greißenegger sich bereit machten, nach Graz zu reiten, um einmal mehr mit dem Kaiser zu verhandeln. Es sei wieder zu Waffengängen gekommen, abermals ging es um ausgebliebene Soldzahlungen.

Als sie weiterritten – Bücher waren offenbar nichts, wovon sich die Söldner Profit versprachen, und zum Lesen waren sie weder befähigt, noch hätten sie dazu Zeit und Muße gehabt –, schüttelte Johannes den Kopf. Das Kriegführen und Brandschatzen würde nie aufhören. Auch Helena war in dunkle Gedanken versunken. Sie wünschte den Männern, dass die Verhandlungen in Graz gut verliefen und die Fehden bald ein Ende haben würden.

Sie ritten die Mur entlang, bis sie an den Hängen einer lang gezogenen Hügelkette eine kleine Residenz ausmachten, ein Anwesen, das Johannes' Herz höherschlagen ließ.

»Es wird von Mal zu Mal schöner und größer«, hörte Helena ihn murmeln.

Sie lächelte. »Das ist es?«

»Ja, das ist das Castrum Eckenperg. Das Heim, das sich Balthasar hat errichten lassen und in dem er sich auch den Familiensitz kommender Generationen erhofft.«

Etwa eine halbe Meile rechts vom Schloss sahen sie den kahlen Schloßberg-Felsen aufragen, der umgeben von der befestigten Stadt Graz war. Zwischen Castrum und Graz befand sich die Murvorstadt mit ihren windschiefen Häusern, den im

Frühjahr von tiefem Morast durchzogenen Straßen und den Kindern, die es liebten, sich Dreckpatzen zuzuwerfen.

»Wir sind da«, verkündete Johannes, und seine Erleichterung war nicht zu überhören.

Helena atmete aus, und in ihrem Atem war ihr Herzschlag zu vernehmen. Jetzt war es also so weit, sie würde den geheimnisvollen Halbbruder jenes Mannes kennenlernen, dem sie ihr Herz geschenkt hatte. Einen Mann, der mit Geldgeschäften zu sagenhaftem Reichtum kam, einer Methode, die immer noch verpönt war und eigentlich nur den jüdischen Kammerknechten vorbehalten war. Soweit sie wusste, war das auch in Graz so, was nur einen Schluss zuließ: Balthasar musste entweder ein skrupelloser Mensch oder ein törichter Glückspilz sein. Sie spürte ein unangenehmes Kribbeln auf der Haut und griff nach Johannes' Hand. »Wird er mich willkommen heißen? Ich bin keine von hier.«

Johannes schaute sie lange an. »Glaub mir. Er wird.«

10

»Bücher.« Balthasar Eckenperg grinste, als er die Plane des Wagens zurückschlagen ließ. »Alles voller Bücher.«

»Eines Tages«, sagte Johannes, »wird es noch viel mehr Bücher geben. Wir werden alles in Büchern lesen können, nicht nur Tabellen von Abrechnungen und Belegen. Du wirst sehen.«

Balthasar betrachtete seinen Halbbruder abschätzig. »Alles, sagst du? Das klingt fast ketzerisch.«

»Aber es ist so ...«, murmelte Johannes kleinlaut, und Helena bemerkte die Veränderung sofort. In Gegenwart Balthasars war Johannes wie ausgewechselt. Er wirkte fast eingeschüchtert, jedenfalls weniger selbstbewusst – es bestand kein Zweifel, wer der Ältere von beiden und damit das Familienoberhaupt war.

Auch an Balthasars Äußerem war sofort ersichtlich, wer der Herr im Hause war. Die Ohrenklappen seines Hutes klatschten bei jedem Schritt an seine Wangen. Er trug eine moderne Jacke, deren Brustschlitz ganz im burgundischen Stil bereits bis an den Gürtel reichte. Dieser Gürtel, auch Dupsing genannt, hing tief in seiner Hüfte und war mit kunstvoll geschnitzten Holzteilen ausgestattet. Helena glaubte Edelsteine daran funkeln zu sehen. Die beiden Beinlinge, die unter dem Dupsing an dem Wams, das er unter der Jacke trug, befestigt waren, waren dagegen schlicht. Die dunklen Stoffe betonten Balthasars finstere und einschüchternde Erscheinung.

Als sie über den Kiesweg auf das Castrum zuschritten, einen dreigeschossigen Bau mit bemalten Fassaden und einem auf dem Algersdorfer Feld weithin sichtbaren Turm mit Kapelle, sagte Balthasar zu Johannes: »Aber wenn du recht haben solltest, wäre das eine spannende Sache. Dann könnten wir zum Beispiel die Gedichte von diesem Franzosen François Villon lesen, den sie damals mitten im Winter aus Paris verbannt haben und der wohl nicht mehr lebt.«

»Oder jedermann könnte die Lieder des Walther von der Vogelweide oder des Hugo von Montfort lesen.«

»Wenn jedermann *lesen* könnte.«

»Was in der Tat endlich der Fall sein sollte.«

Balthasar hielt abrupt inne und packte Johannes am Oberarm. Sein Gesicht hatte den verträumten Ausdruck abgelegt und ähnelte jetzt einer starren Maske. »Hör zu, Bruderherz. Du bist jetzt hier in der Stadt, dem Kaiser ganz nah. Und glaub mir, selbst wenn er nicht in deiner Nähe ist, hat er seine Ohren überall. Sieh dich vor, hörst du? Sprich nicht immer aus, was du denkst, und wähle deine Äußerungen mit Bedacht. Die Menschen um dich herum sind nicht dümmer, nur weil du weiter gereist bist. Und wenn sie auch nicht lesen können, so haben sie doch Ohren, mit denen sie sehr aufmerksam zuhören. Ich habe mir dieses Castrum nicht bauen lassen und meine Familie zu Ansehen gebracht, nur um durch die törichten Aussagen meines Halbbruders wieder alles zu verlieren.«

Johannes riss sich los. »Du meinst, schon der *Gedanke*, dass jedermann lesen können sollte, ist ein Problem, ganz zu schweigen davon, wenn er laut ausgesprochen wird?«

»Nein. Kein Problem. Ein *Todesurteil*. Willst du das denn wirklich? Stell dir vor, was geschehen würde. Fehlte nur noch, dass du auch den Frauen das Lesen zutrautest.«

Helena wusste nicht, wo sie hinsehen sollte. Die Wendung, die das Gespräch der beiden genommen hatte, wurde zunehmend unangenehm.

Balthasar stemmte seine Hände in die Hüften. »Ich sage es nur einmal: Pass auf die Wahl deiner Worte auf. Einmal mehr geschwiegen ist besser, als zu viel gesagt. Denn glaub mir, Worte sind in diesen Zeiten gefährlicher als Waffen.«

»Du meinst, wenn sie nicht das sind, was man hören will. Solange alles so bleibt, wie es ist, ist es in Ordnung. Vor allem für dich. Du willst mit keiner Unannehmlichkeit in Verbindung gebracht werden.« Johannes klang nun trotzig wie ein kleines Kind.

Balthasar seufzte. »Bruder, du hast mir die Bücher aus Seiz

gebracht und eine Frau, die du ehelichen willst. Mit Verlaub, eine sehr ansehnliche Frau noch dazu.« Balthasar wandte sich flüchtig Helena zu und lächelte sie seltsam oberflächlich an. »Das meine ich wirklich.«

Helena schlug die Augen nieder, wofür sie sich hätte ohrfeigen können, doch eine innere Stimme sagte ihr, im Augenblick nichts zu erwidern, was Johannes Probleme bereiten würde.

»Ach was, lass uns jetzt endlich diesen Handel abschließen«, fuhr Balthasar schließlich fort. »Und lass uns alles andere einmal vergessen.«

»Ja, Bruder. Ich habe auch das Buch bei mir, für das du mich um die halbe Welt schicktest. Ich habe es, wie von dir aufgetragen, dem Kaufmann Eneas angekündigt und ihm übermittelt, dass du auch zu Geschäften mit Corvinus bereit wärst. Ich hoffe, du angelst dir den Bestbieter …«

»Johannes«, zischte Balthasar. Doch seine Gesichtszüge lichteten sich rasch wieder. »Du hast recht … Lass uns feiern … Hast du eigentlich schon unser neues Familienwappen gesehen, das uns von Corvinus verliehen werden soll? Ich muss dir die Skizzen dazu zeigen. Du wirst lachen, es ist eines mit Raben …« Balthasar klatschte in die Hände, woraufhin sich eine Gruppe Mägde vor ihnen zerstreute, was einer eingespielten Choreografie glich. »Ja«, raunte er dann. »Dank deiner Beurteilung, was Drăculeas *Situation* betrifft, sind wir jetzt bald ungarischer Adel. Denn Friedrich wird den Teufel tun, Corvinus um dessen Freilassung zu bitten. Und Corvinus, der nun mit Drăculea schalten und walten kann, wie er will, ist dankbar über jedes vermeidbare Gespräch mit dem Habsburgerkaiser. Die beiden sind gewissermaßen einer Meinung, obwohl sie sich nicht ausstehen können. Kurzum – es war immens wichtig, dass du Friedrich davon überzeugen konntest, dass der Vlad noch ein paar Jahre im Hausarrest bleibt, und er deshalb genau das tat, was ohnehin alle Welt stets von ihm erwartet: nichts. Corvinus wollte nichts anderes, doch hätte Friedrich beim Reichstag dagegen opponiert, hätte auch der mächtige Ungarnkönig wenig erwidern können. Drăculea war schließlich ein Türkenschlächter. Jedenfalls«, er verfiel in lautes, dröhnendes Lachen, »werden wir davon profitieren.«

»Und was, wenn Drăculea sich eines Tages rächt?«

Balthasar sah ihn mit großen Augen an. »Meinst du, er wird sich noch daran erinnern, wenn er als alter, gebrechlicher Kerl aus der Burg stolpert?« Wieder ein dröhnendes Lachen. Balthasar klopfte Johannes beherzt auf die Schulter. »Komm, du hast dir ein Fest wahrlich verdient. Ich hab wieder Wein von Bruder Hans aus Radkersburg und Nachricht von meinem Buben Christoph aus Augsburg. Hast du schon gehört? Er ist reich vermählt. Lass uns anstoßen – und dann zeig mir endlich das eigentliche Geschenk, das du mitgebracht hast …«

Bei den letzten Worten zwinkerte er Helena zu, deren Kribbeln daraufhin schlimmer geworden war.

11

Sie befanden sich im Saal an der langen Tafel und riefen einander Trinksprüche zu. Balthasar und Johannes saßen sich an der Längsseite gegenüber, Helena und Balthasars Gemahlin Radegunde an der Querseite. Johannes musterte die Frau seines Bruders, eine stille, verschlossene Person mit schmalen Lippen. Die Atmosphäre im Raum war angespannt.

Riesige Kerzenluster erhellten die Szenerie, Diener standen in den Schatten, und vor einem drei mal vier Fuß hohen Gemälde spielte ein Brüderpaar Gambe und Laute. Die beiden trugen das Haar offen, Kinnbärte zitterten in ihren Gesichtern, die auffällig weiß waren und deshalb sogar im Halbdunkel zu leuchten schienen. Ihre Musik überspielte das Schmatzen Balthasars, der sich die Finger genüsslich ableckte und sie danach neuerlich in den Bratensaft tunkte, in dem das Wildschwein schmorte.

Balthasar wandte sich an Helena. »Und Ihr seid also eine Windische …«, sagte er mit bewusst breitem Dialekt des Steirischen. Er scherte sich offenbar nicht darum, dass seine Wortwahl despektierlich war.

Helenas Lippen spannten sich, sie tupfte sie trocken, erwiderte aber nichts.

Balthasar sah zu Johannes hinüber. »Sie muss aber unsere Sprache schon noch lernen, wenn du sie in die Familie bringst.«

Helena legte das Tuch beiseite. »Oh, ich spreche Eure Sprache sehr gut und sogar einige andere noch dazu. Verzeiht, ich wollte mir nur den Mund abtupfen, bevor ich Euch antwortete. Ich bin keine von den Windischen, wie Ihr sie nennt. Ich stamme aus dem Bosnischen Königreich.«

Balthasar war sichtlich verdutzt, und Johannes konnte sich ein Lächeln nicht verkneifen. Mit den guten Manieren Helenas gepaart mit ihrer spitzen Eloquenz hatte Balthasar bestimmt nicht gerechnet.

»Nun«, ergriff Radegunde das Wort, »bevor wir nun über

Politik reden und darüber, dass es kein Bosnisches Königreich mehr gibt«, sie hüstelte, »möchtest du unseren Gästen nicht von Augsburg und den Kindern berichten? Das ist eine weitaus zivilisiertere Gegend, die weit weg von Türken ist.«

Balthasar blinzelte seiner Frau anscheinend dankbar zu und ergriff die Möglichkeit, das Thema zu wechseln. »Genau«, rief er. »Christoph, du kennst doch Christoph, meinen Jungen. Er hat doch tatsächlich das Bürgerrecht in Augsburg erlangt und sich mit Ursula, der Tochter des dortigen Stadtpflegers, eines gewissen …«

»Langenmantel«, kicherte Radegunde.

»Ja, lustiger Name, gell, Leonhard Langenmantel heißt der. Also jedenfalls hat Christoph sich mit dessen Tochter vermählt.«

Johannes lachte. »Ja, und du hast sicher gesagt, es sei dir recht, solange er nicht ihren Namen annimmt.«

Die gute Laune wich rundherum augenblicklich einer schweren Stille.

»Manchmal frage ich mich, woher du deine dummen Gedanken nimmst. Warum in aller Welt sollte das überhaupt in Frage kommen? Wie soll das überhaupt gehen?«

Später, am offenen Kaminfeuer im Nebenzimmer stehend und einen Becher Rotwein schwenkend, starrten Johannes und Balthasar in die tanzenden Flammen.

»Du bist nicht dumm, Johannes. Aber du sagst, was du denkst, und das ist gefährlich.«

In Johannes kochte die Wut. Die letzten Stunden hatten ihm in Erinnerung gerufen, was er am meisten an seinem Bruder hasste: die Eigenschaft, dass er seine Umgebung ständig erniedrigte – vor allem ihn, seinen Halbbruder. Radegunde hatte zudem keine Gelegenheit ausgelassen, um eine spitze Bemerkung in Richtung Helena und ihrer Herkunft fallen zu lassen.

»Und, mein Lieber, du bist kein Mönch.«

»Aber ich trage die Kutte der Johanniter.«

»Du weißt so gut wie ich, warum du das tust. Du bist in meinem Auftrag weg von hier.«

»Ja, und ich habe ihn erfüllt …«

»Und ist dir auch immer noch bewusst, warum sie uns die Gliedmaßen aus dem Leib reißen und uns verbrennen würden, wenn sie davon erführen, dass das Buch in unserem Besitz ist?«

Mit »sie« meinte Balthasar die Geistlichen von Graz, Dominikaner und Franziskaner, die den Kaiser umschwirrten wie Fliegen.

»Ich nehme an, weil es ketzerisch ist, über unterirdische Wege in die Hölle zu schreiben?«

Balthasar lächelte schmal und nickte. »Und diese Frau willst du also zu deinem Weib nehmen?«

»So ist es. Wirst du mir dabei helfen?«

»Du meinst, weil du die Gunst des Kaisers dazu brauchst.«

»Er glaubt, ich sei den Johannitern zugetan.«

Balthasar musterte ihn von der Seite. »Und dann? Wirst du wieder zu diesen Leuten zurückkehren? In diese verfallende Burg Hartstein?«

»Ja«, erwiderte Johannes. »Hans in Radkersburg, ich in Hartstein und du in Graz, das klingt doch nicht schlecht, oder?«

Balthasar machte jetzt doch ein zufriedenes Gesicht, als würde er erst jetzt begreifen, dass diese Aussicht tatsächlich gar nicht so nachteilig war. Seine Familie war vereint und dennoch weit verzweigt.

»Machst du dir bei all den Geschäften, die du tätigst, nicht auch Sorge um dein Seelenheil, Bruderherz?«, fragte Johannes.

Balthasars Stirn schlug Falten. »Ich habe ein Armenspital in Graz errichten lassen. Und eine Kirche für alle Heiligen. Und ich habe hier, gleich nebenan, eine eigene Marienkapelle bauen lassen. Glaubst du wirklich, ich habe im Jenseits noch etwas zu befürchten?«

Johannes zuckte mit den Schultern. Es verblüffte ihn immer wieder, wie berechnend sein Halbbruder war.

»Weißt du eigentlich, dass ich für die Errichtung dieser Kapelle sogar einen römischen Kardinalsablass erhalten habe? Im Ablassbrief wird die Kapelle ›Beate Marie Virginis sita in Castro

Eckenperg‹ genannt. Klingt doch melodisch, nicht wahr? Ich lasse sie dafür an drei Tagen im Jahr für das Volk öffnen. Die Leute können sich dann den Mariä geweihten Flügelaltar ansehen, auf die Knie fallen und beten. Komm, ich zeig dir die Kapelle. Sie ist ein Schmuckstück.«

Mit den Krügen in der Hand gingen sie in den nächsten, von Kerzen nur spärlich beleuchteten Raum.

»Dort oben«, sagte Balthasar und deutete durchs flackernde Licht auf ebenso flackernde Schatten, »habe ich ein Steinrippengewölbe errichten lassen. Sehr aufwendig und kostspielig.«

Johannes wusste, dass er ein beeindrucktes Gesicht machen sollte, und doch ließ ihn die Schlichtheit des Raums eher kalt.

Balthasar schien es zu spüren und näherte sich dem geschlossenen Flügelaltar, der laut ihm nur an hohen Festtagen geöffnet wurde. Mit einer Hand öffnete er die Schließen und schwenkte die Flügel auf. Zum Vorschein kamen insgesamt dreizehn Bildtafeln, in denen die Farbe Gold dominierte. In der Mitte zeigten die Darstellungen Maria, die von musizierenden Engeln umgeben war. Die anderen Bilder stellten zahlreiche Figuren dar, von denen Johannes die meisten kannte. Balthasar erklärte sie ihm dennoch.

»Fabian und Sebastian sind an ihrer Seite, dazu hier die vier Märtyrerinnen Dorothea, Margaretha, Katharina und Barbara, die zwölf Apostel und einige der Nothelfer. Alles da.« Balthasar grinste und zeigte lässig auf die Darstellungen.

Aber auch wenn seine Gesten und Worte Gleichmut suggerieren sollten, so wusste Johannes doch, dass sein Bruder wie alle Bürger war: Er kokettierte mit seinem Reichtum und war darüber hinaus doch voller Gram, weil all der ihn umgebene Prunk nicht darüber hinwegtäuschen konnte, dass er immer noch nicht von Kaisers Hand zum Adel aufgestiegen war.

Balthasar schwenkte den Wein in seinem Krug. Er nahm einen Schluck, schloss dabei die Augen, öffnete sie wieder und sagte: »Sie ist hübsch, diese Helena.« Er machte eine Pause, die Johannes aber nicht nutzte, um etwas zu erwidern. »Und du bist hässlich wie ein Bär. Jetzt noch dazu mit dieser schrecklich märtyrerhaften Narbe an der Stirn. Wie hast du sie also herumgekriegt? Hast du ihr von mir erzählt?«

Das Lachen der Brüder hallte aus der Kapelle ins Castrum und klang von draußen wie ein Echo aus dem Jenseits.

12

Johannes marschierte, immer noch voller Zorn auf seinen Halbbruder, auf die Stadt zu. Balthasar hielt sich seit den frühen Morgenstunden im Stadtpalais auf. Er hatte ihm aber entgegen ihrer Vereinbarung weder eine Kutsche organisiert noch dafür gesorgt, dass ein Pferd bereitstand. Im Gegenteil, der Stall war leer, sogar sein eigenes Schlachtross und Helenas Schimmel befanden sich draußen auf dem Feld und grasten irgendwo an den Osthängen des Plabutsch.

Johannes hatte den Weg vom Castrum bis in die Vorstadt also zu Fuß in Angriff nehmen müssen. Nach einiger Zeit erreichte er am Nachmittag die Murbrücke. Diesmal saß dort niemand, der ihm ein Votivbild andrehen wollte, und diesmal wurde auch nicht versucht, einem Bäcker in den Fluten der Mur die Leviten zu lesen. Stattdessen hockten ein paar Gestalten am Boden und spielten ein Würfelspiel. Eine Menschentraube hatte sich um sie herum gebildet, und Johannes gesellte sich dazu. Es herrschte aufgeregtes Gemurmel, offenbar wurde um eine hohe Geldsumme gespielt.

Johannes hörte, wie sich zwei Stadtwachen etwas abseits unterhielten.

»Du hast ja gesehen, was letztes Jahr passiert ist. Der Türk soll das gesamte Draufeld überschwemmt haben, Marburg, Pettau und Windischgraz wurden gebrandschatzt. Dreitausend Leute sollen gestorben sein«, sagte der eine.

»Ja, um die Windischen dort unten ist's aber eh nicht schade.«

»Eh. Ich habe aber gehört, dass sie die Türken ›Renner und Brenner‹ nennen, weil sie so schnell da und wieder fort sind und dann alles niedergebrannt ist und tot am Boden liegt. Die sollen auch nach Kärnten eingedrungen sein, und keiner hat sich gewehrt.«

»Der Kaiser müsste eben Truppen aufstellen lassen«, sagte

Johannes, und die beiden Wächter fuhren erschrocken herum. »Das ist es doch, was Ihr sagen wolltet, nicht wahr?«

Einer der beiden schüttelte schnell den Kopf, sagte jedoch nichts, der andere stammelte: »Der Kaiser weiß schon, was er tut …«

Johannes atmete seinen Ärger durch die Nase aus und stapfte wortlos davon. Dabei wusste er gar nicht, was ihn mehr ärgerte: dass der Kerl sich abfällig über die Windischen geäußert hatte oder dass er selbst den Mund nicht hatte halten können. Balthasar hatte recht: seine Gedanken zu zähmen war beileibe nicht seine Stärke. Es war gefährlich, sich in der Residenzstadt dem Kaiser gegenüber abfällig zu äußern. Das musste jedem Kind einleuchten.

Johannes eilte bereits auf das innere Murtor zu, als er Schritte hinter sich vernahm. Aufgrund seiner dunklen Kleidung, die ihn als Mitglied eines höheren Standes auszeichnete, hatte ihm die Torwache zuvor lediglich zugenickt, ohne ihn nach seinem Begehr zu fragen. Ein Blick über die Schulter verriet ihm, dass ihm die beiden Wächter nun doch nachliefen. Was sollte das? Was wollten sie von ihm?

Doch kaum dass er sich ein paar Zurechtweisungen überlegt hatte, stürmten sie schon an ihm vorbei.

Die Vesperglocke läutete, und verwundert musterte Johannes den schmalen Streifen Himmel über ihm, den die enge Gasse übrig ließ. Die Sonne stand noch nicht so tief, dass es dämmerte. Mancherorts kam es vor, dass der Glöckner zu viel Wein getrunken hatte und die Glocke zum falschen Zeitpunkt betätigte, eigentlich ein amüsanter Umstand, doch irgendetwas stimmte hier nicht. Die Straße war plötzlich wie leer gefegt.

Er ging schneller, wollte unbedingt noch zum Kaiser oder einem seiner Ratsmitglieder, um die versprochene Unterstützung für die Grenzregionen anzusprechen und den Monarchen um seinen Segen für eine Heirat mit Helena zu bitten. Der Kaiser war vom Reichstag in Regensburg zurückgekehrt und hatte unlängst davon gesprochen, dass bald zehntausend Söldner aus dem Norden des Reichs zur Verfügung stehen würden, um die

Grenze gegen die osmanischen Heerscharen zu sichern. Zehntausend kampferprobte Männer, das würde die Akindschi über Jahre hinweg im Zaum halten, sie vielleicht sogar für immer aus der Region vertreiben. Doch bislang war die Waffenhilfe nirgendwo auszumachen.

Die Glocken läuteten immer noch, als Johannes durch den Schlamm der Murgasse watete, doch er hatte keine Zeit, um sich den Kopf darüber zu zerbrechen, warum sie das taten. Alles, was er wollte und brauchte, war eine Zusicherung des Kaisers, dass dieser die Grenzen seines Reichs und damit die Menschen, die darin lebten, zu schützen gedachte. Das letzte Mal, dass Johannes mit demselben Ansinnen in die Stadt gekommen war, war er nach Ungarn geschickt worden, davor in die Katakomben des Schloßbergs. Was hatte das Schicksal diesmal mit ihm vor?

Das Glockengeläut echote zwischen den Häusern, und nun hallten Schreie durch die Murgasse. Drei Reiter auf gewaltigen Streitrössern preschten im wilden Galopp die Gasse der Sporer herunter, passierten das innere Murtor und hielten auf das äußere zu. Doch das Tor war geschlossen worden, und die Pferde rutschten auf ihren Hufen über den Morast der matschigen Straße. Johannes wurde zur Seite gedrängt, denn aus den Häusern ringsum drangen Waffenknechte, die offenbar in den Nischen und Vorsprüngen der Häuser gelauert hatten.

Die drei Reiter wendeten fluchend ihre Pferde im Kreis. Jetzt erkannte Johannes einen von ihnen und traute seinen Augen nicht. Das war doch Baumkircher. Johannes wollte ihm etwas zurufen, doch da packten die Waffenknechte schon die Zügel des Söldners und zerrten ihn und seine beiden Begleiter grob von den Pferden. Baumkircher trug keinen Helm, weshalb ihn ein Schlag mit einem Schwertknauf jäh zu Boden streckte. Wie ein gefällter Baum lag er da im Schmutz, und die anderen beiden – Johannes erkannte jetzt auch sie, denn es waren die Baumkircher treu ergebenen Andreas von Greißenegg und Hanns von Stubenberg – starrten ihn betroffen an.

Ein Priester, begleitet vom Stadtrichter Christoph Patriarch, kam näher, und Johannes bemerkte nun auch das Stadtvolk, das durchs innere Murtor herbeiströmte und dem Schauspiel beiwohnte.

Baumkircher wurde auf die Knie gezerrt und der Greißenegger und der Stubenberger links und rechts an seiner Seite ebenso zu Boden gedrückt. Jemand führte die drei Pferde fort, zwei Burschen schleppten einen Richtblock herbei, nichts anderes als ein wuchtiges Stück Eichenholz, das auch zum Holzhacken verwendet wurde. Aber diesmal hatte niemand vor, Holz zu hacken. Diesmal sollte etwas anderes gehackt werden. Eine Fehde nämlich sollte ein für alle Mal hier und heute enden.

Das sagte auch der Priester jetzt, sprach ein Gebet und bot den drei Männern an, ihre Sünden zu beichten. Johannes konnte im allgemeinen Aufruhr nicht viel verstehen, hörte nur, wie der Greißenegger enorme Geldsummen anbot, seine Besitztümer dazu und alles, was er besaß. Außerdem sei er doch dem Kaiser stets treu ergeben gewesen, habe einmal sogar gegen den Baumkircher gekämpft ... und überhaupt ... Doch seinen Tränen und Stammeleien schenkte niemand Beachtung.

Und dann ging alles erschreckend schnell. Sie drückten Baumkirchers Kopf auf den Richtblock, ein Schwert hob sich, und unter dem Stöhnen der Leute, die dann doch nicht gefasst auf dieses Blutbad waren, sauste das Schwert auf den Nacken des Adeligen. Baumkirchers Kopf plumpste abstoßend endgültig auf den Boden. Sein wirres Haar im Gesicht, die Augen geöffnet, die Zunge lose aus dem Mund hängend. Die Hand des Henkers fasste den Gürtel des Torsos, der einmal einem großen, starken Mann gehört hatte, und schob ihn zur Seite. Das Blut floss in einer dunklen Lache im Dreck zusammen.

So schnell es bei Baumkircher ging, so mühsam war die Angelegenheit bei Greißenegg. Drei Männer waren nötig, um den Schreienden und Tobenden zu bändigen. Er weinte bitterlich und herzzerreißend, doch trotz seiner Todesangst und seiner beachtlichen Gegenwehr zitterte sein Körper so sehr, dass seine Muskeln schließlich versagten. Als sein Kopf schließlich auf dem Richtblock lag, wurde er plötzlich ganz still, vermutlich um zu vermeiden, dass der Henker ihn nicht richtig traf, ihm womöglich nur das halbe Gesicht wegschrammte oder ein Ohr oder die Schneid zwischen seinen Schulterblättern stecken blieb und er unsägliche Schmerzen erleiden müsste. Offenbar wollte er wenigstens schnell sterben.

Das Schwert traf ihn tatsächlich einigermaßen präzise. Er war schnell tot, wenngleich es eines zweiten Schlags bedurfte.

Dann stießen sie Greißeneggers Torso ebenso beiseite und zerrten Stubenberg heran. Sie pressten den Kopf ihres letzten Opfers auf den blutverschmierten Richtblock. Stubenberg musste sich übergeben, dann packten sie ihn neuerlich am Haarschopf und zwangen ihn, sich dem Richtblock zu nähern. Der Henker hob das Schwert, Stubenberg presste die Augen fest zusammen, doch als viel zu lange nichts geschah, öffnete er sie wieder.

Verstört blickte er sich um. Er sah zum Henker, der das Schwert an seiner Seite baumeln ließ und zur Seite trat. Auch die Waffenknechte waren zurückgetreten. Stadtrichter Patriarch entrollte ein Schriftstück und las laut daraus vor. Hanns von Stubenberg wurde demnach all seiner Besitztümer verlustig, dürfe aber gehen, wohin er wolle. Er solle jedoch mit Schimpf und Schande bedacht die Stadt verlassen.

Da öffnete sich das Tor krachend, und der Mann konnte sich kaum auf den Beinen halten, als man ihn grob hinausschob. Anstatt ihn mit Lehm und Steinen und Unrat zu bewerfen, begleitete ihn betretenes Schweigen. Weinend stolperte er auf die Murvorstadt zu, während sich das Tor hinter ihm neuerlich schloss.

Angetrieben von den Hellebarden und Spießen der Stadtwache, zerstreute sich die Menschenmenge wieder, und Johannes starrte auf die beiden Leichen, die an den Beinen gepackt auf Karren gehievt und fortgebracht wurden wie Schlachtvieh. Er hatte gehört, wie jemand gesagt hatte, dass man sie im Kreuzgang im Kloster der Minderen Brüder, wie man die Franziskaner nannte, in einer Grube zu verscharren gedachte. Nie wieder sollte von ihnen gesprochen werden.

Johannes war es, als atmete er nach einer Ewigkeit wieder

ein. Er schwankte. Die Luft drang fast schmerzvoll in seine Lungen. Ein Zittern durchströmte ihn. Wer sollte ihnen jetzt noch helfen? Wer sollte sie beschützen, wenn die Türken über die Grenzen herfielen?

Er war kurz davor, auf die Knie zu fallen und zu weinen. Und verzweifelt wusste er, was das bedeuten würde: Sie würden sich fragen, wer er sei, dass er da so um die Toten trauere, die der Kaiser hatte richten lassen. Der Richtblock stand immer noch bereit. Ob sie ihn dann gleich auch köpfen würden?

Eine Hand fasste Johannes an der Schulter. Und in diesem Augenblick wusste er, dass es um ihn geschehen war.

XII

Der Georgsritter

1

Starke Hände drängten Johannes aus der Murgasse und drückten ihn im ersten Sack, der kleinen Straße, die zwischen Mur und Schloßberg Richtung Norden führte, gegen eine Hausmauer. Eine Tür flog auf, und er wurde in einen Hof gestoßen, in dem sich eine Handvoll Männer um ihn herum aufstellte. Ehe Johannes nach seinem Schwert greifen konnte, schob einer der Männer seine Kapuze zurück und herrschte ihn an.

»Lass dein Schwert, du Dummkopf! Oder willst du dich etwa mit deinem eigenen Bruder anlegen?«

Erst jetzt erkannte Johannes, dass Balthasar vor ihm stand. Die anderen waren Diener seines Bruders, die eher ängstlich als entschlossen zu ihm schielten. Es war ihnen anzusehen, dass sie befürchteten, er könne tatsächlich zur Waffe greifen und sie bedrohen.

»Was machst du hier, in Gottes Namen?«, fluchte Balthasar. »Wolltest du etwa Partei für Baumkircher ergreifen? Willst du auch deinen Kopf verlieren? Wenn einer meiner Leute dich nicht zufällig gesehen hätte und wie der Teufel zu mir gerannt wäre, müsste ich jetzt deinen Kopf von der Straße aufsammeln. Kann man dich nie aus den Augen lassen? Ich habe dir doch extra keine Kutsche geschickt und eure Pferde auf die Weide geführt, damit du nicht in die Stadt kommst.«

»Du wusstest von der Falle?«

Balthasars Gesicht verhärtete sich.

Johannes realisierte aufgrund der Tätigkeiten der geduckten Gestalten im Hintergrund, dass sie sich in Balthasars Münzprägestätte in der Sackstraße befanden. In den gewaltigen Schmelztiegeln aus feuerfestem Ton wurde das Silber gebrannt. Die Zaine – viereckige Silberplatten – wurden hier zur gewünschten Münzdicke geklopft, danach die Münzen mit Hammer und Prägestempel geprägt. Ein Junge sammelte die Münzen in einer Holzschüssel auf, ehe sie mit einer speziellen Waage auf ihr

Gesamtgewicht geprüft wurden. Balthasars Gewinn hing davon ab, wie groß die Differenz zwischen den Produktionskosten der Münzen und ihrem tatsächlichen Wert war. Nach den Ereignissen der vergangenen Jahre vermied er aber tunlichst, den Kupfergehalt der Grazer Silberkreuzer wieder zu hoch werden zu lassen.

Beim Anblick der Münzen kochte Ärger in Johannes auf. Er wollte hier fort, fort von Balthasar und seinen Geldangelegenheiten, fort aus Graz.

»Herrschaftszeiten«, sagte er gereizt. »Ich wollte doch nur zum Kaiser und ihn um Hilfe bitten, auf dass er endlich Truppen in den Süden schickt. Die Türken kommen, sie sind überall. Aber anstatt die Kräfte zu bündeln und endlich die Fehden zu beenden, köpft er seine besten Leute. Und mein Bruder denkt nur ans Geld und sieht die Gefahren nicht, die auf uns zukommen.«

»Halt dein Maul!«, bellte Balthasar ihn an. »Was bist du nur für ein einfältiger Kerl? Baumkircher war eine Gefahr für uns alle. Er holte sich die Städte und Dörfer und hätte sich niemals mehr auf unsere Seite geschlagen. Er machte geheime Sache mit Corvinus und schadete dem Reich.«

»Aber das tust du doch auch …«

Der Knall der Ohrfeige schallte durch den Hof. Balthasars zitternde Stimme folgte, noch ehe Johannes reagieren konnte.

»Ich sagte, du sollst still sein. Du bist nichts als ein dummer Prügelknabe. Einer, der im Wirtshaus austeilt, bevor er darüber nachdenkt, was er damit auslöst. Du verstehst nichts. Du glaubst, die Welt sei dir etwas schuldig. Aber das ist sie nicht. Sie ist dir gar nichts schuldig und gibt dir trotzdem alles. Der Kaiser sucht bereits nach dir. Aber nicht, weil er deinen Kopf will, sondern deine Schwerthand. Du sollst an seiner Seite Kämpfe führen oder besser an seiner statt. Du sollst ein Anführer seines Aufgebots sein. Du sollst jetzt wie angekündigt zum Ritter des Georgordens geschlagen werden. Ausgerechnet du, wo du dich um Baumkirchers Schicksal scherst, der nichts anderes im Sinn hatte als das, was alle Söldner wollen: ihren Sold. Verstehst du, was ich sage, Bruder? *Halb*bruder. Du bittest um Truppen, und du bekommst sie. Mehr als das. Du sollst sie sogar anführen. Also warum heulst du hier herum und suhlst dich in Selbstmitleid?«

Johannes starrte Balthasar so lange an, dass dieser wohl schon befürchten musste, er würde nie wieder ein Wort herausbringen. Und tatsächlich antwortete er nicht, sondern sank auf die Knie.

»Ja, knie nieder. Aber tu es vor deinem Kaiser. Und wenn du es tust, sprich kein Wort über Baumkircher und den Greißenegger, hörst du? Und ich sage dir auch, warum: Wir haben einfach keine *Zeit* dafür, denn natürlich weiß der Kaiser längst, dass wir alle in Gefahr sind. Die Akindschi haben sich geteilt. Ein Trupp zieht gegen Cilli, ein anderer reitet über Krain und Kärnten. Sie drohen Graz von zwei Seiten zu attackieren. Der Kaiser ist deshalb in Aufbruchstimmung. Er wird erneut nach Regensburg reisen, um die deutschen Fürsten um Hilfe zu bitten. Bis er Erfolg hat und mit ihnen zurück ist, liegt es an Männern wie dir, die Türken aufzuhalten. Hörst du, was ich sage?«

Johannes nickte.

»Gut, dann gehen wir jetzt. Ich komme mit dir. Der Kaiser erwartet uns.« Noch einmal kam Balthasar näher und flüsterte Johannes ins Ohr. »Und solltest du auch nur mit einer Silbe jemals wieder meine Geschäfte mit Matthias Corvinus erwähnen, töte ich dich.« Er richtete sich wieder auf und sagte kalt lächelnd: *»Georgsritter.«*

2

Alles geschah so, wie Balthasar es vorhergesagt hatte. Die Höflinge Kaiser Friedrichs brachten Johannes gegenüber kühl und trocken zum Ausdruck, dass alles in höchster Eile vonstattenzugehen hatte. In der Rüstkammer wüssten sie Bescheid. Er würde die Ausrüstung für fünfzig Mann bekommen. Damit solle er zurück zur Burg Hartstein reiten, die Krieger vorbereiten und die Türken beobachten.

Jetzt trat ein weiterer Mann vor, ein spitzbärtiger, hochgewachsener Herr mit eng zusammenstehenden Augen und Augenbrauen, die so wucherten, dass sie über seine Lider ragten. Johannes wusste, dass es Johann Siebenhirter war, der nun auf ihn zukam und ihn mit strengem Blick musterte. Er war der Erste Hochmeister des St.-Georgs-Ordens und war in Rom dabei gewesen, als der Orden in Anwesenheit von Papst Paul II. durch die Unterzeichnung einer Stiftungsbulle gegründet worden war. Siebenhirter galt als loyal, streng und unnahbar und war, besonders was die zuletzt genannte Charaktereigenschaft betraf, ein Schattenbild des Kaisers. Manche in ihrem Umfeld fragten sich, wie die beiden überhaupt kommunizieren konnten, wo sie doch beide so schweigsam und in dauerhafter Ernsthaftigkeit verharrten. Das war Johannes ebenso von Balthasar zugetragen worden, wie er auch alles andere an Klatsch und Trasch über den Hof durch ihn erfahren hatte.

Siebenhirter ließ verlauten, dass er es lieber gesehen hätte, wenn dergleichen Ehren im Kloster von Millstatt, dem Sitz des Ordens, verliehen würden. Er hätte auch gern mehr über Johannes in persönlichen Gesprächen erfahren, aber er wisse andererseits genug, um des Kaisers Wunsch zu akzeptieren. Eine seltsame Formulierung, wie Johannes fand, denn man musste nichts wissen, um des Kaisers Wünsche zu akzeptieren. Der Kaiser war der Kaiser und sein Wunsch all seinen Untertanen

Befehl. So war ihm das jedenfalls zeitlebens eingetrichtert worden.

Über all diese Gedanken sinnierend, hatte er nicht bemerkt, dass sich eine weitere Person genähert hatte, und als sie vor ihm stand, fiel er fast einer Ohnmacht gleich auf die Knie. Hier stand der Mörder Baumkirchers und Greißeneggers vor ihm, Kaiser Friedrich selbst.

Ungeduldig murmelte der Monarch, er solle aufstehen und keine Zeit vergeuden. Seine Majestät wisse, warum er hier sei, richtete auch Siebenhirter das Wort an Johannes. Alle Welt brauche jetzt Beistand. Er werde seine Truppen also bekommen.

Wie beiläufig, fast gelangweilt fragte der Kaiser: »Wird Er den Georgsritterstand annehmen?«

Eine rhetorische Frage, die Johannes' Mundwinkel zucken ließ. »Es ist mir eine Ehre, Eure Majestät«, erwiderte er, auch wenn er innerlich ein Reißen spürte, ein Zerren und Würgen. Am liebsten hätte er dem Monarchen ins Gesicht gebrüllt, warum er dessen beste Männer hinrichten ließ, anstatt sich um den wahren Feind zu kümmern. Warum er den Bauern nicht beistand und es versäumte, endlich die Dörfer zu befestigen. Stattdessen neigte Johannes ehrerbietig den Kopf und nahm das Geschenk des Kaisers an.

Das folgende Zeremoniell realisierte Johannes nicht wirklich, den Ritterschlag mit Siebenhirters Schwert, das die Inschrift »Ave Maria, gratia plena« – Gegrüßet seist du, Maria, voll der Gnade – trug. Da waren auch ein Priester und Musikanten, die etwas auf einer Laute spielten und dabei die gehauchten Worte des Kaisers untermalten.

Friedrich sagte etwas zu ihm, aber in seinem Gesicht war keinerlei Herzlichkeit zu erkennen, sodass Johannes ahnte, dass der Kaiser sich schon im nächsten Moment kaum an ihn erinnern würde.

Da fiel Johannes ein, dass der Kaiser zwar an Menschen wenig Interesse zeigte, vor allem wenn sie ihm am Stand nicht ebenbürtig waren, vielmehr aber zeigte er Interesse an deren Erzählungen und Abenteuern.

»In der Bibliothek von Seiz«, sagte Johannes deshalb und unterbrach damit das Zeremoniell, »habe ich Schriftrollen gefunden. Material von Matrosen, die im Auftrag Heinrichs des Seefahrers gereist sind. Tagebücher, die von den Reisen nach Afrika berichten. Die Bibliothek beinhaltet noch viel mehr an Wissen. Sogar Texte aus Augsburg in der neuen Schwabacher Schrift konnte ich finden. Ich habe einige der Bücher hierher nach Graz bringen lassen, bevor sie von Türken vernichtet werden konnten. Wenn Ihr erlaubt, Eure Majestät, dann veranlasse ich, dass Ihr die Bücher zu Gesicht bekommt.«

Siebenhirter und die Umstehenden hielten bestürzt inne. Sie waren sichtlich überfordert damit, dass ein zelebrierter Ablauf so forsch unterbrochen wurde.

Johannes wurde die Beleidigung bewusst, und er fügte schnell entschuldigend hinzu: »Damit wollte ich meine große Dankbarkeit ausdrücken und Eurer Majestät ein Geschenk bereiten.«

Und plötzlich geschah etwas, das vermutlich selbst die engsten Vertrauten des Kaisers selten gesehen hatten. Die Mundwinkel des Monarchen hoben sich, und in seinen stumpfen Augen, die gerade noch verraten hatten, dass er an ganz andere Dinge gedacht hatte, entstand mit einem Mal ein sonderbarer Glanz. Tatsächlich, der Kaiser nickte ihm zu. »Das Geschenk, welches Er bringe und welches Uns ohnehin schon gehört, nehmen Wir gerne an.«

»Und, Eure Majestät, darf ich als Ordensritter bei dieser Gelegenheit auch um Euren Segen bitten, eine Frau zu ehelichen? Sie heißt Helena von Hartstein und hat nichts dagegen.«

»Soso, hat sie nicht …«

Alles verstummte. Auch die Musikanten unterbrachen jetzt ihr Spiel. Die letzten Töne verklangen in dem weiten Saal wie schallende Missverständnisse. Dann lächelte der Kaiser, und auch die Schöntuer, zu denen sich Johannes fortan ebenso zählen durfte, setzten in das majestätische Mienenspiel ein. Es war eine seltsam gespielte Freude in diesem freudlosen, düsteren Saal.

»Noch einmal fragen Wir Uns aber«, sagte der Kaiser, »ist Er töricht oder mutig?« Er hob die Schultern und fuhr mit dem

Zeremoniell fort. »Wir werden es wohl nie erfahren. Jetzt ist Er jedenfalls Ritter und bald Ehemann. Gott segne Ihn, auch wenn Er sich gerade ein Stück weit von ihm abgewandt hat. Meinen Segen hat Er dennoch.«

Im Hintergrund atmete Balthasar durch und schüttelte, von den anderen unbemerkt, den Kopf. *Er ist töricht*, dachte er. *Saudumm eigentlich. Aber auch mutig.*

3

Ein Männchen humpelte eine Fackel tragend vor Johannes her, ein Bein war deutlich kürzer als das andere.

Sie marschierten die Reihen von Hunderten und Tausenden von Schwertern, Beilen und Piken ab, und Johannes diktierte seine Wünsche einem Franziskaner, der hinter einem Pult stand und seine Bestellung ins Werkverzeichnis eintrug. Der Zeugwart stand argwöhnisch daneben, denn er hatte zuvor klein beigeben und dem Georgsritter von Kaisers Gnaden das Privileg erteilen müssen, das Rüsthaus ausnahmsweise zu betreten. Es gab immer Ausnahmen von der Regel.

Johannes prüfte nun die Klingen, kontrollierte die Scharniere und Lederriemen der Harnische, setzte sich Helme auf und wies die Handwerker an, die Visiere frisch zu ölen.

Es roch nach altem Holz, Rauchschwaden zogen aus einer Werkstatt durch die zugigen Räume. Der humpelnde kleine Mann hatte die Marotte, die Finger der freien Hand stets so zu bewegen, dass die Knochen knackten. Eine aufreibende Geste, die Johannes aber zuweilen in den Bann zog.

Er wollte auch in die Werkstatt geführt werden, wo er eine Handvoll Silberkreuzer aus der Manteltasche zog und sie dem Handwerker reichte. »Den Rest bekommst du, wenn du fertig bist.«

Als Johannes die Rüstkammer wieder verließ, spürte er, wie das Glücksgefühl in ihm Sprünge machte. In ein paar Tagen sollte das Kriegsgerät auf zwei Karren verladen und bereit zum Abmarsch sein. Auch die fünfzig Waffenknechte würden dann bereitstehen.

Auf dem Rückweg zum Castrum kam Johannes an jener Stelle vorüber, an der Baumkircher und Greißenegg vor einigen Tagen geköpft worden waren. Ein beklemmendes Gefühl unterbrach sein Glücklichsein, und anstatt an Helena zu denken und daran, wie es sein musste, endlich wieder ihren Körper zu spüren, sah er plötzlich ein anderes Mädchen vor sich stehen. Sein dunkles Haar verdeckte Teile des Gesichts, und irre Augen blitzten ihn zwischen den Strähnen hindurch an. Ihm wurde heiß.

»Bist du glücklich?«

Die Stimme raubte ihm beinahe den Atem. Sein Mund klappte auf.

»Ja, ich sehe, du bist glücklich. So ist das Leben: Die einen sind glücklich, die anderen tot.«

Martha Baumkircher, das Mädchen, das ihn als Knappe Ludo bis nach Visegrád und wieder zurück begleitet hatte, stand schwer atmend vor ihm. Sie musste gerade erst in Graz angekommen sein.

»Hanns hat mir erzählt, was geschehen ist. Sie haben Vater geköpft. Sie haben den Greißenegger geköpft. Ich verfluche sie alle. Die ganzen Kaiserlichen verfluche ich.«

»Martha ...«

Johannes' Gedanken rotierten. Bei all dem Schmerz, den er gefühlt hatte, hatte er Martha ganz vergessen. Wie es ihr mit ihrem Schmerz wohl erging ...

»Hättest du es mir erzählt? Wärst du zu mir nach Schlaining gekommen, um es mir zu berichten? Hanns hat mir erzählt, dass du dabei warst. Er hat dich gesehen, weißt du?« In ihren Augen schimmerten Tränen. »Wir haben im Jänner geheiratet, Hanns von Stubenberg und ich. Damals war alles noch gut. Vater hat ein Fest gegeben.«

Johannes senkte den Blick. Davon hatte er nichts gewusst.

»Hanns hat gesagt, du hast zugeschaut, wie sie Vater den Kopf abgeschlagen haben. Wie die anderen Gaffer hast auch du nur zugeschaut.«

»Aber Martha, es war eine Falle. Ich hätte nichts ausrichten können gegen die Wachen des Kaisers.«

»Ich weiß. Das sagen sie immer«, hauchte sie und beugte sich über die Straße. Sie legte ein Tuch in den Morast, und Johannes vermutete, dass es tatsächlich jene Stelle war, an der sie ihren Vater hingerichtet hatten.

»Beim Blut meines Vaters verfluche ich die Stadt. Er wird wiederkehren. Er wird den Menschen, die hier leben, erscheinen und sie bis in ihre Träume verfolgen.« Noch einmal wandte sie sich Johannes zu. »Weißt du, ich denke oft an unsere Reise ins Ungarnland.« Sie lächelte. »Ich habe dich damals sogar ein bisschen geliebt. Hättest du mich eher erkannt, wer weiß, vielleicht wären wir heute ein Paar.« Mit diesen Worten drehte sie sich um, lief auf ein abseitsstehendes Pferd zu, sprang auf und ritt davon.

Johannes schaute ihr noch eine ganze Weile nach.

So schnell konnte ein glücklich springendes Herz in Schwermut stolpern. So schnell war ein Ort mit einem Fluch belegt.

Die nächste bittere Nachricht erreichte ihn, als er das Castrum Eckenperg in Algersdorf erreichte. Helena war abgereist, an ihrer Seite Haris und eine Handvoll bewaffneter Krieger. Diesmal waren sie zu Pferd losgeritten mit leichtem Gepäck und hohem Tempo. Ein Bote sei gekommen, und nachdem sie ihn angehört habe, sei sie sofort in die Stallungen, um alles für die Abreise vorzubereiten. Offenbar waren die Neuigkeiten aus Burg Hartstein so bedrohlich gewesen, dass sie nicht hatte warten wollen, bis Johannes aus der Stadt zurückkehrte.

Am Ende dieses Tages stand Johannes also allein unter einer Linde und betrachtete den Plabutsch, jenen lang gezogenen Hügel, der das Grazer Feld im Westen umkreiste wie eine natürliche Ringmauer und schließlich in des Kaisers Wald überging, der sich mit seinen Bäumen bis ins Wildoner Feld ergoss. Im Nordwesten befand sich die Göstinger Burg, und einen weiteren Halbtagesmarsch entfernt das Zisterzienserkloster von Rein. Hier war er aufgewachsen und geboren. Hier war er zu Hause. Einen Moment überkam ihn Wehmut. Hatte er insgeheim gehofft, Helena würde hierbleiben wollen, anstatt wieder nach Süden zu reiten, in diese kalte, gefährliche Burg?

Natürlich kannte er die Antwort und seufzte schwer.

4

Der Wagen schepperte weithin hörbar, doch Johannes war fast am Ziel und trieb deshalb die schwitzenden Gäule, die er vorgespannt hatte, noch einmal gnadenlos an. Sein eigenes Schlachtross führte er an den Wagen gebunden neben sich her. Er betete immerzu, nicht zu spät zu kommen.

Der Wagen war voller Blech. Zwischen blank polierten Helmen, Harnischen und sonstigen Panzerungen glitzerten Schwerter, Langmesser, Piken, Lanzen, aber auch Armbrüste und sogar die eine oder andere Büchse.

Er würde Helenas Burgmannschaft ausrüsten und sie somit beschützen können, und ob dieser Gewissheit machte er ein zufriedenes Gesicht. Diesmal war seine Reise ohne Zwischenfälle verlaufen. Die Soldaten an seiner Seite verscheuchten alle Raubritter, Wegelagerer und Diebe. Sogar die bösen Waldgeister, an deren Existenz man in dieser Region glaubte, sobald man mehrere Nächte im Freien verbracht hatte, schienen es sich zweimal überlegt zu haben, ehe sie sie belästigten.

Er war voller Vorfreude, als die Noriker, diese mächtigen, sturen Pferde, noch einmal an den Riemen zerrten und den letzten Hügel erklommen. Sie würden die Burg erreichen, ihre Mannschaft mit Waffen ausstatten, und dann konnte er Helena in dieser düsteren steinernen Wehr in einem Meer aus Wald heiraten.

Endlich konnte er das tun, woran er seit Tagen, nein, seit vielen Monaten dachte, und musste sich dafür weder geißeln noch schelten. Er würde sie küssen. Immerzu, wann und wo er wollte. Diese Frau, die er vom ersten Augenblick an, als sie nichts als eine Lüge gewesen war und vorgegeben hatte, eine andere zu sein, geliebt hatte. Er musste schmunzeln. *Sie war eine Lüge gewesen.* Was für ein absurder Gedanke. Wie konnte jemand wie Helena Lüge sein?

Er schaute zur Seite und hatte einen Moment lang das Trugbild ihres Antlitzes vor sich. Sein Herz machte einen Sprung. Wie er sich auf sie freute.

In Wahrheit war Helena längst in der Burg. Sie war vor Tagen in aller Eile vorausgeritten, und er war ihr gefolgt, sobald die Ausrüstung aus der Rüstkammer gepackt und die Krieger für die Reise marschbereit gewesen waren. Seit seiner Abreise aus Graz hatte ihn zwar immer wieder das bange Gefühl beschlichen, etwas Schreckliches sei geschehen, nun, so kurz vor dem Ziel, überwog jedoch die reine Vorfreude. Er würde Helena zum ersten Mal vor aller Augen küssen.

Das Trugbild an seiner Seite wirkte plötzlich wie versteinert, ehe es verschwand. Irritiert starrte Johannes ins Leere.

Was sollte das? Warum spielten ihm seine Sinne einen Streich? Er folgte dem letzten Blick des Trugbilds und sah selbst auf die weißen Mauern der Burg, die zwischen den Bäumen hindurchschimmerten wie riesige Grabsteine. Er zügelte die Pferde. Und spürte zum ersten Mal, wie es war, wenn die Zahnräder des Lebens stillstanden und man sich nichts sehnlicher wünschte, als sie in die andere Richtung drehen zu können. Wieder zurück. Zurück in die Vergangenheit. In die Zeit, in der alles noch da gewesen war. Er und sie. Johannes und Helena.

Die Burg brannte lichterloh, und die Akindschi, so zahlreich wie die Bäume im Wald, lagerten um sie herum und tanzten um ihre Lagerfeuer. Sie hatten die Burg eingenommen.

Er war zu spät gekommen.

5

Johannes kannte diese Wälder noch aus seiner Zeit bei den Vogelfreien. Der Wahrsager Thomas Weiß hatte ihm seine Schlupflöcher gezeigt, auf der Suche nach Beeren und Kräutern war er immer wieder auf mögliche Verstecke gestoßen. Aber was brachte es ihm jetzt noch, sich zu verkriechen? Unschlüssig stand Johannes auf dem Weg und starrte auf die Rauchsäulen, die sich von den Zinnen der kleinen Burg in den Himmel kringelten.

Der Hauptmann der Reiter, die ihn begleiteten, schloss zu ihm auf. »Es sind zu viele«, stellte er fest, und Johannes wusste, dass er recht hatte.

Was sollte er tun? Er griff sich instinktiv an seine Stirn und tastete nach der Narbe. Gott musste ihm den Weg weisen. Er *musste* einfach.

Doch nichts geschah. Gott hatte sich von ihm angewandt.

Johannes sprang vom Kutschbock, kniete sich auf den Lehmboden und begann zu beten. Die fünfzig Reiter blieben auf ihren Pferden und beobachteten unschlüssig die Umgebung.

Da sprang Johannes wieder auf. Mit einem Mal sah er klar vor sich, was zu tun war. Er hatte nur ein Ziel vor Augen gehabt: Er hatte zurück zu Helena gewollt. Er hatte an ihrer Seite sein wollen. Sie beschützen. Für sie da sein.

Doch jetzt, wo die Türken die Burg eingenommen hatten und Helena in Gefahr war, womöglich sogar schon tot, gab es nichts mehr für ihn außer seine Rache.

Ein bitterer Geschmack breitete sich in seinem Mund aus, als er seine Rüstung anlegte. Die Handgriffe waren wohl überlegt. Zuerst fixierte er das Beinzeug, indem er die Ledergurte an der Wade festzurrte. Er legte Kettenhemd und Wams an, und mit Hilfe eines Soldaten stülpte er auch den Harnisch darüber. Er spürte das Gewicht des Eisens kaum, denn das Gewicht der drohenden Erkenntnis, jemanden verloren zu haben, den er liebte, wog schwerer.

Nachdem er den Wagen abgespannt und den Norikern zugeflüstert hatte, sie seien frei, setzte er sich in den Sattel des Schlachtrosses, jenes Pferdes, das Baumkircher ihm einst geschenkt hatte. Er warf dem Hauptmann und seinen Männern einen Blick zu und erläuterte ihnen mit knappen Sätzen seinen Plan. Die Grazer widersprachen, doch ließ sich Johannes davon nicht abbringen, dann trabte er mit ihnen im Rücken auf die türkische Streitmacht zu.

Auf halbem Weg verließ Johannes den Trampelpfad und die Reiterschar. Die Krieger hielten inne und würden auf das vereinbarte Zeichen warten. Noch hatten die Akindschi sie nicht bemerkt. Oder aber sie nahmen einfach keine Notiz von ihnen, weil sie ohnehin viel zu wenige waren.

Johannes lenkte sein Pferd mitten durch den Wald. Er hatte die Gegner damit überraschen wollen, doch schon bald musste er feststellen, dass diese Idee nicht ausgereift war. Das große Schlachtross kam im tiefen Schnee kaum voran, und er musste achtgeben, nicht von den Ästen aus dem Sattel geworfen zu werden.

Also änderte Johannes seinen Plan, stieg ab und entledigte sich der schweren Teile seiner Rüstung. So war er zwar weniger geschützt vor Hieben und Stichen, aber er wurde auch beweglicher, und es kostete ihn weit weniger Kraft zu kämpfen. Johannes flüsterte auch diesem Pferd zu, es solle das Weite suchen.

Er überprüfte den Sitz seiner Waffen – das Langmesser an einem Gurt am Oberschenkel, das Schwert am Hüftgurt und in der Hand einen Bogen. Dann lief er los und machte sich auf die Suche nach Helena.

Der Wald dampfte, und ein leichter Wind schlug ihm entgegen, was ihm zum Vorteil gereichte. Seine Geräusche wurden dadurch gedämpft, und selbst wenn er gestunken hätte wie ein Wildschwein, seine Gegner hätten es nicht gemerkt. Sein erstes Opfer war ein Junge, der sich an einem Baum erleichterte. Er trug einen Fes am Kopf und lehnte den Krummsäbel an den Baum, an dem er sich erleichterte. Der Pfeil riss ihn brutal zurück.

In aller Ruhe ging Johannes an dem toten Jungen vorbei und hatte schon einen weiteren Pfeil in den Bogen gespannt.

Er erreichte das Lager der Türken, von denen die meisten in der Burg sein mussten. Drei standen um einen Kochtopf herum, einer packte gerade den Kessel und ging damit zum nahen Bach. Er hatte das Wasser noch nicht erreicht, als Johannes ihm einen Pfeil in den Hals schoss. Der Akindschi ging lautlos zu Boden. Johannes griff nach dem Kessel und näherte sich geduckt dem Lager. Es gab keine andere Möglichkeit, in die Burg zu gelangen, er musste an dieser Gruppe vorbei, und so lief er einfach zwischen den Zelten hindurch.

Zuerst übersahen ihn die Türken. Als ihnen schließlich doch etwas seltsam vorkam, war es zu spät. Johannes erschlug den ersten mit dem schweren Eisengefäß. Ein zweiter Mann am Feuer rannte davon, vergaß in seiner Aufregung aber zu schreien, wie Johannes erleichtert feststellte. Eine Sekunde später hatte er ihm das Langmesser hinterhergeworfen.

Als er näher kam, versuchte der Akindschi noch, auf allen vieren zwischen den Zelten vor ihm davonzukriechen. Das Messer steckte bis zum Schaft zwischen seinen Schulterblättern. Es musste ihm einen tiefen Schnitt in Lunge und Herz gerissen haben. Johannes hatte kein Mitleid, zog das Messer aus dem erschlaffenden Körper und hielt sich nicht damit auf, seinem Opfer den Gnadenstoß zu geben. »Du sollst leiden«, knurrte Johannes, »so leiden wie Helena und die anderen.«

Johannes überschlug seinen Plan ein ums andere Mal. Er befand sich jetzt inmitten der türkischen Horden. Von Helena und den anderen war weit und breit nichts zu sehen. Entweder sie hatten sie irgendwo in der Burg in einen Käfig geworfen, oder aber … Er schüttelte den Gedanken daran ab, was ihnen sonst noch hatte widerfahren können.

Als er um das nächste Zelt bog, blieb er wie versteinert stehen. Im selben Moment blickte ein Bey von seiner Karte auf, die er auf dem Boden ausgebreitet hatte, und gut zwei Dutzend Krieger taten es ihm gleich. Sie griffen so schnell zu den Waffen, dass Johannes kaum Zeit zum Denken blieb.

Die ersten beiden Angreifer, die brüllend auf ihn zustürmten, konnte er noch mit einigermaßen einfachen Finten abwehren, der eine bekam seine Faust ans Kinn, der andere die Klinge seines Langmessers in den Bauch gerammt. Die meisten der Akindschi trugen weder Panzerung noch Kettenhemden. Es war ein Leichtes, sie zu töten oder zumindest so sehr zu verwunden, dass sie unfähig waren weiterzukämpfen.

Johannes durchschnitt instinktiv ein Seil in seiner Nähe, was dazu führte, dass sich eine Zeltplane löste und auf einen heranpreschenden Reiter fiel. Das Pferd scheute und donnerte geradewegs in ein weiteres Zelt.

Doch Johannes blieb keine Gelegenheit, um durchzuatmen. Ein Pfeil schrammte an seiner Wange entlang, ein Krummschwert prallte an seiner Schulterpanzerung ab, vier Angreifer stürzten sich zugleich auf ihn. Doch er spürte weder den Schmerz ihrer Stiche, noch kam ihm die Kraft abhanden. Er hatte das Gefühl, bis ans Ende seiner Tage kämpfen zu können.

Er stieg über die Akindschi, die er schon gefällt hatte. Übersät mit Schnittwunden, musste Johannes bald ein furchterregendes Bild abgeben. Er wischte sich Schweiß und Dreck aus dem Gesicht und versuchte sein Blickfeld klar zu bekommen. Er packte ein brennendes Holzscheit und warf es auf ein Zelt. Sofort fing der Stoff Feuer, und schon hörte er, wie seine Grazer Reiter heranpreschten und die Akindschi, die so dumm waren, sich ihnen entgegenzustellen, einfach niederritten. Die Klingen der Grazer fegten durch die Luft wie peitschende Äste im Sturm, und der Geruch von Blut machte die Pferde wild und aufgeregt. Sie wieherten und brüllten mit weit aufgerissenen Augen und glichen eher Ungeheuern als treuen Reittieren.

Doch Johannes sah auch, wie immer mehr Akindschi herbeiströmten, Hunderte, vielleicht mehr. Er hatte ihre Zahl unterschätzt. Helena … Immer wieder hauchte er ihren Namen. Vielleicht war sie ja entkommen. Vielleicht war sie in den Wald gelaufen und hatte sich selbst gerettet. Helena …

Die ersten Grazer Reiter gingen zu Boden, und Johannes dachte fieberhaft nach, was als Nächstes zu tun war, als ein heller Schmerz durch seinen Oberschenkel peitschte. Beinahe fasziniert betrachtete er den fingerdicken Pfeil, der darin steckte. Und da bemerkte er auch eine Bewegung zu seiner Linken. Dort, wo der Bey mit seiner Karte gestanden hatte, hatten sich einige Bogenschützen versammelt. Sie spannten ihre Pfeile gerade wieder. Johannes blinzelte und atmete langsam aus. Diesen Moment musste er auskosten. Es würde sein letzter sein.

Nichts hatte er erreicht. Weder Hilfe für Helena noch für die Bewohner dieser Region. Er hatte seinen Kaiser nicht rechtzeitig warnen können, und nun würden auch seine Familie, sein Halbbruder und dessen Frau, und das Gesinde und schließlich ganz Graz von den Türken überrannt werden. Danach würden sie weiter gen Norden ziehen. Sie würden kein Ende kennen. Denn wer sollte sie aufhalten? Wer?

Er ließ sein Schwert fallen, breitete die Arme aus und sank auf die Knie.

So endete es also.

Und dann ertönte ein greller Pfiff. Viel lauter als der Ruf eines Raubvogels. Schrill und hoch und fordernd.

Unmittelbar danach hob das Geschrei einer entfesselten Menschenmenge an, die mit einem Mal aus dem Boden emporzusteigen schien. Steine flogen und Stöcke und Klingen und Holzbretter, Mistgabeln und Krampen und Harken. Unzählige menschliche Kreaturen, die sich aus dem Erdreich gelöst zu haben schienen, trampelten über die kleine Zeltstadt der Akindschi, fielen über die Bogenschützen her wie Heuschrecken und erschlugen und zertraten die feindliche Abordnung im Nu. Es hatte den Anschein, als hätten die Türken ihr Lager auf einem Friedhof errichtet, dessen Gräber sich nun öffneten und ihre mordlustigen Leichen freigaben.

Der Bey wurde von einer Heugabel aufgespießt, etliche Akindschi gingen durch Steinwürfe zu Boden, einer wurde von einem knappen Dutzend Frauen niedergestreckt. Binnen weniger Herzschläge war die halbe Akindschi-Mannschaft ausgelöscht. Nur jene, die schon zu Pferd waren und gerade aus der Burg geritten kamen, konnten sich noch retten. Und zwischen ihnen, zwischen all den Dämonen, die der Wald ausgespien hatte, um Johannes zu retten, stand Helena schwer atmend und lächelte ihn an. Sie lebte.

Es war ein seltsamer Anblick. Pferde grasten zwischen Blutlachen, und da und dort wurden die ersten Leichen durch den Morast gezogen und zu Bergen angehäuft, die alsbald angezündet werden sollten. Und mitten in all dem Elend standen Helena und Johannes und küssten einander so, als wären sie vollkommen unbeobachtet. Sie küssten einander, wie unschuldige junge Menschen es taten, abtastend, schüchtern, mit zitternden Lippen und klopfenden Herzen. Zwei sich Liebende auf einem Schlachtfeld.

Bis Johannes vor Schmerz zusammensackte und Helena ihn schalt: »Was hast du dir dabei nur gedacht, dich ganz allein auf sie zu stürzen?«

6

Die Grazer Krieger hatten den Karren samt den Norikern in die Burg gebracht und die Zeltstadt der Türken zu einem Lazarett umfunktioniert. Zwischen den Zelten trabte nun auch Johannes' Schlachtross herbei, der selbst auf einer Bettstatt aus Laub und Zweigen im Freien mitten im Lager lag. Sein Bein war versorgt worden, er fieberte leicht.

Scheppernd erreichte der Karren mit den Harnischen und Waffen den Innenhof der Burg, und Helena übernahm gemeinsam mit Haris die Verteilung der Ausrüstung.

Sie hatten zuvor auch die Waffen der gefallenen Türken auf einem Haufen gesammelt und machten sich nun daran, Helenas Untertanen auszustatten. Niemand sollte mit leeren Händen nach Hause gehen.

»Ich will, dass ihr euch so gut wie möglich schützt!«, rief Helena. »Die Türken werden wiederkommen, aber wir werden sie nicht unvorbereitet erwarten.«

Kinder rannten mit Krummsäbeln durch die Burg, Frauen probierten lachend Helme aus, die ihnen viel zu groß waren, und die Männer stellten zufrieden fest, dass manche der Kettenhemden und Beinzeuge der Gefallenen so gut passten, als hätte man sie ihnen persönlich angefertigt.

Johannes beobachtete die Leute zufrieden, ließ sich dann aber von den Wolken am Himmel ablenken. Aschfahle Schlieren zogen ihre Bahnen und drängten das satte Blau eines Sommertages vor sich her. Es würde Regen geben. Man konnte ihn fast schon riechen.

»Woran denkst du?«, hörte er plötzlich Helenas Stimme an seiner Seite. Er blickte zu ihr hinauf und war überrascht, wie sehr ihn Kleinigkeiten an ihr aus der Fassung bringen konnten. Wenn sie ahnungsvoll war, so wie jetzt im Augenblick, hob sie die rechte Braue. Unter der Kapuze ihres Umhangs hatte sich eine Strähne gelöst und legte sich wie ein feiner Zweig über ihre linke Wange. Ihre Nase war groß und gerade, ihre Lippen schwangen sich wie ein heidnischer Reflexbogen über weiße Zähne.

»Ich will an deiner Seite bleiben«, sagte er mit belegter Stimme. Sie musste spüren, dass ihn etwas bedrückte.

»Ich will das auch«, sagte sie und wagte eine leichte Berührung seiner Hand mit ihrem kleinen Finger.

In diesem Moment tauchte ein Mann vor ihnen auf. Johannes kannte ihn noch von einem Erlebnis von vor gar nicht allzu langer Zeit, als er in die Burg gekommen, auf den Bücherberg zugesteuert war und um ein Buch gebeten hatte. Erstaunt hatte Johannes ihn abgewiesen, doch der Mann war beharrlich gewesen. Er wolle lernen, hatte er gesagt. Lesen und schreiben. Wozu, hatte Johannes wissen wollen. Um dem Kaiser mitzuteilen, dass er seine Frauen und Männer beschützen müsse. Sie hätten Angst und fühlten sich zu wenig beschützt. Der Mann hieß Ulrich Pesnitzer, war Besitzer der Burg Weitersfeld, und nun stand er wieder vor ihm.

»Mein Herr«, sagte er. »Seid Ihr jetzt auch der Herr dieser Burg?«

Johannes und Helena warfen sich einen raschen Blick zu.

»Nein«, erwiderte Johannes. »Diese Burg hat eine Herrin.«

Pesnitzer verstand. »Dann, Herrin, wende ich mich auch an Euch. Wir möchten Euch danken, dass Ihr die Leute hier bewaffnet habt. Damit ist auch mein Anwesen nicht mehr gänzlich schutzlos wider die türkischen Heerscharen. Ich habe einst für Kaiser Friedrich gekämpft, dann auch für Baumkircher. Aber …«

Helenas Augenbraue wanderte noch ein wenig höher.

»Aber wir wissen alle, dass der größere Feind sich von außen nähert. Wir haben große Sorge. Wir haben kaum genug zu essen, und die Abgaben sind so hoch, dass die Bauerskinder meines Landsitzes, kaum dass sie laufen lernen, arbeiten müssen. Wir haben Schinderlinge für unser Korn erhalten, und jetzt leiden wir Hunger und Not. Dazu kommt die Angst und –«

»Schweigt«, unterbrach ihn Helena. »Wir haben soeben gemeinsam gegen die Türken gekämpft. Und Ihr habt Waffen und Rüstungen bekommen, etwas, das für manche im Land eine Ungeheuerlichkeit darstellt. Jetzt ist also wahrlich nicht der rechte Zeitpunkt, um Forderungen zu stellen. Jetzt müssen wir den Sieg feiern, die Toten beweinen und uns wappnen für die nächsten Jahre. Wir werden reden. Aber nicht heute.«

Pesnitzer verneigte sich und verschwand murmelnd in der Menge. Johannes hatte nicht das Gefühl, als hätte er sich mit Helenas Erklärungen zufriedengegeben.

»Also«, sagte Helena und setzte ein gespieltes Lächeln auf. »Du wolltest mir etwas sagen?«

»Es ist vielleicht auch nicht der richtige Zeitpunkt …«

Sie neigte den Kopf und betrachtete ihn wie ein unartiges Kind.

Er schaute verlegen und richtete sich stöhnend auf.

»Was tust du da?«

Johannes hob die Hand, was ihr gebot, nichts mehr zu sagen. Er suchte den Boden vor dem Zelt ab, als fände sich in dem von der Schlacht aufgewühlten Erdreich ein kostbarer Schatz.

Manderdinger kam hinzu und stellte sich an Helenas Seite. »Was macht er da? Hat er den Verstand verloren?«

Auch einige andere Kämpfer machten nun besorgte Gesichter. Sie hatten nicht nur einmal gesehen, wie tapfere Krieger nach einem Kampf verändert waren, kicherten oder heulten wie kleine Kinder oder dummes Zeug brabbelnd ziellos durch die Gegend irrten.

Johannes war mittlerweile auf die Knie gegangen, suchte immer noch den Boden ab, als hätte er einen Edelstein verloren, und Manderdinger klopfte ihm auf die Schulter. »Komm schon, Johannes. Reiß dich zusammen. Das wird wieder.«

Johannes blickte auf. »Was?«

Manderdinger machte ein betretenes Gesicht, als wäre er nun sicher, dass es schlimmer um Johannes stand, als er befürchtet hatte.

Da lichteten sich Johannes' Züge, und er richtete sich auf. Er stolperte auf Helena zu und warf sich vor ihr trotz aller Schmerzen, die er hatte, erneut auf die Knie. Nun hatte er tatsächlich Tränen in den Augen, doch es war ihm gleich, ob Manderdinger und die anderen ihn für verrückt hielten.

»Helena«, sagte Johannes und hielt eine kümmerliche weiße Wiesenblume zwischen seinen mit Blut bespritzten Fingern. »Gott sei Dank habe ich diese letzte Blume auf dem Schlachtfeld gefunden. Sie gehört dir. *Ich* gehöre dir. Wir haben den Segen meines Bruders. Wir haben den Segen des Kaisers. Willst du mich heiraten?«

Manderdinger starrte noch immer fassungslos auf die rundherum Jubelnden und Lachenden. Wie hatte er es geschafft, die eine Stelle zu finden, die nicht von den schweren Stiefelschritten aufgewühlt worden war? Wie hatte er eine *Blume* finden können? Und sahen sie denn nicht, wie verrückt der Kerl war? Wollte denn niemand erkennen, dass Johannes Kreuzer vollkommen den Verstand verloren hatte? Ein Mann fragte nicht, er nahm sich die Frau einfach. Und ein Mann Gottes? Der durfte weder das eine noch das andere.

Haris stand plötzlich an seiner Seite und lachte ihm ins Gesicht. »Manderdinger. Du bist ein genialer Burgvogt, Koch und Krieger, aber in Liebesdingen ein langsamer Denker …«

7

Die folgende Nacht verlief wie in einem seltsamen Fiebertraum. Ein Pfarrer war rasch gefunden, denn einer befand sich unter den mistgabelführenden Bauern. Ein Tisch diente als Altar, eine Pferdetränke als Waschzuber, ein Spanferkel als Festmahl, und sogar ins totenstille Kartäuserkloster hatte sich jemand gewagt, um aus dem Keller unterhalb der Bibliothek noch einige Fässer Wein herbeizukarren. Während die zu Haufen geschichteten Leichen der Akindschi vor den Toren der Burg brannten, tanzten drinnen im Burghof die siegreichen Kämpfer gemeinsam mit den Grazern um ein Feuer aus Buchenholz.

Manderdinger, der sich bald wieder erfangen hatte, schilderte, wie er Helena und die anderen durch die unterirdischen Gängen unterhalb der Burg in Sicherheit gebracht hatte. Sie hatten vor wenigen Tagen einen Ausgang gefunden, durch den sie die Akindschi dann überraschen und ihnen in den Rücken fallen konnten.

Haris trat vor das glückliche Brautpaar, das gar nicht aufhören wollte, sich zu liebkosen und zu umarmen, und rief: »Ich glaube, unser neuer Herr aus Graz ist doch nicht ganz bei Trost.«

Alles verstummte.

»Was ist das für ein Glumpert, das er da aus der Grazer Rüstkammer mitgebracht hat?«

Haris nahm ein Eisengestell heraus und betrachtete es argwöhnisch. Es war ein mit Gelenken versehenes seltsames Ding, das in einem ledernen Lappen endete, an dem sich Schnallen befanden. Er wedelte damit durch die Luft, als wäre es ein Schwert. »Ist das etwa zum Streicheln der Gegner oder doch nur ein Spielzeug für die Frischvermählten?«

Die kleinen Scharniere tänzelten mit seinen Bewegungen, und alles lachte.

Johannes stand auf und trat an Haris heran. Er nahm ihm

das Gebilde aus der Hand und packte seinen Armstumpf. Haris wollte zurückweichen, doch Johannes griff fester zu. Er fixierte das Gestell mit Lederriemen an Haris' Schulter und Oberkörper. Dann drückte er ihm ein Schwert in die Hand, betätigte einen Hebel, und die mechanischen Finger des Objekts schlossen sich um den Griff.

Johannes ließ los, und Haris stand mit einem Schwert in der Hand da. Er hob den Stummel, der Arm hob sich. Er schwang den Stummel. Das Schwert schwang mit.

»Es wird deinen Arm nicht ganz ersetzen, aber wenn du auch nur halb so geschickt bist wie zuvor, wird es deine Gegner das Fürchten lehren.«

Haris' Lippen zitterten vor Rührung, und die Menge brach in tobenden Jubel aus.

Es wurde noch lange getanzt und gesungen. Es war die Nacht der Geschichten, und alle ahnten wohl, dass noch in vielen Jahren über diesen Tag und diese Nacht gesprochen werden würde. In vielen Jahren. Wenn alles dem Ende zuging und es nichts mehr zu lachen und zu feiern gab.

In dieser Nacht wurde auch Bernhard geboren, und Manderdinger rief ironisch, dass sei kein Wunder, denn das Kind wolle wohl einfach einmal seine Ruhe haben. Der Bub war Helenas und Johannes' gemeinsames Kind und um Stunden davor gefeit, unehelich geboren worden zu sein. Die Geburt ging so schnell vonstatten, dass die meisten der Hochzeitsgäste es gar nicht mitbekamen. Volltrunken wankten sie durch die Burgräume, in Gesänge und ausgelassenes Lachen vertieft, und als der Morgen graute, brüllte ein winziger Mensch in den neuen Tag hinein.

»Bernhard, stark wie ein Bär.« Johannes lachte und konnte sein Glück nicht fassen. Stundenlang saß er an der Seite Helenas, die das Kind glücklich an sich drückte.

Kurz vor Weihnachten des Jahres sahen sie einen leuchtenden Stern am Himmel, der einen weithin sichtbaren Schweif hinter sich herzog. Wochen später, als aus vielen Teilen des Landes die

Meldung bestätigt wurde, war es gewiss: Ein riesiger Komet zog an der Erde vorüber. Die Menschen beteten, fielen auf die Knie. Manche deuteten es als gutes Zeichen. Andere befürchteten schlimme Zeiten.

Letztere sollten recht behalten.

8

Die Akindschi schienen Hartstein zwar fürs Erste vergessen zu haben, monatelang waren aber Schauergeschichten aus der Umgebung zu vernehmen. Von aus dem Morgennebel wie Geister auftauchenden Türken, die Frauen und Kinder verschleppten und Häuser anzündeten, von blitzschnellen Attacken, die binnen Stunden ganze Dörfer ausrotteten.

Johannes streifte mit Haris und einer Handvoll Männer durch die Wälder, leitete die Bauern an, Wälle zu errichten und die Häuser mit Steinmauern auszustatten. Da und dort ließ er Gänge in den Erdboden graben, die sie »Erdställe« nannten und als schnelles Versteck dienen sollten, falls es zu einem Angriff auf ihre Höfe kam. Und Haris meinte Johannes manchmal von einem seltsamen Buch sprechen zu hören. Vom Buch der schwarzen Luft. Was es damit auf sich habe, wollte er eines Tages wissen. Alle Welt rede schon davon, nur er wisse noch nichts darüber.

»Doch«, sagte Johannes, »du weißt viel. Diese Gänge sind die Wege zum Teufel. Sie sind unheilvoll und gefährlich.«

Haris starrte ihn ungläubig an – so lange, bis Johannes in Lachen ausbrach.

»So geht es den meisten, wenn sie davon hören. Es sind einfach unterirdische Gänge. Und ich hoffe, dass jene, die sie graben, nicht allzu vielen davon erzählen, denn diese Gänge sollen ihre Rettung sein. Wenn die Feinde auftauchen, dann können sich die Familien dort verkriechen, bis sie fort sind. Das wird sich herumsprechen, und da die Akindschi sehr abergläubisch sind, werden sie vielleicht Angst vor uns bekommen, vor dem geisterhaften Volk, das plötzlich wie vom Erdboden verschwunden ist.«

»Meinst du, das ist der Grund, warum sie uns nicht mehr in Hartstein angreifen?«

»Einen anderen kann ich mir nicht vorstellen. Es ist eine Burg mit einem Geisterheer. Das ist selbst für Mehmeds Truppen zu viel.«

Haris lächelte verschmitzt. Auch wenn er sich nicht ganz wohl dabei fühlte. »Befürchtest du nicht, du bringst die Leute dazu, Feiglinge zu werden? Sie sollen ihren Arsch in Erdlöcher bewegen, anstatt sich zu stellen und dem Feind zu trotzen.«

Jetzt war es an Johannes, ungläubig dreinzuschauen. »Die Bauern sollen also den Heldentod sterben? Aber das können sie nicht.«

»Warum nicht?«

»Weil niemand da ist, der ihre Taten besingt. Niemand malt Bilder von ihnen. Niemand will etwas davon wissen. Jedenfalls niemand, der das nötige Geld und die Muse dafür hat, sich um den ewigen Glanz ihrer Taten zu kümmern. Nein, Haris, die Bauern sind verlassen von der Obrigkeit. Sie müssen sich selbst schützen. Sonst sterben sie. Ohne Lieder. Ohne Gräber. Ihre Leichen bleiben einfach liegen. Und bis zum nächsten Frühling weiß niemand mehr, welchen Namen sie als Lebende trugen. Sie sind ein vergessenes Volk.«

Haris nahm den Helm vom Kopf und wischte sich den Schweiß von der Stirn. »Du hattest immer schon seltsame Gedanken. Aber hast du dir darüber auch schon einmal deinen Kopf zerbrochen? Es ist März, und die Bäume blühen. Gerade noch lag der Schnee, und schon ist es heiß wie im Sommer. Das Wasser geht zur Neige, die Bäche sind jetzt schon fast leer.«

Johannes wusste, worauf Haris ansprach. Die anhaltenden warmen Jahre führten immer mehr zu Wasserknappheit und Dürre. Und diese führten zu Ernteausfällen, Hungersnöte waren die Folge. Und leere Bäuche machten die Menschen aggressiv und gefährlich.

»Ich weiß. Ich habe gehört, dass sie Wasser aus Kärnten durchs Land karren. Dort gibt es noch mehr davon.«

»Ja, aber oft ist es so lange unterwegs, dass es kaum noch trinkbar ist, bis es die Dörfer erreicht.«

»Wenn es die Dörfer überhaupt erreicht«, murmelte Johannes, der die Berichte von Landvögten und Burgherren kannte, die Wasserlieferungen abfingen und in die Burgen bringen ließen, während die Dörfler verdursteten.

Johannes blickte zum wolkenfreien Himmel und dachte an Helena. Ihr Bauch war in letzter Zeit wieder dicker geworden, und er wusste, was das bedeutete. Sie würde abermals ein Kind gebären. Vielleicht wieder einen Sohn. Wie würde er ihn nennen? Seines Vaters Name Ulrich gefiel ihm nicht, genauso wie Helena der Name ihres Vaters Lazar missfiel.

Johannes zuckte mit den Schultern. Er spürte nun selbst die Hitze, betrachtete die Dörfler, wie sie Löcher in die Erde gruben, und Haris, wie er sie mit seiner Eisenhand anwies und ein einschüchterndes Gesicht dabei machte. Aus den Wäldern ringsherum konnten jederzeit Akindschi heranpreschen, er hatte das Gefühl, jeden Moment in einen Pfeilhagel zu geraten.

»Was ist mit dir?« Haris hatte sich ihm auf seinem Pferd wieder genähert. »Du bist so blass, wie der Vollmond heute Nacht gewesen ist. Was ist los?«

Johannes winkte ab. Nichts war los. Ihn hatte nur kurz die Panik übermannt. Er sagte: »Kann man in diesen Zeiten wirklich Kinder in die Welt setzen?«

In Wirklichkeit aber hatte er einen ganz anderen Gedanken gehabt. Es war eine ganz plötzliche Sorge um seinen einäugigen, einarmigen Freund, die er sich nicht erklären konnte. Er hatte deutlich seinen Tod gespürt.

»Komm«, sagte er deshalb. »Lass uns nach Hause reiten.«

9

Herbst 1473

Im Castrum Eckenperg herrschte geschäftiges Treiben. Mägde liefen mit Wäschetrögen zu den Brunnen, weiße Leinen hingen an Schnüren in der Frühlingssonne. Knechte striegelten die Pferde, die Dienerschaft wechselte die Unschlittkerzen aus, und Waffenknechte brachten ihr Arbeitswerkzeug auf Hochglanz. Balthasar Eckenperg ging mit dem Burgvogt soeben ein paar Rechnungen durch, als er den Blick hob und die Augen zu schmalen Schlitzen formte. Vier Reiter und ein Pferdegespann hatten soeben das Tor passiert und dabei so selbstverständlich gewirkt, als würden sie hier jeden Tag ein und aus reiten.

»Kann es sein?«

Einer der vier sprang vom Pferd und kam mit großen Schritten auf ihn zu.

Balthasars Gesichtszüge hellten sich auf, er breitete die Arme aus und bereitete sich auf eine herzliche Umarmung vor, doch sein Gegenüber blieb abrupt stehen.

»Ich kann es nicht glauben, dass wir, ohne angehalten worden zu sein, bis ins Innerste deiner Burg vordringen konnten. Wo sind die Wachen? Warum beobachtet keiner das Feld vor den Mauern?«

Balthasars Arme sanken, und sein Gesicht nahm einen leidenden Ausdruck an. »Allen Ernstes? Du kommst allen Ernstes nach ich weiß nicht wie langer Zeit zu mir und hältst mir dann eine Standpauke, noch bevor du mich begrüßt hast?«

Johannes rollte mit den Augen. Er war gerade einmal etwas mehr als dreißig Jahre alt, doch seine Stirn schlug bereits Falten, auch wenn er nicht sorgenvoll dreinblickte. Über den Ohren bekam sein Haar einen grauen Ansatz, und seine Augen hatten den für seine Familie so typischen abschätzigen Ausdruck. »Genau das ist der Grund, warum ich hier bin. Warum ich seit

Jahren immer wieder hierherkomme. Ich will euch warnen. Ich will euch aufwecken …«

Balthasars Augenbrauen hoben sich, und er verhehlte damit nicht einmal seine Geringschätzung. Eine Bewegung im Hintergrund lenkte ihn allerdings ab. »Helena!«, rief er. »Hat dich der knorrige Bruder mitreisen lassen? Welch ein Glück für meine Augen.«

Helena lächelte, als sie näher kam. »Ich hoffe, es stört dich nicht, dass ich ihn mitgebracht habe. Und noch mehr von seinesgleichen.«

Wie auf einen Befehl hin sprang Bernhard aus der Kutsche und machte sich mit ernstem Blick ein schnelles Bild von seiner Umgebung.

»Kann es sein?« wiederholte Balthasar und schnalzte mit der Zunge.

Und als nun auch eine Magd mit einem Säugling im Arm aus dem Wagen stieg, lachte Balthasar so laut, dass die Tauben aufschreckten. Auch die Mägde und Knechte kicherten im Hintergrund, und Helena sagte: »Darf ich vorstellen: Das sind Bernhard«, sie strich dem aus dem Wagen springenden Jungen, der um die sieben Jahre alt sein mochte, über den Kopf und nahm eine junge Dame von vielleicht fünf Jahren an der Hand, »und Mathilde.«

Balthasar klatschte in die Hände. »Unfassbar, wie die Zeit vergeht. Warum seid ihr so hübsch? Von eurem Vater könnt ihr das nicht haben.«

Die Kinder lachten, so schnell hatten sie ihn also ins Herz geschlossen.

Balthasar lachte dröhnend mit, klatschte in die Hände und rief: »Die Gäste wollen essen und trinken!« Er rieb sich den Bauch. »Und ich auch. Kommt! Das müssen wir feiern.«

Während ihm Helena und Johannes mit ihren Kindern ins Haus folgten, blieb ihr kleines Gefolge bei den Pferden.

»Ihr wisst, dass Friedrich in Trier mit Karl dem Kühnen erfolglos verhandelt hat. Er wollte seinen Sohn Maximilian mit dessen Tochter Maria von Burgund vermählen, doch der dreiste Herzog von Burgund wollte nichts weniger als Friedrichs Königswürde. Kannst du dir das vorstellen?«

»Ja, wir wissen davon.«

»Und wie, glaubt ihr, werden die Verhandlungen enden?«

Mittlerweile flackerten die Unschlittkerzen bereits an den Wänden, die Dämmerung eines schon recht kurzen Herbsttages war eingekehrt. Ganz entgegen den gegenwärtigen Sitten nahm auch Helena am Gespräch teil. So saßen sie zu dritt an der Tafel, umgeben von einem halben Dutzend Dienern. Radegunde war bereits zu Bett gegangen, die Kinder waren ohnehin längst in ihre Schlafgemächer gebracht worden.

Johannes zuckte auf Balthasars Frage hin mit den Schultern.

»Na, wie sie immer ausgehen«, entgegnete Balthasar ungeduldig. »Friedrich wartet ab, Karl ist mit Fehden beschäftigt, die Schweizer haben ihm eine bittere Niederlage beigebracht, also wird es am Ende so ausgehen, wie es bei Friedrich immer endet: Er wird seinen Kopf durchsetzen und siegen.«

»Was willst du mir damit sagen? Soll das etwa heißen, ich soll wieder zurückkehren in meine verfluchte Grenzburg und einen Bauern nach dem anderen begraben, den die Türken erschlagen? Und nicht länger auf Unterstützung hoffen, da unser Kaiser darauf wartet, bis Mehmed eines natürlichen Todes stirbt? Die letzten Jahre wurden wir immer wieder überfallen. Die Kinder kennen es gar nicht anders. Sollen wir das einfach so hinnehmen? Die Bedrohung endet nicht durch Nichtstun.«

Balthasar antwortete nicht, faltete nur die Hände vor seinem Bauch und sah Helena und Johannes abwechselnd an.

Helena sprang auf. »Das kann nicht dein Ernst sein. Du weißt, wie schlimm die Lage ist. Du kennst die Berichte seit Jahren. Das Volk leidet.«

Balthasars Augenbrauen hoben sich wieder, untrügliches Zeichen, dass seine Empathie gegen null sank. Er steckte sich einen Hühnerhaxen in den Mund und sprach unter Schmatzen und Spucken. »Und ihr wisst, dass der Adel wenig Sympathien für euch hat, wo ihr doch die Bauern mit Waffen ausrüstet.

Sollten sie jemals eine davon gegen einen von uns erheben, ist der Teufel los.«

»Mein Bruder weiß aber auch, dass wir keine Wahl hatten, oder?«, gab Johannes zurück.

Balthasar fuhr sich mit dem Finger in den Mund und nestelte sich ein Stück Fleisch zwischen den Zähnen heraus. »Man hat immer eine Wahl. Zum Beispiel könntet ihr hierbleiben.«

Johannes und Helena wechselten Blicke.

»Niemals«, sagte Johannes. »Wir haben dort Land und Leute, die wir beschützen müssen.«

»Hm«, machte Balthasar beiläufig und leckte sich nun die Finger ab. »Habt ihr aber auch davon gehört, dass Vlad Drăculea freigelassen werden soll?«

Johannes klappte der Mund auf.

»Ja, tatsächlich«, fuhr Balthasar fort. »Seit ein paar Monaten mehren sich die Gerüchte. Nach mehr als zwölf Jahren Haft. Wie man hört, soll er jetzt sogar die Schwarze Armee anführen und von Matthias Corvinus gewissermaßen einen Freibrief erhalten haben, mit dieser Armee im Rücken zu marodieren, wo immer es ihm beliebt. Manche sagen sogar, er soll bereits auf dem Marsch nach Bosnien sein, um dort die türkischen Bastarde ein für alle Mal zu vertreiben.«

Johannes und Helena richteten sich langsam auf.

»Wo genau soll er sich aufhalten?«

Balthasar machte eine unbestimmte Geste. »Ich bitte euch, setzt euch wieder. Esst. Trinkt. Bald seid ihr beim Kaiser. Und dann reitet ihr wieder heim. Seid gewiss, alles wird gut.« Er machte ein sardonisches Gesicht.

Doch daran, dass alles gut werden würde, glaubte Johannes nicht mehr.

10

Richtung Osten tauchte der Schloßberg auf, ein kleiner, spitzer Felsen, der von mächtigen Mauern bewehrt wurde. Zu seinen Füßen duckte sich die Burg Kaiser Friedrichs in seinen Schatten.

»Wird der Kaiser auch mich empfangen?«, wollte Helena wissen.

Sie saßen in Balthasars Kutsche, die Schlaglöchern kaum auswich und die Insassen kräftig durchschüttelte, während sie, gezogen von einem schmutzig weißen Schimmel, zwischen Äckern und niedrigen Gebüschen auf die Grazer Vorstadt zukroch.

Balthasar hielt sich am Türrahmen fest, um nicht mit dem Kopf gegen die Wand zu prallen. »Das weiß man nie«, antwortete er und griff nach einem Krug, dem ihm seine Frau reichte. Ein Tongefäß, gefüllt mit Wasser.

Johannes und Helena lächelten einander zu. Auch Helenas Haar war im Laufe der Zeit leicht ergraut, obwohl sie ebenfalls kaum dreißig Jahre alt war. Nur ihr Gesicht wirkte so jugendlich wie an dem Tag, an dem Johannes sie das erste Mal zu Gesicht bekommen hatte.

»Auch wenn ich viele deiner Ansichten nicht teile«, sagte Johannes an Balthasar gewandt, jedoch ohne Helena aus den Augen zu lassen. »Ich werde dir ewig dankbar dafür sein, Bruder, dass du uns damals deinen Segen gegeben hast.«

Balthasar wischte sich einen Tropfen von der Lippe und zwirbelte sich den Oberlippenbart. »Ich hätte alles dafür getan, damit du endlich diese Kutte ablegst und ein ganzer Mann wirst.«

Radegunde schnappte nach Luft und klopfte ihrem Mann auf die Schulter. »Du versündigst dich.«

Balthasar grinste verschmitzt, eine Reaktion, die ein wenig daran erinnerte, wie er als Kind, als Jugendlicher gewesen war:

aufgeweckt, zuweilen vorwitzig, manchmal gemein, aber meist gut gelaunt.

»Regt euch nicht auf«, sagte er. »Aber sagt mir eines. Ihr habt doch auch eine kleine Rotte als Hochzeitsgeschenk bekommen. Was ist aus den Männern geworden, Georgsritter? Und sag mir jetzt nicht, du hast sie zu Bauern gemacht.«

Es war nicht das erste Mal, dass er Johannes Georgsritter nannte, und es schwang wie immer ein wenig Häme darin mit.

»Das waren fünfzig Mann. Versteh mich nicht falsch, ich bin dankbar dafür, und wir konnten die Türken auch lange Zeit in Schach halten, aber die Leute sind müde. Manche tot, viele verletzt. Es sind einfach zu wenige. Die Akindschi ziehen zu Tausenden durchs Land.«

»Ich sagte doch, Drăculea kommt ins Land. Er wird die Sache regeln.«

Bei der Erwähnung dieses Namens spürte Johannes, wie er Farbe im Gesicht verlor.

Und so wechselten sie das Thema sehr rasch und wandten sich anderen Dingen zu.

»Johannes, wie du weißt, gibt es in Europa eine neue Elite. Der Schwertadel wird durch den Geldadel abgelöst, in Florenz sind es die Medici, in Burgund war es bis vor ein paar Jahren Nicolas Rolin. Auch ich treibe Handel. Mit den Ungarn, mit dem Kaiserreich und, wer weiß, vielleicht sogar schon mit Mehmed. Du musst nicht alles wissen. Aber du weißt, dass der Friede mit dem Ungarnkönig an einem sehr dünnen Faden hängt und dass die Fehden innerhalb des Reichs stets sehr blutig enden. Dir muss ich das nicht sagen, du hast gesehen, was mit Baumkircher und dem Greißenegger passiert ist. Deshalb muss ich euch beide warnen. Was ihr da in der Untersteiermark macht, ist gefährlich. Ich weiß, dass ihr dabei seid, das Bauernvolk zu bewaffnen. Ihr gründet eigene Milizen und verstärkt die Gehöfte und Klöster.«

»Ja, weil der Kaiser seine Untertanen nicht schützt …«, unterbrach ihn Helena, was Balthasar mit einem giftigen Blick quittierte.

Johannes fasste Helena am Unterarm und signalisierte ihr damit, dass sie ihre Emotionen im Zaum halten sollte.

»Es ist Friedrichs Reich, nicht eures«, erwiderte Balthasar betont ruhig, und seine Stimme klang jetzt, als würde er mit einem kleinen Kind sprechen. »Ich würde also vor Seiner Majestät nicht davon sprechen, was ihr alles wünscht und hofft und gar fordert. Du weißt, Johannes, wie schnell er zornig wird und wie nachtragend er sein kann. Dein Kopf rollt, und er macht sich schon keine Gedanken mehr darüber. Es wäre doch zu schade, wenn Helena Witwe würde. Dann müsste sie hier bei mir leben.«

Das süffisante Lächeln Balthasars bereitete allen Anwesenden Unbehagen. Helena erwiderte die Anspielung mit einem kühlen Blick, den auch Johannes bemerkte. Schnell versuchte er die Situation zu überspielen.

»Ich befürchte, Bruderherz, Helena steht auf eigenen Füßen, das will einer wie du, der sich die ganze Welt kauft, nicht einsehen, ich weiß. Aber um des Friedens willen. Wirst du mir helfen? Durch unsere Gegenwehr im Süden könnten wir dir Handelsrouten sichern. Solange wir uns wehren, ist dein Weg nach Ungarn frei. Wir brauchen noch mehr Waffen und Kämpfer.«

Balthasar riss sich von Helena los und griff nach Radegundes Hand. Er sagte: »Interessant.« Mehr nicht.

Und dann rumpelte die Kutsche über die Murbrücke auf das äußere Murtor zu, hinter dem Baumkirchers Kopf gerollt war, und schließlich durch das zweite Tor und die Gasse der Sporer entlang hinauf zur Burg.

Niemand sprach mehr.

11

Diesmal saß Friedrich vornübergebeugt in seinem Stuhl. Sein Kopf lag in seiner Hand, der Ellbogen ruhte auf der Lehne. Er war bald sechzig Jahre alt und sah sogar noch weitaus älter aus. Seine Haut war grau wie Asche, und die Haut an seinen Lippen war aufgesprungen. Kleine Hautfetzen befeuchtete er in einem fort mit der Zungenspitze. Seine Augäpfel waren durchzogen von feinen roten Äderchen, und die langen Finger mit den spitz gefeilten, teils gebrochenen Fingernägeln wirkten wie schmutzige Krallen.

Das waren die ersten Gedanken, die Johannes hatte – und sie machten ihn vorsichtig. Er ging in die Knie und vermied es, den Kaiser anzusehen.

Johannes und Helena hatten im letzten Moment von einem Kammerdiener erfahren, dass Helena nicht vorgelassen werden sollte. So trat Johannes Kaiser Friedrich wieder allein gegenüber. Er spürte allerdings, wie die Ehrerbietung ihm Rückenschmerzen verursachte, denn die Jahre hatten auch bei ihm Spuren hinterlassen. Auch wenn er knapp halb so alt wie der Kaiser war, hatte er so oft im Gefecht Prügel bezogen, dass sein Körper übersät mit Wunden war. Er zwang sich einige Momente, ihn nicht anzusehen, denn der Groll, den er gegen den Herrscher hegte, war so groß, dass er befürchtete, ihn nicht verbergen zu können.

Als Johannes sich aufrichtete, bemerkte er, wie Friedrichs Augen ihn lauernd musterten.

»Ist Er heute wieder töricht oder doch mutig?«

Johannes erhob sich und setzte zu einer weiteren schmerzhaften Verbeugung an.

»Er kann das sein lassen«, sagte der Kaiser.

»Ich hoffe, dass ich weder noch bin, Eure Majestät«, erwiderte Johannes. »Ich hoffe, Ihr seht mich als einen, der Euch von ganzem Herzen und aufrichtig dient.«

Friedrich schlug mit der flachen Hand auf die Sessellehne und sprang ungewöhnlich flink auf. Das passte nicht zu seiner alternden Erscheinung. Seine Unterlippe schob sich missmutig vor, und er streifte Johannes nur noch mit einem Seitenblick, als hätte er augenblicklich das Interesse verloren. »Hör Er Uns auf mit der Speichelleckerei«, schimpfte Friedrich. »Er soll sagen, was zu sagen ist, und dann gehen. Und wenn Er Uns den Krieg erklären, Unsere Kassen plündern oder Uns von anderen schlimmen Dingen erzählen will, dann sagen Wir Ihm, dass Uns das nicht mehr erschüttert. In Tagen wie diesen kann einen ohnehin nur noch die Sonne oder ein Gebet erheitern. Also will Er mit Uns in St. Ägidius beten? Will Er Uns die Sonne zeigen? Oder will Er Uns langweilen oder gar zornig machen mit schlechten Nachrichten?«

Johannes überlegte fieberhaft, wie er darauf reagieren sollte.

12

Sie hatten sich fürs Beten entschieden und schritten nun über die Holzdielen durch einen langen Brückengang. Durch die Arkaden hindurch sah Johannes die Karren der Kaufleute über die Straße rollen. Der Gang, den sie entlangschritten, führte von der Burg parallel zur Stadtmauer direkt in die Hofloge der Hofkirche St. Ägidius. Als Friedrich eintrat, kniete er nieder, machte das Kreuzzeichen, begab sich an den Rand der hüfthohen Logenmauer und wies Johannes an, sich neben ihn zu knien.

Mit weichen Beinen tat dieser, wie ihm geheißen, denn er wusste in diesem Augenblick, welch ungeheures Privileg er genoss. Friedrich duldete nur wenige Menschen an seiner Seite, schon gar nicht, wenn er in die intime Handlung des Betens in seiner erst vor einigen Jahren fertiggestellten Hofkirche verfiel.

Von hier oben sah man hinunter auf die Rückseite des begehbaren Lettners, der den Hochaltar vom Hauptschiff trennte und von dem aus der Chor bei Messen sang.

Der Hochaltar war jetzt menschenleer, eine kleine Tür zur Wendeltreppe, die hinauf in den Kirchturm führte, stand offen, und eine gebeugte Gestalt huschte soeben daraus hervor. Sie pfiff ein Lied und wippte mit dem Kopf. Als der Mann, von einem Geräusch aufgeschreckt, den Kaiser und sein Gefolge oben in der Hofloge erblickte, fiel er bestürzt auf die Knie und stotterte eine Entschuldigung.

»Er kann verschwinden«, zischte einer der kaiserlichen Leibwächter, die Friedrich ansonsten stets schweigend flankierten, mit gepresster Stimme.

Der Kaiser warf seinem Schwertträger einen missbilligenden Blick zu, sagte aber nichts.

Sobald Ruhe eingekehrt war, schloss der Monarch die Augen und murmelte ein Gebet. Johannes tat es ihm gleich, beobachtete durch halb geöffnete Augenschlitze jedoch, was ihm noch am Hochaltar auffiel. Das Abbild des heiligen Ägidius natürlich, des einzigen der vierzehn Nothelfer, der nicht das Martyrium erlitten hatte. Kein Wunder, dass Friedrich ihm zu Ehren eine Kirche hatte bauen lassen, wo ihn doch einerseits die meisten Menschen kannten und er andererseits auch bei den gängigsten Problemen anzurufen war. Ägidius war Schutzpatron der stillenden Mütter und der Hirten, er beschützte die Schwachen, die Bettler und die Kranken, er half bei Pest und Aussatz, bei Dürre, Sturm und Feuer, und selbst Geisteskranke, Fallsüchtige und jene, die unfruchtbar waren, durften sich seiner Hilfe gewiss sein.

Das Abbild des Kaisers an der südlichen Wand des Hauptschiffs konnte Johannes nicht sehen, er wusste jedoch, dass es nicht wenige Leute in der Stadt gab, die es täglich in die Pfarrkirche zog, nur um dieses Bildnis zu betrachten. Johannes hegte allerdings starke Zweifel daran, dass sie es wegen Friedrichs Antlitz taten, sondern vermutlich vielmehr wegen des Umstands, dass der Kaiser sich als Christophorus hatte darstellen lassen. Eine Dreistheit, die Johannes immer schon Bewunderung abgerungen hatte, denn schließlich war allgemein bekannt, dass der Anblick des heiligen Christophorus einen Tag lang vor plötzlichem Tod schützte. Insofern machte sich Friedrich selbst also zum Nothelfer, zum Allheilbringer. Friedrich als Riese, der Jesus durch den Fluss getragen hatte und letztlich bis zum Tode gemartert worden war. Friedrich als Garant dafür, dass dieser Tag ein guter sein würde.

Das »Amen« des Kaisers schreckte Johannes aus seinen Gedanken.

»Wir haben für Ihn gebetet, Kreuzer«, sagte der Kaiser, und seine Stimme verlor sich fast in der lichten Höhe des Kirchenraums. Es war tatsächlich ein außergewöhnlich hoher Bau, und man sagte, dass kein einziger Arbeiter bei dessen Errichtung gestorben war, was Johannes nun fast wunderte.

»Er wird einer Unserer Hauptleute sein und an vorderster Front reiten. Er wird das dumme Bauernvolk endlich zum

Verstummen bringen und allen als Ehrenmann ein Vorbild an Tugend sein.«

Sprachlos starrte Johannes auf seine immer noch zum Gebet gefalteten Fingerspitzen. Das war nicht das, was er wollte. Ganz und gar nicht.

XIII

Die Türken kommen

1

Sie hatten auf den Landtagen in Wolfsberg und Marburg mit dem Kaiser ausgehandelt, dass jedes Land – Kärnten, Krain und die Steiermark – einen eigenen Feldhauptmann stellen sollte, dem wiederum jeweils vier Hauptleute unterstellt waren. Diesen Hauptleuten wurde der Befehl über das Landesaufgebot zugeteilt, das seit April ausrückte – wohlgemerkt nicht, um die Türkengefahr zu bannen, sondern um die aufständischen Bauern zur Vernunft zu bringen. Jene Bauern, die den Reichtum des Reiches durch ihre Arbeit nährten und die Todesängste auszustehen hatten, weil sie den Feinden wehrlos gegenüberstanden. Diese Bauern sollten sich aber um Saat und Ernte kümmern, nicht um das Kämpfen. Der Krieg war nicht ihre Sache.

Seit Wochen zog Johannes nun bereits mit seinen Männern durchs Land. Die Gerüchte verdichteten sich zwar, dass die Türken wieder einmal im Anmarsch waren, doch die edlen Hauptleute und vor allem der Feldhauptmann nahmen seine Bedenken nicht ernst. Sie waren mehr als tausend Mann, schwer bewaffnet und kerngesund und fühlten sich schon allein deshalb unverwundbar, weil sie prächtige Pferde ritten, ganz gleich, ob sich ihnen nun mit Mistgabeln bewaffnete Bauern oder mit krummen Säbeln wirbelnde Akindschi entgegenstellen sollten.

Als der Feldhauptmann persönlich Johannes androhte, ihn von seinem Posten zu entziehen und auspeitschen zu lassen, wenn er nicht augenblicklich damit aufhöre, vor den Türken zu warnen, ließ Johannes es sein. Es hatte keinen Zweck, anscheinend wollte ihm niemand in diesem Land Glauben schenken.

Eines Tages im Mai 1474 teilten sich die Truppen auf, und Johannes preschte mit einem Dutzend Reiter durch einen niederen Wald im westlichen Teil der Mark. Sie trieben eine Gruppe bewaffneter Bauern vor sich her, und Johannes wurde es ganz eng ums Herz. Er erkannte Ulrich Pesnitzer wieder, jenen Recken, der auch im Gefolge Helenas gestanden war und nun aufseiten der Bauern kämpfte. Es schoss Johannes heiß durch den Körper. Was, wenn auch Helena zu den Waffen gegriffen hatte und nun unter den Feinden war? Sie hatte nach seiner Unterredung mit dem Kaiser kühl reagiert, und er musste kein Hellseher sein, um zu ahnen, dass sie des Kaisers Haltung seinen Untertanen gegenüber verachtete. Ob sie auch ihn, Johannes, verachtete, weil er den Befehl seines Herrschers ausführte, konnte er nicht einschätzen. Als sie sich mit ihrem Gefolge nach Hartstein zurückbegeben hatte, hatte sie ihn jedenfalls kaum eines Blickes gewürdigt.

Er schaute sich um, bemerkte die abschätzigen Blicke seiner Soldaten und gab seinem Pferd die Sporen. Er musste Pesnitzer verfolgen und durfte keine Gnade zeigen. Er würde ihn gefangen nehmen, sich dann umdrehen und ihm seinem weiteren Schicksal überlassen.

Auch wenn es nicht gerecht war, auf die eigenen Leute einzuprügeln – würde Johannes sich jetzt weigern, hart durchzugreifen, liefe er selbst Gefahr, gepeinigt zu werden. Pesnitzer würde es überleben. Und vielleicht würde er ihm eines Tages sogar verzeihen.

Johannes versuchte, sein Ross noch weiter anzutreiben und sich zwischen seine Truppe und die Verfolgten zu bringen. Niemand würde es bemerken, dass er auf diese Weise ein Schutzschild für die Bauern war. Sein Pferd sprang über einen quer liegenden Ast, dahinter befand sich eine Mulde, in die sich die Vorderläufe des Tiers gruben. Es kam aus dem Tritt, seine Schenkel zitterten, und plötzlich verlor Johannes den Halt.

Er spürte den Sattel unter seinem Hintern nicht mehr, krallte sich zwar am Hals des Pferdes fest, doch rutschte er vom Rücken hinab und landete hart auf dem Waldboden. Er konnte sich im letzten Moment auf die Seite rollen, ehe das stolpernde Tier ihn mit den Hufen erwischte.

Stöhnend stand Johannes auf, seine Schulter schmerzte.

Er rief nach seinem Pferd, doch das Tier trabte ein paar Schritte von ihm fort. Er wankte ihm nach, ihm war schwindelig, als zwei Männer im Unterholz auftauchten. Der eine schwang ein Schwert, der andere hielt die Zacken einer gewaltigen Mistgabel auf ihn gerichtet.

»Pesnitzer!«, rief Johannes. »Lass das verdammte Schwert fallen und ergib dich. Und du auch, Bauer. Hört auf. Es ist aus.«

Pesnitzer atmete schwer, sein Haar klebte ihm im Gesicht, sein Brustkorb hob und senkte sich und machte deutlich, wie stark er war. Der Bauer an seiner Seite sagte nichts, doch Johannes bemerkte, wie sehr er zitterte. Er konnte kaum noch die Mistgabel halten.

»Pesnitzer«, wiederholte Johannes. »Wir sind tausend Mann und mehr. Ihr werdet alle sterben, wenn ihr die Waffen jetzt nicht weglegt.«

»Na und? Dann sterben wir halt. Baumkircher ist auch tot. Und jetzt will der Kaiser auch noch meine Burg. Was bleibt mir noch? Ich nehm dich mit in den Tod, du Verräter.«

»Ich bin kein Verrä–«, hob Johannes an, doch weiter kam er nicht. Er vernahm das Surren eines Armbrustbolzens. Der Bauer an Pesnitzers Seite wurde von den Füßen gerissen und bleib leblos im hohen Gras liegen.

»Ich bin kein Verräter«, beendete Johannes den Satz leise. »Ich verstehe aber auch nicht, warum wir uns alle gegenseitig umbringen, wo doch der Feind ein ganz anderer ist. Pesnitzer. Wir haben gekämpft, Seite an Seite. Du hast sie doch gesehen, die Osmanen. *Sie* sind unser Feind. Ich bitte dich. Schließe dich uns an …«

Da bemerkte Johannes, dass Pesnitzer gar nicht mehr ans Kämpfen dachte. Er hatte sein Schwert sinken lassen, und seine Schultern zitterten unter bitterlichen Tränen.

»Ich habe einen Sohn«, wimmerte er. »Und ich will, dass mein Sohn ein erwachsener Mann wird, verstehst du das? Ich will, dass er nicht ständig kämpfen muss so wie ich. Ich will, dass er glücklich wird.«

In diesem Moment brachen die anderen aus dem Unterholz hervor und stellten sich um Pesnitzer auf, den letzten Edlen aus dem Bund der Baumkircher-Fehde. Johannes wusste, dass nun nicht mehr viel Zeit blieb, denn ein Zucken eines Fingers und ein Armbrustbolzen würde Pesnitzers Leben beenden wie das des Bauern.

»Pesnitzer«, sagte Johannes und hoffte inständig, dass seine Worte die gewünschte Wirkung erzielten. »Stimmt es, was du mir soeben gesagt hast? Du willst dich uns anschließen?«

Pesnitzer wischte sich mit dem Handrücken über die tränenfeuchten Augen. Er verstand, was Johannes da versuchte. Dann nickte er und steckte das Schwert zurück in die Scheide. Sekunden später senkten sich auch die Armbrüste.

2

Monate zogen ins Land. Oder war schon wieder ein Jahr um? Johannes wusste es längst nicht mehr. Sein Körper war übersät mit Schrammen, und sein Rücken schmerzte vom täglich Ritt auf dem hohen Schlachtross. Die Lederriemen seiner Rüstung waren da und dort eingerissen, die Scharniere seiner Panzerung kreischten, wenn er sich bewegte. Er spürte seine schmerzenden Glieder. Nur seine Gedanken spürte er kaum noch. Der Krieg hatte ihn stumpfsinnig gemacht; und ja, es fühlte sich wie ein Krieg an, gegen die eigenen Leute vorzugehen, tagein, tagaus.

Sie hatten sich auf einem Bauernhof eingenistet wie Ungeziefer. Die karge Vorratskammer war rasch geplündert, und der Greis, der den Hof bewirtschaftete, wurde so sehr verprügelt, dass Johannes keinen Zweifel daran hegte, dass er die Nacht nicht überleben würde. Er haderte mit sich, dem alten Mann nicht geholfen zu haben, und er fragte sich, ob ihn das Grauen schon vollends hatte vergessen lassen, wer er einst gewesen war. Was war er noch? Etwa ein Ritter? Ein Ehrenmann? Oder war er nicht besser als alle anderen Tagelöhner, die für die Aussicht, jemandem zeigen zu können, wie mächtig sie wegen des Schwerts in ihrer Hand waren, jede nur erdenkliche Sünde begingen?

Er hatte fünfzig Mann unter sich, rohe Kerle, die, jedes Mal wenn die Sonne unterging, auf ihre zitternden Hände starrten und nicht glauben konnten, dass sie noch lebten. Die ständige Angst, zu sterben, war ihnen anzusehen, umso gnadenloser wurden sie, wenn sie einem wehrlosen Gegner gegenüberstanden.

Johannes hatte sich ans Feuer gehockt, nachdem er sichergegangen war, dass sein Schlachtross versorgt und die Waffen gereinigt waren. Argwöhnisch beäugte er seine Truppe, die sich an einem Mädchen, wahrscheinlich dem Enkelkind des Bauern, vergriff. Sie zerrten an dem Kind, rissen ihm die Kleider vom

Leib und lachten und johlten, als es die Tränen nicht mehr unterdrücken konnte.

»Und du meinst, es war richtig, dass ich mich euch angeschlossen habe, um mein Leben zu retten? Du meinst, das ist ehrenhaft? Ehrenhafter als der Tod?« Pesnitzer stocherte im Feuer herum, während Johannes nach einer Antwort suchte.

Wie war Johannes nur in diese Situation geraten? Er betrachtete den Spreizer, einen feisten Fleischergesellen aus Graz, der es angeblich fertigbrachte, mit bloßen Armen eine ganze am Haken hängende Sau auseinanderzureißen. Neben ihm kicherte die Eule, so nannten sie den Bastard einer Hure und eines kaiserlichen Wachmanns, weil seine Augen so stark aus den Höhlen traten, dass es den Anschein hatte, er müsste alles sehen. *Alles.* Die Zwillingsbrüder Albert und Karl, zwei hässliche Kerle mit Furunkeln an den Häuten zwischen den Fingern und grausigen Brandwunden am Hinterkopf, wurden nicht müde zu erzählen, wie es dazu gekommen war, denn ihr Vater hatte später dafür büßen müssen. Der war Schmied gewesen und hatte die beiden Störenfriede, sie waren damals noch Kinder gewesen, in die Esse getaucht, bis ihre Köpfe rauchten. Jahre später hatte man den Schmied mit eingeschlagenem Schädel auf dem Amboss liegend gefunden. Der Hammer hatte noch in seinem Kopf gesteckt. Man sagte sich, als er entdeckt worden war, hatten die Söhne seelenruhig an einem Schwert geschmiedet.

Johannes' ganze Einheit bestand aus solchen Kerlen, verstörenden jungen Männern, die allesamt entweder sadistisch veranlagt waren oder so ängstlich, dass sie kaum Befehle entgegennehmen konnten. Mit diesem Haufen marodierte Johannes im Auftrag des Kaisers durchs eigene Land und malträtierte das Bauernvolk. Dabei wusste er doch, dass der eigentliche Feind ... Er konnte den Gedanken nicht zu Ende führen, zu oft hatte er ihn schon gedacht.

»Ich weiß, Pesnitzer. Ich weiß. Aber du hattest deine Wahl. Sterben oder – das hier.« Johannes stand auf und ging auf die Gruppe zu.

»Hört auf«, sagte er mit ruhiger Stimme, und die Kerle sahen ihn ungläubig an. Diese Leute schufteten den ganzen Tag, rannten durchs Land, ständig auf der Hut, in ständiger Angst, angegriffen zu werden, und es gehörte zu einer unausgesprochenen Vereinbarung, dass sie sich die Frauen und Mädchen nehmen durften. Das nahm ihnen den Druck aus ihren Seelen. Und dann stand Johannes plötzlich da und verbat es ihnen. Einen Moment lang war nicht klar, ob sie sich gegen ihn erheben würden, doch Johannes war es einerlei. Er spürte so viel Bitterkeit in sich, so viel Abscheu für all das Leid, das ihn umgab, das immer von den Stärkeren ausgeübt wurde, dass er es nicht mehr länger ertragen konnte. »Ich sagte, lasst das Mädchen los. Wir haben morgen einen langen Marsch vor uns, spart eure Kräfte.«

Fast hätte ihn der Hass, der ihm aus den Augen seiner Männer entgegenblitzte, überwältigt. Sie betrachteten ihn ohnehin als den hoch zu Ross sitzenden Kerl, der sie herumkommandierte und dem nie etwas passieren konnte mit seiner Rüstung und seinem Pferd.

Die Eule spuckte auf den Boden und blickte dem in die Nacht davoneilenden Mädchen hinterher. »Das dürft Ihr nicht«, zischte er.

Johannes seufzte. »Hört auf. Geht schlafen. Lasst gut sein.«

»Aber das dürft Ihr nicht. Ihr dürft uns nicht den Spaß nehmen.«

»Ja, genau«, hörte er aus den Reihen dahinter einige schattenhafte Figuren ihm beipflichten.

Johannes hätte jetzt die Möglichkeit gehabt, sich umzudrehen und davonzugehen, doch er blieb einen Augenblick zu lange stehen. Dies waren die Momente, vor denen sich jeder Hauptmann fürchtete. Jene, in denen man beweisen musste, wer das Sagen hatte. Johannes hatte keine Waffe bei sich, denn die lag hinten in seiner Schlafstatt, und die Eule war nicht allein, diese ganze irrwitzige Vogelbrut baute sich vor ihm auf.

»Das dürft Ihr nicht.«

»Was?«, schrie Johannes auf. »Was *darf* ich nicht?« Er machte zwei, drei Schritte und erwischte die Eule mit einem schnellen

Griff an dessen Kragen. Er schleifte ihn einige Fußbreit zurück ins Licht der Feuerstelle. Das ging so schnell, dass niemand reagieren konnte, und die Eule, immer noch mit den Füßen nach Halt suchend, starrte ihn ungläubig an.

»Ihr seid Abschaum, wenn ihr euch an den Wehrlosen vergreift. Ihr seid des Kaisers Männer. Versteht ihr nicht? Was ihr da tut, bringt das ganze Volk gegen uns auf. Es spricht sich herum. Sie hassen uns. Die eigenen Leute hassen uns. Und ihr nennt das *Spaß*?« Johannes hatte es bisher nicht bemerkt, aber seine Faust schwebte nun über dem Gesicht der Eule wie eine überaus bedrohliche Waffe. Ein Schlag könnte das Gesicht des Mannes für immer entstellen, ganz zu schweigen von den Schmerzen, die er verursachen würde. »Es macht *Spaß*, einem Mädchen wehzutun?«, hauchte Johannes und spürte bittere Tränen in seinen Augen.

Spreizer machte einen Schritt auf ihn zu, hob beschwichtigend die Arme. »Aber mein Herr Hauptmann«, sagte er. »Wisst Ihr nicht, dass es immer so war? Die Bauern und das Landvolk, die Armen und die Kranken, die haben doch nie etwas anderes gekannt. Man *darf* sie schlagen und schänden. Das sind hinterhältige –«

»Hör auf!«, brüllte Johannes. Er konnte es nicht mehr hören, dieses barbarische Geschwätz, das nichts anderes war als das Nachplappern von Floskeln, die einst von irgendeinem herzlosen Adeligen ausgespien worden waren. Die Dekadenz der Reichen hatte längst auch deren Parasiten erfasst und zehrte das Land von innen auf. Und er, Johannes, der Pilger und Georgsritter, der eigentlich bei seiner Frau sein sollte, die er liebte, und doch immer wieder von Kaiser und Gott in deren Dienste gerufen wurde, ausgerechnet er hockte hier in einem ausgebluteten Land, das sich selbst schwächte. Ein Land, das im Streit und Hader zu ertrinken drohte.

»Hör auf«, wimmerte Johannes. »Wir sind auf dem falschen Weg. Ganz falsch.« Dann sank er zu Boden und bekam kaum mit, wie sich die anderen näherten, Albert und Karl, der Spreizer und wie sie alle hießen. Mit grimmigen Gesichtern kamen sie auf ihn zu wie ein Rudel Wölfe, das beschlossen hatte, heute Nacht zu morden. Waffen hoben sich. Es würde schnell gehen.

Sie hatten ihn auch fast schon erreicht, als der Boden zu beben begann, bis die Töpfe in ihren Dreibeinern schepperten und die Zeltplanen wackelten. Pferdegetrampel erfüllte den Platz und trieb Johannes und seinen Trupp auseinander.

»Was ist hier los?«, schrie ein in glänzender Rüstung auf seinem Schlachtross sitzender Reiter. Gefolgt von einer Hundertschaft an leichter Kavallerie, machte er eine beeindruckende Figur.

»Zurück mit euch! Hauptmann Kreuzer, melde Er mir, wer muss hängen?«, brüllte der Reiter fest entschlossen, eine schnelle, harte Entscheidung zu treffen.

Johannes richtete sich auf. »Niemand, mein Herr. Heute muss niemand hängen.«

Wider Erwarten gab sich der Reiter mit dieser Erklärung vorerst zufrieden. Er schob sein Visier zurück, und jetzt erkannte Johannes ihn auch. Der ständig die Seiten wechselnde Georg Scheck von Wald, der »Schreckenwald«, einer der vier Hauptleute des steirischen Aufgebots, hatte Mühe, sich auf seinem aufgebrachten Hengst zu halten.

Johannes schaute in die Reihen der Neuankömmlinge und machte dann ein verwundertes Gesicht. »Aber was führt Euch hierher? Solltet Ihr nicht weiter im Norden kämpfen?«

»Kämpfen«, maulte Schreckenwald. »Mit Kämpfen hat das nichts zu tun. Wir haben keine Gegner, stechen auf Bauern und Landstreicher ein. Das ist kein Kampf, das ist ein Massaker. Das ist so, als würden wir auf Straßenköter einprügeln.« Schreckenwald schaffte es, abzusteigen und die Zügel des störrischen Rosses Pesnitzer in die Hand zu drücken, dem Nächstbesten, der dort stand. Er packte Johannes an der Schulter und schob ihn etwas weiter fort von den anderen. »Aber ich bin nicht gekommen, um zu flennen. Ich habe eine Nachricht für Euch. Ihr müsst jetzt stark sein, Johannes Kreuzer. Sehr stark.«

Johannes schüttelte die Hand ab und machte einen Schritt

weg von seinem Gast. »Was ist …? Geht es um Helena? Um die Kinder?«

Schreckenwald nahm seinen Helm ab und senkte den Blick. Das verschwitzte Haar klebte ihm an der hohen Stirn, und in seinem Bart klebte ein Stück Erde. Er machte keinen erschreckenden Eindruck mehr. Eher einen verschämten, niedergeschlagenen.

»Es tut mir leid«, sagte er. »Eure Burg. Hartstein. Die Schwarze Armee verfolgt die Türken quer durchs Land. Vlad Drăculea führt sie an. Man sagt, er habe seine Soldaten auch Hartstein plündern lassen. Und …«

Doch Johannes war schon losgelaufen. Er rannte zu seinem Pferd, wies den Knappen an, es noch einmal zu tränken, zu satteln und ihm dann beim Anlegen der Rüstung zu helfen.

Schreckenwald stand immer noch an derselben Stelle, während er Johannes Kreuzer dabei zusah, wie er seine Waffen an sich nahm, aufs Pferd sprang und in die Dunkelheit davonritt. Er verstand den Mann, der sich rächen wollte, und wünschte ihm, dass es ihm gelingen würde.

Dann wandte er sich den Kerlen zu, die Kreuzer bis gerade eben noch angeführt hatte. Das würde jetzt seine Aufgabe sein. Er zeigte auf einen der aufsässig gewordenen Männer und rief: »An dir hätte Kreuzer ein Exempel statuieren müssen. Ich führe es nun aus. Hängt den Mann.«

Kreidebleich fiel der Mann auf die Knie. Doch schon packten ihn die kräftigen Arme der Soldaten Schreckenwalds und zerrten ihn zum nächsten Baum.

»Und du.« Schreckenwald zeigte auf einen zweiten, kräftigen Mann. »Du hattest auch eine Axt in der Hand. Wolltest du den Hauptmann damit angreifen?«

Er schüttelte den Kopf und lachte wie verrückt auf. »Nein. Doch nicht töten. Sicher nicht.«

»Und dann lügt er auch noch. Hackt ihm mit seiner eigenen Axt Arme und Beine ab und lasst ihn verbluten.«

Völlig geschockt standen die Männer da, einige begannen

zu wimmern, doch der Kräftige ergriff die Flucht. Er machte einfach kehrt und lief in die Nacht hinein, hinaus aus dem Feuerschein ins Dunkel.

Schreckenwald seufzte und ließ die Schultern hängen. »Feiger Hund«, knurrte er, winkte einem seiner Soldaten zu, und schon preschte ein Schlachtross hinter dem Flüchtigen her. Wenige Augenblicke später ertönte ein hysterischer Schrei, dann noch einer und noch zwei.

»So«, sagte Schreckenwald nun zufrieden. »Mit dieser Saubande ist jetzt Schluss. Wir sind eine kaiserliche Truppe. Hier herrscht Zucht und Ordnung. Verstanden?«

Ein Gemurmel aus den Reihen bestätigte ihn.

Schreckenwald war zufrieden. Dann blickte er in die Finsternis, dorthin, wohin Kreuzer geritten war. Gut, dass er keine Fragen gestellt hatte. Gut, dass er nicht mehr hatte wissen wollen. Denn Schreckenwald kannte noch eine schreckliche Geschichte. Eine vom grausamen Pfählen und den massenhaften Hinrichtungen um Hartstein. Geschichten wie diese konnten den stärksten Mann in den Wahnsinn treiben. Er hoffte, dass Kreuzer einen schnelleren Tod sterben würde. Denn was sonst durfte sich ein Einzelner erwarten, wenn er gegen die Schwarze Armee anritt? Was sonst als den Tod?

Und während Schreckenwald versonnen in die Finsternis blickte, zuckten die Beine des Gehängten in der Luft. Heftig zunächst, bis sie erschlafften und sich der Körper nur noch still um die eigene Achse drehte.

3

Johannes kniete vor dem Burgtor und weinte bitterlich. Rauchschwaden stiegen aus dem Inneren des Anwesens empor, ausgebrannt und kahl starrten ihn die übrig gebliebenen Bretter und Balken an und schilderten ihm eine stumme Geschichte vom Leid. Die Verkleidungen der Steinmauern waren völlig abgebrannt, und es würde Monate dauern, sie wieder aufzubauen. Versprengte Bauern, die verstört und verängstigt zwischen den Glutnestern umherirrten und die Leichen bargen, hatten ihn auf einen großen Haufen vor dem Tor aufmerksam gemacht, dort, wo Manderdinger den Wall hatte anlegen lassen. Auf diesem Wall knisterte und dampfte es noch immer. Johannes kam näher, erkannte einige der Toten als Bewohner von Helenas Burg und als jene Vogelfreien, mit denen er im Wald gewesen war. Die meisten der Leichen waren jedoch verkohlt oder bis zur Unkenntlichkeit verstümmelt. Niemand war verschont worden. Niemand. Auch Helena nicht. Er ahnte das. *Wusste* es. Hinter dem Wall breitete sich ein Feld aus, auf dem seltsame Stämme emporragten.

Johannes hatte sich übergeben und war auf die Knie gefallen. Was hatte er getan? Er hatte seine Familie im Stich gelassen und durch sein Handeln einen irren Mörder auf sie losgelassen. Einen Pfähler, der sich nun dafür gerächt hatte, dass Johannes kein Wort der Fürsprache für ihn abgelegt hatte und er deshalb vieler weiterer Jahre seiner Freiheit beraubt worden war. Einen Mann, der nun an der Spitze einer der gefährlichsten Armeen der Welt ritt und eine Spur der grausamen Verwüstung hinter sich herzog.

Drăculea hatte ihm alles genommen. Sein Weib. Seine Kinder. Seine Freunde.

Johannes starrte auf sein Schwert, das vor ihm im Boden steckte. Er lehnte seinen Kopf dagegen und sprach ein Gebet. Doch dieses Gebet endete nicht mit dem Schlusswort amen, sondern mit einem ganz anderen, unheiligen Wort: Rache.

Dann stand er auf, steckte sein Schwert ein und nahm seinen alten Umhang aus seiner Satteltasche. Er drehte ihn mit dem Innenfutter nach außen und legte ihn an.

Als Johannes auf dem gewaltigen Schlachtross fortritt und die still vor sich hin dampfende Burg zurückließ, schimmerte sein roter Umhang im Licht der untergehenden Sonne.

4

1476, Bosnien

Noch einmal den herrlichen Duft der Wiesen und Felder atmen. Vlad schloss die Augen, breitete die Arme aus und drehte sich im Kreis. So schön, dachte er. Es war so schön. Zu leben. Zu *sein*.

Er grinste. Er war glücklich. Dann öffnete er die Augen und blickte auf ein Meer von verstümmelten Körpern.

Er setzte sich an einen Tisch und nippte an einem Becher Wein, der den bittersüßen Geschmack eines alten Holzfasses hatte. Er trank den Rebensaft in gierigen Schlucken und spürte, wie ihm die rote Flüssigkeit an den Mundwinkeln hinab übers Kinn rann. Zufrieden glucksend stellte er den Becher ab und stand wieder auf.

Er streckte sich, als sei er soeben aus einem tiefen Schlaf erwacht. Fasziniert von den mannigfaltigen Eindrücken des Todes, spazierte Vlad durch den Wald der Gepfählten.

Was für ein machtdemonstrierendes Schauspiel. Vlad hatte sie alle gewarnt. Wer sich ihm entgegenstellte, der würde am Pfahl enden. Ob sich die anderen nun besannen? Ob sich ihm die ganze Welt ergeben würde?

Zufrieden mit sich, blickte Vlad sich um. Der Anblick der Toten amüsierte ihn. Es mussten Tausende sein. Wie sie sich am Vortag noch mutig gezeigt hatten, mit grimmigen Gesichtern, wild entschlossen. Als sie dann gesehen hatten, wie aussichtslos ihre Gegenwehr war, hatten sie die Waffen niedergelegt – eine Handlung, der Vlad keinen Respekt zollte. Manche dieser bosnischen Verräter hatten die Seiten im Laufe ihres Lebens mehrmals gewechselt, es gehörte zu ihrem ureigensten Charakter, dass sie einmal für einen bosnischen König, dann für einen Osmanen und dann wieder für einen Christenfürsten kämpften, um letztlich doch wieder zum Sultan überzulaufen. Er hasste das einfache Volk. Es war so berechenbar.

Vlad hatte die Waffen einsammeln und die Gefangenen zusammenpferchen lassen. Dann hatte er sie dabei zusehen lassen, wie die Pfähle zugeschnitten worden waren. Achttausend an der Zahl. Sie hatten einen Wald dafür fällen müssen und würden einen neuen Wald dafür errichten, den Wald der Toten.

Immerhin hatten diese Gepfählten das Privileg, in die Geschichte einzugehen, denn man würde eine solch überwältigende Zahl aufgespießter Feinde über Generationen hinweg als christliche Heldentat feiern. Als Schreckenstat, die ihm ein für alle Mal einen Platz in der Ewigkeit sichern würde.

Vlad glättete seine Bartspitzen mit Daumen und Zeigefinger, als ihn eine Bewegung aus den Gedanken riss. Zwischen den Pfählen war eine Gestalt in roter Kutte aufgetaucht, jedenfalls hatte er sich das eingebildet, denn jetzt war sie wieder weg.

Vlad winkte zwei seiner Männer zu sich und flüsterte ihnen ins Ohr. Sogleich machten sie sich auf den Weg und suchten das Unterholz ab. Vlad hingegen nahm noch einen Schluck aus dem Weinbecher und wandte sich wieder der kleinen Zeltstadt zu, die seine Männer am Rande des Totenwalds errichtet hatten. Da tauchte die rote Kutte neuerlich vor ihm auf. Viel näher jetzt und unheilvoller.

Vlad zog sein Schwert. Im selben Moment entdeckte er auch die Schemen eines Gesichts unter der Kapuze. Die scheinbar leuchtenden Augen musterten ihn. Er hatte das Gefühl, der böse Blick laste auf ihm.

Vlad rief nach den Wachen, doch als diese endlich herbeirannten, war die Gestalt bereits verschwunden. Auch nach intensiver Suche konnten sie sie nicht finden.

Vlad ordnete an, dass sich sämtliche seiner Männer aufstellen sollten. Ein halbes Dutzend Hauptleute untersuchte die Mannschaft, doch bei keinem war ein auffälliger Umhang zu finden.

Wieder warf Vlad dem Wald der Toten einen Blick zu, und es war das erste Mal, dass er dabei kein Glücksgefühl empfand. Im Gegenteil, mit einem Mal ekelte es ihn vor den geschundenen Körpern. Es grauste ihn vor den langen, grotesken Schatten, die sie warfen.

Unverzüglich ließ er die Zeltstadt abbauen, und noch im Dämmerlicht eines scheidenden Tages brach die Schwarze Armee in Richtung Walachei auf. Zurück blieben nur die Raben, die sich an dem schaurigen Festmahl labten.

5

Irgendwo in den tiefen Wäldern an den Ausläufern der Südkarpaten passierte es in der Hitze eines Gefechts gegen ein Heer des Sultans. Vlad verlor sein treues Pferd, das mit schrillem Wiehern und aus einer grässlichen Halswunde blutend zur Seite kippte.

Türkische Lanzenträger hatten das Tier aufgespießt, das seinen Reiter nun beinahe unter sich begrub, doch Vlad rollte sich geschickt zur Seite. Noch im Fallen wehrte er weitere Hiebe ab, und kaum war er auf den Beinen, steckte sein Schwert schon im Hals eines Janitscharen.

Diese Gegner waren schwieriger zu besiegen als die losen Haufen der Akindschi. Diese Akindschi waren in offenen Feldschlachten hilflos, weil sie, selbst wenn sie zu Tausenden waren, als Einzelkämpfer agierten. Vlads Schwarze Armee jedoch hatte nicht nur ihren schrecklichen Ruf und die düstere Aufmachung auf ihrer Seite, die Soldaten kämpften auch diszipliniert und gnadenlos. Sie hatten es sich zur Gewohnheit gemacht, die Gegner vor allem schwer zu verletzen, was dazu führte, dass ihre Schreie und ihr Wehklagen die Kameraden verunsicherten. Vlad, der mit Vorliebe mit kräftigen Hieben Köpfe von den Schultern schlug, hatte dann seine liebe Freude mit den verängstigten Gegnern.

Doch mittlerweile war alles anders gekommen. Das Jahr hatte ihn von Sieg zu Sieg getragen, im November war er neuerlich zum Fürsten der Walachei bestimmt worden, statt der Schwarzen Armee kämpfte nun eine moldauische Leibgarde an seiner Seite, aber wieder entzogen ihm die ehrlosen Bojaren die Gunst. Seit Monaten irrte Vlad mit seiner Horde durch die Wälder und versuchte unterzutauchen. Dass es ihm kaum gelang, war einerseits den Janitscharen geschuldet, die eindeutig aus einem anderen Holz geschnitzt waren als die Akindschi-Bauern. Sie kämpften organisiert, liefen nicht einfach so vor die Hufe der Schlachtrösser, und sie waren zudem mindestens ebenso gnadenlos wie seine früheren schwarzen Reiter.

Doch viel mehr machte Vlad sich Sorgen um sein Seelenheil. Der Tod war ihm seit vielen Monaten auf den Fersen und beobachtete ihn. Jetzt schon wieder. Da, dort drüben, mitten im Kampfgetümmel, stand er in seinem roten Umhang und starrte ihn an.

»Tötet ihn!«, schrie Vlad und hätte dabei fast den Streich eines Krummsäbels übersehen. Ein jäher Schmerz durchzuckte ihn, und er schmeckte Blut.

Die Klinge musste seine Wange erwischt haben. Er wehrte einen zweiten Schlag ab, erstach den Janitscharen und erschrak bis ins Mark, als der Fremde im Umhang plötzlich vor ihm war, so nah wie nie zuvor.

Vlad wich zurück, stolperte und warf einen Stein auf den Teufel, der ihn verfolgte.

»Seht ihr ihn denn nicht? Tötet ihn!«, kreischte er und hatte dabei nicht zum ersten Mal die schreckliche Vermutung, dass nur er den Dämon wahrnehmen konnte.

Und tatsächlich, weder die Janitscharen noch seine Moldauer nahmen den roten Umhang zur Kenntnis. Sie kämpften rund um ihn, rannten an ihm vorbei und würdigten ihn keines Blickes – als wäre er gar nicht da.

Vlad stemmte sich hoch, packte einen Moldauer am Kragen und stieß ihn dem roten Umhang entgegen, dann wandte er sich um und rannte tiefer in den Wald hinein.

Bald hatten ihn die Bäume verschlungen. Auf dem hart gefrorenen Boden kam er rasch voran, und er fühlte sich kräftig genug, um noch stundenlang so weiterzurennen. Er lachte hysterisch, weil er dem Tod noch einmal von der Schippe gesprungen war. Sie konnten alles auf ihn hetzen, Mehmeds Truppen, die Ungarn, die Woiwoden, die dummen Bojaren, Friedrichs Schergen, sogar den Tod selbst. Vlad Drăculea, Sohn des Vlad Dracul, Mitglied des Drachenordens, grausamster und erfolgreichster Kämpfer gegen die osmanische Invasion, war einfach unbesiegbar.

Sein Haar flog im Wind, seine Blicke huschten zwischen den an ihm vorbeirasenden Baumstämme hindurch. Und da durchfuhr ihn ein eisiger Schreck. Der rote Umhang stand abermals vor ihm.

Vlad stützte die Arme auf die Knie, rang nach Luft. Dann schwang er sein Schwert und rief: »Weiche, Teufel!«

Sein Verstand spielte ihm einen Streich. Das musste es sein. Dieser rote Umhang war unwirklich. Niemand trug einen solchen Umhang, wenn er kämpfte. Niemand.

Kraftlos schwang er abermals sein Schwert. Er ergriff es jetzt mit beiden Händen, schwang es wie einen Bihänder und brüllte wie ein Bär.

Doch der Fremde war flinker. Tauchte unter seinen Schwüngen weg, um dann an anderer Stelle wieder vor ihm zu stehen. Einmal stieß Vlad zu. Er war sich sicher, dass diese Bewegung zum Ende seines Gegners führen musste. Vlad war bekannt dafür, unglaublich schnelle und unberechenbare Hiebe auszuführen. Doch erstaunt stellte er fest, dass sein Stoß ins Leere ging und stattdessen eine Klinge bis zum Schaft in seinem eigenen Bauch steckte.

Wie hatte das passieren können?

»Wer bist du?« Vlad blinzelte. Doch da verschwamm die Welt schon zu einem Gemisch aus Hell und Dunkel, und sie verlor alle Geräusche. »Bitte, Herr, nimm mich auf«, stöhnte er, doch niemand hörte ihn. Er hatte das sagen wollen, aber über seine Lippen kam kein einziges Wort. Der Schmerz der aufgerissenen Magenwand überwältigte ihn. Am Ende hatte ihn also doch der Teufel geholt. Also wer war dann er, wenn der Teufel doch ein anderer war?

Was bleibt von mir? Was ist mein Vermächtnis? Wie …?

Johannes ging durchs Schlachtfeld, auf dem augenblicklich alle Schwerter zu Boden sanken. Er hielt Drăculeas Kopf am Schopf. Einen Kopf, dessen Augen ungläubig in die Welt starrten und aus dessen Hals immer noch Blut tropfte.

Ein Janitscharen-Bey trat vor und betrachtete den Schädel mit ernster Miene.

»Vlad Drăculea wird euch nie wieder in die Quere kommen. Es ist vorbei«, sagte Johannes und warf das abgeschlagene Haupt dem Türken achtlos vor die Füße. Er hatte es selbst noch nicht ganz realisieren können … Bis nach Bosnien war er dem Teufel gefolgt. Dann hierher in ein ihm fremdes Reich. Nun hatte er ihn endlich besiegt. Erleichterung darüber verspürte er aber nicht.

Johannes drehte sich um und wollte gehen. Da hielt ihn der Anführer mit seinen Fragen noch einmal zurück. Wer er denn sei und warum er einen der Seinen getötet habe.

»Drăculea war nie einer von uns. Er war ein Tyrann. Ein entfesselter Wahnsinniger. Ich habe meine Gründe, ihn zu hassen.«

Der Bey nickte und befahl seinen Männern, den Schädel in Honig einzulegen und ihn dem Sultan zu schicken, ehe er Johannes mit einer unbestimmten Handbewegung freies Geleit gewährte.

Niemand behelligte Johannes. Niemand sprach ihn an.

6

1477

Auf dem Heimweg ließ Johannes sich Zeit. Es gab keinen Grund zur Eile mehr. Seine Familie war tot. Ihr Tod war gerächt.

Er hatte das Rot seines Umhangs wieder auf die Innenseite gekehrt und wickelte sich mit dem Stoff ein, um sich vor der Kälte zu schützen. In der einstigen Templerburg Leuca machte er halt und bat um Einlass. Martha, Baumkirchers Tochter, ließ ihn ein. Nachdem Johannes ihr seine Geschichte erzählt hatte, begaben sie sich in die Kapelle, um zu beten. Danach speisten sie im düsteren Rittersaal.

Um die mystische Atmosphäre abzuschwächen, berichtete Martha ihm von der Niederlage Karls des Kühnen in Nancy. Der Burgunderherzog solle Anfang Jänner in einer Schlacht gegen eine lothringisch-eidgenössische Übermacht gefallen sein. »Man sagt, sie hätten seinen Leichnam geschändet und von Tieren angefressen erst Stunden später gefunden. Halb nackt sei er gewesen, geplündert und fürchterlich entstellt.«

Johannes nickte, bevor Martha weitersprach.

»Nun werden Karls Tochter Maria und Friedrichs Sohn Maximilian heiraten. Die Macht der Habsburger wird das enorm steigern, und das, ohne dafür zahlen zu müssen.« Sie verzog den Mund. »Friedrich, dieses Schwein, das meinen Vater hat umbringen lassen, hat also wieder einmal durch Abwarten obsiegt. Die Vermählung wird der Grundstein zur Weltmacht seiner Dynastie sein.«

Johannes hatte aufgehört, an einem Hühnerknochen zu nagen, und starrte jetzt auf seine vom Bratenfett glänzenden Finger.

»Man sagt aber auch, dass Corvinus bald wieder angreifen wird. Er wird Friedrich in die Knie zwingen und dieses alberne AEIOU, dass der Habsburger überall in Graz anbringen lässt, von den Häusermauern kratzen.« Martha schlug mit zornig rotem Gesicht mit der flachen Hand auf den Tisch. »Also Johannes, bist du immer noch Friedrichs Mann? Bist du immer noch der Georgsritter, der treu und ergeben bis in den Tod an des Kaisers Seite kämpft, obwohl er schuld daran ist, dass deine Familie ausgelöscht wurde?« Sie atmete schwer.

»Aber was ist mit den Menschen? Dem Volk? Soll es ohne Kaiser leben? Ohne Ordnung?«

»Ordnung? Nennst du das Ordnung, wenn ein alter Mann sein Volk an den Grenzen im Stich lässt?«

»Ich habe eine Idee, Martha. Ich will an alle Burgen eine Botschaft entsenden, dass Feuerstellen an höher gelegenen Stellen zu errichten sind. Auf diese Weise können wir uns über weite Strecken hinweg warnen. Du könntest mir helfen, diese Botschaft zu verbreiten. Es wäre eine Möglichkeit …«

»Lager statt Krieger, Johannes? Im Ernst? Was sollen uns Feuer helfen, wenn wir keine Hilfe erwarten dürfen?« Es war Martha anzusehen, dass sie ihr Temperament kaum noch im Zaum halten konnte. »Ja, schau mich nicht so an. Das ist doch die Wahrheit. Jahrelang hat der Kaiser nichts anderes getan, als Kriege gegen seine eigenen Leute zu führen. Er war intrigant, versteckte sich hinter seinem Glauben und all den Titeln, die er zu vergeben hatte. Glaub mir, ich weiß, wovon ich spreche, mein Vater hat sich jahrelang einlullen lassen. Der Kaiser hat ihn sogar zum Münzmeister ernannt, wie deinen Bruder auch. Und was hat es ihm gebracht? Er hat ihn fallen gelassen. Wie ein heißes Stück Eisen. Wenn du also an des Kaisers Seite bist nach allem, was geschehen ist, kann dir niemand mehr helfen. Dann musst du auch dieses Haus verlassen.«

Johannes starrte immer noch auf seine glänzenden Hände, als er sagte: »Ich bin und war nie an des Kaisers Seite. Ich wollte immer nur das Beste für die *Menschen*.«

Als er wenig später auf seinem Pferd saß und darauf wartete, dass sich das Burgtor öffnete, wollte Martha wissen, warum er das tat.

»Wir sind nicht gleich. Ich hatte meine Rache, du nicht. Du weißt nicht, wie sinnlos sie ist. Sie bringt nicht die Menschen zurück, die du verloren hast.« Johannes sah das Mädchen an, das einst an seiner Seite als Bursche geritten war.

»Und jetzt hast du beschlossen, verbittert und vereinsamt zu sterben«, stellte sie fest. »Und was, wenn das Leben noch Überraschungen zu bieten hätte?«

Er wendete sich ab, ohne zu antworten, und ritt durch das Burgtor davon. Es gab nichts mehr zu sagen.

Johannes war vielleicht eine halbe Meile geritten, als er einer Bewegung im Unterholz gewahr wurde. Er zog sein Schwert. »Wer ist da? Zeigt Euch!«

In diesem Moment tauchten links und rechts des Weges drei, vier Dutzend Pferdeköpfe auf. Kleine, gedrungene Tiere, auf deren Rücken ein bunter Haufen ausgemergelter Akindschi saß.

Schweigend näherten sie sich und musterten Johannes. In ihren Gesichtern war keine Regung auszumachen, als schien sie seine Gegenwart nicht im Mindesten zu beeindrucken. Zwei der Kämpfer stiegen ab und reichten einander die Hand. Ein alter Mann und ein Junge von vierzehn oder fünfzehn Jahren. Der junge Mann war mager, schaute schüchtern zu Boden und trug nur ein zerrissenes Beinkleid und einen Fetzen als Hemd. Sie wechselten ein paar Worte.

Dann saß der Ältere wieder auf, die Horde machte kehrt und verschwand lautlos im Wald.

Nur der Junge stand immer noch vor Johannes auf dem Weg und hielt sein Pferd am Zügel, ohne sich zu rühren. Und mit einem Mal verstand Johannes. Dies war das Geschenk für den abgeschlagenen Schädel des Türkenschlächters Drăculea. Hanns stand vor ihm. Hanns, den sie so lange gesucht hatten. Hanns, Helenas verschollen geglaubter Sohn.

7

Am Ende des Jahres kehrte Johannes endlich zur Burg Hartstein zurück. Er hatte diesen Moment lange hinausgezögert. Vor den Toren stand nun ein großes dunkles Kreuz, das an die Gepfählten erinnerte. Er betrachtete das düstere Denkmal missmutig und beschloss in einer ersten Eingebung, es sogleich wieder abreißen zu lassen. Er wollte nicht ständig an Helenas grausamen Tod erinnert werden.

Im Inneren der Burg herrschte zwar nicht mehr jenes geschäftige Treiben, das er von damals kannte, als Helena als Burgherrin energisch und konsequent agiert hatte, aber wenigstens hatten sich die Rauchschwaden verzogen, und es war so etwas wie Hoffnung in den Augen der Leute zu sehen, von denen er aber niemanden erkannte. Und noch mehr: Einige von ihnen glotzten ihn und den jungen Mann auf dem Rücken des Pferdes an. Eine Frau ließ die Wassereimer fallen, als sie ihn erblickte, und ein Mädchen schrie wie von Sinnen und lief ins Haus. Etwas musste vor sich gehen, und Johannes war bereit, wieder sein Schwert zu ziehen. Wer auch immer es war, der ihn in seiner eigenen Burg aus dem Hinterhalt angreifen wollte, er würde mit dem Leben bezahlen.

Im nächsten Moment ließ ihn eine Bewegung im Halbschatten der Pferdeställe wachsam rundum blicken, während er merkte, dass sich immer mehr Menschen um ihn versammelten und ihn umringten.

Ihm fiel auf, dass viele von ihnen bewaffnet waren, manche sogar Rüstungen trugen. Auch die Wehrgänge an den Burgmauern wirkten frisch gestrichen, überhaupt erschien ihm die gesamte Anlage wie vorbereitet auf eine Belagerung.

Doch obwohl sich der Kreis der Schaulustigen immer enger um ihn schloss, verschleierte sich Johannes' Blick. Er hatte nun einige der Umstehenden erkannt und sank fassungslos auf die Knie.

Die Leute kamen näher. Johannes ließ den Tränen nun freien Lauf. Dann hörte er seinen Namen, und ihm blieb vor Schreck fast das Herz stehen.

8

Johannes schmiegte seinen Kopf an Stoff, an Schultern, Wangen und Haare. Sie waren auf ihn zugestürzt, und er hatte sich völlig willenlos in die ausgestreckten Arme fallen lassen. Entkräftet und von Tränen geschwächt, war ihm einerlei, was die Leute von ihm dachten. Er wusste, dass es sich längst durch alle Lande gesprochen hatte, dass er Mehmed Drăculeas Kopf gebracht hatte. In Honig eingelegt sei er gewesen, und Johannes habe es allein gegen Tausende seiner Horden aufgenommen. Er wusste um die überzeichneten Darstellungen und die Huldigung, die ihm das einfache Volk darbrachte. Er hatte seine Familie gerächt. Er war ein Held. Und jetzt weinte er bitterlich. Aus Fassungslosigkeit. Vor Freude.

Haris' eiserne Hand packte ihn an den Lenden und riss ihn herum. Die Augen hatte Johannes dabei so weit aufgerissen, dass alle ringsherum in ausgelassenes Gelächter fielen. Manderdinger klopfte ihm so hart auf die Schulter, dass Johannes fast ins Stolpern geriet, und Helena, wie sie so vor ihm stand mit tränenverschwommenen Augen, blass und doch so stolz, aber vor allem lebendig, ja lebendig und unversehrt, raubte ihm vollends den Verstand.

Als Helena Hanns auf dem Pferd sitzen sah, kreischte sie, selbst die tapfersten Männer um sie herum brachen in Tränen aus.

Es war schon spät, die meisten waren bereits betrunken unter die Tische gekippt, als Helena in Johannes' Armen lag und ihm noch einmal ins Ohr flüsterte, was geschehen war.

»Wir hatten solche Angst. Wir haben zunächst gedacht, sie stünden auf unserer Seite, denn sie führten ein Kreuz als Standarte, und sie sprachen davon, im Kampf gegen die Türken zu sein. Doch als sie erfuhren, wer wir sind, dass wir deine Familie sind, da war es um den Frieden geschehen. Sie überwältigten uns einen nach dem anderen, und wären nicht Haris und Manderdinger gewesen, die mit uns und einer Handvoll Mitstreiter geistesgegenwärtig in die Kellergewölbe und in die dunklen Gänge aus deinem Buch geflohen sind, wir wären allesamt getötet worden.« Sie kämpfte wieder mit den Tränen. »Ich weiß nicht, wie lange wir uns dort verkrochen haben. Mir kam es wie Tage vor, vielleicht waren es aber nur wenige Stunden. Wir trauten uns nicht hinaus, befürchteten wir doch, dass diese schwarzen Seelen auf uns warteten. Dann beschlossen wir, einen anderen Weg durch die Dunkelheit zu nehmen als damals, als wir die Akindschi überraschten. Einen anderen Gang, der sich vor uns auftat, und wir sind ihm eine halbe Ewigkeit gefolgt. Irgendwann tauchte ein Licht vor uns auf. Und tatsächlich, wir hatten einen Ausgang gefunden. Mitten im Wald.« Helena stockte. »Als wir uns zurückwagten, rochen wir die Kadaver der aufgespießten Leichen schon von Weitem. Einige Überlebende hatten sie herabgenommen und haufenweise verbrannt. Auch die Burg brannte. Es war grauenvoll. Und dann hörten wir, dass du hier gewesen seist. Dass du dachtest, wir seien alle tot. Ich ließ Reiter nach dir suchen. Doch niemand wusste, wo du warst. Niemand ahnte, was du vorhattest.«

***

Tage später saß Johannes auf einem Stein etwas abseits der Burg und starrte auf den Wald. Helena kam hinzu und legte eine Hand auf seine Schulter.

»Woran denkst du? Was bedrückt dich?«

Johannes wandte sich ihr langsam zu. »Wenn ich damals das Buch in Visegrád nicht verbrannt hätte, hätte er vielleicht den Mut gehabt, euch in die dunklen Gänge zu verfolgen. Wenn ich nicht gedacht hätte, du seist tot, hätte ich ihn nicht verfolgt und getötet. Dann wäre auch Hanns nicht hier.«

»Ja«, sagte sie, »es ist seltsam, wie sich alles dreht.«

Sie umarmten sich und betrachteten schweigend und jeder für sich mit fassungsloser Erleichterung, wie Hanns mit Bernhard und Theresa spielte, dem Mädchen, das Manderdinger gerettet hatte. Eine Magd stand mit Mathilda an der Seite und lachte.

»Kann man in dieser verrückten Zeit glücklich sein?«, fragte Johannes.

Als Antwort erhielt er einen Kuss.

Wenn Küsse nur die Räder der Welt anhalten könnten.

9

1478

Eines Tages bat ein fremder Reiter um Einlass in die Burg. Er stolperte auf Johannes zu und fiel vor ihm auf die Knie. »Ihr müsst fort, mein Herr. Bringt Euch in Sicherheit.«

Haris stand an seiner Seite und bellte den Boten an. »Was redest du da? Warum sollte der Ritter des Kaisers fliehen wie ein Hund?«

»Weil Corvinus dem Kaiser neuerlich den Krieg erklärt hat. Und weil Johannes Kreuzer daran schuld sein soll. Weil er Drăculeas Kopf an die Türken ausgeliefert hat. Weil er den christlichen Heerführer im Kampf gegen die Türken getötet hat.«

»Aber dieser christliche Heerführer war ein Mörder, ein Schlächter und ein Verrückter.«

»Das wissen alle. Auch der Kaiser. Aber der Adel will ein Zeichen setzen. Corvinus muss besänftigt werden. Sie meinen …«

»Was meinen sie? So sprich endlich.«

Der Bote fixierte seine Fußspitzen. »Sie meinen, nur der Kopf des Georgsritters Johannes kann den Krieg beenden.«

Johannes starrte den Boten an. »Ein Kopf für einen Kopf also.«

Doch Johannes dachte nicht daran, Helena noch einmal zu verlassen und unterzutauchen. Stattdessen ließ er in den nächsten Tagen alles Volk, das er im Umkreis der Burg finden konnte, herbeischaffen und die Wehranlagen wieder instand setzen. Eine Handvoll Männer ließ er unentwegt von Haris und Manderdinger ausbilden. Während der »Kämpfer mit der Eisenhand«, wie Haris im Volk längst genannt wurde, den Frauen und Männern beibrachte, mit Axt und Schwert zu kämpfen, zeigte Manderdinger die Vorzüge seines Hussitenkriegswagens und ließ zwei weitere davon anfertigen.

Corvinus hatte Friedrich tatsächlich erneut den Krieg erklärt, doch viel beunruhigender fand Johannes, dass türkische Streitkräfte die Untersteiermark in kurzen Streifzügen heimsuchten und Tausende Gefangene machten, die sie in langen Zügen in Ketten nach Bosnien brachten. Verzweifelte Briefe der Burgherren, unter anderem von Hauptmann Ungnad aus Cilli, wurden sowohl an den Herzog Ludwig von Bayern als auch an Kaiser Friedrich geschickt, doch niemand schien den Grenzern Gehör zu schenken.

Indes baute Johannes an seinen Wällen, und er ließ die Leute hinabsteigen in die unterirdischen Gänge der Burg, in die gefürchtete schwarze Luft, um sie weiter zu erkunden.

Unaufhörlich gruben seine Leute außerdem neue Gänge in die Landschaft, die zum Schutz und als Fluchtweg dienen sollten. Beinahe jedes größere Gehöft in der Umgebung verfügte bald über derlei geheime Stollen, in denen sich die Menschen in Sicherheit bringen konnten. Die Zugänge in den Wäldern ließ Johannes mit Ästen und Sträuchern verdeckt halten, Holzkreuze und Steinsäulen in Wiesen zeigten an, dass sich unter ihnen Kreuzungen dieser Gangsysteme befanden. Unzählige solcher Tunnel ließ Johannes graben. Tagein, tagaus. Während Woche um Woche ins Land zog und eine Schreckensnachricht nach der anderen brachte.

Freilich war sich Johannes der Schwachstelle seines Plans bewusst, denn sobald die Akindschi einen dieser Fluchtgänge entdecken würden, würden sie die armen Seelen darin ausräuchern. Blieben sie unter der Erde, würden sie jämmerlich ersticken, liefen sie hinaus, würden sie erbarmungslos erschlagen – ob Mann, Frau oder Kind. Und doch war es wenigstens eine Möglichkeit, den flinken Angreifern zuvorzukommen. Gewarnt von den Kreidfeuern, konnten sich die Menschen in die Burgen oder in die Tunnel flüchten. Und jenen, die nichts von beidem schafften, hatte er wenigstens das Kämpfen beigebracht.

Doch nachdem der aufgeregte Bote gekommen war, war wochenlang keine weitere Drohung seitens des Kaisers eingetroffen. Offenbar war das Reich zu sehr mit den Ungarn beschäftigt.

Erst als die Tage wieder länger wurden und am Morgen der Raureif, der die Wiesen winters schimmern ließ, hin und wieder schon ausblieb, traf abermals ein Bote aus Graz ein. Diesmal überbrachte er eine Depesche des Kaisers, die Johannes zwang, eine Entscheidung zu treffen: Nicht nur, dass Friedrich in dem Schreiben bekräftigte, dass er keine Hilfstruppen entsenden konnte, er verbot Johannes auch, die Bauern weiterhin in der Kriegskunst auszubilden. Jegliche Vereinigung einer Bauernstreitkraft sei untersagt.

In dem Schreiben stand jedoch noch mehr. Johannes selbst wurde darin aufgefordert, sein Kriegsross auszurüsten und sich mitsamt seinen Waffen in Millstatt einzufinden. Die Georgsritter vereinigten sich, der Tag war gekommen, sich den Türken zu stellen. »Und nein«, schrieb der Kaiser tatsächlich dazu, »dies ist bei Unserer Ehre als Kaiser von Gottes Gnaden keine List.«

»Na, immerhin scheint er nicht mehr deinen Kopf zu wollen, sondern doch lieber deine Schwerthand«, ätzte Haris.

Helena und Johannes wechselten Blicke.

»Und immerhin darfst du für den Kaiser kämpfen, während seine Bauern den Türken beide Wangen hinhalten sollen, um sich abschlachten zu lassen.« Es war Haris anzusehen, wie sehr er den Befehl und die Person, die dahinterstand, verachtete.

»Nein, Haris«, erwiderte Johannes und ließ dabei Helena nicht aus den Augen. »Der Kaiser gab mir nur die Möglichkeit, für jene da zu sein, die ich beschützen will. Das Volk. Meine Familie. Krieg ist eine Sache der Krieger, das will er damit sagen. Ich muss gehen, damit ihr alle leben könnt.«

Johannes hob den kleinen Bernhard hoch und lachte ihm ins Gesicht, doch auch der Bub schien die Furcht in den Augen seines Vaters zu sehen und begann zu weinen.

»Wirst du jetzt sterben, Vater?«

Die Männer lachten, Helena auch, obwohl sie sich die Tränen dabei fortwischen musste und Hanns fest an sich drückte.

Kurz darauf stand sie mit Johannes etwas abseits, die beiden umarmten sich, und Johannes flüsterte ihr ins Ohr: »Du weißt, was zu tun ist?«

Als Johannes auf seinem Pferd auf die Wälder zusteuerte, wenig später darin eintauchte und die Burg aus seinem Blickfeld geriet, gab er dem Hengst die Sporen. Je schneller er das befestigte Kloster Millstatt erreichen würde, desto eher würde auch diese Zeit vergehen, und desto eher wäre er wieder zurück.

Manchmal ertappte er sich dabei, wie er sich in ein hohes Alter wünschte, dann müsste er nicht mehr fort. Dann könnte er in Helenas Armen liegen, tagelang, wochenlang, immerfort, bis zum Ende.

Als Johannes sich entfernt hatte, wandte Helena sich Haris zu. »Sind deine Männer bereit?«

Der Krieger mit dem Eisenarm grunzte zustimmend und ließ aufsitzen. Kurz darauf preschte ein Dutzend Männer mit ihm an der Spitze in westliche Richtung davon. Sie ritten ohne Banner, ohne Erkennungszeichen, aber ebenso bis an die Zähne bewaffnet. Ihr Auftrag lautete, sich mit den Bauern zu verbünden. So erfüllte Johannes des Kaisers Wunsch und folgte doch auch seinem Herzen, denn tief in seinem Innern wusste er immer noch, dass es seine Bestimmung war, den armen, wehrlosen Seelen zu dienen und nicht den feinen Herren in ihren Burgen.

Helena stand an diesem Tag noch lange an der Mauer von Hartstein. Mathilde schlummerte im Arm, Bernhard und Hanns starrten mit ihr schweigend in den Wald hinein.

10

Es war bekannt, dass es im Kärntner Unterland rumorte. Nicht nur, dass die Bauern sich seit Jahren schutzlos den ständigen Bedrohungen durch die Truppen der Paschas von Bosnien ausgesetzt sahen, sie wollten auch ihre Abgaben nicht mehr an die Grundherren leisten, sondern an einen eigenen Bauernbund, außerdem seien die Gerichte abzuschaffen. Kaiser Friedrich wiederum war der Meinung, die Bauern verdienten sogar mehr als manche Grundherren, und forderte immer höhere Abgaben ein.

Ein gewisser Peter Wunderlich gründete in Spittal an der Drau jenen Bauernbund, von dem seit Monaten allerorts gesprochen wurde. Mehr und mehr Mitstreiter schlossen sich an, bis hinauf ins Ennstal wollten die Bauern an der Seite Wunderlichs marschieren.

Und tatsächlich, wenige Wochen später waren es nahezu dreitausend Bauern, die sich dazu entschlossen, gegen ein geringes Entgelt an dem verbotenen Bund teilzunehmen und sich selbst zu wehren. Sie wollten weder Kanonenfutter für den Kaiser sein noch leichte Beute für die Türken, stattdessen witterten sie bei einem Sieg gegen die verhassten Akindschi zu heroischen Verteidigern des Vaterlandes stilisiert zu werden.

Haris' Handvoll Männer vereinigte sich mit dieser recht ansehnlichen Bauernstreitmacht, die sich am 25. Juli in der Flitscher Klause am Predilpass in den Julischen Alpen den Akindschi entgegenstellte. Tapfer und mit finsteren Blicken kneteten sie die Stiele ihrer Hacken und Beile, ihrer Heugabeln, Dreschflegel und zu anderen furchtbaren Waffen umgebastelten Werkzeuge. Manche kamen mit Ackergäulen, die mürrisch ihr Schicksal als Schlachtrösser hinnahmen, oder mit Ochsengespannen, die mit noch mehr Mistgabeln und mit Nägeln gespickten Holzlatten beladen waren.

Wunderlich versuchte die Männer mit allerlei Reden und Ansprachen anzufeuern, und tatsächlich schien die Vielzahl an Gleichgesinnten die Bauernrotte zu beflügeln. Was sollte diese durch die Mühsal des täglichen Schuftens gehärteten Arme jemals besiegen?

Doch als dann die Akindschi-Horde über einen Hügelkamm auf ihren kleinen, schnellen Pferden heranpreschte und für viele der Bauern erstmals zu sehen war, da ergriffen die meisten selbst ernannten Verteidiger des Vaterlandes kurzerhand die Flucht. Es war ihnen nicht zu verdenken, denn die Türken hatten sich zu einer gewaltigen Streitmacht formiert, die mehr als dreißigtausend Mann stark war, denen sich letztlich nur fünfhundertdreißig Bauern und siebzig grimmige Bergknappen aus Bleiberg entgegenstellten.

Die Klause bot natürlichen Schutz, dennoch hatten die Akindschi leichtes Spiel. Haris und seine Mitstreiter konnten trotz ihrer Rohheit und Tapferkeit nicht verhindern, dass binnen kurzer Zeit dreihundert Bauern erschlagen am Boden lagen. Sie flohen also mit dem Rest in die Wälder um Goggau und rannten um ihr Leben. Haris hetzte mit den Bauern an Burgen vorbei, die ihnen weder die Tore öffneten noch von den Zinnen her Feuerschutz boten. Stumm starrten ihnen die weißen Mauern entgegen, während das Heulen der Türken und die Schreckensschreie der Bauern die Wälder erfüllten.

***

Johannes stand mit geballten Fäusten und hochrotem Kopf vor Hochmeister Johann Siebenhirter. Speichel tropfte ihm übers Kinn. Sie hatten ihn links und rechts gepackt und auf die Knie gedrückt.

»Das sind also Eure zu Kriegern geformten Bauern?«, höhnte Siebenhirter. »Sie haben es verdient zu sterben, so wie sie davonrennen.«

»Ihr könnt sie nicht sterben lassen«, keuchte Johannes, dessen Gesicht von einem Lederschuh auf den nackten Steinboden gedrückt wurde. »Was seid ihr nur für Ritter, die sich hinter ihren Mauern verstecken?«, rief er. »Ihr Feiglinge. Ihr seid –«

Die Schläge, die Johannes daraufhin einstecken musste, raubten ihm nicht nur den Atem, er verlor kurzzeitig auch die Besinnung. Als er erwachte, lag er immer noch im Rittersaal und blickte auf die Stiefel der ihn umringenden Männer.

Siebenhirter trat näher heran. »Johannes Kreuzer, Ihr habt Eure Strafe erhalten. Nun seid still. Lasst uns Euch nicht noch schlimmer bestrafen. Wir kennen Eure Geschichte, ich weiß um Eure Nähe zu den Windischen, zu den Bauern und den anderen Niederen. Aber seid gewiss: Jetzt die Tore zu öffnen würde des Kaisers stärkste Waffe mit einem Schlag zunichtemachen. Die Bauern haben sich ohne Erlaubnis erhoben. Mehr noch, sie haben sich den Befehlen der Obrigkeit widersetzt. Sie haben sich im unerschütterlichen Glauben, ihr Mut sei die beste Waffe, den Türken entgegengestellt. Doch wir wussten von Anfang an, wie töricht das ist. Die Bauern haben den Furor der Akindschi geweckt, sollen sie ihn also ruhig zu spüren bekommen. Wir Ritter müssen stark sein, dürfen nicht zulassen, dass das Bauernvolk bestimmt, was gut für es ist. Ihr tut also, was von Euch verlangt wird, seht zu und lernt. Und seid wieder jener Hauptmann, als der Euch der Kaiser sein Vertrauen geschenkt hat.«

Die Türken drangen kurz darauf tatsächlich bis Millstatt vor, wo sie an der Burg der Georgsritter vorüberritten, ohne die schwer Bewaffneten anzugreifen. Die Akindschi machten lieber leichte Beute mit dem Bauernvolk, und Johannes und die anderen sahen von den Wehrtürmen und Mauern aus dabei zu, wie die Bauerskinder verschleppt wurden, wie die Höfe brannten, die Frauen misshandelt und die Männer massakriert wurden.

Als die Osmanen wieder abgezogen waren, öffneten sich die Tore der Burg, und eine Handvoll Georgsritter preschte wie unheilvolle Boten durch den Wald. Man munkelte, dass es zu Verhören kam, zu Folterungen, und eines Tages zerrten sie einen zerlumpten Mann durchs Unterholz, schleiften ihn mit einem um den Hals gebundenen Seil hinter sich her und sprachen beim Litzlhof am Lurnfeld sein Urteil.

Johannes blickte entsetzt auf den geschundenen Körper Peter Wunderlichs. Der Bauernführer blickte wirr um sich und schien kaum imstande zu erfassen, was geschah. Erst als sich die Knoten um seine Fuß- und Handgelenke fester zogen und die Seile, die an vier Pferdesättel gebunden waren, spannten und seinen Leib in die Höhe rissen, brabbelte er ein hastiges Gebet. Seine Stimme wurde immer heller unter der Anstrengung, die Gelenke nicht aus den Pfannen gleiten zu lassen. Doch seine Stimme verriet auch, wie seine Bemühungen scheiterten. Sie ging in ein entsetzliches Kreischen über, als die Gliedmaßen ausgekegelt wurden und die gedehnten Sehnen an seinen Oberschenkeln und Oberarmen einen grotesk gestreckten Körper darboten.

Johannes hielt es nicht mehr aus und erlöste ihn mit einem gezielten Schwertstoß von seinem Leid.

Dann nahm er seinen Helm ab und blickte zu Hochmeister Siebenhirter, der auf seinem Ross saß, empor. »Ist es das, wozu uns der Kaiser ernannt hat? Sein Volk zu vierteilen?«, fragte er unter Tränen.

»Es wird den Bauern eine Lehre sein«, erwiderte Siebenhirter trocken. Sein grauweißer Bart wehte im Wind. »Wir greifen zu den Waffen. Nur wir. Und nur dann, wenn wir es für richtig erachten. Erzählt das auch Euren Untertanen. Und wenn sie nicht gehorchen, wenn *Ihr* nicht gehorcht ...« Er blickte noch einmal vielsagend auf den wüst zugerichteten Leichnam, wendete sein Pferd und ließ Johannes wortlos zurück.

11

Wochen später erreichte eine Handvoll schweigender Männer die Burg Hartstein. Haris lag schwer verwundet in einem Karren. Er würde wieder genesen, aber ob er jemals wieder der Alte sein würde, bezweifelten viele. Nur Johannes wusste, dass ein Krieger wie er aus jeder Schlacht eine Trophäe in Form einer Narbe mit sich nahm, doch letztlich würde er gestärkt daraus hervorgehen. Insgeheim fürchtete er den Moment, in dem Haris ihn ansprechen würde, denn obwohl sie für die gleiche Sache standen, hatten sie nicht auf der gleichen Seite gekämpft.

Helena beobachtete Johannes an diesen Tagen und stellte besorgt fest, dass er sich verändert hatte. Etwas an seinem Stolz schien zerbrochen. Wenn er den kleinen Bernhard mit dem Holzschwert im Kämpfen unterrichtete, stand er manchmal völlig abwesend da, als blickte er in eine andere Welt, und ließ die Hiebe seines Sohnes über sich ergehen.

Dann kam der Moment, in dem Haris die Augen öffnete. Sofort bestand er darauf, Johannes zu sehen, und als dieser zu ihm an die Bettstatt kam, packte Haris seinen Arm.

»Die Eisenhand meines Freundes hat mein Leben gerettet, als untätiger Georgsritter hätte er es mir fast wieder genommen.«

»Ich weiß«, sagte Johannes tonlos und senkte seinen Kopf.

»Aber ihr hattet recht, ihn hinzurichten«, knurrte Haris dann.

Überrascht blickte Johannes auf.

»Ich wurde mein ganzes Leben lang angeheuert, um zu kämpfen. Und jetzt sollen das ein paar Bauern tun? Ich habe gesehen, wie leichtgläubig sie in die Schlacht gegangen sind. Und wie schnell es ging, bis die ersten schreiend und weinend wie Kinder vom Schlachtfeld liefen. Versprich mir deshalb nur eines«, fuhr Haris fort, »hör nicht auf, den Kaiser daran zu erinnern, seinen Grundherrn, seinen Geistlichen und deinem Bruder in den Arsch zu treten. Denn das nächste Mal reiten die Akindschi weiter. Sie werden Graz angreifen. Und den Kaiser. Und dann wird ihnen keine Mauer mehr Schutz bieten. Dann wären sie froh, wenn ihnen jemand so tapfer zur Seite stünde, wie es Wunderlich getan hat. Versprich mir das.« Der Druck von Haris' Hand verstärkte sich schmerzhaft. »Versprich mir, dass du nie aufhörst, für die Schwachen da zu sein.«

In der nächsten Zeit waren an Haris seltsame Anzeichen von Erschöpfung zu beobachten. Seine linke Hand zitterte, wenn er nach einem Krug griff, und manchmal zuckte auch sein Gesicht, als hätte er etwas im Auge. Es sei ein Gemetzel gewesen, schilderte der Hüne immer wieder. Noch Tage danach sei es in den Wäldern zu Scharmützeln gekommen, grässlichen Hinrichtungen und wilden Verfolgungsjagden. Er selbst habe in dieser Zeit mehr Türken erschlagen als in seinem ganzen Leben davor.

Aus anderen Quellen hatten sie erfahren, dass die versprengten Bauern bis nach Judenburg getrieben worden waren, wo sie dann doch noch ein steirisches Aufgebot erwartet hatte und die türkischen Streifscharen vertrieben hatte.

Die Stimmung im Land war verheerend. Kaiser Friedrich hatte sich immer noch nicht dazu durchgerungen, sein Reich gegen die Akindschi-Vorstöße zu schützen, er hatte den Bauern Hilfe verwehrt und in Kauf genommen, dass sie zu Tausenden dahingemetzelt und verschleppt wurden.

Zu allem Überfluss schien sich nun auch Gott gegen die Menschen gewendet zu haben.

Am Reichstag von Nürnberg wurden neuerlich siebentausend Mann für die Grenze Krains gefordert, doch abermals kam keine Hilfe zustande. Längst verwesten die Leichen der Opfer auf den Feldern, denn niemand war mehr da, sie zu bestatten. Vieh verendete, Kinder liefen verstört und elternlos durch Wälder. Die Landstriche, die von den Akindschi heimgesucht worden waren, glichen apokalyptischen Vorstellungen der Menschen. Und dann geschah das Unvorstellbare.

XIV

Gottes Plagen

1

1480

Es mehrten sich Berichte, dass Horden von Heuschrecken über die Felder zogen. »Haberschreck« nannten die Steirer diese Tiere, »die waren so dick, als ob es schneien täte und man gleichsam den Himmel nicht sehen konnte«, schrieb in jenen Tagen Äbtissin Ursula von Silberberg aus dem Stift Göß in ihre Chronik, und ihre bildhafte Beschreibung verbreitete sich fast noch schneller im Land als die Tiere selbst. Diese Haberschreck-Plage habe Tiere hervorgebracht, »so groß wie Meisen oder Zeisel. Es waren so viele, dass sie die Haselnussstauden und Birken, die sie anfielen, niederdrückten. Sie lagen so dicht, dass man auf ihnen bis an die Waden einsank, als ob man durch Schnee gehen würde«.

Immer wenn die Geschichten an diesem Punkt angelangt waren, erfüllte die Zuhörer ein atemloses Schweigen. Nichts hätte größere Hoffnungslosigkeit ausdrücken können als die Erbarmungslosigkeit des Herrgotts, der sie wohl alle bestrafte für ihre Sünden und ihr liederliches Leben. Das Vertrauen in den Kaiser schwand überall im Land.

Nach den Erfahrungen der letzten Jahre befürchtete Helena, dass alles immer schlimmer wurde. Jedes Jahr. Jedes Schicksal. Bis sie eines Tages mit ihrem Gefolge auf dem Weg in die Burg Hartstein tatsächlich vom Unsäglichen überrascht wurde.

Die Fühler zitterten über den Facettenaugen, dahinter der lang gezogene grünlich schimmernde Körper mit Flügeln und sechs Gliedmaßen mit markanten Sprungbeinen und dicken Schenkeln. Bei genauerer Betrachtung sahen diese Wesen aus, als stünden sie unter dem Schutz von Plattenpanzern, geduckt und geradezu gefährlich wachsam konnten sie starr verweilen, um im nächsten Moment zu sagenhaften Sprüngen anzusetzen.

Das Tier hatte sich auf dem Kopf von Helenas Pferd niedergelassen, als sie soeben einen kleinen Hof durchquerten. Helenas Blick folgte dem ausgestreckten Arm eines ihrer Begleiter und blieb an einer dunklen Wolke am Himmel hängen. Ein unheimliches Sirren lag in der Luft, das sich allmählich zu einem dauerhaften, lauten Brummen steigerte. Sie rief ihren Leute zu, die Pferde anzutreiben, und steuerte in wildem Galopp auf eine Scheune zu.

Aus den Augenwinkeln bemerkte sie, wie ein Bauer sich seine Kinder schnappte, jeweils eins unter dem Arm trug und ebenso auf die Scheune zusteuerte. Hinter ihm lief die Bäuerin, einen Säugling im Arm. Sie stolperte. Schon saßen ihr die ersten widerlichen Kreaturen auf der Schulter. Sie begann um sich zu schlagen. Ließ das Kind fallen.

Heuschrecken, überall Heuschrecken, zu Tausenden, zu Abertausenden. Ekelerregende Tiere, die, wie es hieß, aus den Exkrementen toter Lebewesen stammten, die ein Grausen verbreiteten wie kaum ein anderes Getier. Der Bauer hatte indes die Scheune erreicht, schlug die Tür hinter sich zu und ließ die schreienden Kinder aus den Armen gleiten. Helena und ihre Begleiter beachtete er gar nicht. Er schaute wie sie auch durch die Ritzen der Tür und der losen Wandplanken, wie sich seine Frau am Boden wälzte, das weinende Neugeborene danebenliegend, umgeben von der dunklen Wolke, die immer finsterer wurde. Helena wurde schwer ums Herz.

Wie versteinert beobachtete sie den Überlebenskampf der Frau und murmelte ein verzweifeltes Gebet. Doch die Biester waren überall, sie krabbelten und schabten, sprangen und brummten und vor allem – sie fraßen, was das Zeug hielt. Der Säugling hatte aufgehört zu schreien, zu sehen war er auch nicht mehr, so dicht war der Schwarm der Viecher geworden. Die Bäuerin rief nach ihrem Mann, doch mehr als seinen Namen, Josefus, brachte sie nicht hervor, denn schon bahnten sich die Heuschrecken einen Weg zwischen ihre Lippen. Helena schloss die Augen und betete voller Inbrunst weiter.

Zu spät bemerkte sie, wie die Tür abermals aufging und der

Bauer mitten hinein in die schwarze Wolke der Ungeheuer rannte. Er verschwand darin binnen eines Lidschlags, und Helena zitterte unter der plötzlichen Kälte, die sie umgab.

Es dauerte eine Ewigkeit, bis der Bauer wieder auftauchte. Mit einer Hand zerrte er an seiner Frau, mit der anderen hielt er den Säugling. Helena beobachtete, wie Josefus stolperte und sich die Wolke um ihn herum sogleich verdichtete. Er suchte mit den Händen nach dem Kind, und auch die Frau kroch jetzt erneut auf allen vieren. Das Brummen des Heuschreckenschwarms wurde ohrenbetäubend, und das grässliche Krabbeln und Betasten und Bekratzen wurde immer unerträglicher. Sie hätte ihnen helfen müssen. Hätte hinaus in das Inferno müssen und ihnen beistehen. Aber Helena blieb, rührte sich nicht. Bis es endlich aufhörte.

Helena hielt den Atem an. Sie öffnete die Tür und rannte zu der kleinen Familie. Sie ging in die Knie, wimmerte, stupste die Bäuerin an, doch die hatte nur Augen für das Kind, das sie im Arm hielt.

Auch der Bauer starrte auf das kleine Wesen, das sie beide zuvor schützend unter sich begraben hatten. Er murmelte ein Gebet. Das Kind sah sie alle aus großen Augen an, und vor Erleichterung brach nun auch Helena in Tränen aus.

Rundherum war aus der saftigen Wiese eine schwarze Ödnis geworden. Einige Gänse und Enten watschelten über die zerstörte Landschaft. Der Bauer ging hin und erschlug die Tiere mit der losen Latte eines Zauns. Er musste das tun, denn sie hatten die da und dort noch herumkriechenden Heuschrecken gefressen. Helena erinnerte sich an die Erzählung der Leute und verstand. Der Verzehr dieser Todbringer und dem Tod entstammenden Wesen machte einen selbst zu einer Kreatur der jenseitigen Welt. Der Verzehr der Schrecken machte also auch die Haustiere ungenießbar.

Der Bauer stieß einen herzergreifenden Jammerschrei aus. Dann sah er wieder zu seiner Frau, die vor der Tür zum Hof hockte und wie von Sinnen vor- und zurückwippte. Die Kinder standen hinter ihr und wussten nicht, was sie tun sollten.

Sie weinten. Dann weinte auch der Bauer und sah zu, wie der Heuschreckenschwarm hinter dem Hügel verschwand.

Helena wandte sich nun erstmals den Reitern zu, die sie begleitet hatten. Entsetzt standen sie da wie eine Kinderschar, die soeben einen Dämon gesehen hatte. Der Schrecken stand ihnen ins Gesicht geschrieben. Helena wollte etwas sagen, doch es gab nichts zu sagen, also ließ sie aufsitzen. Sie erahnte schon die nächste Katastrophe, die die Heuschrecken nach sich ziehen würden, und sie bezweifelte, dass der arme Bauer und seine Familie die unweigerlich kommende Hungersnot überleben würden. Mit einem Nicken wies sie einen ihrer Begleiter an, dem Bauern eine Silbermünze zu reichen.

Dieser betrachtete das ihm hingestreckte Edelmetall nur mit tränenfeuchten Augen. Er fiel auf die Knie und betete. Wie groß konnten die Sünden gewesen sein, die er oder seinesgleichen begangen hatten, dass er so bestraft wurde, fragte er. Und er sprach von seinem großen Sohn, der irgendwo draußen in der Welt war und an der Seite von Johannes Kreuzer, dem berühmten Georgsritter, gegen die Feinde kämpfte. Wenn er denn überhaupt noch lebte.

»Aber vielleicht«, wimmerte der Bauer, »ist der Tod ja ein großes Glück, denn ein Leben wie dieses, das ist doch nichts, was man sich wünschen kann, nicht wahr, Herrin?«

2

Johannes und weitere rund zwei Dutzend kaisertreue Kämpfer zogen seit Wochen durchs Land und versuchten, den Feind in kleineren Scharmützeln zu zermürben. Dabei bedienten sie sich der Schleichwege, die nur den Einheimischen bekannt waren, und versteckten sich im Wald.

Und sie taten gut daran, im Verborgenen zu agieren, denn die Art der Kriegsführung der Türken hatte sich verändert. Sie kämpften nun mir ihren regulären Streitkräften und drängten seit dem Friedensvertrag zwischen Mehmed und dem venezianischen Dogen Giovanni Mocenigo, dem fünften Dogen seit Christoforo Moro, nun ganz vehement Richtung Norden, mitten hinein in Friedrichs Reich.

Nach sechzehn Kriegsjahren zwischen dem italienischen Stadtstaat und dem Sultanreich konnten Mehmeds Truppen sich nun verstärkt dem Angriffskrieg gegen Friedrich widmen und machten damit Johannes' jahrelange Warnungen wahr. Nach Konstantinopel hatte der Sultan, der sich »Kaiser der Römer« nannte, nun tatsächlich das Herz des Heiligen Römischen Reichs im Auge. Und das änderte viel an seiner Taktik, denn die Akindschi waren nun nicht mehr seine einzige Waffe. Statt Raubzügen standen die Zeichen auf konzertierte Feldzüge. Im August teilte sich bei Windisch Graz in der Untersteiermark die Streitmacht Mehmeds. Johannes hatte gehört, dass die durch die Wälder streifenden Horden und von Dorf zu Dorf marodierenden Truppen Mehmeds zuweilen immer noch von dunklen Wolken am Himmel begleitet wurden. Die Heuschreckenschwärme fielen weiterhin über die Landschaften her, als wären sie die Vorhut des Teufels. Und als sich dann endlich aller Staub gelegt hatte und Überlebende zwischen Leichen umherstolperten, tauchten Menschen mit Beulen unter den Achseln auf. Mit schrecklich blassen Gesichtern, fiebernd am Wegesrand zusammenbrechend, unsinniges Zeug brabbelnd und schließlich unter Schmerzen gekrümmt und in Schweiß gebadet sterbend.

Johannes musste seine Truppe folglich nicht nur vor den Türken verborgen halten, sondern auch die Nähe zu den Kranken verhindern. Selbst wenn ihm diese unendlich leidtaten, denn das Letzte, was diese armen Seelen bemerkten, waren die scheuen Blicke von Menschen, die einen weiten Bogen um sie machten und sich dabei bekreuzigten.

Die Pest hielt Einzug im Land und breitete sich unter den Dahinsiechenden rasant aus. In den Dörfern entlang der Mur brannten zu Haufen geschlichtete Leichenberge, und es gab kaum einen Ort, der nicht erfüllt wurde von klagenden Menschen oder trostlos läutenden Kirchenglocken. Wer konnte, mied größere Ansammlungen, versuchte sich im Wald neben einem Bach frisch zu halten und so irgendwie zu überleben.

Boten hatten berichtet, dass die Türken durchs Gurk- und Mettnitztal aufs Murtal zusteuerten. Dort erreichten sie am 6. August des Jahres 1480 als achtzehntausend Mann starke Armee Neumarkt, das gerade von den Ungarn des Matthias Corvinus belagert wurde. Anstatt beide Feinde sich gegenseitig vernichten zu lassen, nahm der Hauptmann Ruprecht Trienter die Ungarn in Neumarkt auf, wohl in der Meinung, sich der Türken gemeinsam erwehren zu können. Doch als die Türken abzogen, blieben die Ungarn mit einer Besatzung in der Stadt zurück.

Corvinus hetzte seine Schwarze Armee weiter durchs Land des Kaisers, der auf seinem Thron hockte und darauf wartete … ja, worauf eigentlich?

Denn die Türken zogen angesichts des Fehlens einer mächtigen Verteidigungslinie einfach weiter und fielen stattdessen über die Dörfer und Städte im Umkreis von Graz her. Sie verwüsteten die Weststeiermark, das Mur- und Mürztal und über die Tauern sogar das Palten- und Liesingtal. Sie zogen einen weiten Kreis um die Residenzstadt. Einen Kreis, der immer enger wurde.

Johannes spürte die Bedrängnis am eigenen Leib. Er und

seine Kämpfer waren über den Saumweg der Gleinalm ins Übelbachtal vorgedrungen. Dieser Pfad, den die Salzhändler nutzten, um die Geschäfte des Zisterzienserstifts Rein mit den Salzbergwerken im Ausseerland voranzutreiben, war beschwerlich.

Statt Saumpferden und Eseln hielten sie Schlachtrösser eng an den Zügeln und mussten mehr als einmal fürchten, in die tiefen Schluchten zu stürzen.

Johannes, der sich längst in sein Schicksal fügte, auf ewig für seinen Kaiser in den Krieg ziehen zu müssen, mied die Dörfer und nahm die schwierigen Pfade durch unwegsames Gelände. Wenn sie Lagerfeuer rochen, schlichen sie heran und mussten nicht selten ihre Waffen ziehen und einsetzen, um unbescholten weiterreiten zu können. Im ganzen Land wankten Menschen umher, Raubritter, die zum Überleben jeden ermordeten, der Hab und Gut bei sich trug, ganze Dörfler, die um Gnade und Nahrungsmittel bettelten, Vogelfreie, die mit Steinen warfen, kurzum: Es mangelnde nicht an skurrilen Gestalten.

Aber in all dem Chaos gab es auch so etwas wie Gastfreundschaft und Nächstenliebe. In der Burg Plankenwarth öffneten sich ihnen die Tore, und Ernst von Prankh begrüßte sie mit offenen Armen. Er sei kaisertreu und hasse die unruhigen Zeiten, in denen die Menschen sich keines unbeschwerten Tages mehr erfreuen konnten. Johannes berichtete ihm von den letzten Wochen und den Kämpfen, in die er und seine Mitstreiter verwickelt worden waren. Sie seien auf dem Weg nach Graz und wollten nur ihre Pferde versorgen, doch da blickte von Prankh ihn sorgenvoll an.

»Es ist nicht einmal eine halbe Tagesreise von hier bis zur Residenzstadt, aber mit Verlaub, mein Herr, Ihr seht aus, als bräuchtet Ihr eine Rast. Man sagt, rund um Graz hausen die Türken zu Hunderten. Es gäbe für Euch kein Durchkommen, schon gar nicht als geschwächter Mann.«

So ließ sich Johannes zu einem Mahl überreden – Brot und Käse und saurer Wein. Ernst von Prankh berichtete, dass sein Einfluss bis hinunter in die Grafschaft Cilli reiche und er dennoch – wie so viele andere Grundherren – kaum etwas ausrichten könne gegen all das Leid der letzten Jahre. Er erinnerte Johannes einmal mehr schmerzlich daran, dass er Helena und die Kinder zum wiederholten Mal eine Ewigkeit nicht mehr gesehen hatte.

Wenn Johannes nur annähernd so aussah, wie er sich fühlte, konnte er von Prankhs Sorge um seine Weiterreise nach Graz gut nachvollziehen. Auch seine Männer sahen erbärmlich aus, waren fahl im Gesicht, und ihre Bärte waren stellenweise weiß geworden vor Kummer. Was hätte er jetzt darum gegeben, wenigstens vom mächtigen Haris begleitet zu werden, der mit seinem eisernen Arm fast noch bedrohlicher wirkte als zuvor? Zuletzt hatte er davon gehört, dass er diesen Arm gar nicht mehr ablege, auch nicht zum Schlafen, und sein gesundes Auge rolle stets in der Höhle, als befürchte es jeden Moment einen Hinterhalt.

Johannes wünschte sich den wilden Söldner herbei. Und er dachte unentwegt an Helena und seine Kinder. Was machte er hier also bloß? Mitten im Wald. Mitten im Krieg.

Selbst im Burgfried von Plankenwarth fühlte er sich nicht wirklich sicher. Überall tummelten sich Bedienstete, und vor den Toren der inneren Burg hatten die Bauern notdürftig Hütten errichtet und trieben ihr Vieh in Gatter. Alles fürchtete sich vor den Türken und den Ungarn – aber auch den kaisertreuen Truppen brachte man kaum noch Vertrauen entgegen, denn die litten selbst Hunger und Durst und ritten marodierend durchs Land und nahmen den Bauern alles, was sie besaßen. Im Namen Gottes. Im Namen des Kaisers. Und natürlich nur für das Wohl seiner Untertanen. In diesen Zeiten waren alle Männer mit Schwert gefährlich, ganz gleich, für welchen Herrn sie ins Feld gezogen waren.

Johannes reichte seinem Gastgeber die Hand. »Wir sind dankbar für Speis und Trank und die Stärkung für die Pferde. Allzu lange wollen wir Euch aber nicht zur Last fallen.«

Von Prankh sah ihm lange ins Gesicht. »Wollt Ihr wirklich wieder hinaus vor die Tore dieser Burg?«

Johannes richtete sich auf und seufzte. »So ist es. Wir müssen so schnell wie möglich zum Kaiser«, sagte er. »Seine Majestät muss das Land verlassen, ehe es zu spät ist.«

Der Wind musste Wolken vor sich hertreiben, die die Sonne trübten. Oder es lag tatsächlich an von Prankh selbst, dass sein Gesicht plötzlich grau geworden war. »Ich fürchte«, sagte er, »dazu ist es bereits zu spät. Die Türken haben die Herrschaft Gösting eingenommen und sind schon in der Vorstadt. Sie lagern längst vor den Toren der Stadt.«

Johannes hätte sich beinahe verschluckt. Bisher hatte er nur von Streifzügen gehört, dass sie aber bereits vor Graz *lagerten*, hörte er zum ersten Mal. Im Vorort Algersdorf befand sich Balthasars Castrum Eckenperg, der Stammsitz seiner Familie.

Einer von Johannes' Männern deutete seine Reaktion richtig und verneigte sich kurz vor dem Hausherrn. »Wir lassen die Pferde satteln und danken für die Gastfreundschaft.«

Als er den Raum verlassen hatte, zog von Prankh Johannes näher zu sich. »Ich gebe Euch zwei Männer, mehr kann ich nicht entbehren. Aber sie sind gute, ortskundige Kerle. Ihr reitet durch den Luttengraben und haltet Euch stets im Schatten des Waldes. Die Akindschi haben das Stift der Zisterzienser in Rein verwüstet, es kann also auch sein, dass sie die Wehrkirche von Straßengel angegriffen haben. Bleibt auch dort im Wald, reitet hinauf zum Frauenkogel, orientiert euch an der Passhöhe, dann kommt Ihr an der Göstinger Burg vorbei. Von dort geht es im wilden Galopp auf Graz zu, ganz so, wie es die Türken selbst immer machen, mit hohem Tempo und aus dem Nichts kommend. Nur wenn Ihr sie überrascht, könnt Ihr an ihnen vorbei. Die Grazer werden Euch sehen und das Tor öffnen.«

3

Einige Zeit später schlichen sie den Kamm entlang und erreichten schließlich eine Stelle, von wo aus sie die Burgmauern von Gösting durch die Bäume hindurchschimmern sahen.

Johannes und seine Männer ritten auf eine kleine Feuerstelle zu, um die sich vier Akindschi-Krieger gruppiert hatten. Als sie die Reiter entdeckten, sprangen sie auf und griffen zu den Waffen. Doch noch ehe sie ausholen konnten, sprangen ihnen aus dem Unterholz eine Handvoll Männer aus Johannes' kleiner Schar entgegen. Sie hatten sich zuvor zu Fuß herangeschlichen und überraschten den Feind auf diese Weise.

Der Tod der vier Männer war ein nahezu lautloser. Stahlspitzen fraßen sich durch ihre Leiber und hinterließen nichts als Schweigen.

Die Männer saßen wieder auf, und Johannes trieb die Gruppe an weiterzureiten. Der Weg ins Tal war steil, doch wenigstens begegneten sie keinen Türken. Erst weiter unten am Feld hinter einer Ackerfläche tauchten die Zelte auf, die von einer kleinen Einheit errichtet worden waren.

Als die *nona hora*, die neunte Stunde, hereinbrach, in der die Katholiken der Sterbestunde Christi gedachten, preschten Johannes und seine Männer aus dem Wald auf das freie Feld vor Graz. Von hier aus hatten sie einen guten Überblick über das Geschehen und stellten fest, dass der Großteil der Türken bereits weitergezogen zu sein schien und Graz also immer noch mied.

Das Hufgetrampel und das Kriegsgeschrei von Johannes' Kämpfern versetzte den Feind in Angst und Schrecken, und eine Gruppe Akindschi ließ sich von ihnen verfolgen. Sie wagten offenbar nicht, sich auf einen offenen Kampf einzulassen, und erst als sie vor dem Castrum Eckenperg gestellt wurden, kam es zur Auseinandersetzung. Diese dauerte allerdings nicht einmal lange genug, dass alle von Johannes' Männern daran teilhaben konnten. Als der letzte das Feld erreichte, lagen die Türken bereits tot in ihrem eigenen Blut.

Die Tore zum Schloss waren zwar verschlossen, doch Johannes hoffte, dass sein Bruder und das Gesinde längst Zuflucht in der Stadt gesucht hatten. Er wendete sein Pferd, pfiff kurz, und alle folgten ihm. Jetzt galt es herauszufinden, ob der Kaiser immer noch zu warten gedachte, bis der Feind sich auf seinen Thron setzte.

4

»Und nun? Was gedenkt der Kaiser zu tun?«

Johannes rieb über das Kreuz an seiner Stirn, das in letzter Zeit wieder häufiger juckte. Er hatte die Gastfreundschaft seines Bruders genossen, und seine Männer ruhten sich im Innenhof des Anwesens in der Sackstraße aus. Balthasar schaute besorgt zu ihm herüber, während Johannes aus einem Fenster auf die Stadt hinabblickte.

»Nichts. Er wartet ab, bis das Jahr vorübergeht und der Feind wieder abziehen muss. Und er wird ein Bild in Auftrag geben.«

»Das ist alles?«

»So ist es.«

Johannes konnte es nicht glauben. »Du bist das, nicht wahr?«

Balthasars Miene verhärtete sich. »Ich weiß nicht, was du meinst.«

»Doch, natürlich weißt du das. Du bist der, der dem Kaiser rät, zu warten. Du warst es vielleicht die ganze Zeit über. Warst du auch der, der ihm riet, Baumkircher zu ermorden? Und warst du auch der, der die Bauern im Stich ließ? Über all die Jahre? Und jetzt rätst du ihm allen Ernstes, ein *Bild* malen zu lassen?«

Mit drei, vier großen Schritten war Balthasar bei ihm und stieß ihm den Zeigefinger in die Brust. »Genug. Schweig. Du bist in meinem Haus. Und du weißt nichts. Du bist ein einfältiger, ständig nörgelnder und fordernder Quälgeist geworden. Du denkst nur an dein Bauernvolk und dein Weib und deine *Windischen*. Aber hier muss an ein Reich gedacht werden. An das Heilige Römische Reich …«

Johannes schlug Balthasars Hand von sich. »Ich bin also ein Quälgeist, weil ich das Leben der Ärmsten schützen will? Und was bist du dann? Ein Heiliger, weil du deine Sünden mit Stiftungen tilgen willst? Mit teuren Spenden an Klöster und Kirchen? So wie der Kaiser, der aus St. Ägidius eine Hofkirche gemacht hat?«

»Du erdreistest dich, so über mich und den Kaiser zu sprechen?«

»Ah, jetzt nennst du dich schon in einem Atemzug mit Seiner Majestät. Interessant.«

»Du sprichst mit des Kaisers Münzmeister. Du vergisst dich, Söldner …«

»Ach …« Johannes grinste. »Und wenn ich nicht artig bin, dann nimmst du mir alles. Oder du schickst mich in die Walachei.«

»Ich hab dir eine Ritterwürde gegeben.«

»Das war also auch deine Idee. Ritter des Georgsordens, jener Bruderschaft, die zusah, wie das eigene Volk von den Türken durch die Wälder vor ihren Burgmauern getrieben wurden. Danke, Bruder. Aber weißt du, was der Georgsritter jetzt macht? Er geht zum Kaiser.«

»Er wird dich nicht empfangen.«

»Doch, das wird er.«

5

Die Heuschrecken fraßen sich weiterhin durchs Land und hinterließen nichts als Verzweiflung, doch sie verschwanden schließlich ebenso mysteriös, wie sie aufgetaucht waren. Und so schlugen die Glocken bei ihrem Verschwinden gleichermaßen wie bei ihrer Ankunft, wenngleich ihr Klang auf schaurige Weise trauriger und mutloser erschall als zuvor.

In Graz selbst war man von den Heuschrecken verschont geblieben, doch die Berichte der Kuriere ließen keinen Zweifel am Ausmaß der Katastrophe. Das Land lag in Trümmern. Und als dann noch Johannes mit seinen Männern eintraf, mit eingefallenen Wangen und gehetztem Blick, da hatte er den Eindruck, dass sein Kommen als schlechtes Zeichen ausgemacht wurde. Als schien allen Anwesenden klar zu sein, dass es mit den Plagen noch lange nicht ausgestanden war.

Als er mit seinen Männern die Sporgasse hinaufritt, ließen ihn die Wachen der Burg passieren. Auch die Tore zum Thronsaal standen offen. Es herrschte eine seltsam feierliche Stille in den alten Gemäuern. Und doch fiel auf, dass etwas anders war. Ein Flüstern lag in der Luft, und es fehlte an der Grabesstille, die die Aura des Kaisers sonst ausmachte.

Als Johannes näher kam, wusste er, warum. Der Kaiser war nicht anwesend. Stattdessen stand Johann Siebenhirter vor ihm und musterte ihn ernst.

»Die Türken«, sagte Johannes atemlos. Er hatte sich vorgenommen, schnell zu sprechen und sich nicht unterbrechen zu lassen. Jahrelang war er vor dem Kaiser auf die Knie gefallen, hatte sich herumkommandieren und sich verhöhnen lassen. Vor der versteinerten Miene seines Hochmeisters wollte er jetzt nicht auch noch klein beigeben. »Die Türken sind im Land, vernichten ein Dorf nach dem anderen, und wir können sie nicht aufhalten …«

»Jene Türken, die von Vlad Drăculea wunderbar in die

Schranken gewiesen wurden, ehe er von einem geheimnisvollen Ritter geköpft wurde?«

Johannes blickte kurz auf. Was bildete sich dieser Speichellecker, ein ehemaliger Küchenmeister des Kaisers, ein? Was wusste der Adelige schon von Krieg und Tod?

Johannes sprach dennoch rasch weiter: »Sie hinterlassen so viele Leichen, dass niemand sie mehr bestatten kann. Sie verrotten auf den Straßen, die Überlebenden fliehen in die Wälder …«

»… oder in die teuflischen Gänge zur Unterwelt, die jemand hat graben lassen?«

Jetzt spürte Johannes den kalten Schweiß auf seiner Stirn. Machte ihn denn Siebenhirter für all das Übel verantwortlich? War er etwa Urheber und Auslöser für das Leid. Er? Ein einzelner Mann? »Über all das will ich nicht mit Euch debattieren. Ich muss zum Kaiser. Jetzt sofort«, sagte er und schielte über die Schulter des Rats hinweg zum leeren Thron des Monarchen.

»Nun, da muss ich Euch enttäuschen«, erwiderte der Alte und konnte oder wollte dabei ein zynisches Grinsen nicht verbergen. »Eure Majestät, der Kaiser des Heiligen Römischen Reichs, ist in Neustadt. Dort ist es im Augenblick sicherer als hier.«

»In Neustadt? Aber … seine Leute … sein Volk …«

»Ein Volk ohne Kaiser ist kein Volk«, versetzte der Greis. »Das versteht Ihr doch sicher, oder etwa nicht?«

»Und die Heuschrecken«, fuhr Johannes mit zittriger Stimme fort, »sie könnten jederzeit wieder über die Felder ziehen, die Pest breitet sich aus, und die Ungarn fallen über den Rest des Volkes her. Wir können sie nicht aufhalten. Wir brauchen die Weisheit des Monarchen. Ohne die Bauern werden wir alle verhungern. Die zum Bersten vollen Tische des Adels werden dann leer bleiben, das muss Euch doch einleuchten.«

Johannes spürte, dass er zu weit gegangen war, aber Geduld war angesichts der prekären Situation vor den Toren der Stadt seines Erachtens keine Tugend mehr, sondern törichter Irrtum.

Siebenhirter verdrehte die Augen und krallte sich an der Kante des wuchtigen Tischs im Thronsaal fest, auf dem sich

Kartenrollen stapelten. »Weisheit, Schutz, Entscheidungen. Was der Pöbel nicht immer verlangt von seinem Kaiser. Ihr seid ein *Georgsritter* und kein Marktweib, das sich im Sempern übt. Ihr seid dazu auserkoren, die Schrecken zu bannen. Könnt Ihr das etwa nicht?«

Das Gespräch nahm einmal mehr jene Wendung, die Johannes unbedingt hatte vermeiden wollen. Der Hochmeister zweifelte seine Fähigkeiten an, machte sich über ihn lustig. Doch diesmal nicht … nicht dieser Greis.

»Nicht, wenn auf einen Mann hundert Türken kommen und dem Ritter bestenfalls eine Handvoll Bauernsöhne beisteht. Bauernsöhne, die ihre Väter verloren haben, weil sie vom Reich *vergessen* wurden.« Und weil sich die Heerführer lieber in den Küchen die Bäuche vollschlugen, als das Land vorzubereiten, fügte er innerlich hinzu.

Ein weiterer kaiserlicher Berater, ein Mönch in brauner Kutte und mit Tonsur über einem bleichen, teigigen Gesicht, näherte sich. Seine Kutte raschelte.

»Mit Verlaub«, sagte Johannes nun mit einer Stimme, die so hoch und schrill war wie ein Triangel. »Die Bauern kämpfen wahrlich beherzt. Es ist der Adel, der Unsere Majestät im Stich lässt, nicht die Georgsritter und schon gar nicht das Volk.« Johannes sah auf und bemerkte ein wohlwollendes Lächeln im Gesicht des Franziskaners. Von ihm hätte er es am wenigsten erwartet.

Das Gesicht Siebenhirters hatte sich dagegen zu einer steinernen Fratze verzerrt. »Was Ihr da redet … Seid Ihr von Sinnen? Wollt Ihr Euren Kopf verlieren wie Baumkircher, noch bevor Ihr das äußere Murtor passiert habt? Wäre Seine Majestät jetzt anwesend, dann –«

»Aber Herr Johannes mit dem Kreuz hat doch recht«, unterbrach ihn der Franziskaner. »Die Türken sind uns überlegen, weil unsere Beschlüsse nicht umgesetzt wurden. Schon vor mehr als dreißig Jahren haben wir in Landtagen Wehrordnungen für das ganze Land beschlossen. Alle weltlichen und geistlichen Grundbesitzer sowie alle Städte und Märkte wurden verpflichtet, jeden zehnten Mann in den Waffendienst zu stellen, wenn es denn notwendig wäre. Darüber hinaus mussten auch die Grundherrn Aufgebote erstellen, die Lehensaufgebote. Doch das alles hat nicht funktioniert. Ich muss Euch nicht daran erinnern, dass die effektivste Waffe unserer Landesverteidigung leider immer noch die Aufstellung einer Söldnertruppe ist.«

»Aber auch die teuerste«, murmelte Siebenhirter.

»In der Tat. Doch weder die bezahlten Krieger noch die Untertanen sind säumig, sondern die Grundherren waren es, die ihrer Pflicht nicht nachkamen. Uns fehlen die Lehensaufgebote zum Schutz unseres Landes.«

Der Hochmeister umkreiste jetzt den riesigen Tisch in der Saalmitte und betrachtete eine ausgebreitete Landkarte, ehe er sich, mit seinen Armen an der Tischkante abstützend, darüberbeugte und seufzte. »Ihr hattet also recht, Kreuzer«, sagte er, wohl ganz bewusst einen vertrauensvolleren Ton einschlagend. »Von allem Anfang an hattet Ihr recht. Schon damals, als Ihr das erste Mal vor dem Kaiser standet, hattet Ihr recht. Ich habe Euch beobachtet. Und bewundert. Ihr wart dreist. Landetet im Kerker. Habt Ihre Majestät gewarnt. Habt Ihn noch einmal gewarnt. Er schickte Euch als Kurier aus dem Land. Ihr kamt wieder. Ihr warntet Ihn abermals. Immer wieder. Ich, als der Berater Eurer Majestät, hatte unrecht. Wir alle hatten unrecht. Und jetzt? Ist es etwa wirklich zu spät?«

Johannes wagte nicht, dem Mann in die Augen zu sehen. »Nein. Verzeiht, dass ich widerspreche. Aber es gibt noch eine Möglichkeit. Die Kreidfeuer. Ich kann versuchen, uns Hilfe zu holen.«

Nun trat der teigige Mönch näher und hatte letztlich doch wieder den überheblichen, missgünstigen Ausdruck im Gesicht, der Johannes Warnung genug sein sollte.

»Auch ein Krieger sollte lernen, wann die Zeit des Krieges ist und wann die Zeit des Gebets. Die Pest bricht aus im Land. Jetzt ist es an Gott, uns zu verschonen. Heidnische Feuer bringen uns gewiss kein Seelenheil.«

Johannes schreckte auf, denn immer wenn der Name des

Herrn fiel, verfiel der Hofstaat des Kaisers in Agonie, war kaum imstande, eine Entscheidung zu treffen. »Meine hohen Herrn«, sagte er deshalb schnell. Fast zu schnell, denn schon schob der Hochmeister sein Kinn vor und bedachte ihn mit einem übellaunigen Blick, den er sich vom Kaiser abgeschaut haben musste.

»Wir müssen jetzt zusammenhalten«, flehte Johannes. »Die einen beten, die anderen holen Hilfe. Und wenn alles ausgestanden ist, machen wir dem Herrn ein Geschenk.«

Der Mönch schnappte hörbar nach Luft, doch der Greis bedeutete ihm mit einer Handbewegung, zu schweigen. Siebenhirter starrte Johannes an, ehe er nach einer unendlich langen Pause endlich nickte. Schließlich schlug er mit der flachen Hand auf den Tisch.

»Es ist entschieden. Johannes Kreuzer, Ihr holt Hilfe. Bruder Hieronymus, wir werden einen Boten nach Neustadt schicken und dem Kaiser einen Vorschlag unterbreiten. Wir könnten ein Gemälde in Auftrag geben, welches all die Schrecknisse dieser Zeit schildert, was meint Ihr? Vielleicht bringt uns das den göttlichen Beistand, den wir so sehr benötigen.«

Tatsächlich, Balthasar hatte mit seinen Ideen schon wieder die Hand im Spiel.

»Holt die Dominikaner und die Stadtobersten, wir beraten noch heute, welcher Künstler damit beauftragt werden könnte, damit wir dem Kaiser eine Last von den Schultern nehmen!«, rief Siebenhirter, von plötzlichem Eifer ergriffen. »Und läutet die Glocken, ich will, dass die Stadt in Bereitschaft ist. Seine Majestät würde wollen, dass wir Graz mit allem verteidigen, was uns zur Verfügung steht. Die Bürger sollen ihr Handwerk niederlegen und die Werkzeuge dafür verwenden, sich zu wehren. Wappnet die Zeugwarte, macht die Pferde bereit und seht zu, dass sich niemand den Stadtmauern weiter als bis auf eine Bogenschussentfernung nähert. Niemand darf in Graz eindringen, weder die Türken noch die Pest.«

Jetzt war es an dem Mönch, ein versteinertes Gesicht aufzusetzen. »Wenn diese Stadt dem Kaiser so viel bedeutet, warum hat er sie dann verlassen?«

Und Johannes war froh darüber, dass er zwar denselben Gedanken hatte, ihn aber nicht aussprechen musste. So bedachte der kaiserliche Rat Siebenhirter nun den Mönch mit eisigem Blick und befahl sie dann beide mit einer Handbewegung, die fast so mächtig wirkte, als hätte Kaiser Friedrich selbst diese Hand geführt, aus dem Saal.

6

Johannes trieb die Helfer an, schneller zu machen. Sie hetzten mit den Karren bergauf und stapelten feuchtes Holz und Laub aus den Murauen zu einem hohen Turm auf dem Schloßberg. Dann ließen sie aus dem lodernden Haufen eine giftig rauchende Wolke aufsteigen. Und warteten.

Johannes schlug das Herz bis zum Hals, denn er wusste, dass dies ihre letzte Möglichkeit war, dem Unheil zu entgehen.

Mit vom Rauch tränenden Augen starrte er in Richtung Süden auf den Wildoner Berg, die Riegersburg und die schemenhaften Erhöhungen bis an die Ränder des Habsburgerreichs. Würden dort auch Rauchsäulen aufsteigen, dann wäre sein Plan aufgegangen. Sämtliche Herrschaften im Umkreis würden wissen, dass die Residenzstadt Hilfe brauchte, und zu den Waffen greifen. Und die Rauchsäulen würden auch bis zur Burg Hartstein und Helenas Truppen reichen, die der verrückte einäugige und einarmige Haris anführte, ein alter Haudegen, den selbst sein schon beträchtliches Alter von mehr als fünfzig Jahren nicht vom Schlachtfeld fernhalten konnte. Jetzt blieb nur noch zu hoffen, dass der Adel die Feuer auch richtig deutete und danach handelte. Graz brauchte Hilfe, sonst war das gesamte Land verloren.

»Hab Geduld. Heute wirst du berühmt«, vernahm er eine Stimme an seiner Seite.

Johannes fuhr herum und starrte in das schmutzige Gesicht Martha Baumkirchers. Weiße Zähne blitzten daraus hervor, und das Mädchen sah nun wieder eher wie Ludo, der Knappe, aus.

Johannes freute sich so sehr, dass er sich vergaß und sie umarmte.

»Was machst du hier? Ich dachte, du seist im Krieg mit dem Kaiser.«

»Ich bin hier, um *dir* zu helfen, nicht dem Greis. Du warst der Freund meines Vaters. Ich denke, es ist Zeit, die alte Bande wieder zu festigen.« Martha starrte nun ebenfalls auf die schemenhaft sichtbaren Bergketten im Süden. »Und das war niemals notweniger als jetzt.«

»Aber du bist …«

Doch sie hörte ihm nicht zu, zeigte stattdessen in Richtung Süden. Auch andere Männer um sie herum zeigten jetzt dorthin, und schon brandete Jubel auf, denn von Wildon her setzten sich qualmende Wolken ab, und kurz darauf waren diese auch auf anderen Hügelketten zu bemerken. Es war geschafft, seine Botschaft hatte sich verbreitet.

»Ich bin geritten wie der Teufel«, sagte Martha. Und als Johannes sie ratlos anblickte, lächelte sie. »Na, diese Feuer, von denen du sprachst. Ich habe allen davon erzählt. Davon, dass sie auf dein Zeichen achten sollen. Auf das Zeichen des Georgsritters.«

Johannes blinzelte durch den Rauch, der ihm ins Gesicht stieg und seinen Blick verschwimmen ließ. »Ich danke dir«, sagte er und umarmte das zarte Mädchen, das ihm kaum bis zur Schulter ragte, abermals. »Ich danke dir.«

7

Während oben in der Ägidiuskirche die Mitglieder des Hofes ein ums andere Gebet murmelten, strömten die letzten Bauern über die Murbrücke aus der Vorstadt herein. Die Tore schlossen sich hinter ihnen, und von den Mauern aus beobachteten die Stadtwachen, wie die Türken über den Plabutsch fegten. Die Schellen und Glocken, das wilde Geheul und das Dröhnen der Flöten klang in den Ohren der Grazer wie schauriges Jammern aus der Unterwelt.

Johannes hatte eine Truppe von knapp hundert Mann auf dem Hauptwachplatz versammelt und aufsitzen lassen. Er plante einen Ausfall, der die osmanischen Truppen schon in der Vorstadt davon abbringen sollte, auf die Stadt loszustürmen.

Den Kreidfeuern, die tagsüber mit feuchtem Holz mehr Rauch produzierten, um weithin sichtbar zu sein, wurden für die Nacht zweite Haufen beiseitegestellt, die trockenes Holz enthielten, um einen Lichtschein zu erzeugen, der die ganze Nacht leuchtete.

Johannes wusste, dass, selbst wenn Helena und Haris ihre Truppen unverzüglich in Bewegung gesetzt hatten, sie kaum schneller als innerhalb eines Tages hier sein konnten. Da sie sich aber zunächst entsprechend ausrüsten mussten und auch nicht auf jegliche Rast und Schlaf verzichten konnten, würde es wohl eher zwei, wenn nicht drei Tage dauern. Heute war dieser zweite Tag, und die Türken wurden immer unverschämter. Sie brandschatzten Bauernhäuser in der Umgebung, töteten die Männer und Frauen und holten sich deren Kinder. Es half alles nichts, Johannes musste wieder hinaus in die Schlacht.

Während er seine Männer betrachtete, eine Mischung aus erfahrenen Haudegen, die schon gegen Baumkircher in Fürstenfeld an seiner Seite gekämpft hatten, und jungen Handwerksbuben, Schmieden, Tischlern und Sporern, die zu Fuß und mit Hämmern ausgestattet kämpften, wusste er, dass es spätestens jetzt auch auf die Gebete ankam, die in der Stadt überall gesprochen wurden.

Nun, als sich das Murtor langsam öffnete, schallten die Glocken der Stadt, und Johannes trieb sein Pferd an, um den Männern ein gutes Beispiel zu sein. Mit erhobenem Schwert preschte er über die Murbrücke direkt auf den Feind zu, der in unzusammenhängenden Haufen zwischen den Weilern und Schuppen hin und her sauste und eine Feuersbrunst auszulösen versuchte. Unter der Rüstung, hinter all dem Eisen und dem Kettenhemd, schlug Johannes' Herz so voller Furcht, dass er jeden Moment aus dem Sattel zu kippen drohte.

Die Feinde stoben bei seinem Anblick auseinander, und Johannes merkte sofort, dass dies nicht die regulären Truppen Mehmeds waren. Janitscharen hätten sich nicht so einfach vertreiben lassen. So schlugen er und seine Männer einen nach dem anderen nieder, bis sie sich atemlos wieder am Lend zusammenrotteten und von Graz her die aufmunternden Rufe vernahmen. Die Stimmen wurden lauter, und einige seiner Männer winkten den Leuten auf den Stadtmauern zu. Sie wurden gefeiert wie Helden.

Doch Johannes gefiel das Gebrüll nicht. Etwas stimmte nicht.

Da drehte er sich um und erstarrte. Erst beim zweiten Versuch fand er seine Stimme wieder, als er rief. »Männer, bleibt jetzt standhaft!«

Das war kein Jubelgeschrei, sondern die entsetzten Schreie jener, die ahnten, dass ihre Verteidiger bald nicht mehr am Leben sein würden.

8

Der erste Pfeilhagel riss den Großteil seiner Männer von den Beinen. Geschrei setzte ein, und aus dem Geräusch spritzenden Wassers schloss er, dass viele seiner Leute getroffen in die Mur stürzten.

Viele Male hatte Johannes die Geschichten von Mehmeds Truppen vor Konstantinopel gehört. Wie die Bashi-Bazouk – »die Verwirrten« – als Erste auf die Stadt losgestürmt waren, während die Kanonen ungarischer Herkunft die Stadtmauern bombardiert hatten. Diese Freischärler galten als furchterregende Einheit, die mit Gebrüll und Todesmut Unruhe in die gegnerischen Reihen brachten. Erst nach den Baschi-Bosuk waren die roten Mäntel unter den Kettenhemden und die von Turbanen umwickelten hohen Filzhüte jener Einheit aufgetaucht, die einst von Bektaschi-Mönchen gegründet worden war. Bunte Uniformen, die im Takt wilder Trommelschläge zu Hunderten näher gekommen waren und sich um eine weiße Fahne mit rotem Halbmond und einem überdimensionalen Suppenkessel in ihrer Mitte geschart hatten.

Doch hier vor Graz war es nicht so wie 1453 vor Konstantinopel. Hier, etwa dreißig Jahre später, nahmen die Akindschi das Kämpfen in die Hand.

Sie waren so zahlreich, dass sie alles abschlachteten, was sich ihnen in den Weg stellte, während hinter dem Stoßtrupp kleine Jungen und Mädchen eingefangen wurden, um sie mit Schlingen um den Hals in die Sklaverei zu entführen.

Johannes schaute sich um, und sein Blick fiel auf Martha. Die Tochter Baumkirchers hatte die Gabe, sich wie ein Chamäleon zu verstecken und sich zu verstellen. Dass sie jetzt an seiner Seite kämpfte, ärgerte ihn. Sosehr er ihren Mut schätzte, er wünschte, sie wäre hinter den schützenden Mauern der Stadt. Sie zielte mit dem Bogen und feuerte einen Pfeil nach dem anderen ab. Sie kämpfte so furchtlos wie die anderen Männer. Und doch fürchtete er um ihr Leben, und das brachte sein eigenes in Gefahr.

Johannes bemerkte, wie die Akindschi immer zahlreicher wurden und das Kampfgeheul immer würgender und stöhnender. Als er wieder zu Martha hinübersah, lag das Pferd neben ihr und verblutete. Sie schien unversehrt, schoss wieder einen Pfeil ab, und vor ihr breitete sich ein Feld voller Leichen aus.

Die Männer zu seiner Linken bildeten jetzt einen Schildwall mit ihren mannshohen Pavesen, knieten sich dahinter nieder und kniffen die Augen zusammen. Die Akindschi preschten mit donnernden Hufen heran, ließen ihre Pferde geradewegs in die Piken der Grazer, die zwischen den Setzschilden hervorragten, laufen. Ein schauerliches Wiehern ertönte, und Johannes wunderte sich über die Rücksichtslosigkeit der türkischen Schar. Es machte keinen Sinn, in den Tod zu reiten, mit dieser Taktik konnten sie gar nicht gewinnen.

Johannes und seine Hundertschaft wurden in der Murvorstadt in ein blutiges Scharmützel verwickelt. Die Türken waren so angsteinflößend, dass auch seine hartgesottensten Kameraden wimmerten. Der Tod war jetzt nur noch die Erlösung. Das Kreuz an seiner Stirn juckte mehr denn je.

Er dachte an Helena und die Kinder, an das Leben, das sie hätten führen können, und die ewigen Schlachten und Gefechte, in die sie gedrängt worden waren.

Im Augenwinkel sah er nun, wie ein Akindschi Martha mit einem fürchterlichen Ellbogenhieb von den Füßen riss. Er stürzte sich auf die Fallende wie ein wildes Tier, schlug mit dem Knauf seines Säbels gegen ihre Schläfe, und ihre Gegenwehr erschlaffte. Sogleich holte er aus, um ihr seine Waffe in die Brust zu treiben.

Johannes dachte nicht lange darüber nach und warf sein Schwert in Richtung des Akindschi. Doch er traf ihn nicht so, wie er es sich erhofft hatte. Die Waffe surrte am Türken vorbei und riss ihm nur eine Schramme ins Gesicht. Wütend jaulte er auf, fletschte die Zähne und drückte seine Klinge jetzt mit noch mehr Wucht und dem Gewicht seines Körpers in Marthas Oberkörper.

Einen Moment lang stand die Zeit still. Dann brüllte Johannes so laut, dass er vermeinte, die Schlacht hielte tatsächlich den Atem an. Und noch während Martha das Blut aus dem Mund quoll, lag Johannes über dem Akindschi und erschlug ihn mit einem Stein, bis sein Gesicht unkenntlich war.

Völlig erschöpft und atemlos hockte er schließlich zwischen all den leblosen Körpern. All die Grausamkeit, das sinnlose Leiden und Sterben, wurde ihm überwältigend bewusst.

Verzweifelt schaute er sich um. Die Gegner waren zu zahlreich. Er atmete schwer. Und in diesem Augenblick wusste Johannes, was zu tun war: ein letztes Mal aufstehen, sich der Stadt, seiner Heimat, zu Diensten machen und einen ehrenvollen Tod sterben.

Er tastete nach seinem Schwert, sprach das Paternoster und erhob sich. Mit einem gezielten Hieb spaltete er einem heranstürmenden Akindschi den Kopf. Er hob sein Schwert, erstach damit ein Pferd, das den Reiter unter sich begrub, und versetzte einem Gegner einen so gewaltigen Hieb, dass die Klinge bis zum Brustbein hinab in dessen Schulter drang. Dann verließ ihn seine Kraft.

Er wurde getroffen.

Irgendwo am Kopf.

Danach an der Schulter.

Er ging neben Martha in die Knie. Sie schauten einander an, während ihr Augenlicht erlosch. Dann schloss auch er die Augen. Öffnete sie wieder.

Und plötzlich waren alle fort.

Er war allein. Ganz allein am Schlachtfeld.

Er konnte unmöglich sagen, wie lange er so dalag, in einem Zustand der völligen Gleichgültigkeit. Der inneren Ruhe. Nur er und der Himmel über ihm.

Aus weiter Ferne drangen irgendwann Trommelschläge heran. Johannes hörte die Pfeifen und Schalmeien der Türken, wie sie mit den Glocken von Graz wetteiferten. Die Sonne brach durch und erhellte den Tag, während sich ringsherum auf dem Feld des Grazbachs die Leichen türmten.

Und dann stand Helena über ihm. Sie sah furchtbar aus. Verschmutzt. Verschwitzt. Voller Blut. Aber sie lächelte. Sanft. Zog ihm den Helm vom Kopf. Und flüsterte ihm zu: »Alles ist gut.«

Hinter ihr sah er jetzt zwei Wagen auftauchen, die Schatten auf sie beide warfen. Geschickte Handgriffe formten die Fahrzeuge zu Bretterwänden, hinter denen tapfere Kerle Speere hindurchstießen und sich immer wieder duckten, um ihre Bogen und Armbrüste zu spannen. Manderdinger konnte also auch nicht weit sein, und inmitten all der Todesschreie vernahm Johannes die Stimme von Haris mit der Eisenhand.

Die Fahrzeuge zitterten unter dem Ansturm der Reiter, doch der Schlachtenlärm nahm langsam ab. Die Akindschi gaben auf.

Konnte das sein?

Alles wird gut, dachte Johannes. Er blinzelte Helena an. *Alles gut …*

Dann verlor er das Bewusstsein. Dankbar dafür, dass ihm kurz vor seinem Tod noch einmal seine große Liebe erschienen war. Auch wenn es nur ein Trugbild war.

9

Doch das Trugbild kehrte wieder und immer wieder. Und stets, wenn ihn eine neue Schmerzwelle aufstöhnen ließ, spürte Johannes Helenas Hand auf seiner Stirn und vernahm ihre beruhigende Stimme. Er fieberte.

Hätte der Kaiser seinen Hofärzten, den Feldschern und Badern, nicht befohlen, das Leben des Georgsritters zu retten, wäre Johannes wohl elend zugrunde gegangen. Doch so erholte er sich im von Balthasar einige Jahre zuvor gestifteten Bürgerspital und schaffte es schon nach Tagen, sich wieder aufzurichten.

Helena war bei ihm und berichtete ihm vom Ausgang des Scharmützel. Die Türken seien fort. Haben sich überhaupt aus dem gesamten Land zurückgezogen, die Stadt sei gerettet. Er werde als Held gefeiert.

Es war dennoch kein freudiger Moment, denn Johannes dachte an alle Gefallenen. Vor allem an Martha. Arm in Arm sahen Helena und er dabei zu, wie die Sonne eines weiteren Tages unterging, und eine erste Ahnung von dem, was noch kommen konnte, bemächtigte sich seiner. Was, wenn den wilden und ungestümen Akindschi-Horden tatsächlich bald die Janitscharen folgten? Was, wenn die Türken ihr reguläres Heer durch die Mark führten? Wie sollten ihnen dann eine Handvoll Kreidfeuer und ein paar gerüstete Reiter Widerstand leisten?

Mit all diesen bangen Fragen im Gepäck setzte sich der Tross wenige Tage später zurück nach Hartstein in Bewegung. Er war größer als sonst. In den Karren befanden sich neuerlich Waffen und Kriegsgerät aus den Rüsthäusern von Graz sowie Truhen voller seidener Kleidung und einige Goldstücke aus dem Hause Balthasars.

Johannes und Helena kehrten heim, reich beschenkt und doch nicht gänzlich glücklich. Auf ihrem Weg sahen sie die abgenagten Felder, die Toten, die überall zwischen den Bäumen lagen, und die niedergebrannten Dörfer.

Immer wieder kamen ihnen Gruppen von bettelnden und flehenden Menschen entgegen, Familien, die um ihre kargen Ersparnisse gebracht worden waren, Verstümmelte und Dahinsiechende, deren Wunden nie wieder heilen würden. Weder die körperlichen noch die seelischen.

Johannes saß an Helenas Seite auf einem Kutschbock und versuchte sich seine eigenen Schmerzen nicht anmerken zu lassen. Er war so dankbar gewesen, als er in den vergangenen Nächten in Helenas Armen aufgewacht war, dass er damit kämpfte, seine Tränen zu unterdrücken.

Er wollte nur noch heim und fort von all dem Schlachtgetümmel.

Endlich in der Felsenburg angekommen, machte sich Johannes sogleich daran, die Arbeiten an der Sicherung von Hartstein voranzutreiben. Den Pranger in dem Dorf, an den seine Frau vor Jahren gebunden worden war, ließ er endgültig abreißen und stattdessen eine Kapelle errichten.

Haris und Manderdinger lehrten den jungen Buben weiterhin das Kriegshandwerk. Und Johannes' Verletzungen heilten.

Die Tage flossen irgendwann wieder leicht dahin und gingen in Lachen und Vergessen auf. So als wollte das Böse die Menschen einlullen. Und unachtsam machen. Und es *machte* sie unachtsam.

XV

Das Bild

1

Als Johannes eines Tages im Farbenspiel des Herbsts mit Haris scherzend Seite an Seite durch den Wald ritt, starrte ihn der hünenhafte Krieger plötzlich aus aufgerissenen Augen an.

Haris hatte ihm soeben davon erzählt, wie er überhaupt in die Dienste des bosnischen Königs gekommen war – »ein Saufgelage« – und wie er sich sofort in dessen Frau Maria verliebt hatte. Er lachte schallend, als er sagte: »Ich hätte im Leben nie daran gedacht, dass sie mir ein Mönch ausspannen könnte. Ein König, ja, aber ein Mönch …«

Johannes kicherte und wollte erwidern, dass er doch nie ein richtiger Mönch gewesen sei, doch der Blick, den Haris ihm mit einem Mal zuwarf, fuhr ihm durch Mark und Bein.

Ein feiner Blutspeichel tropfte über den Bart des Hünen und von dort auf seinen mit den Jahren ansehnlich gewordenen Bauch. Erst als Haris seitlich vom Pferd kippte, bemerkte Johannes den Pfeil, der zwischen seinen Schulterblättern steckte.

Das Blut rauschte in seinen Ohren. Hastig zog er sein Schwert, das Pferd bäumte sich auf, und er versuchte in alle Richtungen gleichzeitig zu blicken. Sie waren in einen Hinterhalt geraten, und sein Freund, sein guter alter Freund, war getroffen worden.

Johannes schrie. »Zeigt euch, ihr Hunde! Zeigt euch und kämpft wie Männer!«

Da riss ihn ein furchtbarer Schmerz aus dem Sattel, und er landete rücklings auf dem Boden.

Auch aus seiner Schulter ragte nun das Ende eines abgebrochenen Pfeils. Er fluchte. Versuchte den Schmerz auszublenden. Die Wunde brannte, sein Rücken fühlte sich taub an, und auch sein Knöchel pochte. Hastig tastete er um sich und schloss die Finger um den Griff seines Schwerts.

Pfeile waren heimtückisch. Ihr Surren drang erst an die Ohren, wenn sie vorüberzischten oder bereits in einem steckten.

Aus dem Augenwinkel bemerkte er nun, dass jemand aus dem Wald auf ihn zukam.

»Auf diesen Moment habe ich so lange gewartet!«, rief eine Gestalt, die er nur noch verschwommen wahrnahm, doch Johannes wusste sofort, wer es war. Die Stimme aus seinen Alpträumen. Er hätte ihn töten sollen, als er noch Gelegenheit dazu gehabt hatte. Er hätte ihn schon töten sollen, als er ihm das erste Mal auf dieser Straße begegnet war. Einen irrwitzigen Augenblick lang stellte er sich sogar die Frage, ob es nicht haargenau dieselbe Stelle gewesen war, an der sie einander zum ersten Mal begegnet waren. An der Johannes diesen vermaledeiten Drang zum Beten gehabt hatte und Ulf von Hartstein damit in die Hände gefallen war.

Johannes richtete sich ächzend auf und stellte sich Ulf, so gut es ging, in den Weg.

»Mein Name ist Ulf von Hartstein!«, brüllte der Angreifer und schlug auf Johannes ein, der kaum noch fähig war, die Hiebe abzuwehren. »Ich bin der rechtmäßige Besitzer dieser Burg, die du dir geholt hast. *Ich* bin der Erbe Konrads von Hartstein. Du dagegen bist nichts weiter als ein Dieb. Ein Niemand, ein Wegelagerer.«

Johannes spürte, wie ihm die Beine den Dienst versagen wollten, aber er bekämpfte den Schwindel und blieb aufrecht.

»*Du* bist der Wegelagerer«, hauchte Johannes wider besseres Wissen. Er wusste, dass er seine Kräfte schonen sollte, ahnte aber gleichzeitig, dass er viel zu geschwächt war, um lange standzuhalten. Also sprach er weiter, um eine alte Schwäche seines Gegners heraufzubeschwören: dessen Zorn. »*Du* bist ein heimtückischer Mörder. Ein Vergewaltiger und ein verrohter Emporkömmling.«

Und dann geschah tatsächlich, was Johannes vermutet hatte. Wie von Sinnen stürzte Ulf sich auf ihn und drosch mit seiner Streitaxt auf ihn ein. Johannes entwickelte eine Kraft, die er nicht für möglich gehalten hatte. Die Klingen sprühten Funken, doch Johannes erahnte jeden Hieb, durchschaute jede Finte und wehrte sämtliche Schläge ab. Der Jähzorn machte Ulf berechenbar. Eins, zwei, drei. Dann ebbte Ulfs Angriffswelle ab. Schwer atmend umkreiste er Johannes, der kaum noch stehen konnte.

»Ihr habt mich in die Hölle geschickt. Mit der schwarzen Luft aus diesem Buch. Ihr Bastarde. Ich bin durch die Finsternis gelaufen. Ich weiß nicht, wie lange. Tagelang. Wochenlang. Ich habe das Wasser aus den Felsritzen geleckt. Immer näher bin ich dem Höllenfeuer gekommen. Und dann irgendwann endlich Licht. Es hat mich fast verrückt gemacht vor Freude … die Freude … verrückt.« Er kicherte, als hätte er einen Witz gemacht. »Und weißt du, was das Beste an der ganzen Sache ist? Ich habe etwas erkannt. Ich habe erkannt, dass ich nicht dem Dämon immer näher kam, sondern mir selbst. Verstehst du? Mir selbst. Denn *ich* bin der Dämon. *Ich* bin es.« Er brüllte wie ein weidwundes Tier, und das Gesicht war zu einer boshaften Fratze erstarrt.

Johannes verstand Ulfs Worte kaum noch. Seine Schulter brannte und löste ein Taubheitsgefühl in seinem Schwertarm aus, was seinen Gleichgewichtssinn beeinträchtigte. Einer der Schläge musste ihn zudem am Kopf getroffen haben, denn in seinen Ohren dröhnte es, als wäre er soeben aus großer Höhe ins Wasser eingetaucht. Ja, wie damals, als er mit Helena und Haris in den Fluss gesprungen war.

Er hatte etwas von einem Dämon gehört. Hatte Ulf tatsächlich gesagt, er sei ein Dämon? Zumindest ging etwas Unheimliches von ihm aus, denn in seinem Blickfeld existierte nur noch er. Die ganze Welt schmolz auf die Gestalt von Ulf zusammen, rundherum war alles schwarz.

Johannes konnte es kaum glauben, aber selbst unter Schmerzen führte er noch jede Abwehrbewegung perfekt aus. Es war, als würde jemand anderes, jemand Mächtigeres, seine Bewegungen leiten. Bei diesem Gedanken lächelte er beseelt. Er wusste mit einem Mal, wer ihm zur Seite stand. Es konnte nur der göttliche Beistand sein, der ihn stark genug werden ließ, um einem Dämon zu widerstehen.

»Oder ich bin es«, kicherte der Dürre aus den Grazer Kasematten. »Ja, schau nur. Ich bin es wieder. Wir Zellengenossen halten zusammen. Wir sind füreinander da.«

Vor Schreck parierte Johannes nicht nur einen Hieb, sondern landete auch einen empfindlichen Treffer an Ulfs Arm.

Ulf wurde müde. Zorn und Anstrengung ließen sein Gesicht dunkelrot werden, und er schwitzte so stark, dass es in seinen Augen brennen musste. »Hör auf zu grinsen, du Schwein. Stirb endlich. Stirb.«

Der Dürre kicherte wieder. »Dich wollen wirklich viele sterben sehen.«

Johannes bemerkte nun auch die anderen Wegelagerer, die sich aus dem Wald wagten.

Ulf setzte Schlag um Schlag, und sein Stöhnen wurde immer lauter.

Johannes wusste nicht mehr, wie viele Kämpfe er ausgefochten hatte. Wie oft er in den letzten Jahren auf dem Schlachtfeld gestanden hatte, und er erkannte, dass sein Gegenüber all diese Erfahrungen nicht hatte. Er war nur von Hass geleitet. Ihm fehlte das rohe Kalkül. Johannes dagegen spürte immer mehr, dass er trotz seiner Verwundungen kaum an Stärke verlor. Im Gegenteil, die Abwehr der Schläge Ulfs ließen ihn wacher werden – vielleicht war es aber tatsächlich auch die unerwartete Gegenwart des Dürren, denn die Angst vor dem Trugbild stattete ihn mit neuen Kraftreserven aus. Und dann ging letztlich alles ganz schnell.

Er sah, dass Ulf unaufmerksam wurde, denn dieser blinzelte sich den Schweiß aus den Augen, blickte kurz zur Seite, wohl abgelenkt von seinen Zuschauern, und so machte Johannes zwei rasche Bewegungen. Ein Schritt nach vorne und eine Drehung um die eigene Achse. Sein Schwert traf mit der Breitseite auf Ulfs Rücken wie ein Hammer auf einen Amboss. Ulf presste hörbar Luft aus und jaulte wie ein Hund.

Johannes fand seinen Halt wieder, sprang ungeachtet seines pochenden Knöchels aus dem Stand hoch und jagte Ulf die Spitze seines Schwerts in die rechte Schulter. Es war eine schnelle Bewegung gewesen, explosionsartig und todsicher.

Ulfs Augen wurden im selben Moment glasig, ein Zeichen, dass er bereits das Bewusstsein verloren hatte, während er noch stand. Dann fiel er um wie ein Sack Korn.

Johannes hob sein Schwert, drehte sich im Kreis, »Wer ist der Nächste?«, doch noch während er das rief, sank er erschöpft auf die Knie.

Die Zuschauer waren nun näher gekommen. Sie betrachteten ihn argwöhnisch und ließen ihn selbst dann nicht aus den Augen, als sie nach Ulf griffen und ihn mit sich zurück in den Wald zogen. Die Blätter schlossen sich hinter ihnen wie die Vorhänge der Schausteller auf den Mittfastenmärkten in Graz.

Wenige Augenblicke später waren sie fort. Zurück blieben nur Johannes mit seinem pfeifenden Atem und Haris, der im Staub lag. Ein Speichelfaden hing dem Riesen aus dem Mund. Erschöpft ließ Johannes sein Schwert fallen. Es war vorbei. Haris atmete nicht mehr. Das würde er nie mehr. Die Geschichte des Kriegers endete hier.

2

Haris' Grab zierte ein einfaches Holzkreuz.

Auf dem aufgeschütteten Erdhaufen am Rande des Walls vor der Burg Hartstein lag seine eiserne Hand, die ein Schwert hielt. Mesar und Manderdinger würden diese Gedenkstätte so lange bewachen, bis die Steinmetze die Arbeit an der Gruft für den glorreichen Kämpfer, die seitlich des Burgtors – sichtbar für jedermann, der dieses Anwesen betrat – errichtet wurde, beendet hatten und seine sterblichen Überreste dort beigesetzt werden konnten.

Sie saßen an einem Lagerfeuer und sprachen tagelang kein Wort, aßen und tranken nur das Nötigste, und als die Grabstätte endlich fertiggestellt war, gesellte sich die gesamte Burgwache zu ihnen, und sogar einige Bauern aus den Dörfern kamen herbei und schlossen sich dem Trauerzug an. Haris' Leichnam wurde umgebettet und ehrenvoll begraben. Es gab Menschen, die um ihn weinten. Mehr hatte er sich nie gewünscht.

Die äußerlichen Wunden, die Johannes von dem Kampf mit dem Dämon Ulf davongetragen hatte, verheilten bald, dennoch dauerte es Wochen, bis ihn die Kinder wieder zum Lächeln bringen konnten. Helena war glücklich, ihren Mann wieder zurückkehren zu sehen. Der Verlust des treuen Haris hatte sie ebenso tief getroffen, noch mehr erschütterte sie aber, dass Johannes so sehr darunter litt.

»Ich habe wieder einen Freund verloren«, sagte er einmal. »Schon wieder.« Dann weinten sie beide.

Doch ihre Trauer wurde auch unterhöhlt von einer dumpfen Angst, denn ein Gerücht ging um, dass in den Wäldern ein Wiedergänger sein Unwesen treibe. Ein Dämon, der sogar den Tieren Angst mache.

Man sagte sich, dass Ulf noch lebe oder zumindest der dämonische Teil von ihm. So wagte niemand in der Gegend, den Wald zu betreten, ohne sich mit Mistgabeln, Sensen oder Langmessern auszurüsten. Die im Wald lebenden Vogelfreien erzählten sich, dass es gelungen sei, Ulfs Wunden zu heilen, konnten aber selbst kaum glauben, dass er überleben würde, und verbreiteten wilde Vermutungen.

So solle Ulf weit nach Norden gewandert sein, manche meinten sogar, bis nach Graz. »Stadtluft macht frei«, pflegten die Bauern zu sagen – für Ulf hätte sie zumindest bedeutet, dass er nicht von einem wilden Tier zerrissen würde.

Das Gerücht ging um, dass er in der Vorstadt in einem Siechenhaus gelandet sei, wo ihm Suppe in den zahnlosen Mund geträufelt werde. Danach solle er ziellos und bloßfüßig durch die Gassen gestolpert sein.

3

1485

Dicht an dicht drängte sich die Menschentraube vor der Ägidiuskirche in Graz. So wie sie beobachtete auch Johannes staunend, wie der Kaiser erschien und an seiner Seite all die Priester und Würdenträger. Sie gruppierten sich vor der Kirchenmauer, die an dieser Stelle mit einem Tuch verhüllt war. Johannes stand mit seiner Familie und seinen engsten Vertrauten Mesar und Manderdinger etwas abseits und betrachtete die ihn umgebenen Menschen, als wären sie Figuren eines Spiels. Es war unüblich, dass sich Kaiser Friedrich außerhalb der Kirche blicken ließ, normalerweise betrat er das Gotteshaus nur durch den gedeckten Gang zur Hofloge, die Johannes bereits hatte kennenlernen dürfen. So offen unter Leuten zu stehen musste dem Monarchen Unbehagen bereiten. Er agierte wie immer steif und unnahbar, doch Johannes wusste, was sich hinter den versteinerten Gesichtszügen Friedrichs verbarg: Er hasste die Menge, den Pöbel, und er sah derlei Anlässe als reine Zeitverschwendung an.

Diesmal musste ihm Johannes allerdings zugestehen, dass auch er selbst lieber in der kaiserlichen Burg gewesen wäre und sich den Sextanten der Weltreisenden hingegeben oder die Taschensonnenuhr studiert hätte, jene handwerkliche Besonderheit, die von Hans IX. Tucher, einem Nürnberger Uhrmacher, stammte und zu den jüngsten Errungenschaften der kaiserlichen Sammlung gehörte.

Auch Johannes fühlte sich unwohl in großen Menschenmengen. Sie erinnerten ihn an die Schlachten, die er geschlagen hatte, und er musste sich zusammenreißen, um nicht hastig und in Erwartung eines Angriffs um sich zu schlagen. Ja, die Erlebnisse der vergangenen Jahre hatten ihren Tribut gefordert.

Der Monarch gab ein Zeichen, eine übellaunige Geste, und das Tuch fiel beinahe geräuschlos hinab. Ein Ausruf des Staunens ging durch die Menge, sogar Johannes konnte ein seltsam entrücktes Seufzen nicht verhindern. Der Kaiser schaute nun zwischen all den Köpfen hindurch und fand Johannes' Blick. Es war ein unheimlicher Moment, und hätte Johannes es nicht besser gewusst, er hätte glauben können, dass Friedrich sogar seinen Mund zu einem Schmunzeln verzog.

Ein Hauptmann wies die Leute an, ein paar Schritte zurückzutreten. Man solle eine Reihe bilden, und jeder dürfe dann an dem Bild vorübergehen, doch zuerst wolle man dem Kaiser und den Würdenträgern Gelegenheit geben, es zu würdigen.

Der Kaiser ging auf die Knie und sprach ein Gebet, in das alle Anwesenden – zumindest jene in den vorderen Reihen – einstimmten. Dann war es Thomas von Villach selbst, der mit lauter Stimme schilderte, was auf dem Bild zu sehen war. Zunächst rezitierte er den Schriftzug: »Umb uns Frauntag der schieung sind hie zu Gratz gots plag drei gewesen. Haberschreckh, Türkn und pestilentz und yede so grosz dasz dem Menschn unerhörlich ist got sey uns gndi.«

Helena betrachtete das Bild. Sie dachte an die letzten Jahre, die letzten Monate. Ihr Leben lief wie ein Lagerfeuermärchen vor ihrem inneren Auge ab. Die Flucht aus dem Land der Könige, die Begegnung mit dem jungen Pilger, die Schrecken der Burg und in dem Dorf, Johannes' Rückkehr, die Heirat mit ihm, die gemeinsamen Kinder und all die vielen, vielen Schlachten. »Wird es nun vorbei sein? Haben wir das Schrecklichste überstanden?«

Johannes nahm sie in den Arm und drückte sie fest. Er war trotz seiner inzwischen zweiundvierzig Jahre immer noch der starke Mann, den sie einst sofort geliebt hatte, und sie fühlte sich immer noch geborgen in seiner Nähe.

Auch er musterte das Bild. »Wenigstens sind unsere Schrecken nun gebannt.«

»Ja.« Helena lächelte. »Ja«, bekräftigte sie, als müsste sie auch sich selbst davon überzeugen. Und sie umarmten einander erneut.

In diesem Moment entdeckte Johannes den Dämon.

Es war nichts als Zufall gewesen. Ein Blick in die Menschenmenge, ein Gesicht von einem anderen halb verdeckt und deshalb nur umso deutlicher wahrgenommen.

»Sind das Türken, die auf dem Bild zu sehen sind?«, wollte Bernhard gerade wissen.

Johannes nickte abwesend. Sein Sohn war mittlerweile neunzehn Jahre alt und hatte bereits jene kantigen Züge, die ihn Johannes ähneln ließen. Doch hinter den buschigen Augenbrauen und dem dunklen Haar, das er von seiner Mutter geerbt hatte, verbarg sich ein stets argwöhnischer Blick.

»Werden sie wiederkommen?«

Johannes hörte dem Buben kaum noch zu. »Manche Dämonen kehren immer wieder«, sagte er, und ehe Bernhard etwas erwidern konnte, drehte Johannes sich um und verschwand in der Menschenmenge.

Johannes ließ das Gesicht, das er zuvor erspäht hatte, nicht aus den Augen. Er kam näher und besah sich Ulf von Hartsteins Profil. Es amüsierte ihn, wie interessiert er sich gab.

Johannes zog seine Kapuze tiefer und raunte: »Hast du heute das Bildnis des Kaisers in der Kirche gesehen? Das, das ihn als den heiligen Christophorus darstellt?«

Ulf versteifte sich und hielt den Atem an. »Was? Nein.«

»Dann wirst du heute sterben.« Und nach einer effektvollen Pause fügte Johannes hinzu: »›De aere nigro‹.«

Dann ging alles schnell, Ulf wandte sich um, stieß erst Johannes, dann zwei, drei Leute zur Seite und rannte um sein Leben.

Mit Genugtuung stellte Johannes fest, dass Ulf nicht schnell genug war, so war es ihm ein Leichtes, ihm zu folgen. Er lief die Lehmstraße abwärts und entfernte sich von der Ägidiuskirche, bis er zum einstigen Judenviertel kam.

Ulf kannte sich in dieser Gegend, die einst das Getto von rund hundertfünfzig jüdischen Händlern gewesen war, gut aus. Er schlüpfte durch das Judentürlein in der Stadtmauer hinaus und schlich über den Judenfriedhof, der sich etwas abseits des südlichen Stadttors, des Eisernen Tors, befand. In einer finsteren Nische zwischen zwei Grabsteinen unter einem Wacholderstrauch presste er seinen Körper gegen die kalte Stadtmauer und kam langsam wieder zu Atem.

Er wischte sich den Schweiß von der Stirn. Er war gerade noch einmal entkommen. Fast hätte er über sich lachen können, denn einen Moment lang war er wie ein Kaninchen beinahe in Panikstarre verfallen. Aber jetzt war alles gut. Es war nur ein kurzer Wimpernschlag des Zweifels gewesen.

Er blies Luft aus und schüttelte schmunzelnd den Kopf über seine eigene Unsicherheit. Nach so langer Zeit ließ er sich immer noch so einfach aus der Fassung bringen.

Da vernahm er aus dem Augenwinkel noch einmal Johannes' Konturen und hörte dessen Stimme. Diesmal so nah an seinem Ohr, dass er dessen Atem in seinem Nacken spüren konnte. Er sprach wieder diese seltsamen lateinischen Worte, die einst schon Helena so ähnlich formuliert hatte, ehe sie ihn in die Dunkelheit unterhalb der Burg gestoßen hatte: »›De aere nigro‹.«

Im nächsten Moment fuhr eine Schmerzwelle durch seinen Körper. Das Messer bohrte sich in seine Seite. Er drückte sein Kreuz durch, schnappte nach Luft, bekam aber keine mehr. Er fragte sich: *Wie habt Ihr mich gefunden?* Er wollte sich wehren, doch er spürte seine Arme nicht mehr.

Ulfs Augen wurden groß, und Johannes musste sich eingestehen, dass ihm dieser Moment Freude bereitete.

»Ich habe so lange darauf gewartet, dich zu richten. Du Dämon. Du Unmensch. Du unheiliger Geist sollst in den finsteren Gängen unter der Erde wandeln, rastlos und voller Angst.«

Doch dann geschah etwas, womit Johannes nicht gerechnet hatte. In Ulfs sterbenden Augen flammte keine Panik vor der schwarzen Luft auf. Stattdessen nickte er nur. So als sei er dankbar für sein Ende. Johannes hockte noch eine Weile neben ihm. Es war vorbei. Endlich vorbei. Und in diesem Moment wusste er auch, dass sein Trugbild, das ihn seit Jahren aus seiner Zeit in den Katakomben der Kasematten verfolgt hatte, für immer verschwunden sein würde. Der Dürre würde ihn nie mehr heimsuchen. Eine uralte Angst endete hier. Und mit ihr ein uralter Zorn.

Die Menge war im Begriff, sich aufzulösen, als er wieder zu seiner Familie zurückkehrte.

Als Bernhard ihn zu Gesicht bekam, hellte sich sein Blick auf. »Mutter sagte, man brauche gar kein Bild. Nur Gebete und einen Mann wie dich … Du würdest alle Dämonen zum Teufel jagen.«

»Was Bernhard sagen will, ist, dass er mit Hanns und seiner Schwester zum Wagen laufen wird, um alles für die Abreise vorzubereiten«, unterbrach Helena ihn streng.

Die Buben verdrehten die Augen, nahmen jedoch Mathilde pflichtbewusst an der Hand und liefen mit ihr davon.

Als sie allein waren, fiel Helena Johannes abermals um den Hals. »Mach das nie wieder, hörst du?«, schluchzte sie.

»Bestimmt nicht«, sagte Johannes und lehnte seine Stirn an ihre. »Denn er ist tot.«

Und ohne weitere Fragen stellen zu müssen, wusste Helena offenbar, von wem er sprach. Dann weinte sie. Zuerst aus Bitterkeit. Dann aus Freude. Der Dämon war besiegt. Ulf war tot. Und vielleicht hielt das Bild ihnen endlich auch die Türkengefahr vom Leib. Keine Schlachten mehr. Keine Krankheiten. Einfach ein Leben in Glück. Und wie um diese Hoffnung zu besiegeln, schenkte sie Johannes einen tränenfeuchten, aber aus tiefstem Herzen kommenden Kuss.

Einen Kuss, der wie ein Siegel war, der eine dunkle Geschichte verbarg, die ein für alle Mal der Vergangenheit angehören sollte.

Und doch war es nichts weiter als ein Kuss.

Anmerkungen

Gleich vorweg: Ich habe versucht, mich, so gut es ging, an den historisch korrekten Abläufen des ausgehenden Mittelalters zu orientieren, musste mir jedoch an vereinzelten Stellen die Geschichte ein wenig zurechtbiegen. Aus dramaturgischen Gründen waren die tatsächlichen Zeitabläufe vor allem im letzten Drittel des Romans nicht ganz einzuhalten. Historiker mögen es mir verzeihen, die Leserinnen und Leser hoffentlich danken.

Und – bevor sich jemand auf die Suche nach diesem Ort macht: Die Burg Hartstein entspringt meiner Phantasie. Sie existierte nie, aber ich brauchte sie für diese Geschichte als Hort des Bösen.

Im Detail möchte ich nun einige Anmerkungen machen:

Im ersten Kapitel, Sie erinnern sich, ist von dem Ort die Rede, an dem Stjepan Tomašević hingerichtet wurde. Die heute »Zarenfeld« genannte Stelle ist in diesem Buch deutlich näher an den Vrbas und Jajce herangerückt als in der topografischen Wirklichkeit.

In Teil VI, Kapitel 1 ist davon die Rede, dass Balthasar Eckenperg während der Schinderlingkrise nach Venedig floh. Dies tat er 1459 und nicht erst einige Jahre später, wie hier im Roman geschildert. Auch die Schinderlingkrise endete mehr oder weniger mit Eckenpergs Venedig-Aufenthalt.

Der in Teil VIII, Kapitel 5 geschilderte Türkenangriff hat sich in Wahrheit erst etwa dreißig Jahre später ereignet. 1494 griffen die Türken in Seiz an und verwüsteten das Kloster. Die Bücher des Klosters wurden zudem erst Mitte des 16. Jahrhunderts nach Graz gebracht. Ich habe mir die Freiheit genommen, diese beiden Begebenheiten etwas vorzuverlegen.

In Teil IX, Kapitel 10 ist von Georg Scheck von Wald die Rede, den man damals auch »Schreck vom Wald« oder »Schreckenwald« nannte, weil er seine Opfer quälte. Für die Geschichte habe ich die Gräueltaten aber seinem Sohn gleichen Namens zugeschoben. Er möge mir verzeihen.

Teil X, Kapitel 1: In Wahrheit fand die Italien-Reise des Kaisers im November des Jahres 1468 statt. Ich musste vom historisch korrekten Datum abweichen, um die Geschichte plausibel zu halten.

Teil X, Kapitel 2: Die Schlacht um Fürstenfeld fand in Wahrheit am 21. Juli 1469 statt. Ich habe sie aus den besagten Gründen etwas vorverlegt.

Teil XI, Kapitel 12: Baumkircher und Greißenegg wurden im Jahr 1471 hingerichtet – hier etwas früher.

In Teil XII wird davon gesprochen, dass Vlad Drăculea die Schwarze Armee in die Untersteiermark geführt habe. Diese Begebenheit ist der Dramaturgie des Romans geschuldet. In Wahrheit kam die Schwarze Armee erst nach 1480 in die Steiermark und wurde dabei von Hans Haugwitz, genannt »der schwarze Haugwitz«, angeführt. Drăculea kämpfte aber in Bosnien und richtete dort das geschilderte Massaker an. Den Beinamen Țepeș, der »Pfähler«, den ich Drăculea im Buch verliehen habe, dürfte es zu dieser Zeit noch gar nicht gegeben haben. Erst die Geschichtenerzähler machten Vlad Țepeș aus ihm, lange nach seinem Tod.

Dass Martha Baumkircher, Andreas Baumkirchers Tochter, in Teil XIII, Kapitel 6 noch einmal auftaucht, ist historisch ebenfalls nicht ganz korrekt. Sie starb 1478. Weil sie auch Stoff einer Sage ist, in der sie Graz verflucht und verantwortlich dafür ist, dass in der Murgasse bis ins 19. Jahrhundert angeblich ein Geist mit einem Schädel in der Hand auftauchte, wollte ich ihr in dem Buch eine etwas größere Rolle geben – eine über ihren Tod hinausreichende sozusagen.

Und, Historiker werden es wissen, in oder vor Graz gab es damals keine Schlacht. Die Akindschi haben bei dem geschilderten finalen Streifzug lediglich die Burg Gösting, das Stift Rein und einige Höfe in der Murvorstadt gebrandschatzt. Für das Finale dieses Romans habe ich daraus aber etwas mehr gemacht.

Und auch die wahre Geschichte Helenas, die ich im Roman etwas älter gemacht habe, liegt weitgehend im Dunkeln. Man weiß heute nur, dass die letzte bosnische Königin bis an die Adria gelangte und dort einige Zeit lebte. Sie dürfte schließlich aber in einem Harem eines türkischen Fürsten gelandet sein. Ihr weiteres Schicksal ist ungewiss.

Die Templerburg Leuca am Ufer der Güns ist die heute unter dem Namen Lockenhaus bekannte Burg im Burgenland.

Eine Elle – das Längenmaß – wurde im Mittelalter sehr unterschiedlich bewertet. Ich gehe hier von einem halben Meter aus.

Ende des Jahres 1471/Anfang 1472 wurde tatsächlich ein Komet gesichtet. Berichte darüber gibt es aus allen möglichen Erdteilen, von Britannien über Polen und Italien bis nach Japan. Ich habe dieses Ereignis im Roman etwas vorgezogen.

Und zum Abschluss noch eine Anmerkung zum Stadtnamen Graz: Die Schreibweisen wechselten – vor allem im Mittelalter – sehr oft. Grätz und Graz tauchen oft gleichzeitig auf, dazu die Bezeichnungen Gracz, Grece, Greze, Gratz und Bairisch Grätz. Der Einfachheit halber habe ich mich für die heutige Schreibweise des Stadtnamens entschieden.

Glossar

Akindschi – berittene Vorhut der osmanischen Streitkräfte, die keinen Sold bezog, sondern lediglich von der Beute, die sie auf ihren Streifzügen machte, lebte. Sie wurden »Renner und Brenner« genannt oder auch »Sackmänner«, weil sie Kinder verschleppten und sie als Sklaven verkauften.

Aschdschi-Baschi – »Oberkoch« der Janitscharen. Als Rangabzeichen des höchsten Anführers dienten vier gekreuzte Suppenlöffel.

Bektaschi-Orden – Der im 13. Jahrhundert vom Sufi Hadschi Bektasch (gest. 1270) gegründete Orden ist eng mit den Janitscharen verknüpft. Es wird angenommen, dass Orhan I. (1281–1359) die Janitscharen gegründet und der Elitetruppe ihren Namen gegeben hat.

Bey – türkische Anrede für einen Herrn, Offizier oder Herrscher

Dupsing – spätmittelalterlicher breiter Gürtel, der unterhalb der Hüfte getragen wurde und das Obergewand zusammenhielt. Er galt als Würdenzeichen eines ritterlichen Standes, meist in Verbindung mit einem Dolch oder Schwert. Manchmal waren auch klingelnde Schellen beziehungsweise Holzverzierungen daran angebracht.

Feldscher – Heilkundige, die – allerdings ohne entsprechende akademische Ausbildung – Verwundete auf den Schlachtfeldern versorgten

Kreidfeuer – Mittels dieser Warnfeuer wurden sich nähernde Gefahren über große Entfernungen hinweg angekündigt.

Pavese – mannshoher Setzschild (meist aufwendig verziert), der vor allem von Armbrust- und Bogenschützen im Spätmittelalter verwendet wurde

Ragusa (Repubblica di Ragusa) – Diese Seerepublik hatte im 15. Jahrhundert rund 30.000 Einwohner, 5.000 davon lebten innerhalb der Stadtmauern. Einige Inseln wie etwa Mljet gehörten zur Republik. Der Name Dubrovnik wurde damals schon parallel zu Ragusa verwendet. Ragusa war das frühe Zentrum der kroatischen Kultur.

Woiwode – Adelstitel eines slawischen Heerführers, vergleichbar mit dem Titel Herzog

Tageinteilung im Mittelalter:
hora prima – 6 Uhr, Beginn des Sonnenaufgangs
hora tertia – 9 Uhr
hora sexta – 12 Uhr
hora nona – 15 Uhr
hora vesperalis – 18 Uhr, Sonnenuntergang

Zeittafel

1260 – Ulrich I. von Wildon führt in der Schlacht bei Kressenbrunn im Marchfeld (heute Groißenbrunn) die Steirer zum ersten Mal mit einem weiß-grünen Banner an.

1440 – Friedrich III. wird römisch-deutscher König.

1442 – Friedrich III. wird in Aachen zum König gekrönt.

1448 – Die zweite Schlacht auf dem Amselfeld findet statt. Die Osmanen gewinnen gegen Ungarn.

1452 – Friedrich III. wird in Rom zum Kaiser des Heiligen Römischen Reichs gekrönt und heiratet Eleonore Helena von Portugal.

1462 – Der walachische Fürst Vlad III. Drăculea wird vom ungarischen König Matthias Corvinus zwölf Jahre lang in Visegrád festgehalten.

1463 – Stjepan Tomašević wird auf dem »Zarenfeld« von osmanischen Truppen enthauptet. Die Osmanen nehmen Jajce ein, das Bosnische Königreich endet.

1464 – Der ungarische König Matthias Corvinus erobert Jajce zurück.

1467 – Eleonore Helena von Portugal, die Gemahlin Friedrichs III. und Mutter von Maximilian und Kunigunde, stirbt.

1469 – Friedrich III. und Papst Paul II. gründen den österreichischen St.-Georgs-Orden.

1469–1471 – Wegen ausbleibender Soldzahlungen Kaiser Friedrichs III. erhebt sich Andreas Baumkircher und erobert zahlreiche steirische Städte.
Diese jahrelange Auseinandersetzung wird heute »Baumkircher-Fehde« genannt. Sie endet mit der Enthauptung von Baumkircher und dessen Mitstreiter Andreas von Greißenegg in Graz.

Um 1470 – In dieser Zeit entsteht die Schwabacher Schrift. Sie bleibt bis zur Fraktur die vorherrschende Schriftform im deutschen Raum.

1471 – Die Osmanen dringen zum ersten Mal in die heutige Steiermark ein. Im Januar/Februar 1471 wird der »Große Komet« gesichtet. Er ist »fast so groß wie der Mond«, berichten Zeitgenossen.

1473–1480 – Heuschreckenplage. Die Melker Annalen berichten darüber etwa 1473.

1474 – Vlad III. Drăculea kommt aus der ungarischen Gefangenschaft frei.

1476/77 – Zum Jahreswechsel wird Vlad III. Drăculea auf der Flucht getötet. Sein Kopf wird, in Honig eingelegt, dem Sultan in Konstantinopel präsentiert und danach zur Schau gestellt.

1477 – Osmanen dringen bis in die Umgebung von Graz vor. Der Ungarnkönig Corvinus erklärt Friedrich III. den Krieg.

1478 – Friedrich III. gewährt den Franziskanern, das Marchfutterhaus innerhalb der Stadtmauern von Graz zu beziehen, da ihr außerhalb der Stadt gelegenes Kloster von Osmanen bedroht worden sein soll.

1480 – 70.000 Osmanen unter Mehmed II. belagern Rhodos erfolglos.
Osmanen dringen im großen Stil in die Steiermark ein.

1481 – Mehmed II., Herrscher über das Osmanische Reich, stirbt.

1485 – Das Gottesplagenbild oder auch Landplagenbild wird enthüllt.
Corvinus zieht in Wien ein und residiert von dort aus.

1490 – Matthias Corvinus, König von Ungarn und Böhmen, stirbt.

1493 – Balthasar Eckenperg, Münzmeister des Kaisers, stirbt.
Wenige Monate später stirbt auch Kaiser Friedrich III.

Literaturverzeichnis

In den vergangenen Jahren habe ich unzählige Bücher und Artikel über das 15. Jahrhundert gelesen. Die Literatur über diese Zeit umfasst bei mir zu Hause mittlerweile ein ganzes Bücherregal. Einige Werke möchte ich aber besonders hervorheben:

Becker, Ulrich; Barbara Kaiser; Edgar Lei: *Ich hab das selbig paun lassen: Beiträge zur Kunst und Spätgotig in der Steiermark.* Univeralmuseum Joanneum, 2011.

Byloff, Fritz: *Friedauer Hexenprozesse.* Zeitschrift des Historischen Vereins Steiermark, Jg. 6, 1908.

Engelken, Katharina; Dominik Hünniger; Steffi Windelen: *Beten, Impfen, Sammeln: zur Viehseuchen- und Schädlingsbekämpfung in der Frühen Neuzeit.* Universitätsverlag Göttingen, 2017.

Haumann, Heiko: *Dracula: Leben und Legende.* C.H. Beck, 2011.

Hinterschweiger, Hubert: *Wien im Mittelalter.* Pichler Verlag, 2010.

Ilwof, Franz: *Die Einfälle der Osmanen in die Steiermark.* Mittheilungen des Historischen Vereines für Steiermark, Heft 32, 1884.

Kaiser, Barbara: *Schloss Eggenberg.* Christian Brandstätter Verlag, 2006.

Kaiser, Barbara; Paul Schuster: *Besucherführer Schloss Eggenberg.* Universalmuseum Joanneum, 2016.

Kropf, Rudolf; Andreas Lehner: *Andreas Baumkircher – Leben und Sterben im 15. Jahrhundert.* Wissenschaftliche Arbeiten aus dem Burgenland, Band 144, 2013.

Kusch, Ingrid und Heinrich: *Geheime Unterwelt: Auf den Spuren von Jahrtausende alten unterirdischen Völkern.* V.F. Sammler, 2021.

Märtin, Ralf-Peter: *Dracula: Das Leben des Fürsten Vlad Țepeș.* Verlag Klaus Wagenbach, 1974.

Matkowits, Norbert: *Die Türkeninvasionen in Ostösterreich.* Eigenverlag, 2019.

Reifenscheid, Richard: *Die Habsburger.* Styria, 1982.

Schrittesser, Johannes: *Der Hexenglaube des 15. Jahrhunderts.* Grin Verlag, 2016.

Stadler, Andreas: *Herrschaft und Untertanen: St. Oswald und Plankenwarth im Spiegel der Vergangenheit.* Eigenverlag, 2002.

Toifl, Leopold; Hildegard Leitgeb: *Die Türkeneinfälle in der Steiermark und in Kärnten vom 15. bis zum 17. Jahrhundert.* Militärhistorische Schriftenreihe, Heft 64, Bundesverlag, 1991.

Toifl, Leopold: *Von der Angst im Krieg.* Hg. Cajetan Grill, Aichbergiana, Heft Nr. XXIII, 2019.

Vajda, Stephan: *Die große Geschichte Österreichs.* Das Beste, Sonderausgabe, 1984.

Dank

Das Gottesplagenbild an der Fassade des Grazer Doms hat mich immer schon fasziniert (auch wenn es kaum zu sehen ist), vor allem der Umstand, was die Grazer dazu bewogen haben könnte, es in Auftrag zu geben. Jahrelange Arbeit und Recherche gehen nun zu Ende.

Ein Buch, das die Historie des Heimatlandes betrachtet, ist eine besondere Herausforderung. Inspiriert haben mich dazu auch die Geschichten des ehemaligen Kurators des Landeszeughauses in Graz, Leopold Toifl. Ihm ist dieses Buch gewidmet, er war der Erste, der es gelesen hat, und seine Berichte aus längst vergangenen Tagen waren Zeitreisen für mich, die einen nachhaltigen Eindruck hinterlassen haben.

Großer Dank gebührt auch Gerald Schmidt und Heike Schmidhofer, die als Testleser eines unvollständigen Manuskripts einige dramaturgische und grammatikalische Stolpersteine überwinden mussten. Und Gerhard Buchner danke ich für die Inspiration zur »schwarzen Luft«.

Ganz besonders möchte ich auch der Literar Mechana danken, die mir einen unschätzbar wertvollen Aufenthalt in Venedig ermöglichte, wo ich dieses Buch zu Ende bringen konnte.

Das Risiko, einen Krimiautor diesmal einen historischen Stoff bearbeiten zu lassen, hat der Emons Verlag auf sich genommen – dafür ebenfalls mein innigster Dank. Und was meine Lektorin Jana Budde geleistet hat, ist gar nicht hoch genug zu schätzen. Sie hat meine Zeitreise akribisch mitgemacht und mich da und dort auf den Boden der Realität zurückgeholt. Ihr ist es zu verdanken, dass sich der Text nicht völlig in der verwinkelten Historie verheddert hat.

Dass dieses Buch ein echtes Herzensanliegen von mir war, ist jedoch vor allem meinem Vater Johannes und seiner Leidenschaft für Geschichte zu verdanken. Ich habe den Helden dieses

Romans nach ihm benannt – und dabei oft an ihn gedacht. Die Erinnerung an ihn war und ist stets lebhaft und liebevoll.

Vorweg geht mein Dank auch an alle Leserinnen und Leser, die mit mir eine Reise gemacht haben, die uns weit zurückgeführt hat. Ich hoffe, das Abenteuer war für Sie so faszinierend wie für mich.

Wie immer gilt mein Angebot, mir unter office@robertpreis.com zu schreiben – ich werde mich bemühen, allen zu antworten.

Auch auf Social-Media-Kanälen bin ich zu erreichen, etwa via www.facebook.com/robertpreis72, www.instagram.com/robertpreis oder auf www.lovelybooks.de. Ich freue mich auch, wenn Sie meine Homepage besuchen: www.robertpreis.com.

In diesem Sinne: Lesen Sie weiter – und schlafen Sie trotzdem gut!

Robert Johannes Preis, Juni 2023

Die Bücher von Robert Preis im Überblick

Alle Krimis sind auch als eBook erhältlich.

Krimis mit Armin Trost

Der Tod ist ein Spieler aus Graz
ISBN 978-3-7408-1334-5

Graz im Dunkeln
ISBN 978-3-95451-180-8

Die Geister von Graz
ISBN 978-3-95451-446-5

Der Engel von Graz
ISBN 978-3-95451-722-0

Grazer Wut
ISBN 978-3-7408-0204-2

Der Tod tanzt in Graz
ISBN 978-3-7408-0672-9

Der Fall des Grazer Königs
ISBN 978-3-7408-1142-6

Grazer Hexenjagd
ISBN 978-3-7408-1656-8

111-Orte-Reihe

111 schaurige Orte in der Steiermark, die man gesehen haben muss
ISBN 978-3-7408-0445-9